文
景

Horizon

社 科 新 知　文 艺 新 潮

德伯家的苔丝

一个纯洁的女人

TESS OF THE D'URBERVILLES

THOMAS HARDY

［英］托马斯·哈代

——著——

张谷若

——译——

上海人民出版社

目　录

导读

货真价实的古典主义

阅读是必须的，但我不想读太多的书了，最主要的原因还是这年头的书太多。读得快，忘得更快，这样的游戏还有什么意思？我调整了一下我的心态，决定回头，再一次做学生。——我的意思是，用"做学生"的心态去面对自己想读的书。大概从前年开始，我每年只读有限的几本书，慢慢地读，尽我的可能把它读透。我不想自夸，但我还是要说，在读小说方面，我已经是一个相当有能力的读者了。利用《推拿》做宣传的机会，我对记者说出了这样的话："一本书，四十岁之前读和四十岁之后读是不一样的，它几乎就不是同一本书。"话说到这里也许就明白了，这几年我一直在读旧书，也就是文学史上所公认的那些经典。那些书我在年轻的时候读过。——我热爱年轻，年轻什么都好，只有一件事不靠谱，那就是读小说。

我在年轻的时候无限痴迷小说里的一件事，那就是小说里的爱情，主要是性。既然痴迷于爱情与性，我读小说的时候就只能跳着读，我猜想我的阅读方式和刘翔先生的奔跑动作有点类似，跑几步就要做一次大幅度的跳跃。正如青蛙知道哪里有虫子——蛇知道哪里有青蛙——獴知道哪里有蛇——狼知道哪里有獴一样，年轻人知道哪里有爱情。我们的古人说，"书中自有颜如玉"，它概括的就是年轻人的阅读。回过头来看，我在年轻时读过的那些书到底能不能算作"读过"，骨子里是可疑的。每一部小说都是一座迷宫，迷宫里必然有许多交叉的小径，即使迷路，年轻人也会选择最为香艳的那一条：哪里有花蕊吐芳，哪里有蝴蝶翻飞，年轻人就往哪里跑，然后，自豪地告诉朋友们，——我从某某迷宫里出来啦！

出来了么？未必。他只是把书扔了，他只是不知道自己错过了什么。

《德伯家的苔丝》是我年轻时最喜爱的作品之一，严格地说，小说只写了三个人物：一个天使，克莱尔；一个魔鬼，没落的公子哥德伯维尔；[1]在天使与魔鬼之间，夹杂着一个美丽却又是无知的女子，苔丝。这个构架足以吸引人了，它拥有了小说的一切可能。我们可以把《德伯家的苔丝》理解成英国版的，或者说资产阶级版的《白毛女》：克莱尔、德伯维尔、苔丝就是大春、黄世仁和喜儿。故事的脉络似乎只能是这样：喜儿爱恋着大春，但黄世仁却霸占了喜儿，大春出走（参军），喜儿变成了白毛女，黄世仁被杀，白毛女重新回到了喜儿。——后来的批评家们是这样概括《白毛女》的：旧社会使人变成鬼，新社会使鬼变成人。这个概括好，它不仅抓住了故事的全部，也使故事上升到了激动人心的"高度"。

多么激动人心啊，旧社会使人变成鬼，新社会使鬼变成人。

---

[1] 克莱尔本书译作克莱，德伯维尔即本书中的亚雷·德伯。——编者注

我在芭蕾舞剧《白毛女》中看到了重新做人的喜儿，她绷直了双腿，在半空中一连劈了好几个叉，那是心花怒放的姿态，感人至深。然后呢？然后当然是"剧终"。

但是，"高度"是多么地令人遗憾，有一个"八卦"的、婆婆妈妈的，却又是必然的问题《白毛女》轻而易举地回避了：喜儿和大春最后怎么了？他们到底好了没有？喜儿还能不能在大春的面前劈叉？大春面对喜儿劈叉的大腿，究竟会是一个什么样的男人？

新社会把鬼变成了人。是"人"就必然会有"人"的问题，这个问题不在"高处"，不在天上，它在地上。关于"人"的问题，有的人会选择回避，有的人却选择面对。

《德伯家的苔丝》之所以不是英国版的、资产阶级版的《白毛女》，说白了，哈代选择了面对。哈代不肯把小说当作魔术：它没有让人变成鬼，也没有让鬼变成人，——它一上来就抓住了人的"问题"，从头到尾。

人的什么问题？人的忠诚，人的罪恶，人的宽恕。

我要说，仅仅是人的忠诚、人的罪恶、人的宽恕依然是浅表的，人的忠诚、罪恶和宽恕如果不涉及生存的压力，它仅仅就是一个"高级"的问题，而不是一个"低级"的问题。对艺术家来说，只有"低级"的问题才是大问题，道理很简单，"高级"的问题是留给伟人的，伟人很少。"低级"的问题则属于我们"芸芸众生"，它是普世的，我们的每一个人都无法绕过去，这里头甚至也包括伟人。

苔丝的压力是钱。和喜儿一样，和刘姥姥一样，和拉斯蒂尼一样，和德米特里一样。为了钱，苔丝要走亲戚，故事开始了，由此不可收拾。

　　苔丝在出场的时候其实就是《红楼梦》里的刘姥姥，这个美丽的、单纯的、"闷骚"的"刘姥姥"到荣国府"打秋风"去了。"打秋风"向来不容易。我现在就要说到《红楼梦》里去了，我认为我们的"红学家"对刘姥姥这个人的关注是不够的，我以为刘姥姥这个形象是《红楼梦》最成功的形象之一。"黄学家"可以忽视她，"绿学家"也可以忽视她，但是，"红学家"不应该。刘姥姥是一个智者，除了对"大秤砣"这样的高科技产品有所隔阂，她一直是一个明白人，所谓明白人，就是她了解一切人情世故。刘姥姥不只是一个明白人，她还是一个有尊严的人，——《红楼梦》里反反复复地写她老人家拽板儿衣服的"下摆"，强调的正是她老人家的体面。就是这样一个明白人和体面人，为了把钱弄到手，她唯一能做的事情是什么？是糟践自己。她在太太小姐们（其实是一帮孩子）面前全力以赴地装疯卖傻，为了什么？为了让太太小姐们一乐。只有孩子们乐了，她的钱才能到手。因为有了"刘姥姥初进荣国府"，我想说，曹雪芹这个破落的文人就比许许多多的"柿油党"拥有更加广博的人心。

　　刘姥姥的傻是装出来的，是演戏，苔丝的傻——我们在这里叫单纯——是真的。刘姥姥的装傻令人心酸；而苔丝的真傻则叫人心疼。现在的问题是，这个真傻的、年轻版的刘姥姥"失贞"了。对比一下苔丝和喜儿的"失贞"，我们立即可以得出这样的判断：喜儿的"失贞"是阶级问题，作者要说的重点不是喜儿，而是黄世仁，也就是黄世仁的"坏"；苔丝的"失贞"却是一个个人的问题，作者要考察的是苔丝的命运。这个命运我们可以用苔丝的一句话来做总结："我原谅了你，你（克莱尔，也失贞了）为什么就不能原谅我？"

是啊，都是"人"，都是上帝的"孩子"，"我"原谅了"你"，"你"为什么就不能原谅"我"？问题究竟出在哪里？上帝那里，还是性别那里？性格那里，还是心地那里？在哪里呢？我想说的是，"人"的丰富性、复杂性、可阅读性，或者说生活的丰富性、复杂性、可阅读性，在这里一下子就拓宽了。

二〇〇八年五月十日，我完成了《推拿》。三天之后，也就是五月十二日，汶川地震。因为地震，《推拿》的出版必须推迟，七月，我用了十多天的时间做了《推拿》的三稿。七月下旬，我拿起了《德伯家的苔丝》，天天读。即使在北京奥运会的日子里，我也没有放下它。我认准了我是第一次读它，我没有看刘翔先生跨栏，小说里的每一个字我都不肯放过。谢天谢地，我觉得我能够理解哈代了。在无数的深夜，我只有眼睛睁不开了才会放下《德伯家的苔丝》。我迷上了它。我迷上了苔丝，迷上了德伯维尔，迷上了克莱尔。

事实上，克莱尔最终"宽恕"了苔丝。他为什么要"宽恕"苔丝，老实说，哈代在这里让我失望。哈代让克莱尔说了这样的一句话："这几年我吃了许多苦。"这能说明什么呢？"吃苦"可以使人宽容么？这是书生气的。如果说，《德伯家的苔丝》有什么软肋的话，这里就是了吧。如果是我来写，我怎么办？老实说，我不知道。我的直觉是，克莱尔在"吃苦"的同时还会"做些"什么。他的内心不只是出了"物理"上的转换，而是有了"化学"上的反应。

——在现有的文本里，我一直觉得杀死德伯维尔的不是苔丝，而是苔丝背后的克莱尔。我希望看到的是，杀死德伯维尔的不是苔丝背后的克莱尔，直接就是苔丝！

　　我说过，《德伯家的苔丝》写了三件事，忠诚、罪恶与宽恕。请给我一次狂妄的机会，我想说，要表达这三样东西其实并不困难，真的不难。我可以打赌，一个普通的传教士或大学教授可以把这几个问题谈得比哈代还要好。但是，小说家终究不是可有可无的，他的困难在于，小说家必须把传教士的每一句话还原成"一个又一个日子"，足以让每一个读者去"过"——设身处地，或推己及人。这才是艺术的分内事，或者说，义务，或者干脆就是责任。

　　在忠诚、罪恶和宽恕这几个问题面前，哈代的重点放在了宽恕上。这是一项知难而上的举动，这同时还是勇敢的举动和感人至深的举动。常识告诉我，无论是生活本身还是艺术上的展现，宽恕都是极其困难的。

　　我们可以做一个逆向的追寻：克莱尔的宽恕（虽然有遗憾）为什么那么感人？原因在于克莱尔不肯宽恕；克莱尔为什么不肯宽恕？原因在于克莱尔受到了太重的伤害；克莱尔为什么会受到太重的伤害？原因在于他对苔丝爱得太深；克莱尔为什么对苔丝爱得那么深？原因在于苔丝太迷人；苔丝怎么个太迷人呢？问题到了这里就进入了死胡同，唯一的解释是：哈代的能力太出色，他"写得"太好。

　　如果你有足够的耐心，你从《德伯家的苔丝》的第十六章开始读起，一直读到第三十三章，差不多是《德伯家的苔丝》三分之一的篇幅。——这里所描绘的是英国中部的乡下，也就是奶场。就在这十七章里头，我们将看到哈代——作为一个伟大小说家——的全部秘密，这么说吧，在我阅读这个部分的过程中，我的书房里始终洋溢着干草、新鲜牛粪和新鲜牛奶的气味。哈代事无巨细，他耐着性子，一样一样地写，苔丝如何去挤奶，苔丝如何把她的面庞贴在奶牛的腹部，苔丝如何笨拙、如何怀春、如何闷骚、如何不知所措。如此这般，苔丝的形象伴随着她的劳动一点一点地建立起来了。

我想说的是，塑造人物其实是容易的，它有一个前提，你必须有能力写出与他／她的身份相匹配的劳动。——为什么我们当下的小说人物有问题，空洞，不可信，说到底，不是作家不会写人，而是作家写不了人物的劳动。不能描写驾驶你就写不好司机，不能描写潜规则你就写不好导演，不能描写嫖娼你就写不好足球运动员，就这样。

哈代能写好奶场，哈代能写好奶牛，哈代能写好挤奶，哈代能写好做奶酪。谁在奶场？谁和奶牛在一起？谁在挤奶？谁在做奶酪？苔丝。这一来，闪闪发光的还能是谁呢？只能是苔丝。苔丝是一个动词，一个"及物动词"，而不是一个"不及物动词"。所有的秘诀就在这里。我见到了苔丝，我闻到了她馥郁的体气，我知道她的心，我爱上了她，"想"她。毕飞宇深深地爱上了苔丝，克莱尔为什么不？这就是小说的"逻辑"。

要厚重，要广博，要大气，要深邃，要有历史感，要见到文化底蕴，要思想，——你可以像一个三十岁的少妇那样不停地喊"要"，但是，如果你的小说不能在生活的层面"自然而然"地推进过去，你只有用你的手指去自慰。

《德伯家的苔丝》之大是从小处来的。哈代要做的事情不是铆足了劲，不是把他的指头握成拳头，再托在下巴底下，目光凝视着四十五度的左前方，不是。哈代要做的事情仅仅是克制，按部就班。

必须承认，经历过现代主义的洗礼，我现在迷恋的是古典主义的那一套。现代主义在意的是"有意味的形式"，古典主义讲究的则是"可以感知的形式"。

二〇〇八年十二月二十四日，平安夜，这个物质颠狂的时刻，我已经有了足够的"意味"，我多么地在意"可以感知的形式"。窗外没有大雪，可我渴望得到一只红袜子，红袜子里头有我渴望的东西：一双鞋垫，——纯粹的、古典主义的手工品。它的一针一线都联动着劳动者的呼吸，我能看见面料上的汗渍、泪痕、牙齿印以及风干了的唾沫星。（如果）我得到了它，我一定心满意足；我会在心底喟叹：古典主义实在是货真价实。

毕飞宇

原书第一版弁言

后面这一篇故事的主要部分——内容方面和现在稍有不同——都在《图画周刊》上发表过；另有几章，本是更特别为成年的读者写的，也都用随笔记载轶闻琐事的形式，在《双周评论》和《国家观察》上发表过。[1] 这些刊物的编辑和主办人让我现在能按照两年以前的原稿那样，把这部小说的躯干和肢体联到一起，全部印行，[2] 因此我对他们表示感谢。

我只想再说一句话：这部小说的作者，目的简单质朴，他

---

[1] 《图画周刊》，伦敦一种有插图的周刊，创始于一八六九年。《双周评论》亦刊行于伦敦，创始于一八六五年，初为双周刊，后改为月刊。《国家观察》，亦刊行于伦敦，为周刊，创始于一八八九年。《德伯家的苔丝》发表情况，详载《哈代前传》，其略如下：此书于一八八九年开始，先把一部分先后投寄两家杂志社，均以其中有不雅之处退回。于是哈代把所谓不雅之处删去，把原稿改写，投寄给《图画周刊》，始被接受，于一八九一年七月，开始在该杂志上发表，该年十二月登完。从原稿删去的，一是第十一章苔丝被污那一段，在《国家观察》上发表，叫作《山林里一个礼拜六的夜晚》。一是第十四章苔丝半夜给婴儿行洗礼，单独在《双周评论》上发表，叫作《半夜的洗礼》。主要部分在《图画周刊》上发表时，也稍有改动，如第二十三章里，原为克莱把四个挤奶女工抱过泥塘，改为用手车推过。——译者注，下同

[2] 一八九一年秋，哈代按原稿，把《德伯家的苔丝》分期发表时所删改部分，全恢复原状，那年十一月底在伦敦奥兹古得·末钦维恩公司全部出版。

只想把一连串真正互相联贯的事情，用艺术形式表现出来而发表问世；至于这部书里所表示的意见和感情，实在不过是现时大家都想到、都感到的东西，而作者把它说出来了就是了，如果有任何过于高雅的读者，忍受不了这些东西，那我只有请他别忘了圣捷露姆 [1] 那句人所共知的老话："如果为了真理而开罪于人，那么，宁可开罪于人，也强似埋没真理。"

托马斯·哈代

一八九一年十一月

---

[1] 圣捷露姆（三四〇？—一四二〇），基督教拉丁作家。他最大的工作是把《圣经》译为拉丁文。此处所引，见他与友人书。表示同样概念而更常为人所引用的是亚里士多德说的，"柏拉图是亲爱的，但真理比柏拉图更亲爱。"

原书第五版及后出各版序言

现在这部小说，包含了下面这样的一种情况，那就是，它所刻画的女主角还没开始正式活动以前，就经历了一番事故了，而那番事故，通常又都认为是使她丧失了做主角的资格的，或者至少是把她的活动和希望实际上结束了的；既是这样，那么，如果读者会欢迎这部书，并且会和我一致地主张，认为关于一件人所共知的惨剧，在它的隐微方面，除了已经说过的话以外，在小说里还可以再说一说，那这种欢迎和主张，自然都是和公认的习俗十分相反的了。然而英美两国的读者，接受《德伯家的苔丝》那种同情的精神，却又仿佛证明，写一部小说，只依据大家不说出来的意见作方向，而不必使它符合仅仅表现于口头的世道习俗，并不是一无可取的办法，即使拿现在这种好坏不匀、限于局部的成绩作例子，都可以这样说。我对于这种同情，忍不住要表示感激；我只觉得，在现在这个世界里，本是渴想友谊而不可得的，本是只要不被人误会就得算是受惠的，而我却永远不能和这些同情赏识的男女读者，见面握手，这是我的憾事。

我所说的这些读者里面，包括了那些宽宏大量地欢迎这部小说的书评家——他们占了读者的大多数。从他们的言辞里看来，他们也和其余的读者一样，用他们自己那种富于想象的直觉，在许多地方把我叙述方面的缺陷加以弥补。

这部书的本意，既不想教训人，也不想攻击人，而只想在描叙的部分，简单朴素地把意思表达出来，在思考的部分，多写进去一些印象，少写进去一些主见，[1] 虽然这样，但是反对这部书的内容和写法的，还是大有人在。

反对者之中那班更厉害的，除了别的事项以外，还对于什么是适于艺术的题材，在良心上不能认同我的观点；同时明白表示，他们只能把这部书的副题里那个形容词所含的观念，和文明礼法养成的那种完全人为、并非原有的意义联合，而不能把它和任何别的意义联合。这个形容词在"自然"中的意义，以及美学对它所有的要求，他们更不理会；至于他们自己的基督教最优美的一方面对这个形容词所给的精神解释，[2] 就更不用说了。还有一班人，他们反对的理由，根本不过是说，这部小说里所包含的人生观，只是在十九世纪末期流行的那一种，而不是更早一些、更淳朴一些的时代里的——这种说法，我只希望能有充分的根据才好。让我重说一遍好了：一部小说，只是

---

[1] 哈代在维塞司版全集的总序里说，他从来没把他对事序物理的意见，写成绝对一贯的哲学……他所表示的，只是一时的印象，不是深入的主见，或者驳人的辩论。

[2] 特指《新约·提多书》第一章第十五节，"在洁净的人，凡物都洁净，在污秽不信的人，什么都不洁净"。下文所说那一种人生观，请参看本书第253页注 [3]。

一种印象，不是一篇辩论。我要说的话就止于此，因为我想起席勒给歌德的信里说到这班批评者那一段话来了："他们那一班人，只在以表现为事的文章里，寻找他们自己的意思；他们把应该怎样的东西，看得高于事实怎样的东西，因此，这种争论的原因，完全是基本原则的问题，要和他们取得谅解，是完全不可能的。"又有一段："只要我看见，任何人批评诗歌表现、而承认有比内在的'真实'和'必然'还更重要的东西，那我跟他就算断绝关系了。"[1]

在这部书第一版的引言里，我曾提过，恐怕会有一种高雅的人，忍受不了书里某种东西，这种人在刚才说过的那一班反对者之中，果然就出现了。其中有一位，由于我未曾作那种"唯一能证明这个人灵魂得救"的判断性努力[2]，不能把这部书读过三遍，因而感到心烦意乱。又有一位，反对我把魔鬼的钢叉、公寓的切刀和蒙羞得来的阳伞那类鄙俗东西，写在一篇体面的小说里面。[3]还有一位绅士，充了半个钟头的基督徒，为的是便于对我

---

[1] 这是席勒一七九五年三月一日在耶那给歌德的一封信里的第三段和第四段。此处引文所据为什米剌（L. Dora Schmiadg）的英译。

[2] 判断性的努力，原文 critical effort，与 creative effort 相对。见马太·安诺德的《批评论文集初集》第一篇《批评的功能》。安诺德说："判断性的努力，即对于各种学问，如神学、哲学、史学、艺术、科学，考察它们本来的真相所作的努力"。这里是指判断是非的努力而言。

[3] 魔鬼的钢叉，见本书第十四章。公寓的切刀，见本书第五十六章。蒙羞得来的阳伞，见本书第五十七章及五十八章。反对魔鬼钢叉和阳伞的是奥利芬特夫人，其批评文见一八九二年三月《布莱克乌得杂志》。《哈代传》里说，《苔丝》的一个读者，写信给哈代，说书里第五十六章，写公寓杀人、血湿天花板，极不雅。似即属说"公寓的切刀"之人。

给不朽的神所加的不敬字样[1]表示痛惜；虽然也就是他那种天生的高雅，逼着他用了一句叫人要感激不尽的怜惜之辞——说"他也算尽了他的能事了"——把作者原谅。我敢对这位大批评家说，对于神（不论是一神，也不论是多神）作不合论理的责备的，并不像他设想的那样，是一件自我作古的罪恶[2]。固然不错，这种罪恶也许有它的地方根源，可是，如果莎士比亚是一个历史权威的话（他大概不是），那我就可以指出来，在七国[3]那样早的时代，这桩罪恶就已经传到维塞司了。因为在《李尔王》（李尔也可以说是维塞司的国王伊那[4]）里，格勒司特[5]说过：

---

[1] 对不朽的神所加的不敬字样，指本书末章"不朽众神的主宰，对于苔丝的戏弄也算完结了"那一句而言。这位绅士是安得路·郎，他于一八九二年二月《新评论》为文，指摘哈代"不朽的神"，谓哈代"也算尽了他的能事"。哈代在一八九二年十月十二日的日记里写道：《每日新闻》造了一个新词，其词见于下面这句话里，'此时此刻，世人悲观；悲观主义（我们也可以说是"苔丝主义"），是普通而时髦的。'我觉得，我在这段俏皮的报章评论中，可以辨出安得路·郎的手笔。"

[2] 自我作古的罪恶，原文 an original sin，本为"与生俱来的罪恶"之意，是基督教的一种说法。这里哈代是借用。

[3] 七国时代，盎格鲁和撒克逊等民族（即现在英国人的始祖），在四四九年，开始侵入不列颠，他们打败土著，占领各地，建立了七个王国，即肯特、色塞司、维塞司、爱塞司、诺森布里亚、东安格利亚、墨西亚。它的时代，大略是从第五世纪起，到第九世纪止。

[4] 李尔王为传说中不列颠的国王，历来像蒙默思的杰弗里、格洛斯特的罗伯特、斯宾塞、霍林谢德等古代史家和诗人，以及莎士比亚的悲剧《李尔王》里，都是这样说法。唯有英国历史学家兼博古家凯姆敦（一五一一——一六二三），在他的《不列颠纪拾遗》里，把李尔王的故事，安插在维塞司的国王伊那身上，为哈代这种说法所本。伊那，本名伊尼（Ini 或 Ine），伊那（又译艾那）是他的拉丁名字。六七八年即位，七二六年退位。

[5] 格勒司特，《李尔王》里一个角色。

神们看待我们，就好像顽童看待苍蝇；

他们为自己开心，便不惜要我们的命。[1]

　　下剩的那两三位巧妙批评《德伯家的苔丝》的人物，都是胸有成见、为大多数的作家和读者所乐意忘记了的那一类人；都是公然自命为文坛的拳师，为了应付临时，才摆出了一副信心；都是现代"膺惩异端的铁锤"[2]和立誓给人下马威的勇士，老找机会扼杀那一星半点尝试性的成就，不让它变为日后十全十美的成就；总是故意曲解明显的意思，并且假借运用伟大历史方法的名义而攻击私人。但是这一班人，也许有必须推行的主义，必须拥护的权利，和必须保存的遗风旧俗；而一个仅仅以说故事为事的人，只记叙世上的事物给他的印象，完全没有别的用心，可就对于这些东西，有的没注意到，并且也许在自己毫无挑衅之意的时候，完全由于疏忽，对于这些东西，有的发生冲突了。也许一时的梦想所生出来的偶然意念，如果大家认真地把它实行起来，便会让这样一位攻击者在地位、利益、家庭、仆人、牛、驴、邻居或者邻居的太太各方面，[3]遭到不少的麻烦。因此他才英气勃勃，把自己藏在一家出版社的百叶窗后面，大喊"不要脸！"。世界实在太拥挤了，所以无论怎样挪动地位，即使是最有理由向

---

[1] 引文见《李尔王》第四幕第一场第三十六及第三十七行。

[2] "膺惩异端的铁锤"，本为人之绰号，特指红衣主教皮埃尔·戴利而言，他曾为康斯坦会议主席，处宗教改革家胡斯及捷露姆以死刑。

[3] 比较《旧约·出埃及记》第二十章第十七节，"不可贪恋人的房屋；也不可贪恋人的妻子、仆婢、牛驴，并他一切所有的。"

前挪动的一步，都会碰着别人脚跟上的皴裂。[1] 这种挪动，往往始于感触，而这种感触，有时始于小说。

托马斯·哈代

一八九二年七月

前面那些话，是这部书问世不久的时候写的，那时候，社会上对于书中各点那种起劲的批评，公开的和不公开的，在感情上还都令人难忘。这一篇话，当初我既然说了，管它有没有价值，我且留在这里；要是现在，大概就不会写出那种东西来了。从这部书初版的时候起，到现在为止，时间虽然很短，而先前惹我发表那篇东西的批评者，有些位却已经“沉入寂静”[2]了；这仿佛提醒我们，他们说了些什么，我说了些什么，全都丝毫无关紧要。

有些读者，对于书里的风景和有史以前的古迹，尤其是古老的英国建筑，感有兴趣，写信来问我，我很可以借现在这个机会，答复答复他们：这部书里和我别的小说里所有那些背景的描写，都根据的是实在的地方。有许多风景和古迹，就用的是它们现在的真名字；例如布莱谷（或布蕾谷）、汉敦山、野牛冢、奈岗堵、达格堡、亥司陶、勃布砀、魔鬼厨房、十字手、长槐路、奔飞路、巨人山、克利末利路、悬石坛之类都是。至于芙伦河和司徒河，当然大家都知道它们本来就是那样叫法的了。在这些小说初次打

---

[1] 比较莎士比亚《哈姆莱特》第五幕第一场第一五三行。

[2] 比较《旧约·诗篇》第一一五篇第十七节，“死人不能赞美耶和华，下到寂静中的也都不能。”

稿的时候，我的意思是：那些可以把维塞司的大势指示出来的大城市和地方——像湃寺、蒲利末、波伦鼻勒、司塔特、扫色屯之类——都明明白白地用真名字。这种办法并没往很细致的地方作，不过，不管这种办法的价值怎么样，反正那些名字都原样保留了。

至于那些用假名或者古名的地方——因为写小说的时候，仿佛那样有理由——明眼人已经笔之于书，证明他们清清楚楚地认出它们的蓝本来了。例如他们说，"沙氏屯"就是沙夫氏堡，"司徒堡"就是司徒寺·新屯，"卡斯特桥"就是道寨，"梅勒寨"就是沙勒堡，"大平原"就是沙勒堡平原，"围场镇"就是鹳溪，"围场"就是鹳溪围场，"爱姆寺"就是毕阿寺，"王陴"就是陴可·瑞基，"绿山"就是芜堡山，"井桥"就是芜勒桥，"丝台夫路"就是哈夫路，"奈兹勒堡"就是亥兹勒堡，"布锐港"就是布理港，"棱窟槐"就是靠近奈岗堵的一块农田，"谢屯寺"就是谢波恩，"米得勒屯寺"就是米勒屯寺，"阿伯绥"就是绥阿伯，"爱夫亥"就是爱飞昔，"头恩镇"就是陶屯，"沙埠"就是布恩末，"温屯寨"就是温寨等等。对于这些指证，我绝不会反驳；他们的考据，至少可以表示，他们对于书里的风景发生的兴趣，都是出于真心和同情。

托马斯·哈代

一八九五年一月

这部小说，在现在这一版里，多出来了几页，以前那几版里都没收进去。我把那些不相连属的随笔轶闻，像我在一八九一年那一版的序里说的那样，往一处搜集的时候，把这几页忽略了，虽然它们都是原稿里有的。这几页在第十章里。

关于这本书的副题，前面已经提过，我现在要补充一句：那个副题，本是最后——把校样都校完了——才加上去的，作为一个心地坦白的人对于女主角的品格所下的评判。我当初以为，这个评判，大概不会有什么人来辩驳。谁也想不到，这几个字引起来的驳论，比全书里任何部分都要多！[1]

"不著一字，斯更佳矣。"[2] 可是这个副题还是留在那儿。[3]

这部书于一八九一年，初次全部印行，分订三册。

托马斯·哈代

一九一二年三月

---

[1] 关于副题批评之意见，略举二例。（一）"关于……作者把'一个纯洁的女人'作副题而引起的种种冲突意见，教堂讲坛怎样发出抗议，批评家怎样赞扬哈代的艺术而谴责他的伦理，我都赶上了而全记得。但是这个故事却扣扣住了大众的心弦，时光却把不少的道德家转变过来，使他们承认，哈代的伦理尽管不合于世俗，却比他们自己的更高尚，更属于基本性。"（二）"苔丝并不是只属于今天或者昨天的女人，她并不是维塞司的乡村姑娘；她是属于整个时代的人物，和莎士比亚的人物一样。"

[2] 原文为拉丁文。

[3] 哈代加此副题时，很可能想到英国诗人托马斯·胡德的诗《断魂桥》第三段："切莫存鄙夷，轻轻将伊移，幽恨填膺，热泪盈掬，为伊身世轻怜痛惜，荣辱尚何计，且看伊如今一切所遗，唯此纯洁女体。"

可怜你这受了伤害的名字！我的胸膛
就是卧榻，要供你栖息。[1]

威廉·莎士比亚

---

[1] 引自莎士比亚的《维洛那二绅士》第一幕第二场第一一四至第一一五行。胸
膛原文 bosom，在原剧中意为从前"妇女内衣胸前之小囊，用藏情书、爱情
表记等"。译文改动原意。

第一期

白璧无瑕

1

五月后半月里，有一天傍晚的时候，一个中年男子，正从沙氏屯，朝着布蕾谷里的马勒村，徒步归去。（布蕾谷也叫布莱谷，和沙氏屯接壤。）他那两条腿，一走起来，老摇晃不稳，他行路的姿势里，又总有一种倾斜的趋向，使他不能一直往前，而或多或少地往左边歪。有的时候，他脆快俏利地把脑袋一点，好像是对什么意见表示赞成似的，其实他的脑子里，并没特意想任何事。他胳膊上挎着一个已经空了的鸡蛋篮子，他头上那顶帽子的绒头，蓬松凌乱，帽檐上摘帽子的时候大拇指接触的那个地方，还磨掉了一块。他往前刚走了不一会儿，就有一个年事垂老的牧师，骑着一匹灰色的骡马，一路信口哼着小调，迎面而来。

"晚安。"挎篮子的行人说。

"约翰爵士，晚安。"牧师说。

那个步行的男子又走了一两步之后，站住了脚，转过身来说：

"先生，对不起。上次赶集的日子，咱们差不多也是这个时候在这条路上碰见的，那回俺对你说'晚安'，你也跟刚才一样，回答俺说：'约翰爵士，晚安。'"

"不错，有的。"牧师说。

"在那一次以前，大概有一个月了，也有过那么一回。"

"也许。"

"俺分明是平平常常的杰克·德北，一个乡下小贩子，你可三番两次，老叫俺'约翰爵士'[1]，到底是什么意思？"

牧师拍马走近了一两步。

"那不过是我一时的高兴就是了。"他说，跟着迟疑了一会儿，又说，"那是因为，不久以前，我正考察各家的谱系，预备编新郡志，那时候，我发现了一件事，所以才这么称呼你。我是丝台夫路的崇干牧师兼博古家。德北，你真不知道你就是那名门将种德伯氏的嫡派子孙吗？德伯氏的始祖是那位英名盖世的裴根·德伯爵士，据《纪功寺谱》[2]上说，他是跟着征服者威廉[3]从诺曼底到英国来的。"

"从来没听说过，先生！"

"这是真事。你把下巴仰起一会儿来，我好更仔细端量端量你那个脸的侧面[4]。不错，是德伯家的鼻子和下巴，不过可比先

---

[1] 杰克是约翰的亲昵叫法。英国习惯，称呼爵士时，只单提名，或姓名同提，不能单提姓。又英国习惯，多父子、祖孙同名，所以后面有"好些代约翰爵士"的话。

[2] 《纪功寺谱》记载当时跟随威廉到英国那些诺曼贵族的姓氏，编于十五世纪。

[3] 威廉（一○二七──一○八七），本为法国西北部诺曼底公爵，一○六六年打败英国人，做了英国国王。

[4] 欧美人最重侧影，其风始于古代希腊、罗马，其时铸于钱币上之人头像，皆为侧影。德伯实有其人，详见赫钦氏的《多塞特郡志》。哈代本书所写，皆有根据。下文称爱错玛征服格拉摩根郡，亦皆为史实。

前有些猥琐了。原来帮着诺曼底的爱错玛爵爷征服格拉摩根郡的，有十二位武士，你祖宗就是其中的一位。你们家的支派，在英国这一带地方上，到处都有采邑 [1]。在司蒂芬 [2] 王朝，他们的名字都登在《度支档册》[3] 上了。约翰 [4] 王朝，你的祖宗竟有一位，阔得把一处采邑捐给了僧兵团 [5] 的。爱德华第二 [6] 王朝，你祖宗勃伦曾应召到威斯敏斯特 [7]，去参加在那里开的大议会 [8]。奥里佛·克伦威尔 [9] 时代，你们家多少衰微了一点儿，不过可还没到严重的程度。后来查理第二 [10] 王朝，你们家因为忠心保主，封过御橡爵士 [11]。唉，你们家有过好些代的约翰爵士了；假使爵士

---

[1] 采邑为封建时国王分封给有功者的土地，约相当于一区的大小。受封者一人可兼数个或数十个采邑。

[2] 司蒂芬，英国国王（一一三五——一一五四）。

[3] 《度支档册》是英国财政部的大档案，包含郡长及每年财政状况报告等，记载各郡赋贡甚详，始于英王亨利第二（一一五四——一一八九）时，终于一八三四年。

[4] 约翰，英国国王（一一九九——一二一六）。

[5] 僧兵团，本来是慈善机关，始于十一世纪在耶路撒冷设立的医院，专救护朝圣香客。发达后采用军事组织形式，成为基督教东方势力之中坚。一七九九年以后，渐被消灭。

[6] 爱德华第二，英国国王（一三〇七——一三二七）。

[7] 威斯敏斯特，伦敦地区，为英国议会所在地。

[8] 大议会，为现在英国议会之前身，当时参加这种会的，为教会中要人及诸侯。爱德华第二在位时，开会的次数渐多，唯多数在约克，在威斯敏斯特开会的仅一三〇四年、一三一〇年和一三一一年各一次。

[9] 奥里佛·克伦威尔，英国共和时期执政（一六五三——一六五八）。

[10] 查理第二，英国国王（一六六〇——一六八五）。

[11] 御橡爵士，爵士之一级。查理第二未即位时，于一六五一年战败逃亡，曾藏在希罗普郡巴索白地方的橡树中，得免被俘，所以就叫那棵树是御橡。一六六〇年王政复辟后，为纪念这件事创设了这一级武士。

也跟从男爵[1]一样，可以世袭，那你现在不就是约翰爵士了吗？古代的时候，爵士实际就是父子相传的啊。"

"真个的吗？"

"总而言之，"牧师态度坚决地拿马鞭子拍着自己的腿，下了断语说，"全英国像你们家这样的，真不大容易找得出第二份来哪。"

"可了不得！全国都找不出来吗？可是你看俺哪，一年到头，忙忙碌碌，东跑西颠，好像跟区里顶平常的家伙，并没有什么不一样的地方，……崇干牧师，关于俺这个新闻，人家已经知道了多久了？"

牧师说，据他所晓得的，这件事早已成了陈迹，很难说有什么人知道。他自己考察各家谱系，是在刚过去的那个春天里有一天开始的，那时候，他正追溯德伯家历代的盛衰，刚好看见了德北写在车上的姓名，[2]因此他才寻根问底，去考察德北的父亲和祖父，一直考察到他对这个问题没有疑问的时候。

"我起初本来打算，不要把这么一个毫无用处的遗闻琐事告诉你，以免搅得你心绪不宁。不过有的时候，我们的理智控制不了我们的冲动。我还以为你早就知道一点儿了哪。"

"不错，俺倒也听人说过一两次，说俺们这家人还没搬到布蕾谷的时候，也过过好日子。可是那时候，俺对这种话并没怎么理会，俺还只当是，他们说的好日子，不过是从前养过两匹马，这阵儿可只养得起一匹啦。俺家倒有一把银子古调羹和一

---

[1] 从男爵，英国封建贵族爵位第六级，在男爵之下。
[2] 英国公路法，车上须涂写车主人姓名。

方刻着花纹的古印。[1] 可是，俺的老天爷，调羹和印算得了什么？……真没想得到，俺会跟高贵的德伯家一直是一家骨肉。人家倒谈过，说俺老爷爷有背人的事，不肯告诉人家，他是从哪儿来的。……牧师，俺莽撞地问一句，俺这家人这阵儿，都在哪儿起炉灶哪？俺这是说，俺们德伯家都住在哪儿哪？"

"现在你们家哪儿也没有了。以一郡的世族而论，你们家已经灭绝了。"

"这可糟糕。"

"不错——这就是那些弄虚作假的家谱上所说的，某家男系绝灭无后，其实不过是衰败了、没落了的意思。"

"那么俺们都埋在哪儿哪？"

"埋在绿山下的王陴。那儿的地下拱顶墓室里，你们家的坟一行一行的，坟上面刻着石像，罩着培白玉华盖。"[2]

"俺们的庄园宅第哪？"

"你们没有庄园宅第了。"

"呃？地也没有了吗？"

"没有了。虽然我才说过，你们家从前有很多庄园，因为你们家的支派很繁盛，但是现在可什么都没有了。从前本郡里，你们家的宅第园囿，王陴有一处，谢屯有一处，米尔滂有一处，勒尔台有一处，井桥也有一处。"

"俺们家还能不能有家道重新兴旺起来那一天哪？"

---

[1] 古调羹和古印，英国习惯，这一类东西，用以传家。
[2] 在英国坟上刻像，起于十二世纪。培白是一个半岛，在多塞特郡东南部，那儿所产的石头，除了做大教堂的石柱以外，又做洗礼盆、雕像等。

"啊——这我可说不上来。"

"先生，你看俺对这件事该怎么办才好哪？"德北停了一会儿问。

"哦，没什么办法，没什么办法。'一世之雄，而今安在。'[1]你只有记住这句话，训诫鞭策自己就是了。这件事本来不过是对于我们研究地方志和家谱的人多少有点儿意思罢了，没有别的。本郡里面现在住小房儿[2]的人家，从前几乎也跟你们家一样声势显赫的，还有好几姓哪。再见吧。"

"可是，崇干牧师，既是这样，那你回来，跟俺去喝它一夸脱啤酒，好不好？清沥店有开了桶的好酒，可是比起露力芬店里的，自然还差点儿。"

"谢谢你，不喝了，今儿晚上不喝了，德北。我瞧你喝得已经不少了。"牧师说完以后，就骑着马走了，心里直疑惑，不知道把这一段稀罕的家史，对他说了，是不是不够慎重。

他去了以后，德北带着一味深思的样子，往前走了几步，跟着在路旁的草坡上坐了下去，把篮子放在面前。待了不久，一个小伙子在远处出现，也朝着德北刚才所走的方向走来。德北见了他，把手举了起来，他于是加紧脚步，走近前来。

"喂，小子，你把这个篮子拿起来，俺要你去给俺送个信儿。"

---

[1] "一世之雄，而今安在。"意译。原文见《旧约·撒母耳记下》第一章第十九节。旧译"大英雄何竟死亡"。

[2] 小房儿，原文 cottage。英国农村，mansion 和 cottage 之分，主要为规模之大小。cottage 之顶，或覆以草，或覆以石板，或覆以瓦，各视其当地所产之物而定。故 cottage 不能一概译以"草房"，更不能译以"茅屋"。但可译"村舍"。

那位身材细瘦的半大小子，把眉头一皱，说："约翰·德北，你是什么人，敢支使起俺来，还叫俺'小子'？咱们谁还不认得谁！"

"真认得吗？真认得吗？这可得说是个谜，这可得说是个谜。你这阵儿听俺吩咐，把俺交给你的差事快快办去好了。……哼，傅赖，俺还是把这个谜对你说穿了吧，俺原是一个贵族人家的后人哪，今儿晌午后，就是刚才那会儿，午时以后，酉时以前，俺才知道的。"德北宣布这段新闻的时候，本来是坐着的，现在却把身子倒了下去，骄矜闲适地仰卧在草坡上面雏菊的中间。

那小伙子站在德北面前，把他从头到脚打量了一番。

"约翰·德伯爵士——那就是咱！"长身仰卧的男子继续说，"那是说，要是爵士也和从男爵一样的话——本来也就一样呵。俺的来历，都上了历史了。小子，绿山下有个王陴，你知道不知道？"

"知道，俺上那儿赶过绿山会。"

"啊，就在那个城的教堂下面，埋着——"

"那并不是个城，俺说的那个地方并不是个城；至少俺上那儿去的时候，那不是个城。那是个土里巴唧、不起眼的小地方。"

"你就不用管那个地方啦，小子，那不是俺眼下要谈的题目，俺要说的是，俺祖宗就埋在那一区的教堂下面，有好几百位，都穿着真珠连锁甲，装在好些吨重的大个儿铅棺材[1]里头。所有南维塞司这些人，谁家也没有俺们家老祖宗的骨殖那样大的气派，那样高的身份。"

---

[1] 英国中古时代习俗，贵人死后，尸体先装在金匣里，罩以橡木棺材，外面再罩以铅棺材，葬时再加石椁。至少民间传说如此。

"哦？"

"现在，你拿着这个篮子，上马勒村去走一趟。你到了清沥店的时候，叫他们马上打发一辆单马马车来，接俺回家。再告诉他们，在车底下带一小瓶一纳金[1]重的甜酒来，叫他们记在俺账上好了。你把这些事都办完了，再把篮子送到俺家里，告诉俺太太，叫她把要洗的衣裳先搁一搁，因为她用不着洗完了，叫她等着俺，俺回家有话告诉她哪。"

那小伙子半信半疑，站在一旁，于是德北把手放到口袋里，把他从来一直就没多过的先令，掏出一个来。

"你辛苦一趟，小子，这个给你吧。"

这么一来，那小伙子对当前情势的看法，就立时改变了。

"是，约翰爵士。谢谢你。还有别的事没有，约翰爵士？"

"你告诉俺家里的人，说回头晚饭俺想吃——呃——要是有羊杂碎，就给俺煎羊杂碎；要是没有，就预备血肠得了；要是连血肠也弄不到，呃，那么小肠也行。"

"是，约翰爵士。"

那小伙子拿起篮子，正要拔步前行，忽然听见铜管乐的声音，从村子那边传了过来。

"这是干什么的？"德北说，"不是为俺吧？"

"这是妇女游行会[2]呀，约翰爵士，你瞧，你闺女还是会员哪。"

"真格的——俺净想大事，把那件事全忘了。好吧，你上

---

[1] 纳金，英容量名，等于四分之一品脱。

[2] 游行会，原文 club-walking，英国方言，意为互助团体每年举行的联欢会。绕区游行是游行会的仪式之一。

马勒村，吩咐他们套车来，俺也许坐着车，去视察视察她们的游行队。"

小伙子转身走去，德北在夕阳中的野草和雏菊上仰卧等候。那条路上，许久没再走过一个人影。在这青山环绕的山谷里，那轻渺的铜管乐声，就是唯一能听到的人籁。

2

前面说过的那个美丽的布蕾谷或者布莱谷，是一处群山环抱、幽深僻静的地方，虽然离伦敦不过四个钟头的路程，但是它的大部分，却还不曾有过游历家和风景画家的足迹。马勒村就在它东北部那片起伏地带的中间。

想要熟悉这个山谷，最好是从它四周那些山的山顶上往下俯览——不过也许得把夏季天旱的时节除外。天气不好，一个人没有向导，独自游逛到谷里的幽深去处，容易对于它那种狭窄曲折、泥泞难走的路径觉得不满。

这一片土壤肥沃、山峦屏障的村野地方，田地永远不黄，泉水永远不干，一道陡峭的白垩质山岭，包括汉敦山、野牛冢、奈岗堵、达格堡、亥司陶和勃布砀这些高岗，在它南面环绕回抱。一个从海边上来的旅客，往北很费劲地走过了几十英里石灰质丘陵地和庄稼地以后，一下来到这些峻岭之一的山脊上面，看到一片原野，像地图一样，平铺在下面，和刚才所走过的截然不同，他就不由得要又惊又喜。他身后面，山势空旷显敞，篱路漫漫灰白，树篱 [1] 低矮盘结，大气无颜无色，太阳明晃晃地照耀的那些块田地，一处一处非常广大，只显得那片景物，好像没有围篱界断一样。但是在这个山谷里，世界却好像是在纤巧、精致的规模上建造起来的。这儿的田地 [2]，都只是一些小小的牧场，完全是大草场的缩影，因此从这个高岗上看来，一行一行纵横交错的树篱，好像是一张用深绿色的线结成的网，伸展在浅绿色的草地之上。山下的大气，都懒意洋洋，并且渲染成那样浓重的蔚蓝，因而连这片景物上艺术家叫作是中景 [3] 的那一部分，也都沾润了那种颜色，而远处的天边，则是一片最深的群青。长庄稼的地，块数不多，面积有限。全副景物，除去很少的例外，只是大山抱小山，大谷套小谷，而那些小山和小谷上，盖着一片连绵、丰茂的草和树。布蕾谷就是这种样子。

这块地方，不但地形方面富有情趣，历史方面也颇有意味。历来相传，都说国王亨利第三的时候，有一只美丽的白鹿，亨利王追上了没舍得杀害，却让一个叫塔姆·德·拉·林得的杀害了，因此受了国王的重罚。[4] 由于这个稀奇的传说，从前都管这个谷叫白鹿苑。在那个时代一直到离现在比较近的时候，这块地方到处

---

[1] 围篱，树篱，篱路，英国习惯，田园草场都有树篱、垣墙界断，而用树篱的时候更多。树篱，即在地边种上灌木或小树，经过修剪编结，作成藩篱。在英国中部和南部的乡村风景上，成了一种特点。两旁有树篱的路叫作篱路。

[2] 田地，原文 field，本包括庄稼地和草场。

[3] 中景是在一幅图画里或风景上介乎背景和前景之间的那一部分。

[4] 亨利第三，英国国王（一二〇七——一二七二）。塔姆·德·拉·林得，亨利第三时布莱苑的苑长，是一个爵士。英国从前有苑围法，禁止在林苑内逐猎，重者甚至处死刑。塔姆·德·拉·林得受罚实有其事。

都是葱茏茂密的树林。就是现在，仍旧有古老的橡树矮林 [1] 和参差的乔木地带，在它那山坡上残存，仍旧有空心的大树，在它那许多草原上荫覆。这都可以看出它当年那种情景的痕迹来。

林苑已经一去不回了，但是旧日林间树下一些古风，却仍然留存。不过这许多古风，却只是在改头换面或者另有化身的形式下延续下来。比如现在所说的那个下午里，就可以看出五朔节舞 [2] 的旧风，以联欢会（或像本地的叫法，游行会）的形式出现。

马勒村的青年居民，都觉得这种游行，是一件有趣味的举动，不过它的真正意义，参加这个会的人，倒看不出来。它的特点，并不在于它保存了古风，让人每到周年，就排队游行跳舞，却是因为它的会员全是妇女。在男子团体里，这样的庆祝，虽然渐渐消灭，比较起来，却还不像在妇女团体里那样少见。但是在现在还留存的这种妇女团体里（如果还有任何留存的），盛况和光荣，却全都摧残干净了，这若不是由于妇女们羞涩的天性，就是由于她们亲属里面男子们讥笑的态度。只有马勒村的游行会，还照旧延续，来维持本地的司瑞神节 [3]。这个会如果不能说是养老送终的互助结社 [4]，却得算是一种立盟供神的妇女团体。它已

---

[1] 橡树有乔木，有灌木，乔木橡树有林中之王之称。此处橡树则属灌木一类，有时砍伐，用作薪材。

[2] 五朔节舞，英国风俗，五月一日是五朔节，青年男女奏乐吹号，采取树枝、野花，装饰门窗。在草地上竖立五朔柱，围柱跳舞，并选举五朔后。此风古时极盛，直到晚近，在穷乡僻壤，还有举行的。

[3] 司瑞神节，司瑞，古罗马司百谷的女神，罗马人每年四月十九日纪念她。

[4] 英国结社之一种，会员交纳会费，做会员们养生、送葬、老病残废的保险金。

经按期游行了好几百年了，现在仍然按期游行。

所有结队的会员，都穿着白色的长衫——这种鲜明的服装，是旧历 [1] 通行那时候的遗风。那时候，欢乐的心情和五月的时光是分不开的 [2]；那时候，人们还没有深思远虑的习惯，把人类的情绪压低到单调一律的程度呢。[3] 她们那天最先出现的时候，是二人一排，列队在区上游行。她们的身躯，让绿色的树篱和藤萝攀附的房屋前脸一衬托，就在日光辉煌的映射下，显出理想和事实，稍微有点儿冲突。因为虽然她们全体穿的都是白色的衣服，却没有两件衣服白得一样。有些近乎纯粹的漂白；有些是发蓝的灰白；有些年长的会员所穿的，近于死人一般的灰色和乔治时代 [4] 的样式，那可能是叠在箱子里，放了好些年了。

除了穿白色连衣裙那种特点以外，每个女人，右手里还拿着一根剥了皮的柳条，左手里拿着一束白花。柳条的修剪和花束的选择，都是每个人费过一番心思的事情。

游行队里的妇女，有几位中年的，甚至于还有几位快要老了的。她们都饱经风霜，受尽磨难，一头银丝，满脸皱纹，却

---

[1] 旧历，纪元前四六年创始于裘利厄·恺撒。纪元后一五八二年，教皇格来高第十三另创新历。

[2] 古时罗马的青年，到了五月一日那一天，都跑到田野里去，唱歌跳舞，纪念花神馥罗拉。

[3] 哈代认为，古代希腊罗马时期，人们对于人生是热烈的，现代的人则不然。此意特见于其《还乡》第三卷第一章，又见于《无名的裘德》等处。

[4] 乔治时代，英国国王叫乔治的有五个，即所谓汉诺威王室。此处指乔治第三和乔治第四等而言，当一七六〇和一八三〇年之间。《德伯家的苔丝》于一八九一年出版，在维多利亚时代。

也夹在这种轻快活泼的队伍里,让人觉得,几乎不伦不类,毫无疑问,十分可怜可叹。她们都有过焦忧和磨炼,并且在一生之中,眼看就临近了自己要说"毫无喜乐的那些年日"[1]的时候了。真正看来,也许个个这样的人,比起她们年轻的伙伴来,都有更丰富的材料,可以供我们搜集叙说。不过这儿且休提那些上了岁数的人,而只讲那些生命在紧身衣下跳动得热烈迅速的人好啦。

实在说起来,会员里面,还是年轻姑娘占大多数。她们满头蓬松的云鬓,在日光下,掩映出各式各样的金色、黑色和褐色。她们里面,有的美目流盼,有的鼻准端正,有的樱唇巧笑,有的身材苗条,但是兼备众美的,固然不能说没有,却少得很。[2]由于她们硬得这样抛头露面,让大家细看,所以她们的嘴唇该轻启还是固闭,分明使她们感到困难了,她们的头该微俯还是高举,她们的面目该紧绷还是松弛,才能神态自若,免于做作,也分明使她们觉得不好办了。这都表示,她们是真正的乡村姑娘,不习惯于让许多人注视。

她们中间每一个人,都有暖和的太阳,在她们身上晒着,同时,她们每一个人心里,也都有一个个人独有的小太阳,晒着她们的灵魂。一种梦想、一种爱情、一种心思,至少一种渺茫的

---

[1] "毫无喜乐的那些年日",见《旧约·传道书》第十二章第一节。

[2] 比较哈代的诗《勾魄引魂的女人》,"没有别个勾魄引魂的女人,能比这个女人更勾魄引魂。有的有花朵一般的嘴唇;有的有朗月一般的眼神;有的有音乐一般的嗓音,用颤袅袅之语,慰饥渴之心。但是这种种天赋集于一身,除了我所知的她,还有何人?"

希望 [1]，虽然也许因为所欲不遂而终于渐渐成为泡影，但是依然不断地生长，因为希望原是这样的啊。所以她们大家全都兴致勃勃，有好些位还都嬉笑欢畅。

她们走过了清沥店，正要离开大道，从一个小栅栏门进入草场，那时候，只听一个妇人说：

"哦呵，俺的老天爷！你看，苔丝·德北，那不是你爹坐着大马车回来啦！"

一个年轻的队员，听见这话，回头看去。她是一个姣好齐整的姑娘——也许她跟别的几位比起来，不一定更姣好——不过她那两片娇艳生动的红嘴唇，一双天真纯洁的大眼睛，使她在容貌和颜色上，平添了一段动人之处。她头上扎着一根红带子，在一片白色的队伍里，能以这样引人注目的装饰自夸的，只有她一个人。她那时回过头去，看见德北正坐在清沥店的马车里，沿路而来，赶车的是一个头发鬈曲、体格雄壮的姑娘，两只袖子卷到胳膊肘以上。她是清沥店里那位高高兴兴的店伙，因为总揽一切，所以有时也做车夫，有时也做马夫。德北摆出舒服阔绰的样子，把眼睛闭着，把身子往后靠着，一只手来回在头上摆着，嘴里慢慢地用宣叙调念道：

"俺们家在王陴，有一座大坟地。俺祖宗是武士，装在那

---

[1] 哈代一八八八年七月的日记："想到享乐的决心。这种情况，从一切事物上——从树上的一片树叶到跳舞会上有爵位的贵夫人，都可看到。……这种享乐决心的成功，可以说连在超人的困难中都能做到。好像壅塞的水，有缝就往外涌。……因此千千万万人中，几难找到一个，心里没有一个太阳的。"比较英国十七世纪文人布朗在《论骨灰葬》第五章里所说，"生命是纯青的火焰，我们之所以生，因我们体内有一个不可得见的太阳在。"

铅棺里！"

所有的队员，都一齐窃笑，只有那个叫苔丝的是例外。她看见父亲在她们面前出丑，脸上仿佛慢慢地起了一阵热辣辣的感觉。

"这没有别的，他累了就是啦，"她连忙说，"我们家的马今儿要休息，所以他顺路找别人把他带回来了。"

"你还装糊涂哪，苔丝，"她的同伴说，"他那是赶完了集，又喝了个不亦乐乎。哈哈哈！"

"我告诉你们，要是你们拿他开玩笑，那我就一步也不再跟你们往前走啦！"苔丝喊着，同时颊上的羞晕，一直红到满脸和满脖子。一会儿的工夫，她连眼圈都湿了，头也抬不起来了，只往地上瞧。她们一见真把她惹得难受了，就没再说什么别的话，大家一时又按部就班，往前进行。苔丝的自尊心重，不好意思再回头去看，她父亲究竟是什么意思，其实他有没有意思，谁知道呢，所以她就跟着大队，一直往围篱里面举行跳舞会的青草地上走去。到了那儿的时候，她已经恢复了平静，拿柳条轻轻拍打和她并排的女孩子，照旧有说有笑的了。

在这样年纪上的苔丝，只是一团感情，还丝毫没沾染上人生的经验。她虽然上过村里的小学，但是她嘴里还保留了相当多的方言 [1]：这块地方上那种方言的特殊语音，就表现在差不多可

---

[1] 据英国语音学家琼斯诸人的说法，英国的标准语音（他不主张用"标准"的说法，而叫这种音是 received speech）是英国南部受过公立寄宿学校教育的人所讲的那一种。小学教员的职责之一，就是矫正学生的方言。说方言的孩子们，在公立寄宿学校寄宿求学的，方言容易改，在不寄宿的乡村小学里的，则较差。

以拿"尔"字代表那个音的念法上，他们把它念得几乎和人类语言中任何别的音一样地重。[1] 苔丝生来就说这种方言的那副深红微噘的嘴唇，还没长到完全固定的形状呢，并且她说完一个字时，一闭嘴，她的下唇总要把上唇的中部往上一撮。

童年的神情，在她的面貌上，仍旧隐隐约约地看得出来。那天下午，她随着大队游行的时候，虽然看来身材高壮，面貌齐整，像个成年女子，但其实有的时候，她十二岁时的样子，在她那两颊上能看到，她九岁时的神情，在她那闪烁的眼睛里能辨出，就是她五岁时的模样，也还时在她那唇边嘴角上轻轻掠过。

但是这种情况，既少有人知道，更少有人注意。只有极少数的人，大半还都是素不相识的，偶然走过，会注目久视，一时叫她的清新鲜嫩所迷，并且心里想，不知道将来还能不能再见到她。但是差不多据一般人看来，她只是一个端正秀丽、上得图画的乡下姑娘就是了。

德北坐在女车夫赶着的凯旋马车里，一去之后，再也看不见，也听不见了。舞队走进了选定的场所，跳舞于是开始。因为队员里面没有男人，她们起先只是女的和女的对舞。但是一天的劳动快要结束的时候，就有住在村里的男子，还有别的闲杂人和行路人，都聚在舞场周围，并且想要开口磋商搭配舞伴。

在这些旁观的人里面，有三个身份较高的青年，肩上拴着小背包，手里拿着粗手杖。他们的模样都相似，他们的年龄又

---

[1] 英文元音二十一个，其中可用"ur"代表的那一个，多在非重音的地方，说标准音的人念来，最为轻微含糊，但是乡间有些地方，却把这个音读得和其余那二十个元音一样地重。

一个一个紧紧相挨，所以人们看起来，几乎要认为他们是亲兄弟，其实他们本来也就是亲兄弟。老大是普通副牧师的打扮，系着白领带，穿着圆领背心，戴着薄边帽子；老二是一般大学生的样子；最小的老三，只凭外貌，还不大看得出来是个什么样的人，他的眼神、他的服装，都带着一种无拘无束、不郎不秀[1]的神气，表示他对需要循规蹈矩、黾勉从事的职业，还没找到门径呢。我们只可预言一下，说他只是一个轻尝浅试、旁收杂览，样样通、样样松的学生罢了。

他们兄弟三人，对路上碰见的人说，他们是在白衣节假期里[2]步行游历布蕾谷的，他们的路程是从东北方的沙氏屯镇起，往西南方去。

他们靠在大路旁边的栅栏门上，打听跳舞和白衣妇女是怎么个讲究。老大和老二显然是一分钟都不想多待的。但是老三，看到一群女孩子自己对舞，没有男子相伴，仿佛觉得很好玩儿，所以就不急于往前走了。他把背包解下，连手杖一齐放在树篱下面的土坡上，把栅栏门开开了。

"你要干吗，安玑？"老大说。

"我想去跟她们凑个热闹。咱们何妨都去哪？只去一两分钟好啦，绝耽误不了咱们很大的工夫。"

---

[1] 无拘无束、不郎不秀，原文 uncribbed, uncabined，反用莎士比亚的《麦克白》第三幕第十四场第二十四行，"I am cabin'd, cribb'd, confined, bound…"。拜伦在《查尔德·哈洛德游记》第四章第一二七节第六行，也有"cabined, cribbed, confined"之语。

[2] 白衣节，基督教会重要节日之一，复活节后第五十天举行。英国法律规定白衣节星期一，一律休假。暑假也从这时开始。

"不成——不成，你净胡说乱道！"大哥说，"在众目睽睽之下，跟一群乡下毛丫头跳舞！你不怕有人看见吗？快走吧，要不然，咱们赶不到司徒堡，天就要黑了，比司徒堡近的，又找不到其他投宿的地方。再说，我既然不怕麻烦，把《不可知论驳正》[1]带来了，咱们还得再念完一章才能睡哪。"

"好吧，我五分钟一准赶上你和克伯，你们不必等我。你放心好啦，裴利，我五分钟准追上你们就是了。"

两个哥哥没法子，只得离开了他，自己往前走去，走的时候还替他拿着行李，好叫他回头追赶的时候，免得累赘。老三于是走进了草场。

跳舞刚刚停了一下的时候，他就朝着离他顶近的那两三个姑娘殷勤地说："这样真是万分可惜了，你们的舞伴哪，我的亲爱的？"

"他们还都没散工哪，"顶不拘泥的姑娘里面，有一个说，"他们一会儿就都来了。趁着他们还没来，你先当一个舞伴好不好，先生？"

"当然好，不过这么些女的，就我一个男的，有什么意思？"

"总比一个都没有好哇，彼此一样的人对面跳舞，一点也不亲亲热热搂搂抱抱的，可真不是味儿。我说，你这会儿就精挑细拣吧。"

---

[1]《不可知论驳正》，"不可知论"始于一八六九年英国科学家赫胥黎，大意是，科学能证明的现象，方可相信，无法证明的理论，像死后的世界、世界的创造者等，不能知道。因为从达尔文的《物种起源》于一八五九年问世后，《旧约·创世记》里说的上帝创造天地万物那类话，大受影响，所以教会僧侣，对进化论大起反抗，有把科学家处以破门罪的提议，所以赫胥黎创"不可知论"。至于《不可知论驳正》的作者，则不详，因这类书的作者多不具名。

"算了吧！别太不害臊啦。"一个比较腼腆的女孩子说。

那个青年这样应邀以后，就拿眼打量她们，想要鉴别一下。不过这群姑娘，既然都是他从来没见过面的，所以他不大能运用他的鉴别力。他挑的那个，差不多就是头一个到他跟前的；说话的那个姑娘，却出乎她的意料，并没中选。苔丝·德北呢，也没那么巧被选上。古老的家世，祖宗的骨殖，纪功的碑碣，德伯氏的相貌，还没能在人生的战场上给她帮忙的呢，连叫她在极平常的村姑农妇里面出人头地，得到一个男舞伴这么点儿小事，都没办到。诺曼的血统[1]，没有维多利亚王朝的财富[2]做辅助，又算得了什么！

那个独占上风的姑娘，不管叫什么名字，反正并没流传下来，我们只知道，所有的人，觉得那天晚上，她头一个享受到和男舞伴跳舞这种福气，都嫉妒她。不过有一个人带头，就有一百个人跟随，乡村青年们，在先前没有外人闯入碍事的时候，本来都站在栅栏门外，趑趄不前，现在却很快地进了门里。一会儿的工夫，成双成对跳舞的人中间，就掺进去了许多许多乡村青年男子，等到后来，就是顶不好看的女人，也用不着充当男舞伴了。

教堂的钟响起来了，那个学生忽然说，他得走了——他刚才忘其所以了——他还得追他的同伴呢。他走出舞队的时候，眼光落到苔丝·德北身上，她那一双大眼睛，老实说，正因为他没挑

---

[1] 英国人重门阀血统，尤重诺曼血统。一〇六六年跟诺曼底公爵威廉从征有功的人，都在英国受封，他们的后裔，有世世相继的，在英国贵族中，年代最久。

[2] 维多利亚，英国女王（一八三七—一九〇一在位），她这一朝，是英国资本主义最发达的时期。国会数经改革之后，富商大贾，多一变而为贵人，乡绅旧阀，反多失势，政权落于资产阶级之手。

选自己，微微含着怨意。他呢，因为她先前退缩不前，没能注意到她，也觉得后悔。他就是怀着这样的心情，离开了草场的。

因为他已经耽搁了许久，所以现在飞跑着往西面的篱路上追去。一会儿的工夫，他就跑过山坳，上了前面的山坡。他还没追得上他哥哥们呢，但是暂且站住了脚，喘一喘气，同时回头看去。他看得见，那些穿白衣服的姑娘，正在青草地上旋来转去，和刚才他跟她们在一块儿的时候一样。她们好像已经把他完全忘了。

她们大家都把他忘了，也许只有一位没忘。这个白色的形体，离开了人群，独自站在树篱旁边。从她站的地点上看，他知道那就是他没能和她跳舞的那个美丽姑娘。事情虽小，他却本能地感觉到，她一定因为叫他忽视了而觉得难过。他后悔不该没要求过她，他后悔不该没问问她的姓名。她的态度那样幽静娴雅，她的神气那样脉脉含情，她穿着薄薄的白长衫，那样轻柔温软，因此他觉得，他刚才所作所为，真太愚蠢了。

但是事情既已无可奈何，他就转身弯腰，急忙往前赶路，不再去想这件事了。

3

苔丝·德北呢，却没那么容易就把这件事从她的思想里驱走赶掉。她许久也没能打起精神来，虽然她再去跳舞能有很多的舞伴。但是，啊！那些舞伴里面，有谁说起话来，能像刚才那位青年过客那样受听呢！一直等到那位青年过客在山上越去越远的人影完全在夕阳中消失了，她才把那一晌的愁绪排遣，答应了先前就想同她跳舞的人。

她和同伴们流连到暮色苍茫的时候，和大家舞了一阵，倒也有一番热烈的情致，不过她还是一个天真纯洁的女孩子，她所以爱"按节踏足"，纯粹是为了"按节踏足"本身。她也见过那些为人"求之而得"的姑娘们，受尽了"软绵绵的懊恼，苦阴阴的甜蜜，令人舒服的痛楚，沁人心脾的悲凄"，但是自己遇到这种情况，会是什么样子，她却丝毫还没想得出来。小伙子们争着吵着都想同她跳舞的时候，她看着只觉得好玩儿罢了，没有别的。他们争吵得太凶了，她还骂他们呢。

她本来还可以再多待一会儿，不过她想起刚才她父亲那种怪模怪样的情况，就不由得焦灼起来，不知道他究竟怎么样了，所以就离开了舞队，转身向村子的边上走去，因为她家住的那所草房，就在村子的边上。

离家还有好几十码的时候，另一种有节奏的声音，和刚才舞场上的完全不同，送到她的耳朵里，这是她听熟了的声音——听得很熟的声音。原来屋里有一个摇篮，正在石头地上猛烈摇摆，发出一连串有规律的咔嗒之声。一个女人的声音，正和着摇摆的动作，像演奏节奏迅速的舞曲一般，唱着特别心爱的《花牛曲》[1]：

　　我看见她躺在那边的绿树林子里，

---

[1] 《花牛曲》是英国一首民歌，曲文有两种：兑芬曲文和约克曲文，这里所引为兑芬曲文。

爱人啊，你快来！她在哪里，让我告诉你！

歌声和摇篮声，有时一齐暂时停住，跟着那嗓音提到了最高的调门，一阵尖声喊道：

"上帝保佑你这金刚钻眼珠哟！保佑你这小粉团脸蛋哟，保佑你这小樱桃嘴唇哟！保佑你这赛丘比特[1]的小大腿哟！保佑小宝贝身上每一块小肉肉哟！"

喊叫完了，歌声和摇篮声又重新开始，《花牛曲》又照旧进行。苔丝开开门，站在门里的脚垫上往里瞧的时候，屋里正是这种光景。

屋子里面，虽然有这样有节奏的声音，但是在苔丝眼里，却有一种说不出来的凄凉冷落。从刚才野外过节那种欢乐的气氛里——白色的长衫，丛丛的花束，柳树的柔条，青草地上蹁跹的旋舞，青年过客一时引起的柔情——来到这蜡烛一支、光线昏黄的惨淡景象中，真是天上人间了！除了这种对比格格不容而外，她还因为自己在外面贪恋游玩，没能早点回来帮助母亲料理家务，问心深深有愧，只觉意趣全消。

她母亲身旁围着一群孩子，正和苔丝出门那时候一样，弯腰俯身，站在一个洗衣盆边，盆里的衣服本是星期一就该洗完了的，现在却磨蹭到一星期的末尾，这本是经常的现象。苔丝身上那件白色连衣裙，也是她母亲昨天刚从那个盆里拿出来，亲手给

---

[1] 丘比特，原文为 Cubit，为 Cupid 之误。罗马神话，丘比特是爱之女神维纳斯之子，司人间爱情。他的像通常总是一个丰满可爱的婴孩，全身裸露。

她拧干烫平了的；也就是那件白色连衣裙，她刚才在湿漉漉的草地上，漫不经心，竟把下摆蹭绿了：这使她想起来，后悔难过，像受到蜂刺蝎蜇一般。

德北太太正像平素那样，用一只脚在盆旁稳住身子，另一只呢，刚才说过，正忙着摇晃她那顶小的孩子。那个摇篮，在那块石板铺的地上，已经承担了那么多小孩儿的重负，当了那么多年头的苦差，所以它的摇轴差不多都磨平了。因为这样，所以每次篮身一摇，就有猛烈的一抖跟随而来，把婴孩从摇篮这头折到那头，跟一个织布的梭子似的。德北太太虽然已经在肥皂沫里泡了一整天了，她唱起曲子来一激发，还是有的是后劲，拼命地用脚踩着摇篮摇晃。

摇篮咔嗒咔嗒地响；烛焰越着越长，开始上下颤动起来；洗衣水从德北太太的胳膊肘上滴答滴答地往下直流，《花牛曲》很快唱到一段的末尾，同时德北太太就一直拿眼瞅着她女儿。昭安·德北现在虽然挑着抚养一大群孩子的沉重担子，但她还是热爱唱歌。凡是从外面流传到布蕾谷的小曲儿，只用一个礼拜的工夫，苔丝的妈准能把它的腔调学会。

从德北太太的面貌上，仍旧能够隐隐约约地看出来她年轻那时候的鲜亮，甚至于标致。所以我们大概可以说，苔丝所有那种足以自夸的美貌，大半都是她母亲传给她的，因此和爵士、世家都不相干。

"妈，俺替你摇摇篮吧，"女儿温和地说，"再不俺就把俺这件顶好的连衣裙脱了，帮着你拧洗的衣服吧。俺还只当是你早就洗完了哪。"

母亲并没埋怨她女儿，这么老半天把家事撂给她自己一手料理。说实在的，昭安不论什么时候，都很少为了这个说过她女儿，因为她自己要解乏躲懒，自然有办法，把工作往后推一推就是了，所以没有苔丝帮助，她并不觉得怎么不方便。但是今天晚上，她比往常还要高兴。做母亲的脸上有一种使女儿莫名其妙的神情，仿佛悠悠忽忽，满怀心事，扬扬得意。

"你回来啦，好极啦，"她母亲刚唱完最后一个字，就说，"俺这儿正想要去把你爹找回来哪。不过，不光是这个，俺还要告诉告诉你刚刚抖搂出来的一档子事儿哪。俺的宝贝，你听了一定要美坏了！"（德北太太是说惯了土话的；她女儿在"国家学校"[1]里受一个伦敦毕业的女教师教导，已经第六级及格[2]，所以说两种话；在家里或多或少地说土话，在外面或者和有身份的人谈话，说普通话。）

"是俺不在家的时候，抖搂出来的吗？"

"可不是！"

"今儿过晌儿，俺看见俺爹坐在大马车里，出那样的洋相，他那是怎么啦？是不是叫这档子事折腾的？那阵儿把俺臊的，恨不得有个地缝儿钻进去！"

"那正是这场热闹里的一档子！你不知道，有人叨登出来，说咱们家原来是这一郡里顶有名气的大户人家——咱们家的老祖

[1] 国家学校，十九世纪初年，英人白勒组织了国家贫民国教教育促进会，促成了许多按英国国教宗旨办的学校，后来这个会的会名缩为国家会，他们所设的学校就叫作"国家学校"，受政府补助。
[2] 第六级是英国小学一般成绩的最高级。

宗，从奥利佛·格哩咕噜往上，能一直数到裴根·土尔其的时候[1]——有碑碣，有坟穴，有盔饰，有盾徽，[2]还有好些别的，俺也叨咕不清。查理老圣人[3]那时候，咱们还封过御橡爵士哪，咱们的真姓原来是德伯！……你听了这些话，心里不扑腾吗？你爹就是为了这个，才坐着马车回来的，倒不是像人家瞎扯的那样，喝得晕达忽儿的。"

"这个话俺听了很高兴。妈，你说这档子事儿能给咱们带来好处吗？"

"当然能！人家都估量着，这档子事儿能带来很大的好处。先不用说别的，这个话只要一传出去，跟着就一准有一大起子跟咱们一样的贵人，坐着大马车，上这儿来拜望咱们啦。你爹从沙氏屯来家的时候，在路上才听见人说的。他刚才把这档子事儿，从头到尾，一五一十，都说给俺听啦。"

"俺爹这阵儿上哪儿去啦？"苔丝忽然一下问。

她妈拿不相干的话来搪塞："他今儿上沙氏屯去找大夫来着。他的病好像并不是肺痨。据说是心脏外头长了板油啦。"昭安一面说，一面用泡得又湿又软的大拇指和食指，比画出一个缺口的圆圈，又用另一只手的食指指着，"你看，据说就是这个样儿。'眼下的时候，'大夫对你爹说，'你的心脏这一面和这一面

---

[1] 这都是德北太太把人名说错。

[2] 中古武士戴盔穿甲，有徽志，用来分别敌友。在盔上的是盔饰，在别的地方做盾形的是盾徽，后来渐渐固定，后世用以表明贵族家世出身。

[3] 查理老圣人是德北太太对于英王查理第二的叫法，因为查理第二时，他们家封过爵士，那查理自然是一个好人，所以加以"老圣人"的称号。

都叫板油籧上啦，只有这块地方还没籧上。'他说，'要是连这块地方也籧上了，成了这样，'"——说到这儿，德北太太把两个手指头尖儿对成了一个整个的圆圈——"'德北先生，你就该吹灯拔蜡啦，'他说，'你也许还能再活十年；也许只能活十个月，或者十天。'"

苔丝露出大吃一惊的样子来。她父亲虽然一下就成了贵人，也可能很快就身入云遮雾掩的冥冥长夜。

"俺爹到底上哪儿去了哪？"她又问。

她母亲露出不赞成这种态度的神气来说："你先别发脾气！那老头子，可怜，让牧师那些话把他往天上一捧，可就刺挠起来啦，半点钟以前就跑到露力芬去啦。他很想养养神，好明儿个一早儿就带着那些蜂窝赶集去。那些东西，不管咱们阔不阔，反正都非送到集上去不可。道儿远着哪，所以回头夜里刚过十二点就得起身。"

"养养神？"苔丝满眼都是泪，疾言厉色地说，"哎哟老天爷，跑到酒馆去养神！妈，你就由着他！"

她的责问和怒容，好像布满了整个的屋子，让家具和蜡烛、身旁玩耍的孩子和她母亲的脸，都显出因受惊而慑服的神气。

"没有的话，"她母亲露出容易发火的脾气来说，"俺什么时候由着他来着？俺这不是正等你回来看家，俺好去找他吗？"

"我去吧。"

"别，苔丝，你可别去。你知道你去是不中用的。"

苔丝并没加劝阻，她知道她母亲反对她去的意思。德北太太的软帽和上衣，早已经蔫蔫地在她身边的椅子上挂着了，准备做这一趟早已打算好了的游逛。这位主妇所深感歉疚的，是出去这一趟的原因，而不是出去这一趟的必要。

"你把这本《命书大全》送到外边的棚子里。"昭安一面急急忙忙擦手，穿外衣，一面对她女儿说。

《命书大全》是一本很厚的老书，正放在她身旁的桌子上，因为常常带在口袋里，所以书边都磨没了，一直磨到印字的地方。苔丝把书拿到手里，她母亲也起身往外走去。

跑到酒馆里，去寻觅她那个好吃懒做的丈夫，是德北太太在抚养孩子那种肮脏劳累的生活里，仍未消逝的赏心乐事之一。在露力芬店里找着了他，挨着他坐上一两个钟头，同时，在这个时间里，把为孩子操心受累的事儿一概撇开，不闻不问，这在她就感到快活。那时候，就有一种祥光，一片晚霞，在生活上笼罩缭绕。一切麻烦和所有现实的事，都一变而为玄妙空幻、无从捉摸的东西，只落得成了供人静观默察的精神现象，不像以前那样，为威棱逼人的具体之物，治得人心力交瘁了。那些依人的小鸟，不在紧跟前的时候，不但不讨厌，反倒是乖觉可爱的眼前花；日常生活中绕膝嬉戏一类琐细，从这方面来看，原不乏可喜可乐之处。现在这位她以礼匹配的丈夫，当日向她求婚的时候，她也是在同一地方上，靠着他坐着，对于他品性上的缺点，一概闭目不问，只以意念中抽象的情人看待他。现在她和老伴儿一同坐在老地方的时候，她就又有点感到旧日的滋味了。

苔丝现在只剩下小弟弟小妹妹们做伴了，她先把《命书大全》拿到草棚子那儿，把它塞在棚子顶上的草里。她母亲老像怕山精水怪、魑魅魍魉那样，对这本灰尘玷污的大本书，有一种稀奇的畏惧之心，从来不敢把它整夜放在屋里，所以每次查完了以后，老把它送回草棚子。做母亲的有的是很快就要不再流行的迷信、妈妈经、土语和口传歌曲这堆破烂，做女儿的却是在大大地改进了的《新教育法典》[1] 之下，跟着国家训练出来的教师，受过普及国民教育的。所以她们母女，按照一般的了解来说，相差足有二百年。她们俩在一块儿的时候，仿佛是詹姆士时代和维多利亚时代 [2] 杂凑在一起。

苔丝一边顺着院子的路径往回走，一边默默地琢磨，不知道她母亲在今天这个日子，瞧命书要查什么。她估量着，新近才叨登出来的祖宗，一定和这个有关系，但是她却一点儿也没料到，这关系的完全是她自己。不过她并没净顾想这件事，就忙忙碌碌地往白天晒干了的衣服上喷水去了，那时和她做伴的，只有一个十二岁半的妹妹依丽莎·露伊萨——都管她叫丽莎·露——和一个九岁的弟弟亚伯拉罕，还有些更小的弟弟妹妹，都已经打发到床上去了。苔丝和她现在挨肩的妹妹中间，本来还有两个孩子，却都在襁褓中就死了，因此她和这个挨肩的妹妹，相差四岁还多。这种情况，使她独自和弟妹们在一块儿的时候，俨然以"老姐比母"自居。比亚伯拉罕小的，是两个女孩子，一个叫指望，一个叫老实，她们底下是一个三岁的男孩子，再往下是一个顶小的婴孩，刚满一岁。

---

[1] 一八六〇年，英政府公布《教育法典》。一八六二年，教育副委员长洛欧将"视成绩给予补助费法"定为规章，修正《教育法典》公布之，在历史上叫作《新教育法典》。

[2] 詹姆士时代，指英王詹姆士第一在位时期（一六〇三——一六二五），与维多利亚时代（一八三七——一九〇一）中间相差约二百年。

所有这些小东西，都是德北船上的乘客。他们的快乐，他们的需要，他们的健康，甚至于他们的生存，全靠德北夫妇这两个大人的判断。假使德北家的主人和主妇，成心要把这条船往困难、灾祸、冻饿、疾病、耻辱、死亡里面开去，那这半打关在统舱里的小囚犯，也只得跟着他们一同前去——他们是六个无依无靠的可怜虫，老天生他们时也没问过，他们是不是不管在什么条件下，都愿意下世为人，尤其没问过，他们是不是在德北家这样缺衣少食的艰难困苦中，也愿意下世为人 [1]。那位说过"自然的神圣计划"的诗人 [2]，近来大家都认为，他不但诗歌清新、飘洒，而且思想也深刻、可信，不过也许有人想要知道，他这句话是根据什么说的。

　　时候更晚了，爹也不露面，妈也不露面。苔丝往门外看去，在想象中把马勒村走了个遍。全村都正闭眼睛了。家家都正灭烛熄灯了，伸手用熄火器熄灯灭烛的情况，好像就在眼前。

　　妈去找爹回来，就等于添上一个又得找回来的人。苔丝这才觉得，一个人，身体不大好，又要夜里一点钟以前就出远门，很不应该一直到这般时候，还在酒馆里颂扬祖功宗德。

---

[1] 这种思想屡见哈代诗中，如《与丐者之胎儿》里说："如我能使胎中婴儿耳闻目见，那在人世尚未对你展现以前，如果你生或死有自选之权，我要尽我所知把有生之情讲遍，并问你，这样的人生是否能入选？"又如《为城市儿童募捐演剧闭幕词》里说："路已拥挤不通，仍使投身其中，不问本人愿意与否，强使出生，如果出生可由自己选择，或生或否，谁能说，他们对这种酷刑，会永忍受？他们对于命运之神会有任何乞求？"又诗《与 C. F. N.》："美丽的凯萝琳啊，我不知道，你觉得活在世上，是坏是好？你当初生下世为人，还是不要？"

[2] 说过"自然的神圣计划"的诗人，指威廉·渥兹维斯（一七七〇——一八五〇）而言。"自然的神圣计划"一语，出于他的诗《早春作》。

"亚伯拉罕，"她对九岁的弟弟说，"你戴上帽子——你不害怕，是不是？——上露力芬，去看看咱妈和咱爹怎么啦。"

那孩子立刻从他坐的座儿上跳了下来，开开了门，在夜色里消失了。又过了半点钟，男的、女的、老的、少的，没有一个回来的。亚伯拉罕也和爹妈一样，叫那个专事捕捉的酒馆，粘住逮着[1]了。

"这一定非我自己去不可了。"她说。

那时丽莎·露已经上床睡了，苔丝就把孩子们一齐锁在家里，起身穿过那条曲里拐弯、黑咕隆咚的篱路（或者说街道）[2]，往前走去，这条街原不是预备有急事的人走的，修它的时候，还没有寸土是宝的情况，并且那时候，一个针的时钟[3]就能把一天的时间指示出来。

4

开设在有长无宽、人家零散的马勒村这一头上那家独门生意——露力芬酒馆，可以夸耀于人的，只有卖酒的执照，按照法

---

[1] 这是以用胶粘鸟羽捕鸟为喻。

[2] 路旁树篱夹路者谓之篱路。乡村房屋或不临街，而房外树篱临街，且马恩赫村（即马勒村之底本）里，有些地方，房与房之间，有时隔着很大的空地，两旁是树篱夹路，所以它的街道，也可以说是篱路。哈代短篇小说《心迷意惑的牧师》第四章，说到同样情况而较详。

[3] 最初有时计的时候，时计上只有一个针，只表示钟点，不能表示分秒。哈代短篇小说《公爵二次出现》及其诗《预兆》，都说到一个针的钟。

令，顾客不能在店里面喝酒。[1] 因此店家能公开招待主顾的地方，只严格地限于一块有八英寸宽、两码长的木头板儿，用铁丝拴在庭园的栅栏外面，做得像个搁板的样子。患酒渴的客人，都站在路上买醉，往这块搁板上放空杯。他们把酒渣洒在满是尘土的地上，做成玻里尼西亚群岛 [2] 的花样。他们很想能在屋子里面，有一个安身落座的地方。

生主顾们都这样想，当地的熟主顾们，当然也有同样的愿望。于是愿望终于达成了。

那天晚上，差不多有一打寻欢找乐的人，都聚在楼上一个大卧室里，卧室的窗户，由女掌柜露力芬太太新近用旧报废的大个毛围巾，严严地遮起。他们都是马勒村这一头上的老住户，也都是这个安乐窝的常主顾。开设在人家零落的村子那一头上那家清沥店，倒是有全副的执照，但是离得远，村子这一头上的住户，实际没法利用它那儿安置顾客的设备。不但此也，更严重的问题——酒的好坏——决定了大家普遍的意见，那就是：和露力芬挤在楼顶上一个角落里，也比和清沥店的老板坐在宽敞的屋子 [3] 里要强得多。

屋里放着一张四柱床，床柱又高又细，这张床给聚在床的三面那好几人，供给了座位；另外有两个男人，高踞在五屉柜

---

[1] 卖酒执照，英国卖酒，条例很复杂，这儿说的有两种执照，一为卖酒的执照，卖的酒不能在店里喝。一为卖座的执照，则可在本店里喝。后者也可叫作"全副执照"。

[2] 玻里尼西亚群岛，为太平洋群岛中之一部分，星罗棋布，在地图上看来，仿佛渣滓。

[3] 《旧约·箴言》第二十一章第九节："宁可住在房顶的角上，不在宽阔的房屋与争吵的妇人同住。"

上；还有两个，坐在洗脸台上；另一个，坐在雕花橡木小柜上；又有一个，坐在凳子上：这样，总算每人都舒舒服服地有了安身之地了。他们那时所达到的欢畅阶段是：神游身外，脱却形骸，满眼生花，满室生春。在这种过程中，这个屋子本身和屋里的家具，都越来越变得庄严富丽。五屉柜上镶的铜拉手，就好像黄金做的兽环，窗户上挡的围巾也改变身份，和织花壁帷一样地华贵，雕花的床柱，也好像和所罗门王的庙宇里雄伟宏壮的柱石[1]，成了一家眷属。

德北太太离开苔丝以后，急忙走到了这儿，开开酒馆的前门，穿过楼下黑咕隆咚的房间，并且好像对于楼梯门门闩上的机关非常熟悉的样子，手儿很巧地就把楼梯门开开了。她往那弯弯曲曲的楼梯上去的时候，走得比较慢一些。她刚把脸露到楼梯顶上的亮光里，所有聚在屋里那些人，就一齐把眼光往她身上射来。

"——这是俺自己花钱请的几个朋友，来过游行节的，"女掌柜的听见有脚步声，就连忙用眼盯着楼梯口，一面嘴里嚷着这句话，嚷得非常流利，好像儿童背诵《教义问答》[2]一般，"哟，是你呀，德北太太——俺的老天爷——你可真把俺吓了个可知道！俺还只当是衙门里打发来的头儿脑儿哪。"

其余参加秘密聚会的人，都用把眼一瞥、把头一点的方式，

---

[1] 所罗门，大约纪元前十世纪时的以色列国王。后人对于他的智慧，尤其对于他的财富，赞颂备至，在叙说他的事迹时，用了许多篇幅描述他在耶路撒冷建筑的庙宇如何宏伟壮丽。见《旧约·列王纪上》第五章至第八章，特别是第七章。

[2] 《教义问答》，把基督教义简单总括，用问答方式，教给儿童，以备在儿童举行坚信礼时，牧师逐条问，儿童逐条答。

对德北太太表示了欢迎以后，德北太太就转身往她丈夫坐的地方那儿去了。他在那儿，正漫吟低唱，哼得出了神："俺也能一样呵，赶得上别人家。不管是在这儿，还是在哪儿呀。在王陴，绿山下，俺家里，有个呀，坟穴大。维塞郡这么大，有谁人的骨殖，比得上俺们家。"

"俺对这档子事儿，想起一步棋来啦，——一步了不起的高着，特为来告诉告诉你，"他那位高高兴兴的太太，低声对他说，"约翰，俺来啦，你瞅不见俺了吗？"她拿胳膊肘拐他，他哪，就好像瞧一块透明的窗玻璃似的瞧着她，嘴里还是往下哼着宣叙调。

"嘘！别这么高声大嗓地唱啦，我的好人，"女掌柜的说，"要不的话，衙门里不管谁，从楼底下过，听见了，就该把俺卖酒的执照收走了。"

"俺家里的事，他已经对你们透露过了吧，俺想？"德北太太问。

"不错——得算透露了一点儿。你想，这里头能挂拉上点儿钱不能？"

"哦，这可不能对你们说，"昭安做出拿乔卖乖的样子来说，"可是坐不上大马车，能跨跨车辕儿也不错呀。"于是她又把对大家说话的口气改了，把声音压低了，继续对她丈夫说，"你告诉了俺那桩事，俺就一直地琢磨：有一位有钱的老太太，住在围场边儿上，隔纯瑞脊不远，她正姓德伯。"

"呃——你说什么？"约翰爵士问。

她把话又重复了一遍。"那位老太太，一定是咱们的本家，"她说，"俺这步棋，就是打算叫苔丝去认本家。"

"你这一提，俺也想起来啦，是有个姓德伯的阔老太太。崇干牧师可没提到她。不过她一定是从诺曼王老辈那时候，传到眼下的一支末房，她拿什么能跟咱们比哪？"

他们两口子正在那儿聚精会神地谈论这个问题，所以谁也没留神，小亚伯拉罕已经溜进了屋子里，正等机会请他们回去。

"她很有钱，她见了苔丝，一定会对她有份儿意思，"德北太太接着说，"那么样，咱们就好了。俺就不明白，一家人两个房头，为什么不能彼此有来往。"

"对呀，咱们都去认本家去！"亚伯拉罕从床沿底下兴高采烈地说，"等到苔丝去了，住在她家里，咱们就都看她去。那时候，咱们就能坐她的大马车，就能穿黑衣裳了！[1]"

"你这孩子，你怎么跑进来的？你满嘴都胡说的是什么！还不上楼梯那儿玩玩去，好等着和爹妈一块儿走！……俺说，苔丝应该去见见咱们这位本家。她一定能讨这位老太太的喜欢，苔丝一定能。再说，借着这个因由，会有阔气的体面人和她结婚，也不是没有影的事。俺长话短说吧，俺早就知道啦。"

"怎么知道的？"

"俺查《命书大全》，给她算了算命，命书上就说她婚姻大吉大利嘛！……哎呀，你还没看见她今儿个那个漂亮劲儿哪，她的皮肤那样饱满，简直跟一个公爵夫人一样。"

"那丫头她自己说去不去哪？"

---

[1] 英人男服，十九世纪以后，以黑为尚。同时穷人平时买不起好衣服，只遇丧事，可多花些钱，置一套衣服，而丧服也是黑色的，因此黑衣服和好衣服便变成一回事了。

"俺还没问她哪。她还不知道咱们有这么一份好本家哪。不过既然那一定能叫她走上攀一门高亲的门路，那她就没有说不去的道理。"

"苔丝那丫头可古怪啊。"

"不过骨子里还得算是个听话的。你放心，都交给俺好啦。"

虽然他们两口子说的是体己话，可是在他们身旁那些人，也都有些明白话里的意义，因而能猜出来，德北夫妻现在所商议的，是寻常人家所没有的重大事件，他们那个漂亮的大女儿，正佳境在望，快婿临门了。

"俺今儿个看见了苔丝和那一群姑娘，一块儿在区上游行，俺就自个儿对自个儿说啦，'苔丝那孩子，真是个怪有意思的漂亮妞儿'，"一个老酒鬼低声说，"不过，昭安·德北可要小心，可别把还青绿的麦芽撒到地上。"[1] 这是当地的一句俗话，含有特殊的意思。他说完了，没人接茬。

他们谈话的范围慢慢扩大，待了不大一会儿，又听见楼底下有脚步声，穿过了楼下的房间。

"——这是俺自己花钱请的几个朋友，来过游行节的。"女掌柜的又把对付生人那套现成话，急忙背出，但是她再一看，却认了出来，来的人正是苔丝。

屋子里面一片酒气，熏蒸弥漫，脸上有了皱纹的中年人混迹其中，倒还没有什么不合适之处；但是像苔丝那样年轻人的小

---

[1] 啤酒原料，以大麦为主，主要经水浸、出芽、烘干等程序。"青绿的麦芽"，原文 green malt，为多塞特郡方言，意为"浸过四十八小时，开始出芽之麦粒"，此处指未成熟。这一句全句，有人解释为未婚受孕之意。

脸儿，也混在这样的气氛里，可就处非其地，令人看着不胜惨然了。就是她母亲，也看得出这一点来。所以几乎用不着等到苔丝的黑眼珠里露出不高兴的神气来，他老两口子就急忙从座位上站起来，把酒喝干，跟着她下楼了。露力芬太太连忙跟着他们的脚步警告他们说：

"劳你们的驾，我的亲爱的，千万别弄出动静来。要不，衙门里就该把俺卖酒的执照取消了，把俺传了去，说不定还有什么别的麻烦哪。再见吧。"

苔丝挽着她父亲一只胳膊，她母亲挽着他另一只，一同往家里走去。实在说起来，他喝的那点酒并不算多，那些守经守常、有规有矩的醉乡中人，礼拜天下午喝足了酒上教堂，还照样能转身朝东，屈膝下跪，一点儿都不跟跄；[1] 他那天喝的，还没有这种人上教堂以前喝的四分之一多哪。不过约翰爵士身体衰弱，所以这一类小小的罪恶，就像大山一样压来，叫他招架不住了。他出来叫凉风一吹，可就有些东倒西歪起来，只弄得他们一行三人，一会儿好像要往伦敦去，一会儿又好像要往汤泉去。[2]这种情况，原是一家人夜间同归常有的事，从外表上看来，颇为可乐；不过，像世界上大多数可乐的事一样，骨子里却并不怎么可乐。她们母女俩，奋勇尽力，使德北（这种行动的主因）、使亚伯拉罕、使她们自己，硬撑强挺，不露出这种身不由己的跟

---

[1] 英国的教堂，通常东西向，门在西，神坛或圣餐台在东，因耶稣为东方人，其墓亦在东方。但教堂座位，却不一定正对神坛，故遇诵读《信经》时，须转身向东。又英国国教做礼拜，下跪都有一定规定，均见《公祷书》。

[2] 伦敦在马勒村东方偏北。汤泉，英国索默塞特郡最大的城市，在马勒村西北。

跄、晃悠。他们就这样一步一步地走近了自己的家门口，那时那位家长，忽然高声唱起旧调来，仿佛是看见自己现在的尊寓这样小头小脸，特为助威壮胆似的。

"俺家呀在王陴，有一座大坟地！"

"算了，算了吧！别老这样疯疯癫癫的啦，杰奇 [1]，"他太太说，"老辈的时候有名望的门户，你当就你自己一家啦。你瞧安台家，贺遂家，还有崇干家——还不和你家一样，这阵儿都落了架了吗？可是你们家比他们家都阔，那倒不假。谢谢老天爷，俺娘家压根儿就不是大户人家，所以俺也不觉得在这方面有什么丢人的。"

"你别把话说得太死了。瞧你这份德行，俺就敢保，你们家从前一定毫不含糊，做过国王和皇后，你现的眼比俺们谁都厉害。"

那时候，苔丝心里觉得更重要的，不是关于她家祖宗的话，而是另一个问题，她把这个问题提了出来，把话题改变了——

"我恐怕，俺爹明儿，不能那样早，带着那些蜂窝去赶集啦。"

"俺吗？俺过一两个钟头就好好儿的了。"德北说。

全家人都上了床的时候，已经十一点了。如果想在礼拜六赶集以前，就把那些蜂窝送到卡斯特桥的零卖商人手里，顶晚两点钟也得起身，因为从这儿到那儿，有二三十英里路，道又不好走，车和马又是顶慢的。一点半钟的时候，德北太太进了苔丝和她那几个弟妹们睡觉的大屋子。

---

[1] 杰奇，杰克的昵称。

"可怜，老头子去不了啦。"她对大女儿说。她大女儿在她母亲刚把手放到门上的时候，就已经把两只大眼睛睁开了。

苔丝从床上坐了起来，听了这个话，一半蒙眬，一半清醒，在那儿直发愣。

"可是一定得有人去呀，"她回答说，"这个时候卖蜂窝，已经就嫌晚了。今年蜜蜂分窝的时候，眼看就过去啦。要是再耽误到下礼拜赶集的日子，还有谁要？那些蜂窝只好都由咱们自个儿兜着了。"

德北太太好像没有本事来应这种急。"或许能找得着一个小伙子，让他去？昨天那些特别想要跟你跳舞的小伙子里面，有没有肯去的？"她马上向苔丝提议。

"不能，俺就是死了，也不能那么办！"苔丝骄傲地大声说，"这样的事要是让别人知道了，还不得把人臊死吗？俺想亚伯拉罕能跟俺做伴，俺就能去。"

结果，她母亲对于这个办法，表示了同意。小亚伯拉罕在屋子的角落上睡得正甜，急忙中把他叫醒，叫他穿衣服，他的心还在另一个世界里呢。一面苔丝也急忙穿好了衣服，姐弟俩于是点起灯笼来，上了马棚。那辆摇摇晃晃的货车，已经装好了车，苔丝把老马王子牵了出来，它跟那辆老车比起来，摇晃的程度，也好不了多少。

那个可怜的畜生，莫名其妙地看看夜色，看看灯笼，再看看他们姐弟俩的形影，好像不能相信，在这一切有生之物都应该隐身休息的时候，却要叫它去到外面，从事劳动。他们在灯笼里面放了好些蜡头，把灯笼挂在车右边，赶着马往前走，起先上坡的时候，他们在马旁边跟着车步行，免得那匹衰弱无力的老马负担过重。他们照着灯光，吃着黄油面包，谈着天，尽力叫自己高兴，只算是天亮了，[1] 其实离天亮还远着呢。亚伯拉罕现在更清醒一些了（因为他刚才一直都像在梦中一样），就讲起映在天空里种种黑东西的奇形怪状来，说这棵树像一个大怪人的脑袋，那棵树像一个张牙舞爪、发威动怒的老虎，刚刚从洞里跳出来。

他们走过那个小市镇司徒堡了，全镇的人都正在镇上褐色厚草的覆盖 [2] 下，昏昏入梦，沉沉酣睡。再往前走，就到了更高的地方了。在他们的左边，比这块地方更高的，就是野牛冢，也叫稗儿冢，它差不多就是南维塞司郡里最高的地点，在天空耸立，四面有土壕环绕。[3] 从这儿再往前去，那条绵绵的远道上，有一段还比较平坦，所以他们就上了车，坐在车前面，亚伯拉罕于是出起神来。

亚伯拉罕静默了一会儿之后，叫了一声"姐姐！"作打鼓开章的开场白。

"干吗，亚伯拉罕？"

"咱们这阵儿成了体面人了，你不觉得美吗？"

"不怎么特别觉得美。"

"可是你要是嫁给阔人的时候，就该觉得美了。"

---

[1] 此句意译。原文 make an artificial morning，比较莎士比亚的《罗密欧与朱丽叶》第一幕第一场第一二六行，make himself an artificial night。

[2] 英国西南部村舍，从前房顶多覆以草。此处之"厚草覆盖"，指草房顶而言。

[3] 山顶高处，多为古代堡垒。堡垒用四外之土筑成，故垒起而壕亦出。此类古迹多至今尚存。

"你说什么？"苔丝把头一抬，问。

"俺是说，咱们那个财主本家，要给你攀一门好亲，叫你嫁一个体面人。"

"我？咱们那个财主本家？咱们没有那样的本家。你脑子里怎么转起这样的念头来啦？"

"俺去找咱爹的时候，听见他们在露力芬楼上说这个话来着。有一个财主老太太，住得隔纯瑞脊不远，和咱们是当家子。咱妈说，要是你去认她本家，她就能帮着你找到门路，嫁个好女婿。"

他姐姐忽然一下一动不动，一声不响，沉入深思之中。亚伯拉罕还是继续往下说，只顾自己说着痛快，并没管有没有人听，所以他姐姐出神，和他并没有什么相干。他把身子往后靠在蜂窝上，仰着脸观察起天上的星星来。那些星星凄清的光芒，正在一片一片苍苍的穹隆上，闪烁搏动，恬然泰然，把下界那两个像草芥的渺小生命，置于度外，不理不睬。他问他姐姐，这些一闪一闪的星星离他有多远，上帝是不是就住在它们的背面。不过他到底是个小孩子家，所以说着说着，他的话就又回到他觉得比创造宇宙这类奇事更重要的事情上去了。要是苔丝真嫁了一个上等人，她能不能有那样多的钱，买得起一架小千里眼，一架能叫她看那些星星跟奈岗堵一样近的千里眼？

这个重新提起的话题（这个话题，好像使全家的人，都沉醉其中），让她听来，非常不耐烦。

她大声说："快别再提这个话啦！"

"姐姐，你不是说过，每一个星星，都是一个世界吗？"

"不错。"

"都跟咱们这个世界是一样的吗？"

"我说不上来，不过我想，可能是一样的。有的时候，它们好像跟咱们家那棵尖头硬心的苹果树上的苹果一样，它们大多数都光滑水灵，没有毛病，只有几个是疤瘌流星的。"[1]

"咱们住的这个，是光滑水灵的，还是疤瘌流星的哪？"

"是疤瘌流星的。"

"有那么些没有毛病的世界，咱们可偏偏没投胎托生在那样的世界上，真倒霉。"

"不错。"

"果真是这样吗，姐姐？"亚伯拉罕把这句稀罕话又想了一遍之后，觉得很感动，所以又问他姐姐，"要是咱们脱胎投生在一个没有毛病的世界上，那该是怎么个样哪？"

"那样的话，咱爹就不会像他这样，成天咳嗽，到处磨蹭了；他也不会喝得迷迷糊糊的，连这趟集都不能赶了；咱妈也不会老趴在洗衣盆上，永远没有洗得完的时候了。"

"你也就一出生就是个阔太太，用不着等到嫁了阔人，才能成阔太太了，是不是？"

"哎呀亚北[2]，别再——别再说这个啦！"

亚伯拉罕自己出了一会神，就困起来。苔丝本不善于驾马，

---

[1] 哈代在他一八八九年四月七日的日记里说："这个行星（地球）不供给高级生存之物（人类）的幸福之资——这是一种令人悲痛的事实。别的行星也许供给……"

[2] 亚北为亚伯拉罕的昵称。

不过她想，她一个人暂时可以照料得来这辆车，所以她说，亚伯拉罕想要睡就睡去好啦。她在蜂窝前面给他弄了一个窝，好叫他睡着了，不至于掉下去。然后她接过缰绳，照旧赶着车，一颠一簸地往前蹭去。

王子只拉车就够它受的了，一点儿也没有多余的精力，做任何别的活动，所以竟不大用得着人来管。现在没有同伴来分苔丝的心了，她就往后靠在蜂窝上面，比先前更深沉地思索起来。从她肩旁一行一行过去的树木和树篱，不言不语，不声不响，好像是属于现实以外的离奇景象，有时呼呼吹过的风，也好像是一个硕大无朋、伤感凄楚的灵魂，和宇宙一样大，和天地一样老，在那儿叹息。

她细细琢磨起自己生平中所遭遇的世事尘网，于是她就好像看见了她父亲那种骄傲的空洞虚幻，她母亲想象中那个跟自己求婚的上等人，好像看见了那个上等人对她挤眉弄眼，笑话她家穷，笑话她家那些成了枯骨的武士祖宗。一切一切，都越来越离奇荒诞，她也不知道时光是怎么过去的。于是，车忽然一颠，把她从座位上掀起，她才从梦中醒来。原来她也睡着了。

他们现在比她失去知觉以前，又往前走了老远了，车已经停住了。一种像风从空穴中刮过的呻吟，跟她有生以来所听见过的任何声音都不一样，在她前面发出，跟着来了一声"喂——唉！"的呼喊。

她车上挂的那个灯笼已经灭了，却有一个比自己的亮得多的灯笼，冲着她发出亮光。可怕的事发生了。马缰车辕，正和一件挡住了去路的东西，搅在一起。

苔丝大惊之下，跳下车来一看，才发现了可怕的事实。呻吟的声音，原来是从她父亲那匹可怜的老马王子嘴里发出来的。一辆早班邮车，像往常那样，沿着那些篱路像飞一般地走起来，它那两个轮子，一点声音也没有，现在跟她那走得既慢又没亮光的车、马纠缠在一起了。邮车尖尖的车辕，像一把刀似的，直对着不幸的王子穿胸而入，鲜血从伤口往外汩汩直喷，落到地上还嘶嘶有声。

苔丝绝望之下，跳上前去，用手去捂那个伤口，唯一的结果是，她从头到脚，都叫鲜红的血点洒了个遍。于是她就束手无策，站在一旁瞧着。王子也尽力挺住，站了一会儿，一直到后来，才一下倒在地上，瘫成一堆。

赶邮车的这时候已经走过苔丝这边，动手把身上还热的王子，从车上卸下拖开，不过它却已经不会喘气了。赶邮车的看到眼前没有什么再可做的了，就回到他自己的马那儿，他那匹马却并没受伤。

"你该靠那一边走才对，"[1] 他说，"我这一车邮件，非送到地头不可，所以你顶好先在这儿等着，看着你的车。我一定尽快地打发人来帮你。天就亮了，你没有什么可怕的。"

他上了车，飞驰而去；苔丝站在路上等候。大气是一片熹微的晨光，鸟儿也都在树篱上摇身醒来，吱吱喳喳地叫。篱路完全显出了它的面目，一片灰白，苔丝也显出了她自己的面目，比篱路更灰白。她面前那一摊血已经凝结了起来，显出五光十色，

---

[1] 英国公路法，路上车马，靠左边走，美国及欧洲大陆各国，则靠右边走。

太阳一出，更把它映得千变万化，异彩缤纷。王子静静地僵卧一旁，眼睛还睁着一半，它的伤口，看来并不很大，好像不至于能把所有那些给它活力的东西，都喷出来似的。

"这都是俺弄出来的，都是俺！"那姑娘看着眼前的光景，大声说，"俺还有什么说的呀？什么说的都没有！爹和妈还指着什么过呀？唉，唉，"她摇撼那个出事的时候一直就酣睡没醒的孩子，"咱们的车走不了啦，王子死啦。"

亚伯拉罕明白过来一切情况的时候，他那一团孩气的脸上，一下添了五十年的皱纹。

"唉，刚刚昨天，俺还又说又笑，又跳又舞来着！"她自言自语地说，"你想想，俺有多傻呀！"

"这都是因为咱们投胎托生的是一个有毛病的世界，不是一个没毛病的世界，是不是，姐姐？"亚伯拉罕眼泪汪汪地嘟囔着问。

姐弟俩在路上静静地等了也不知道有多久。过了半天，才听见远处有一种声音，又看见有一样东西，越来越近，这证明那个赶邮车的并没撒谎。一个农人的伙计，牵着一匹健壮的挫马，从司徒堡附近走来，那匹马代替了王子，驾起车来，把那车蜂窝拉到凯特桥去了。

当天傍晚，那辆空车又回到了出事的地点。王子从早晨起，就一直躺在那儿路旁的沟里，不过那一摊血迹，虽然经过往来车轮的辗轹，马蹄的践踏，却仍旧还能在大路的中间看得出来。现在他们把王子所有剩下的一切，抬到了它原先拉的那辆车上，四脚朝天，铁掌在夕阳光里闪烁，顺着原先那八九英里的来路，又回到了马勒村。

苔丝已经先回去了。怎么对爹妈透露这件事的真相呢？她简直想象不出来。她回家一看，她父母脸上的神气，都表示他们已经知道这场损失了，她才觉得如释重负，免得自己再费唇舌。但是她对自己的谴责，却并没因此而减轻。这件事既然完全是由于她的疏忽所致，所以她继续把谴责都集于自己一人之身。

但是因为他们一家人，原来就都是昏聩无能，苟且偷生，所以这件不幸，在他们看来，反倒没有家道兴旺的人家看来那样可怕。其实，在他们这样的人家，这才真的算是倾家荡产，而在兴旺的人家，这却只能算是一场小小的麻烦而已。如果她的父母对子女的前途更抱远图，那他们一定会脸红脖子粗的，把一腔怒火，向这个女孩子发泄，但是德北夫妻的脸上，却没有那样的怒颜厉色。别人责备苔丝，没有像她自己那样严厉的。

因为王子衰老枯瘦，所以汤锅上和熟皮子的，都只肯出几个先令来收买它的尸体。德北发现了这种情况，挺身而起，毅然不屈地说：“哼，俺绝不卖它这把老骨头。俺们德伯家在英国做爵士的时候，绝不会把战马当猫食卖 [1]。叫那些人把他们的先令牢牢地留着吧！它活着好好地服侍了俺一辈子，它死了俺也不忍得和它分离。”

第二天，他在庭园里给王子掘了一个坟圹，好几个月以来，为一家人吃饭而种庄稼，他都没出那么大的气力。坟圹掘好了，他和他太太，用一根绳子，把马拦腰拴住，从庭园的甬路上，把它拖到坟地，一群孩子像送殡的一般，跟在后面。亚伯拉罕和丽

---

[1] 英国习惯，马肉是喂猫用的。

莎·露哭得一抽一噎的，指望和老实，就声震四壁地号啕大哭，发泄悲痛。把王子往坟圹里扔的时候，他们都围在坟圹的四周。给一家人挣饭吃的主儿硬叫老天爷从他们手里抓走了，他们可怎么好呢?

"它上天堂了吗?"亚伯拉罕呜咽着问。

德北于是动手往坟圹里填土，孩子们又大哭起来。一家人没有不哭的，除了苔丝。她神情淡漠、面色苍白，好像把自己看作是杀生害命的女凶手。

5

小贩这种营生，一向几乎全靠老马，现在老马一死，营生跟着就解体了。贫穷困乏，虽然不至于马上来到，而艰难窘迫，却庞然森然，遥遥出现。德北本是当地人所说的那种松松懈懈的懒骨头，他有时干起活儿来，倒也有些力气，不过需要干的时候，和高兴出力的时候，能否两下凑巧相合，却是非常靠不住的。他又不像那些长年出力的人，有按时经常劳动的习惯，所以即便二者凑巧相合，他也不见得能特别坚持下去。

同时，苔丝觉得，是自己让父母陷到这一团烂泥里的，所以老心里盘算，不知道怎么才能把父母从这团烂泥里再拉出来。她母亲就趁着这时候，提出了她的计划。

"咱们不论好的坏的，都得一样地对付才对呀，苔丝，"她说，"可巧这会儿发现了你们德北家原来是一个大户人家，没有比这个再那么巧的了。你还是得找找亲戚本家呀。有一个很有钱的德伯老太太，住在围场边上，你没听说吗？她一定和咱们是一姓。你得去见见她，认她本家，求求她在咱们这个不走运的时候帮帮忙。"

"这样的事，我可不高兴干，"苔丝说，"要是真有那样一位老太太，那她能对咱们表示好意，也就得算是很不错了，哪儿能说得上帮忙的话哪？"

"俺的乖乖，你见了她，准能叫她喜得无可无不可，你叫她干什么，她就能干什么。再说，也许这里头还有更好的事，你想不到哪。难道俺听说的那些话，都白听了吗？你想？"

苔丝以为娄子都是自己捅的，这种看法老压在她的心头，因此使她对于她母亲的愿望，比起没有前面那种情况的时候，要尊重得多。不过她始终不明白，为什么她自己觉得是一件完全凭撞运气、好坏毫无把握的事，她母亲一提起来，却会那样高兴满意。也许她母亲已经打听过别人，发现了这位德伯夫人，是一个道德最高、慈悲无比的老太太。不过苔丝的自尊心重，觉得叫她以穷本家的身份向人伸手，可真不是滋味。

"我还是愿意想法找个事做。"她低声说。

"德北，这件事只有你说了才能算，"他太太转身对他说，那时他正坐在屋子的后部，"要是你说她非去不可，她就去了。"

"俺不愿意叫俺的孩子跑到并不认识的本家门上，去沾人家的光，"他低声说，"俺是族中顶高贵那一房的族长，俺应该端起这个族长的架子来。"

她父亲留她在家的原因，据苔丝看来，比她自己不愿意去的理由还要荒谬。"好吧，妈，既是老马死在我手里，"她悲伤地说，"那我应当有所行动。去见见这位老太太，我倒不理会，不过关于求她帮忙的话，你可得让我瞧着办。再说，你不要一个劲儿地老念念不忘，认为她能给我做媒，那太傻了。"

"苔丝，你说得妙。"她父亲简练警策地说。

"谁说俺有那样的想法？"昭安问。

"我总觉得，你对那件事，就老不能去怀，妈。不过我去就是了。"

她第二天一早起来，步行走到那个依山为镇的沙氏屯，在那里再利用从沙氏屯往东到围场堡一礼拜跑两次的大篷车，因为这种车在路上从纯瑞脊附近经过。而那位渺茫难知、神秘难测的德伯太太安居的府第，就坐落在纯瑞脊那个区上。

在这个值得纪念的早上，苔丝·德北所走的路程，完全是在布蕾谷东北部上那片起伏地带的中间，她就是在那块地方上出生的，也就是在那块地方上长大的。在她看来，布蕾谷就是整个的世界，谷里的居民就是世界上所有的人类。从前，在她还觉得事事神奇的孩童时期，她就已经从马勒村的大栅栏门和篱边台阶[1]上，把那一大片山谷一眼望到尽头了，她那时看来觉得是神秘的，她现在看来也并不觉得神秘性减少了多少。她从她那内室的窗户里，天天看见那些村庄、楼阁和依稀模糊的白色宅第；在所有这些景物之上，那个叫作沙氏屯的市镇，巍然高踞山巅之

---

[1] 篱边台阶是用木板做成的一种台阶，安在树篱或者别的围栅上，只能让人走过，却不能让牲畜走过。

上；镇里的窗户，都在西下的太阳光里，亮得像灯一样。但是那个地方，她却还没到过；就是布蕾谷本地和布蕾谷邻近，经过她仔细观察而熟悉的，也只有一小部分。远在谷外的地方，她到过的就更少了。四周环绕那些山的峦光岑影，她一个一个地都很熟悉，仿佛亲友的面目一样；至于山外的情景，那她的判断，就完全得依据村立小学里的说法了。她离开学校刚刚一两年，离开学校以前，是一个名列前茅的学生。

她还那样年轻的时候，一些和她同年龄、同性别的孩子，都很喜欢她。村里的人，老看见她和另外两个女孩在一块儿，她们三个人，差不多都是一样的年纪，肩并肩从学校走回家去。苔丝老是中间那一个——穿着一件毛布褂子，褂子原来的颜色都褪了，变成了无可形容的三级颜色[1]；褂子上面罩着一件有小方格的粉红印花布围襟；走起路来长腿大步的，腿上绷着紧紧的长筒袜子，因为时常跪在路旁和土坡上搜寻植物界和矿物界的稀奇东西，所以袜子上靠膝盖的地方，都磨成了像梯子似的小窟窿；那时候，她的头发是土黄色的，像挂小锅的钩子似的噘着。两边那两个女孩的手，搂着苔丝的腰，苔丝的手就搭在那两个女孩的肩上。

苔丝长大了一点，懂得当时的情况是怎么回事的时候，她看到她母亲糊里糊涂地给她生了那么些小弟弟小妹妹，她就像马尔萨斯的门徒一般，大不以为然，因为养活抚育他们，都是顶困难、顶麻烦的。从智力方面看，她母亲完全是一个嘻嘻哈哈的小孩子。

---

[1] 三级颜色，红、蓝、黄为一级颜色，由两种一级合成者为二级，由两种二级合成者为三级。

在这一大家无识无知、听天由命 [1] 的孩子里面，昭安·德北也不过是其中的一个而已，并且还不是其中顶年长的那一个哪。

不过苔丝对于她的弟弟妹妹，却越来越疼爱、护惜；并且为尽力帮助他们起见，一离开学校，就在附近的地里帮着人家晒干草，收庄稼，再不就做些自己喜欢的活儿，给人家搅黄油，挤牛奶。这都是从前她父亲养牛的时候她学会了的，她的手又巧，所以这类活儿，她做起来，能比别人都好。

家务的担子，好像一天一天慢慢挪到她那年轻的肩上去了。这回代表德北一家到德伯太太府上去走亲戚，又轮到她，本是当然的事。我们得承认，这一次拜访，德北家是把他们顶能露脸的那一面拿出去的。

苔丝在纯瑞脊十字路口下了大篷车，步行着上了一座小山，朝着那块叫围场的地方走去，因为别人告诉她说，就在围场边上，能找到德伯太太的宅第坡居。这所宅第不是通常所说的宅第。它也没有田地，也没有草场，也没有发怨声、有怨气的佃户，叫地主用种种欺诈压迫的手段压榨剥削，来供给自己和一家的开销。它绝不是普通的宅第所能比的，远远不是。它完全、纯粹是为了享乐而盖起来的一所乡绅宅第，只有专为居住的目的而占用的地基，和一小块由地主自己掌管、由管家经营、试验着玩儿的田地。除此而外，没有其他给人添麻烦的田地，附属在这个宅第上。

---

[1] 听天由命，原文 Waiter on Providence，由 Wait on the Lord 和 Wait on God 而来，屡见《圣经》，如《诗篇》第二十七篇第十四节，第三十七篇第三十四节等处。

最先看见的，是那所红砖门房，冬夏常青的蔓藤，厚厚地攀附其上，直到房檐之处。苔丝起先还以为，这就是宅第本身，等到后来，她心里扑腾扑腾地进了小角门，往前走到了车路[1]拐弯的地方，才看见正房的全部。房盖得不久——实在说起来，差不多是崭新的——它的颜色也是深红的，和那所跟常青蔓藤交映的门房一样。那所房子，叫四围一片柔和浅淡的景色一衬托，看着好像一丛石蜡红一样。由房角往后面远远望去，就是围场，呈现出一片缥缈清淡的蔚蓝景色。这一片猎苑，真是古老尊严，毫无疑问，属于原始时代的英国森林，现在留存的已经寥寥无几，而这个就是其中之一。祖依德们采用过的寄生草[2]，依然能在林中古老的橡树上面采到，参天的水松，并非人手所栽，依然像从前采它做弓的时候那样，在林里生长。不过这一片古老的深林，虽然能从坡居望见，却不属于坡居那片产业的范围。

　　在这一处幽静安逸的宅第里，一切都光明、蓬勃，修整有方，管理合宜。占好几亩地的玻璃花房子，从山坡上面一直伸到山脚下的小树林子那儿。每一样东西，都像钱一样，像造币厂新铸造出来的钱一样。在澳洲松和常青橡后面，半隐半露，有一溜马棚，里面最新器物，无一不备，而它的建筑那样壮丽，简直和"安逸小教堂"[3]一样。在一片广大的草坪上，支着一架花里胡哨

---

[1] 这种车路，是上房正门和大栅栏门之间的车路。

[2] 祖依德是古代不列颠人的僧侣兼术士，掌管一切宗教的事。寄生草常寄生于苹果树上，寄生于橡树上者极少，故特别贵重。祖依德举行仪式，都在橡树林子里，对于橡树和橡树上的寄生草，都特别地敬畏。

[3] "安逸小教堂"是一种属于母教堂的小教堂，如教区太大，路远之教民不能上母教堂，则建这种教堂以安置之。

的帐篷 [1]，帐篷的门正向苔丝开着。

天真纯朴的苔丝·德北，站在石头子儿铺的车道边上，半带惊慌的样子，两眼直着往前看去。她自己还没辨清她到底是在什么地方，就已经不知不觉地信步走到这儿了。她到这儿一看，才觉得一切情况，都和她原所期望的完全相反。

"我还以为我们德伯家是一家老门户哪，谁知道这一家倒全都是新的！"她天真烂漫地说。她现在后悔不该没好好地想一想，就照着她母亲的计划前来"认本家"。她想，应该先在家门附近，找找有谁能帮忙才是。

占有这片产业的德伯家（或者说司托－德伯家，像他们起先管自己叫的那样），在英国这块守旧的地方上，不是寻常可以找得到的人家。崇干牧师说，咱们那位两条腿走起来不大便利的约翰·德北，就是德伯氏在本郡里或本郡附近，唯一真正的嫡系子孙，确实不假。他应该再加上一句，说司托－德伯，并不是德伯氏的枝叶，正像他自己不是他们的枝叶一样，因为他清清楚楚地知道，确是如此。不过我们得承认，这样一个衰微湮没了的姓氏，凭借司托－德伯的财富势力，能后继有人，倒颇合枝荣而本固的道理。

新近故去的那位西蒙·司托老先生，是一个忠诚老实的商人（有人说他是放债的），在英国北方起家。他发了财以后，一心想在英国南方，远远离开他原先做买卖的地方，安家立业，做个乡绅。既然如此，他就想，他一定得把他的姓氏改换一下。那

---

[1] 此即所谓花园帐篷，多以帆布为之，上有红或绿色之条纹。

个姓氏，得让人不能一下就认出来，他就是过去那个精明的买卖人，并且也不要像原来那个秃光光、硬撅撅的姓[1]那样平凡。因此他在英国博物馆里，把专讲英国南方、他想移家居住的那块地方上那些世族（有的完全绝灭，有的一半绝灭，有的默默无闻，有的家破人亡）的文献，仔细看了一个钟头的工夫。看了之后，他认为，"德伯"这个姓，看起来、听起来，都可以比得上世家姓氏之中的任何一个。于是德伯跟着就加在他的本姓之上，永远成了他自己和他子孙的姓了。不过他这个人，对于这种事情，却极有分寸，所以他在这个新基础上做繁衍宗支之计的时候，总是合情合理地通婚联姻，从不随便高攀，就是使用名衔，也都循规蹈矩，从来没僭越、过分。

关于这件异想天开的公案，可怜的苔丝和她的父母，自然一点儿都不知道，这实在于他们非常地不利。说实在的，这样假名借姓，来增光邀誉，他们从来就没想到是可能的。在他们看来，一个人的漂亮面孔，也许是运气所赐，一个人的姓氏，却是与生俱来的。[2]

苔丝站在那儿，像一个要扎到水里的沐浴者，几乎还没拿定主意，是前进还是后退，正在这样犹豫不决的时候，有一个人从帐篷昏暗的三角门里走了出来。他是一个身材高大的青年，嘴

---

[1] 原姓 Stoke，在英国北方方言中为呆汉、傻瓜之意，或亦与 stoker（火夫）、stoke（添火）有关。总之，其字读来颇为生硬。译文稍改原音，与"死拖"谐音。

[2] 莎士比亚的《爱的徒劳》第三幕第三场第十五至十六行，"一个人的漂亮面孔是运气所赐，但是会写字、会念书，却是与生俱来的。"这儿是套用。

里还叼着烟。

他差不多得说脸膛深色；两片厚嘴唇，虽然红而光滑，样子却没长好；其实他不过二十三四岁，但是嘴上早已留了两撇黑八字须了，修得很整齐，两个尖儿朝上撅着。虽然他全身的轮廓带着一些粗野的神气，但是在他脸上和他那双滴溜溜转的眼睛里，却含着一种特殊的力量。

他走上前来，说："啊，我的大美人儿，你上这儿来有什么事啊？"他瞧苔丝站在那儿不知道怎么好的样子，跟着说，"我就是德伯先生。你有什么话尽管说好啦。你是来找我的，还是来找我母亲的？"

这所房子和附属的庭园场圃，跟苔丝所想象的，已经相差很远，但是一个德伯家的人，一个姓德伯的，具体体现出来的却是这种样子，更出乎她的意料。她本来想，这位德伯先生，一定是一个年高德劭、令人起敬的老人，在他脸上，精致地表现出德伯氏的一切特征，同时旧日的阅历，在他脸上留下了深深的皱纹，像象形文字一样，表现了英国和德伯家好几百年以来的历史。不过既然她已经没法退身了，就鼓起勇气，应付目前，回答他说：

"我是来看你母亲的，先生。"

"我恐怕她不能见你，她长期闹病，"那个假冒姓氏的人家现在的代表人说，因为他就是新近故去的那位绅士的独生子亚雷先生，"我见你还不成吗？你想见我母亲，有什么事？"

"并没有什么事，只是——我也不知道该怎么个说法！"

"是来玩儿的吗？"

"哦，也不是。先生，我要说出来，就好像——"

现在苔丝觉得，她来这一趟，非常荒谬可笑，所以虽然她在这儿，早已局促不安，加上他在面前，更有一种畏惧的心理，她却不由得把她那玫瑰似的红嘴唇咧开，做出微笑的样子来，这样一来，叫那位面目深色的亚历山大看着，着实心痒难挠。

"这件事太像笑话了，"她结结巴巴地说，"我恐怕不好对你说。"

"没关系，我就是爱听笑话。你再说说看，我的好姑娘。"他很和蔼地说。

"是我母亲让我来的，"苔丝接着说，"实在我自己也同样地想要来。不过没想到会是这样。先生，我是来告诉告诉你，我们跟你是本家。"

"哦！贫寒本家吗？"

"是。"

"是姓司托的吗？"

"不是，姓德伯的。"

"不错，不错，我的意思也就是说姓德伯的。"

"我们的姓把字念白了，现在变成德北了。可是我们有好几种证据，能证明出来，我们是德伯家的后人。博古家都说我们是——并且，并且我们还有一方古印，上头刻着一张盾牌，盾牌上刻着一个张牙舞爪的狮子，狮子的头上面还有一座城堡。我们还有一把很古的银匙子，匙子锅儿是圆的，像一把小勺子，上头也有那么一座城堡。不过这把匙子都磨坏了，所以我母亲老用它搅豌豆汤。"

"不错，我的盔饰正是一座银堡，我的纹章也正是一个张牙舞爪的狮子。"他和蔼可亲地说。

"所以我母亲说，我们应该来告诉告诉你——因为新近我们家遭到了一场灾难，要了一匹马的命，我们又是德伯家的长房。"

"我敢说，这是你母亲一片好意。就我个人来说，她采取这种办法，我只有高兴。"亚雷一面说，一面直看她，把她都看得脸上起了一层薄薄的羞晕，"这么说，我这位漂亮的姑娘，你这是以本家的身份，好意拜望本家来了？"

"我想是吧。"苔丝又局促不安起来，只吞吞吐吐地说。

"呃，这并没有什么不好的啊。你们住在什么地方？你们家是干什么的？"

她把一切情况，简单地告诉了他一遍。他又问了她些别的话，她都回答了，又告诉他，她打算坐那趟把她带到这儿来的车回去。

"等到车回来，经过纯瑞脊十字路口的时候，还早着哪。漂亮的小妹妹，咱们俩在园里走一走，等车回来，好不好？"

苔丝本来打算在这儿待的时间越短越好。不过那位青年竭力劝驾，她没有法子，就答应了和他一块儿走一走。于是他把她领到草坪，领到花坛，领到花窖，又把她领到果园，领到玻璃花房，在那儿问她爱不爱吃草莓。

"爱吃，"苔丝说，"有了的时候也爱吃。"

"你瞧，这儿的草莓都已经熟了。"说着亚雷就弯腰动手，挑选各样的草莓，往苔丝手里送，一会儿他又挑了一个结得特别好的英国王后种草莓，站起来，拿着梗儿，亲手往苔丝嘴里塞。

"别——别这样。"她急忙说，一面用手把他的手从她嘴上隔开，"我自己来好啦。"

"瞎说！"他坚持非自己把草莓塞到她嘴里不可。她带着有些难过的样子，把嘴张开，把草莓嚙了。

他们就这样毫无目的地瞎走了一会儿。凡是亚雷让苔丝吃的东西，她都半推半就地吃了。她吃不下草莓，他就在她的小篮子里给她装了好些。一会儿他们又走到玫瑰花旁。他采了一些玫瑰花，给她戴在胸前。她像在梦里一般，一切都由着他摆布。她胸前插不下去了的时候，他就在她的帽子上给她插了一两枝花骨朵，又在她的篮子里，以慷慨好施的态度，给她装了好些花儿。后来他看了看表说："如果你回去，还是要坐开往沙氏屯的大车，那你吃点儿东西再走，正是时候。你来，我看看我都能给你弄点儿什么吃的。"

司托－德伯把她又领回草坪，带进帐篷，叫她在那儿等候。他去了一会儿，就回来了，手里提着一篮子便饭小吃，放在苔丝面前。看他那种情况，他显然是不愿意叫仆人来把他们的促膝密谈给搅扰了的。

"我抽烟不碍吧？"他问。

"不碍，先生，一点儿也不碍。"

他隔着弥漫帐篷的缕缕青烟，看着她那引人遐想而不自觉的咀嚼动作。苔丝·德北呢，只天真烂漫地低头看着胸前的玫瑰花，万没预料到，在那片有麻醉性的青烟后面，隐伏着她这出戏里那个"兴风作浪、制造悲剧的恶魔"，他就要成为她那妙龄绮年的灿烂光谱中一道如血的红光。苔丝有一种情况，在那时候，正变得于她最为不利，亚雷·德伯之所以老把眼盯在她身上，正由于这种情况。原来她外貌苗壮，发育丰满，让她看起来，比她的实际更像一个成年妇人。她从她母亲那儿继承了这种特征，却没有这种特征所表示的实质。本来她自己心里有时也对于这一点觉得不安，后来她的伙伴告诉她，说这是一种时光就能治好的毛病。

她一会儿就把饭吃完了。"先生，我现在要回去啦。"她站起来说。

"你叫什么？"他和她顺着车路，走到看不见正房的时候问。

"我叫苔丝·德北，住在马勒村。"

"你刚才说，你们家新近死掉了一匹马，是不是？"

"是，马就死在我手里！"她回答说，同时眼泪汪汪地把王子死的详情说了一遍，"就是因为这样，所以我才不知道，我得怎么办，才对得起我父亲。"

"我一定得想想看，也许有法子帮你点儿忙。我母亲一定得给你个安身的地方。不过，苔丝，再别说什么姓'德伯'的话了——你知道，就是德北好啦——完全是另一个姓。"

"我也不稀罕再好的，先生。"她带出一些自尊自重的神气来说。

他们走到车道拐弯的地方，夹在高大的石南和松柏中间，还看不见前面的门房，就在那个时候，有一刹那，只有一刹那，他把脸歪到她那一面，好像要——不过，没有。他改变了主意，让她去了。

这件事就是这样开始的。要是她早就看了出来，这番见面里面，都有什么意义，那她也许就要问一问，为什么她就该命中注定，那一天让一个不对劲儿的人看见追求，却不让别的人，不让一个在各方面看来都对劲儿、都可心的人看见追求？当然，所谓对劲儿、可心，也只能是在人间找得出来的，也只能是差不多的就是了。然而在她认识的人里面，也有一个，差不多够得上这种资格，但是她对于那个人，却只是昙花一现，她在那个人的脑子里，却并没留下什么踪影。

因为世间万事，虽然计划得精心细意，尽情合理，而实行得可粗心大意、违情悖理，[1] 所以呼唤人的和被呼唤的，很少能够互相应答，恋爱的人和恋爱的时机，不很容易凑巧相合。如果两个人见了面就能前途美满，老天偏难得正当其时，对他那可怜的人说一声"你瞧！"，不等到捉迷藏的把戏，把人累得筋疲力尽，他也很难得说一声"这儿！"，指引那高呼"哪儿？"的人。将来人类的文明，有进化到至高无上的那一天，那人类的直觉，自然要比现在更锐利明敏的了，社会的机构，自然要比掀腾颠簸我们的这一种更严紧密切、互相关联的了；到了那时候，那种进化了的直觉和进化了的社会机构，是不是就能把这种事序混淆的情况矫正过来，我们也许很想知道知道。不过这样完美的文明，不能预言在先，甚至于也不能悬想为可能。我们只晓得，现在这件公案，也和几百万件别的公案一样，并不是一个完全整体的两半，正当完全适宜的时候，两两相遇；而是两半里，那迷失不见的一半，在愚蠢冥顽中，独自到处游荡，一直游荡到事过境非、无可奈何的时候。由于这种行动的拙笨迁延，就生出来了种种焦

---

[1] 这是哈代的主导思想之一，更多见于他的诗中，如《打击挫折》《有目无珠》《哲学狂想》等。他叫这种情况是"未能完成的意愿"。这些诗不能遍举，兹引《打击挫折》中的一段以示意："你看，大地之母——创造自然的大自然，被她那不忠实的主人，作践蹂躏；她的希望，被他那腌臜的双手摧残；她热情勃勃、计划使万物开花呈艳，但这计划，却遭到中断；她本要，铸造一个完美无疵的模范，但出现的，却只有疾患；她本要染一片色彩，神光陆离灿烂，但出现的，却只有污点；她想要的时光，本是天朗气清、日丽风暖，但代它的，却只有霜冷雪寒；她创造的肉体，本是晶莹无瑕、使人迷恋，却变得疮痍遍体，丑恶不堪。""整体"和"两半"的说法，也见于他的短篇小说《哈得克姆的故事》。

虑、失望、惊恐、灾祸和非常离奇的命运。

德伯回到帐篷，就在一个凳子上坐下琢磨，脸上露出一片
得意之色。于是他忽然大笑起来。

"哈，这可真活该啦！哪儿找这样的好事！哈—哈—哈—
哈！多丰满的个大妞儿！"

6

苔丝下了山，走到纯瑞脊十字路口，在那儿恍恍惚惚地等
候从围场堡回沙氏屯的篷车。她刚一上车，车里就有客人问她
话，她倒是回答了人家，却不知道人家到底问了她些什么。车又
走动起来了，她只顾心里琢磨，外面的景物一样也没看见。

同车的旅客里，有一位对她说了几句比先前那几位更中要
害的话："你瞧，你简直成了个花球啦！刚刚六月，就有这么好
的玫瑰花！"

她那时才感觉到，她在他们觉得惊异的眼睛里，是怎么个
模样：胸前插着玫瑰花，帽子上也插着玫瑰花，篮子里也装了满
满的玫瑰花和草莓。她脸上一红，含糊地答道，这些花都是别人
送的。她瞅人家不留神的时候，忙把帽子上最触眼的玫瑰花摘了
下来，放在篮子里，用手绢盖起来。于是她又坐在那儿，出神琢
磨。有一回，她低下头去，冷不防叫留在胸前的一根玫瑰花刺扎
了一下。苔丝也和布蕾谷里所有的乡下人一样，好做无稽的幻
想，迷信预见吉凶的先兆。她觉得，叫玫瑰花扎了，是个不祥之

兆，[1] 这是她那天头一次觉出来的预兆。

篷车只到沙氏屯为止，从那个山镇下山到了平谷，再往马勒村去，还有好几英里路，都得步行。她母亲早就给她出过主意，说要是她觉得太累，当天赶不回来，那她就先在沙氏屯他们认识的一个乡下妇人家里过一夜好啦。苔丝那天就是这样办的，第二天下午，才下山回到自己家里。

她进了门，看见她母亲脸上一片得意的神气，她就知道，她没回来的时候，已经有事情发生了。

"俺说么，俺早就知道了么！俺不是告诉过你，什么都不会有错吗？果不其然！"

"这都是什么时候的话？是我走了以后的吗？什么果不其然？"苔丝露出未免疲乏的样子说。

她母亲带着调皮的神气，极其得意地把女儿上上下下打量了一番，逗着笑儿说："你到底中了他们的意了！"

"你怎么知道的，妈？"

"俺收到一封信。"

苔丝一想不错，是有把信送到这儿来的工夫。

"他们信上说——德伯太太说——德伯太太有一个小小的养鸡场，那是她的玩意儿，她叫你去给她管理那个养鸡场。不过这种话都是编派出来的，要你去，可不要你心意太高了。她的真意

---

[1] 玫瑰花扎了，是不祥之兆，赛木尔·楚在他的《哈代评传》里说："哈代年轻的时候，维塞司还保存了许多迷信风俗，直到现在，还未全绝。预示吉凶先兆，为乡人永远留意之事。钥折镜碎，为可怕凶兆。左耳鸣或喜鹊见，是要发生杀人案。苔丝叫玫瑰花扎了，便很不安。"

思就是要认你本家。"

"不过我没看见她。"

"俺想，反正你总见过她家里的人吧？"

"我见她儿子来着。"

"他认你本家没有哪？"

"呃，他叫我小妹妹来着。"

"俺早就知道了么！杰奇，他叫她小妹妹来着！"昭安对她丈夫大声说，"这一定是他对他妈说了，他妈叫你去的。"

"不过我恐怕我养鸡不在行。"半信半疑的苔丝说。

"那俺就不知道谁在行了。你生来就干这种营生，一直是干这个长大的。一个生来就做的营生，总比半路学的好。再说，这也并不是真要叫你去显本事，这不过外面上做个样儿，好叫你觉得不是白混闲饭吃就是了。"

"我心里横竖觉得不该去，"苔丝满怀心事地说，"这封信是谁写的？你给我看看好不好？"

"德伯太太写的。你看。"

信是用第三人称的口气写的，上面简单地说，德北太太的女儿要是肯去工作，那于德伯太太的鸡场管理方面很有帮助。要是她能去，就给她预备一个舒适的屋子。她要是干得好，工钱是不会少给的。

"哦，就是这几句呀！"

"怎么？她哪儿能一下就把你又搂又抱，又亲又吻哪？"

苔丝往窗外看去。

"我还是跟着你和爸爸在家里好。"

"为什么？"

"我想我不必告诉你为什么，妈。说实在的，我自己也不十分清楚。"

一个礼拜过去了。苔丝原想在紧邻一带的地方，找点儿轻省的活儿做，她本来的意思是，要趁着一夏天的工夫，挣够再买一匹马的钱。有一天，她就这样出去找事，找了一天也没找着。她晚上回来的时候，还没迈进门槛去，就有一个孩子，从屋里跳着跑出来嚷着说："那个阔人到咱们家来过啦！"

她母亲连忙解释，解释的时候，身上每一块地方，都露出喜笑的神情。德伯太太的儿子骑着马来看他们来着，据说，他是偶然打马勒村路过，顺便来替他母亲问一问，到底苔丝能不能到他们家去给他们老太太管鸡场，因为先前管鸡场那个小伙子不可靠。"德伯先生说，要是你真像你的外表那样，那你一定是个好姑娘。你那么大的一个人，就值那么大的一块金子。说真格的，你很中他的意。"

苔丝那时正把自己估计得非常低，没想到，会有一位素不相识的人，对她这样看得重，所以她当时听了这些话，仿佛真正喜欢似的。

"他这么想，自然是他的好意，"她嘟嘟囔囔地说，"要是我能知道那儿的情况究竟是什么样子，那我就无论什么时候都可以去。"

"他真得说是个非常漂亮的人儿！"

"那可不见得。"苔丝冷冷淡淡地说。

"不管怎样，反正这可是你的一个好机会。他戴着一个好看的金刚钻戒指，那可一点儿也不错！"

"不错，"小亚伯拉罕从窗下的凳子那儿兴高采烈地说，"俺也瞅见了！他拿手理八字须的时候，金刚钻就飕飕地直放光。妈，咱们那位阔本家的手，干吗老那么不离八字须？"

"你听听那孩子说的话！"德北太太插嘴称赞说。

"大概是要显露显露他的金刚钻戒指吧。"约翰爵士坐在椅子上，像在梦中一样，嘟囔着说。

"我得仔细想一想。"苔丝从屋里往外走着说。

"你要知道，这是她一出马，就把咱们家这支末房的魂儿勾来了，"这位主妇对她丈夫接着说，"她要是不把他紧紧地抓住了，那才是傻瓜哪。"

"俺可并不十分愿意叫俺的孩子跑到别人那儿去，"小贩子说，"俺既是长房，别人应该到俺这儿来才对。"

"可是你非叫她去不可，杰奇，"他那位头脑简单、智力低下的太太甜言蜜语地说，"你没看出来吗，他那是叫她迷住了。他叫她小妹妹来着！他大概要娶她，叫她当阔太太。那时候，她就该和她那些祖宗奶奶一样了。"

约翰·德北的虚荣心比他的精力和体力都大得多，所以这个假设他听了很高兴。

"呃，也许是，年轻的德伯先生也许真想娶她，"他也顺着他太太说，"一定是他当真算计好了，和老长支结亲，好生下好子好孙来传宗接代。苔丝这个小机灵鬼！她只去看了他们这一趟，就真能弄到这样一种结果吗？"

同时，苔丝正在园里醋栗中间和王子的坟上，沉思深念地走来走去。她进屋的时候，她母亲因利乘势，毫不放松，对苔丝说：

"俺说，你到底打算怎么着吧？"

"我后悔没能见见德伯太太。"苔丝说。

"依俺说，你就拿定了主意吧。你去了还愁没有见她的日子？"

她父亲坐在椅子上直咳嗽。

"我也不知道到底怎么办才好！"那女孩子心神不宁地说，"还是得你拿主意。马既是死在我手里，那我想，我就应该想法子再弄一匹来。不过——不过，我非常讨厌德伯先生在那儿！"

那些孩子们，自从王子死后，老是拿苔丝要叫他们的阔本家认亲这个想法来安慰自己（他们以为那一家真是他们的本家），现在听说她不愿意去，都大声哭起来，并且说她、骂她、埋怨她不就去。

"苔丝不——不——不去啦，不去做阔太太啦！她——她——她说她不——不——不去啦！"他们咧嘴哭着说，"咱们也摸——摸——摸不着大新马啦，也摸不着金镑买玩意儿啦！苔丝也摸不着新衣裳啦，也不漂亮啦！"

她母亲也随声附和他们。她做起事来，老是迟迟延延，把事情堆在一起，显得格外劳累，这种情况，也给她的争辩，添了不小力量。只有她父亲保持中立态度。

"我去就是了。"苔丝最后说。

女儿既然答应了去，母亲就不由得不想到随后来的这头好亲事。

"这才是啦。凭你这么个漂亮姑娘，这是个很好的机会！"

苔丝不耐烦地笑了一笑。

"我只希望，这是一个能挣钱的机会。这并不是什么别的机会。你在外面顶好别说那一类的傻话。"

德北太太没答应她。在客人说了那样的话以后，她自己不敢十分担保，说她不会得意忘形，因而对人大说大讲。

事情就这样安排好了。那个年轻的姑娘写了一封信，说她同意把一切都准备好了，他们几时需要她，她就几时动身。跟着就有回信，说德伯太太听说她肯来，很高兴。他们后天打发一辆有弹簧轮子的大车，到谷外的山顶上，连人带行李，一齐接过去。她得准备好了，在那个时候动身。德伯太太的笔迹，未免太男性化了。

"一辆大车？"昭安·德北半信半疑地嘟囔着说，"来接本家，该用马车才是啊！"

苔丝到底打定了主意，所以不像以前那样神不守舍，坐卧不宁了。她自己想，大概这回差不多一定可以做点不太累的事，挣了钱，再给她父亲买匹新马了，所以就踏踏实实地料理起自己的事来。她本来想在学校里当一名教员，不过命运却好像另外有所决定。就处事那方面讲，她的确比她母亲老练。所以德北太太所抱的那种关于她结婚的希望，她一时一刻都没拿着当一回正经事看。那个傻呵呵的女人，差不多从苔丝一出世那一年起，就一直在那儿认为，快要给苔丝找到好配偶了。

7

在原先定好了离家的那一天，天还没亮，苔丝就醒了。那时正是昏夜未去、曙色未来之际，树林子里还静悄悄的，只有一只先觉的鸟儿，声音嘹亮地歌唱起来，好像是坚定地相信，至少自己知道正确的天时，别的鸟儿却一个都不作声，好像同样坚定地相信，它把时间弄错了。苔丝在楼上收拾行装，一直收拾到吃早饭的时候才下了楼，穿的还是平常日子的衣服，过年过节穿的好衣服，都仔仔细细地叠在她的箱子里。

她母亲一见，连忙劝解说："谁家看本家，有不打扮得更漂亮一点儿的？"

"不过我这是去做活儿呀！"苔丝说。

德北太太说："不错，是。"跟着又带着说私话的口气说，"你刚一去，也许外面儿上叫你做点活儿。……可是依俺说，你把你最大的长处在明处显摆显摆，才算得更懂情理。"

"好吧，我想你比谁都明白。"苔丝安安静静、听天由命地回答说。

那姑娘因为要讨她妈欢喜，所以一切都由着她妈摆布，安安静静地说："妈，你说怎么办就怎么办好啦。"

德北太太见她这么听话，只有大喜。她先舀了一大盆水，把苔丝的头发洗了一遍，洗得非常地彻底，等到擦干梳光，头发都好像比平常多出一倍来。她挑了一根比往常宽的粉色带子，把头发给她扎起来，又把苔丝穿着过游行会节那件白色连衣裙给她穿上。头发既然梳得鬅松，白衫又因轻飘而显得肥大，因此使她正在发育的身躯，看着好像成熟了的样子，叫人辨不出她的真正年龄来，而把她错认为成年的妇人，其实她比一个小孩子大不了多少。

"哟，我的袜子后跟上有个窟窿！"苔丝说。

"袜子跟上有个窟窿怕什么？难道袜子还会说话吗？俺年轻的时候，只要有个好看的帽子往头上一戴，管他脚底下怎么样！"

她母亲看着她女儿，非常得意，所以特地倒退了几步，像一个画家离开画架子一样，上上下下仔细打量着她这番调理的结果。

"你自己来瞅瞅吧！"她嚷着说，"比那一天可好得多啦。"

因为镜子很小，一次只能把苔丝的身躯照出一小部分来，所以德北太太就在玻璃窗外面，挂一件黑外套，这样一来，窗上的玻璃就变成一面大镜子了。这本是乡下人梳妆打扮的时候常用的办法。都收拾完了，德北太太下了楼，走到她丈夫面前，那时她丈夫正在楼下坐着。

"俺告诉你吧，德北，"她兴高采烈地说，"他见了她不喜欢才怪哪！可是你千万别对苔丝提他喜欢她那番话，也不要提现在这是她的机会那番话。她这孩子，总是古里古怪的，你要是对她提了，也许她就腻味起他来，甚至于还会马上就不去啦。要是什么事都顺顺当当的，俺一定想法报答报答丝台夫路那个牧师。他真是个大好人，来告诉咱们那些话。"

不过，那姑娘离家的时候越来越近了，梳妆打扮那一阵高兴劲儿也过去了，德北太太倒心里有点儿嘀咕起来。因此这位妈妈说，她要送她女儿一程，把她送到山谷边上、山坡开始陡峭地往上通到外面的世界那个地点。在那个山顶上，有司托－德伯家的大车来接苔丝。她的行李箱子，先打发一个小伙子，用小车推到山顶上等着去了。

那几个小一点儿的孩子，看见他们的母亲戴上了帽子，也都嚷着说要跟着去。

"姐姐要去嫁咱们那位阔本家了，要去穿好衣裳了，俺们非去送姐姐一送不可！"

"你听！"苔丝脸红了，急忙转身说，"这是什么话！妈，你怎么弄的，叫他们心里都存了这种念头？"

"不是呀！俺的小乖乖呀，姐姐是去给咱们那位阔本家做活儿，好挣钱再买一匹新马呀。"德北太太安抚他们说。

"爸爸，我走啦。"苔丝喉头哽咽，说。

约翰爵士，那个时候，因为纪念那天早晨，又喝得有点儿过了量，正把头垂在胸前，坐着打盹儿，听见女儿叫他，才暂时从蒙眬中醒来，抬起头来说："你走啦，孩子，俺盼着咱们那位年轻的朋友喜欢你这么一位和他一脉相传的漂亮姑娘才好。你对他说，苔丝，咱们家这阵儿把日子过败了，败得不像样了，所以俺要把名号卖给他——不错，卖给他——还绝不跟他要大价钱。"

"少了一千镑不卖！"德北夫人说。

"那么你就告诉他，说俺要一千镑。呃，我想起来啦，少一点儿也行。这个名号加到他身上，比加到俺这个窝囊废身上，好得多了。所以你告诉他吧，出一百镑就成。其实，俺也不计较这些小事情——你就说五十镑吧——呃，也罢，二十镑吧。不错，二十镑，再少了可不行了。他妈，名号到底是名号，再少一个便士都不行！"

苔丝满眼含的泪太多了，喉头的哽咽太堵得慌了，竟没有把心里的思想感情表达出来。她急忙转身，走出门去。

于是她们母女一同走着，苔丝左右两边，各有一个小孩，握着她的手，走几步就带着含有心思的样子看她一看，好像看一个正要去做大事的人一般，她母亲带着她那个顶小的，紧跟在后面。她们母女构成了一幅画图，前面走的是诚实的"美丽"，两旁围的是烂漫的"天真"，后面跟的是头脑单纯的"虚荣"。她们往前一直走到山坡下面，按照预先的安排，纯瑞脊打发车到山顶来接苔丝，省得叫那匹马在最后那块山坡上走下来还得走上去格外吃力。第一层山后面，接着是一道山脊，在山脊中间，是沙氏屯高悬在山崖上的房舍。除了他们打发作先行的那个小伙子以外，在顺着山坡蜿蜒而上、高悬半空的路上，一个人影都没有，那个小伙子正坐在车把上，车上装的就是苔丝的全部财产。

"在这儿等一会儿吧，大车一准就会来的，"德北太太说，"不错，那不是就在那边吗？"

大车是来了——忽然从最近那片高地的一个崖头后面出现，停在推小车那个小伙子的身旁。她母亲和那几个孩子就决定不再往前送了，苔丝向她们匆匆告了别以后，就弯着腰往山上走去。

她们老远看见她那白色的形体，走近那个带弹簧轮子的大车，她的箱子也早就搬到大车上去了。但是在她还差一点儿才走到大车跟前的时候，从山顶上一丛树里，箭一般地又飞出一辆车来，拐过了那段路上一个弯，超过了行李车，停在苔丝身旁，苔丝抬起头来一看，好像大吃一惊似的。

她母亲这才看出来，这辆车和先前那一辆并不一样，先前那一辆，是粗重拙笨的大车，这一辆却是簇新、漂亮、又晃眼又时髦的轻便二轮小马车或者狗车[1]。赶车的是一个二十三四岁的青年，嘴里叼着雪茄烟，头上戴着时髦的小帽，身上穿着浅棕色的褂子和短裤，脖子上围着白领巾，戴着直竖的硬领，手上戴着棕色赶车的手套——总而言之，他就是一两个礼拜以前，骑在马上去见昭安，探问苔丝消息的那位漂亮、年轻的花花公子。

德北太太像一个小孩子似的拍起手来。拍完了手，又低下头去看，看完了，又抬起头来着。这番光景里，有什么意义，难道她能看不出来吗？

"那个人就是咱们的阔本家，叫姐姐去做阔太太的吗？"顶小的那个孩子问。

同时能够看见，苔丝穿着细纱衣服的形体，立在马车旁边，迟疑不决地站着，赶车的青年正和她说话。她外表上那种犹豫，实在还不只是犹豫，实在就是疑惧。她原想坐那辆笨重的大车。那个青年下了车，好像是硬劝她坐自己的车。她把脸转到山下她家里的人那面，老远看着那小小的一簇。好像有一桩什么事激动了她，使她打定了主意，可能就是她把王子害死了这件事。她忽然上了车，他也上了车，坐在她旁边，立刻用马鞭子打着马往前走。一会儿的工夫，他们就追过了前面装箱子的慢车，转过一个山头，看不见了。

---

[1] 狗车，车之一种，二轮或四轮，车身小而轻便，本为载猎人或猎狗之用而设计的，故名。

苔丝刚刚看不见了，像演戏一般，使人生趣的光景刚刚终结了，那些小孩子们的眼睛里，就都充满了眼泪。顶小的那个说："俺真不愿意叫可怜、可怜的姐姐去做阔太太。"说完了，把嘴一咧，大哭起来。这个新见解含有传染性，所以当时，另一个孩子跟着也哭起来，又另一个也哭起来，于是三个孩子，一齐大放悲声。

　　昭安·德北转身回家的时候，也是满眼含泪。但是她走到村里的时候，却又一心等待，相信老天会保佑，一切会逢凶化吉了。不过晚上她躺在床上的时候，还老叹气，她丈夫问她怎么回事。

　　"唉，俺也说不上来到底是怎么回事，"她说，"俺是在这儿想，也许苔丝不去倒好些。"

　　"你事先干什么来着，事后才想起来？"

　　"唉，这是那孩子的机会呀——不过，要是再有这样的事要做的话，那俺一定得先打听打听那个小伙子到底是不是个好人，是不是要真像本家那样照顾她，俺才能放她去。"

　　"不错，也许你应当那样办来着。"约翰一面打呼噜，一面说。

　　昭安·德北却老是想法不管在哪儿找点安慰。"好吧，她既然是真本实料，像老根儿那样，那她只要把王牌抓住了，她就一定降得住他。就是他早不娶她，他晚也要娶她。因为凡是有眼睛的都能看出来，他爱她那种火热的劲儿。"

　　"她的王牌是什么？你是说，她那德伯的血统吗？"

　　"哪儿是，你真笨。俺说的是她的脸蛋——和俺年轻的时候一样。"

8

亚雷·德伯跨上车，在苔丝身旁坐好了，就赶着马，顺着前面第一座山的最高山脊，很快地向前驰去，一路上不住口地把苔丝恭维奉承，把那辆装箱子的大车老远地撩在后面。他们越走，到的地点也就越高，所以四面八方的风景，都一齐呈现在眼前。后面是她出世的那一片绿色山谷，前面是她还不熟悉的一片灰色山野，她要不是上一次匆匆地到纯瑞脊去了那一趟，还一点儿不知道那地方的情况哪。这样，他们就走到了一个山坡的顶上了，再往前去，就是一条笔直的路，一直通到山下，差不多有一英里远。

苔丝·德北木来天生是有胆量的，但是自从上次那匹老马出了事以后，她一坐车，就非常胆怯，车的行动稍一出乎常轨，她就有些发慌。所以现在亚雷·德伯拼命打马直跑，她就不免害起怕来。

"先生，我想，你下山的时候，要慢慢地走吧？"她硬装着不在乎的神气问。

亚雷扭过头来看着她，用他那大白门牙的尖儿把雪茄烟叼着，让他的嘴唇自己慢慢咧开，做出微笑的样子来。

"怎么，苔丝？"他又抽了一两口烟，才回答她说，"凭你这么一个有胆量的大姑娘，问这种话！你不知道，我下山坡，老是打马叫它使劲飞跑。我觉得那样最能叫人提神！"

"不过我想你这回也许用不着那样了吧？"

"唉，"他摇了摇头，说，"这件事并不是完全由我自己做主。你得把我们俩都算在里头。你也得顾到提伯。她的脾气很怪。"

"你说的是谁？"

"还能有谁，就是这匹骒马啊。我觉得，好像她刚才又满脸怒容，瞅我来着。你没看出来吗？"

"你别来吓唬我啦，先生。"苔丝态度很不自然地说。

"我这并不是吓唬你。这匹马简直没有活人制伏得了，如果有一个活人有那种本领，那就是我了。"

"你怎么养了这样一匹马？"

"你真会问。我想这得算是我的命吧。提伯已经踢死一个人了，我刚把她买到手的时候，她也差一点儿没把我踢死。可是，我也差一点儿没把她打死，这话还是一点儿不假。不过，她还是爱使性子，非常地爱使性子，所以坐在她后面，有时候简直说不定人命保得住保不住。"

他们那时正开始从山坡上面往下面去。那匹马显然是很懂得她主人所期望的那种不顾死活的把戏的，所以几乎不用主人给她任何启发，就拔步飞跑起来。这是她自己的意思呢，还是她主人的意思，却很难说，也许还是她主人的意思居多吧。

他们飞一般地往山下直奔，车轮子像陀螺似的嗡嗡直响，车身子一左一右直摆，马身子也一起一落直蹿，车轴和进行的直线，有点儿成了斜角的形状。一会儿车轮子好像有好些码都不着地。一会儿石头子儿让马踹得直打旋儿，飞过了树篱，路上的火石叫马蹄子磕得发出火星，比日光还亮。越往前奔，笔直的道上那番光景也越广阔，两旁的土埂好像一根木棍，一直分劈成为两半，一边一半在他们肩旁飞驰而过。

风吹透了苔丝的白纱衣裳，一直吹到她的皮肤，她刚洗过的头发，也披散在背后。她拿定了主意，不露出害怕的样子来，但是她用手抓住了德伯握缰绳那只手的胳膊。

"别抓我的胳膊！你这么一来，咱们就要都摔下去啦。你搂着我的腰好啦。"

她紧紧搂住了他的腰，他们就这样来到了山下。

"谢谢老天爷，尽管你这样胡闹，可居然没出岔子！"她满脸通红，嘴里说。

"苔丝——呸！你这是发脾气了！"

"我这是说实话。"

"好，你大可不必，刚一认为脱了危险，就这样一点儿也不领情，撒开了手。"

她刚才都做什么来着，她并没理会。她刚才不知不觉地搂住了他，她并没顾得理会，他是块木头，还是块石头，是个男人，还是个女人。她恢复了镇静自持的态度，坐在那儿，没再言语，于是他们又来到了第二个山坡的顶上。

"又来啦！"德伯说。

"别这样，别这样！别再胡闹啦。通点情理吧。"苔丝说。

"不过，一个人既然已经上了这一郡里最高的山顶了，那他还能不下去吗？"他振振有辞反唇相讥说。

他把缰绳一松，车和马又一齐飞向前去。他们两个的身子又摇晃不停。德伯扭过头来，嬉皮笑脸地对苔丝说："我的大美人儿，你再像刚才那样，搂着我的腰好啦。"

"我不！"苔丝屹然独立地说，一面竭力挺住身子，不去碰他。

"苔丝，你要是让我吻一吻你那副小红樱桃嘴唇，再不就让我亲一亲你那片热乎乎的小脸蛋，我就叫马停下来。我要撒谎，就不是人。"

苔丝听了这话，惊得不可言喻，连忙在车上往后退避，德伯见了这样，就又打马前奔，把苔丝摇晃得更厉害起来。

"别的不成吗？"她后来一点办法都没有，才把两只瞪得像野兽一般的大眼睛瞅着他，大声喊道。她母亲把她打扮得那么漂亮，分明是害了她了。

"别的不成，亲爱的苔丝。"他回答她说。

"哦，我不知道——好吧，我不管啦！"她可怜巴巴地捯着气儿说。

他把马缰一收，马就放慢了，他忙趁此时，刚刚转身，要使他的示爱标志留痕着迹，以满足他心中之愿，苔丝就仿佛不知不觉地出于害羞，急忙往旁边一躲。他那两只手都让缰绳占住了，没有余力阻挡她这种闪躲。

"好，他妈的，我非把咱们俩都摔死不可！"她那位心情急切而又喜怒无常的同伴骂着说，"你这个小妖精，你就敢这样说了不算，是不是？"

"好罢，"苔丝说，"你既然一定非这样不可，那我就不再动了。不过我想，你既是我的本家，那你一定要好好地待我，不忍得欺负我吧？"

"本家个屁！来吧！"

"不过，我不愿意叫人吻我，先生！"她哀求他说，同时一颗大泪珠，从脸上滚下来，她的嘴角，也因为竭力想忍住哭，都颤动起来，"我要是早知道是这样，我绝不会来的。"

但是他丝毫不肯通融，所以她只得坐稳了，让他硬迫强逼吻了一下。他刚吻过，她立时就羞得满脸通红，掏出手绢来，擦她脸上他的嘴唇接触过的那块地方。他正心热如火，见了她这样，便刺痒难禁。因为她那样做，是出于不期然而然的。

"就凭你这么个乡下丫头，倒特别知道耻啊！"那个青年说。

她对于这句话并没回答。说实在的，这句话的意思，她就摸不十分清楚，因为她不懂得，她不由自主地一擦脸，就是给了他一个大钉子碰。她简直就是把他吻的那一下取消了，如果这种事实，实际上可能取消的话。她只模模糊糊地觉得，他好像有些烦恼，所以就再没言语，只目不转睛地一直瞧着前面，同时马一路小跑，走近了梅堡岭和英根山。于是她大吃一惊，因为她看到，还有一个山坡得跑下去。

"我让你后悔后悔，"他又发了话，口气里依然带着余恨未消的意味，同时又扬鞭打马，"除非你诚心乐意，让我再吻一下，不拿手绢擦。"

她叹了一口气说："好吧，先生！哎哟，我得把帽子拾回来。"

她说话的时候，她的帽子刚刚让风刮到路上去了，因为他们现在在这块高地方上，走得绝不算慢。德伯把马止住了，说要下去替她拾，不过她已经在车的那一面下了车。

她跑去把帽子拾了起来。

"你不戴帽子更漂亮，真的，如果你还能更漂亮的话，"他回头往车后面看着她说，"现在，上来吧！怎么啦？"

帽子戴在头上了，帽带也系好了，但是苔丝却不往前来。

"我不上去啦，先生，"苔丝现在是满眼得胜而挑战的神气，红唇里露出白牙来，说，"我说，我不再上去啦。"

"怎么？你不上来跟我一块儿坐着啦？"

"不啦，我要走着走。"

"到纯瑞脊还有五六英里哪。"

"就是几十英里，我都不在乎。再说，后面还有大车哪。"

"你这个诡计多端的小丫头片子！你告诉我，你是不是成心把帽子弄掉了的？我敢起誓说，一定是！"

苔丝出于战略而保持的缄默，证实他猜着了。

于是德伯恨得咒骂起来，骂她这个，骂她那个，无所不骂，因为她用了这个诡计。他忽然勒转马头，想要追上苔丝，把她夹在围墙和马车中间，不过他要是真那么一来，就免不了要使她受伤。

"你这样撒村，不害羞吗？"苔丝那时已经攀到围墙[1]顶上了，站在那儿，英气勃勃地说，"我一点儿也不喜欢你！我讨厌你，我恨你！我要回家找我妈去啦！我要回去啦！"

苔丝发起脾气来，德伯倒消了气，哈哈大笑起来。

"不过我这倒更喜欢你了，"他说，"来吧。咱们俩和好吧。我再不拗着你吻你啦，我撒谎就不是人！"

苔丝还是不听他这一套甜言蜜语，不肯上车，不过他要她和马车并排走，她却并没反对。他们就这样慢慢地朝着纯瑞脊走去，有的时候，德伯觉得，自己行为不检，把她逼得步行，显出一种

---

[1] 围墙，原文 hedge，在此处非普通树篱，而是方言里的说法，指大石或草皮所砌之围墙而言，故可攀登其顶。

极度难过的样子来。她现在倒实在可以真心信他了。不过他却一时把信用失掉，所以她就一直步行，两眼瞧着前面，心里想着心思，仿佛不知道是上纯瑞脊好，还是回家好。不过，她已经决意上纯瑞脊了，如果没有更重大的原因，现在再不去，未免过于游移不定，简直是小孩子气了。她怎么可以这样感情用事，回到父母那里，把箱子弄回来，把重整家业的重大计划全盘搅乱了呢？

过了几分钟，就看见坡居的烟囱了，苔丝最后的目的地，那个养鸡场和那所小房子，也在右面一个幽静隐僻的犄角上露了出来。

9

苔丝新干的这份差事，是去监视、喂养、陪伴、医疗、看护那一群公鸡和母鸡。它们占据了一所旧草房，做它们的大本营，草房外面有一个院落，本来是一所庭园，现在却成了一片践踏得凌乱不堪、铺着沙子的空场子了。草房上面爬满了爬山虎，房上的烟囱，都叫这种附生植物的枝叶缠得蒙茸粗大，看着好像一座残破圮毁的高塔。楼下的屋子全是那些公鸡、母鸡的领土，它们在那儿走来走去，把主人翁的架子摆得十足，好像盖这所房子的就是它们自己，并不是现时东西横卧 [1] 在教堂坟地里那些尸骨成灰的邸册保产人 [2]。

---

[1] 东西横卧，教堂建筑多为东西向，以便人们祈祷，面向东方（参看第 58 页注 [1] ），故死人埋葬，亦东西横卧。葬的方向，又有荣辱之分：东西向光荣，南北则表示耻辱、忏悔等。

[2] 邸册保产人，英国法律名词。这种保产人的土地房屋租权，凭过去习惯取得，以采邑地主宅第中所存的旧日档案、簿册为依据。

这份产业法定的典期刚满，司托－德伯太太就满不在乎把这所草房变成了养鸡的地方。旧房主的子孙们，觉得这简直是寒碜他们家，因为这所房子是他们很爱护的，是曾经花过他们的祖宗很多钱的。德伯家还没来到这儿置产业、盖房子以前，他们已经在那儿住了好些辈了。他们说："爷爷那时候，这房给正经人住，都够好的。"

从前那些屋子里，有许多吃奶的婴孩哇哇地哭，现在只听见破壳出蛋的鸡雏啪啪地啄了。从前那些地方放着椅子，坐着懒得动弹的庄稼人，现在全放着鸡笼子，养着愣头愣脑的母鸡了。壁炉的角落上和曾经有过熊熊火光的壁炉炉床上，现在都摆满了仰着的蜂窝，给母鸡做了下蛋的地方了。从前房外那些小块的空地，叫一辈一辈的住房人用锄锸收拾得整整齐齐，现在也都让公鸡用爪子刨得乱七八糟的了。

草房所在的那个庭园，四面有墙环绕，只有一个门内外相通。

苔丝原是养鸡鸭为业的人家出身的姑娘，所以第二天早上，她就按照自己的巧思，把养鸡的场子，另做了一番布置。她变动这个，改进那个，忙了大约有一点钟的工夫，忽然院门开了，走进来一个系着白围裙、戴着白帽子的女仆。她是从上房来的。

"德伯太太又要那些鸡啦，"她说，不过她看苔丝的神气，好像不大明白她的意思，就接着解释道，"太太上了年纪啦，还是个瞎子。"

"瞎子！"苔丝说。

她听了这话，心中起了一种疑惧，但是几乎还没等到她辨过来自己心里到底是怎么回事，那个女仆就已经叫她抱起两只顶好看的汉布鸡，自己也抱起两只，带着她往紧紧邻接的上房去了。上房看着倒是华丽宏壮，不过草地上放的是鸡笼子，房前目力所及的空中又飞的是羽毛，这儿到处都有痕迹表示出来，住在那些屋子里的，一定是个连哑巴动物都爱护的人。

这所宅第的主人兼主妇，正背着亮光，在楼下一个起坐间里，稳据一把带扶手的椅子。她是一个白发苍苍的妇人，年纪不过六十，甚至于还不到六十，戴着一个大便帽。她的面目很生动，像一个目力慢慢变坏，费了许多力量无法挽回，才情非所愿地当了瞎子的人那样，不像那些瞎了多年，或是生来就瞎的人那么死板沉滞。苔丝每一只胳膊上擎着一只鸡，走到老太太跟前。

"啊，你就是新来的那个给我养鸡的姑娘吗？"德伯太太听出她的脚步声是个生人的，问道，"你可要好好地待它们啊。我的管家告诉我，说你管这些鸡顶合适。好啦，你把鸡都带来了吗？啊，这是司雏！不过它今天好像没有往常那么欢势似的，是不是？我想它这是因为叫一个生人一摆弄，吓着了吧。费纳也不大欢势——不错，它们是有点儿吓着了——是不是啊，宝贝儿呀？不过待几天，它们跟你就熟起来了。"

老太太一面说话，一面打手势，苔丝和女仆就按着手势，把那四只鸡一个一个放在她的膝上，她就用手从头到尾摸它们，考察它们的冠子、它们的翅膀、它们的爪子和公鸡脖子上的长毛。她一摸就立刻知道，哪是哪一只，还摸得出来，是否有一根翎儿折了，或者有一簇毛乱了。她又摸它们的嗉子，摸得出来它们吃的是什么东西，吃多了，还是吃少了。她心里有什么意见，都像演哑剧一样，很明显地在脸上表示出来。

她们把带来的那四只鸡，都一只一只依次送回鸡场，跟着这种程序重复下去，一直到她们把所有那老太婆心爱的公鸡母鸡——有汉布鸡、班屯鸡、考珍鸡、布拉马鸡、道擎鸡和其他当日一般人喜爱的鸡——一个一个都送给她摸过了。鸡到了她膝上，她差不多都认不错。

这种情况，叫苔丝想起坚信礼[1]的仪式来。德伯太太就是主教，公鸡母鸡就是行礼的男女儿童，她和女仆就是教区上把儿童带上前去的牧师和副牧师。这种仪式举行完了的时候，德伯太太脸上又搐动、又抽搐，弄得满脸都是褶皱、波纹，嘴里冷不防地问苔丝道："你会吹口哨不会？"

"吹口哨，太太？"

"是，吹各种小调儿。"

苔丝也和大多数别的乡下姑娘一样，很会吹口哨，不过在体面人面前，不肯说她有这种本事就是了，但是这一次，她却温文尔雅地承认了这件事实。

"那么，你天天早晨，都要吹一回。从前这儿有个小伙子，吹得很好。不过他已经离开这儿啦。我要你对着我养的红胸莺吹。因为我看不见它们的样子，所以我喜欢听它们的声音。我们就用这种法子教给它们哨各种小调儿。伊丽莎白，你告诉她鸟笼子挂在什么地方。你明天就开头好啦，要不，它们哨得就要退步啦。已经有好几天没人管它们啦。"

---

[1] 坚信礼，英国教会仪式，因幼儿行洗礼时年幼，宗教方面一切由教父教母负责，所以儿童十四五岁的时候，要行坚信礼，算是儿童自己对宗教负责，自己懂得教义了。行坚信礼的儿童，由各区牧师或副牧师，带到主教面前，由主教把手放在一个一个儿童的头上，给他们祝福。

"今儿早上德伯先生对着它们哨来着。"伊丽莎白说。

"什么！呸！"

老太太的脸皮蹙在一起，表示非常厌恶，没再说别的话。

苔丝想象中的本家对她的接待，就这样结束了，那些鸡也都送回鸡场去了。苔丝看到德伯太太那样的态度，倒没觉得怎么奇怪。因为自从看见了这所宅第的大小，她就没再盼望别的。不过她却一点儿也不晓得，关于她和德伯太太是本家的话，德伯太太始终没听见过。她只由推测认识到，这位瞎老太太和她儿子之间，感情可能不太好。但是关于这一点，她也猜错了。天下当母亲的，迫于无奈，气儿子又疼儿子、恨儿子又爱儿子的，可就多着呢，德伯太太并不是头一个。

虽然头一天有过不愉快的开端，但是她在那儿安置好了以后，就在那个太阳照耀的早晨，对她的新地位里所有的那种新鲜和自由劲儿，倾心向往起来。同时，她又急于要试一试没想到要她做的那种玩意儿的本领，好看一看她保得住保不住她的地位。在有垣墙的园子里，刚只剩下她一个人的时候，她就在鸡笼子上坐下，郑重其事地把嘴唇撮起，试验她那种荒疏已久的玩意儿。她看出来，她从前会的本事，如今已经退步了，她只能噗地一下，吹出一口无声之气，却绝不能吹出清晰嘹亮的音调来。

她试了又试，总归白费，心里纳闷，不明白怎么天生就会的玩意儿，就能一干二净一点儿也不会了？弄到后来，她觉得仿佛攀附在房上和墙上的爬山虎后面，有什么动弹似的。她往那面看去，看见一个人从墙头跳到地上，正是亚雷·德伯。自从昨天他把她送到园丁下房的门那儿，她在那儿安置下了，直到现在，她还没再见过他。

"我以人格担保，"他喊着说，"你那副美丽的模样，真是人间少有，画里难寻。我刚才在墙外面瞧了你半天了，苔丝妹妹（叫'妹妹'的口气里，有那么点开玩笑的意思）。我瞧你坐在那儿，撮起那鲜红的嘴唇，噗啊噗地吹一阵，又偷偷地自己骂一阵，永远也吹不出个调子来，你就好像一个石碑上不耐烦的女神[1]一样。你吹不上来，都急躁起来了吧？"

"急躁也许有的，骂可没有。"

"啊！我知道你为什么试这个，这都是那些拙老婆[2]闹的！我母亲要你继续给它们上音乐课，是不是？真自私自利。仿佛照料那些该死的公鸡母鸡，还不够一个女孩子忙的似的。我要是你，我干脆就不干。"

"不过她可特别要我教她的鸟儿，还告诉我，叫我明天早晨就要都弄得停停当当的。"

"真的吗？那么我给你上一两课好啦。"

"哦，不用，你不用。"苔丝一面说，一面往门那儿退。

"瞎说！我绝不跟你动手动脚的。你瞧——我站在铁丝网这面，你就站在那面好啦。那你就可以觉得十分保险了。现在你瞧着！你把嘴唇撮得劲头太猛了。你瞧，这样就成。"

---

[1] 石碑上不耐烦的女神，原文 Im-patience on a monument，系由莎士比亚的《第十二夜》里第二幕第四场第一一六行 Patience on a monument（石碑上的忍耐女神）变来。

[2] 拙老婆，原文 bully，是 bullfinch 的方言。"拙老婆"是"灰莺"的方言。

他一面讲解，一面动作，吹了一句《你把那嘴唇挪开》[1]。不过他吹这个歌调的用意，苔丝一点儿也不懂。

"你来试试看。"德伯说。

她努力装作不说不笑的样子，把脸绷得像石雕泥塑一样严肃。不过他却非让她吹不可，后来她觉得不吹他就不肯走，所以就照着他说的怎样就能发出清晰的声音来那种办法，把嘴唇撮起来，面却很难过地微微一笑，又因为自己笑了，心上恼起来，脸上一红。

他又鼓励她说："再试一回。"

这回苔丝却很认真，都认真得到了令人感到痛苦的地步了。她试了一下，没想到最后到底发出了一个真正圆润的声音来。她一下成功，高兴起来，因此忘其所以了。她的眼睛睁大了，不知不觉地在他面前嫣然启齿。

"这回对啦！我现在教会了你怎么起头，那你以后自己就能做得很漂亮了。你瞧，我不是说过不跟你动手动脚的吗？我不管你现在叫我着迷的这个劲儿，从来有没有活人受过，反正我说话就得当话……苔丝，你认为我母亲这个老太婆很古怪吧，是不是？"

"我跟她还不大熟哪，先生。"

"你以后就知道她古怪了，她叫你弄这种把戏，去教她的红

---

[1]《你把那嘴唇挪开》，歌曲名，歌词全文见汤姆斯·培绥的《英国古诗歌钩沉》，头一段也见于莎士比亚的《一报还一报》第四幕第一场开始处。歌里要求对方还吻，但这儿亚雷·德伯吹的是歌的调子，并非歌词，所以说他的用意，苔丝不懂。歌谱见亥屯的《英国歌曲集》。

胸莺,这不是古怪是怎么啦?我现在是不入她老人家的眼的,不过你要是能把她那些爱巴物儿给她伺候好了,她一定会喜欢你的。再见吧!你要是碰到什么困难,需要人帮忙,你不用去找管家,直接来找我好啦。"

苔丝·德北就是承担了这样一种任务,在这个家政管理中占了一席之地。她头一天的经验,大体上就可以代表后面继续而来的那许多天里的。亚雷·德伯见了她,就跟她说些逗趣儿的话,没人的时候,还开玩笑地叫她小妹妹,他就这样处心积虑,叫她和自己慢慢熟起来,熟起来以后,她就不像起初那样,见了他怕羞了,不过他却并没能叫她生出表现另一种更温柔的新羞态那种感情。但是她在他跟前,差不多什么事都随和他,不只是一个伙伴那样。因为她现在是寄在他母亲的篱下,又因为他母亲是个瞎子,比较没有什么用处,实在就是寄在他的篱下,所以不得不如此。

苔丝一旦恢复了从前的本领,不久就看出来,在德伯太太屋里教红胸莺哨,并不是什么繁重的活儿,因为她跟着她那位歌喉婉转的妈妈,学会了不少的曲调,拿来教给这些歌鸟儿,都非常地合适。现在她每天早晨站在鸟笼子旁边教那些鸟儿,比以前在园里那回练习的时候,惬意得多了。那个青年既然不在面前,她就无拘无束鼓起小嘴来,靠近笼旁,对着那些留神细听的鸟儿婉转自如地大哨而特哨。

德伯太太睡觉的地方,是一张带四根床柱的大床,床上挂着很厚的花缎帐子,红胸莺也就在这个屋里养着。它们一天之内,有几点钟的工夫,可以在屋里自由自在地飞来飞去,因此把家具和家具上的垫子、套子之类上面,弄得到处都是一块一块的小白点。有一次，苔丝正在窗前那一溜鸟笼子旁边，照常教给鸟儿哨，忽然听见，床后面好像有窸窸窣窣的声音。老太太并没在那儿。苔丝转身看去，好像觉得帐子的流苏下面，有一双穿靴子的脚，把前端露出。她一见这样，吹的口哨立刻就不成调儿了，如果真有人在那儿听，那他一定能听出来，苔丝是疑心那儿有人的。从此以后，苔丝每天早上，总要揭开帐子，查看一番，不过却老没发现那儿有人。亚雷·德伯一定是改变了主意，不想再用这种任性由兴的埋伏把戏来吓唬她了。

10

每一个村庄，都有它自己的特性，它自己的脾气，往往还有它自己的道德律条。纯瑞脊本地和纯瑞脊附近，有些年轻的妇女，轻薄桃达，极为显著，而统辖那块地方、住在坡居里那位人中之选，大概也患的是同样的症候。这块地方还有一种更是由来已久的不良之风，那就是喝酒喝得很凶。这一带农田上谈话的要旨，都是说攒钱没有用处。地里穿着粗布衫的算术家们，停锄或者倚犁休息的时候，总是精打细算，证明区上给的救济金 [1]，给一个人做养老之资，比一个人一辈子从工资里攒起来的钱，还要富裕。

这些哲学家们，每礼拜六晚上完了工，跑二三英里那么远，去到那个凋敝衰败了的市集村镇围场堡，在那儿待到半夜一两点

---

[1] 区上给的救济金，英国有贫民法，全国划为若干贫民法区，各区自行赈济贫民。

钟再回来，然后礼拜日睡一整天觉，把镇上卖给他们那种名为啤酒、实是奇怪混合物（这是把从前独立经营的酒馆代替了的那些垄断者卖给他们的）所给他们的消化不良作用，在睡乡里消灭了：这就是他们最大的快乐。

　　起初有许多日子，苔丝并没有参加这种每星期一次的巡礼行程，但是经那些比她年纪大不很多的太太们（因为庄稼地里的工人，二十一岁上挣的工钱和四十岁上挣的一样多，所以这儿的人结婚都早）一再怂恿，苔丝到底答应去了。她头一次去的经验，给了她没想得到的乐趣，因为她过了整个一礼拜管理鸡场的单调生活，看见别人那样欢畅快活，自己很难不受他们沾惹传染。于是她去了一次，接着又去。因为她文雅温柔，使人动情，又正在一瞬即逝那种含苞欲放的绮年韶华，所以她在围场堡出现，很招得街上一些游手好闲的人偷眼暗窥。因此她往那个镇上去，虽然也有时单独行动，但是一到天黑，她总是找她同去的人，和她们结伴同行，以便在回家的路上得到保护。

　　这桩事已经这样进行了有一两个月了。后来有一天礼拜六，恰好赶集和赶会的日子碰在一块儿，因此纯瑞脊的人们都跑到围场堡的酒馆里，去找这两重快乐。苔丝由于工作没完，动身很晚，所以她的同伴早就到了那儿。那正是九月里傍晚的时候，天气很好，太阳刚要落，黄色的亮光和蓝色的暮霭，正一丝一丝地互相斗争，大气自己本身，就成了一番异景，不用别的实体东西帮忙，除了那无数在空中乱舞的小小飞虫。苔丝就在这样光线暗淡的暮霭里，从从容容地往前走去。

　　她原先不知道赶集和赶会碰在一天，到了那儿才知道的，那时候天眼看就要黑了。她买的东西有限，一会儿就买完了，所以她就按照老规矩，去找几个从纯瑞脊来的乡下人。

起先她一个也没找到，后来有人告诉她，说他们大半都上了那个贩泥炭[1]兼捆干草的工人家里，开私人小舞会去了。这个工人常和他们在地里做买卖，住在镇上一个偏僻的小胡同里。她去找那个人家的时候，看见德伯站在街上一个犄角那儿。

"怎么，我的大美人儿？这么晚还没走哪？"他说。

她告诉他，说她只是等候同伴一同回家就是了。

"咱们待会儿再见吧。"她走进那个小胡同的时候，他在她身后冲着她说。

她走近了捆干草那个人的家，听见提琴奏着对舞舞曲的声音，从后面的屋子里传了出来；不过却听不见有跳舞的声音——这是这一带少有的情况，因为这儿的惯例，总是脚踏的声音，淹没了音乐的声音。前门正敞着，所以她能一直看到房子后面夜色苍茫的庭园。她敲了敲门，没人应门，所以跟着她就一直穿过那所住房，朝着发出音乐声来的那个草棚子走去。

这个草棚子并没有窗户，完全是为放东西用的，从敞着的门里面冒出一股黄迷迷、亮晃晃的雾气，一直冒到门外的暗处。苔丝起先以为那是辉光照耀的一片烟气，走上前去才看出来，原来是一片尘土，叫棚子里的烛光照得发亮。那片烛光并且把方形的门口，一直投射到园里一片昏暗的夜色里。

苔丝走到门口，往里一瞧，看见一些模模糊糊的人影，按照跳

---

[1] 泥炭，一种炭化植物，英国乡间用作燃料。

舞的步调，一来一往地回旋；那儿地上的"木渣"，也就是那些泥炭和别的东西残余的末子和渣滓，都埋到他们的脚面了，因此他们跳起来才没有声音；笼罩在地上的雾气，也就是那些东西叫他们那凌乱的脚步践踏而扑腾起来的。那一片煤末草渣，纷飞乱舞，掺上跳舞那些人的汗水和热气，变为一种人和植物混合而成的粉末。就在这种云蒸雾迷之中，音弱声微的提琴有气无力地奏着，和那些兴头十足的跳舞者的舞蹈，成了显著的对比。他们一面跳一面咳嗽，一面咳嗽一面笑。那些一冲一撞的对对舞侣里，只有在光线最强的地方上那些人，还可以辨别得出来。那种昏暗模糊的光景，使他们变成了一群林神，和一群仙女拥抱；一大群盘恩，和一大群随林回旋；一些娄提，想躲开一些蒲来，却永远办不到。[1]

有的时候，舞侣们有跑到门口清凉一会儿的。时他们的身旁，既然没有尘雾笼罩了，于是那半人半神的仙侣，就一变而为她隔壁的街坊那种平常人物了。仅仅在这两三个钟头以内，纯瑞脊就能这样如疯似狂地变形改观！

人群里有几位随林尼[2]，坐在靠墙的凳子和草垛上，其中有一位认得苔丝。

"那些闺女们都觉着在夫洛·得·吕旅店跳舞不体面，"他

---

[1] 林神，见希腊罗马神话，形如人，唯脚与腿似山羊，头上有短角，全身被厚毛。侍从酒神，在酒神节中他们以乱跳乱舞出名。仙女，见希腊罗马神话，数目甚多，掌管山林、河流、泉源、海洋等地。盘恩，见希腊神话，为牧神，喜跳舞音乐，常导诸仙女共舞。随林，见希腊神话，亦为仙女，为盘恩所逐，逃于河畔，因自祈祷，遂变芦苇。娄提、蒲来，见希腊罗马神话，前者是一个仙女，为后者所逐，逃亡而化为一种树。

[2] 随林尼，见希腊罗马神话，为酒神之师，最好喝酒，尝酒醉迷途。

说，"她们不愿意叫人家都知道了她们的男朋友是谁。再说，有的时候，正赶着筋骨活泛了，店家却要关门。所以俺们都上这儿来，从外面叫酒喝。"

"不过你们到底什么时候才回去哪？"苔丝有点焦急的样子问。

"就走——大概马上就走。这一回差不多就是最后一场了吧。"

她等着。对舞完场了，倒是有些人想要起身回去。但是别的人不愿意，所以又组织起一场来。苔丝想，这一场完了可该散了。但是这一场没完，另一场又接着来了。她等得坐立不安，心神不宁，不过，既然等了这么久，那就非再等下去不可。那天因为赶会，路上很可能有些心怀不良的闲杂人，她虽然不怕估计得到的危险，却害怕出乎意料的事故。要是在马勒村附近，她就不会这样惴惴不安了。

"别这么沉不住气，俺这亲爱的好人，"一个青年一面咳嗽、一面劝她说，只见他满脸是汗，把草帽尽量往后脑勺子上扣，因而帽檐围在后脑勺子上，看着就好像是圣像头上的一圈祥光，"你着什么急？明儿是礼拜，谢谢上帝，在教堂做礼拜的时候睡一觉，不就完了吗？来吧，跟我来跳一场好不好？"

她并不厌恶跳舞，不过她却不想在这儿跳。他们的动作显出更强烈的感情，在发光的云柱[1]后面，拉提琴的有时候从弦马儿这边错拉了那边，再不就把弓背当作了弓弦，因此使调子变了花样。不过这都没有关系，那些气喘吁吁的舞侣，还是一

---

[1] 云柱，见《旧约·出埃及记》第十三章第二十一节及第三十三章第九节，又见《尼希米记》第九章第十二节和《诗篇》第九十九篇第七节等处："日间，耶和华在云柱中领他们的路"。

样地旋转前进。

她们如果觉得原来的舞伴合适，就不更换舞伴。要是有更换的，大概就是两个人之中，有一个不惬意的。他们到了那个时候，每一对都已经搭配得非常合适了。就是在这种时候，魂灵飞去半天的狂欢，如在梦幻之中的柔情，才开始发生；在这种情况里，感情就是构成宇宙的物质，而物质则只是偶然外来的东西，老要在你想旋转的时候阻碍你，不让你旋转。

忽然地上扑腾一声，原来是一对舞侣跌倒了，躺在那儿，搅成了一团。第二对舞侣止不住脚，也倒在拦住去路的这两个人身上。屋内整个一片尘土里，又从跌倒了那些人身旁浮起一片更厚的尘土，尘土里面，只见有许多腿和胳膊，乱伸乱舞，纠缠在一起。

"好吧，你等着吧，待会儿咱们家去，我可够你受的。"那一堆人里面，有一个女人的声音骂道。那是那个闯祸的笨汉不幸的舞侣嘴里发出来的，她碰巧也正是他新结婚的太太。在纯瑞脊这块地方上，结婚的男女，如果爱情还留存，一同跳舞 [1] 本是常事。实在说起来，有的时候，夫妻在后半辈还一块儿跳舞，也并不是不常见，因为这样一来，那种彼此有心的独身男女，就可以免得叫别人把地位占去了，而自己落得形单影只。

那时候，苔丝身后，庭园暗处，有一个人哈哈大笑，和屋里哧哧的笑声互相呼应。苔丝回头看去，看见一支雪茄烟的红火头儿，亚雷·德伯正自己一个人站在那儿。他向她招手，她见

---

[1] 过去夫妻一同跳舞是例外，按照普通的规矩，夫妻不能做舞伴。

了，只能勉强去到他面前。

"啊，我的大美人儿，你跑到这儿来干什么？"

她做了一天活，走了许多路，疲乏极了，所以就把心里的难处告诉了他——告诉他，说自从她刚才遇见了他以后，就一直在这儿等候同伴等到现在，因为是晚上，她对路很生。"不过他们好像老没有完的时候，所以我不打算再等他们啦。"

"当然用不着再等。我今天这儿只有一匹鞴鞍子的马；不过你跟我到夫洛·得·吕，在那儿我雇一辆马车，和你一块儿坐着，把你送回家去好啦。"

苔丝虽然听了这话，倒也有些得意，不过，她却始终没有克服她原先对他的疑惧。所以，虽然那些乡下人仍旧迟迟延延，没有走的意思，她却还是愿意等他们一块儿走回家去。因此她说，她很感激他的好意，但是可不愿意麻烦他。"我已经对他们说了要等他们，他们一定会盼望我等的。"

"很好，万事不求人的小姐，随你的便好啦，……那么我就不必忙了，……唉哟天哪，你看他们多么吵闹的慌！"

他并没走到亮地方去，不过有些人却看见他在那儿了，因此他们的跳舞就稍稍停顿了一下，并且他们还想到时间过得多快。等到他又点起一支雪茄抽着走了的时候，那些和别的农庄上来的人混在一起的纯瑞脊人，也都立刻开始聚拢起来，预备一块儿起身。他们的包裹、篮子，也都收拾到一块儿了，又过了半个钟头，时钟敲十一点一刻的时候，他们都零零落落地走上了回家去的篱路了。

这是一条走起来有三英里长的道，本是一条干燥发白的路，那天晚上叫月光一照，更显得白茫茫的。

苔丝跟着那一群人往前去，有时和这个走一会儿，有时和那个走一会儿。走着的时候，她看出来，那些喝酒过量的男人，叫夜里的凉风一吹，走起路来，都有点摇摇晃晃、东倒西歪的样子，有几个较为放纵的女人，也都东扑西靠，脚步不稳。这几个女人里面，一个是肤色较深的泼妇卡尔·达齐，人家都封她为黑桃王后，她直到最近，还是德伯的爱宠；一个是南锡，她是卡尔的姊妹，外号叫方块王后；还有一个就是先前跳舞跌倒了的那个结过婚的年轻女人。她们那时的样子，虽然让一只视力浅短、没受蛊惑的眼睛来看，不管有多肥满、笨重、庸俗、平凡，她们自己看来，却完全不同。她们顺着大路走来，觉得好像凌空御风，飘然前往，思想超脱、深奥，她们自身和周围的大自然，合成了一个有机体，各部分都快乐和谐地互相贯彻串联。她们和天上的星星月亮一样地高远，星星月亮也和她们一样地热烈。

但是苔丝跟着她父亲过的时候，已经有过这种痛苦的经验了，所以她一发现他们那种情况，她那时候刚感到的那种月下步行的快乐就消逝了。然而她由于刚才说的那种原因，却始终没离开他们。

起先在显敞的大道上，他们是零零散散地前进的，但是现在他们的路，却要穿过地边上一个大栅栏门。走在最前面那个人开栅栏门的时候，遇到了困难，所以大家就都聚拢起来了。

走在最前面的，就是黑桃王后卡尔。她带着一个柳条篮子，里头盛着她自己买的布匹，给她母亲买的日用杂货，还有另外买来预备一礼拜用的东西。篮子又大又重，她为携带方便起见，就把篮子顶在头上，她把手叉在腰上往前走的时候，篮子就在头上摇摇不稳，岌岌欲坠。

"哎哟，卡尔·达齐，你看，你脊梁上是什么东西，在那儿往下爬哪？"那一群人里面，有一个忽然说。

大家都往卡尔身上瞧。她穿的连衣裙，是薄印花布的。她脑袋后面，有一条像绳子一类的东西，一直垂到腰下面，好像一条中国人的辫子。

"那是她的头发披散下来了吧。"另一个人说。

不是，不是她的头发；那是她头上的篮子里流出来的一道黑油油的东西，在清冷寂静的月光下看着亮锃锃的，好像一条满身黏液的长虫。

"是糖浆。"一个目力锐敏的太太说。

不错，是糖浆。卡尔那可怜的老祖母，见了甜东西就嘴馋。她自己的蜂窝里出的蜂蜜有的是，但是她的命根子却是糖浆，所以卡尔特意买了一些，要她来一个惊喜交集，享受一番。当时卡尔听说糖浆流出来了，就急忙把篮子放下来，一看，原来盛糖浆的家伙已经在篮子里打碎了。

那时大家看见卡尔背上那种怪相，不由得都大笑起来。黑桃王后一急，就想出一个顶简捷的办法来，不用笑她那些人帮忙，自己就能把衣服上粘的糖浆弄掉。她当时很兴奋地冲到她们就要走过的那块地里面，把身子放倒了，仰着躺在草地上，又用背脊转磨似的揉搓，又用胳膊肘支着身子，在草地上把身子往前拖，她就用这种方法，尽其所能，把连衣裙擦了一遍。

大家笑得更厉害。卡尔这一阵怪态逗得他们笑得都没有劲儿了，有的抱着栅栏门笑，有的抱着栅栏门的柱子笑，还有的扶着手杖笑。我们那位女主角，先前本来没动声色，现在在这一阵狂笑之下，也忍不住和他们一齐笑起来。

这真是一件大不幸，从好几个方面看，都是大不幸。这位皮肤深色的王后，在这群工人的笑声里，刚一听到苔丝比别人冷静、沉着的笑声，她一向憋在心里那股醋劲儿，就一发而不可收拾，叫她变得像疯了一样。她一下跳起来，冲到她的仇人紧跟前。

"你这块贱货，你敢来笑俺！"她喊道。

"别人都笑，我实在忍不住也笑了。"苔丝仍旧咔着牙表示抱歉说。

"啊，这阵儿你是他的爱巴物儿，你就觉得比谁都强，是不是？可是你先别忙，先别忙，我的乖乖。像你这样的，两个捆到一块儿，都不是个儿！你敢来，我就给你个厉害看！"

苔丝一见，吃了一惊。原来皮肤深色的王后，正在那儿动手脱她那连衣裙的上身——因为上身已经弄脏了，惹得人家都笑她，她正乐得借着这个因由，把它脱下去——脱到后来，她那胖胖的脖子、肩膀和胳膊，一齐都露出来了。在月亮地里看着，就和蒲拉遂提 [1] 所创造出来的艺术品，同样射出光辉，显出美丽，因为她是个身强体壮的乡下姑娘，她的脖子、肩膀和胳膊，都饱满丰圆，毫无缺陷。她握起两个拳头，朝着苔丝拉起架势来。

"谁和你动手动脚的！"苔丝威仪俨然地说，"我要是早就

[1] 蒲拉遂提，古希腊大雕刻家，生于公元前三九〇年左右，雅典人，为飞地阿思后各雕刻派别中的领袖之一。其作品能以表现形体之美胜。其最精妙的作品为阿芙罗狄蒂（即爱神）像。

知道你是这样的人，那我绝不这样自卑自贱，和你们这群娼妇搅和在一块儿。"

这句话把这些人一包在内，都括拉进去了，未免太不分青红皂白了，因此从别的方面，惹起了一片滔滔不绝的怒骂之声，一齐朝着漂亮的苔丝不幸的身上发作。特别是从方块王后那方面，因为她和德伯的关系，和人家疑心卡尔和他的关系，是一样的，所以现在她和卡尔联合起来，对待共同的敌人。别的女人也有好几个同声响应的，她们骂得非常凶恶，要不是因为她们那天疯魔癫狂了一个晚上，那她们之中绝没有人，会那样犯痴发傻，做出那样的表现的。那些丈夫和情人们，看到苔丝让人这样威慑势凌，有欠公道，就想帮助苔丝一下，好使争端平息，但是这样一来，马上更把战事扩大了。

苔丝又愤怒，又羞愧。她顾不得时候有多晚了，也顾不得道有多偏僻了，她一心一意只是想要越快越好离开那一群人。她很知道，她们里面比较好一些的那几个，第二天一定要后悔不该这样大发脾气。那时候，他们都走到地里面了，她正靠一边儿，往后面蹭，想要一个人跑开。于是有一个骑马的人，几乎没出声，从那遮掩道路一溜树篱的犄角上，突然出现，他正是亚雷·德伯，回身朝他们看。

"你们这些老乡们，你们这是干什么，这样吵吵闹闹的？"他问道。

没人马上向他解释，其实他也用不着有人解释。他原先离她们还远的时候，就听见了她们的声音，那时他就偷偷地骑着马跟上来，听了一个大概，足够使他明白是怎么回事的了。

苔丝正离开人群，一个人站在靠近栅栏门的地方。他弯下腰去，对她低声说："你跳上来，骑在我身后面，咱们一眨眼的工夫就把这群鸡猫子喊叫的东西撂得老远了。"

那一刹那情势的紧急，使她感觉得太强烈了，所以她差一点儿没晕过去。假使在别的时候，她一定要像前几次那样，拒绝他这种殷勤。即便今天晚上，要是只因为路上荒僻这一层原因，她也绝不会反平素之道而行动的。但是这一次的殷勤，恰好是碰在这个特别的节骨眼儿上的，只要两脚一跳，就可以把这种窘境中的恐惧和愤怒化为胜利，所以她就听凭了自己的冲动，一点儿不假思索，就攀上了栅栏门，把脚尖放到他的脚背上，爬上了他身后面的马鞍子。他们两个驰到远处的苍茫夜色之中那时候，那些吵架斗口的醉鬼们才明白过来发生了什么事。

黑桃王后也忘记她身上的肮脏了，她站在方块王后和那个脚步不稳的新婚女人旁边，三个人都直着眼往那马蹄声在路上越去越远的地方瞧。

"你们看什么？"一个没有看见发生这件事的人问。

"哈，哈，哈！"深肤色卡尔大笑。

"嘻，嘻，嘻！"喝醉了的新娘子一面抓住她那因爱而糊涂的丈夫一只胳膊，一面大笑。

"喝，喝，喝！"深肤色卡尔的娘捋着小胡子[1]大笑，同时简捷地解说道，"从锅里掉到火里[2]去啦！"

---

[1] 女人生小胡子，是女人兼有男性特征者。
[2] 从锅里掉到火里，英国成语，越来越糟的意思。

这些过惯露天生活的儿女们，即使喝酒过量，也不至于永久受害。那时候他们都已经走上地里的小路了。他们往前走的时候，月光把一片闪烁的露水，映成一圈一圈半透明的亮光，围着每人头部的影子，跟着他们往前。每一个人只能看见自己的圆光，无论他们的头怎样东倒西歪，鄙陋粗俗，圆光却始终不离头部的影子，反倒老跟着他们，一刻也不放松，把他们弄得非常美丽。等到后来，好像这种左右乱晃的光景，成了圆光固有的动作，他们喘的气，也成了夜间雾气的一部分；而景物的精神、月光的精神、大自然的精神，也好像协调和谐地和酒的精神，氤氲成混沌一气。

11

他们两个，骑着马，轻步小跑，往前走了一气，都没说话，苔丝一路上抱着德伯，仍旧在胜利中喜得心里怦怦乱跳，不过关于别的方面，却仍心怀疑虑。她看出来，他们身下那匹马，并不是他有时骑的那匹咆哮暴躁的，所以，虽然她紧紧抱着他还是坐不稳，却并没害怕马会出什么岔子。她求亚雷把马放慢，由驰而步，他也照着办了。

"真干得干净利落，是不是，亲爱的苔丝？"他过了一会儿说。

"不错，是！"她说，"我觉得我真应当感激你。"

"那么你真感激我吗？"

她没回答。

"苔丝，为什么我吻你，你老不愿意哪？"

"我想那是——因为我不爱你吧。"

"你敢保真是这样吗？"

"我有时还生你的气哪！"

"啊，我早就害怕会有这种情况了。"虽然如此，亚雷听了苔丝这番自白，还是和颜悦色。他知道，无论什么，都比又偏又硬好。"我惹你生气的时候，你为什么不告诉我哪？"

"你还不是知道得清清楚楚的吗？我在这儿，凡事都由不得我自己呀！"

"我并没因为和你亲近，时常惹你生气吧？"

"有几次。"

"多少次？"

"我想你早就知道得清清楚楚的了，可多啦。"

"我每次和你亲近，都惹你生气，是不是？"

她没言语，马款步前进，走了老远，走到后来，一片薄而发亮的雾气，本来一晚上都弥漫在低谷里的，现在散布得漫山遍野，把他们包围起来了。这层雾好像把月亮的光悬在半空，使它比起在清朗的空气里，更显得到处弥漫。也许因为雾气，也许因为她老出神，再不就因为她非常困倦，所以她并没看出来，他们早走过了往纯瑞脊去的岔道了，她的护送人并没取往纯瑞脊去的那条路。

她那时的疲乏真是难以形容。这一个礼拜以来，她每天都是早晨五点钟就起来，起来以后，就成天一刻也没有驻脚的时候。今天晚上到围场堡去，她又格外多走了三英里路，又等了她的邻居三个钟头，一口东西也没吃，一滴水也没喝（她等得焦急，顾不得吃喝），在回家的路上又走了一英里路，还抱着一肚子气吵了一架，现在又骑着马慢慢地走了一些时候，所以就弄到差不多半夜一点钟了。她虽然这么困倦，但是她真正不胜睡魔袭击的时候，却只有一次。在那一刹那忘却一切的昏沉中，她的头轻轻地靠到了德伯的身上。

德伯把马止住，把脚从马镫里抽出来，在鞍子上侧着身子，用手搂住了她的腰去扶她。

苔丝立刻醒来采取守势，并且凭着一阵报复的冲动（这是她很容易犯的），不假思索，就把他轻轻一推。他的地位本来就不稳，差一点失去了平衡，仅仅没滚下马去就是了，因为那匹马，虽然是一匹很健壮的，却幸而在他所骑的马当中，是顶老实的。

"你真太不知好歹了！"他说，"我并没怀恶意——我只是怕你掉下去就是了。"

她疑虑不定地琢磨了一会儿，后来她觉得，他这个话，说到究竟，也许是实话，就后悔起来，低声下气地说："我请你原谅，先生。"

"你要我原谅你，总得有点儿表示，说你信得过我才成。我的上帝！"他忽然发作起来说，"你把我当作什么人，就能叫你这个小丫头随便又推又搡？你玩弄我，躲闪我，老给我钉子碰，足足有三个月了，我不再受你这一套啦！"

"我明天就离开你，先生。"

"你明天就离开我？不成，不许你明天离开我！我再问你一遍，你能不能让我搂着你，表示你信得过我？来吧，这会儿就咱们俩，没别人在跟前。咱们俩彼此都很熟悉了，你又知道我很爱你，老认为你是世界上顶漂亮的姑娘，实在你也真顶漂亮。我和你亲近亲近，当你的情人，不成吗？"

她急躁难忍，不耐烦地倒抽了一口气，表示反抗，同时转侧不安地坐在马上，眼睛往远处瞧着，嘴里嘟嘟囔囔地说："我不知道——我但愿——我怎么能说成不成哪，在我——"

他自作主张，用手搂住了她的腰，她也没再表示反抗。事情就这样解决了。他们这样侧着身子，慢慢往前走去，后来她忽然觉得，他们走的工夫太久了——比平时从围场堡回去走那段短短路程费的工夫久得多，即便像现在这样款步而行，也用不了这么久的工夫，并且走的路，也不是硬棒的大道，只是一条小路。

"哎哟，咱们这是走到什么地方啦？"她喊着说。

"走过一个树林子。"

"一个树林子？什么树林子？咱们一定是走错路了吧？"

"咱们正走到围场——英国顶古的一片树林子。今天晚上的夜色很可爱，咱们为什么不在外面多流连一会儿哪？"

"你怎么能这样奸猾诡诈！"苔丝一半故作凶悍泼辣，一半真正大起惊慌说，说的时候，也不顾自己有滚下马去的危险，用手把他的手指头一个一个地掰开了，使他的胳膊脱离了她的身子。"我刚才因为推了你一下，觉得对不起你，所以正要相信你，讨你欢喜，你可跟我来这一手！请你让我下去，我自己走回去好啦！"

"宝贝儿，就是晴天，你自己也走不回去。我对你实说了吧，咱们离纯瑞脊远着哪。现在雾气越来越大，你就是在这些大树中间，走上好几个钟头，也走不出这座树林子去。"

"不用你管我走得出去走不出去，"她婉转地请求他说，"你放我下去好啦！管它在什么地方，我只求你放我下去，先生！"

"很好，那我就放你下去——可是有一件，既是我把你带到这样一块偏僻的地方来了，不管你自己觉得怎么样，我却总觉得，不把你平平安安地送回家去，就不能算是尽了我的责任。你要不用人帮忙，自己走回纯瑞脊，那是办不到的，因为老实说，亲爱的，由于这片雾气，什么东西都看不见，连我自己都辨不清咱们到底是在什么地方。你要是答应了我，在这匹马身旁等候，等到我穿过这片矮树林子，往前走到有大道或者有房子的地方，弄清楚了咱们到底是在什么地方，那我就情愿放你下去。我回来了，就详详细细地告诉你怎么走，那时候，你一定要走着走也好，愿意骑马走也好，随你的便。"

她接受了这个条件，在马的左面溜了下去，但是他却早已经在忙中趁她不备，吻了她一下。他在马那一边跳了下去。

"我得牵着这匹马吧？"

"哦，不用，用不着！"亚雷拍打着喘息的马说，"它今天晚上已经累得够受的了。"

他拨转马头，来到一丛灌木那儿，把它拴在一个树枝上，又在堆积得厚厚的干树叶子中间，给苔丝铺了一个窝。

"现在你坐在这儿好啦，那些树叶子还没发潮。那匹马只要你瞅着点儿，就很够啦。"

他往前走了几步又退回来说："我告诉你一件事，苔丝，你父亲今天得到了一匹新马。有一个人给他的。"

"一个人？是你吧？"

德伯点了点头。

"哦，你真太好了！"她嚷着说，又因为偏偏在那个时候得感谢他，真不凑巧，心里觉得难过。

"小孩子们也得了一些玩意儿。"

"我不知道——你曾送他们东西来着！"她很感动地嘟囔着说，"我可并不大愿意你给他们东西，不错，我并不愿意！"

"为什么，亲爱的？"

"那样一来，我就老得束手束脚的了。"

"苔绥[1]，你这阵儿不觉得有点儿爱我的意思吗？"

"我并不是那种忘恩负义的人，"她无可奈何地承认说，"不过我恐怕我不——"她忽然觉得，他送她父亲和弟妹东西，完全是因为钟情于她，不由得非常难过，先是一颗泪珠慢慢滚下，跟着又是一颗，她就这样一下哭了起来。

"别哭，亲爱、亲爱的人儿。你现在在这儿坐着，等我回来好啦。"她依着他的话，在他给她铺的那一堆树叶子上坐下，同时微微打战。"你冷吗？"他问。

"不很冷，有一点儿。"

他用手去摸她，他的指头触到她身上，好像触到鸭绒鹅毛上面一样。"你怎么就穿了这样一件轻飘飘的纱连衣裙？"

"这是我夏天穿的衣裳里面顶好的一件。我刚出门的时候，很暖和，我哪儿知道要骑马，又要走到三更半夜哪？"

"九月里晚上就凉了。我想想法子看。"他把身上穿的一件薄外衣脱了下来，温柔地给她盖在身上，"这就好了——你现在可以觉得暖和一点儿了，"他继续说，"现在，我的宝贝儿，你在

---

[1] 苔绥为苔丝的昵称。

这儿歇一会儿好啦，我一会儿就回来。"

他把披在她身上那件外衣的纽子，在她的肩头上给她扣好了，起身走进那一张一张雾气织成的网罗里面，那时那一张一张的网罗，已经变成了树木中间一片一片的纱幕。他走到邻近那个山坡上的时候，她听得见树枝沙沙发响的声音，等到后来，他的动作和小鸟蹦跳的声音差不多，最后就听不见了。因为月亮正下沉，所以灰淡的光线也微弱起来，苔丝坐在他离之而去的那堆树叶子上出起神来的时候，没有人能看得见她了。

同时，亚雷·德伯已经走上了山坡，要把他们所在的地点到底是围场哪一部分弄清楚，因为他的确并不知道。他那天晚上，走了一个多钟头，实在是随意而驰，有弯就拐，为的是好和苔丝在一块儿多待一些时候，并且只顾注意苔丝月光下的俏形倩影，路旁的东西一概没怎么理会。他并不急于去寻找标志地方的特点，因为马已经乏了，得休息一会儿。他翻过了一个高岗，来到了一个低谷，碰见了大路旁边一道栅栏。由这上面，他认出来这个地方的地形，因此他们在什么地方这个问题就解决了。于是他转身往回走，不过那时候，月亮已经完全西沉了，更加上有那片雾气，所以虽然离天亮已经不远，围场却依旧包围在一片沉沉的黑暗之中。他恐怕碰到树枝上，只得伸着胳膊往前摸索。一开始的时候，他觉得，想要找到他原先出发的那块地方，是完全办不到的。他一脚高一脚底地东扑西扑，摸索了老半天，后来才听到，他的马在他跟前做轻微的活动，他那外套的袖子，把他的脚绊住了。

"苔丝。"德伯叫道。

没人回答。那时候特别地黑，除了他脚下那一片朦胧的灰云白雾而外，别的东西一样也看不见。那一片灰云白雾，就是苔丝穿着白纱衣服躺在树叶子上的形体。其余的东西，都同样地只是一片黑暗。德伯弯着腰伏下身去，听到了一种匀称、轻柔的呼吸。他跪了下去，把腰弯得更低，她喘的气暖烘烘地触到他脸上，他的脸也一会儿就触到她脸上了。她正睡得很沉，眼毛上的眼泪还没全干。

昏暗和寂静，统治了四周围各处。他们头上，有围场里从上古一直长到现在的橡树和水松，树上栖着轻柔的鸟儿，打那夜最后的一个盹儿。他们周围，有蹦跳的大小野兔，偷偷地往来。但是应该有人要问：哪儿是保护苔丝的天使呢？哪儿是她一心信仰、护庇世人的上帝呢？他是不是像那个好挖苦人的提斯比人 [1]说的那另一个上帝那样，正说闲话呢？再不正追逐猎取呢？再不正在路上旅行呢？再不睡着了，唤也唤不醒呢？

这样美丽的一副细肌腻理组织而成的软縠明罗，顶到那时，还像游丝一样，轻拂立即袅袅；还像白雪一般，洁质只呈皑皑。为什么偏要在那上面，描绘上这样一种粗俗鄙野的花样，像它命中注定要受的那样？为什么往往是在这种情况下，粗野鄙俗的偏把精妙细致的据为己有呢？为什么往往是在这种情况下，绝难匹配的男人却把女人据为己有，或者绝难匹配的女人却把男人据为己有呢？好几千年以来分析道理的哲学，都不能把这种事实，按照我们对于

---

[1] 提斯比人，指预言家以利亚而言。他的事迹见《旧约·列王纪上》第十七章及《列王纪下》第九章等处。《列王纪上》第十八章第二十七节："到了正午，以利亚嬉笑他们，说，大声求告吧，因为他是神。他或默想，或走到一边，或行路，或睡觉，你们当叫醒他。"

事序物理的观念，给我们解释明白。我们固然可以承认，现在这场灾难里，也许含有因果报应的成分在内。毫无疑问，苔丝·德伯有些戴盔披甲的祖宗，战斗之后，乘兴归来，恣意行乐，曾更无情地把当日农民的女儿们同样糟蹋过。不过祖宗的罪恶报应到儿孙的身上 [1] 这种道德理论，虽然神学家们可以认为满意，而按普通的人情看，却不值一笑，所以对于现在这件公案，绝对无补。

在这个偏僻的乡村里，苔丝自己家里的人谈论起来，老说那种听天由命的话。现在正像他们说的那种话那样："这是命中注定的。"令人痛心的地方，就在这里了。我们那位女主角从此以后的身份，和她刚迈出她父母家的门槛，到纯瑞脊的养鸡场去碰运气那时候的身份，中间有一条深不可测的社会鸿沟，把它们隔断。

---

[1] 见《旧约·出埃及记》第二十章第五节："我耶和华，你的神，是忌邪的神。恨我的，我必追讨他的罪，自父及子，直到三四代；爱我、守我诫命的，我必向他们发慈爱，直到千代。"

第二期

陷淖沾泥

12

篮子又重，包裹又大，但是她满不在乎，拖着它们往前奔去，好像一个人，觉不出来物质东西特别累赘似的。有的时候，她死板板地停在一个栅栏门或者一个门柱旁边，休息一会儿，休息完了，把行李往丰满光圆的胳膊上一颠，又不紧不慢地往前走去。

那时候正是十月后半月里一个礼拜天的早晨，离苔丝·德北刚到纯瑞脊那一天，大概有四个月，离在围场里骑马夜行那一次，有几个礼拜。天刚亮了不大一会儿，她背后天边上的黄色晨光，正把她面对着的那道山脊照得发亮。那道山脊就是她近来客居那个山谷的边界，她回老家，总得翻过它。在山的这一面，上坡的路是舒缓的，土壤和风景也和布蕾谷里大不一样。就是这两处的民情、口音，也都小小有点儿不同，虽然有一条迂回环曲的铁路，起了一些混同作用。因此，她的故乡，离她一时暂住的纯瑞脊，虽然还不到二十英里，却显得好像是一个很远的地方。聚居布蕾谷里的农民，都往北往西去贸易、旅行，去求婚、结婚，去用心思。山脊这一面的人，却大半都把心思精力，用到南方和东方。

这个山坡，就是六月里那一天，德伯像疯了似的和她赶着车跑下去的那一个。苔丝一气上了还没走完的那一段山坡，到了山脊，看着前面那片很熟悉的绿色世界，现在叫雾气笼罩得半隐半现。这片山谷，从这个山顶上看，永远是美的，今天苔丝看来，它更美得可怕。因为自从上一次她的眼光落到它上面以来，她已经知道了，凡是有甜美的鸟歌唱的地方，也都有毒蛇嘶嘶地叫。[1] 她的人生观，也因为那一番教训，完全改变了。现在的她，满怀心事地把头低着，静静地站在那儿，回过身去，往后面看，实在和从前没出家门、简单天真的她，完全不是一个人了。她往后面看去，因为她往前面的山谷里看，就要难过得受不住。

她看见一辆双轮马车，正在她刚才很费力气走过的那条白色长路上往山上走来。车旁跟着一个步行的人，扬起手来，引她的注意。

她无情无绪、老老实实地听从了那个人让她等候的手势。过了几分钟，人和车马都一齐停在她旁边了。

"你怎么这样就偷偷地溜了？"德伯上气不接下气地责问她说，"还赶着个大礼拜早晨，谁都没起来！我是无意中才发现你

---

[1] 比较英国文人约翰·利利的《幽夫伊斯：智之解剖》里说的："难道我们不是永远看到，在彩画最美的瓶里藏着最猛的毒药？在长得最绿的草里藏着最大的蟒蛇？"《麦克白》第一幕第一场第六十六至六十七行，亦有"你瞧这棵烂漫含笑的花儿，但有蛇在它下面"之语。《鲁克丽丝受辱记》第八七一行："甜美的鸟歌唱的地方有毒蛇嘶嘶声。"

走了的，跟着就拼命地赶着车追了你一路。你瞧瞧这匹骡马就知道啦！为什么这样走法？你难道不知道，没人拦挡你吗？你这是何苦，自己挺费劲地走着走，还累累赘赘地带着这么些重东西！我拼命地来追你，为的是，如果你不回纯瑞脊去，我好赶着车送你这一段还没走完的路。"

"我不回纯瑞脊去了。"她说。

"我想你不会回去的，我早就说过了。那么好吧，你把篮子放到车上，让我把你也扶到车上来好啦。"

她无精打采地把她的篮子和包裹放到车上，自己也上了车，他们俩并肩坐下。她现在不怕他了，她不怕他的原因，正是她伤心的地方。

德伯死板板地点了一支雪茄，他们一路上续续断断、不动感情地谈了些关于路旁平常景物的闲话。当日初夏的时候，他曾在这条路上，朝着相反的方向打着马前进，挣扎着和她接吻，那种情况他早已经忘了。但是她没忘，所以她坐在那儿，像一个木偶一般，回答他的话，永远没超过两个音节。走了几英里以后，看见前面那一丛树，树那一面就是马勒村了。只有在那时候，她那沉滞呆板的面孔上，才露出了一丁点的感情来，眼里掉下了一两颗泪。

"你哭什么？"他冷冷淡淡地问。

"我只是在这儿想，我就是在那儿出生的。"苔丝嘟囔着说。

"我们自然都有个出生的地方啊。"

"我后悔的是，我不该出生来着，不管是在那儿，还是在什么别的地方。"

"呸！你当日既是不愿意上纯瑞脊去，那你为什么还去了哪？"

她没回答。

"我敢起誓，你绝不是为爱我才去的。"

"那倒是真的。要是我为爱你去的，要是我过去真爱过你，要是我现在还爱你，那我就不会像这会儿这样，因为自己软弱，厌恶自己、怨恨自己了……只有很短的一阵儿，我叫你晃得头昏眼花，就是这样。"

他把肩头一耸。她又接着说：

"等到我明白过来你的用意，已经晚了。"

"女人总是这么个说法。"

"你敢说这样的话！"她气愤地转身对他大声说，同时眼里露出一向潜藏未露的精神（这种精神，她以后还有更厉害的给他瞧哪），"我的老天爷！我恨不得把你从车上摔到车下去！难道你从来就没想到，别的女人只嘴里说说就算了的事，有的女人可真心难过吗？"

"好啦，"他笑了一声说，"很对不起，惹你伤心。本来都是我的不是，这我承认。"于是他又变得有点激愤的样子，说，"不过你也用不着老这么当面跟我过不去。我情愿把这笔债全部还清，连零儿都不剩。你知道，你用不着再在庄稼地里或者牛奶厂里干活儿。你知道，你尽可以穿得顶好，用不着像你近来这样，穿得显鼻子显眼地俭朴素净，仿佛除了你自己挣的，要多弄一根带子都办不到似的。"

虽说她那宽宏大量、易受冲动的天性里，平时不大有鄙视人的表现，她当时却微微把嘴一撇。

"我已经说过，我不再要你的东西了。我还是说不要就不要。我不能要！我要是继续要你的东西，那我不就成了你的哈巴儿狗了吗？我绝不干！"

"瞧你这样子，人家还以为，你不但是地地道道、真本实料的德伯后裔，并且还是一位公主哪——哈，哈！好啦，苔丝，亲爱的，我没别的可说啦。我想，我得说我是个坏人，是个该死的坏人。我生下来就坏，活了这么大，就坏了这么大，大概到死也要是个坏人！不过，苔丝，我拿我这不能得救的灵魂对你起誓，我再也不对你坏了！如果某种情况发生——你明白吧——你有什么困难，不论多么屑碎，你要我帮忙，也不论多么屑碎，只要你写几个字给我，你要什么我马上就给你什么。我也许不在纯瑞脊。我要上伦敦去住几天。我在家里，看不惯老太太那种样子，不过有信都能转寄。"

她说她不要他再往前送了，于是他们就在那一丛树下面，把车停住。德伯先下了车，双手把她搂腰抱下，又把她的东西放在她身旁的地上。她向他微微鞠了一躬，拿眼把他的眼只盯了一瞬的工夫，跟着转身拿起行李来，就要往前走去。

亚雷把雪茄从嘴上拿开，弯腰对着她，说：

"你就这样走了吗，亲爱的？来呀！"

"随你的便好啦，"她满不在乎地回答，"你瞧你把我摆布到哪步田地了！"

于是她转过身来，把脸仰起，像石雕的分界神[1]一般，叫他

---

[1] 分界神，表示分界的石头或者柱子，平常是一个方形的柱子，越到下部越细，上部刻着一个人头或者一个人的上身，古罗马人多用之。

在脸上吻了一下，他吻的态度，一半是敷衍了事，一半好像是热劲还没完全冷下去。她呢，他吻她的时候，两眼茫然瞧着前面路上最远的树木，仿佛几乎不知道他在那儿做什么一样。

"咱们俩好了一场，你再让我吻一吻那一面儿吧。"

她照样毫不动情，转过脸去，好像一个人听到理发匠或者画像师叫他转脸那样，让他在那一面脸上，也吻了一下，他的嘴唇所触到的那两面脸，潮乎乎、凉丝丝、滑溜溜的，好像四围地里长的蘑菇。

"你还没用嘴吻我，还没还我礼哪！你从来就没诚心乐意地吻过我。我恐怕你永远也不会真心爱我的了。"

"我不是对你说过，常常对你说过吗？本来就是这样啊。我从来没真心爱过你，没实意爱过你，我想我永远也不会爱你的。"于是她又伤感地接着说，"也许，事到如今，我撒一句谎，说我爱你，就会于我顶有好处。不过我还顾点儿脸面哪，别瞧我已经丢够了脸了，我就是不能撒这个谎。如果我爱你，那我也许最有理由应该让你知道知道。但是我可不爱你呀。"

他憋了一口气，使劲才喘了出来，仿佛当时的光景叫他觉得心里堵得慌，再不，就是叫他良心发现，或者叫他感到有失体面。

"唉，你这样忧郁愁闷，简直是毫无道理，苔丝。现在，我用不着奉承你啦，我干脆对你说吧，你很可以不必这样苦闷。在这一块地方上，就凭你这份美貌，你可以跟无论哪一个女人都比一气，不管她是大家，还是小户。我这是从实际方面着想，并且是一片好心为你，所以才这么说。你要是真通达世情的话，你一定不要等到年老色衰，就趁早大大地出出风头。……不过，苔丝，你是不是还能再跟着我回去？我说实话，我真不愿意叫你就这么走了！"

"不能，永远也不能。我刚明白过来，我就打定主意了，其实我早就应该明白才是。我不愿意跟你回去。"

"那么再见吧，我这四个月的妹妹，再见吧！"

他轻轻一跳跳上了车，理好了缰绳，在两行长着红浆果的高树篱中间消失了。

苔丝连头也没回，一直顺着曲里拐弯的篱路，慢慢往前走去。天色还很早，日脚虽然刚好离开了山顶，但是它的光芒，却还清冷凄凉，偷眼窥人，只使人看着刺眼，不使人觉得身上发暖。四围一个人影都没有。在那条篱路上出现的有生之物和无生之物，只有凄楚的十月，和更凄楚的她。

但是，她往前走着的时候，她身后却有脚步声，一个男人的脚步声，越走越近。那个人的脚步很轻快，所以在她察觉到他离她近还没过多大工夫，他就紧紧来到她脚后，问她早安了。他好像是工匠一流人物，手里提着个盛着红色涂料的铅铁罐儿。[1]他实打实地问她，要不要他替她挎着篮子。她回答说可以，就把篮子交给了他，跟在他身旁。

"今儿是安息日[2]，这时候就起来活动，得算很早了。"他很

---

[1] 赫门·里在《哈代的维塞司》第一部第一章里说，"这种人，即便现在（一九一八）也没全绝。在许多维塞司篱路或小路旁的栅栏门或篱阶上，能发现这种人涂的《圣经》摘句，或当或否，不过几乎都含有加尔文派的惨淡意义。"

[2] 安息日，见《旧约·出埃及记》第二十章第八节以下，"当记念安息日，守为圣日。六天要劳碌做你一切的工，但第七日是向耶和华你神当守的安息日。这一日你和你的儿女、仆婢、牲畜，并你城里寄居的客旅，无论何工都不可做，因为六日之内，耶和华造天、地、海和其中的万物，第七日便安息。"

高兴地说。

"是。"苔丝说。

"大多数的人，做了一个礼拜的工，都歇着去了。"

苔丝又答应了一个是字。

"可是我今天做的事，比一个礼拜里的都更切实。"

"是吗？"

"一个礼拜，我为人类争光，工作六天，到了礼拜天，我为上帝争光，工作一天。这一天比那六天，可切实得多了，是不是？我在这个篱阶上还有点活儿要干。"那人一面说，一面转到路旁通到一片草场的一个豁口那儿，"你只等一会儿就行啦，"他又说，"我耽搁不了多大工夫。"

既然篮子让他拿着了，她也没法不等，所以她就站住了脚，看着他走去。他把篮子和铅铁罐放在地上，用画笔搅罐里的涂料，往作篱阶那三块木板中间那一块上，动手描画起方方正正的大字来，每一个字后面，都加了一个逗号，好像叫人念起来的时候，字字都要停顿一下，好深入人心似的。

你，犯，罪，的，惩，罚，正，
眼，睁，睁，地，瞅，着，你。

　　　　　　　　　《彼得后书》，第二章第三节

那几个刺眼的鲜红大字，衬着那片寂静的景物、天边上蔚蓝的空气、颜色灰淡枯槁的矮树林和长着薛苔的篱阶，显得分外鲜明。它们好像在那儿大声疾呼，叫空气都跟着震荡。这种教义，从前有过一个时期，也曾对人类有过贡献，现在这种办法，只是那宗教荒诞离奇的最后一幕罢了。也许有人看见这些恶心、丑怪的胡涂乱抹，会大声喊道："唉哟哟，可怜的神学。"但是这些字，在苔丝看来却很可怕，因为它们都好像是指摘她的罪过似的。那就好像，这个人已经知道了她最近的经历，但是他完全是一个生人。

他涂完了经文摘句，又挎起苔丝的篮子来，她也机械地跟在他身旁，又上了路。

"你真相信你涂的那些摘句吗？"她低声问。

"这还用问！你信不信你自己是活着的？"

"不过，"她声音颤抖地说，"假使你犯的罪，不是出于自己的本心，那该是怎么样哪？"

他摇了摇头。

"我没有本领，细细地分析你这个能让人争论起来脸红脖子粗的问题。我今年一夏天，走了好几百英里，在这一带地方，不管东西，也不管南北，凡是有栅栏门、有垣墙、有篱阶的，都叫我涂上经文摘句了。至于这种摘句可以应用到什么情况上，那让看摘句的人问自己的心好啦。"

"我觉得这话太可怕了，都能把人吓死，都能要了人的命。"苔丝说。

"涂它们的用意，就是要叫人害怕的呀！"他用卖什么吆喝什么的口气回答说，"你还没看见那些顶热拉拉地叫人发烧的话哪。我总是把那些话涂在贫民窟或者码头地方。你要是看见那种话，一定要打拘挛！其实乡下地方，用现在这种摘句，也就很好了。……那面仓房的墙上有一块地方，空着也是白糟蹋，我在那上面涂一句话，警戒警戒像你这样容易出乱子的年轻女人吧。你能不能等一会儿，姑娘？"

"不能。"她说。于是她接过篮子，奋力前进。走了几步，她回过头来。那块古老的灰色垣墙，以一种不自然、不习惯的神情，开始把刚才涂在篱阶上同样火红的大字揭示出来，好像它做这种向来没人让它做过的事，有些感到痛苦似的。那句话刚涂了一半，不过苔丝已经知道下文是什么了，所以忽然脸红了。他涂的是：

不，可， [1]

她那位心情舒畅、兴致勃勃的旅伴，看见她在那儿回头瞧，就停住了画笔，大声吆喝着说："你要是想在这种重大的事情上得到教训的话，今天就有一位很热烈诚恳的好人，克莱先生，从爱姆寺来，要到你去的那个教区讲义务道。俺现在和他不属于一个宗派了，不过他是个好人，讲起道来，也赶得上我所知道的无论哪位别的牧师。我起先就是受了他的影响，才做起好事来的。"

但是苔丝没回答他。她心里扑腾扑腾地跳着，两只眼一直瞧着地上，又往前走去。"呸，我不信上帝说过这种话！"她脸上的红晕退去的时候，她含着鄙夷之情，嘟嘟囔囔地说。

一缕轻烟，从她父亲家的烟囱里忽地冒出，她见了心里难

---

[1] 全句应为"不可奸淫"，为摩西十诫之一。见《旧约·出埃及记》第二十章第十四节。

过起来。她进了家，看到屋子里面的光景，难过得更厉害。她母亲刚下楼，正弯着腰点剥了皮的橡树枝 [1]，烫水壶，做早饭，见她来了，转身和她打招呼。孩子们还都没下楼，她父亲也没下楼。那天正是礼拜天，所以他觉得，多躺半点钟原属应该。

"哎哟，俺的乖乖，敢情是你！你走到俺紧跟前，俺才看出来是你！你是来家预备结婚的吗？"她母亲出乎意料，看见她到跟前，一面嚷着，一面跳了起来，去吻那女孩子。

"不是，妈，我不是为那个来家的。"

"那么你告了假了吗？"

"不错，告了假啦，告了长假啦。"苔丝说。

"怎么，咱们那位本家不办那件大大的好事啦？"

"他不是咱们的本家，他也不想娶我。"

她母亲把她仔细打量。

"到底怎么啦？你的话还没说完哪。"她说。

于是苔丝走上前去，把脸扒在昭安的脖子上，告诉了她一切的情况。

"既然那样，你可不想法叫他娶你！"她母亲旧话重提，说，"既然有了那样的事，除了你，别的女人，不管是谁，都要那么办的！"

"也许所有别的女人都要那样，只有我不。"

"要是你真那样办了，你再回来，那就和故事里说的一样了，"德北太太恼得差不多都要哭出来了，接着说，"俺们这儿听

---

[1] 橡树的皮，可以用来熟皮子，所以把它的皮剥下来，做熟皮子之用。

到了那么些关于你和他的话，谁想得到，会落得这样一种收场？你为什么必得净替你自己打算，你为什么就不能替你一家人打算打算，做点好事哪？你看俺成天这样劳碌受累，你爸爸那颗心，又叫油箍得像个油锅一样。俺满想你这一去，能落点好处！四个月以前，看着你和他一块儿坐着车走了，那时候，你们是多么美的一对儿！你看他给咱们这些东西——俺们还只当是因为咱们是他的本家，他才这样哪！他既不是咱们的本家，那他给咱们这些东西，自然是因为爱你了，你可没想法叫他娶你！"

想法让亚雷·德伯肯娶她，他娶她！关于结婚这一层，他从来就没提过一个字。并且即使他提了，又怎么样呢？即便当时她为了避免在社会上失去体面，而急忙错乱地想抓住一个机会，那她对于他求婚会被迫而做出什么样的回答，她自己还说不出来呢。但是她那位可怜的傻妈妈，却不大明白她现在对这个人的感情。也许这种感情，在现在这种情况里，是不同寻常的，是很不幸的，是不可解的，但是却又实际有这样的感情，这就是她说过的那种叫她自己恨自己的情况了。她从来就没有一心一意拿他当回事的时候，现在更一点儿都不拿他当回事了。她从前在他面前就害怕，见了他就畏缩，他趁她毫无办法，巧出心计，利用机会，那时候，她被迫屈服了。于是，一时叫他表面上热烈的态度蒙蔽了，她不知所措地暂时顺从了他，忽然一下又鄙视起他，讨厌起他来，而跑开了。这就是一切的情况。她倒还不到十分恨他的地步，但是他在她眼里，却只是尘土草芥 [1] 一般，即便为自己

---

[1] 尘土草芥，原文 dust and ashes，屡见《圣经》，如《旧约·创世记》第十八章第二十七节，which are dust and ashes 等。

的名声打算，她也很难说愿意嫁他。

"你既是不想叫他娶你当太太，那你就应该更加小心才是！"

"唉，妈呀，我的妈呀！"那个满心剧痛的女孩子转身朝着她母亲盛气相加，好像她那可怜的心都要碎了一般，大声说，"你想我怎么会知道那些事？我四个月以前出这个门的时候，还是个小孩子哪！你为什么不告诉我，男人都不安好心？你为什么不先警告我？大户人家的女人，都知道得提防什么，因为她们看过小说，小说里头告诉她们这些鬼把戏。我什么时候有过机会，能在那方面学到东西？你又不帮助我！"

她母亲叫她说了个无言可答。

"俺是害怕，俺要是告诉了你，他对你发痴情，以后又会有什么结果，你就要端起架子来，不和他接近，把机会丢了，"她拿围裙擦着眼睛嘟嘟囔囔地说，"也罢，俺想咱们只有尽力往好里对付了。说到究竟，只有这样，才是自然的，也才是老天爷喜欢的！"

13

苔丝·德北从那位冒牌本家的府上回来了这件事，到处传说开了，如果在方圆一英里的地面上，"到处传说"这种字眼，不算夸大其词的话。下午的时候，马勒村有好几个年轻姑娘来拜访她，都是苔丝的老同学和老朋友，她们是把她们顶好的衣服浆洗烫平了穿着来的，为的是她们这些客人，好更配得上那位做了超凡绝尘的征服而胜利归来的主人（像她们所认为的那样）。同时她们坐在屋里，以极感稀罕奇异的神情瞧着她。因为和她发生恋爱的，是她那位隔得八十层远的族兄德伯先生，一位并不完全仅仅属于一区一隅的乡曲之士，并且他那种不择手段、拈花惹草、全无心肝、厌旧喜新的狼藉名声，正开始传布到纯瑞脊本地以外。她们认为，苔丝所处的地位，是含有这种令人担心的情况的，这比起无险可冒的场合，增加了更大的魔力。

她们既是对她非常羡慕，所以她刚一回身的时候，那几个年纪较小的女孩子就低声说：

"她怎么长得那么好看！配上那件连衣裙，更好看了！那不定花了多少钱买的哪，还准是他送的。"

苔丝正伸手往碗橱里去拿茶具，没听见这几句评语。她要是听见了，那她会马上把她的朋友在这方面的误会纠正过来的。但是她母亲听见了，于是昭安单纯的虚荣心，既然抓不到大结其婚的希望，就借着德伯和她女儿大调其情这一点，尽力地过了一回瘾。大体上说起来，她是觉得满足的，虽然这种区区有限、转眼即逝的胜利，关系到她女儿的名声；因为她女儿也许终究还是有嫁给他那一天呢。她见她们对苔丝那样羡慕，欣喜之余，一阵热情，就把她们都留下了吃茶点。

她们的闲谈，她们的笑声，她们旁敲侧击的趣话，更加上她们闪闪烁烁的艳羡，使苔丝的兴致也复活了。晚上的时间渐渐过去，她也渐渐受了她们那种兴奋的感染，差不多也嬉笑起来了。她脸上不像先前跟大理石那样硬了，她的举动也带出了一些她往日轻快活泼的样子来了，她那焕发的容光，更显出了她青春的美丽。

虽然她有心事，但是有的时候，她回答起她们的问题来，却往往带出身份优越的神气，好像自己承认，她在情场中的经验，真有点足以叫人羡慕的地方。不过她绝不像拉贝特·骚司[1]说的那样："跟自己的毁灭恋爱。"所以她的幻想，只像闪电那样，一瞬就过去了。冷静的理智恢复了，对她乍阴乍阳出现的软弱，加以嘲弄讥笑[2]；她那一阵骄傲里可怕的情况又谴责她，使她恢复了以前那种没精打采、不说不笑的状态。

第二天早晨，已经不是礼拜日，而是礼拜一了；顶好的衣服也收起来了；嬉笑欢乐的客人们也早就走了，只有自己在旧日的床上醒来，周围是那些天真烂漫的小孩，安安静静地在睡眠中呼吸：那时候，她多么沉闷抑郁啊！她回到家来那股新鲜劲儿和因新鲜而引起的意趣，全都不见了，她只见到，她前面是一条崎岖的绵绵远道，得自己单人独行，颠踬跋涉，没人同情，更没人帮助。她想到这儿，她的抑郁就达到了可怕的程度，恨不得眼前有一座坟，她好钻到里面去。

过了几个礼拜的工夫，苔丝才慢慢地恢复了足够的生气——能不怕人家笑话，敢在一个礼拜天早晨到教堂里去了。她喜欢听做礼拜的歌咏——虽然只不过是那样的歌咏——和那些古老的圣

---

[1] 拉贝特·骚司（一六三四——一七一六），英国神学家兼作者。所引见他的《讲道辞》。哈代在他的短篇小说《贵妇群像·贵妇第三》里，也引了骚司一句话，并说，他的讲道辞，应有多人读。

[2] 比较雪莱《灯破碎时》第二十七至第二十八行："光明的理智要像冬天的太阳把你嘲弄讥笑。"

诗，喜欢跟着他们唱《晨间颂》[1]。她母亲既是爱唱民歌，她也由她母亲那儿继承了生来就好歌曲的天性，所以有的时候，最简单的音乐，对她都有一种力量，几乎能把她那颗心，从她的胸腔里揪出来。

一来因为自己的特殊原因，她尽力躲避别人注意，二来因为对青年的殷勤，要一概摆脱，所以她老是趁着教堂的钟还没响的时候，就起身往教堂里去，并且在楼下后排靠着存放东西的地方，找座位落座。那儿除了老头和老太婆以外，别的人就没有去的；在那儿，棺材架子竖着立在掘圹刨坟的家伙中间。

做礼拜的人，三三两两地进了教堂，在她前面一排一排地坐好，先把前额低下去一分钟的四分之三那么长的工夫，好像祈祷似的 [2]（其实并没那回事），然后再坐直了，往四面瞧。歌咏的时候，恰巧选了一个她爱听的调子，选了那个叫"浪敦"的老双节歌咏 [3]，不过她却不知道它叫什么，虽然她很希望能够知道。她只感觉到——却不能精确地把这种感觉用语言表达出来——这个作曲谱的人，一定有非常奇异、赛过上帝的力量，所以他才能躺在坟里，还把他独自首先经验过的感情，叫一个像她这样向来没听见过他的姓名，并且永远一点也不会知道他是怎么一个人的女孩子，又一次跟着他一步一步地经验一番。

---

[1] 《晨间颂》为主教肯恩（一六三七——一七一一）所作。

[2] 英美人习惯，进了教堂入座之时，把帽子摘下，端在面前，作为祈祷的样子。

[3] 叫作歌咏的调子有单节、双节、四节之分，看那一个调子唱几节而定。歌咏调多为短调，平淡简单，故前面有"只不过是那样的歌咏"之语。浪敦即理查·浪敦（一七三五——一八〇三），英国风琴家，尝为爱司忒大教堂等风琴师，著有《颂神乐谱》，为圣诗及《赞美诗》乐谱。

先前回头瞧那些人，在礼拜进行之中，又回头瞧，后来瞧出来是她坐在那儿，就互相低声谈论起来。她知道他们低声谈的是什么，心里难过起来，觉得再也不能到教堂里来了。

从此以后，她和几个弟妹一块儿占用的那个寝室，更成了她成天离不开的地方了。就在那几方码的草房顶下面，她看着风风雨雨、霜晨雪夜、灿烂的夕阳和由缺而圆的满月。她销声匿迹，丝毫不露踪影，所以到后来，差不多人人都以为她已经离家出走了。

在这个时期里，苔丝唯一的活动，就是天黑了以后做的那一种：就是那一会儿，跑到树林子里面去，她才好像最不孤独。原来黄昏时候，有那么一刻的工夫，亮光和黑暗，强弱均匀，恰恰平衡，把昼间的踽天踏地和夜间的意牵心悬，互相抵消，给人在心灵上留下绝对的自由。她知道怎样就能丝毫不爽，把这一刹那的时间恰好抓住。就在这种时候，在世为人这种窘迫，才减少到最低的可能限度。她对于昏夜，并不害怕，她唯一的心思，好像就是要躲开人类，或者说是躲开那个叫作世界的冷酷集体。这个集体，从整个看来，非常可怕，但是从每一个单位看来，却又不足畏，甚至还可怜。

在这些旷山之上和空谷之中，她那悄悄冥冥的凌虚细步，和她所活动于其中的大气，成为一片。她那袅袅婷婷、潜潜等等的娇软腰肢，也和那片景物融为一体。有的时候，她那想入非非的绮思深念，使她周围自然界的消息盈虚，深深含上感情，一直到它变得好像是她个人身世的一部分。或者不如说，她周围自然界的消息盈虚，就是她那身世的一部分。因为世界只是心理的现象，自然的消息盈虚，看起来怎么样，也就是怎么样。半夜的暴风和寒气，在苞芽紧裹的枯林枝干中间呜噎哽咽，就是一篇告诫，对她苦苦责问。淋漓的雨天，就是一个模糊缥缈的道德神灵，对她那无可挽救的百年长恨痛痛哀悼。不过这个模糊缥缈的道德神灵，她不能确确实实把他划归她童年信仰的上帝之中，却又想象不出来他是任何另外的一类。

苔丝根据破旧褴褛的余风遗俗，安插了与己忤违的魅形妖影、鬼哭神嚎，硬造出来这样一些幻象虚境，把自己包围，这都不过是她自己想象模拟出来的一些怪诞荒谬、不值一笑的东西，一群没有道理、恫吓自己的象征道德的精灵妖怪。和实际世界格格不入的，本是这些东西，不是苔丝自己。她在鸟宿枝头的树篱中间走动的时候，或者在月光之下山兔蹦跳的兔窝旁边瞧看的时候，或者在山鸡群栖的树枝下面站立的时候，都把自己看作是一个罪恶的化身，侵入了清白流连的地域。不过在所有这种时间里，苔丝全是在本无自然异同之处，强要区分人为异同。她觉得和一切矛盾，而实在却和一切和谐。她不由自主所破坏了的，只是人类所接受的社会法律，而不是她四围的环境所认识的自然法律；她在她四围的环境中，也不是自己所想象的那样不伦不类。

14

那是八月里的一天，太阳刚出来，烟雾迷腾腾的。夜里更浓的雾气，现在叫温暖的光线一照临，就分散、收缩，变得一堆一簇，藏在低洼的山谷和浓密的树林子里，等着叫太阳晒得无影无踪才罢。

太阳因为有雾气的关系，显得不同寻常，好像一个人，有五官，能感觉，想要把他表现得恰当，总得用阳性代名词才成。[1] 他现在的面目既是那样，再加上一片大地上，连一个人影儿都没有，这就立刻叫我们明白了古代崇拜太阳的缘故。我们自然而然地要觉得，通行天地间的宗教，没有比这一种再近情合理的了。这个光芒四射的物体，简直就是一个活东西，有金黄的头发，有和蔼的目光，神采焕发，仿佛上帝正在年富力强的时期，看着下面包罗万象的世界，觉得那儿满是富有趣味的事物。

过了一会儿，他的光线就透过了农舍的百叶窗缝，一直射到屋子里面，把碗橱、抽屉柜和别的家具，都映上了一条一条的红线，好像烧红了的通条一般；把躺在床上那些还没起来收拾庄稼的工人，也都晒醒。

不过那天早晨，在所有红彤彤的东西里，顶鲜明的还得算那两根涂着颜色的宽木条，它们正耸立在马勒村外一片金黄色的麦地边上。原来昨天，地边儿上运来一架收割机，预备今天用，机器上有一个转动的马耳他式十字架 [2]，就是这两根木条和下面另外两根互相交错而做成的。那个十字架，本来涂的就是红色，现在叫太阳一映射，红色显得更加浓重，好像是在液体的火里蘸过似的。

---

[1] 太阳不是活东西，普通用中性代名词表示。现在哈代认为它是活东西，所以要用阳性代名词表示。

[2] 欧美的十字架有各式各样，如拉丁式十，希腊式＋，等等。马耳他式十字架形状为王。

那片麦地已经"开割"了。所谓"开割",意思就是说,已经用手把四周围的麦子整个地割去了一溜,开辟出来大约有几英尺宽的一条小路,好叫马匹和机器头一次走得过去。

篱路上已经来了两班工人,一班是男人和男孩,一班是女人,他们来的时候,东边树篱顶的影子正好落到西边树篱的中腰上,因此他们的头在朝阳里,他们的脚仍旧在黎明里。他们离开篱路,走进最靠跟前那块地地边上的栅栏门,在门两旁的石头柱子中间消失了。

一会儿的工夫,地里发出来一种像蚂蚱求爱所作的咯哒咯哒之声。机器开始活动起来了。只见三匹马套在一块儿,拉着刚才提过的那辆摇摇晃晃的长身机器,在栅栏门那一面往前挪动。拉机器那三匹马里面,有一匹驮着一个赶马的,机器上有个座儿,坐着一个管机器的。机器全部先顺着地的一边往前一直地走,机器上的十字架慢慢地转动,后来下了山坡,叫山挡住,就完全看不见了。待了一会儿,它又像刚才一样,不紧不慢地在地的那一边出现,最先看得见的,是前面那匹马额头上发亮的铜星,在割剩下来的麦秆上面升起,跟着看得见的,是颜色鲜明的十字架,最后看得见的,才是全副的机器。

机器绕着地走了一个圈儿,地四周割剩下来的麦秆也加宽一层。早晨的时光慢慢过去,地里还长着麦子的面积也慢慢缩小。大兔子、小兔子、大耗子、小耗子,还有长虫,都一齐往地的内部退却,好像那就是最后的防地一般;却不知道,它们的庇身之所,是不会持久的,它们命中注定的死亡,是无法逃避的。因为等到午后,它们避难的地方,更令人可怕地越缩越小了,它们无论从前是朋友还是仇敌，更越挤越紧了，最后那直立地上的麦子，只占几码地了，也都叫那架毫不通融的机器割断了，于是那些收拾庄稼的工人们，就拿起棍子和石头，把它们一个一个都打死完事。

收割机把割下来的麦子，都一堆一堆摆在机器后面，每一堆刚好够扎成一抱。跟在机器后面的那些手灵脚快的工人，就把这些麦子动手捆扎。这些工人里，还是女的占大多数。但是也有几个男的，他们都是上身只穿着印花布衬衣，下身用皮带把裤子系在腰上，因此腰后那两个纽子就用不着了，他们一动，纽子就在日光下，又像独星闪烁，又像繁星闪耀，仿佛他们腰眼上长了两只眼睛似的。

但是那些捆麦子的工人里，还是那些女的顶有意思，因为女人一旦成了户外自然界的重要部分，不像平素只是一件普通物品放在那儿，她们就生出一种令人着迷动情的神情。地里的男工，只是一个男人在地里就是了；地里的女工，却是田地的一部分。她们仿佛失去了自身的轮廓，吸收了四周景物的要素，和它融化而形成一体。

那些女人——或者毋宁说女孩子，因为她们差不多都很年轻——头戴簇褶儿的布帽，帽上帽檐下垂，遮挡太阳，手戴皮手套，保护双手，免得叫麦秆划破。她们里面，有一个身穿粉红褂子，有一个身穿米色窄袖长袍，有一个腰系红裙，红得和机器上的十字架一样。其余那些年纪大一点儿的，都穿着棕色粗布"连根倒"，也就是外罩，这原是地里的女工们古式的服装，也是顶适当的服装，不过年轻人却都慢慢地不大穿它了。这天早晨，大家的眼睛都不由自主地往那穿粉红布褂的女孩子那儿瞧，因为在这一群人里面，论起身段的袅娜苗条，她得算是第一。但是她的帽子，却很低地扣在前额上，所以她捆麦子的时候，一点儿也看不见她的脸，不过她的肤色，却可以从直垂帽檐下面一两绺松散开来的深棕色头发上猜出一二。[1] 那时候，别的女人时常四面瞭望，她却一心做活儿，从不求人注意，也许就是因为这样，所以才反倒惹得人家偶尔看她一两眼吧。

她捆麦子的动作，进行得像钟表一样地单调。她从刚捆好了的一抱麦子里，抽出一把麦穗来，用左手的手掌，把麦穗头拍齐了，再弯腰往前，双手把一抱麦子拢到膝盖，把戴着手套的左手插到那一抱麦子底下，和那一抱麦子那一面的右手合拢，像情人一般，把一抱麦子整个抱住，再把绳子的两头拉到一块儿，跪在那一抱麦子上把它系好。有时微风把裙子吹了起来，还得用手把它送回去。她的胳膊，在暗黄色的皮手套和衣袖之间，露出了一块，工作久了，胳膊上柔嫩的皮肤，都叫麦秆划破了，往外流血。

过一会儿，她就把身子站直，休息一下，把松了的围裙系紧，或者把歪了的帽子戴正。在那时候，就可以看出来，她是一个眉清目秀的青年女子，脸是鸭蛋形的，眼睛深而黑，头发长而厚，一绺一绺，伏伏帖帖，好像无论落到什么东西上头，都要紧紧箍住，毫不放松似的。以一个平常生长在乡间的女孩子而论，

---

[1] 人种学依人的肤色，把高加索人种分成两类。一类叫作 blond，皮肤色淡，发淡棕、淡黄或红棕，眼睛蓝或灰。一类叫 brunet，肤色深，眼和头发棕或黑。故由头发的颜色可推知皮肤的颜色。

她的面颊更灰白，牙齿更整齐，两片红嘴唇也更薄。

那个女人正是苔丝·德北（或者说是德伯），多少改变了一点儿——是那个人，却又不是那个人。她现在住在这儿，仿佛住在异乡外国一样，其实她住的地方，完全是她的故乡。她在家里躲了许多天了，后来才拿定主意，在本村做点儿户外工作，因为那时正是庄稼地里顶忙的时候，她在屋里所能做的事，比不上收拾庄稼挣的钱那么多。

其他女人的动作，也差不多和苔丝的一样。每次束好了一抱，大家都像跳四面舞那样，四面聚拢来，每人把自己捆的一抱，和别人的竖着靠在一起，一直等到十抱或十二抱聚拢成一个麦捆（或者照着本地的说法，一个麦"簇"[1]）才罢。

他们吃了早饭，又都回来，照旧工作起来。快到十一点钟的时候，如果有人瞅着苔丝，他一定能看见她带着欲有所求的神气，往山头那儿时瞥时瞭，不过她却始终没停止工作。在那个钟头马上就来到的时候，有一群小孩儿，年龄由六岁到十四岁，从一块有麦茬竖立的凸起山田后面露出脑袋来。

苔丝见了，脸上微微一红，不过她还是没停止工作。

那一群孩子往前走来，里面年龄最大的是个女孩儿，身上披着一个三角形的大围巾，一直拖到麦茬上，怀里抱着一样东西，刚一看好像是一个玩具娃娃，仔细一看，却原来是一个裹在襁褓里的小婴孩。又有一些孩子拿着些食物。收麦子的工人都停

---

[1] 多塞特郡本地习惯，一英亩所产之麦都以麦捆或"麦簇"（stitch）为单位计算。一捆一般为十抱或十二抱。但有时有的地区，稍有不同。

了工，各人拿起各人吃的东西来，靠着一个麦捆坐下。大家就在那儿吃起饭来，男工还把一个砂罐随意地倒，把一个杯子大家轮流着传。

苔丝·德北是最后歇工的一个。她靠着麦捆的一头坐下，把脸掉过去一点儿，背着她的伙伴。她坐好了，有一个头上戴着兔皮帽子、腰带上塞着一块红手绢的男工，把麦酒杯举到麦捆顶上，递过去叫她喝。不过她没接受这种殷勤。她的饭刚摆出来，就把那个大女孩儿——她妹妹——叫了过来，从她手里把婴孩接过去。她妹妹正乐得解去负担，走到另一个麦捆跟前，和另几个在那儿玩儿的孩子跑到一块儿去了。苔丝脸上越来越红，又有点儿怕人，又有点儿大胆，把褂子解开，给小孩奶吃。

坐得靠她顶近的那几个男工，都不好意思，把脸往地的那一头掉过去，还有几个抽起烟来。其中有一个尽自出神，想他的爱好，怅惘地直摸着那倒不出酒来的罐子。除了苔丝，别的女人都开始热热闹闹地谈起话来，并且整理她们乱了的发髻。

小孩吃足了奶以后，那位年轻的母亲就把他放在腿上，叫他坐直了，逗弄他，眼睛却瞧着远处，脸上是一种阴郁沉闷的冷淡神情，几乎好像是嫌憎的样子。忽然她又不顾轻重，往他脸上亲了十几下，好像老也亲不够似的，孩子叫那一阵又痛爱、又奇怪地夹杂着鄙夷的猛烈动作，吓得哭了起来。

"她只管外面装着恨他，只管嘴里说不及她和孩子都死了好，其实她心里还是照样地疼他哪。"那个系红裙子的女人说。

"她过不了几天，就不再说那样的话了，"那个穿黄的说，"老天爷呀！日子多了，一个人对这类事儿，不管怎么都能习惯，真了不得！"

"俺想，这种事情当初总得费点事，不能只是劝说劝说就行了吧！去年有一天晚上，有人从围场过，听见里面有人哭，要是人们上前去看，就一定要有人吃大亏了！"

"不管怎么说，反正这样的事，叫她遇上了，真是万分可怜。不过话又说回来啦，这样的事，总是顶漂亮的人儿，才遇得上。丑的俺管保一点儿危险也没有，对不对，杰内？"说话那个人转身向人群里一个女人问，那个女人，要是说她丑，不能算说错了。

这话一点儿不错，委实是万分可怜。那时候苔丝坐在那儿的样子，就是她的仇人见了，也不能说不可怜。因为她的嘴唇像花朵一般；一双柔媚的大眼睛，说它黑也不是，说它蓝也不是，说它灰，说它紫，都不是，不如说这些深浅不一的颜色，样样都有，还夹着一百样别的；你只要一直瞅着她的虹彩，就能看出一层一层深浅不同的颜色，一道一道浓淡各异的明暗，围在瞳仁四周，瞳仁自己却又深又远，看不见底。[1] 假使她的家族没遗传给她那种稍微不懂小心谨慎的毛病，她简直就是女性中的完人了。

她好几个月以来，老躲在家里，这个礼拜，居然会走到地里去干活儿，就连她自己也没想到，她会有这么大的决心。她那样一个没有阅历的人，独居孤处，想出种种自悔自恨的方法，折

---

[1] 比较雪莱《解放了的普罗米修士》第二幕第一场第一一四至一一七行："你的眼睛像深远、蔚蓝、寥廓无垠的穹隆，……黝黝暗暗，其黑无比，窅眇幽邃，其邈难穷。瞳内环瞳，相绕重重，晕里含晕，交织层层。"

磨、消耗她那颗搏动跳跃的心，这样以后，通常情理又使她心里豁亮起来。她觉得，她还很可以再做点儿有用的事情，再尝一尝独立的甜味，无论出什么代价。过去究竟是过去，无论它从前怎么样，反正眼前它不存在了。无论它有什么结果，时光总会把它都掩盖了。在若干年之内，它就都要和并没发生过的一样，她自己也要叫青草掩埋，没人记得了。同时树木仍旧要像以前一样地青绿，鸟声仍旧要像以前一样地清脆，太阳仍旧要像以前一样地辉煌。所有天天看见的景物，并没有因为她的忧伤而变得憔悴，也没有因为她的痛苦而变得惨淡。

她老觉得全世界都正注意她的情况，不敢抬头见人，其实她早应该明白，这种想法，完全是建立在幻想之上的。除了她自己以外，别人没有把她的生存、她的感情、她的遭遇、她的感觉，放在心上的。所有的人，对于苔丝，只是有时想起她来，转眼又把她忘了就是了。即使她的朋友，也不过是想起她的时候多几次罢了。假使她整天整夜自怨自悔，在他们看来，不过是觉得她自寻苦恼罢了。假使她尽力找痛快，把一切麻烦都不放在心上，从阳光、花儿和婴孩身上觅取快乐，在他们看来，也不过是觉得她有涵养，能忍受罢了。而且比方，她一个人，住在一个荒岛上，她会对于自己的遭遇觉得难过吗？不会很难过吧。再比方说，她是刚被上帝创造出来的，一出世就没有配偶而生下一个孩子来，除了知道这个不知道该姓什么的孩子是她生的以外，别的世事人情一点儿也不知道，那样的话，她会感到绝望吗？不会吧，不但不会，她一定还要恬然处之，还要觉得其中有乐趣呢。所以她的苦恼，大半都是由于她有了世俗的谬见而来，不是由于她天生本有的感觉而起。[1]

不管苔丝怎么个想法，反正有一种力量诱导她，使她穿戴得和从前一样地干净整齐，出了门，去到地里，因为那时正需要收拾庄稼的人手。就是因为这样，所以她才能够大大方方地去到外面，即使怀里抱着孩子，有时也敢抬头见人，毫不羞怯。

收拾庄稼的工人们从麦捆旁边站起来，伸胳膊伸腿，弄灭了烟袋。刚才卸下来的马也都喂饱了，又套到红彤彤的机器上。苔丝已经急忙吃完了饭，把她大妹妹叫过来，接走了小孩，自己把衣服系紧，又戴上了黄皮手套，重新弯下腰去，走到刚才束好的那一抱麦子跟前，抽出作绳子用的麦穗，去捆另一抱麦子。

午前的工作，继续到下午，继续到傍晚。苔丝和那些工人都待到昏黑的时候。那时大家才都坐在一辆顶大的大车上，一齐动身回家。一轮昏黄失泽的大月亮，正从东面的地上升起，照着他们，月亮的圆盘好像蛀虫咬坏了的那些特司肯圣人[2]头上的金叶光轮一般。苔丝的女伴唱起歌来，极力表示，见了她出门干活儿，非常高兴，非常同情；但是，她们却又忍不住要淘气，因此就唱起几段曲子来，曲子里说的是一个大姑娘跑到快活逍遥的绿

---

[1] 哈代有一首诗叫作《有生以前和以后》，大意说，从前有过一个时期，人类还没有"意识"这种东西，那时候人类没有由于死亡、疾病、恋爱而受罪。那时候，人类不知道什么是悔恨、绝望、烧心。有什么不生存了，没人放悲声。光明变暗，黑暗弥漫，没人感到不快。但是后来有了感情、意识，种种病痛就因之而生，有了"是"的概念，就有了"非"的概念。是非都是由于有意识感觉而生。无识无知的懵懂，何时能再回来呢？这种思想，和此处表达的相似。

[2] 特司肯圣人，特司肯为意大利画家之一派，所作多为圣像，涂于金底，画于木版上，多存于英国伦敦国立名画馆。十九世纪英国诗人布朗宁的诗《一副脸》里说过："画在淡金底子上，像特司肯初期艺术家喜欢画的那样"。

树林子里，回来就变了样儿。[1] 人生的事情往往祸福相抵；同是一件事，既使苔丝成了大家警戒的榜样，又使她在许多人眼里成了村中最稀罕的人物。她们那种亲热的劲儿使她把自己的往事更撂开一些，她们那种活泼的精神把苔丝也感染了，所以她也几乎快活起来了。

现在她在道德方面的悲哀渐渐消失了，而在她那不懂得社会法律的天性方面，却又发生了一段新的悲哀。原来她到了家，知道她的小孩下午忽然得病，心里感到极为悲痛。小孩的体格本来就又小又嫩，得病得灾本是意料中的事，但是在做母亲的看来，仍旧觉得是意外的飞灾。

这孩子来到世上，本是一件触犯社会的罪恶，但是那个年纪轻轻的母亲，却早把这种情况忘了，她一心一意只想要孩子活下去，使这件罪恶继续。但是不久就清楚了，这个拘在肉体之内的小小囚徒 [2] 得到解脱的时间，眼看就要来到了，她虽然知道他早晚必不中用，却没想到会这么快。她看出这一点来，就异常地难过起来，比只为小孩死去难过还要厉害。因为她的小宝宝还没受洗礼 [3] 呢。

---

[1] 英国民歌《国王幼女珍妮公主》，言公主到一逍遥快活的绿树林子里游玩，遇一青年，横加奸污，后知此青年为其多年外出、已不相识之亲兄。公主遂以刀自刭，二人相抱而死。歌载查勒得的《英格兰、苏格兰流行民歌集》，其中第五十二首即此歌，应为此处所指。

[2] 拘在肉体之内的小小囚徒，原文 prisoner of the flesh，比较《旧约·耶利米哀歌》第三章第三十四节，prisoners of the earth。

[3] 受洗礼，基督教观念，人一生下来就带有罪恶，因此必须受洗，一方面为洗去罪恶之标志，一方面为允许进教会的表示。小孩不及受洗就死了的，不能上天堂，永远在地狱里，或在地狱边上另一处叫作林葺的地方受苦。

苔丝对于自己，完全变成一副老实忍受的态度：她觉得要是自己犯的罪应该下地狱、叫火烧，那么下地狱、叫火烧就完了，没有什么别的可说的。她和所有的乡下女孩子一样，把一本《圣经》记得烂熟 [1]；她曾细心研究过阿荷拉和阿荷利巴的事迹 [2]，知道从那个故事里可以得到什么结论。但是同样的问题发生到她的小婴孩身上，她的看法可就不同了。她的小宝贝要死了，还没免罪就要死了，这可怎么好呢？

那会儿差不多是睡觉的时候了，但是她却急忙跑到楼下，问是否可以去请牧师。她父亲刚从露力芬一星期一次的醺醉中归来，心里对于他是古老贵族人家这件事正感觉得最强烈，对于他女儿在古老贵族家世上抹的这块黑也正感觉得最强烈。所以他就说，这件事遮盖还恐怕遮盖不过去，哪儿还能在这时候，找一个牧师来家，对自己的家丑横加刺探。不能请牧师。他把门锁了起来，把钥匙放在自己的口袋里。

一家人都上床睡下了，苔丝虽然痛苦万分，但是没有法子，只得也跟着睡下。她躺在床上，老不断地醒来。到了半夜一看，那孩子的情况更坏了。他分明是只有出气，没有入气了，看样子倒是安安静静，无甚痛苦，其实却是毫无疑问正慢慢死去。

---

[1] 这是根据事实而写。哈代青年时，曾在故乡当过主日学校教员，校中即有女生能背诵《圣经》全章。本书里的玛琳，即以此校中女生之一为底本。

[2] 阿荷拉和阿荷利巴的事迹，见《旧约·以西结书》第二十三章。耶和华说，有两个女子，一母所生，在埃及行邪淫。姊姊叫阿荷拉，妹妹叫阿荷利巴。必有义人，审判她们，因为她们是淫妇。我必使多人来攻击她们，使她们抛来抛去，被人抢夺。这些人必用石头打死她们，用刀剑杀害她们，又杀戮她们的儿女，用火焚烧她们的房屋，好叫一切妇人都受警戒。

她疼得无法可想，只在床上来回翻腾。钟声刚敲了一点那个庄严的时刻。就在这种时候，毫无根据的想象，才越出理智的范围，心头种种恶毒的揣测，才变成牢不可破的事实。她就想到，那个孩子，既是私生，又没受洗，两罪俱罚，[1] 于是就打到了地狱最下层的角落上；她看见那个大魔鬼，拿着一把三刃叉，像他们烤面包的时候热烤炉用的那样，把这孩子叉来叉去；[2] 在这种想象里，她又添了许多另外奇奇怪怪的残酷刑罚，这都是她平素听人讲的，因为在这一个信基督教的国家里，有时给小孩讲道，就这么个讲法。在人们都睡着了的屋子里，静悄悄的，她越琢磨，那种森然阴惨的情况，就越活现，她的睡衣都叫冷汗湿透了，她的心跳一下，她的床也跟着动一下。

婴孩喘气越来越费劲，母亲难过着急也越来越厉害。即使像狼吞虎咽一样老拿嘴亲那个小东西，也一点都不顶事。她在床上躺不住了，下了床在地上疯了一样来回转磨。

"哎呀，慈悲的上帝呀！你慈悲慈悲吧！慈悲慈悲我这个可怜的孩子吧！"她喊着说，"所有你想加的罪过，你都加到我身上好啦，我情愿受罚，但是你对这孩子却慈悲慈悲吧！"

她靠在抽屉柜上，夹七夹八地嘟囔着哀告了许久，于是她心里一下亮堂起来。

"哦，也许这孩子还有救星！也许那么一办，也是一样！"

---

[1] 基督教的说法，通奸所生之婴儿，死后要下地狱。

[2] 比较英诗人夸勒兹（一五九二——一六四四）的《附图寓言诗》第三卷寓言第十四："我只见……鬼卒手执火红铁丝扭成的火红粗鞭，把可怜的鬼魂毒摧残……"

她说这话的时候，精神那样焕发，仿佛她的脸都在四围的昏暗中发出亮光。

她点起一支蜡烛，走到靠墙放着的第二张和第三张床前面，把睡在床上的弟弟妹妹们全都叫醒（他们全睡在一个屋子里）。她又把洗脸台拉出一点儿来，自己站在台后面，又从水盂[1]里倒出一些清水，叫那些孩子围在她前面跪着，每人两手伸得笔直，对合起来，那时候那些孩子还没有完全醒过来，看着她那种样子，觉得庄严可怕，眼睛越睁越大。就在这种情况下，她从床上抱起那个小小的婴孩——那个孩子的孩子——因为他那样不成熟，简直难以说生他那个人有资格称为母亲。苔丝把婴孩擎在胳膊上，自己笔直地站在脸盆旁边，她大妹妹像教堂的助手[2]对牧师那样，给她把《祈祷书》[3]展在前面端着。一切都布置好了，那女孩子就给她的小婴孩行起洗礼来了。

她穿着白色的长睡衣站在那儿，显得特别高大，特别威严，黑头发编成一条锚缆一样的粗辫子，从脑后一直垂到腰下。微弱的烛光，黝黝荫翳、蔼蔼慈祥，把她身上和脸上在日光下要显出来的小毛病——胳膊上叫麦茬划破了的道子，眼睛里露出来的惺忪倦容——全都勾抹掉了。心里的精诚表现到脸上，使得她的面目变得和平常不一样，使得那副害了她的面孔显得纯洁无瑕地美

---

[1] 水盂，盛洗脸水的用具，相当大，和脸盆配成一套，非饮水或漱口用的水盂。

[2] 助手，俗人而执行教堂中不重要的宗教事项者，所司为做礼拜时领导回答或辅助礼拜之进行等。

[3] 《祈祷书》即《公祷书》，是英国教堂举行礼拜、祈祷时所用，内载举行礼拜、婚礼、丧礼、洗礼、圣餐礼等等仪式的规程。一五四九年第一次刊行，后数经修改，唯无大变动，至今沿用。

丽，并且带出一些差不多和王后一样的尊严。那些孩子们跪在四周，蒙眬的眼睛还带红意，一眨一眨地看着她做洗礼的准备，把满怀的诧异暂时挂起，因为睡魔使他们头脑昏沉，所以他们的好奇心不能活动。

其中有一个受感动最深的问：

"姐姐，你真要给他行洗礼吗？"

那个年纪轻轻的母亲郑重地答应了一个"是"字。

"那么你打算给他起个什么名儿哪？"

她还没想到这一节哪，但是她继续做着洗礼的仪式，可就想起《创世记》里有一句话[1]来了，所以念道：

"苦楚，我现在以圣父、圣子及圣灵的名义，给你行洗礼。[2]"

念到这儿，她洒起水来，一时都静悄悄的。

"孩子们，你们都说'阿门'。"

细小的声音听了吩咐，都异口同声应声说道"阿门"。

苔丝又接着念：

"我们纳受这婴孩，"——等等——"我们给他画一个十字作记号。"

念到这儿，她把手在水盆里蘸了一蘸，用食指照着小孩热热烈烈地画了一个很大的十字。接着又把普通行洗礼念的那些

---

[1] 指耶和华说"我必多多加增你怀胎的苦楚，你生产儿女必多受苦楚。……你必终身劳苦，才能从地里得吃的"等处而言。见《旧约·创世记》第三章第十六节及第十七节。又有注释家以为是《创世记》第三十五章第十八节里的 Ben-oni，希伯来文，意为我苦恼的儿子。

[2] 婴孩洗礼有两种，一种是在教堂里当着会众举行的，一种是在婴儿家中举行的。现在这里所用的仪式是第二种。

话——像说他要奋勇地和世俗、罪恶、魔鬼交战，要自始至终做上帝忠实的仆人和兵士等等——一直念到末了。于是又按着规矩往下念《主祷文》，孩子们也都像蚊子似的咿咿呀呀跟着她念，念完最后一句，他们都和教堂的助手一样，又提高了嗓门，在静悄悄的屋子里，齐声尖喊"阿门"！

那时他们的姐姐，越来越相信这场圣礼的效力很大，接着就从心灵的最深处，倾吐出随后而来感谢上帝的祷文，念的时候，神采奕奕，意气扬扬，声音渊渊而琅琅，仿佛闭管的风琴 [1]，每逢她心诚神聚的时候，她的声音就是这样，也是听见她的人永远忘不了的。因虔诚而生出来的魂飞魄扬之至乐，使她差不多变成了天神，叫她脸上光辉四射，腮上生出红晕，眼睛里倒映出的两个小烛光，也像两颗钻石一样闪耀。孩子们越看她越觉得起敬，再也无心发问了。她现在不像他们的姐姐了，而是一个伟大、威严、令人敬畏的人物——而是一位天神，和他们一点儿相同的地方都没有了。

可怜的苦楚，对于世俗、魔鬼、罪恶的奋斗，却命中早就注定了，只能有有限度的光辉——这于他倒也很好，因为他刚一起始，就不像是前途光明的样子。在晨光熹微中，那位脆弱的兵士和仆人，就喘了他最后的一口气了，别的孩子们醒来的时候，都痛哭起来，并且要姐姐再给他们一个可爱的小婴孩。

苔丝自从行洗礼的时候，就心平气和，一直等到小孩死了，还是那样。天亮了以后，她觉得夜间对于小孩死后的灵魂做那样可怕的揣测，未免有点太过。无论她所想的有没有根据，反正如

---

[1] 闭管的风琴，与开管相对。闭管为木管，声如笛，清脆。开管为金属管，声雄厚而沉重。

今她心里是安定了的。她的理由是，要是上帝不承认这种以权为经的行动，因为还不合正式的规定，就不准小孩进天堂，那这种天堂，无论为自己，无论为小孩，就都不稀罕了。

苦楚这个小讨厌鬼，就这样与世长辞了。他只是一个不请而来的人，他只是那不顾社会理法、没有羞耻之心的"自然"当礼物白送来的一件杂种贱货。他这个弃儿，不知道曾有过什么叫一年，什么叫一世纪；对于他永恒的时间只是几天的事情；对于他，一所小草房就是整个的宇宙；一礼拜的阴晴风雨就是一年的寒暑温凉；婴孩的时代就是一生的寿命；吃奶的本能就是人类的知识。[1]

苔丝对于这场洗礼，心里已经琢磨了好久，现在又琢磨起来，不知道在理论上，能不能按照教会的仪式把孩子埋葬。[2]除了区上的牧师，没有别人能给她解决这个问题，但是这个牧师是新来的，不认识她。她趁着黄昏以后，跑到牧师住宅的栅栏门口，但是怎么也鼓不起勇气来，进门里面去。她刚要前功尽弃，动身回去，碰巧牧师从外面回来了，和她走了个对面。在昏暗的夜色里，她就不顾一切，把心事对他和盘托出。

"我有点儿事情，想要请教请教你，先生。"

他表示了愿意听一听她有什么事，她就告诉他，说她的小孩怎么病来着，她又怎么自己暂行职权，给他行洗礼来着。

"现在，先生，"她很诚恳地又添了一句说，"请你告诉我，

---

[1] 哈代一八六五年十二月的日记："这十二个月，对于昆虫便是一个时代，对于树叶便是一生，对于啁啾的鸟便是一世，对于人却只是一年。"

[2] 教会规矩，没正式受洗，就不能算正式基督徒，所以就不能按着基督徒的仪式埋葬。

这种办法，是不是和你给他行洗礼是一样的？"

他刚一听这些话，心里只觉得，本来应该请自己做的一样差事，却叫主顾们胡来乱闹，苟且了事，这种买卖人的心理，本来使他想要回答说不一样。但是他再一看那姑娘那种大方的态度，一听她那种异样柔和的语气，他的良心（或者不如说，他这十年以来，虽然从事传教，硬要叫怀疑的人信仰规定好了的上帝，却还没昧尽了良心）不觉发现。人和教士在他心中交战，结果战胜了的是人。

"我这亲爱的姑娘，"他说，"那完全是一样的。"

"那么你可以按着教会的仪式，把他埋葬了吧？"她急忙跟着问。

牧师觉得自己叫她挤到墙角里去了。原来他听说小孩得病，曾经良心发现，天黑之后，要到她家给他行礼来着；他并不知道，不许他进门的是苔丝的父亲，并不是苔丝自己，所以现在他不许苔丝以有私人行礼的必要这种话来做辩护。

"啊，那又是另一回事了。"他说。

"另一回事？为什么？"苔丝未免有点火辣辣地问。

"啊，这件事，要是只关系到咱们两个，我很愿意那么办。不过因为还有别的原因，所以我就不能那么办了。"

"不过我只求你办这一次啊，先生。"

"我真不能那么办。"

"哦，先生！"她说的时候，抓住了他的手。

他把手缩回去，一面摇头。

"那么我不喜欢你了！"她忽然发作起来说，"我永远再也不上你的教堂里去了。"

"说话别这么冒失。"

"比方你不给他行礼，对他是不是也是一样？……是不是一样？请你看着上帝，不要像圣人对罪人那样来对我说话。请你像平常人对平常人那样说好啦，唉！"

这位牧师，对于这种事情既然有绝不通融的看法，那他遇到这类事情，要怎么回答，才能和他的看法不相悖谬呢？简直不是我们俗人所能说得出来的，虽然并不是我们俗人不能原谅的。他因为有点受了她的感动，所以也像刚才那样回答她说：

"那也正是一样。"

于是那天夜间，她把那个小小的婴孩，装在一个小小的松木匣子里，盖上一块女人用过的旧围巾，送到教堂的坟地，花了一个先令和一品特啤酒，雇了教堂的司事[1]，点着灯笼，在上帝分配的那小小一块长着荨麻的荒芜地边上[2]，把他和那些著名的酒鬼、自尽的懦夫、没受洗礼的婴孩[3]以及其他所谓不能上天堂的人，埋在一块儿。苔丝也不顾那块坟地像不像样子，也一样地大胆无畏，用一根小绳，把两块柳木捆成一个十字架，扎上鲜花，趁着一天黄昏前后人看不见的时候，跑到坟地，把它树

---

[1] 司事，教堂的小职员，司保管教堂衣物、打钟等，兼司掘坟。

[2] 赫门·里在《哈代的维塞司》里说："现在的教堂坟地，都修拾整齐，但直到前一世纪后半的初年，许多乡村教堂坟地，实有那种地边，给所谓不能上天堂的人预备。"

[3] 著名的酒鬼、自尽的懦夫、没受洗礼的婴孩，这都是基督教认为不能上天堂的人。自尽在基督教中也被认为是一种罪恶。这般人只能埋葬在教堂坟地的北面未经奉献圣化的地方。

在坟的上首；又找了一个小瓶子，也插上同样的鲜花，灌上清水养着，放在坟的下首。虽然瓶子外面，冷眼一看，还写着"奇勒维^[1]橘酱"字样，但是那又有什么关系？一个慈爱的母亲，在眼睛里，只看见高尚的事物，看不见这类平常的东西。

15

洛节·爱铿^[2]说："只凭经验，我们得经过遥遥辽远的汗漫之游，才能得到便利直捷之径。"那种遥遥辽远的汗漫之游，把我们弄得旅程难继的时候，并不在少数，那么有了那种经验，又有什么用处？苔丝·德北的经验正是这种没有用处的。她到底学会该作做什么了，但是现在她所做的，有谁认为有可取之处呢？

假如她还没上德伯家去以前，一举一动，都严厉不苟，按照她自己和一般人都知道的各种格言圣训，实践履行，那她自然就永远也不会吃亏上当的了。但是世界上的人，总是等到这种金石之言，不再能于他们有益的时候，才能完全懂得其中的道理，想要早点儿懂得，是苔丝办不到的——也是无论谁都办不到的。她——还有许许多多别的人——很可以学一学圣奥古斯丁^[3]的口

---

[1] 奇勒维，英国糖果公司名，在伦敦。

[2] 洛节·爱铿（一五一五—一五六八），英国文人，尝为女王玛利的秘书，及女王伊丽莎白第一的师傅，所著最有名者为《塾师》。此处所引，即见该书第一卷。此处所引的下一句为："学问在一年之内所教给我们的，胜于经验二十年。"

[3] 圣奥古斯丁（三五四—四三〇），尝为希波主教。著作甚多，最著名者为《上帝之城》及《忏悔录》。此处所引，见《忏悔录》第十卷第四十一节。

气，讥诮上帝道："你所订的规章，超过了你准许人依之而行的程度！"

冬天那几个月，她都待在她父亲家里，拔鸡毛、填鹅和火鸡，再不就把德伯送她的华丽服装，她自己不屑穿而扔在一边的，给她的弟妹们改成了衣裳。写信求他，她是不肯的。不过别人以为她正在那儿努力做活儿的时候，她却常常用两手抱着后脑出神。

她拿哲学家冷静清醒的眼光，注意那些岁月循环中去而复来的日子：有她自己在纯瑞脊以林深月黑的围场为背景，留下终身遗恨那惨痛的一夜；有她的婴孩出生的那一天和死去的那一天；有她自己出生的那一天；还有其他因为发生过于她有关的事情，而变得不同寻常的日子。有一天下午，她正照镜子，看自己的美貌，忽然想起来，还有一个日子，对于她比哪一天都重要，而她从前却没想到，那就是她死的日子，她的容貌都要消逝了的那一天。那一天，蔫不唧地没人看见，藏在三百六十五日里面，年年岁岁，她都要过那一天，但那一天却又总是不声不响，一点儿表示都没有，然而却又不能说，一年里头，没有那一天。这个日子，到底是哪一天呢？为什么她每年遇到这样一个冷酷无情的日子，从来没觉得冷气袭人呢？她和捷露·太雷 [1]，有同样的想法，她想到，认识她的那些人，将

----

[1] 捷露·太雷（一六一三——一六六七），英国主教兼作家。著作最著名者为《神圣的生》和《神圣的死》。此处所指，见后书。那里面说："我们不论活多久，但是结局，总是一死完事。人们也只有一阵儿谈起我们……有一样事，总归要发生一次，那就是，在街坊邻居中间，要有人说，某人死了。这是关系到我们每一个人的。"

来到了某一天，就该说啦："今天是几月几日，可怜的苔丝·德北就是这天死的。"她还想到，他们说这句话的时候，心里一定不会觉得有什么特别的地方。可是她自己对于那一天，那个她自己一朝死去永无生期的那一天，却不知道是在哪一月，哪一星期，哪一季，哪一年。

苔丝就这样，差不多由头脑简单的女孩子，一跃而变为思想复杂的妇人了。她脸上带出来沉思深念的象征，语言里也有时露出来凄楚伤感的腔调。她的眼睛长得越发大起来，越发有动人的力量。她长成了一个早已应该叫作是所谓的"尤物"了。她的外表，漂亮标致，惹人注目；她的灵魂，是一个纯洁贞坚的妇人的，虽然有过近一两年来那样纷扰骚乱的经验，而却完全没腐化堕落。如果不是由于世俗的成见，那番经验简直就是一种高等教育。[1]

她近来一点儿也不和外人交接，所以她的遭际，本来就不是尽人皆知，现在在马勒村里，差不多都没人记得了。但是她看得很明白，她在那儿，就老得难受，因为那个地方，亲眼看到她们企图和有钱的德伯"连宗"，再通过她做更进一步的结合，亲眼看到那种企图塌了台。最低的限度，总得过许多年，到她对于深刻印在心里这件事完全涂抹掉了的时候，她才能不再感到难过。然而即使现在，她都老觉出来，富有希望的生命，仍旧在她心里热烈地搏动，也许在一个对于她的旧事一概无知的一隅之

---

[1] 本书第一次在《图画周刊》上发表的时候，本书第一期的标题为《在学费昂贵的学校里所受的教育》。

地，她还可以快活。不错，逃开已往以及跟已往一切有关的事物，就是把已往一扫而光。而想要做到这一点，她就非离开老家不可。

她时常自问，女人的贞节，真是一次失去了，就永远失去了吗？要是她能把过去掩盖起来，或许就可以证明这句话并不足信了。一切有机体都有恢复本原的能力，为什么单单处女的贞节，就该不许有这种能力呢？

她等了许久，始终没遇到再创新路的机会。转眼又是一番特别明媚的春光，草木的嫩芽幼蕾里，滋长发育的活动差不多都可以听得出声音来。这种情况感动了苔丝，也和感动了野兽一样，使她急欲离家远去。结果等到五月初，她母亲一个老朋友（她从来没见过面，不过她很久以前，曾写信托过她），给了她一封信，说往南去好些英里，有一个牛奶厂，想用一个手头灵巧的女工，厂主很愿意雇苔丝一夏天。

这个地方，还不到她希望的那样远，不过也许够远的了。因为她活动的范围，她闻名的区域，本来就小得很。对于一个活动范围有限的人，平常一英里就好像地球一度，一区就好像一郡，一郡就好像一省，好像一国。

有一方面，她是打定了主意了的：从此以后，在她的新生命里，不论在梦想方面，也不论在实际方面，都不许再有空中楼阁的德伯氏存在。她只想做一个挤牛奶的女工苔丝就完了，不想做别的。虽然她们母女，并没提到这一节，她母亲却很知道，苔丝对于这一方面，有什么样的感情，所以现在再也不说武士世家的话了。

但是人往往自相矛盾。这个新地方所以使苔丝发生兴趣的原因之一，就是那个地方，离她祖宗的故土很近这种意外的好处（因为虽然她母亲是一个地地道道的布蕾谷人，他们却都不是）。她所要去的那个牛奶厂，叫作塔布篱，离德伯家从前有的几处宅第不远，就在她祖宗奶奶和她们那些声势烜赫的丈夫一门埋葬的大坟穴附近。她也许能够看一看这些坟穴，可以想一想，不但是德伯家像巴比伦一样 [1] 一去不回，就是一个卑下微贱的后裔所有的清白操守，也会同样无声无臭就成了落花流水。在这个时期里，她老纳闷，不知道会不会因为她在祖宗的故土上，有什么新鲜的奇事、新鲜的好事出现、发生，同时心里老有一种精神，自动地涌现，好像树枝里的汁液一般。这就是尚未消耗的青春，经过暂时的压制，又重新涌出涨起，并且还带来了希望和无法制止、寻找快乐的本能。

---

[1] 像巴比伦一样，见《旧约·以赛亚书》第二十一章第九节："巴比伦倾倒了。"《新约·启示录》第十八章第二节："巴比伦大城倾倒了。"

第三期

旗鼓重整

16

五月里一个茴香发香味、众鸟孵小雏的早晨，离苔丝·德北从纯瑞脊回来以后，约莫有两年或三年之间的工夫——这是苔丝潜修静养的时期——她第二次离开了家。

她把行李收拾好了，预备随后再寄给她，自己坐着雇来的一辆小马车，往那个小市镇司徒堡进发。因为她这次出门的方向，和她第一次冒险离家那一次差不多完全相反，所以路上一定要从那个市镇经过。她本来急于想要离开家乡，但是她走到了离家最近的那座山鼓起的圆顶上，却又回头朝着马勒村和她父亲住的房子，惘然若失地望了一望。

她要远去了，她家里的人要看不见她的笑容了。但是他们住在家里，大概仍旧要和从前一样，一天接一天，过他们的日常生活吧；他们的意识里，不会感觉到，他们的快乐减少了多少吧。几天以后，那些孩子们就要仍旧和从前一样，欢畅快活，嬉戏玩耍，不会因为姐姐走了而觉得家里缺少了什么似的吧。她一心相信，为这些年幼的孩子们着想，她离开他们，是最有益的。

如果她待在家里，那她的榜样所给他们的坏处，比起她的管教所给他们的好处，要大得多。[1]

她并没停留，就走过了司徒堡，又往前进，走到了一个大路交叉的地方，在那儿她可以等那载人装货往西南去的大马车。因为在这块腹地之上，铁路只绕过它的边界，从来没贯穿到它的内部。不过她正在那儿等车的时候，路上来了一个农夫，坐着一辆带弹簧轮子的马车，他所要去的地方，和她所要去的差不多是一个方向。虽然她并不认识他，但是他邀她坐在他身旁的座上，她并没拒绝，于是她就上了车坐在他身旁，明知道他完全是因为她长得好看，才献这样的殷勤，也假装不知道。他正要往天气堡去，她跟着他到了那儿，就可以不必再坐大马车，取道凯特桥了，剩下的那段路，她徒步就可以走得了。

虽然她坐车走了这么远，但是她到了天气堡，除了午间在那个农夫介绍的一个乡下人家，多少吃了一顿说不上来是哪一种饭而外，一点儿也没再多停留。她从那儿，挎着篮子，徒步往前面那一片叫作荒原的广大高地走去。因为她今天旅程里最后的目的地——那个牛奶厂——坐落在一个低谷的草场上，而那个低谷和天气堡之间，有这片高地横阻，所以她总得翻过它，才能到达牛奶厂。

苔丝从来没到过这块地方，但是她觉得，她和那儿的风景很投缘。离她左面不很远，她可以在这片景物上辨出来一块地方，看着郁郁苍苍，她本来猜想，那必是王陴四围的树木，一打

---

[1] 英国谚语，身教优于言教。

听别人，果然不错正是那样。原来，就是在那个教区的教堂里，埋葬着她祖宗——无用祖宗——的尸骨。

她现在对于她的祖宗，没有敬慕之心了。以往就是因为他们那一局棋，她才陷身受骗，所以现在她想起来，还有些恨他们呢。他们除了一把古匙和一方古印而外，别的东西一件也没留给她。"呸——我本是爸爸和妈妈两个人养的！"她说，"我的美貌还都是妈妈给我的哪，她哪，不过是个挤牛奶的女工罢了。"

她走到横亘去路、叫作爱敦荒原那些块高地和低地了，那一段路，虽然实在不过几英里，却没想到，走起来那样麻烦。因为错拐了一些弯，所以她走了两钟点的工夫，才到了一个山顶，能看见她多时寻觅的地方了——那个有大牛奶厂的山谷，那片黄油牛奶出得盈盆满桶，虽然不及她老家出的那样香甜可口，却比她老家出的更肆流横溢的草原——那块叫发尔河 [1] 或者芙仑河灌溉滋润的一片绿野。

除了在纯瑞脊过了一段受灾被祸的日子而外，顶到现在为止，她唯一知道的地方，就是那个只有小牛奶厂的布蕾谷，而它和现在这个地方比起来，有根本性的不同。这儿的世界，是按照一种更广阔显敞的图样描绘的。这儿围圈的田地都不止十亩一处，都是五十亩才是一处，这儿的农舍，也都摊铺得更宽展，这儿的牛群，都是一个部落一个部落的，那儿的只是一家一家的而已。她眼前这些千百成群的牸牛，从东边老远的地方，一直散布到西边老远的地方，在数目上，超过了任何她从前一眼所见的。

---

[1] 古代不列颠人给芙仑河谷的名字。

它们点缀在那一片青绿的草地上，密扎扎的和凡·阿思露或者沙雷尔[1]的画上画的市民一样。红牛和黄牛身上浓重的色调，都和夕阳的光线融合为一，但是披着白色外衣的牸牛，却把光线反射到人的眼里，把人弄得几乎眼花缭乱，就是苔丝站在那么远的高地上看着，也都是那样。

她现在居高临下所看到的这一片风景，和她顶熟悉的那一片比起来，也许没有那样蓊郁葱茏之美，却更能使人起畅快爽朗之感。它没有和它匹敌的那个谷里那样蓝蔚的大气，那样浓重的土壤和气息，它的空气清新、爽利、缥缈、空灵。滋养这片草原和这些著名奶厂牛群的这条河流，也和布蕾谷里的河流不一样。布蕾谷里的河流，缓慢、沉静、往往混浊；河底是泥的，从河里徒涉的人，一不小心，就会不知不觉地陷在里头，再也出不来。芙仑河却和那位福音教徒[2]看见的生命之河一样地清澈，和天上浮云的阴影一样地飘忽，它里面铺着石头子的浅滩，还一天到晚，对着青天喋喋不休。那儿水里长的花儿是睡莲，这儿长的却是水毛茛。

也许是因为空气的质量，由凝滞变为轻渺，也许是因为她感觉到，她到了一个生地方，没有人再拿含着恶意的眼光看她，所以她的兴致，高到令人惊异的程度。她迎着柔和的南风，往前跳着走去，那时候她的希望之心和太阳射出之光两相融合，

---

[1] 凡·阿思露，画家，生于十六世纪末年或十七世纪初年，为佛来芒派，作品极稀少，现存者有风景画《布鲁塞尔行会游行》等。沙雷尔（一五九〇——一六四八？），画家，大概亦为佛来芒派。作品现存者有《比箭》《布鲁塞尔行会游行》等。哈代这儿特别指那两幅行会游行而言。

[2] 福音教徒，指圣约翰而言。《新约·启示录》第二十二章第一节："天使又指示我在城内街道当中一道生命水的河，明亮如水晶，从神和羔羊的宝座流出来。"

仿佛幻化出一团光辉的氛围，把她环绕。她在每一阵的微风里，都听到悦耳的声音，在每一只鸟儿的歌唱中，都觉到隐而未发的快乐。

她近来的面貌，跟着她的心境变换：心境有时忧郁，有时快活，面目也随着有时平常，有时美丽。有的时候，她就娇妍、完美；另有的时候，她就灰白、凄楚。她脸上娇妍的时候，就不像她脸上灰白的时候那样多愁善感；她更完美的美丽，和她较为轻松的心情互相协调；她更紧张的心情，和她比较稍差的美丽互相融洽。现在迎着南风而摆出来的那副面孔，正是她在形体方面表现得恰到好处的那一种。

那种设法寻找快乐的趋向，本是自然发生、不能抵抗、普遍存在的，本是灌注入由最高到最低的一切生命的，这种趋向，现在到底把苔丝制伏了。因为即便现在，她也不过是二十岁的青年女子，理智和感情两方面，都还没达到不再发展的时期，所以无论什么事情留给她的印象，都不可能一入即深、日久不变。

所以那时，她的兴致之高，她的庆幸之深，她的希望之大，都是越来越甚。她试了好几个民歌，但是觉得都不足以表达心之所感。后来她想起来，她还没尝到知识之果 [1] 以前，在礼拜早晨，她的眼睛常常浏览的那卷《圣诗》，于是就开口唱道："哦，

---

[1] 知识之果，《旧约·创世记》第二章说，耶和华在伊甸立园，园中有生命树和知识树。……耶和华吩咐亚当，园中各树的果子可随意吃，只知识树上的果子不可吃。……耶和华为亚当造了一个女人……当时夫妻二人，赤身露体，并不羞耻。第三章说，蛇诱惑夏娃，吃了知识之果，并且给她丈夫吃了，二人的眼睛就明亮了，才知道自己是赤身露体。

你这太阳和你这月亮啊……哦，你们这些星辰啊……你们地上这一片青绿啊……你们空中这些飞鸟……地上这些野兽和家畜啊……你们世人啊……你们应当赞美主，称颂主为至高，永世无尽。"[1]

她忽然住了口，嘟囔着说："但是我也许还不大知道主究竟是怎么一回事哪。"

本来这种半不自觉的高声狂吟，多半是用一神教作背景而表现的拜物心理。那些以户外大自然的形体和力量作主要伙伴的女人，心里所保持的，多半是她们邈远的祖宗所有的那种异教幻想，很少是后世教给她们的那种系统化了的宗教。但是不管怎么样，反正这首她在童年就口齿不清地学着唱的老《万物颂》，至少可以把她心里的感情差不多都表现出来，所以那也就够了。苔丝这不过是往独立生活那方面刚开始走就是了，但是她刚刚迈了第一步，却居然会有这么大的满足，这可不能只怪苔丝个人，因为这本是德北一家人的脾气呀。苔丝真想挺起腰杆来，做个像模像样的人，[2] 她父亲却一点儿不那么想，这是他们父女不同的地方；但是她对一点点眼前的成就，就觉得满足，同时，为了使一度有过势力而目前处境那么困难的德伯家在社会地位上能有尺寸的进展，如果得费大气力，她就不肯去做，

---

[1] 这是一首赞扬上帝的颂歌，叫作《赞扬颂》，亦译《万物颂》，呼天地万物之名，令其赞扬上帝，永永不止。每次晨祷时和赞美天主的《天主颂》交替而唱。歌词全文，载于《公祷书》。

[2] 此句意译。原文为 to walk uprightly，屡见《圣经》，如《旧约·诗篇》第八十四篇第十一节，them that walk uprightly 等。

这是她像她父亲的地方。

我们可以说，苔丝的姥姥家，并不是旧户人家，还有没完全消耗掉的精力，传给苔丝，而苔丝自己，也正当年富力强的时候，所以虽然以前那番经历，一时把她制伏压倒，现在她却也很容易就死灰复燃。我们说句实话——女人们受了这种耻辱之后，一般总是照旧活下去，恢复了精神，又带着感到兴趣的眼光，东望西瞧。有生命就有希望[1]那种坚定的信心，"吃过亏"的人并不完全不知道，像一些可亲的空论家要我们相信的那样。

苔丝·德北那时候，一团的高兴，对于生命怀着满腔的热烈，朝着最后的目的地牛奶厂越走越低，下了爱敦荒原的山坡。

这两个匹敌的山谷，根本显著不同的地方，现在显出来了。想发现布蕾谷的奥妙，最好是站在它四周的山上往下俯瞰；想把现在她面前那一片山谷的真相了解得不错，就非跑到山谷的中间去不可。苔丝现在来到山谷的中间了，只见她正站在一片绿草如茵的平野上，那片平野从东到西一直伸展到眼睛看不见的地方。

河水从高地上不声不响地流下，把那里的土壤一点一点地带到谷里，积成平地。现在它精力耗尽，年龄老大，身量缩小了，却又在它从前所掠取劫夺之物中间，蜿蜒匍匐。

苔丝不大知道应该往哪方面去，所以就一动不动地站在那一片四面环山的碧绿平野上，好像一个苍蝇，落到一个大得没有

---

[1] 英国谚语。

限度的台球台子上似的，并且也和那个苍蝇一样，对于四围的景物，丝毫无足轻重。她来到这片静僻的平谷之中，唯一的影响，就是她引起一只孤独苍鹭的注意，它落到离她所站之路不远的地方，抻直脖子立定，往她那儿瞧。

忽然一片低平之地上，四方八面，到处都发出一种音长声远的重复吆喝之声——

"噢！噢！噢！"

这种声音，好像受了传染似的，从最远的东面传到最远的西面，有的时候，里面还掺杂着一声两声狗鸣犬吠。这并不是山谷知道美丽的苔丝到来而做的表示，而只是平常的宣告，说挤牛奶的时间——四点半钟——已经来临，挤牛奶的工人们，要开始把牛赶回家去。

离她顶近的那一群白牛和红牛，早已在那儿迟钝冷静地等着了，现在它们听见了呼唤的声音，都成群结队地朝着后面的田舍走去，走起来的时候，它们出奶的大袋子，都在肚子底下摇摆不已。苔丝慢慢跟在牛群后面，从牛群先进去了的一个敞着的大栅栏门进了院子。院子四围草棚长列，坡着的棚顶上，长着一层鲜明的绿苔，前檐都有多年以来叫无数的牸牛和牛犊用肚子摩擦得光滑发亮的木头柱子支着，那些牸牛和牛犊如今好像是坠入深得不可思议的遗忘之渊里去了。那些乳牛都排在柱子的中间，每一头牛的形状，要是叫一个想入非非的人从后面看着，都像一个圆圈架在两条木柄之上，中间有一桩东西，像钟摆一样来回摆动。同时，这一溜有耐性的动物身后，有西下半落的太阳，把它们的影子分毫不差地映射在棚子后面的墙上。每天黄昏，这些卑不足道、陋无可称的形体，都这样叫太阳把它们的影子映射出来。它对于每一道线条投射之精密细致，无异于在宫殿的墙壁上映射宫廷美人的侧影；它那样用心致力，简直和远古的时候在大理石殿宇前脸上映射奥林坡 [1] 天神或者映射亚历山大、恺撒、法老 [2] 们的形影，一样地竭诚尽力。

这些赶到棚子里的牛，都是不大老实的。老老实实自动静立的那些，都是在院子中间就把奶挤了，因此那时有许多这样更安静的牛在那儿等待。它们都是头等的乳牛，不用说在芙仑谷外面不容易碰到，就是在芙仑谷里面，也不常见。喂养它们的，是肥美丰润的食料，为这一片水草场 [3] 在一年的旺季里所出产的。那些身上有白点的，都把日光反射出来，叫人看着晃眼地辉煌，它们的犄角上发亮的铜箍 [4]，也闪闪放光，好像陈兵耀武的样子。它们那些长着粗筋的乳房，像沙袋一样沉甸甸地下垂，乳头都胀膨膨的，像吉卜赛人使用的那种三足生铁锅 [5] 的腿儿。每一头牛等待自己挨班儿挤奶的时候，牛奶就往外流，点点滴滴地落到地上。

---

[1] 奥林坡，山名，在希腊北部赛沙雷地方，古希腊人以此山为众神所居之地，天帝的宫廷也在山上。

[2] 法老，古代埃及国王的称号，屡见《旧约·创世记》《出埃及记》各处。

[3] 水草场：按期放水灌溉的草场，谓之水草场，可以保证调节草场水足。这类草场多傍河滨。参看本书 239 页注 [1]。

[4] 牛犄角上戴铜箍，为的是不触伤别的牛。

[5] 三足生铁锅，原文 crock，有二意，一为"砂"制的罐或瓶，用贮食物。一为生铁制的锅，用以烹饪。后者有三足，为英国西南部方言。

17

牛从草场里来到了的时候，挤奶的男工和女工，就都从他们的小房里和牛奶房里拥了出来。女工们都穿着木头套鞋，倒不是因为闹天气，而是因为免得她们沾上农舍场院里的烂草污泥。每一个女孩子都把脸侧着，把右腮贴在牛肚子上，坐在一个三条腿的小凳子上，因此苔丝走近前来的时候，她们都顺着牛肚子，不声不响地看她。男工们却都把帽檐往下卷着，前额平着靠在牛身上，眼睛瞧着地，所以就没看见她。

男工里面，有一个身体健壮的中年人，他系的白色长"围裙"，比别人的多少干净体面些，"围裙"里面的夹克，也有一种拿得出手、可以赶集穿的样子，他就是这个牛奶厂的老板，苔丝要寻访的就是他。一个礼拜里六天，他都是亲自动手挤牛奶，搅黄油，但是到了礼拜的第七天，他却又穿着磨得发亮的大呢衣裳，坐在教堂里自己一家的座位[1]上。他这两层品格非常显著，因此有人给他编了一套歌词：

> 一礼拜里每时每刻，
> 都是挤牛奶的狄克[2]，
> 到礼拜天却又变作
> 密司特理查·克里克。

---

[1] 英国习惯，给教堂若干钱，可以包占座位。
[2] 狄克是理查的昵称。

他看见苔丝在那儿愣住了，就走过去，直到她面前。

男工们绝大部分，到挤奶的时候，就都有些烦躁，但是碰巧那时克里克老板正想添一把新手——因为那正是活儿忙的时候——所以看见她来了，热烈地欢迎，问她母亲好，又问她家里的人都好（其实这完全是客套，因为他没接到介绍苔丝那封短短的信以前，压根儿就不知道有德北太太这么个人）。

"哦——唉，俺小时候，你那块地方俺很熟，"他谈到后来说，"不过，俺大了以后，可就没再到那儿去了。从前离这儿不远，住着一个九十岁的老太太，这阵儿早死了，她活着的时候，常对俺说，布蕾谷里有一家人，和你们一姓，本来是从这儿搬过去的，是一家老门户，时下可差不多都要绝户了。可是少一辈的人，都不知道这种情况。不过，唉，那位老太太扯的这些闲篇儿，俺并没留神听，不错，没留神听。"

"哦，不必留神，那不值当留神听！"苔丝说。

于是他们只谈起正经事来了。

"大姑娘，你挤奶能挤得干净吗？俺不愿意叫俺的牛在一年里这个时候，就都住了奶。"

关于这一点，她对老板说，管保能挤得干净，于是老板把她上上下下地打量了一番。她近来待在屋子里的时候太多了，皮肤都变娇嫩了。

"你敢保受得了吗？俺们这儿，粗人倒觉得够舒服的，不过俺们可不是住在黄瓜暖架[1]里啊。"

---

[1] 黄瓜暖架，为木头做成之框，上面斜覆以玻璃，盖在种的黄瓜之类上面，使黄瓜之类能受到日光而受不到风。英国天气较寒，黄瓜普通都是这样生长的。

她说她一定受得了，老板看她那样的热心肠和乐意劲儿，便也有些相信她了。

"好吧，俺想你得先喝碗茶，吃点儿什么吧，呃？还不用？那么随你的便好啦。俺说真格的，俺要是走这么远的道，那俺就该干得像柴似的了。"

"我现在就去挤奶吧，好熟练熟练。"苔丝说。

她喝了一点牛奶，当作临时的点心。克里克老板见了，吃了一惊——说实在的，还有点瞧不起哪——因为他好像压根儿就没想到，牛奶好作饮料。

"哦，要是你咽得下那种东西去，那你就喝好啦。"他带着满不在乎的神气说，这时有人端着那桶奶让她喝。"这桩东西，俺可是多年没喝了，俺是不喝它的。那该死的东西，俺喝了，就老存在俺肚子里，和一块铅一样。你先试试那一头吧，"他朝着离他最近的一头牛点了点头，跟着说，"那一头挤着倒是有点费劲。俺这儿的牛，也和别人家的一样，有省劲的，有费劲的。不过，待不几天，你自己就都知道了。"

苔丝把帽子换了，把头巾戴上，果真在牛身下的小凳子上坐好了，并且用手把牛奶挤得往桶里哗哗地流起来。那时候，她好像觉得，她已经真正把她将来的新基础建立起来了。这种信心生出了平静，她的脉搏跳得慢下来了，她的眼睛也能四面瞭望了。

挤牛奶的工人们，男男女女的，很够组成一小支队伍，男工挤的都是奶头硬的牛，女工挤的却是脾气比较柔和的。那是一个大牛奶厂。通共算起来，在克里克老板名下，差不多有一百头乳牛，这里有六头或者八头，归老板亲自动手挤，除非他不在家，才归别人。这些都是最难挤的母牛。他不肯把它们交给男工，因为雇用的男工，多少都有些临时的性质，怕的是他们马虎，挤不干净；他也不肯把它们交给那些女工，怕的是她们手上没有劲儿，也挤不干净。挤不干净的结果是，过了一些时候，奶就"住"了——那就是说，不出奶了。挤奶马虎之所以严重，倒不是因为一次两次少出点儿奶，而是因为牛奶这种东西求得少供得也少，甚而最后会完全停止。

苔丝在她挤的那头牛身下坐好了以后，一时场院里都没人说话，也没有别的声音打断牛奶往无数奶桶里流的哗哗声，只偶尔有人叫牛转动，或者叫牛站稳，才听见他们吆喝一两声。所有活动的部分，只是工人们的手，一上一下，还有牸牛们的尾巴，来回摆动。他们就这么一齐工作下去，他们四围，是一片广阔平远的草场，一直伸展到山谷两旁有山坡的地方——这一片平远的景物是由一些古老的景物组合而成，那些古老的景物，早就没人记得了，并且毫无疑问，和它们构成的眼前这片景物的特色大不相同。

"俺总觉得，"老板说，他从一头刚挤完了的牛身下忽然站起来，一只手把他的三脚凳子抓起来，另一只手抓起牛奶桶，走到身旁另一头难挤的牛跟前，"俺总觉得，今儿这些牛，出奶不像往常那样旺。俺说句实话，要是维凯一上手就这么没出息，那顶到中夏的时候，就顶好不必理她啦。"

"这大概因为咱们这儿刚来了一把新手吧，"扬纳·凯勒说，"俺从前也留过神，看到有这样的事。"

"不错，也许是有的。俺可没往那方面想。"

"人家告诉俺，说遇到这种时候，牛奶就跑到牛犄角里去啦。"另一个女工说。

"呃，论起跑到牛犄角里去的话，"老板克里克说，说的时候似信不信的，好像他觉得，邪魔巫道，都受生理上种种可能的限制似的，"俺可不能说什么，的确不能。不过没犄角的牛和有犄角的牛，都一样地挤不出奶来，那么，这个话就难以叫俺相信了。扬纳，你听说过没犄角的牛那个谜语没有？为什么一年里头，没犄角的牛老没有有犄角的牛出的奶多？"

"俺不知道！"那个女工插嘴说，"到底是怎么回事？"

"因为没犄角的牛压根儿就少哇，"老板说，"不过，咱们把笑话先撂开，今儿这些倔强胆大的畜生，可真有点儿不大爱出奶。伙计们，咱们大声唱几个歌儿吧。治这种毛病，只有这种法子。"

在这块地方上的牛奶厂里，遇到牸牛出奶不像平常那么旺的时候，大家就往往采取唱歌的方法，说是能把牛奶引出来。所以当时老板一吩咐，大家就都张开嘴，一齐唱起来。唱的时候，纯粹是公事公办的样子，没有多大自发自愿的意思，他们自己相信，在他们歌声继续的时间里，情况确实有了改善。他们唱的是一个欢畅的民歌 [1]，里面说的是一个杀人的凶手，老不敢在没有亮儿的地方睡觉，因为他老看见有硫磺火焰在他身旁

_____

[1] 这个民歌，不见于培绥主教的《英国古诗歌钩沉》及查勒得的《英格兰、苏格兰流行民歌集》。或为口头相传，未经入录者。志此待考。

围绕。他们唱完了这个民歌第十四段和第十五段的时候，有一个男工说：

"俺但愿弯着腰唱歌，不费这么大的气力才好。先生，你该把你的竖琴弹一弹。不过俺总觉得，顶好还是提琴。"

苔丝留神听完了这段话以后，心里想，这一定是对老板说的，但是她想错了。回答的话"为什么？"却好像是从棚子里面一头黄牛的肚子里发出来的。原来她直到那会儿，还没看见牛后面还有一个挤奶的人，这句话就是他说的。

"哦，不错，没有能比得上提琴的，"老板说，"可是俺觉得犍子比牸牛，还容易受音乐的感动，至少那是俺的经验。从前在梅勒陶有一个老头——叫威廉·杜威，他家里是赶大车的，常在这一块地方上做生意，你记得不记得，扬纳？俺见了他，能认识他，就和俺认识俺亲兄弟一样，这是打比方说。好啦，有一回，他给一家结婚的去拉提琴，回来的时候，正赶着是一个有月亮的晚上，他为少走几步路起见，就一直地穿过一块叫作'四十亩'的地，那正是他必经之路。事有不巧，一个犍子正在那儿放青。它看见了威廉，哎呀，俺的老天爷，就把犄角冲着地一直追上来。威廉倒是没命地跑，再说他也没喝许多酒（你们要知道，凭那么个结婚的日子，又凭办事的那个人家那么有钱，他喝的并不算多）。但是虽然那样，他可觉得，要跑到树篱那儿跳过去救自己的命，绝没工夫能来得及。呃，后来实在逼得他没有法子了，他可就最后想起一个着儿来：他一面跑，一面把提琴拿出来，转身朝着犍子，拉起一支快步舞曲来，同时往后倒退，往树篱的角落那儿蹭。那个犍子一听见提琴的声音，就露出和软的意思来，站住了脚，使劲拿眼瞅威廉·杜威，瞅他拉了又拉，瞅到后来，脸上都稍微露出笑的样子来了。可是威廉刚一住手，转身想要爬过树篱去，那个犍子就立刻收起了笑容，把犄角照准了威廉的裤裆就要往前触。威廉没有法子，管他愿意不愿意，都只得转过身来，再拉给它听。那时刚刚后半夜三点钟，他知道，总得再待好几个钟头，才能有人从那儿过。他的肚子里是空落落的，身上又累，所以简直不知道怎么办才好。他勉强对付，拉到差不多四点钟的时候，他觉得，要是再拉一会儿，就实在支持不下去了，他就自言自语地说：'就是要了俺的命，这也就是俺能拉的最后一支曲子了，老天爷快救救俺吧，你不救俺，俺就要完蛋了。'正在紧急的时候，他忽然想起来，有一次圣诞节头天晚上，他看见一些牛，在三更半夜，跪在地上。[1] 那一天并不是圣诞节头天晚上，可是他脑子里忽然一活动，就想到，何妨要一耍这个犍子哪。因此他就拉起圣诞节的《圣诞颂》[2] 来，好像那天真是圣诞节唱祝歌似的。他这一拉，嗬，你瞧，那个犍子不知道是耍它，就弯着双膝，跪在地上，只当那天真是耶稣降生的时节啦。威廉趁着他那位有犄角的朋友刚一跪下的时候，就急忙转身，还没等到那个祈祷的犍子站起来追他，就像一条猎狗一样，蹿到树篱那一面平安无事了。威廉常说，他也见过好些人发傻，但是像

---

[1] 欧洲中古有一种迷信，说圣诞节前夕半夜，牛都在牛棚里，跪着欢迎耶稣的诞生。这种迷信，直到现在，还有偏僻地方的乡下人信以为真。哈代有一首诗，专咏其事。

[2] 《圣诞颂》，颂扬耶稣诞生的圣诗，于圣诞节歌唱。其诗见于《古今赞美诗集》者有第四十五至第五十四首，共十首。

那个犍子明白过来，那天原来不是圣诞节，自己的诚心原来受了骗了，那时候它那种傻样子，却是他从来没见过的。……那个人是叫威廉·杜威。俺记的一点儿也不差，俺这阵儿连他埋在梅勒陶教堂坟地里哪一块儿，都能说得一点儿不差，他就埋在第二棵水松和北廊子的中间。"

"这是一个稀奇的故事，它使我们又回到中古时代信仰还是活生生的东西那个时候了。"

这句在牛奶厂里说就得算很奇特的话，是黄牛身后那个声音嘟囔着说的。不过当时没人懂得这句话的意义，所以也没人注意。只有说这段故事的老板，觉得这句话，也许对他说的那个故事，含有不大相信的意味。

"先生，不管怎么说，这个故事可字字属实。俺和那个人很熟。"

"哦，当然字字属实，我一点儿也没怀疑。"黄牛身后面那个人说。

这样一来，苔丝才对于那个和老板交谈的人注意起来，但是因为他把头紧靠在牛肚子上，所以她只能看见他一丁点儿。她不明白，为什么连老板和他说话，都称呼他"先生"，不过当时也找不出可以解释的理由来。那个人在那头牛的身子底下，一直弄了有挤三头牛的工夫，有时还不觉突然自言自语，急躁烦恼，好像做不下去似的。

"柔和着点儿，先生，柔和着点儿，"老板说，"干这个得懂窍门，动蛮力不行。"

"我也觉得是那样，"那个人说，同时到底站起来了，伸他的胳膊，"虽然手指头都弄得疼了起来，我想我到底还是把它挤干净了。"

那时候苔丝才看见了他的全身。他系着一条挤奶工人普通系的白围裙，扎着皮裹腿，靴子底下沾满了场院里的烂草污泥。不过他身上带土气的服装，却就是这几件。透过这种外表，往里面看，可以看到一些不爱说话、受过教育、郁郁不乐、神秘难测和与众不同的神情。

苔丝发现，他是一个她从前见过的人，因此她暂且不去打量他各方面的细处了。但是自从他们相逢那一次以后，苔丝已然经历了那么些沧桑了，所以现在一时竟想不起来，她到底在哪儿见过他。后来忽然心里一闪，才想起来，原来那个曾在马勒村参加游行会跳舞的徒步旅客，那个她不知道从何处而来，把她甩了和别的女孩子舞了一回，末了一点儿也没理她就离开了舞场，和他的伙伴一同赶路去了的青年过客，就是这个人。

她想起这一件她遇到灾难以前发生的事，跟着也就想起了别的旧事，它们像潮水一般涌上她的心头，使她一时害起怕来，怕的是这个青年会认出她来，因而不定怎么会发现她的身世。但是她再一看，他并不像是记得她的，所以也就不再担心了。她慢慢地看出来，从他们头一次，也就是唯一的那次见面以来，他那生动的面目变得深沉了，他也有了年轻的人那种整齐的八字须和颔下须了——颔下须在颊上刚长出来的地方，还是极淡的麦秸色，离根渐远，就渐渐成了发红的棕色了。他那细麻布围裙里面，上身穿着青绒布夹克，衬着浆硬了的白衬衫，下身穿着灯芯呢短裤，扎着皮裹腿。他要是没穿那件挤奶的围裙，谁也猜不透他究竟是哪一种人。他也许是一个脾气古怪的地主，也许是一个身份体面的农夫，二者有同样的可能。由他挤奶所费的工夫上看，苔丝一下就猜出来，他是一个刚学着挤牛奶的新手。

同时许多女工，都互相谈论起这个新来的人，说"她真漂亮"，说的时候，有一部分是真心慷慨，真心羡慕，但是却又一半希望，听这个话的人，会把这种说法加以限制。这种说法，严格地说起来，本来就是他们应该加以限制的，因为只拿漂亮这种字眼形容苔丝怎样引人注意，并不正确。当天晚上的牛奶挤完了，大家就都陆续进了屋里，老板娘克里克太太，正在屋里照料盛牛奶的铅桶和一切零星物件。因为她不肯自贬身价，所以不到外面亲自挤牛奶，并且因为女工们都穿印花布，所以在暖和的天气里，她也老穿怪热的毛料。

苔丝现在知道，除了自己以外，在厂里睡觉的，只有两三个女工；多数的助手，都是回自己家的。吃晚饭的时候，她没看见评论故事那位身份高尚的工人，她也没打听他。晚上剩下的工夫，她都在寝室里，安排自己住的地方。寝室是一个很大的屋子，在牛奶房上面，约莫有三十英尺长，那三个住厂女工的床铺，也都安在那个屋子里。她们都是年轻貌美的女人，并且除了一位，岁数都比她大点儿。到了睡觉的时候，她已经累到十二分了，所以一躺下就睡着了。

但是和她连床的那个姑娘，却不像苔丝那样贪睡，硬要对她说一说她刚加入的这个人家各种细情。那个姑娘喊喊喳喳的话语，和夜色混成了一片，并且在困腾腾的苔丝听来，它们好像就是从黑暗中生出而就在黑暗中飘浮。

"安玑·克莱先生，就是弹竖琴那个人，在这儿学着挤牛奶的——从来不大和俺们说话。他父亲是个牧师。他自己心里的事太多了，没有工夫到女儿队里混。他跟着老板学徒，因为他要把庄稼地里样样活计都学会了。他在别处已经学完了养羊，这阵儿又在这儿学习养牛。他实在是一个天生的上等人。他父亲老克莱先生在爱姆寺做牧师，那儿离这儿有好些英里。"

"哦，我听见人家说过他，"她的新伙伴醒过来说，"他是一个很热心的牧师，是不是？"

"是，一点儿也不错。人家都说，他是全维塞司里顶热心、顶认真的。他们都说，他是低教派[1]里最后的一个人了，因为这一带的牧师，差不多都是高教派。他那几个儿子，除了咱们这儿这位克莱先生，也都是要当牧师的。"

苔丝当时没有好奇心去追问这儿这位克莱先生，为什么不学他哥哥也去当牧师，就慢慢地又蒙眬入睡了，对她报告的那位姑娘说的话，是和隔壁干酪房里的干酪气味，还有楼下干酪压机里牛奶水滴滴答答的声音，一齐传到她跟前的。

18

一度出现的安玑·克莱，现在又重新出现，他整个的人是什么样子，并不十分清楚，只是他的声音，令人觉得颇能对别人

---

[1] 低教派与高教派相对，为英国国教的两派。高教派注重使徒继承主义，相信圣餐礼时基督实现、受洗礼为重生等，并注重仪式。低教派则对于这些方面不甚重视，有时并且完全摈弃高教派奇特的教旨。

加以赏识，他的眼神，令人觉得有些发怔，看起东西来好久不动，他的嘴令人觉得生动，只是未免太小，太细致，不配一个男子汉，幸而下唇会叫人意想不到，有时闭得很紧，因此人家才不至于断定他没有果断。[1] 话虽如此，他的眼神和举动，总带着一种模糊、散漫、含有心思的意态，叫人一看就知道，他这个人，大概对于个人在世路上的前途，没有什么确定的目的，也不大怎么关心。但是在他还是个小伙子的时候，人家却都说，他想做什么，就能成什么。

他父亲是这一郡另一头上一个穷牧师，他是他父亲的小儿子。他打算把种庄稼的各种实际技能都学会了，将来务农为业，至于是在殖民地上，还是在本国，得看当时的情况。因此他在别的几处庄田上学完了几套技术之后，现在又来到塔布篱牛奶厂，打算在那儿做半年学徒。

他参加了农夫和牧人的行列，是他一生的事业里，他自己和别人都没有预先见到的一步。

老克莱先生的前妻，撇下了一个女儿故去，老头过了大半辈子，又娶了一个后妻。没想到这位太太，倒给他生了三个儿子，因此最小的安玑，和他父亲老牧师一比，好像不止差一辈儿，差不多要差两辈儿。这三个儿子里面，只有刚说过的这个老生儿安玑，没有大学的学位，其实看起他小时候的聪明来，只有他才真正配受大学教育。

---

[1] 比较美国作家赫波得（一八五九——九一五）的《短程旅行：利昂纳斗》："人的面目，是上帝的神工鬼斧。眼表现灵，嘴表现肉，下颏表现目的，鼻子表现意志。"

安玑在马勒村参加跳舞以前两三年，有一天，在他已经不再上学而在家里自己学习的时候，本地的书店给牧师公馆寄了一个包裹，外面写着交詹姆斯·克莱牧师。牧师打开包裹一看，里面是一本书[1]，就翻开来念，念了几页，忽然从椅子上跳起来，挟着书，一直跑到书店里。

"你们把这本书寄到我家里，是什么意思？"他擎着那本书，不容分说地问。

"那本书是订的，先生。"

"不是我订的，也不会是我家里的人订的，这是我幸而可以称道的。"

书店的老板查了查订书的底账。

"哦，先生，寄错了，"他说，"那是安玑·克莱先生订的，本来应该寄给他。"

克莱老先生一听这话，急忙往后退避，好像有人把他打了似的。他回到家里，非常地懊丧，脸都白了。他把安玑叫到书房里。

"你来看一看这一本书，孩子，"他说，"你知道这是一本什么书吗？"

"这是我订的。"安玑简单地答道。

"你订它做什么？"

"念哪。"

"你怎么会想到念这种书？"

---

[1] 据后面所说，可能是英国哲学家赫勃特·斯宾塞（一八二○一一九○三）的一本书。

"我怎么会想到念这种书？呃，这是一本论哲学体系的书。在坊间出版的书里面，这是顶道德，甚至顶合于宗教的了。"

"不错，很道德，这一点我承认。不过，它合于宗教？并且对你来说，对想当牧师、宣传福音的你来说，它合于宗教？"

"您既是提到这一层啦，父亲，"儿子脸上露出焦虑的样子来说，"我想一劳永逸表明一下，我还是别做牧师好。我恐怕我要讲良心，就不能做牧师。我爱教会像一个人爱他的父母一样。我永远要对它有顶热烈的爱。任何制度的历史，都没有能像这种制度的历史那样使我敬慕。但是有一件，要是它的思想不能从没法拥护的'供奉上帝来赎罪'[1]那种观念里解放出来，我就不能忠诚老实地受委做它的牧师，像我两个哥哥那样。"

这位心性直爽、心地单纯的牧师，想不到自己亲生的骨肉竟会是这种样子！他当时一听，吓傻了，气坏了，瘫痪了。既是安玑不愿意进教会，那么，送他到剑桥去，有什么用处？据那位见解死板的老头子看来，上大学只能是做进教会的阶梯，否则那就好像一篇序言，后面却没有正文一样。他这个人，不但信教，还真诚心，他是一个信仰坚定的人。这种字眼，用到他身上，并不是现在教会内外那些演神学戏法的人们闪烁模棱的解释，却是福音派教徒[2]那种古老、热诚的讲法。他这个人

---

[1] "供奉上帝来赎罪"，据基督教的说法，人都有罪，耶稣基督降世死在十字架上，也就是为人赎罪。

[2] 福音派教徒，为新教之一派。他们的主张是：福音要素是讲人陷入罪恶，耶稣为人赎罪，新生是必要的，借着信心赎罪。英国国教里包含这种主义的就是低教派。

……一心相信，

　　那永生不死，道侔天帝的神人，

　　在十八个世纪以前，万确千真，

　　曾经…….[1]

　　安玑的父亲驳他一回，劝他一回，又求他一回。

　　"不成，父亲。不用说别的，叫我照着宣诰[2]上的规定，'按照那字面与文法的解释'，在第四条款[3]下签字画押，我就不能。所以在现在这种情况里，我是不能做牧师的，"安玑说，"我对于宗教，生来就是完全趋向改造那一方面的。我引几句您顶喜欢的那本《希伯来书》里的话吧，'……被震动的，就是受造之物都要挪去，使那不被震动的常存。'[4]"

　　他父亲那样难过，弄得安玑看着他，也觉得非常不好受。

　　"你既是不愿意为上帝争荣、增光，那么我和你母亲省吃俭用，自己刻苦，供你上大学，有什么用处呢？"他父亲把这句话又说了一遍。

---

[1] 引自布朗宁的《复活节日》第八段第三至第六行。原诗后两行半为："（曾经……）只此已足，你本知之甚悉；那空前绝后，惊天动地的故事，那番降生，那番愍世，那番溢逝。"这都是指耶稣的事迹。

[2] 宣诰：一五五三年英王爱德华第四所公布，连同《宗教条款》四十三条。那时英国脱离教皇不久，宗教改革颇多异议，所以召集了全国的大主教、主教等，开会于伦敦，制定《宗教条款》四十二条公布通行。后一五六三年，又归并为三十九条，至今沿用。凡为牧师，服务教会，必须奉信这三十九条的规定，在那上面签字画押。"按照那字面……"这句话，就是宣诰里面的。

[3] 第四条款，言耶稣复活，说"耶稣真正死而复生，魂附肉身"。

[4] 见《新约·希伯来书》第十二章第二十七节。

"那样，可以为人类争荣、增光啊，父亲。"

如果安玑坚持下去，他也许可以和他哥哥们一样到剑桥去。但是老牧师的见解——觉得那个学府，只是当牧师的敲门砖——也就是克莱家世世相传的见解，这种观念，在他的脑子里根深蒂固，所以那个感觉灵敏的儿子就开始觉得，坚持下去，就好像把人家托管的钱成心昧起来一样，同时对于那两位虔诚的家长也是一种罪过，因为老头刚才已经说过，供他三个儿子一律念书，他们老两口子过去和现在，都不得不节约刻苦啊。

"我不上剑桥好啦，"安玑后来说，"照现在的情况看，我觉得我没有上剑桥的权利。"

这一次有决定性的辩论完了，它的影响不久也就分明可见了。他年复一年，做了些散漫的研究，拉杂的事情和零乱的思索。他对于社会的习俗和礼节，开始显出非常不注意。他越来越把地位、财富这一类物质方面的优越不看在眼里。就是"古老名门"（这是借用一个已经故去了的本地名人喜欢用的字眼），他都觉得没有什么古香古色可言，除非它的后人能别开生面，另辟新路。不过他也做过一种荒唐事，和他这种严肃态度相反，因为他有一个时期，住在伦敦，想要见识见识世面，同时打算在那儿找一种职业或者做一种生意，那时候他让一个岁数比他大得多的女人迷得昏头昏脑，几乎不能自拔。不过还算侥幸，他没等到这番经历让他吃大亏，就摆脱开了。

他幼年和乡村的僻静所发生的联系，使他对于近代城市生活生出了一种无法克制，而且几乎不近情理的厌恶之心，同时又使他既不能宣扬神道，也不能混迹红尘，在世路上飞黄腾达。但是总得有个事做才成，他已经荒废了好些宝贵的光阴了。他有一个认识的人，正在殖民地上种庄稼而家道兴旺，生活优裕起来。因此，安玑想，这也许是他走上正当方向的途径。不错，种庄稼，在殖民地，在美国，或者在本国，反正不管在哪儿，通过用心学习的学徒时期，把种庄稼的各种本事都完全学会了，然后种起庄稼来——这种职业，大概一定可以使他独立，同时还不至于牺牲了他看得比丰衣足食还贵重的东西——求知的自由。

因此，我们就看见了安玑·克莱，在他二十六岁那年上，来到了塔布篱，做了学习养牛的学徒。同时，因为附近一带，没有房子可以当他的舒服寓所，所以他就住在老板家里，跟着老板一块儿吃饭。

他住的那个屋子，是一个很大的阁楼，和整个的牛奶房同样地长。只有从干酪房里一个楼梯可以上去，它已经空闲多年，无人居住，这回他来了，才把它选作了他的隐身之所。克莱一个人住在那儿，有的是地方，晚上全厂的人都安息下了，还往往听见他在那儿来回溜达。屋子的一头，用帐幔隔断出一部分来，里面就是他的床铺，外面那一部分，布置成一个简单朴素的起坐间。

他刚来的时候，完全在楼上待着，成天就看书，再不就弹一把旧竖琴，那是有一次铺子里甩卖的时候他买来的。有时候发起牢骚来，他就说，将来也许有那么一天，他得在街上弹琴要饭吃。但是不久，他却更愿意观察人性，而在楼下那个饭厅兼厨房里，和老板、老板娘、男工、女工一块儿吃饭了，这些人合起来，是很生动活泼的一群人，因为在厂里住宿的人虽然有限，在厂里和老板一家一同吃饭的人却有好几个。克莱在这儿住得越久，他讨厌那些伙伴的心就越减少，愿意和他们在一起的心就越增加。

他近来真正喜欢和他们一同相处了，这是他没想到的情况。他在这儿住了几天以后，他想象中那种习俗所称的庄稼人——报纸上、新闻界所说的那种以所谓可怜的乡下老实儿何冀[1]为典型的庄稼人——就消失泯灭，无影无踪了。和他们一接近，就看不到什么何冀了。起初的时候，固然不错，克莱在智力悟性方面，还刚刚脱离一个和他们完全相反的社会，来到这儿，和他们耳鬓厮磨，诚然觉得他们有些特别。他觉得和一个牛奶厂里的工人平起平坐，是一种有失尊严的举动。他们的见解、习惯、环境，都是开倒车的，无意义的。但是和他们一天一天地住下去，这位眼光锐敏的寓公就发现出来，他们的世界别有新异的地方了。虽然客观上一点儿变化都没发生，但是单调却被复杂所代替了。老板和老板娘、男工和女工，成了克莱的熟朋友以后，他们就好像起了化学作用，各自分化了。巴司噶说过："越是有洞鉴之识的人，越能清楚地看到每个人的个性。一般的平常人，不能分辨出人与人之间的异同。"[2]克莱觉得这句话说得很透彻。那种千人一律的典型何冀现在不存在了。他已经分化成了一群和他同生天地间而却各不相同的人了，成了各自有各自的思想、异点多得不可胜

---

[1] 何冀，原文 Hodge，英国地道的农田工人之意，其字本为英国人名 Roger 之昵称。哈代曾于一八八三年七月在朗曼杂志上发表过讨论同样农民问题的文章，叫作《多塞特郡劳工》。他老是何冀的拥护者。他的短篇小说《婚宴空设》第三部分，谈到同样问题。

[2] 巴司噶（一六二三—一六六二），法国数学家兼德育家，他著名的著作是《思想录》，为拥护基督教之片段集。这里所引，见于《思想录》的总序中。原文为法文。

数的人。其中有一些是快乐的，有许多是安静的，有几个是郁闷的，间乎有一两个聪明到了称得起是天才的程度，有一些是拙笨的，另一些是轻佻的，又一些是严肃的，有的是默默无声的密尔顿，又有的是锋芒未露的克伦威尔。[1] 他们对于别人都有自己的看法，也像他对于他的朋友那样；他们也都会彼此赞扬，彼此谴责，观察彼此的弱点或者罪过而觉得开心或者悲伤；他们都是各人用各人自己的方式，踏着那重归尘土的道路 [2]。

没想到他开始对于户外生活爱好起来，他这种爱好，并不是因为户外生活和他自己拟定的前途有关，却是因为户外生活本身，和户外生活所带来的东西。过去的时候，一般人认为，有一个仁爱慈悲的神，主宰一切，现在这种信念，已经慢慢地衰微了，所以忧郁的心情，经常盘踞了近代文明人类的内心。但是按照克莱的地位看来，他得算是很奇异地能把这种忧郁心情摆脱了的。近几年以来，他能按照自己内心的倾向，选择所读的书，不必为了职业需要起见而硬塞生填，这是第一次，因为那几本农业手册，他觉得应该念熟了的，只占他很少的时间。

他和旧日的联系，越来越疏远了，在人生与人类里，看到了一些新鲜的事物。除此而外，他对于外界的现象，像季节流转、情态之不同，大块嘘吸、气势之各异，暮暮与朝朝，子夜与

---

[1] 密尔顿（一六〇八——一六七四），英国诗人。这一句是由英国诗人格雷（一七一六——一七七一）的《乡村教堂坟地挽歌》第十五节脱化而来，大意是说，农民中也有天才，但没得机会发展。

[2] 重归尘土，上帝用土造人，人死后重归尘土，见《旧约·创世记》第三章第十九节。"尘土的道路"则引自《麦克白》第五幕第五场。

亭午，水之浩荡，雾之迷蒙，草之滋蔓与黄落，木之盛衰与枯荣，寂寂与悄悄，昏昏与暝暝，以及本来无生之物，却能听之有声 [1]——所有这一切，从前只模模糊糊地知道一点点，现在也都有亲切细致的认识了。

那时候早晨仍旧够凉的，所以他们吃早饭那个大屋子里生着火，也还不叫人觉得不需要。克里克太太总觉得安玑·克莱太文雅了，不能和他们同桌吃饭，所以老吩咐人把他的杯盘，给他摆在壁炉暖位旁边一个带活页的小搁板上，因此克莱吃饭的时候，老坐在那个大张口的壁炉暖位里。他对面有一个又高又宽的直棂窗户，光线就从那儿射到他坐的那个角落上，同时又有一道清冷、蓝色的光线，从烟囱里射进来，所以他要念书的时候，那儿就够亮的了。在克莱和窗户中间，就是他们大家吃饭的桌子，他们咀嚼食物的时候，他们那些脸的侧影，让窗玻璃衬着，显得轮廓分明。屋子的一边，有门通到牛奶房，隔着这个门，能看见屋子里一溜一溜的长方形铅桶，满满地盛着早晨挤的牛奶。在更远的一头上，搅黄油的大桶，正在那儿旋转，听着咕叽咕叽的，使它旋转的原动力，是一匹没有精神的马，一个小孩儿赶着，在屋外来回转圈，隔着窗户可以看见。

苔丝来了以后有好几天，克莱老坐在那儿，聚精会神地看

---

[1] 无生之物，却能听之有声，例如哈代的《还乡》第一卷第六章写荒原上的风声，说到"枝、干、果、叶、草茎、棘刺、绿藓、青苔"，都能做出声音，又同书第五卷第六章，说："轻微奇异的声音。从地上的窟窿、空洞的枝梗、卷缩的枯叶，以及别的微风、蚓类和昆虫能任意活动的孔穴里发出来……"他的诗中所写更多。

刚从邮局寄来的书、期刊或是乐谱，所以差不多就没理会到饭桌上有她在那儿。她说话的时候那样少，别的女工们说话的时候那样多，所以在她们呶呶的谈话里，他听不出有新的语音来，并且他对于外面的光景，又老是只注意一般的印象，不理会细致的地方。但是有一天，他正记一段乐谱，并且凭借想象力，在脑子里听这段乐调，那时候，他就出起神来，那张乐谱也掉到炉床上去了。那时已经做完了早饭，坐过了开壶，所以壁炉里燃烧的木块，只剩了一个火苗，在上面做垂死的舞蹈。他看着这块木柴的火苗，觉得它的跳动，仿佛和他心里琢磨的调子，互相应和；他又看着那两个挂壶的挂钩，在钩梁底下悬着，钩子上缀的灰网，也好像是跟着同样的调子颤动；同时又看着那个一半空着的水壶，它也做出了咕咚咕咚的伴奏。那时候，饭桌旁谈话的声音，混合到他想象的合奏曲里，到后来他想："她们女工里面有一个，说话的嗓子真清脆！我想这一定是新来的那个女工。"

克莱回头看，只见她正和大家坐在一块儿。

她并没往他那面看。说实在的，因为他老不说话，大家差不多忘了屋里还有他这个人了。

"有鬼没有鬼，我不知道，"她那时候正在那儿说，"不过我可知道，我们活着的时候，就可以让我们的灵魂，离开我们的躯壳。"

老板满嘴含着吃的东西，满眼含着郑重其事探询追问的神气看她。他手里大个儿的刀子和叉子（因为这儿的早饭是真正的早饭）直竖在桌子上，仿佛要搭绞人的架子似的。

"什么？真的吗？怎么能那样，大姑娘？"他说。

"要觉着灵魂出窍，很容易的办法，就是晚上躺在草地上，拿眼一直瞅着天上一个又大又亮的星星。你要是一心一意老盯着那个星星，那你过不了多大的一会儿，就会觉得，自己离开你的躯壳，有上千上百里地远了，好像你自己并不想那样，而自然而然地就会那样。"

老板把他死盯在苔丝身上的眼光挪开，又把它死盯在他太太身上。

"你说怪不怪，克锐蒂？俺这三十多年，找老婆，做买卖，请大夫，找护士，在满天星斗的黑夜，走了这么些黑道儿，从来一点儿也没想到，会有这种事，从来也没觉到，俺的魂儿离开了俺，连觉得离开俺的衬衣领子一英寸的时候都没有。"

所有的人，连老板的徒弟在内，都把眼光一齐射到苔丝身上，苔丝就脸红起来，含糊其词地说，这不过是一种幻想就是了，说完了，就又吃起饭来。

克莱继续注视她。她一会儿把饭吃完了，觉出来克莱正在那儿瞧她，就开始用手指头在桌布上画种种花样，局局促促地，好像一个家畜知道有人正看它那样。

"那个挤奶的女工，是多么鲜亮、多么纯洁的一个自然女儿哟！"他对自己说。

于是他从这个姑娘身上，好像看出一些他熟悉的事物来，想起使他回到过去的时光里一些事物来，回到只知道快乐、不必有深谋远虑的时光里，回到还没由于瞻前顾后[1]的需要，而弄得

---

[1] 瞻前顾后，原文 taking thought，屡见《圣经》，如《旧约·撒母耳记上》第九章第五节，lest my father take thought，等等。

天色都黯淡了的时光里。他最后断定，他从前一定见过她，不过在哪儿见过，却说不出来了。一定是在乡间漫游的时候偶然碰见的，他对于这一节，倒没有很大的好奇心。但是当前这一番情节，却很足以使克莱想要对近在跟前的妇女加以观察的时候，撂开别的漂亮女工，而单独选择苔丝了。

19

通常，总是哪一头牛碰到谁手里，谁就挤那一头，并没有什么爱憎厚薄，挑挑拣拣的。不过有一些牛，却总要对于某两只特别的手表示喜欢，有的时候，这种偏好，可以达到一种极端的程度，因此除了它们喜欢的人，它们就不肯老老实实地站着，要是有生手来挤它们，它们就一点儿也不客气，干脆把牛奶桶给你踢翻了。

克里克老板的规矩是，叫工人们不断地互相替换，把这种爱憎好恶的习惯尽力打破，因为要不这样，遇到男工或者女工有离开这儿的时候，他就要没有办法了。但是女工们私下的心意，和老板的规矩却正相反，因为她们每天挤那八头或者十头牛的时候，要是永远挑她们挤惯了的，那么那些乐意出奶的奶头子，挤起来的时候，就非常顺手，非常省劲儿了。

苔丝也和她的伙伴们一样，不久就发现，哪几头牛喜欢她那种挤奶的方式。她最近这两三年以来，有的时候，好多日子待在家里，两手变得娇嫩起来，所以关于这一点，她倒很愿意去迎合牛的意思，选择喜欢她挤的牛。在全厂那九十五头牛里面，特别有八头——矮胖子、华美、高个、烟雾、老美、少美、齐整和洪亮——出奶非常顺利，苔丝挤它们的时候，只用手一触就成，虽然其中有一两头，奶头硬得像胡萝卜一样。不过她知道老板的意思，所以她成心不加选择，除了那很费劲，她还治不了的，碰到哪一头就挤哪一头。

但是过了不久，她发现，那些牛排列的次序，外表上看起来好像是碰巧，却和她对于这件事所期望的那样不谋而合，也真太巧了，因此后来她认为，这些牛排列的次序，绝不会只是出于偶然的结果。原来老板的徒弟，近来帮着把牛往一块儿聚拢了。到了第五次或者第六次的时候，苔丝把头靠在牛肚子上以后，她就满眼含着乖觉隐约的追问神气，转向克莱。

"克莱先生，这些牛是你排的吧！"她脸上一红，问道。同时，她这样追究的时候，微笑的表现，使她不由自主地把上嘴唇轻轻往上一撮，因此露出牙尖儿来，不过下唇却还紧紧地绷着，一点儿没动。

"啊，这没有关系，"克莱说，"因为你要老在这儿挤这些牛的。"

"你想我能老在这儿吗？我倒希望那样！不过我可不敢说一定。"

她后来生起自己的气来，怕他不知道，她所以喜欢这样避世隐居，有她的重要原因，因而会把她的意思误解了。因为她对他说那番话的时候，态度那样诚恳，好像她愿意待在这儿，就有些是因为他也在这儿的样子。她的疑虑达到了很大的程度，所以黄昏以后牛奶挤完了的时候，她一个人在园子里走来走去，没完没结地后悔不该对克莱透露出来，她看破了克莱对她的照顾。

那是六月里一个典型的夏季黄昏。一片大气，平静稳定，都到了精密细致的程度，而且特别富于传送之力，因此那些没有生命的东西，也都变得仿佛有了两种或者三种感官，即便不能说有五种。远处和近处，并没有分别，凡是地平线以内的东西，听的人都觉得就像近在眼前。那种静悄无声的情况给她的印象是：与其说它单纯音响绝灭，不如说它积极具有实体。这种寂静，忽然叫弹琴的声音打破了。

苔丝也曾听见过这种曲调，从她上面的阁楼里发了出来。不过以前有墙阻隔，听起来模糊、低沉，从来也没像这回这样使她感动，因为这回，琴音在寂静的空气里荡漾，有一种纯净无杂的性质，使人起莹然裸露之感。按绝对的标准说，乐器和弹法，都不见得高明。但是一切都是相对的，所以苔丝当时听来，竟像着迷的小鸟一般，只是舍不得离开，她反倒朝着奏乐的人那儿慢慢走去，不过却藏在树篱后面，免得叫他猜出来她在哪儿。

苔丝现在站的地方，原来是园子的边界，有几年没整治过，现在一片潮湿，并且长满了富于汁液的牧草和花繁梗长的丛芜。牧草一碰，就飞起一片花粉，迷蒙似雾；丛芜就发出一种难闻的气味，这些丛芜开的花儿，颜色或红或黄或紫，构成一幅彩图，灿烂得耀眼炫目，不亚于人工培养出来的花朵。她从这一片繁茂丛杂的幽花野草中间，像一只猫似的，轻轻悄悄地走了过去，裙子沾上了杜鹃涎，脚底下踩碎了蜗牛壳，两只手染上了藓乳和蛞蝓的黏液，露着的两只胳膊也抹上了黏如胶液的树霉，这种东西，在苹果树干上是雪白的，但是到了皮肤上，就变得像茜草染料的颜色了。她就这样，走到离克莱很近的地方，不过却还没让他看见。

苔丝也意识不到时间，也意识不到空间了。以前她讲过的那种由看星星而能随意生出来的超绝意境，现在并没经过她决心想要那样，就出现了。旧竖琴尖细的音调抑扬顿挫，她也跟着它起伏澎湃。和谐的琴声，像清风一般，沁入她的心脾，叫她眼里流泪。飘扬的花粉，好像就是曲调变成、目所能睹的东西。花园的湿气，好像就是花园受了感动而啼泣。夜色虽然就要来临，那气味难闻的丛芜开的花儿，却都放出光彩，仿佛聚精会神，不肯睡去。颜色的波浪和声音的波浪，也融合在一起。

那时候还照耀的亮光，大半是从西天上一片云翳上一个大洞穴那儿透出来的，它好像是残余的白昼，出于偶然而遗留下来，因为别的地方都是暮色四合了。幽怨凄婉的琴声停止了，奏得极其简单，并不需要很高明的技巧；她还在那儿等候，心里想，也许还有第二段。但是他却已经弹倦了，随随便便地绕过树篱，慢慢地溜达到她身后。苔丝满脸像火烧的一般，轻轻悄悄，好像连动也不动似的，偷偷地躲开了。

但是安玑却早就看见了她穿的那件轻飘的夏服，开口跟她说话。他虽然离她还相当地远，但是他那低低的声音，却传到了她的耳朵里。

"苔丝，你干吗这样躲开了哪？"他说，"你害怕吗？"

"哦，不是，先生……不是害怕什么屋子外面的东西。在现在这种苹果花正飞舞，草木都青绿的时候，更没有什么叫人害怕的了。"

"那么屋子里面有什么叫你害怕的了，是吗？"

"呃——是，先生。"

"是什么哪？"

"我也说不十分清楚。"

"害怕牛奶酸了？"

"不是。"

"害怕活在世上？"

"是，先生。"

"我也害怕活在世上，常常害怕。活在世上，真叫人进退两难，可不是好玩儿的，是不是？"

"是，你这么一说，我也觉得是。"

"尽管如此，但是我可万没想到，像你这样一个年纪轻轻的女孩子，却会这样早就看到这一点。你怎么看出来的？"

她犹犹疑疑地不言语。

"苔丝，不要紧，你只管拿我当自己人，把你心里的话对我说出来好啦。"

她想他的意思是问她，一切事物的面目，在她看来是什么样子，所以就羞答答地回答他说：

"树木都有眼睛，来叮问你，有没有？——我这是说，仿佛有眼睛。河水也说：——'你为什么拿你的面目来搅和我？'同时好像有好多好多的明天，通统排成一行，站在你面前，[1] 头一个顶大，顶清楚，越站在后面的就越小，但是它们却好像一概都

---

[1] 比较《麦克白》第五幕第五场第十九行："明天哪，明天哪，明天。"

是很凶恶、很残忍的，仿佛说："我来啦，留我的神吧！留我的神吧！'……可是你，先生，会用音乐创造出梦境来，把这些可怕的幻想赶走。"

这个年轻的女人——她虽然不过只是一个挤牛奶的，却恰恰有那么一种令人稀罕的地方，可以叫她同屋的人都羡慕——竟会有这种多愁善感的想法，他真一点儿也没想到。她是用自己家乡话里的字眼，多少再加上一点达到了小学六级所学来的字眼，把这段心情，这段差不多可以说是属于这个时代[1]的心情——现代的痛苦，表达出来的。这一层很使他注意。但是他再一想，所谓进步的观念，大半都是许多世纪以来男男女女模模糊糊地感觉出来的心情，用最新的方式，加以界说定义——用科学、主义种种字眼，表达得更精确一点儿就是了，他想到这儿，就不那样注意了。

但是，像她这样年纪还很轻的人，就已经有了这种见解，仍旧还是令人觉得很奇异，不止奇异，还叫人感动，叫人关怀，叫人悲伤。他既然不知道她所以有这种见解的原因，他也就想不起来，经验不在年龄的大小，而在阅历的深浅。苔丝肉体上过去一时所受的蹂躏，就是她精神上现在丰富的收获。

苔丝也不懂得，为什么一个出身牧师家庭，受过良好教育，不受生活压迫的人，会把活在世上这件事看作是一种不幸。像她自己这样一个失去生趣的朝天旅客，那样想，本是很有理由的。但是这一个令人爱慕、富有诗意的人，怎么也会降到耻辱之谷[2]

---

[1] 这个时代，也就是哈代自己的时代，由一八六五到一八九〇年这四分之一世纪，亦即达尔文、赫胥黎、斯宾塞、叔本华的时代。

[2] 耻辱之谷，见班扬（一六二八——一六八八）《天路历程》第一部。

里面呢？怎么也会像她自己两三年以前那样，和乌斯的老人同样感觉到，"我宁愿上吊，宁愿死，不愿生。我厌恶生命，我不愿意永远活"呢？[1]

固然不错，克莱现在脱离他自己的阶级了。但是她知道，这种情况却和彼得大帝跑到造船厂里一样，只是因为他要学他愿意会的本事啊。他挤牛奶，并不是因为他非挤牛奶不可，却是因为，他想学会怎样做一个财源茂盛家道兴旺的牛奶厂老板、地主、农业家和畜牧家啊。他将来要做美国或者澳洲的亚伯拉罕，像一个国主一样，管领他的牛群和羊群，他的斑牛和纹羊，他的男仆和女仆啊。[2] 但是有的时候，她却又不明白，为什么一个毫无疑问爱念书、好音乐、有思想的青年，不学他父亲和他哥哥那样去做牧师，却会一心一意想种庄稼。

由此看来，因为他们两个对于彼此的秘密，还都没有线索可循，所以对于彼此所表现的情况，可就都莫名其妙了。他们彼此都不去探索对方的历史，而只坐等进一步了解对方性格和态度的情况来临。

每一天，每一小时，都把她的性情给他更多地显露出一点儿来，也把他的给她更多地显露出一点儿来。苔丝正在尽力过一种韬晦的生活，但是却没猜出来，自己的生活力有多么大。

---

[1] 乌斯的老人，见《旧约·约伯记》第一章、第七章，乌斯地有一个人名叫约伯，那人完全正直，敬畏上帝，远离恶事。后上帝要试一试他的真心，把灾祸降给他。约伯于是自己诅咒自己。

[2] 亚伯拉罕，是希伯来人的始祖，虔信上帝，住迦南地方，牛羊成群。见《旧约·创世记》第十一章、第二十五章。"牛群和羊群……"，均见《创世记》。

起初的时候，苔丝好像不是把安玑·克莱当作有肉体凡胎的人看待，而是把他当作智力的化身看待。她就用这种态度，把自己和他比较。她每逢发现他那样渊博，那样明慧，她自己的智力水平那样低下，和他那种不可测量安地斯[1]般的智力相比，距离那样远，不论她怎么努力，都绝无法能赶得上他，她就十分抑郁，十分灰心，无论怎么也不想自己再往上努力了。

　　有一天，他偶然对她提到古代希腊的牧畜生活[2]，他看出来她的抑郁。他对她说话的时候，她正在一个土坡上，采一种叫作"爵爷和夫人"[3]的花蕾。

　　"你怎么一下子发起愁来了哪？"他问。

　　"哦，我这不过是——想起我自己来就是了，"她微微做出一副苦笑的样子来，说，同时一阵一阵时作时辍把一个"夫人"花蕾动手剥开，"我这不过是想起我自己可能的情况来就是了。我的生命，好像是因为没有碰到好机会，都白白地浪费了。我看到你知道那么多的事，念过那么多的书，见过那么多的世面，想过那么多的道理，我就觉得我这个人什么也不是了，我就好像《圣经》里那个可怜的示巴女王[4]一样，诧异得神不守舍了。"

---

[1] 安地斯，南美洲最高的山系。

[2] 希腊古代牧畜生活，特见于希腊牧畜生活诗，如随厄克锐特所写。

[3] "爵爷和夫人"，原文1ords and ladies，一种花，也叫 cuckoo-pint 或 wake-robin，丛生，多长于树篱边上。花肉穗，因色有深浅，暗示男女两性，故名，深者为爵爷，浅者为夫人。

[4] 示巴女王，见《旧约·列王纪上》第十章："示巴女王听见所罗门因耶和华之名所得的名声，就来要用难解的话试问所罗门。……所罗门将她所问的都答上了……示巴女王见所罗门大有智慧……又见他上耶和华殿的台阶，就诧异得神不守舍。"

"哎呀！你快别因为这个自寻苦恼啦！你瞧，"他说，说的时候带出相当热心的样子来，"我这亲爱的苔丝，我要是能帮你的忙，那我就别提多高兴啦。我能帮你念历史，念别的东西——不论什么，只要你想念，我都可以……"

"又是一个'夫人'。"她举起她剥开了的"夫人"花蕾插嘴说。

"什么？"

"我是说，剥这些花蕾的时候，老是'夫人'比'爵爷'多。"

"别管什么'夫人''爵爷'啦。你愿意不愿意选一门学科，譬如历史之类，学习学习？"

"有的时候，我觉得，除了我已经知道了的历史以外，不想再多知道。"

"为什么？"

"因为，知道了我也不过是老长老长一列人中间的一个，发现了某一本旧书里，也有一个正和我一样的人，我将来也不过是要把她扮演的那个角色再扮演一遍，这有什么用处？这只让我难过。顶好别知道，你的本质和你已往做过的事，正和从前上千上万的人一样，也别知道，你将来的生活和要做的事，也要和上千上万的人一样。"

"那么你当真什么都不想学了吗？"

"我倒是想要知道为什么——为什么，太阳在好人和歹人身上，一律地照耀？[1]"她声音有点颤抖地答道，"不过那可正是书

---

[1] 见《新约·马太福音》第五章第四十五节："他叫日头照好人，也照歹人；降雨给义人，也给不义的人。"

本上找不到的。"

"苔丝，快别这样苦恼啦！"他说这句话，当然只是由于他觉得，按照通常习俗，应该劝慰一番就是了，因为他自己从前也不是没对这种事情发生过疑问。并且他一面看着苔丝那副还没有实际经验的嘴和嘴唇，就一面想，这么一个乡下土孩子，会有这种感情，那一定是她听惯了这种话，才随口说出的。她仍旧剥"爵爷和夫人"花蕾，因为她低头俯视，所以她那卷曲如浪的目睫，也垂在她那柔媚润泽的脸上。克莱把她这种情态看了片刻，才恋恋不舍地慢慢走开了。他走了以后，她还在那儿站了一会儿，满腹心事地把最后一个花蕾剥开；于是忽然又从梦思中醒了过来，不耐烦地把那个花蕾和所有的"爵爷和夫人"，都一齐扔在地上。因为她想起自己刚才那种傻头傻脑的样子，对自己起了一阵厌恶之感，同时她内心深处，涌起一种使她激动的热情。

他一定会觉得她非常地傻！因为急于得到他的好评，她就想到她近来努力想要抛开的事情上去了——因为这桩事对于她，结果那样使人不快——想到她家和当武士的德伯家是同宗这桩事情上去了。固然这桩事是毫无益处的，而且它的发现，曾使她自己在许多方面遭过灾难，但是克莱先生既然是一个上等人，又是研究历史的，那么，他要是知道了王陴教堂里那些培白玉和大理石武士，真正代表她的嫡系祖先，她是地地道道的德伯，并不是金钱与野心所构成的假德伯，像纯瑞脊那一家那样，那么，他就该把她那种只顾剥"爵爷""夫人"的幼稚举动忘记，而对她尊重了。

但是在冒昧泄露这种秘密以前，疑虑不定的苔丝先间接地从老板那儿探测了一下。她问老板，克莱先生对于没钱没产业的老门户是否敬重，想从老板嘴里，探听出这种消息对克莱可能发生的影响。

"克莱先生，"老板强调说，"是所有的人里面，顶好犯上作耗的怪物啦，跟他家里别的人一点儿也不一样。要是天地间有顶招他恨的东西，那就是所说的老门户了。他说，按照情理讲，老户人家，在过去的时候，早就把气力都消耗完了，现在什么都不会再剩下了。你看毕雷家、准哈家、圣昆庭家、哈代家、顾勒家，从前在这片山谷里，都有过好些英里地的产业[1]，但是他们眼下的家当，你却差不多只花一个小钱，就能把它全部都买到手。你还不知道哪，咱们这儿这个小莱蒂·蒲利，就是坡利家的后人，王室欣陶附近那些庄园，眼下归了维塞司伯爵了的，从前可都是她们家的，那时还没有人听说有维塞司伯爵那个人和伯爵那一家的哪。你猜怎么着，克莱先生查问出来这件事以后，把可怜的小莱蒂嘲笑了好些天。'啊！'他对她说，'你就是做一个挤牛奶的女工，也都永远做不好。你们家那些本领，好几辈以前，早就在巴勒斯坦[2]都使尽了，你们家总得再过一千年，才能缓过劲儿来，能做点儿事业。'前几天这儿来了一

---

[1] 好些英里地的产业，以里数表产业之大小，比较美国作家艾默生《英人特性》第十一章，"乡间私人产业之大，令人可惊，我从巴那堡骑行二十三英里的大道，都在夫利兰公爵的产业之内。布锐德奔侯爵，从家里骑马出发，一直走一百英里通到海岸，还走不尽自己的产业。"

[2] 巴勒斯坦，耶路撒冷所在，为十一、十二世纪时十字军战场。当时参加十字军的多国王、公、侯及武士等。

个小孩儿，想要找点活儿干，他说他叫马特。俺们问他姓什么，他说，他从来没听说他有姓。俺们问他为什么没有姓，他说，那大概是因为他家创家立业，还没有多少年吧。克莱先生跳起来和他握手，对他说：'你才是我真正喜欢的小孩儿啦，你将来一定有出息。'一面说，一面还给了他一个克朗。嗷，他是不赞成老门老户那一套的！"

苔丝听了老板把克莱的意见这样过分形容了以后，很觉得高兴，自己没在一阵把握不定的时候，对于自己的家世提过一个字——虽然她家那种古老非常的程度，差不多已经到了周而复始，又成了一个新家族的时候了。并且，提起门户的话来，还有另一个挤牛奶的姑娘，似乎也和她是一样的情况呢。因此她对德伯氏的墓穴以及那个和她同姓、跟随征服者来到英国的武士，绝口不谈。她对克莱的性格，有了这番了解以后，觉得克莱所以对她垂青，大半还是因为他误认她是出于一个并非世家的新门户呢。

20

风光流转，由平淡变成了绚烂。一年一度的花、叶、夜莺、画眉、交喙以及这类命若蜉蝣的有生之物，在各自的岗位上出现了。仅仅一年以前，占据这些岗位的还是另外一些东西。现在这些生物，在那时候，还都不过是尚未成形的胚胎和渺小微细的无机体。[1] 朝阳射出来的光线，把幼芽嫩蕾抽出，使它们舒展为纤梗长条；使汁液不声不响川流泉涌那样滋长；使花瓣展放，使芬香无影无踪喷雾吐气那样散发。

克里克老板牛奶厂里的男男女女，都过得舒舒服服，平平静静，甚至于还说说笑笑，闹闹嚷嚷。他们的地位，和社会上各阶层比较起来，也许得算最快活，因为往下比，他们既不用愁吃，又不用愁穿，往上比，他们也不用勉强遵守世俗而抑制天然的感情，又不用硬学陋不可耐的时尚，弄得捉襟见肘，化有余为不足。

于是绿叶阴浓，风光渐老，露天之下唯一要做的事好像就是树木的生长那种季节，就这样过去了。苔丝和克莱，不知不觉地彼此琢磨，老是身临热情的危崖，岌岌欲坠，却又分明临事而惧，悬崖勒马。他们那时正在一种不能抵抗的力量下，渐渐往一块儿相凑，那种势必合流的情况，恰和一条山谷里的两道溪水一样。

苔丝近几年来，从来没像现在这样快活过，也许这种快活，即使将来也难再遇到。现在这种新环境，对于她身心两方面，都是很融洽的。她好比一棵嫩树，原先下种的时候，把根扎到含有毒质的地层里，现在却移到深厚的土壤里了。而且还有一件：她

---

[1] 比较哈代的诗《骄傲的鸣禽》，"天色刚黎明，就有画眉嗜嗜喈喈，交喙也独自或者成双喈喈嘤嘤；日色暝，又有夜莺在丛灌中高鸣。这时候，不过四月的时光正当令。但一切时光，却像独归它们管领。这都只是一些新生之物，仅在十个月内刚刚成熟。但在一年以前，两年不足，交喙也无，画眉、夜莺也无。那时还只有胚胎的颗粒，还只有大地、大气和雨露。"

和克莱，现在还正处于喜好和恋爱之间的境界 [1]，还没生出回肠荡气的深情，也没引起瞻前顾后的思虑——因此还不至于局促不安地盘算："这番爱潮的前途如何？它对我的将来如何？对我的已往又如何？"

现在苔丝对于安玑·克莱，还完全只是一种偶一出现的现象，一个使人温暖的玫瑰色幻影，刚刚有了硬要在他的意识中停留不去的性质。他就这样容许了她盘踞在他的心头，认为自己这样聚精会神的琢磨，不过是一个冷静的哲学家对于女性中一个非常新异、鲜美、有趣的典型观察欣赏而已。

他们不断地相会，这是他们没法避免的。他们相会的时候，总是每天那奇异庄严的　刻，那朦胧的晨光，那紫罗兰色或粉红色的黎明，因为在这儿，必得早早就起来，必得很早很早就起来。单是挤牛奶，就已经得起早，何况挤牛奶以前，还得撇奶油，这是三点钟稍过一会儿，就得动手的。他们每天总是托付一个人，预备好一架闹钟，把自己先聒醒了，然后再把大家全都唤醒。苔丝既是最新来的，大家又不久就发现，她最警醒，不至于像别人那样，睡得连闹钟都听不见，所以这个差事派给她的时候最多。钟声刚刚嘶嘶地打过三下，她就离开自己的屋子，先跑到老板门外，再跑到克莱的楼梯上，高声耳语着叫克莱，然后再叫她所有的女伙伴。苔丝换好衣裳的时候，克莱也就下了楼，走到外面湿润的空气里去了。别的女工和老

---

[1] 比较哈代的《卡斯特桥市长》第二十五章，"……正介于恋爱与友谊之间那种微妙的境界——在恋爱的过程里，只有这一时期可以说没有痛苦掺杂。"

板自己，总得在枕头上再翻一回身，过了一刻钟以后，才能露面。

破晓的时候和黄昏的时候，同是半明半暗的灰色，但是它们阴暗的程度也许一样，明暗的景象却不相同。在破晓的朦胧里，好像是亮光活跃，黑暗沉静；在黄昏的朦胧里，却是黑暗活跃而步步增强，亮光相反地沉静而睡眼倦开。

因为在这座牛奶厂里，起得最早的，差不多老是他们两个（也许并不每回都是碰巧吧），所以他们自己觉得，他们就是全世界起得最早的人了。苔丝刚到这儿那些天里，不撇奶油，起来了就一直去到外面，他呢，总是已经先在外面等着了。平旷的草原上面，一片幽渺、凄迷，晓光雾气，氤氲不分，使他们深深地生出一种遗世独立的感觉，好像他们就是亚当和夏娃。在这种一天开始的朦胧阶段，克莱觉得，苔丝在性格和体貌方面，都显出庄严的威仪，几乎和国母王后一样伟大。那也许是因为他知道，在这种异乎寻常的时光里，任何别的女人，形体方面有苔丝那种天赋的，都不大会在露天之下他的眼界以内走动，全英国里都少有。漂亮的女人，在中夏的黎明，还都香梦正酣呢。在他眼前的只有苔丝，其余的一个也看不见。

这种明暗混合的特殊光景（他们就在这种光景里，一同走向母牛伏卧的地方），常常使他想起复活那时候的情景 [1]。他绝难

---

[1] 复活的情景，见《新约·约翰福音》第二十章第一节："七日的第一日清早，天还黑的时候，抹大拉的马利亚来到坟墓那里……"又见《马太福音》第二十八章第一节，《马可福音》第十六章第一节及《路加福音》第二十四章第一节。

想得到，那个抹大拉女人 [1]，就会在他身旁。那时候，苔丝的面目，成了克莱注视的中心；所有的景物，都笼罩在一片不明不暗的大气里；苔丝的面目，却在那一层雾气的上面，看着就好像笼罩了一层闪烁的磷光。她的容颜缥缈幽淡，使她显得仿佛只是一个游荡的幽灵。实在的情况是，东北方清冷的晨光，正映射到她的脸上，不过从表面上看不出来是那样就是了。他的面目，在她看来，也是那样，不过他自己也不知道。

先前已经说过，就在这种时候，她才叫他感觉得最深最切。她不是一个挤牛奶的女工了，而是一片空幻玲珑的女性精华——从全体妇女里化炼出来的一个典型仪容。他半开玩笑地叫她阿提迷，叫她狄迷特，[2] 叫她别的典雅名字。不过她都不愿意，因为她不懂得。

"叫我苔丝好啦。"她就斜着眼看着他说。他听了这话，就照直地叫她"苔丝"。

待了一会儿，天就更亮了，她的面目就只是一个女人的面目了，由赐福赐禄的神那种面目，一变而为求福求禄的人那种面目了。

---

[1] 抹大拉女人，《路加福音》第八章第一节里说，和耶稣周游各地传道的还有被恶鬼所附、被疾病所累，已经治好了的几个妇女，内中有称为抹大拉的马利亚。第七章第三十七节里说，城里有一个女人，是个罪人，站在耶稣背后，挨着他的脚哭。历来相传，都说这个有罪的无名女人，就是抹大拉的马利亚，因此圣徒传里，都把她说成是个因信仰而归正的妓女。《新约·马可福音》第十六章第九节说，抹大拉的马利亚是耶稣复活后第一个见到的人。

[2] 阿提迷，希腊神话中的猎神。狄迷特，希腊神话中的谷神。苔丝为挤奶女工，村野人而司农事，所以安玑·克莱这样叫她。哈代引用古代的神，多用希腊名字。

在这种迥异人世的时光里，他们可以走到跟水鸟很接近的地方。大胆的苍鹭，嘎嘎地高鸣，像一阵开门开窗的声音，从草场旁边它们常常栖息的树林子里飞了出来。有时候它们早就已经飞了出来，都在水里毅然站立，一点儿也不怕人，把长长的脖子平伸着，不动声色地向四周慢慢移动，像靠机关活动的傀儡一般，看着他们这一对情人，从旁边走过。

那时他们能够看出来，稀薄的夏雾，一层一层轻松平铺，显然还都没有被子那么厚，东一小堆西一小簇地在草原上面展开。一片沾满白露的草上，往往留下牛在那儿趴了一整夜的痕迹，在一片露珠缀成的大海里，这是一些深绿色的岛屿，由干爽的草做成，和牛身一般大小。每一个绿岛旁边，都伸出一道蜿蜒曲折的踪迹，都是卧在那儿的牛爬起来到别处去吃草留下来的，顺着这个踪迹走到尽头，就准能找到一头牛。牛认出来是他们，就从鼻子里呼呼地喷出一股热气，在一大片薄薄的雾气里，这一股热气成了一小团浓浓的雾气。于是他们或者先把牛赶回场院，或者就坐在那儿挤牛奶，看当时的情况而定。

有的时候，夏雾更弥漫，那一片草原就好像白茫茫的大海，里面露出的那些零落稀疏的树木，就好像危险的礁石。鸟儿都穿过雾气，飞到发光的上层，停在半空晒太阳，再不就落到界断草场那些现在亮得和玻璃棍棒一般的湿栏杆上。苔丝的眼毛上，都挂满了由雾气变成的细小钻石，头发上也挂满了像小珍珠一般的水珠。过一会儿，日光变得强烈而普遍，这些露珠就都消逝了，苔丝那种奇异缥缈的美丽，也就不见了。她的牙齿、嘴唇、眼睛，又在日光中闪烁，她又只不过是一个漂亮得使人眼花的女工了，得努力挣扎，才能和世界上别的女人对抗。

靠近这个时候，他们就听见老板的声音，责备那些不住厂的工人，因为他们来晚了，又骂老德包·范德，因为他没洗手。

"你看着老天爷的面子，快把你的手放在水龙头那儿洗洗吧，德布！俺说句老实话，要是伦敦人知道俺这儿有你这样一个工人，知道你这种肮脏样子，那他们喝牛奶、吃黄油，不更加仔细才怪哪。真是的！"

于是大家都挤起牛奶来，挤到后来，苔丝、克莱以及其余的人，就听见老板娘在厨房里把沉重的饭桌从靠墙的地方拉出来，这种声音，是每次吃饭以前经常必有的；吃完饭，桌子收拾干净了，又有同样难听的声音，表示桌子又送回了原处。

21

刚刚吃过早饭，牛奶房里忽然闹哄哄地乱起来。搅黄油的机器还是像从前一样地旋转，但是黄油却搅不出来。几时发生了这种情况，几时牛奶厂就瘫痪了。那个大圆桶里面的牛奶，老是稀里呼噜地响，但是他们所盼望的那种声音，却老听不见。[1]

克里克老板、老板娘、住在厂里的女工——苔丝、玛琳、莱蒂·蒲利、伊茨·秀特——和住在厂外小房里结了婚的女工，

[1]　搅黄油听声音，英国皇家农业协会所发的《黄油制法》里说："黄油的搅出，可以声音辨之。"

还有克莱先生、扬纳·凯勒、老德包和别的男工，都把眼瞪着，站在搅油机旁边，谁也没有办法。屋外赶马的小孩儿，也把两只眼睛瞪得月亮似的，显出他对于这件事的关切。就是那匹没精打采的老马，每逢绕着圈儿走到窗户跟前的时候，也好像带着绝望的神气，往里窥探。

"俺有好些年，没上爱敦荒原去找有道行的春得他那个儿子啦，有好些年啦！"老板带出苦恼、烦闷的样子来说，"他比他爹可差多了。俺从前不知道说过多少次了，俺不信服他，其实他给人家看尿治病[1]，也还不错。但是这回俺可没有法子了，非找他不可了，但不知他还活着没活着。真格的，要是老搅不出黄油来，俺是得找找他去！"

连克莱先生看到老板这样无计奈何的样子，都觉得凄惨起来。

"俺小时候，卡斯特桥那一面儿，有个有道行的佛勒，人家都叫他'差得远喽'[2]，他的玩意儿可不错。可是眼下也老得成了棺材瓤子了。"扬纳·凯勒说。

"俺爷爷那时候，老是去找有道行的米顿恩，他住在猫头窟[3]，俺爷爷老告诉俺，说他的道行很高，"老板说，"可是眼下

---

[1] 看尿治病，英国乡村里从前有一种土郎中，据说能检查尿看出病源而给人治病。春得也出现于哈代的短篇小说《枯臂》第五部分。

[2] "差得远喽"，这是诨名。这个人物也见于哈代的《卡斯特桥市长》第二十六章。那里说"由于他的名气，人们在他背后都叫他是'差得远喽'，但在他面前，则叫他佛勒先生"。意思是实际上并不相信他的话。

[3] 猫头窟，为蝙蝠窟的假名。蝙蝠窟在多塞特郡西部偏北，为丘陵下之一小村庄，地极僻静。从前此处传说，有一术士米顿恩，关于他故事相当多，皆属传说。该村教堂中现有其墓。

找不出那样有真本实料的人来了。"

只有老板娘，还算把心思贯注在当前的事上。

"别是咱们厂子里有人发生恋爱了吧？"她用试探的口气说，"俺年轻那阵儿常听人说，碰到有恋爱的事，就搅不出黄油来。哟，克里克，你还记得，前些年咱们这儿那个大姑娘吧，那回搅不出黄油来，就是因为——"

"啊，记得，记得。不过你说的可并不是当时的实情。那回搅不出黄油来，和发生恋爱一点儿也不相干。俺记得清清楚楚的，那回是机器坏了。"

他把脸转到克莱那边：

"先生，你不知道，从前俺们这个厂子里，有一回，用了个挤奶的男伙计，叫杰克·道落；那个婊子养的，真不是东西！他在梅勒陶跟一个大姑娘求爱，他以前曾骗过人家好些姑娘，这回又把人家骗了。可是这回他可碰到有刺儿扎手的了，不过这个有刺儿扎手的，可并不是那个姑娘自己。有一天，一年里头，偏偏正赶着过神圣礼拜四 [1]，俺也都在这儿，和这阵儿这种光景大概不差什么，仅仅那回没搅黄油就是了。俺大家伙儿正在这儿，俺看见那个姑娘的妈走到门口，手里拿着一把大伞，伞把是用铜镶的，都能打死一头牛。她一面走，一面说：'杰克·道落在这儿当伙计吗？俺要找他！你们告诉他，说俺找他，有一笔大账，要和他清算清算！'杰克的相好，就跟在她妈身后面，拿小手绢捂

---

[1] 神圣礼拜四，即升天节，纪念耶稣复活后升天。在复活节后四十天的礼拜四举行。

着脸，哭得好不凄惨。杰克从窗户眼往外看见了她，就说：'哎哟，俺的老天爷，这回可碰到点儿上啦！看她那样子，她非要了俺的命不可。这可躲到哪儿好哪？这可躲到——好啦，你们千万可别告诉她俺在哪儿！'跟着就打了机器上像小门的盖，钻到搅油机里躲起来了。那会儿那个老婆子，也正好闯进了牛奶房，她嘴里骂着：'这个混账王八蛋！他跑到哪儿去啦？他叫俺抓住了，俺不把他的脸给他抓个稀烂，俺就不是人！'她一面这儿那儿找，一面嘴里把杰克骂了个狗血喷头。杰克藏在机器里头，差一点儿没憋死。那个大姑娘——其实是个小媳妇儿了——就站在门口，你没见哪，哭得两只眼睛都要瞎了！可怜！俺无论什么时候也忘不了那回事，无论什么时候也忘不了。就是一块石头见了，也要变软和了！但是那个老婆子，可不论怎么找，也找不着杰克。"

老板说到这儿，暂时把话停住。同时听故事的人，添了一言半语，作为短评。

克里克老板说故事，老是故事没完就停住了，好像故事已经完了似的。不知道的人，多半上了他的当，只当故事真说完了，于是就不禁发出几声感叹，不过老朋友们却都知道他这种脾气。他又接着说：

"唉，俺怎么也猜不透，那老婆子怎么会那么精，会知道他躲在搅黄油的桶里头。她当时一言不发，一直走到桶旁边，拿起桶把儿来就摇（那时的机器，都是用手摇的），她这一摇不要紧，杰克在桶里，可就乱咕咚起来啦，他从桶里伸出头来说：'哎呀，俺的老天爷，你快放手，你快放俺出去！再搅一会儿，俺就成了烂酱啦！'（他本来就胆子小，像他这种人，多半都是胆子小的。）老婆子当时一听，可就说啦：'除非你答应俺，一定娶俺姑娘，俺才能放你出来。你把俺好好一个红子红瓤儿的姑娘糟蹋了，就能白白地算了吗？'杰克听了就喊着说：'你这个老妖精，还不放手！'老婆子说：'你还叫俺老妖精，你，你这个骗子！你这五个月，早就该叫俺丈母娘了，你可叫俺老妖精！好吧！'跟着机器又搅起来，杰克在桶里又把骨头碰得咯哒咯哒地响起来。俺大家伙儿，没有一个插手管闲事的。后来他到底还是答应了娶那个姑娘，说：'再撒谎就不是人养的。'这一场热闹才算完了。"

听故事的人们，都笑容满面，表示他们对这个故事的态度，他们正在那儿咂摸滋味，忽然觉得身后有人急忙走动，回头看去，只见苔丝满脸灰白，已经走到门口了。

"今儿怎么这么暖和！"她说，说的声音差不多都低得听不出来了。

那天是暖和，所以大家谁也没想到，苔丝是因为听了老板的故事，才要出去的。老板抢在前面，替她把门开开，和颜悦色地打趣她说：

"哟，俺的大姑娘（他常常叫她这个好听的名儿，却不知道，这正好像是挖苦她），俺厂子里顶漂亮的姑娘，这阵儿不过刚有一丁点儿夏天的意思就是了，你就这么乏累，那么，等到三伏天，你就更不能在这儿待了，那时俺们不更得抓瞎了吗？是不是，克莱先生？"

"我只觉得有点儿头晕——我，我想我到屋子外面去一下就好了。"她呆板板地说，说完就出去了。

侥幸得很，她刚一出去，旋转的桶里原先稀里呼噜的声音，马上就分明变成咕唧咕唧的声音了。

"黄油出来了！"老板娘大声喊。于是大家的注意力都从苔丝身上移转了。

那位心中苦痛的漂亮女孩子，外表总算是不久就恢复原状了，心里却一下午都是苦闷的。晚班的牛奶挤完了以后，她就不愿意和她的伙伴们在一块儿了，只自己出了门，一个人瞎走，究竟要往哪儿去，自己也不知道。她的伙伴，都把这段悲惨的故事，当作了一件开心的笑谈，她看到这一点，心里不由得难受，非常地难受。除了她自己，别人好像都不觉得这件事有什么可以伤感的地方似的，他们之中，绝没有人知道，这件事有多么残酷地触动了她那番经验里的痛处。西下的太阳，她现在看着，都觉得丑恶，好像是天上一大块红肿的伤口。只有一只破音粗嗓的芦雀，从河边上一片小树林子里，对她吱吱喳喳地打招呼，叫的声音，哀愁、板滞，好像是一个早已和她绝了交的旧朋友那样。

在这种白天很长的六月里，更加上牛奶旺盛，出得满桶，早晨挤奶以前的工作又早又累，所以住厂的女工和厂里的人，差不多太阳一落，或者不等到太阳落，就都睡觉去了。苔丝平素总是和她的伙伴一同上楼。但是今天晚上，去到她们共同的寝室里的，她却是头一个。别的女孩子上楼的时候，她已经迷迷糊糊地睡着了，她们进来，才把她吵醒了。她看见她们在夕阳的余光中，满身映上了橙黄的颜色，把衣裳换下。看着看着，又睡过去了。但是她们说话的声音，第二次又把她吵醒了，于是她就悄悄地转脸看着她们。

她那三个伙伴，一个都没上床。大家都正穿着睡衣，光着脚丫，挤在窗口。西方最后的红色光线，依然烘着她们的脸、她们的脖子和四围的墙壁。原来她们正在那儿聚精会神地老远看庭园里一个人，三个脸盘都凑在一块儿：一个是笑嘻嘻的圆脸盘，一个是有黑头发的灰白脸盘，一个是有赤褐色头发的淡色脸盘。

"你别推俺啦！你还不是和俺一样看得见吗？"年纪顶轻、长着赤褐色头发的姑娘莱蒂说，她嘴里说着，眼睛还是舍不得离开窗户。

"你爱他，也和俺爱他一样，一点儿用处都没有哇，莱蒂·蒲利！"那个年纪更大、面团团的玛琳调皮地说，"他爱的不是你那个小模样，他爱的是另一个人的呀！"

莱蒂仍旧没挪动地方，那两个人也都往外瞧。

"他又过来了！"脸色灰白、头发又黑又潮、嘴唇曲折分明的伊茨嚷着说。

"你什么也不必说啦，伊茨，"莱蒂说，"你吻他的影儿，都叫俺看见啦！"

"你刚才说，你看见她干什么来着？"玛琳问。

"俺是说，有一次，他正站在盛牛奶水的大盆旁边放牛奶水，伊茨就站在一个大桶旁边，在那儿装桶。他的脸映了个影子，映在他身后面的墙上，隔伊茨站的地方不远。伊茨见了，就把嘴放到墙上，去吻他映在墙上的嘴。俺当时看得清清楚楚的，不过他可没看见。"

"哎哟，你这个小伊茨！"玛琳说。

伊茨·秀特脸蛋上正中间的地方，立时起了一点玫瑰色的红晕。

"这有什么不好！"她硬装出冷静的神气来说，"俺爱他，不错。莱蒂哪，她不爱他吗？你自己哪，玛琳，你不爱他吗？"

玛琳的圆脸，本来就老是红红的，所以现在没法儿再红了。

"俺么！"她说，"瞎说！啊，他又过来了！亲爱的眼睛——亲爱的脸蛋——亲爱的克莱先生啊！"

"你看，你这不是打自招了吗？"

"你没不打自招吗？咱们大家还不是都不打自招了吗？"玛琳完全不顾别人说长道短，坦白直率，实打实地说，"咱们三个人要再你哄俺，俺骗你，那真太傻了；不过别对外人说就是了。俺恨不得明天就能嫁他！"

"俺也是啊——也许比你还急哪！"伊茨·秀特嘟囔着说。

"还有俺哪！"比较腼腆的莱蒂低声说。

那位悄悄地静听她们的人，见了这种情况，发起热来。

"咱们不能都嫁他呀！"伊茨说。

"咱们连一个能嫁他的都没有，所以更糟，"年纪顶大的玛琳说，"哟，他又过来了！"三个人都老远朝着他飞了一个无声的吻。

"为什么一个都不能嫁他哪？"莱蒂急忙问。

"因为他顶喜欢苔丝·德北呀，"玛琳把声音放低了说，"俺天天留神看他的举动，俺看出来，他顶喜欢她。"

大家都出神不言语了。

"但是苔丝对他可并无意呀。"末后莱蒂才轻轻地说。

"不错，俺有时候也觉得她对他无意。"

"可是咱们这都多么傻呀！"伊茨不耐烦地说，"咱们三个人，自然一个他都不会要；就是苔丝，他也不会要——凭他那么一个绅士的儿子，眼看就要到外国去种大片的地，经营大规模的农业了，会要咱们！要说他一年给咱们几个钱，叫咱们去给他当雇农，还在点谱儿！"

这个也叹气，那个也叹气，玛琳本来就胖乎乎的身躯，现在一叹气，更显得比谁都大。同时另外还有一个人，躺在床上，也在那儿叹气呢。那个年纪顶轻，有红头发的漂亮莱蒂——坡利氏最后的一枝骨朵儿，在当地的谱牒上占那样重要的地位——还满眼含泪哪！她们又悄悄地看了一会儿，三个人的头，还像先前一样，凑在一块儿，三个人头发的三种颜色也都混在一起。但是那位毫无所知的克莱先生，却已经进屋子里去了，她们再看不见他，暮色也越来越暗，她们只得爬上床去。过了几分钟，她们听见他上了楼梯，往他自己的屋里去了。玛琳不久就发出鼾声，伊茨却过了好久才到了一切俱忘的睡乡，莱蒂是哭着睡着了的。

但是即便那个时候，那位比她们情更深、意更厚的苔丝，还是离入睡很远。这一场谈话，是她今天得咽下去的第二丸苦药。她心里一丁点儿的妒意都没有。说到那件事，她知道自己一定能占上风。她觉得，她只要稍一用心，微一注意，就能在安玑·克莱心里，稳据坚守，战胜她那几位心地坦白的伙伴。因为她们四个里面，她的身材更美，文化更高，并且虽然玛琳、伊茨都比她岁数大些，她却得算是更有妇人的气味。但是有一个严重的问题存在，那就是，她应该不应该做这样的事呢？固然不错，说到正式婚姻，谁都没有丝毫的希望；但要是说，她们这几个人里面，不定是谁，有一个，或者已经有一个，能引起他对她一时的垂爱，能在他待在这儿的时期里，享受到他的殷勤，那倒不是没有希望的。并且这种高下悬殊的恋爱，结果成为眷属的，从前也并不是没有过。况且她听见克里克太太说过，有一天克莱对她笑着说，他将来要在殖民地上占有几千几万亩的草场，养活几千几万头的牛羊，收获满山满野的庄稼，那他娶一个时髦的阔小姐有什么用处呢？只有娶个庄稼人家的女儿做太太，对他才最近情合理。无论克莱这个话是正经，是笑话，反正她现在绝不应该去引诱克莱先生，叫他把他的殷勤从别人身上转移到自己身上，使自己在克莱寄寓塔布篱的时候，能得到他的青眼，享到他一时的温存。因为凭良心说，她就永远不应该结婚，何况她自己还立过神圣的誓言，永远不结婚呢？

22

第二天早晨，她们都打着呵欠下了楼，不过她们也照旧撇了奶油，挤了牛奶，然后都往屋里去吃早饭。一进屋子，只见老板克里克在那儿直跺脚。原来有一个主顾，给了他一封信，说他的黄油，有一股怪味儿。

"哎呀，了不得，真有怪味儿！"老板左手拿着一块木片，木片上摊着一块黄油，嘴里说，"不信你们自己来尝尝！"

有好几个人都凑到他身边。克莱先生尝了一回，苔丝尝了一回，住厂的那几个女工尝了一回，男工里面有一两个也都尝了一回，最后老板娘从摆着饭的桌子旁边跑了过来，也尝了一回。大家都觉得，黄油是有怪味儿。

老板本来在那儿出神，仔细琢磨这种味道，猜想究竟是牛吃了什么"害群"之草，才弄成这样的，琢磨了半天，忽然大声说：

"一定是蒜闹的！俺还只当是，那片草场里，一根蒜苗都没有了哪！"

他这一提，所有的老伙计们也都想起来了，有一片旱草场，往年也曾同样把黄油弄糟了，那回老板没琢磨出气味的来源，还以为是邪术作祟。在这片旱草场上，新近又放进去过几头牛。

"老这样可不成，"老板接着说，"咱们得把那块草场好好地搜一搜。"

每人拿起一把旧尖刀，一齐走到了草场。这种祸害人的东西，既是平常看不见，那它一定是小得只有在显微镜下才能看见的了，现时在这一大片丰茂的青草里，想要把它搜出来，未免有点像大海捞针一般。但是这件事非常重大，不能不做，所以人人都来帮忙。当时大家排成了一行：老板和克莱先生（他也自动来帮忙）在草场上手；其次是苔丝、玛琳、伊茨·秀特和莱蒂；再其次是毕勒·露埃、扬纳和结了婚住在各自的农舍里那几个女工——有黑色鬈发和眼珠滴溜溜转的白克·尼布和头发淡黄色、冬天在水草场里受潮得了肺病的夫朗斯。

他们眼睛瞅着地上，脚下慢慢走着，走完了一窄溜儿，再往这边过来一点儿，又走回来，照这样走法，等到他们查完了的时候，那片草场就没有一点地方，能够逃出他们的眼光的了。这原是一种顶腻烦的事，因为在那一大片草场里，找了半天，仅仅找到了几根蒜苗。但是这种东西的气味，却非常地厉害，大概只有一头牛咬了它一口，厂里一天出的牛奶就全都变味了。

这一群人，性情态度本来彼此大不相同，但是那时候，大家都弯着腰，排成稀奇的一横列，动作划一，不声不响，看着却非常整齐，非常一律。要是有一个生人，从旁边的篱路上走过，见了他们，不分皂白，说他们一概都是"何冀"，我们也不能说他不对。他们把腰弯得很低，往前慢慢地走着，风吕草柔和的黄色光线，反射到他们那背着阳光、处于阴面的面目上，使他们显出一种好像是叫月光所照、虚无缥缈的光景，其实那时候射在他们背上的，却正是午间的烈日骄阳。

安玑·克莱虽然坚持共同劳动的原则，事事都跟大家一样来做，但是不免时时把眼往上一瞥。他和苔丝挨肩排在一块儿，当然不是偶然的。

"啊，你好哇？"他嘟嘟囔囔地问。

"我很好，先生，谢谢你。"她庄重严肃地答。

他们刚刚半点钟以前，还正讨论许多个人问题来着，那么现在用这种客套，未免有点儿多余。不过当时他们并没再说别的话。他们弯着腰走了又走，她的裙边刚好碰到他的裹腿上，他的胳膊肘也有时碰到她的胳膊肘上。后来跟在旁边的老板，再也受不了啦。

"这样弯着腰，真要人的命，俺的腰都快要折啦！"他龇牙咧嘴地慢慢伸腰，一直把腰完全伸直了为止，"苔丝姑娘，前一两天你不是刚不舒服来着吗？这会儿又跟着弯着腰，低着头，待会儿又该脑袋疼了。你要是觉得发晕，就先回去吧，叫他们这些人来搜好啦。"

老板退了出来，苔丝也落在后面。克莱先生见了，也就走出队伍，东一头西一头地瞎找起来，一会儿就走到苔丝身旁了。苔丝昨天晚上听见伙伴们那些话以后，现在很紧张，所以看见他来到身旁，就先开口说：

"你看她们多么漂亮！"

"谁呀？"

"伊茨·秀特和莱蒂呀！"

苔丝原是皱眉蹙额，下了决心，一定要说她们这几个姑娘不论哪一个都能做一个农人的好主妇，她一定要推荐她们，一定要掩盖起自己可怜的姿色。

"你说她们漂亮吗？不错，她们是漂亮，看着很鲜亮，我也时常这么想。"

"唉，可惜漂亮不能耐久！"

"哦，不错，糟得很，不能耐久。"

"她们都是挤奶做酪的好手。"

"不错，是好手，不过不见得比你还好吧。"

"她们撇奶油可比我撇得高明。"

"真的吗？"

克莱老远拿眼瞧她们，她们也老远拿眼瞧克莱。

"她的脸红了。"苔丝仗义勇为地又说。

"谁的？"

"莱蒂的呀。"

"哦，为什么脸红了哪？"

"因为你老看人家呀。"

虽然苔丝满心打算牺牲自己，替她的伙伴帮忙，但是叫她更进一步，直截了当地对他说："如果你想要娶一个挤奶的姑娘，不要阔人家的女儿，那你在她们里面挑选一个好啦，千万别想娶我！"——叫她说这样的话，可办不到。所以她就跟着克里克老板走了，她看见克莱还留在那儿，心里不知是苦，也不知是甜。

从此以后，她硬着心肠，尽力躲开他。即便他们有时完全出于无意，碰到一块儿，她也不肯再像从前那样，和他待得很久。因为她要给那三个姑娘一切机会。

由那三个姑娘对她说过的话里，苔丝清楚地认识到，她们的贞操，可以说完全操在克莱手里，因为苔丝并不是不懂人事的小姑娘。同时克莱那一方面，小心在意，丝毫不做于她们将来的幸福有危害的事，所以克莱这个人，在苔丝看来，非常能够自制（至于是与不是，就不知道了），因此不免对于他生出又爱又敬的心。因为她从来就没想到，男子还会有这样的自制力，并且要是没有这种自制力，那么和他同在一个厂里那些心地单纯的女孩子之中，也许就不止一个得一辈子在经历世路的时候，悔恨悲伤了。

23

七月的热天气，不知不觉地就蹑迹潜踪，悄然来临，平谷里面的大气，好像麻药似的，困腾腾地笼罩在工人、牸牛和树木上面。热气蒸腾的大雨，一场一场地下，使牸牛放青那些草场里的青草，长得更旺，使要割草、晒草的另一些草场里的晚期工作，[1] 不得不暂时耽搁下来。

那是礼拜天早晨，牛奶已经挤完了，不住在厂里的工人都回家去了。离牛奶厂有三四英里远的是梅勒陶教堂，苔丝和她那三个伙伴，先商议好了，要一块儿到那儿去做礼拜，所以现在都正在屋里，急急忙忙地换衣裳。苔丝来到塔布篱已经两个月了，离厂子出门，这还是头一次。

头一天倾盆的大雨，把那片草原嘶嘶地浇了整个的一下午和一夜，有些干草，都让雨水冲到河里去了。但是今天一早，经过大雨的冲洗，太阳却更辉煌，空气也更温和、澄澈。

从她们自己的教区到梅勒陶去，得走一条曲里拐弯的篱路，路上有一段是从地势最低的地方上通过的，头天的大雨，把那段最低的部分，淹没了大约有五十码，都是深到脚面的水。这是那些姑娘们走到那儿，才知道的。在平常日子，这种不便本来算不了什么，她们穿的都是厚底木头套鞋和靴子，可以毫不在乎地从水里咯吱咯吱地蹚过去。但是礼拜那一天，却不比寻常，那是出风头的一天，口头上说的是去做"性灵"一方面的事，实际却是"肉"出去和"肉"调情。在这样的一天，她们穿的都是雪白的长筒袜子，轻盈

---

[1] 英国的地，因地势等不同，用途亦异。极简单言之，地势较高者，用以种粮，地势较低者（特别滨河之处）用以长草。草地又分两种，一供放青，一供晒干草，干草为冬日牛羊饲料。草有肥瘠，长得旺盛时肥而富养料，枯瘠时则否。故须乘其旺时割而晒干。故割、晒干草亦有其定时。通常六月开始割头茬，九月割二茬。这里应指头茬的晚期。十八世纪末、十九世纪初，人工种植之草引进英国后，牛羊冬季方有足够的饲料。先此则多于秋末屠宰一部分牛羊。

俏丽的鞋，雪白、粉红或者藕荷色的长衫，溅上一丁点儿泥，都能看得出来，所以遇到这片泥塘，真叫人进退两难。她们那时离教堂差不多还有一英里，可是老远已经听得见当当的钟声了。

"谁想得到，夏天河里会涨那么大的水哪？"[1] 玛琳说。那时她们四个人，已经攀到路旁土坡的顶上了，正在那儿立脚不稳地勉强站立，想从那斜坡上面慢慢地走过去，好躲开那一片泥塘。

"依俺说，咱们想要到教堂，不干脆从水里蹚过去就不行；再不就得绕弯，走卡子路[2]。要真那样，可就非去晚了不可了！"莱蒂毫无办法，站住了脚说。

"去晚了，叫满教堂里的人都回头拿眼盯，俺脸上非发红发热不可，总得祷告到'求主这个，求主那个'[3] 的时候，才能慢慢地消了热。"玛琳说。

她们都正紧挤在土坡上站着的时候，忽然听见路上拐弯的地方，泥塘哗啦哗啦地响，跟着就看见安玑·克莱蹚水顺着篱路，向她们走来。

四颗心一齐扑通地跳了一大下。

克莱那种不像过礼拜的仪表，大概和一位严守教条的牧师

---

[1] 英国天气，普通最干燥的时候是三月，最多雨的时候是十月。夏天的时候，雨量较少，冬天雨量较多。

[2] 卡子路，原文 turnpike。英国从前有些大道，路上安着带铁尖的栅栏门收路税，叫作"卡子路"。这种制度，始于一六六三年。一八二七年以后，这种门渐渐取消，这种路都变成公路了。

[3] 英国教堂，每逢礼拜日及礼拜三、礼拜五做晨祷毕后，要读或唱《总祷文》。《总祷文》里，"求主这个，求主那个"的话很多。

管教出来的儿子时常表现出来的一样；[1] 身上是工人挤奶穿的衣裳，脚上是蹚泥过水穿的长筒靴子，帽子里还衬着一块卷心菜叶，好叫头上凉爽，手里拿的是一把锄蓟草的小锄头：这就是他浑身上下的打扮。

"他不是上教堂去的。"玛琳说。

"我看也不是——我倒愿意他是！"苔丝嘟囔着说。

实在说起来，在夏季天气晴爽的日子里，克莱觉得，与其听教堂讲坛谈经讲道，不如听山川草木谈经讲道[2]，至于这种态度对不对，我们可以效法口气模棱的辩论家，加以是非两可的字眼。这天早晨，他到野外，还要考察考察，雨水把干草糟蹋得是轻还是重。他在路上，老远就看见那四个女孩子了，可是她们叫泥塘的问题难住了，顾不得别的事，所以谁都没看见他。他知道那块地方积存雨水，一定要阻挡她们前进的路。所以他就急忙赶上前来，想要帮她们一下，尤其是帮她们里面的一位。至于究竟怎么个帮法，他并不很清楚。

她们四个人，脸上红扑扑，眼睛水汪汪，夏服轻飘飘，挤在路旁的土坡上面，好像一群鸽子，并排蹲伏在屋脊上一般，看着非常迷人、非常可爱，所以他先站住了，把她们端详了一番，然后才走近前来。她们那细纱长衫的下部，把草上的青蝇和蝴蝶，扫起了无数，都圈在那种透明的麻织物里，飞不出去，好像

---

[1] 严守教条的牧师，在家里严守规律，每日按时祈祷，把他儿子都教腻了，因此往往起一种反抗。

[2] 山川草木谈经讲道，引用莎士比亚的喜剧《皆大欢喜》第二幕第一场第十五行以下，意思是由大自然中可学得道理。

关在铁丝笼里的鸟儿一样。克莱的眼光最后落到苔丝身上，因为在这四个人里面，她站在最后。她看到她们进退两难的样子，正憋着一肚子的笑，现在看见克莱在看她，不由得喜气洋洋，举目相迎。

那片泥塘还没能把克莱的长靴子淹没，他走到她们跟前，就站在水里，拿眼看那些圈在长衫下部的青蝇和蝴蝶。

"你们这是都想要往教堂去吧？"他朝着站得最前的玛琳说，同时也把站在她后面那两个女孩子包括在内，不过却把苔丝除外。

"可不是吗，先生。现在闹得这么晚，俺的脸绯红得跟什么似的——"

"我把你们抱过这一片泥塘去吧——把你们一个一个都抱过去好啦。"

四个人的脸一齐红起来，仿佛只有一颗心在四个人的身子里跳似的。

"俺恐怕你抱不动吧，先生。"玛琳说。

"你们想要过去，还有别的办法吗？你们站稳好啦。瞎说——你们都不很重！就是让我把你们四个一齐都抱起来，我都办得到。好啦，你先来吧，玛琳！"他接着说，"你把胳膊搂住了我的肩膀，这么搂着。好，搂住了！就是这样。"

玛琳照着克莱的吩咐，伏在他的膀子和肩头上，他就抱着她大踏步向前走去。从后面看来，他的身躯又细又长，和玛琳一比，好像是一枝纤长的花梗，托着一大团累累的花球。他们走过路上拐弯的地方就不见了，老远只听见安玑在水里稀里呼噜往前走的声音，只看见玛琳帽子顶上颤动的丝带。过了几分钟，克莱又出现了。土坡上的人轮班该是伊茨·秀特。

"他回来了。"伊茨嘟囔着说，说的时候，她们能听出来，她的嘴唇都叫那一阵的情感烧干了，"俺也得像刚才玛琳那样，两只手搂着他的脖子，脸对着他的脸了。"

"这算得了什么？"苔丝急忙说。

伊茨没顾得理会苔丝的话，只自己接着说："凡事均有定时。怀抱有时，不怀抱有时；[1] 这阵儿是俺怀抱的时候了。"

"呸，这是《圣经》啊，伊茨！"

"是啊，"伊茨说，"俺在教堂里，就是爱听这类甜美的经文。"

克莱走到伊茨跟前了，在他那一方面，这番殷勤的四分之三，只是普通帮忙的性质罢了。她悠悠忽忽、伏伏帖帖地靠在他的肩头上，他不慌不忙、不紧不慢地抱着她向前走去。他第二次又回来了，能看出来，莱蒂那颗心跳得差不多都使她全身震撼起来。他走到这位红头发的女孩子跟前，把她抱了起来，但是他正抱莱蒂的时候，却瞟了苔丝一眼。这就等于说："待一会儿，就你和我咱们两个了。"就是他张开嘴说出这句话来，也不能比瞟她这一眼表示得更明显。她脸上露出来心里领会了的意思，她不由得不露出来。他们两个已经心心相印了。

可怜的小莱蒂，虽然身子最轻，抱起来却顶麻烦。刚才玛琳好像一袋子面粉，一堆肥肉，沉甸甸、死板板的，克莱叫她压

---

[1] 见《旧约·传道书》第三章第一节及第五节。英国教堂，每年按日分配，须把《旧约》全读完。《传道书》第三章，按《公祷书》上的日历，是十一月五日讲读。

得简直要倒。伊茨伏在他身上，安安静静，顺情顺理。莱蒂却是一团歇斯底里。

不过他也照样把这个难以安静的姑娘抱过了泥塘，把她放在干地上，又转身回来了。苔丝能从树篱顶上老远看见她们三个人一簇儿，站在前面他把她们放下的那个高地上。现在轮到她自己了。她和克莱的眼光鼻息一接近，却不由自主地兴奋起来；刚才她看着她的伙伴们那么兴奋，她还笑她们呢，却没想到轮到自己，还更厉害，因此她就不知所措。她好像害怕克莱看出她的真情，所以到了最后一分钟，她倒和克莱推让起来了。

"我比她们都轻巧，我想我也许能顺着这个土坡走过去。我自己走好啦，克莱先生，我恐怕你一定累得慌啦！"

"没有的话，苔丝，没有的话。"他急忙说。她自己几乎还没觉出来是怎么回事，就身在他的怀中，头在他的肩上了。

"三个利亚，都为的是一个拉结呀。"[1] 他低声说。

"她们都比我好。"她还是守定了原来的宗旨，慷慨大方地回答他说。

"在我看来，却不见得。"安玑说。

她听了这话，把脸一红。他见了这样，就悄悄地走了几步，没再言语。

"你说我不太重吗？"她羞答答地问。

---

[1] 《旧约·创世记》第二十八章里说，以撒叫雅各到他外祖家里，娶他母舅拉班的女儿之一为妻。第二十九章里说，雅各到了拉班家，拉班有两个女儿，利亚和拉结。雅各爱拉结，为拉班工作了七年，愿得拉结为妻。但拉班却先妻以利亚，于是他为得到拉结，又工作了七年。

"哦，不，不重。你没试试玛琳哪，那才真是沉哪。你好像是在日光下荡漾的一片波浪，一起一落，非常地轻柔。你身上这件纱衣裳，就是浪头飞溅的浪花。"

"你要是觉得我真是那样，那可得说很漂亮了。"

"难道你不知道，我先前费的那四分之三力气，都是为了现在这四分之一吗？"

"不知道。"

"我真没想到今天会遇见这种事。"

"我也没想到……水来得太突然了。"

她外面上装作误会了他的真意，把他说的事当作了水的暴涨，但是她喘气的情况，却把她的真情泄漏。克莱站住了脚，把脸歪到她那一面。

"哦，苔绥！"他喊道。

那个姑娘的两颊，在微风中红得火热，她感情激越，神飞魂失，她不敢再看克莱的眼睛了。因此克莱想起，如果自己借此巧遇，因利乘势，未免有乖正道，所以就不做更进一步的行动了。直到如今，他们两人还没从嘴里明明白白地过过情话哪，所以现在应该适可而止。但是他走得却是慢慢腾腾的，好把那段没走完的路，能拖到多长就拖到多长。不过后来到底还是走到拐弯的地方了，再往前去，那三个人就完全看得见他们了。到了干地方，他只得把她放下。

她的伙伴，都圆睁两只含有心思的大眼看着她和他。看她们的神气，她就知道，刚才她们一定谈论她来着。他匆匆忙忙地对她们告了别，又沿着半没水中那段路走回去了。

她们四个人又像先前一样，往前走去，后来玛琳打破了沉寂，开口说：

"不行——怎么也不行，俺们争不过她！"她毫无欢颜，看着苔丝说。

"你这是什么意思呀？"苔丝问。

"俺们看他顶喜欢你，顶、顶喜欢你！俺们看他抱你的样子，就知道他顶喜欢你。你只要给他一丁点儿鼓励，不管多么小的一丁点儿鼓励，他就非吻你不可。"

"没有的事，没有的事。"她说。

刚出门那时候的嬉笑快活，不知不觉地消失了，但是她们之间，却并没有怀恨之心或者结怨之意。她们都是宽大厚道年少性直的女孩子，又生长在偏僻闭塞的陬隅之地，都非常相信凡事都是命中注定，所以谁都不嫉恨她。桃代李僵，本是理有固然。

苔丝心里别提有多难过了。她爱克莱，事实分明，自己骗自己，又有什么用处呢？也许因为她现在知道了，她那三个伙伴也都为他神魂颠倒，她爱他的心就更热烈得按捺不住了。这种感情，本是有传染性的，特别在妇女中间。但是也就是苔丝那颗如饥似渴的心，又对她那三位朋友，恻然怜悯。她那忠厚的心地本来和这种爱情斗争过，不过力量太薄弱了，所以跟着来的，还是自然的结果。

"我绝不想妨碍你，也不想妨碍你们里面无论哪一位，"当天晚上，她在寝室里对莱蒂宣明（说的时候，满脸的泪），"我这是不由自主呀，亲爱的。我觉得，他心里一点儿想要结婚的意思都没有。就是他有意，亲口问我，我也一定不应许他。本来无论谁，我都不该应许呀。"

"哦！你真不应许吗？为什么哪？"莱蒂莫名其妙地问。

"不能那样！不过我要跟你打开窗子说亮话，我固然不用提啦，就是你们，我看无论哪一位，他也不会要。"

"俺根本就没那么盼哪——连那么想都没有啊！"莱蒂呻吟着说，"可是，唉！俺不及死了吧！"

那个可怜的姑娘，真是心都裂了，但是究竟是一种什么感情把她弄成这样，她自己还不大清楚呢。那时刚好另外那两个姑娘也上楼来了，她转身对她们说：

"你们快别再多她的心啦！她也跟咱们一样，并没想他会要她呀。"

她们中间的隔膜，就这样化除了，又都亲亲热热地说起体己话来。

"俺这阵儿，不论做什么，都没心肠啦，"玛琳说，她的情绪正落到最低点，"俺本来要去嫁一个在司提津开牛奶厂来着，他求过俺两次了。可是——天啊——这阵儿再叫俺去给他当老婆，还不及寻自尽好哪！伊茨，你怎么不说话呀？"

"俺不妨对你们说实话，"伊茨嘟嘟囔囔地说，"今儿他抱着俺的时候，俺满心想，他一准会来吻俺；俺老老实实地趴在他怀里，盼了又盼，等了又等，一动也不动。可是后来，他并没吻俺。唉，俺不想再在塔布篱待着啦！俺要回老家去啦！"

寝室里面的空气，好像跟着那些姑娘们那种不会有任何结果的缠绵柔情，一致地搏动。冷酷的自然法律，硬把情感塞给她们，叫她们在那种情感残暴酷虐的压制之下，像害热病一样，辗

转反侧。这种感情，既不是她们自己想得到的，又不是她们自己
情愿有的。本来热烈的感情，早已经把她们那几颗心的内部烧焦
了，今天这番巧遇，把那种感情更煽动起来了，所以她们的苦
痛，可就几乎没法忍受了。那时她们那几个姑娘，只有热烈的感
情，只有强大的爱力，只是女性一体中的一部分，并没有什么个
人的区别了。因为谁都没有希望，所以谁也不嫉妒，谁也不斗心
眼儿。她们都明白点儿事理，谁也不抱比别人高的想法，所以谁
也没有自命不凡的妄想以自欺，谁也不否认自己的爱情，谁也不
摆空架子。她们十分明白，从她们的身份地位那方面看，她们的
痴情，绝不会有什么结果；这件事一起头，就没有意义；这件事
的前途，又当然没有希望；从社会文明那方面看，这种爱情，根
本就毫无存在的理由（从自然天性那方面看，当然是无所欠缺的
了）。但是，这种爱情，却又真正存在，叫她们狂喜到销魂的程
度。因为以上种种情况，她们就生出一种尊严的自重心，卓绝的
坚忍力。这种态度，要是她们真想要他做丈夫，要是她们自私自
利，就不会表现了。

　　她们都在自己的小床铺上，翻来覆去地老躺不稳；同时，
楼下干酪挤压机里的牛奶水，也单调地滴答不住。

　　"你还没睡吗，苔丝？"过了半点钟以后，有一个姑娘悄悄
地问。

　　那是伊茨的声音。

　　苔丝回答说："没睡。"同时莱蒂和玛琳，也都陡然把被单
撂开了，每人叹了一口气说：

　　"俺也没睡呀！"

"俺真纳闷儿，不知道人家说他家里要给他定的那位小姐长得什么样！"

"俺也纳闷儿。"伊茨说。

"他家里要给他定一位小姐？"苔丝吃了一惊，倒抽了一口气，问，"我怎么没听说呀？"

"哦，是有这样的事。人家都喊喊喳喳地说，有一位和他们门当户对的小姐，他家里给他挑定了。这位小姐的父亲是一位神学博士，住得离克莱老牧师的教区爱姆寺很近。他们都说，他个人倒不怎么喜欢那位小姐，不过他将来一定要娶她的。"

她们对于这件事，只得到这一点点消息；但是在那夜色昏沉的屋子里，这也足够给种种烦恼苦痛的想象做材料的了。她们揣测一切的详情，他怎么叫家里的人说活了心，答应了亲事；他们怎么预备婚礼，新娘怎么快活；穿的什么衣服，戴的什么面纱；家室生活怎么幸福；他旧日和她们的关系，怎么给忘得无影无踪。她们这么谈下去，心里疼着，眼里哭着，一直哭到睡魔把她们的愁恼驱逐而去的时候。

苔丝听了这个新闻以后，再也不痴心妄想，以为克莱对她的殷勤，含有什么郑重有心的意味了。他这种殷勤，只是因为她好看，乘华年而慕色，对她做的一晌温存，只是为了爱情的本身，而取得一时的欢娱就是了，没有别的。并且在这种叫人愁烦的情况里，还有一个最令人难受的荆棘之冠[1]，戴在她的头上呢。

---

[1] 荆棘之冠：《新约·马太福音》第二十七章第二十七节里说，巡抚的兵把耶稣带进衙门，给他穿上紫红袍子，用荆棘编作冠冕，戴在他头上，跪在他面前，戏弄他说，恭喜犹太人的王啊。又见于《马可福音》及《约翰福音》。

因为虽然他最喜欢她，对她真有一霎时的恋爱之情，虽然论起情感的深厚、头脑的聪敏、姿色的美丽，她自己知道她比她的伙伴都强，但是从礼法方面看，她可真不配接受他的爱，她跟那几个比她平庸、受他漠视的伙伴比起来，可差得远了。

24

芙仑谷的里面，土壤肥得出油，地气暖得发酵，又正是夏季的时光，在草木孕育繁殖的嘶嘶声音之下，汁液都喷涌得几乎听得出声音来，在这种情况里，就是最飘忽轻渺的恋爱，也都不能不变成缠绵热烈的深情。所以本来就一个有心、一个有意的人，现在更叫周围的景物濡染浸润得如痴似醉的了。

七月已经日夜相逐，在眼前过去了，接踵而来的是"热月"[1]，这仿佛是自然一方面，看到塔布篱牛奶厂里的情人那样热烈，特为和他们斗胜争强似的。这块地方上的空气，在春天和初夏的时候，本来非常清新，现在却变得停滞难动，成了困人的天气了。空中浓郁的气味，老压在他们上面。正午的时候，一片大地好像都昏沉晕去。草原上较高的山坡，都叫跟埃塞俄比亚那里一样灼热的太阳晒成黄色，不过这里水声淙淙的地方，却还有鲜明青绿的草色。那时的安玑·克莱，外面叫热气闷得透不过气

---

[1] "热月"，原文 Thermidorean Weather。法国大革命时，改变历法，更易月的名称、日数和起讫。其中有一月，叫作 Thermidor，由希腊文暑热与礼物组成，始于通行历的七月十九日，终于八月十七日。

来，心里就叫他对温柔娴静的苔丝越来越强烈的热爱，压得喘不过气来。

雨季已经过去了，高亢的地方都干燥起来。老板坐着带弹簧轮子的马车从市集上飞一般地跑回来的时候，车轮子把大道路面上碾成粉末的尘土，都刮了起来，车后面跟着老长的几道飞尘，好像是细长的火药引线，点着了一般。成群的牨牛，叫牛虻咬得都要发疯，院墙上五道横木的栅栏门，都一蹦就蹦过去了。克里克老板的衬衫袖子，从礼拜一到礼拜六，没有一刻不是卷到胳膊肘以上的。只把窗户开着，是透不进风来的，总得连门也都开着才成。庭园里的画眉和山鸟，都在覆盆子灌木底下爬动，它们的样子，与其说是长翅膀的飞鸟，不如说是长四条腿的走兽。厨房里的苍蝇，都死皮涎脸，懒得动弹，见了人也不怕，爬的地方，都是平常不去的处所，像地板、抽屉和女工们的手背。谈起话来，总离不了中暑。搅黄油，尤其是保存黄油，是没有办法的事。

工人们为了图凉快，图方便，都不把牛赶回家来，完全在草场上，就把奶挤了。一天到晚，树影按着时刻跟着太阳转，怕热的牛群，也低声下气地跟着树影绕着树干转，不管树有多么小。到了挤奶的时候，它们叫苍蝇咬得简直都站不稳。

在这些天里面，一天下午，有四五头还没挤过的牛，碰巧离开了大群，单独站在一溜树篱的角落后面，这里面就有矮胖子和老美，都是在所有的女工之中，顶喜欢苔丝的手指头的。克莱本来在那儿正拿眼盯着苔丝，已经盯了一些时候了，苔丝刚挤完一头，从小凳子上站起来，克莱就跟着问她，是不是要到树篱角落后面，去挤矮胖子和老美那几头。苔丝点了点头，就把牛奶桶挨着膝盖提着，把小凳子横着擎在手里，绕到树篱后面去了。老美的奶不久就流到桶里，哗哗的声音隔着树篱送了过来。克莱听了，心里想也绕到树篱那面才好；那时本来有一头难挤的牛，跑到那儿去了，他想过去挤它。他现在和老板一样，顶难挤的牛也会挤了。

挤奶的时候，所有的男工和一些女工，都把脑门子使劲顶着牛肚子，把眼一直看着牛奶桶。但是有几个女工——多半是年轻的——却都把头的侧面靠在牛肚子上。苔丝·德北就老是这样的挤法。她老把太阳穴紧贴在牛肚子上，把眼睛瞧着草场最远的那一头，静悄悄的好像出神想心思似的。那天她挤老美，就用的是这种姿势。那时的太阳，恰巧对着挤奶那面，一直射到她那外着粉红长衫的形态上，射到她那白色带檐的便帽上，射到她那脸蛋的侧面，把她的白脸蛋和褐色的牛身子，衬托得非常清晰，非常明显，好像花纹凸起的玉石雕刻一般。

那时克莱已经跟着她，绕过了树篱，正坐在自己挤的那头牛的身底下，拿眼瞧着她，但是她不知道这种情况。只见她的头、她的面目，都非常沉静，好像在梦中一般，虽然两眼睁着，却看不见东西。在这一幅天然的图画里，除了老美的尾巴和苔丝粉红色的双手以外，再就没有其他活动的东西了。而那双手的活动，也非常地轻柔，只是一种有节奏的搏动，仿佛是受了一种反射性的刺激而活动，像心房的跳动似的。

在他看来，她的脸太可爱了。但是那上面，却一点儿也没有虚无缥缈、离群遗世的情态，而全都是实在的生气，实在的温暖，实在的血肉。到了她那副嘴，她的可爱才算到了最高点。像她那样深不见底、顾盼欲语的眼睛，他从前看见过；像她那样红白分明、鲜艳妍丽的脸蛋，他从前或者也看见过；像她那样弯曲如弓的眉毛，几乎像她那样端正匀停的下颌和脖颈，他从前都看见过；但是他从来没看见过，天地间还有别一副嘴，能和她的相比。在那个红红的小嘴上，那上唇中部往上微微噘起的情态 [1]，就是心肠最冷的青年见了，也不由得要着迷，要发狂，要中魔。伊丽莎白时代，有一位诗人，拿"玫瑰含雪"，来比喻唇红齿白。[2] 他生平见过的女人，再没有像她那样，叫他不断地想起那个比喻来的了。在他以情人的眼光看来，简直就可以说，这口牙齿，这副嘴唇，真正完美无瑕。但是实在说起来，却又并不是真正完美无瑕，而也就是因为这种似完美却又有点儿不完美的情态，才生出一种甜蜜的滋味来，因为总得有一点儿缺陷，才是人间的味道啊。[3]

---

[1] 上唇中部往上微微噘起，比较哈代的《司号长》第一章："安（女主角）嘴唇线道精致，曲折分明，但非古典仪型。上唇的正中间，往下去，到不了它理所应到的地方，因此，她只一想到仅属可喜的念头，那就不管她有意无意，有两三颗白牙齿的一部分，要露出来，更不用说她微笑的时候了。有人说，那种情况是很迷人的。"

[2] 伊丽莎白第一，英国女王（一五五八——一六〇三）。这里所说的诗人，指堪批恩（一五六七？——一六一九）而言。他在他的《樱珠》诗第 2 节里说："红樱两颗轻接，明珠双行齐列，偶幸嫣然一笑，初放玫瑰含雪。"（《樱珠》意译。原文意为"熟樱桃"，为沿街叫卖之声。）此诗初见于一六〇六年出版之《音乐一晌遣兴集》，堪批恩明言为己作。

[3] 哈代一八九一年十月二十八日日记："要是'爱'是真实、纯洁的，那所爱就得是不完美的。分别真实的和想象的，能实行的和不可能的，能回报接吻的爱和化为烟云的幻想，就在于此。一个人认为他所爱的是戴安娜，是维纳斯，其实他爱的是他的所爱和那些女神不同的地方。"

克莱已经把这副嘴唇的曲线，不知道琢磨过多少次了，所以他一闭眼睛，这副嘴唇就很容易能在他的脑子里出现。现在这副嘴唇直出他的眼前了，颜色红红，生气勃勃，他看着就觉得身子上过了一下电流，神经里吹进一阵凉风，差一点儿没晕倒，并且由于一种不可理解的生理作用，毫不含糊地打了一个大煞风景的喷嚏。

他打了这一声喷嚏，她才觉出来，他正在那儿看她，但是，她却不想把这种情况，从姿势方面表示出来。不过那种如在梦中的稀奇沉静态度，已经消失不见了，而且仔细看来，不难看出，她脸上的娇红，一时忽然变深了，跟着又慢慢褪去，后来只剩了一点儿。

但是克莱刚才觉到的那种好像自空下降过电一般的力量，却一点儿也没消失。决心、缄默、谨慎、恐惧，都好像是打败了仗的军队一般，一齐后退。他从小凳子上猛然站起来，把牛奶桶撂在牛身子底下，也不管会不会叫牛踢翻，三步做两步，跑到他的所爱跟前，跪在她身旁，把她双手搂在怀里。

他这一搂，可真是出乎苔丝的意料，所以她连想一想都没来得及，就不由自主地叫他抱住了。原来她刚才看见来到她跟前的，不是别人，正是她的情人，就在一阵喜悦的冲动下，把双唇一张，不自觉地发出了一声极近狂欢极乐的呼喊，一下倒在他的怀里。

他本来正要去吻那副过于迷人的小红嘴唇的，但是他那易受感触的良心，却又觉得不应该这样做，所以他就克制住了自己。

"你千万可别见怪，亲爱的苔丝！"他低声说，"我本来应该先问你一声。我——简直地糊涂了，自己也不知道干的是什么，我并不是有意轻狂。我爱你是至诚的，最亲爱的苔绥，我是一片真心！"

老美这时候已经回头看他们了，觉得莫名其妙。从它记事以来，肚子底下老是一个人，现在怎么会有了两个人了呢？它把后腿抬了一抬，表示不耐烦。

"它生了气了——它不懂得咱们这是要做什么——它要把牛奶桶踢翻了！"苔丝一面想要轻轻推开克莱，一面嘴里说，眼睛瞧着牛的动作，心里深深关切的，却是自己和克莱。

她从凳子上站了起来，克莱也跟着站了起来，他的胳膊仍旧搂着她的腰。苔丝注视着远处，不觉满眼是泪。

"你为什么哭起来了哪，我的宝贝儿？"他说。

"哦——我也不知道！"她嘟囔着说。

她把自己所处的地位看得更明白、感觉得更清楚了以后，就心意慌乱起来，挣扎着想要脱身。

"苔丝，我的真情到底泄露了，"他说，同时很怪地叹了一口气，显出没有办法，这样他就不知不觉地表示出来，自己的理性已经控制不住自己的感情了，"我真心地爱你，至诚地爱你，那是不用说的了！不过我——现在不再逼你了——我看你难过起来了，——我自己也和你一样，吓了一大跳！你不会觉得我太鲁莽，一点儿也没想一想——趁着你没有防备，冒犯了你吧？"

"不——我说不上来。"

他让她脱离开他的怀抱，一两分钟以内，各人又都挤起牛奶来了。没有人看见他们两个刚才互相牵引合而为一的光景。几分钟以后，老板转到了那个枝叶隐蔽的树篱角落上来了，那时候，他们两个，显然各不相扰，一点儿也看不出来他们的关系，有什么不同于寻常的熟人那样。但是，在克里克老板上一次看见他们以后那个短短的时间里，却已经发生了一件事，给他们两个把宇宙的中心都改换了。这件事以它的性质而论，叫老板那么一个讲实际的人知道了，一定要看不起；但是这种事，却是由于一种顽固坚强、不可抵抗的力量产生出来的，并非任何所谓的实际所能仿佛于万一。一层厚幕一下揭开了：在他们两个人以后要走的道路上，出现了一番新天地——至于这番新天地为时是长是短，是久是暂，要看以后的情况而定。

第四期

兰因絮果

25

坐立不安的克莱，在天快要黑了的时候，跑到外面苍茫的暮色里去了；把他赢到手里的那个她，则已经躲到自己的屋子里。

晚上也和白天一样地闷热。太阳倒是落下去了，但是除去草地上，就没有凉快的地方。大道、庭园的路径、房屋的前脸儿、场院的垣墙，都像炉床一般烫手，并且把午时的热气，反射到夜间游人的脸上。

克莱坐在场院东边的栅栏门上，莫名其妙自己到底是怎么回事。那天真是感情把理智压下去了。

自从三个钟头以前，他忽然拥抱了苔丝以后，他们俩没再到一块儿。她好像是叫这件事吓怔了，差一点儿吓坏了；他呢，这件事情里不同寻常，未容思索，完全受环境支配那种种情况，使他心神不定起来——他本来就有忐忑不安、观前察后的脾气么。现在他还不大认得清楚他们彼此的真正关系，也不知道，从此以后，在第三者面前，应该互相采取什么态度。

克莱到这儿来学徒那一天，本来想，牛奶厂里的寄寓，只能是他那生命里的一段插曲，一定要快快就过完，早早就忘掉。他到这儿来，就仿佛跑到一个有屏风隐蔽的洞室里一样，可以从那儿冷静地看着外面吸引人的世界，跟瓦尔特·惠特曼[1]一起，向世界喊：

> 你们这群穿戴平常的男女，
>
> 叫我看着真觉得稀罕奇异！——

然后再决定采取一种新计划，重新投到那个世界里去。但是，你瞧，外面吸引人的光景，现在已经输送到这儿来了。原先趣味浓厚的世界，现在倒变成了无声无色的哑剧了；而这儿这个表面上暗淡沉闷、毫无热情的地方，现在却像火山一般，猛然喷出空前的新异景象，把他从前在别处所见所闻，都一概湮没了。

所有的窗户都是敞着的，所以全厂里就要安歇那些人发出来的每一种声音，即使极其细弱，也能隔着院子，传到克莱的耳朵里。这座牛奶厂，本来非常鄙陋，完全无足轻重，他纯粹出于不得已，才到这儿来暂时寄寓，所以他一向没重视它，没觉得它会是这片景物上有任何意义的东西，值得叫人徘徊流连。但是现在这所房子，变成怎么一种样子了呢？那些年深日久长满青苔的砖砌山墙，都轻柔地吐出"别走"的字句，窗户都微微含笑，门

---

[1] 瓦尔特·惠特曼（一八一九——一八九二），美国诗人，他最有名的诗集是《草叶集》。这儿所引是《过布露克林渡口》里的第一节第三至第四行。

户都甘言引诱，举手招呼，常春藤也都因为暗中同谋，满面现出赧颜。原来屋里住了一个人，影响深远，感染强大，竟使她的人格，都侵入了砖墙、灰壁，整个覆在头上的青天，也都含上了热烈的感觉而搏动。到底是什么人，会有这么大的力量呢？一个挤牛奶的女工。

这座幽静隐僻的牛奶厂里所过的生活，对于克莱，会变成非常重大的事情，真令人惊讶。新生之爱，固然得说负有一部分责任，但是却也不尽然。原来生命之伟大与藐小，并不在于它对外界发生影响的大小，而在于它自身对事物之经历体验，[1] 这一点，克莱和许多别人都很明白。一个易受感动的乡民，和一个冥顽不灵的皇帝相比较，还是那个乡民的生活，过得更丰富、更伟大、更变幻神奇。用这种眼光来看，他觉得，牛奶厂里的生活也和别处的生活同样有重大意义。

虽然克莱不顾世俗，有许多缺点，许多毛病，但他是个有良心的人。苔丝并不是一个无足轻重的跂行喙息、幺麽细弱之类，可以随便玩耍完了就丢开。她是一个女人，过的是人人视为至宝的生命，这个生命，不管她自己觉得是苦是甜，对于她，也像对于最伟大的人物同样戴方履圆，有其位分。对于苔丝，整个

[1] 比较《还乡》第二卷第五章："有一种面孔，让看了的人生出来的概念，不是日月逝去而年龄增长，却是阅历积累而经验增多。……只用岁月表示……洪水以前那些人的年龄，倒还于实无亏，但是一个现代人的年龄，却得用他阅历的深浅来衡量。"又《林地居民》第一章："那个小村庄……处在世界的大门以外。……然而也就是在那儿，却有时真像索夫克里斯那样伟丽、谐调的戏剧，会在人生里实地扮演起来，因为他们那儿感情都是集中的，生活都是紧密交错的。"

的世界全凭她的感觉，一切生命的存在，全靠她的存在。天地宇宙，对于苔丝，也就是在某年某月某日她出生那一天，才创造出来的。

如今他硬来纠缠的这个有知觉、有感情、有意志的生命，就是无情的造化肯给苔丝的唯一生存机会——就是她的一切，她唯一，同时又是她所有的机会。那他怎么能把她看得不及自己可贵呢？怎么能把她当作一个好玩的小小玩偶，把她抚摩戏弄，戏弄够了再把她甩开呢？怎么能不拿十二分的真心，对待他所引起的爱情（因为他知道，虽然她外面上沉静，心里头却非常热烈，非常易受感动），好叫她不至于悔恨痛苦，不至于身败名裂呢？

要是还像原来那样，天天和她见面，那么已经起了头的事，就得继续发展。他们两个的关系既是那样密切，那么见了面，就免不了要互相温存，这是血肉之躯所不能抵抗的。但是这种趋向如果发展起来，会有什么结果，他现在还不能确定，因此他决定，先把他们两个要共同从事的操作，暂时避开一下。顶到现在，所惹的祸还不算大呢。

不过这个不再和她接近的决心，却不容易实现。他的脉搏每跳动一次，都把他往苔丝那儿推动一下。

他想要离开这儿，去看看他家里的人，那样也许能探听出他们对这件事的口风来。他在这儿学徒的期限，不到五个月就要满了，过了那时候，再到别的庄田上待几个月，他的农业知识就学全了，可以开始独立经营了。一个庄稼人，不需要一个内助吗？庄稼人的内助，应该是客厅里陈设的蜡人呢，还是应该是懂得庄田活计的女人呢？这个问题的答案是沉默无言的那一种 [1]，那正中他的下怀。虽然那样，他还是决定先回家去走一趟。

有一天早晨，塔布篱牛奶厂里的男男女女，都正一块儿坐下要吃早饭，有一个女工说，那天怎么老没看见克莱先生。

"哦，不错，"老板说，"克莱先生回爱姆寺看望他爹娘去了，过几天才能回来。"

那张饭桌上，有四个情深义重的人，觉得那天早晨的太阳，一下光沉耀绝，鸟儿的歌声也一下变得响沉音弱。不过谁都没在态度和言谈方面，露出茫然木然的神情来。

"他在俺这儿学徒的期限快要满了，"老板冷冷落落地说，却不知道，这种冷落就是残酷，"所以俺想，他正打算到别处去的办法了。"

"他在这儿还能待多少日子啊？"伊茨·秀特问。她们四个满怀忧郁的人里面，只有她还敢相信，自己的嗓音不至于岔。

没敢发问那三位，也都静静地等候老板的回答，仿佛这个答案关系到她们的生死一般。莱蒂把嘴张着，眼一直盯着桌布；玛琳红红的脸上更添了一阵热；苔丝心里怦怦地跳，眼睛往外看着草场。

"俺得看看俺的日记本，才知道准日子，"老板照旧用那种令人不耐烦的冷落态度回答，"不过那个日子，也不能固定不变。他一定还要多待几天，见习见习干草院里下小牛的情况。俺可以说，他总得迟延到年底下，才走得了。"

---

[1] 英国谚语："沉默无言，就等于同意赞许。"

那么，还有四个月左右的工夫，能够和他相处一地，享受这种又叫人心疼、又叫人打心眼儿里觉得快乐的日子——这种"痛苦和欢乐互相纠缠"[1] 的日子。过了那个时候，就是无法形容的昏昏长夜了。

那天早晨他们谈论克莱的时候，克莱已经离开他们有十英里了。他正在一条狭窄的篱路上，朝着爱姆寺他父亲的公馆骑着马走去。老板娘除了叫克莱给他父母带了问候的话以外，还送了他们一些脂血肠、一瓶蜜酒，都装在一个小篮子里，累累赘赘地勉强带在马上。那条白色的篱路，在他面前展开，他一路走来，眼睛不离路，但是心里想的，却是来年的计划，不是路上的光景。他爱苔丝，是一点儿也不错的，但是他该不该娶她呢？他敢不敢娶她呢？他母亲和他哥哥们，该觉得怎么样呢？事后再过两年，他自己该觉得怎么样呢？这得看这番暂时的情感里，是含有生死不渝那样深情的种子呢，还是只因为她长得好看，而生出肉欲的爱慕，没有永久的性质做基础呢？

走了一会儿，他父亲住的那个四面环山的小市镇，那个红色石头建造的都铎王朝式 [2] 教堂高阁，以及牧师公馆附近的一丛树木，到底都清清楚楚地在他下面出现了。他就朝着那个他很熟悉

---

[1] 引自英国诗人史文朋（一八三七—一九〇九）的《爱特兰特在凯里顿》第一〇七〇行。

[2] 都铎王朝，英国王室的一个朝代，始于四八五年亨利第七，终于一六〇三年伊丽莎白女王第一。赫门·里说："毕阿寺数经大火，但它那早期英式和垂直式的教堂和有雕刻的高阁，却均未罹难。"

的栅栏门，一直往下走去。进门以前，他往教堂那面瞥了一眼，看见法衣室 [1] 门前，站着一群小女孩儿，小的有十二岁，大的有十六岁，显然是在那儿等什么人。果然待了不大的工夫，来了一个女人，岁数比那些小女学生大一点儿，头上戴着一顶宽边帽子，身上穿着一件浆得挺硬、日常所穿的细纱长衫，手里拿着两本书。

克莱和那个女人本来很熟。他说不定她看见了自己没有，他想顶好她没看见自己，因为这样，他就不用过去跟她打招呼了。她固然是一个无瑕可指的女孩子，但是他非常不愿意和她寒暄，因此他就认为，她没看见自己，而走过去了。原来这位年轻的女人，正是梅绥·翔特小姐，她父亲和克莱的父亲是老朋友，又是老街坊，只她这么 个独生女儿。克莱的父母心里暗暗盼望，将来有一天，克莱能娶这位小姐做媳妇。这位小姐，对于信心万能论 [2]，对于《圣经》讲解，都尽其能事，现在显然是正要去上查经班的了。但是克莱的心，却正飞向发尔谷里那些情深义重，生活在炎夏，热烈得像炎夏的异教徒那儿去了，想起她们那玫瑰色的双颊，只有点滴的牛粪，算是她们的俏皮膏，特别想起的，是她们里面情感最热烈的那一位。

他这次回爱姆寺，原是出于一时的冲动，事先并没写信通知他父母，本来打算在快吃早饭的时候，趁着他父母还没出门做教区上的工作，赶到家里。他到家的时候，已经稍微晚了一点儿。他家里的人，都已经坐着吃起早饭来了。一见他进来，坐在

[1] 法衣室，教堂之一部，储藏法衣帷幔等。有时也用作主日学校。

[2] 信心万能论，为宗教上一派主张，认为在福音制度下，道德法条对基督徒无拘束力，得救者唯一条件是信心。

饭桌旁边那些人，都跳起来欢迎他。这几个人里面，一个是他父亲，一个是他母亲，一个是他大哥斐利教士——他是邻郡一个市镇上的副牧师，正请了两个礼拜以内的假，回到家里；一个是他二哥克伯教士——他是一位古典学者，母校的研究员和主任，因为暑假，从剑桥回来消夏。他母亲头上戴着软胎小帽，鼻子上架着银丝眼镜。他父亲还是和往常一样，貌如其人，诚恳、热心、敬畏上帝，有点苍老消瘦，年纪大约六十五岁，灰白的脸上，因为思深虑坚，满是皱纹。抬头看去，墙上挂着安玑那个大姐姐的相片，她是他们兄弟姐妹中间年纪顶大的，比安玑大十六岁，嫁给一个传教的牧师，到非洲去了。

　　像老克莱先生这样的牧师，近二十年以来，在现代的人里面，差不多都绝迹了。他是维克利甫、胡斯、路德、加尔文 [1] 以来一脉相传的真正嫡派，福音教徒中的福音教徒，从事于劝人信教，化恶人为善人，思想、生活，都像耶稣的门徒一样单纯朴素。他在还像素丝未染的少年时期，就对于人生较为深奥的问题，一下拿定了一准的主意，从那时以后，再也不许对之更加推论引申。就是和他同时同道的人，都觉得他太极端；但是同时和他完全不是一派的人，看到他那样彻底，看到他以那样大的魄力，只顾应用原理，不管原理有没有问题，也都叫他感动了，就是本来不愿意敬爱他的，也不由得要敬爱他。他爱的是圣保

---

[1] 维克利甫（一三二〇？——三八四），英国宗教改革家。胡斯（一三七三——四一五），波希米的宗教改革家。路德（一四八三——五四六），德国宗教改革家，为宗教改革的领袖。加尔文（一五〇九——五六四），法国神学家兼宗教改革家，为宗教改革领袖之一。

罗，喜欢的是圣约翰，恨的是圣詹姆士，不过不敢恨得太厉害就是了，对于提摩太、提多和腓利门有些喜欢，也有些憎恶。[1] 据他的理解力看来，《新约全书》与其说是记载基督的史乘，不如说是颂扬圣保罗的史诗；[2] 与其说它要说服人，不如说它要麻醉人。他视为信经的那种命定主义，都差不多成了一种恶癖，在它的消极方面，简直就等于一切放弃的哲学，和叔本华与雷奥巴狄的哲学是一家眷属。[3] 他看不起教会的法典和规律[4]，却非常信仰条例，在这种情况里，自己以为自己始终一贯——这话也许有点对。有一方面却完全不错，那就是，他很诚恳。

他儿子安玑新近在发尔谷，生活于自然之中，寄身于丰盈、水灵、年华始盛的妇女队里，享受的是这里目睹心许之美，异教

[1] 圣保罗，宣传基督教最主要的圣徒，见《使徒行传》第九章、第十三章等处。他传教的时候，受过许多苦难，据说他后来在纪元后六十七年左右，在罗马殉道。圣约翰，耶稣门徒之一，宣传耶稣之道，见《使徒行传》第三章至第八章。圣詹姆士，《圣经》人物，耶稣的兄弟，作《詹姆士书》。那书里所说的，犹太教多于基督教，他的口气是同情犹太教的。这儿老克莱先生痛恨詹姆士，或者就是由于这个缘故。提摩太，《圣经》人物，和圣保罗共同传教。见《新约·提摩太前书》《提摩太后书》等处。提多，《圣经》人物，也是圣保罗的属下，委以各地传道之事。见《新约·提多书》等处。腓利门，《圣经》人物，为圣保罗之友，见《新约·腓利门书》等处。

[2] 《新约全书》共二十七卷，其中言耶稣事迹者四卷，与圣保罗有关者则有《使徒行传》以下各书，共有十四卷之多。

[3] 叔本华（一七八八——一八六〇），德国哲学家，雷奥巴狄（一七九八——一八三七），意大利诗人及学者，都是悲观主义者。

[4] 法典和规律，原文 the Canons and Rubrics，教会的法典和规律。法典为规定教义、训条，经教皇或君主之许可而由议会实行者；规律则规定礼拜怎样举行等。英国有所谓《法典书》，一六〇九年公布，规定主教管理之宗教事务。

精神 [1] 之乐。这种情况老头完全不知道，要是他能够访查出来，或者想象出来，他那种脾气，一定要持极端不表同情的态度的。过去有一次，安玑不幸由于一时的烦恼，曾在他父亲面前说，假使近代文明里宗教这一项，是从希腊发源的，而不是从巴勒斯坦发源的，那对于我们人类，结果一定要好得多。他父亲听了这个话，他那份痛心，就和一尘未染那种人一样，简直想不出来这种看法还会含有一丝一毫的真理，更不用说五成或者十成的真理了。后来他很把儿子严厉地训诫了些日子。不过他那个人，心肠慈善，无论对于什么事情，都不会长久怀恨，所以今天看见儿子回到家里，仍旧带着像婴孩脸上那样天真甜蜜的笑容欢迎他。

安玑坐下了，感到这里有家庭的意味，但是他总觉得，不能像从前那样，和聚在这儿的人，水乳一般地交融。他每次回来的时候，都觉得出来这种分歧，而自从上次回到牧师公馆以后，他觉得公馆里的生活，跟平素比起来，越发另是一番天地，和自己的全不一样。他家里那种超脱尘世的希望和梦想——仍旧不知不觉地根据了地球是万物的中心，头上最高处是天堂，脚下最深处是地狱那种观念而来——和他的比起来，那种不同的情况，简直和住在另一个星球上的人做的梦一般。因为他近来所看见的，

---

[1] 异教精神，特指古希腊人的精神而言。狄钦生在他的《希腊人之人生观》里说："他们的生命，比从来无论哪一种人都更丰富，都更华美：他们享乐的能力更犀利，感官更锐敏，感情更深沉。"又说："希腊人的理想，可以说完全不是刻苦、节欲，反倒可以说近于荒淫奢侈。……希腊人的理想，可以说把自然的机能，在平衡之心的严格控制下，尽情发挥。"哈代写这句话二十年前，安诺德发表了他的论文《希伯来主义与希腊主义》，更完备地表达此处所说的思想。

只是活泼的人生，所感觉的，只是生命热烈的搏动，没有主义、信条，加以矫揉造作，歪扭缭绕，束缚牵掣。本来这种人生和人情，连智慧也只能稍微加以调节，绝不是主义、信条所能防止堵塞的。

在他们那一方面，也觉得他大大地改变了，越来越和从前的安玑·克莱判若两人了。不过他们，特别是他那两个哥哥，所注意到的，还大半只是他的外表。他们觉得，他一举一动，越来越像个庄稼人了；两条腿乱伸乱动；心里一有喜怒哀乐，脸上的肌肉马上就表示出来；眼神里传达出来的意思，胜过嘴里说出来的话语。书生的态度，差不多都消失了；客厅里青年人所应有的举止，更看不见了。一个咬文嚼字的人见了他，一定要说他言语粗俗，一个行为拘谨的人见了他，一定要说他举动粗野。这就是他跟塔布篱那些溪仙林神、狡童牧竖同住同食、耳濡目染的结果。

吃完了早饭，他同他那两位哥哥一块儿出去散步。他那两位哥哥，受过很好的教育，非福音教徒 [1]，丝毫不苟且，是合乎标准规格的青年，都是那种有条有理的教育母机，每年一批一批造就出来无隙可蹈的模范人物。[2] 他们两个，都有点近视，大家都兴戴不带腿儿而带系儿的单光眼镜，他们也跟着戴不带腿儿

---

[1] 非福音教徒，一个文质彬彬、大学出身的年轻人，当然要认为福音派教徒不够绅士派头，信仰太过火。

[2] 比较《无名的裘德》第一卷第三章："他们栽培牧师，就像菜园里栽培萝卜一样，要五年的工夫，才能把一个松懈懒惰笨手笨脚的小伙子，造就成一个像模像样没坏毛病的讲道牧师，他们却不怕费事费工夫。"

而带系儿的单光眼镜；大家都兴戴不带腿儿的双光眼镜，他们也都跟着戴不带腿儿的双光眼镜；大家都兴戴带腿儿的双光眼镜，他们也马上都跟着戴带腿儿的双光眼镜；只知道跟着人家学时髦，从来也不考察考察自己的眼睛到底是什么毛病。大家都崇拜渥兹渥斯，他们就成天带着渥兹渥斯的袖珍本诗集；大家都鄙视雪莱，他们就把雪莱的诗集撂在书架上，让尘土厚封。大家都称赞考锐究的《神圣家庭》[1]，他们也跟着称赞考锐究的《神圣家庭》；大家都诋毁考锐究，说他不及维拉奎 [2]，他们也都兢兢业业地跟着人云亦云，没有任何个人的异议。

如果他两个哥哥那方面，觉得他越来越不合世俗，他那一方面也觉得，他两个哥哥，在心境方面，越来越狭隘。他觉得斐利一身教会派头，克伯满是学院气味。对于老大，教会议会和主教观察 [3]，就是整个世界的主动力；对于老二，他的主动力则是剑桥。他们两个坦然承认，文明社会里，有几千万无关重要的化外之人，既不在教会里，也不在大学里，这班人只可容忍，却不应该一视同仁，更不值得尊重钦敬。

他们两个都是孝顺儿子，按照时节，回家看他们的父母。论到斐利，虽然在神学的变迁嬗递中，他和他父亲比起来，他是更近现代的产物，他却不及老头那样能牺牲自己，不自私自利。

---

[1] 考锐究（一四九四——一五三四），意大利大画家，主要作品多存于巴尔玛。著名者有《神圣家庭》《耶稣戴棘冠》等。

[2] 维拉奎（一五九九——一六六〇），西班牙大画家，作品有《耶稣钉死十字架》等。

[3] 一个主教管辖区内的教会议会，讨论议决区内宗教事项。主教视察，则考察主教区内教会事务进行情况。

对于和他相反的意见，也不像他父亲那样，认为那是对于有那种意见的人自己有危害，因而不能宽容。但是遇到他认为那种意见对于他的说教是一种轻蔑的时候，他可不比他父亲那样容易宽恕别人。克伯的心胸，整个说来，比较豁达一点儿，不过脑筋虽然比哥哥灵活，却还不及哥哥有心肝。

他们都在山坡上一路走来的时候，安玑从前的感觉又重新唤起——他觉得，他那两位哥哥，比起他来，不管占了多少便宜，他们却都没见过真正的世面，没过过真正的人生。也许他们和许多别人一样，观察的机会不如表现的机会多吧。他们两个，除了他们自己所过的以及和自己一流的人所过的那种风平浪静的生活，对于任何其他活动的复杂势力，全没有充分的认识。他们不知道局部的真理和普遍的真理有什么区别，他们不知道拿自己这种牧师和学者的态度从自己的内心观察事物所得的结果，和外面的世界所想的有多不一样。

"老三，我看你现在不想别的，一心一意只想种庄稼了，是不是？"斐利谈完了别的话，戴着眼镜，瞧着远处的田地，脸上带着闷闷不快的严肃神情说，"所以，也就只好那么着了。不过我求你千万努力，不要和合于道德的理想脱节。种了庄稼，自然就不能讲究外表了，不过高尚的思想和简朴的生活 [1]，并不是不能并行不悖的呀。"

"自然可以并行不悖，"安玑说，"让我来班门弄斧，说一句你们那一行的话吧：这种并行不悖的事实，不是一千九百年以前

---

[1] 高尚的思想和简朴的生活，见渥兹渥斯的诗《伦敦》。

就有人证明过了吗？[1] 斐利，你为什么觉得我会忘记了高尚的思想和道德的理想哪？"

"这也许不过是我的幻想。我看你写信和说话的口气，仿佛觉得，你不知怎么，对于学业慢慢地越来越把握不住了。老二，你没觉得吗？"

"你听我说，斐利，"安玑冷冷淡淡地说，"你晓得，咱们是很好的兄弟，各人循各人的本分，奔各人的前程。至于说到把握学业的话，我想你这么一个欣然自足、专好武断的人，顶好不必管我，还是先考查考查你自己好啦。"

他们转身下山，要回家去吃午饭。他们家的午饭，并不按照普通的时刻，总是他父母什么时候做完教区的工作，就在什么时候吃饭。克莱牧师老夫妇俩，只顾以忘我的精神为人服务，绝不顾得考虑下午来拜访的人方便不方便。不过他们那三个儿子，关于这一点，倒同心一意，愿意他们老两口子，多少随和一点儿现代的看法[2]。

他们走得肚子饿起来，克莱现在老在户外工作，吃惯了牛奶厂里大块肉、大块面包那种丰富而"不要花钱的宴席"[3]，所以饿得更厉害。但是老也看不见他们老夫妇俩的影子，后来三个儿子几乎都等得不耐烦起来，才看见他们进门。原来这对克己济人

---

[1] 指耶稣而言。耶稣之父为一木匠，耶稣出身既低，其生活尤简朴，终日奔波，治病讲道。

[2] 现代的看法，指对拜访的人定有日期及时刻，如一星期之内，星期几某时至某时为会客时间之类。

[3] 不要花钱的宴席，原文 dapes inemptae，拉丁文，意即不值钱的美物，因为由家里的出产物做成。见罗马诗人维吉尔的《牧歌》第四卷第一三三行，也见于贺拉斯的《长短句》第二首第四十八行。

的老两口子，到区上的病人家里去了，只顾劝那几个病人多吃点儿饭，好把他们留在肉体的牢狱[1]里，把自己吃饭的事，倒忘得一干二净的了（这可未免有点儿自相矛盾）。

一家老少，都围着桌子坐下，几样简单朴素的冷食，摆在他们面前。克莱四面瞭望，找老板娘送给他们的脂血肠。他已经吩咐，叫照着牛奶厂里的办法，把它好好地烤一烤。他原想叫他父母也像自己一样，好好地领略领略那桩东西加了作料的特别味道。

"安玑，你是不是要找脂血肠？"他母亲说，"不过，你要是听我说明了我的理由，我想你就是不吃它，也没有什么吧。我和你父亲都说好了，不吃它啦。因为区上有一个人，喝酒过多，得了酒疯，不能挣钱养家，所以我刚才对你父亲说，不如把克里克太太送的脂血肠送给他的孩子吧，你父亲说很好，送给他们，他们一定很高兴，所以我们就那么办了。我想你不会反对吧？"

"当然不会。"克莱很高兴地说，跟着转身找蜜酒。

"我尝了一尝，那蜜酒的劲头真太大了，"他母亲说，"喝着很不合适，不过，遇到有灾有病的时候，用它救救急，倒和红酒、白兰地一样地有效，所以我就把它放到我的药柜里去了。"

"我们的老规矩，向来吃饭是不喝烈酒的。"他父亲说。

"那么我回去的时候，老板娘要问起我来，我对她说什么哪？"安玑说。

"当然对她说实话呀。"他父亲说。

---

[1] 基督教要求上天堂，得到灵魂的解脱，所以把肉体和现世看作牢狱。"留在肉体的牢狱"就是"活在世上"的意思。原文 keep imprisoned in the flesh，比较《新约·罗马人书》第七章第七节，we were in the flesh 等等。

"我倒想对她说，咱们非常地喜欢她的蜜酒和她的脂血肠。她那个人很和气，爱说爱笑，我一回去，她一定非马上就问我不可。"

"咱们既是没吃她的，也没喝她的，那你可不能那么说。"克莱老先生明明白白地回答说。

"哦，不能那么说；不过那种酒，喝起来倒真有个喝头儿。"

"有个什么？"斐利和克伯一齐问。

"哦，这是他们在牛奶厂里的说法。"克莱把脸一红，说。他觉得，他父母虽然缺乏感情，是不对的，但是他们的做法还是对的，所以也就没再说别的。

26

等到晚上，家庭祈祷做完了，安玑才得到机会，把一两桩最关心的心事，对他父亲说了出来。原来刚才他在地毯上，跪在他哥哥们身后，琢磨他们走路靴后跟上的小钉子那时候，心里就弯弓待发了。祈祷完了，他哥哥们和他母亲都出去了，屋里只剩了他和他父亲。

那位青年，首先和他父亲讨论的，是他将来怎样在英国或者殖民地上做大规模农业家的计划。他父亲听了，对他说，原先既是他没花钱供安玑上剑桥，所以他早就觉得，应该每年积攒储蓄一笔款，预备将来或者给他买地，或者给他租地，这么一办，他就不至于觉得父亲待儿子有厚有薄了。

"要是说到金钱财产，"他父亲接着说，"过不了几年，你一定比你两个哥哥都强得多。"

老头既是待他这么周到，他就趁着机会，把那桩更亲切关怀的事，也说了出来。他对父亲说，他现在已经二十六岁了，将来自己做起庄稼来，脑袋后面一定还得有一双眼睛，才能顾得过来所有的事务——他在地里的时候，家里一定还得有一个人，替他监督家里的工作。这么说来，他不应该结婚吗？

他父亲好像觉得，这个想法，倒也不是没有道理，于是安玑问：

"我将来既然要做一个勤俭耐劳的庄稼人，那么您想，我娶一个什么样的太太才顶合适哪？"

"一定得是一个真止的基督教徒，你出来进去的[1]，都能帮助你，安慰你，一定得是这么一个女人才成。除了这个，别的都没有多大的关系了。我想这样的女人，也并不难找，说实在的，眼面前就有。我那位诚恳热心的老朋友，老街坊翔特博士——"

"不过这个女人，是不是头一样先得会挤牛奶，善于搅黄油，更擅长做干酪哪？是不是先得会叫母鸡和火鸡孵蛋，会喂养小鸡，有什么意外的时候，能领着工人下地，平常的时候，能估量牛羊的价钱哪？"

"不错，庄稼人的女人么，不错，是应该这样。能这样也好。"老克莱先生显然以前并没想到这几点，"我刚才那句话还没说完哪，我是说，你想要找一个纯正、贞洁的女人，除了你的朋友梅绥小姐，你就找不出一个于你是真正的内助来，当然也找不

---

[1] 见《诗篇》第一二一篇第八节："你出你入，耶和华要保护你……"

出一个更对我和你母亲的心思的来。你不是从前对她有点儿意思吗？不错，我这位街坊翔特的女儿，近来是跟着我们这儿这些年轻的牧师们学了，在过节的日子，用花儿朵儿的，乱七八糟装饰圣餐礼案（我有一天，听见她管礼案叫祭坛，真不应该）。[1]她父亲和我一样，也是不赞成她这种胡闹的举动的，不过他说不要紧，可以改得过来。我也相信，这不过是女孩儿家的小毛病罢了，绝不会永远这样。"

"不错，梅绥端正虔诚，那是我知道的。不过，父亲，如果有一个女人，和翔特小姐一样地纯正，一样地贤惠，虽然赶不上那位小姐懂得圣贤经传，但是和庄稼人一样明白庄稼地里的活儿，您想我要是娶了这样一个女人，不是更合适万倍吗？"

他父亲一口咬定，认准了农夫的妻子，第一先得对于人类有圣保罗那样的看法[2]，庄稼地里的本事还在其次。易于冲动的克莱，听了他父亲这样一说，一方面要尊重他父亲的心意，一方面又要成全自己心之所爱的大事，所以就变得夸耀炫示起来。他说，现在命运或者老天，已经给他配好了一个伴侣。这个女人，凡是庄稼人的妻子应有的本领，样样俱全，并且，她的性格，也真端庄稳重。她信的教，是不是就是他父亲那种合理的低教派，他不敢说，但是，对她一讲，她大概一定能听。她是个有单纯信

---

[1] 圣餐礼案，为举行主圣餐礼时所用之案。祭坛，为圣餐礼案之另一种叫法。在英国国教中，这两个名词的用法，由于对主圣餐礼的看法不同而生异议。十七世纪时争辩最烈。十九世纪末，普通用来无甚分别，遇到对主圣餐礼见解不同时则有区别。

[2] 特指《新约》圣保罗在各书札中所表示的看法。

仰，按时按节上教堂的人，待人忠诚，感觉灵敏，头脑聪明，举动也相当文雅，和祀神的贞女 [1] 一样纯洁，并且长的模样，一百个里也挑不出一个来。

"她家的门第，是不是你愿意做亲的那一种哪？简单地说，她是不是一位小姐？"他们正谈话的时候，他母亲悄悄地走进了书房，听见这番谈论，吃了一惊，插嘴问。

"按照普通的说法，自然不能管她叫小姐，"安玑直言不惭地说，"因为，说起来我很得意，她是乡下小户人家的女儿。不过在情感和天性方面，你不能说她不是个小姐。"

"你要知道，梅绥真是大户人家的小姐啊。"

"嗬，那有什么好处，母亲？"安玑急忙说，"像我这样的人，现在要过粗粗剌剌的生活，将来也得过粗粗剌剌的生活，娶一个小姐有什么好处？"

"你要知道，梅绥可是个多才多艺的姑娘啊。多才多艺不是令人可喜可爱吗？"他母亲隔着银丝眼镜看着他说。

"这种只能装装门面的才艺，于我将来过的那种生活，有什么用处？至于论到念书，我将来自己就可以一手教她。她准是一个聪明敏捷的学生，你们是不认识她，不然，你们就知道我说的话，一点儿也不错了。她这个人，充满了诗意，她一举一动，都把诗现实化啦，我想我可以这样比方。诗人的诗，不过笔下写写就是了；她的诗就是她的生活。我还敢保，她是一个无瑕可指的基督教徒，也许你们想要宣传的那种模范，就是她这种、她这

---

[1] 祀神的贞女，古罗马祀贞女灶神的处女，这种人如失贞，则受活埋的惩罚。

类、她这样的。"

"哎哟，安玑，我看你这是说笑话吧！"

"母亲，您别见怪！不过她实在差不多每礼拜早晨都上教堂，真是一个值得称赞的女信徒嘛！我敢说，你们就是看在这种优点的分上，也一定不会再嫌她出身一方面有什么缺陷了，并且还要觉得，我要是娶另一个人，也许还赶不上她哪。"他心爱的那位苔丝，和别的女工，遵守世俗，按时做礼拜，未免有些机械。他对这种举动，本来有点儿轻视，因为她们的信仰，根本是对自然的崇拜，她们分明并没真正皈依教会宣传的上帝。他当初绝没梦想到，这种情况，如今竟会对他有这样的帮助，成了称赞苔丝一个强有力的理由，所以他说来的时候，对于这一点，越来越起劲，越说越恳切。

安玑称赞那位他们还不认识的青年女人，说她具备他说的那种资格，但是安玑自己是否可以说他也有这种资格呢？这是老克莱夫妇认为大成问题而感到烦闷的。既然儿子在这方面有问题，那么，如果娶一个在这方面没有问题的儿媳妇，也未尝不可以算是一种补偿。所以他们老两口现在开始觉得，别的且不管，至少她的见解是健全的这个事实，是一种不可忽略的好处。尤其是他们这一对的结合，一定有天意给他们暗中撮合，因为安玑的脾气，本来是绝不会以信奉正教为选择配偶的标准的。他们最后说，顶好不要急躁，还是慎重一些好，但是和她见一见面，他们并不反对。

因此安玑当时也就不再说别的细情了。他总觉得，他的父母，虽然心地单纯，能自我牺牲，但是他们都是中等阶级的人物，有那个阶级的某些偏见，总得用点儿手腕，才能把这些偏见克服。因为虽然在法律上，他有行动自主之权 [1]，并且他们将来多半要和他父母天各一方，儿媳妇的身份资格，对于他们的生活，实际上不会发生什么影响，但是为了亲子之爱起见，他不愿意在他这件终身大事的处理上，惹他父母生气伤心。

他现在把苔丝生平中的小节当作了大节，自己也觉得前后不一致。他所以爱苔丝，完全是由于苔丝自己，完全是为了她的性灵、她的心肠、她的本质，并不是因为她会搅黄油，会挤牛奶，会做他的好学生，更不是因为她按时按节去做礼拜。她那种寥廓清朗、不染尘寰的本色，自然就叫人爱慕倾倒，并不用矫揉造作的习尚俗态，来装潢粉饰，才能对他的口味。他总认为，顶到现代，家庭生活之苦与乐，完全依据感情之强弱和冲动之张弛，而教育对这些东西并没有什么影响。[2] 也许将来经过若干世代之后，道德训练和知识训练那些套办法都有所改进，因而能把人类不能自主的本能，甚至于不能自觉的本能，都显然有所提高或者大大有所提高，也未可知。但是顶到现在，据他看来，文化可以说，对于受到它的影响那班人，只在心灵的表皮上面有所触动罢了。他这种看法，有了近来和妇女接触的经验，更叫他相信是对的。因为他近来对于女性的接触，由中等阶级而开展到乡村

---

[1] 英国法律，男女二十一岁为成年，成年以后，一切事情有自主之权，取得法律上自由之地位。

[2] 感情、冲动、教育，哈代在他的论文《小说有益读法》里说："凡是用心把不同的阶级做过比较的人，都深深相信，言语、行动，依赖于人类冲动，而教育对这种冲动，可以说没有什么影响。因此在描写含有情感或戏剧性的光景——这是小说的最高境界——贵族和乡下人，站在同一水平上。"

社会了，从体察这两种社会的结果看，他认为，一个阶级里贤而智的女子，和别的阶级里贤而智的女子，真正的差别比较小；一个阶级里贤而智的女子，和同一个阶级里恶而愚的女子，真正的差别比较大。

他要离家的早晨来到了。他那两位哥哥，已经离开公馆，往北方徒步旅行去了，旅行完了，就一个回到大学里，一个回到副牧师任上去。安玑本来可以和他们一同前往，不过，他一心只想回塔布篱，好和他的所爱聚会。要是他和他哥哥们一块儿去了，他一定要觉得别扭。因为，在他们三个人里面，虽然他是最仁爱的人道家，最理想的宗教家，甚至是对于基督最有研究的学者，他却永远意识到，他和他哥哥们那种人，有些方枘圆凿，不能相容，因此就不免和他们感情疏远。他对斐利和克伯，还没敢冒昧提起苔丝来呢。

他母亲亲手给他做了三明治；他父亲骑着自己的骒马，亲自送了他一程。他自己的心事，既然差不多已经都挑明了，所以他们一面在树木荫翳的篱路上走着，他就一面一声不响，情愿听他父亲对他诉说一切：像区上办事怎样非常困难，他虽然对同行的牧师情同手足，他们对他却怎样非常冷落，因为他把《新约》解释得非常严格，他们老认为，他那样讲法，是有害无益的加尔文主义。

"有害无益！"老克莱先生说，说的时候，鄙夷之中仍含温蔼。接着他又说从前的种种经验，证明他们这种观念荒谬。他说，就是经过他的努力，有许多行不义的人，都劝化过来了，颇有惊人的成绩，其中不但有穷人，还有阔人，有小康人家的人。

他也坦白承认，有许多劝化不过来的。

在那些劝化不过来的人里面，他举出一个例子来。那是一个年轻的暴发户，姓德伯，住在纯瑞脊附近，离这儿有四十英里左右。

"从前的王陛，还有别的地方，有过一家贵族，是历史上著名的稀罕人家，现在衰败了，还有一个四马大车的可怕传说，那家也姓德伯，您说这个人是不是和那家是一家哪？"他儿子问。

"哦，不是。那家是真德伯，据我所知道的，六十年还是八十年以前，就家败人亡了，这至少我相信是这样。这一家好像是一家暴发户，冒名顶替，我希望他不是真德伯，免得辱没了从前那些戴盔披甲的武士。不过你居然会对老门户感到有兴趣，真怪啦。我还以为，你看不起老门户，比我还厉害哪。"

"您那是误会我的意思了，父亲。您往往误会我的意思，"安玑稍稍有点儿不耐烦的样子说，"在政治上，我很怀疑，是不是只凭年代久远，就能算是一回事。即便他们自己的人里面，有些明白事理的，还像哈姆莱特说的那样，'大声反对他们自己的旧业'。[1] 不过说到诗歌的情致，戏剧的意味，甚至于历史的兴趣，我却觉得，古老的人家，很能发我思古之幽情。"

这种分别，虽然绝不能算细致，在老克莱先生听来，却觉得细致非常，因此他就不再讨论这一点，接着说他自己本来要说的故事了。这个故事是：那个所谓的老德伯死后，小德伯就任意

---

[1] 原文见莎士比亚的《哈姆莱特》第二幕第二场第三六八行，原意是"大声反对他们自己命中注定的职业"或"必须继承的职业"。这里和原义稍稍不同。

放荡，拈花惹草，犯了万恶淫为首一个淫字。其实他有一个瞎眼的母亲，他应该看到她那种情况而知道警戒才是。克莱老先生，有一次到他那块地方上去传道，听说有这么个人，他就毫不客气，抓住了一个机会，把这个罪人灵魂方面的情况，讲了一大篇。他虽然是替别人传道，这件事不属他应管的范围，但他觉得，这是他的天职，非要劝导劝导不可，所以就采取《路加福音》里"你这个无知的人，今夜必要你的灵魂"[1]这句话做讲道的题目。这个青年，深恨这种单刀直入的攻击，后来碰见老克莱先生，就和他争吵起来，他对老克莱先生满头苍苍的白发，毫不尊敬，一点儿顾虑都没有，当着大众，把他侮辱了一顿。

安玑听到这里，非常难过，脸都红了。

"亲爱的父亲，"他闷闷地说，"我但愿您以后别再无缘无故，因为这些混账东西，自寻苦恼啦！"

"苦恼？"他父亲说，同时他那种不顾自己的精神，在他那苍老的脸上，放出了一种热烈的光辉，"我自己并不觉得有什么苦恼，我只替他觉得苦恼，那个糊涂可怜的青年！你想他骂了我，甚至于打了我，就会叫我觉得苦恼吗？'被人咒骂，我们就祝福；被人逼迫，我们就忍受；被人毁谤，我们就善劝。直到如今，人还是把我们看作世界上的污秽，万物中的渣滓。'[2]这几句对哥林多人说的古语格言，用到现在这种情况上，正好恰当不易。"

---

[1] 见《新约·路加福音》第十二章第二十节。
[2] 见《新约·哥林多前书》第四章第十二节。

"没动手吧，父亲？他没动手打您吧？"

"没有，他倒没有。不过我却叫发疯的醉汉打过。"

"真的吗？"

"十几次了，孩子！那有什么？我虽然挨了打，可因此把他们救出来了，叫他们免于杀害亲骨肉的罪，并且他们从那时以后，老是感谢我，老是赞美上帝。"

"这个青年也能那样就好了，"安玑热烈地说，"不过，我听您刚才的口气，恐怕没法子能把他劝化过来。"

"不过我们还是希望能把他劝化过来，"老克莱先生说，"我和他也许这一辈子再也见不着了，可是我现在还是替他祷告。将来也许有那么一天，我对他说的话，会像种子一般，在他心里发出芽来，开花结果，也说不定。"

现在的克莱先生，和他经常一样，像小孩子一般，认为什么事都有希望。他的儿子，虽然不信服他那种褊狭的教条，却不能不敬仰他那种力行的精神，不能不承认他外面是一个过度虔诚的牧师，内心却是一个勇往直前的英雄。也许现在他对父亲的敬仰，比从前还要厉害，因为他和他父亲谈娶苔绥那个问题的时候，他父亲压根儿就没想到，他还得问一下，她还是丰衣足食，还是一文不名。也正由于这种不通世务的精神，才叫安玑非务农为业不可。他那两位哥哥，大概也要因为这一点，得在他们年富力强的时候，当定了穷牧师。然而安玑还是一样地敬仰他父亲这一点。实在说起来，安玑虽然满脑子的异端思想，他自己却时常觉得，在人性方面，他和他父亲最相近，他那两位哥哥都不如他。

27

　　克莱骑在马上，一路上山下坡，在日光耀眼的中午，走了二十多英里，下午的时候，才走到塔布篱西一二英里一个孤起的小山冈，从那儿又看见了前面的芙仑谷，温润芊绵，一片青葱。他刚一离开爽垲的高地，刚一走到下面河水冲积的平坦沃壤，原先轻淡的空气，立时就变得浓重。夏天的果实、雾气、干草、野花，一齐把芬芳喷放，浓郁强烈，弥漫在平谷里面，把当时的鸟兽、牲畜、蜜蜂、蝴蝶，都熏得昏昏沉沉，想要睡去。克莱对于这片景物，现在已经非常熟悉了，所以点缀在草场上那群牛，虽然离他很远，他都能一个一个地叫出它们的名字来。他如今在这儿能够从人生内部观察人生了，从前学生时代，这都是他极为生疏的东西。他现在有的这种力量，使他觉得，他就是沉浸于浓郁之中，含其英而咀其华。他虽然很爱他的父母，但是在家里住了一时，再回到这儿来，却不由要觉得，好像脱去羁绊束缚一般。这块地方，连英国乡村社会里那种对人情的平常拘束 [1] 都没有，因为塔布篱并没有住在本地的乡绅地主。

　　牛奶厂外，一个人影都看不见。厂里所有的人，都按着规矩，睡午觉去了，因为夏天早晨起得那么早，午后非睡一个钟头

---

[1] 乡村社会的拘束，指乡下地主对佃农等的干涉管教而言。《哈代后传》里载有哈代的一封信，里面说："一人居于城镇，不会因为女儿生了不合法的孩子，或太太喝上了酒，而被迫往他处另找住处。但在乡间，现在，或者说，最近，却往往因此而得它去（我这并非拥护，也非攻击这种情况，只叙此事之真相。地主干涉佃户，有时有理，有时无理）。"

左右的觉不成。门口插了一棵剥皮、带权儿的死橡树，上面挂了些刷洗打磨过无数次而让水泡透、颜色发白的木箍牛奶桶，好像帽子挂在衣帽架上一般，全都收拾得干干净净，预备挤晚班牛奶用。安玑进了门里，走过静悄悄的过道，到了后面，在那儿听了一会儿。车房里面，睡着几个工人，连续不断发出呼呼打鼾的声音。再远一点儿的地方，有热得难受的猪，在那儿喂喂唧唧地叫。大叶子的大黄和卷心菜，也都睡着了，它们那些宽阔发蔫的叶片，在日光下低垂，好像半开半闭的伞。

他把笼头嚼子解下来，给马上好了草料，又回到屋里。那时候，钟声正敲三下。三点钟是下午撇奶油的时候，所以钟声一敲，就听见楼上的地板咯吱咯吱地响，跟着又听见楼梯上有人下楼的脚步声。下来的不是别人，正是苔丝，不到一分钟的工夫，她就到了他面前了。

他走进来，她并没听见，他会在楼下，她更难想到。她正打呵欠，因此，她那副嘴的内部，全都让他看见了，红赤赤的，好像蟒蛇的嘴一般。她把一只胳膊高高地伸在云鬓上面，因此胳膊没叫太阳晒黑那一部分，也叫他看见了，柔嫩光滑，好像缎子。她的脸睡得红红的，眼皮也惺忪地覆在瞳仁上面。她的本性，往四面流溢，向身外喷放。就在这种时候，一个女人的灵魂，才更具有色声香味，空灵的美才显出肉的意味，性的表现才流露在表面。

这时候，她脸上别的部分，还没完全醒过来，可是她的眼睛接着就从蒙眬惺忪中，闪闪放出光明。她带出不同寻常的复合情态，又有点儿含羞，又有点儿含喜，又有点儿含惊，喊着说：

"哦，克莱先生！你真吓了我一跳——我——"

克莱已经对她表明过心迹了，两个人现在的关系已经和从前不一样了，不过他刚一见克莱的时候，没顾得理会到这一层。等到看见克莱满脸含情，走到楼梯跟前，她才想起现在的新关系来，一时把她所感，都在脸上表现出来。

"至亲至爱的苔绥呀！"他低声说，一面用手搂着她的腰，把脸靠着她颊泛红潮的脸，"千万千万别再称呼我'先生'啦！我急急忙忙，老早就跑回来了，都是为的你呀！"

苔丝那颗容易激动的心，紧靠在克莱的心上，怦怦地直跳，表示反响。于是他们两个，就站在穿堂里的红砖地上，克莱把苔丝紧紧地搂在怀里，日光从窗户斜着射了进来，射到克莱的脊背上，同时射到苔丝低垂的脸上，射到她那太阳穴的青筋上，射到她那露着的胳膊和脖子上，又深深射进她那又多又厚的头发里。她原是穿着衣服睡的，所以全身发暖，像在太阳地里晒过的猫一样。起初她不肯向他直视，但是待了一会儿，她就抬起头来，一直瞅着克莱，瞅的样子，大概就是夏娃第二次醒来瞅亚当[1]的时候所应有的。克莱也一直瞧着她的瞳仁，尽量领略，只见瞳仁深邃变幻，不可测度，射出千丝万缕或蓝或黑或灰或紫的色彩。

"我得撇奶油去了，"她表白、分辩说，"今儿只有老德布一

---

[1] 夏娃第二次醒来瞅亚当，耶和华初次创造夏娃，给以生命，为她第一次醒来。见《旧约·创世记》第二章第二十一至第二十五节。后来他们吃了知识之树的果子，眼睛明亮了，知道自己赤身露体，是第二次醒来。见《创世记》第三章第七节。二次醒来，才有羞耻之感。

个人帮我的忙，因为克里克太太和克里克先生一块儿赶集去了，莱蒂不大舒服，别人也都东的东，西的西，总得到挤奶的时候，才能回来。"

他们往后面牛奶房里去的时候，老德布在楼梯上出现。

克莱仰起脸来说："德布，我已经回来啦。我可以帮着苔丝撇奶油。我知道你很累，你歇歇去吧，等到挤奶的时候，再下来好啦。"

也许塔布篱的奶油，那天下午并没撇得十分干净。苔丝像在梦中一般，天天熟悉的东西，看来却只有一片明暗，只占一个地位，却没有特别的形体，清楚的轮廓。她每次把撇油杓拿到水管子下面，用水把它浸凉了的时候，她的手都发颤，因为他的浓情如此炽热，所以苔丝在他面前，萎蔫抽缩，就和植物在灼热的骄阳底下一样。

于是他又把她紧紧搂在身旁，她用食指把铅盆沿边的浮油抹去，他就用天然的方法[1]，把她的食指弄净。因为塔布篱里那种毫无拘束的生活方式，现在倒正合适。

"既是早早晚晚非跟你提不可，最亲爱的，那么，不如现在就跟你提了吧。"他很温柔地说，"我想跟你商量一个非常实际的问题。自从上礼拜在草场里那一次以后，我就开始盘算这个问题了，一直盘算到现在。我不久就打算成家了。你想，我既然是一个庄稼人，那么，我的太太当然也得懂怎么管理农田才成。你愿意去做那个角色吗，苔绥？"

---

[1] 天然的方法，这是说，克莱用嘴把苔丝手上的浮油吸吮干净。

他说这段话的时候，极力沉住了气，免得她以为，他那是全凭一时的冲动，为他的理智所不赞同的。

苔丝脸上立时显出一片忧伤焦虑。日日和他接近，必然的结果是，她非爱他不可，这一点是她早就认为无话可说的。但是由此紧随而来的结果——婚姻问题，会这样突然，她却没想到。这个问题，实在说起来，克莱自己本来也没打算这么早就向她提出。她既然要正大光明，所以，就把原先起誓赌咒的话，嘟囔着说了出来，虽然说的时候，心里的痛苦，就和肉体与灵魂同归于瓦解冰消一样。

"哦，克莱先生——我不能做你的太太——我不能！"

苔丝自己表示这种决心的声音，仿佛把她的心肝都摧裂了，她苦痛得连头都抬不起来了。

"不过，苔丝！"克莱听了这番话，觉得非常地奇怪，就把她抱得比先前更紧，问，"你这是说'不'吗？难道你不爱我吗？"

"爱，爱！我愿意做你的人，不愿做世界上任何别人的人，"那个痛苦的女孩子，用甜美诚实的声音回答他说，"可是我不能嫁你！"

"苔丝，"他伸着胳膊把住了她说，"那么你这是已经跟别人订过婚了？"

"没有，没有！"

"那么你为什么不答应我哪？"

"我不想结婚！我一点儿结婚的意思都没有！我不能结婚！我只愿意爱你！"

"为什么哪？"

逼得无言可答，只能故作遁词以图解脱的时候，她结结巴巴地说：

"你父亲是做牧师的，你母亲也不会愿意你娶我这样一个儿媳妇啊。她一定要你娶一位小姐。"

"没有的话，我已经对他们两位老人家都说过了。我这次回家，一半就是为的办这件事的啊。"

"我觉得我不能嫁人——永远，永远也不能！"她回答说。

"你是不是觉得这个问题来得太突兀了哪，我的玉人儿？"

"不错，我一点儿也没想到。"

"请你把这篇揭过去吧，苔绥。我给你工夫，让你从从容容地考虑考虑好啦，"他说，"本来一回来，马上就对你提这件事是太突兀了。我一时不再提这个碴儿好啦。"

她又拿起发亮的撇油勺，把它举到管子下，重新工作起来。但是她试了又试，却再也不能像别的时候那样，有做这件事那种必须有的巧妙本领，能恰好撇到奶油的底层上了，她不是撇到牛奶里面，就是撇到空气里面。她那件伤心事，她是永远不能对她这个最好的朋友、最亲爱的辩护人解释的，所以她就悲不自胜，每只眼睛里含着一颗大眼泪，把眼光弄得模糊迷离，几乎什么东西都看不见了。

"我撇不了啦，撇不了啦。"她背过脸去说。

细心体贴的克莱，恐怕她的心绪更加紊乱，她的工作更难进行，于是就和她谈起一些泛泛的闲话来。

"你把我的父母都看错了。他们都是顶朴实的人，一点儿野心都没有。福音派教徒没有剩下多少了，他们就是其中的两位。

苔绥，你也是一个福音派教徒吗？"

"我不知道我是不是。"

"我看你按时按节上教堂，我又听说，咱们这儿这位牧师，并不是高教派。"

苔丝虽然个个礼拜都上教堂去听道，但是那位牧师究竟是哪一派，她却非常地模糊，比一次都没听见过他的克莱还要模糊。

"我但愿听道的时候，能专心细听，可是我又老专不下心去，"她泛泛地说，免得露出别的破绽来，"所以我对这一点，时常觉得很难过。"

她说这些话的时候，非常坦率自然，因此克莱想道，他父亲绝不会因为宗教方面的关系不赞成她，纵然是她闹不清楚自己到底是高教派，是低教派，还是广教派 [1]，也没有什么关系。他晓得，她这种混乱的信仰，显然是孩提时代的熏陶，实在可以说，用好看的词句表达，是崇教济时主义 [2]，以根本的精神而论，是泛神主义 [3]。不过混乱也罢，不混乱也罢，他是绝不想把它矫正，把它修改的。

---

[1] 广教派，普通用来表示英国国教里一派人的主张，他们认为，宗教的主义和仪式，应该宽广，教会应该兼收并容，可以容纳关于教条仪式等稍稍不同的意见。

[2] 崇教济时主义，音译为揣克特轮主义，英国一种宗教运动，也叫牛津运动，始于一八三三年。其中主要人物为奇布勒、纽门、蒲随等。后以遭时人反对，渐渐消灭。

[3] 泛神主义，宣称神即自然界，神存在于自然界一切事物之中，没有超自然的主宰。

你妹妹祈祷，她的天堂，出自幼小的心苗，

她独有所见，且乐之陶陶，你这都休骚扰；

她只过得日复一日，竟夕终朝，声谐律调，

这也不要用含混不清的隐语去搅闹。[1]

　　他从前有时觉得，这段座右铭，音节很美，道理却不见得很可靠，现在他却诚心乐意遵从它了。

　　于是他又对苔丝说他回家的种种琐事，说他父亲的生活状况，说他父亲对于主义的热心。那时候，她慢慢安静下来了，撇起奶油来也不像刚才那么起落没准儿了。她撇完了一铅盆又是一盆，他也跟着她把盆上的塞拔下来，好让牛奶流出去。

　　"我仿佛觉得，你刚进门的时候，脸上有点儿不大高兴似的。"她一心要使谈话不牵连到自己，所以冒昧地问。

　　"有一点儿——因为我父亲把他的困难烦恼，对我讲了一大套，我听了，心里老不受用。他老人家对于主义太热心了，碰到跟他的思想不同的人，老碰钉子，老受打击。他已经那么大的年纪了，我不愿意他受这种侮辱，尤其是一个人，热心到他那种程度，我想倒不见得有什么用处。他告诉了我新近出的一档子事，让我听着，很不痛快。有一次，他当一个传道团体的代表，到纯瑞脊附近去传道，那地方离这儿有四十英里。他在那儿，遇到一个放荡轻狂玩世傲俗的青年，他就负起责任来，一心要劝他学好。那个青年是那儿一个地主的儿子，他母亲是个瞎子。我父亲

----

[1] 引自丁尼孙的诗《纪念阿塞·哈勒姆》第三十三章第二节。

单刀直入地劝导他，因此惹了一场纠纷。我父亲太傻了，这样的人，明明劝不过来，偏要去劝，这岂不是自找麻烦吗？不过无论什么事，只要他觉得应当做，他就非做不可，不管是时候不是时候，这么一来，他自然要得罪许多人了。所以不但道德败坏的人都恨他，行为随便的人也都恨他，因为谁都不愿意叫别人来管自己呀。他倒说，他受辱就是光荣，他的劝导，就是没有直接的结果，也总有间接的影响。不过我还是不愿意他那样自找苦吃，他已经那么大的年纪了，很可以不必找这些麻烦。那些猪狗一般的家伙，愿意在烂泥里滚，[1] 就让他们滚去好啦。"

苔丝娇艳的面目，显出死硬失灵、憔悴失润的神色，丰润的嘴唇，也露出悲伤凄楚的情态，但是没有颤抖错乱的表现。克莱如今又想起他父亲的事来了，没工夫仔细理会苔丝的态度。于是他们两个，依次把那一溜长方形盆子里的奶油都撇完了，把牛奶都放出去了。别的女工们也都回来了，把牛奶桶提起。老德布也出来了，用滚水把铅盆涮干净了，预备再盛牛奶。苔丝要到草场上去挤牛奶的时候，克莱温柔地问她：

"我问你的那个问题，怎么样啊，苔绥？"

"哦，不要提啦，不要提啦！"她斩钉截铁表示毫无希望地回答他说，因为她刚才听见了德伯的故事，就又想起"乱我心曲"的旧事来了，"办不到！"

她出了门，往牧场上走去，好像一跃就和别的女工们到了

---

[1] 《新约·彼得后书》第二章第二十二节："狗所吐的，它转过来又吃；猪洗净了，又回到泥里去滚。"

一块儿了，仿佛想要让户外的空气，给她解去自己在天性方面所受的束缚似的。女工们都往远处牧场牛群吃草的地方一齐走去，走起来的时候，大大方方，无拘无束，好像一群野兽那样勇猛威武——完全是在无边无涯的大自然里生活惯了的妇女们那种放任随便的动作——她们在大气里逍遥自在，和游泳的人在水里随波逐浪一般。如今克莱又见了苔丝的面，他就觉得，撇开矫揉造作的人间，从无拘无束的大自然中选择配偶，正是当然的事。

28

苔丝的拒绝，虽然出乎意料，却并没把克莱吓得永远绝望。他在妇女场中，也有一些经验，所以他很知道，她们说的"不"字，往往只是要说"是"字的先声。但是他的经验也有限，所以他不知道，现在这个"不"字，却是一个例外，和那些弄乖卖俏、忸怩作态的"不"字，完全不同。他只想，苔丝已经允许他向她求爱了，这就是一种格外的保证；他并不深知，在乡村的田地里和牧场上，"叹息嗟呀只枉然"，[1] 绝不算白费心力。因为在这种地方上，女人多半不大仔细考虑，就接受男子的爱，并且为的是恋爱本身的甜蜜滋味，不像有野心的人家那样忧虑焦灼，因为那种人家的女孩子，一心只想找个丈夫，成家立业，所以把热情本身

---

[1] "叹息嗟呀只枉然"，原文 to sigh gratis，见《哈姆莱特》第二幕第三场第三三五行。

当作目的这种有益身心的想法，可就瘫痪无力而不能活动了。

"苔丝，你怎么说'不'字说得那么坚决呀？"克莱过了几天问苔丝。

她吃了一惊。

"你别再问我啦。我不是已经把原因告诉你了吗？——不是把一部分原因，告诉你了吗？我配不上你，我没有做你的太太那种资格。"

"怎么配不上？因为你不是一位千金小姐吗？"

"不错——仿佛是那样，"她嘟囔着说，"我恐怕，你家里的人，一定要看不起我。"

"你这个话实在是把他们都看错了，把我父亲和我母亲都看错了。至于我哥哥们，我本来就不在乎他们——"他把双手紧紧扣住她的腰，不叫她逃去，"你听我说，亲爱的，那不是你的真意思吧？我敢说一定不是！我让你弄得坐不安，立不稳，书也看不下去，玩儿也没心肠啦，什么也做不了啦。我并不急，苔丝，不过我想知道——想从你那温柔和暖的嘴唇里问出来，你将来一定有做我的人那一天吧——至于究竟是什么时候，可以随你的便，不过总有那一天吧？"

她听了这话，只把脑袋摇晃，把眼睛瞧着别的地方。

克莱仔细端详她，观察她脸上的神情，仿佛她脸上刻着古代的象形文字似的。她的拒绝好像是真的。

"那么我不该这样搂着你了，是不是？我对你没有权利了，我没有权利来找你，来跟你一块儿游逛了！你说实话，苔丝，你是不是爱上别人了？"

"你怎么能说出这种话来？"她继续努力自制，说。

"我差不多也知道没有那样的事。但是你为什么可又给我钉子碰哪？"

"我并没给你钉子碰啊，我很喜欢让你——对我说你爱我呀。你跟我在一块儿的时候，你老可以对我说那样的话——那绝不会得罪了我。"

"但是你可不愿意我做你的丈夫啊？"

"啊，那可是另一回事了——我都是为你打算，替你着想啊，最亲爱的！哦，你信我的话好啦，这完全都是为的你呀！我要是答应了你，做了你的人，在我自然是十二分地快乐的了，可是我不愿意享受这种快乐——因为——因为，我自己十二分地明白，我不应该做这样的事。"

"不过你要知道，你答应了我，就能叫我快活呀！"

"啊——你以为是那样，其实你不明白！"

每次遇到这种关节，他老认为，她是觉得自己在交际礼貌方面，本领不够，不配做一个上等人的太太，所以才这样谦虚，表示拒绝，因此他老说，她的脑筋非常灵敏，知识非常丰富——其实这话本来也不假，因为她天生就敏捷，加上她对他那么景仰，那么爱慕，所以他使用的字眼，说话的音调，都让她学会了，他所有的知识，也都让她零零碎碎地取得了不少，她这些方面的成绩，实在惊人。两个人每次这样温柔地争论，她得到了胜利以后，要是在挤奶的时候，她总要一个人跑到顶远的一头牸牛身下，要是在闲散的时候，她总要跑到苇塘里，或者自己的屋子里，偷偷地自怨自叹，自伤自悲。其实不到一分钟以前，她还硬装冷淡，表示拒绝来着。

她心里的挣扎，非常地可怕。她自己那颗心，老是向着克莱那颗心——那是两颗热烈的心，和一丁点儿可怜的良心对抗——所以她用尽了力所能及的办法，来维护自己的决心。她本来是拿定了主意，才到塔布篱这儿来的。无论怎么样，她绝不肯贸然嫁人，免得叫丈夫娶了她以后，又后悔自己瞎了眼。她总认为，她当日头脑清楚的时候，凭良心拿定了的主意，不能在现在这种情况下置之一旁。

"为什么没有人把我从前的事儿，全告诉他哪？"她说，"那个地方离这儿不过四十英里罢了——那种消息，怎么就会没传到这儿来哪？一定有人知道！"

但是又好像没有人知道，因为没有人对他说过嘛。

又过了两三天，谁都没再提这件事。她同屋的伙伴，脸上都是忧郁愁闷的样子，因此她猜想，她们心里，不但把她看作是他喜欢的人，并且还把她看作是他选中了的人哪。但是难道她们看不出来，她并没往他那儿强凑么？

苔丝现在的生命之线，分分明明是两股扭成的，一股是绝对的快乐，一股是绝对的苦痛，这是她向来没经验过的。第二次做干酪的时候，又剩下他们俩在一块儿了。本来老板也帮忙来着，但是他和他太太，好像近来都看出来，他们俩一个有心，一个有意。其实他们两个的恋爱，进行得非常小心谨慎，外人不过稍微有一丁点猜疑就是了。但是那天，不管怎么，老板却躲开了他们。

他们正在那儿把奶皮掰碎，好往桶里装。这种动作，和把大宗的面包掰碎差不多。苔丝那两只手，让洁白的奶皮衬托得好像淡红的玫瑰。安玑正一把一把地把奶皮往桶里装，装着装着，忽然停住了，把两只手平铺在苔丝手上。她的袖子，高高卷在胳膊肘以上，他把头再往下低去，在她那柔润的膀子内侧那条静脉上吻了一下。

九月初的天气，虽然还闷热，但是她那只胳膊，却因为在奶皮里泡了许久，吻着又凉又湿，仿佛新采的蘑菇一般，尝着还有点儿奶水的味道。不过她那个人，感觉非常锐敏，她的胳膊叫他的嘴一接触，脉搏就立刻加快速度，热血就立刻冲到指尖，原先凉阴阴的胳膊，立刻变得又红又热。于是仿佛她的心在那儿说了话：“现在还用得着再忸忸怩怩的吗？真是真，假是假，男人和男人之间是那样，男人和女人之间也是那样啊。”因此她把眼睛抬起来，把忠诚热烈的眼光射入了他的眼睛，把上唇也微微撮起，露出妩媚的浅笑。

“苔丝，你知道我为什么那样吗？”他说。

“因为你很爱我呀！”

“不错，因为很爱你，同时也是预备要再求你。”

“别再提啦！”

她露出忽然害起怕来的神气，怕的是自己的抵抗，在强烈的愿望下，不能坚持下去。

“哦，苔绥！”他说，“我真不明白，你怎么这样拿逗弄人当作玩儿。为什么你让我这样失望？你几乎像一个卖弄风骚的女人了。我说实话，我觉得，你真是那样的人——真像一个都市里头等卖弄风骚的女人。她们也像你一样，冷一阵热一阵，叫人摸不着头脑。真没想到，在塔布篱这种偏僻地方，会碰到这种情况……"说到这儿，他看这番话真把她刺疼了，就又急忙改嘴说，"但是，最亲爱的，我知道你是一个顶诚实、顶纯洁的人。我怎么能把你看成一个风骚女人哪？苔丝，如果你心里真像你外面上那样爱我，那为什么，一提到你给我做太太，你就不愿意哪？"

"我从来没说过我不愿意呀！我无论怎么也说不出不愿意的话来呀！因为——实在并没不愿意么！"

当时的克制，到了使她不能再忍的程度了，因此她的嘴唇颤动起来，只得急忙躲开。克莱觉得很难受，很不明白，所以紧跟在她身后，在穿堂里把她捉住了。

"你得说，你得说，"他一阵的热烈，也忘了他两只手上满是奶皮了，把她搂住了，对她说，"你一定得说，你只能归我，不能归别人！"

"我愿意，很愿意说，"她喊着说，"要是你现在撒开手，放了我，我还要详详细细地跟你说一说，把我的经历——我的一切——全都说出来哪。"

"你的经历，亲爱的，是喽，当然喽，不管有多少，都说一说好啦。"他瞧着她的脸，用由爱而生的戏谑之言表示允诺，"我的苔丝，我想你的经历，一定和园边树篱上今儿早晨头一次开花的野蔓草花所有的经历，差不多一样的多吧。无论什么都不妨对我说，可就是不许你再说你配不上我那种惹人讨厌的话。"

"我要想法子——不再说那种话。等到明天，我再对你说明始末缘由吧——不，等到下礼拜吧！"

"礼拜天好吗？"

"好吧，就是礼拜天吧。"

她到底走开了，一直往后，走到院子尽头那丛削去树梢的柳树中间，才止住了脚步，在那儿，她可以藏得严严密密，不让别人看见。于是她一下趴在树下瑟瑟作响的丛芜长枪草上，同倒在床上一般，身子蜷伏着，心里怦怦地乱跳着，苦恼之中夹杂着一阵一阵的快乐。因为虽然想到将来的结果让她害怕，但是害怕的心情，仍旧消灭不了快乐的感觉。

实在的情况是，她正把持不住，要默认他的要求了。她的喘息每一呼一吸，她的血管每一张一弛，她的脉搏在她的耳中每一跳一颤，都发出一种呼声，表示和天性联合，共同反抗她那种过分顾虑的良心。爱情给她出的主意是：先不顾一切，只管答应他，和他在神坛前面结合，任何情况都一点儿不露，他会不会发现她的过去，完全付之于天，只管先把到口的食快意大嚼，等到痛苦的利爪抓住了自己，再受罪也不迟。虽然好几个月以来，苔丝老自己鞭策自己，自己和自己斗争，自己心问口、口问心地考虑，想好了种种办法，要咬着牙，严峻冷酷地将来过一辈子独身生活，但是照现在的情况看，爱情出的主意，终究要战胜一切。她想到这儿，就又惊心动魄，又丢魂失魄。

下午的时光慢慢地过去了，她依然藏在那丛柳树中间。她听见了牛奶桶从树杈上取下来的时候那种哗啦哗啦的响声，她听见了把牛往一块儿聚拢的时候那种"噢噢"的喊声。但是她没去挤牛奶，要是她去了，人家一定会看出她那种激动的样子来的。老板既是认为她这种情况，只是由于爱情，一定会嬉皮笑脸地打趣她，这种戏谑是她受不了的。

一定是她的情人猜出了她那种过分激动的情况，替她编造了一套话，说明了她不露面的原因，因为当时没人查问她，也没人喊叫她。六点半钟的时候，太阳落到地平线上了，把一片西天，映得好像一座冶铁炉，跟着月亮从东方升起，好像一个奇大无比的南瓜。那一丛秃头的柳树，因不断遭受砍伐的戕贼，都失去了天然的形状，现在叫那个月亮一衬托，好像是一个头发就是棘刺做成的怪物。她那时才回到屋里，暗中摸索着上了楼。

那天是礼拜三，礼拜四来了，克莱只满腹心事地老远看着她，却没走上前来麻烦她、引逗她。玛琳和别的住厂女工，都好像猜出来，事情一定有了眉目了，因为她们在卧室里，都没有硬要逼她说话的。礼拜五过去了，礼拜六也过去了。明天就到了那一天了。

"我要屈服了——我要答应了——我要同意他娶我了——我没法子了！"她那天晚上，听见另一个女孩子，在梦里叹着气叫克莱的名字，她就不免怀着妒意，把滚热的脸靠在枕头上，喘息急促地说，"我不能让别人嫁他！我一定要自己嫁他！但这可是一件对不起他的事，他明白过来的时候，也许还会要了他的命哪！哦，我的心哪！哦——哦——哦！"

29

第二天早晨，吃早饭的时候，男男女女，都正满嘴嚼着东西，克里克老板带着打哑谜的神气，瞅着他们说："你们猜一猜，今儿早起，俺听见谁的消息啦？你们都猜一猜。"

这个猜一回，那个也猜一回。老板娘却没猜，因为她早就知道了。

"你们猜是谁，"老板说，"就是那个松松懈懈婊子养的坏小子杰克·道落呀。他新近跟一个寡妇结了婚啦。"

"是杰克·道落吗？真是个坏家伙，——净办那号事！"一个男工说。

这个名字，一下就钻到苔丝的脑子里去了，因为欺骗了情人，后来又叫情人的母亲在黄油机器里搅了个不亦乐乎的那个坏小子，就叫这个名字。

"他照着他答应的话，把那位勇猛老太太的女儿娶过去了吗？"安玑·克莱心不在焉地问。那时候，他正坐在另一张小桌旁边，翻阅报纸。因为克里克太太觉得他是一位体面人，不能和那些粗鲁的工人们同起同坐，所以老把他发落到另外一张小桌上。

"没有，先生。他起根儿就没打着那么办，"老板回答说，"刚才俺不是说了吗，他娶的是个寡妇。这个寡妇，好像有几个钱，大概一年有五十镑左右，那小子娶她，无非是冲着她那俩钱。他们急急忙忙地就结了婚，没想到，结完了婚，那个寡妇就对他说，因为她一嫁人，她那一年五十镑的进项就没有了。你们想想，咱们那位先生，听见这个话，心里该是怎么一种样子！从那时起，他们俩那个鸡争狗斗，就不用提啦，从来没见过有像他们那样打得厉害的！这小子也真活该，现世现报，所差的就是苦了那个女的了。"

"那个傻东西，早就该告诉那小子，说她头一个丈夫的鬼魂，要来缠他了。"老板娘说。

"唉，唉，"老板踌踌躇躇地说，"说是说，做是做，这件事的真情实况，你们难道还看不清楚吗？她一心只想找个丈夫，好有个家，所以不敢冒失。要是他真不要她，她怎么办哪？姑娘们，你们想是不是这种情况？"

他拿眼把那一排女孩子一瞄。

"她应该趁着他们正要到教堂去的时候，把那个话告诉他。叫他没法儿变卦。"玛琳喊道。

"不错，她应该那么办来着。"伊茨表示同意说。

"她一定早就看透他的心了，她压根儿就不应该答应他。"莱蒂一颤一抖地冒出这句话来，说。

"你的意见哪，亲爱的？"老板问苔丝。

"我想她应该——把实在的情况告诉他——或者干脆就不答应他——不过，我也说不清楚，究竟应该怎么样。"苔丝回答说，同时嘴里的黄油面包，噎了她一下。

"俺才不那么办哪，"毕克·尼布说，她是一个结过婚、住在小房里的短工，"在情场里和战场上，用什么手段都应当。[1]俺一定学那个女人那样，跟他结婚，俺头一个丈夫的事，管它是什么，管它怎么样，俺不愿意说，俺就不说，要是他敢埋怨俺，说俺不早告诉他，俺就拿擀面杖把他打趴下。像他那样一个小瘦鬼，是个女人就能把他打趴下。"

大家一听这段辛辣尖刻的妙语趣话，都大笑起来，苔丝为

---

[1] 英国谚语。

随和大家起见，也只得跟着苦笑了一下。他们觉得可乐的，正是她觉得可悲的；他们那样欢笑，她简直受不了。她待了一会儿，就离开饭桌，出了屋子。她想克莱大概要跟着她的，所以就沿着一条蜿蜒曲折的小径往前走去，走的时候，有时在浇地的水沟这一面，有时在水沟那一面，后来走到了发尔河边，才站住了脚。那时候，工人们都正在河的上游，割水生野草，所以就看见一堆一堆的水草，从她面前流过，都仿佛大片流动的绿色水毛茛做的河洲，她在上面站着，差不多都可以把她托住了。河里本来砸进去许多木桩，拦挡牛，不让它们过河，那些水草流到木桩前面，有流不过去的，就一丛一丛地挂在木桩上面。

不错，叫人难过的就是这一点。一个女人，说出自己的历史来这个问题——对于她是一个最重的十字架[1]——对于别人却不过是一场笑话。这种情况，好像是我们看着殉道死义的人，也要欢笑快乐似的。

呼唤"苔绥！"的声音，从她身后发出，跟着就看见克莱，跳过了小沟，在她身边站定。"我的太太——不久你就是我的太太了！"

"不是，不是！我不能做你的太太！我这是为你打算，哦，克莱先生，为你打算，我不能答应你！"

"苔丝！"

"我还是不能答应！"她重复了一句。

---

[1] 十字架，象征苦难。背十字架，见《新约·马太福音》第二十七章第三十二节，《路加福音》第二十三章第二十六节及其他等处。

他本来没想到会有这种事，所以和她说完了话，就用手轻轻地搂住了她的腰，搂住了她下垂发辫之下的腰（这儿这些姑娘，礼拜天吃早饭以前，都把头发松垂，等到吃完饭要上教堂的时候，才把头发特别地高高拢起，平常日子挤牛奶，要把头靠在牛身上，不能那样梳法）。看他原来的神气，要是她答应了，说了"是"字，他一定要去吻她，这显然是他原来的意图；现在既然她很坚决地说"不"，像他那样谨慎周到的人，就不肯莽撞了。他心里想，要是他们两个，不必像他们现在这样非住在一个家里不可，那么如果她不愿意和他接触，她自然有法子可以躲开，在那样的情况之下，他向她进攻，倒没有什么说不过去的；但是，像现在这样，他们两个住得那么近，她想躲也躲不开，她一个女人家，岂不是处于很不利的地位？因此，他就不好再用甘言引诱，蜜意挑逗，向她逼迫了。他松开了暂时围在她腰上的手，也没去吻她。

他这一松手，就是全局的关键。这回她所以能有力量拒绝他，完全是由于她听了刚才老板说的那个寡妇的故事，只要再多待一分钟，她就不会再坚持下去的。但是安玑没再说别的，只满脸带着莫名其妙的神气走开了。

他们还是天天见面，不过不像那么老在一起了。在这种情况下，过了两三个礼拜。九月底快到了，她看他的神气，知道他大概又要向她求婚了。

他进行这件事的办法，现在和从前不同了——好像他一意认定，她所以拒绝，究竟不过是因为她年轻害臊，没经过事，所以陡然跟她一提，就不觉要面红心跳，嘴里不好意思答应。每次提到这个问题，她的态度老是一阵一阵地闪闪躲躲，叫他越发相信他的猜想不错。因此他就事事更加温存，处处更加体贴，虽然没再更进一步，把她搂抱，和她接吻，却用尽了甜言蜜语，去打动她那颗心。

克莱从此以后，无论是在挤牛奶、撇浮油、搅黄油、做干酪的时候，也无论是在孵雏的鸡鸭中间，下崽的猪群里面，老是低声软语，向苔丝求爱，他说话的声音，就像那牛奶哗哗流出的声音——挤奶的女工，从来没有像苔丝这样，遇见克莱这样的青年，受过这种缠绵的柔情。

苔丝自己明白终究要把持不牢。虽然宗教的意识，使她认为，前次的结合含有道德的效力，虽然良心的驱使，让她觉得，应该把一切情况坦白地说出来，但是这两种力量，没有一种能够使她长久坚持的。她爱他爱得非常热烈，她把他看得像天神一般，她虽然没受过熏陶，却天生聪慧，自然而然地渴望他的指导，他的保护。既是如此，那么，虽然她天天反复地对自己说"我不能做他的太太"，那又有什么用处呢？其实，她对自己说这种话，正足以证明，她实在是难以自持；一个拿得稳的人，倒不会费这么大的事，来约束自己。她听见克莱把旧话重提，心里就不免又惊又喜，她怕自己改口，但是她又渴望自己改口。

他的态度——凡是男子，谁的态度不是这样的呢？——真好像是无论她在什么情况之下，无论她有什么改变，无论她蒙了什么罪名，无论发现了什么关于她的事情，他都要一样地爱她，一样地护她，一样地疼她似的，她受了他这样的煦妪覆育，忧郁的心就慢慢地减少了。那时候眼看将近冬至，虽然天气还清爽，白天却越来越短了。牛奶厂里又都点着蜡烛上早班了。有一天早晨三四点钟之间，克莱又把旧话重提。

她像往常一样，先穿着睡衣，跑到克莱门前，把他叫醒了，又回到屋里，换好衣服，把别人也都叫醒了。十分钟之后，她就拿着蜡烛，走到楼梯上口那儿，同时克莱也穿着衬衫，从阁楼上下来，用手在楼梯那儿拦着。

"现在，你这个撒娇的小姐，你先别下楼，我要跟你说句话，"他不容分说地说，"我上次跟你提了那个话以后，又过了两个礼拜了，这种情况绝不能再拖下去了。你非把你的真心实意告诉我不可，不然的话，我就得离开这个地方了。我的门刚才开着一点儿，我瞧见你来着。为你的安全起见，我非离开这儿不可。唉，你是不知道哇。怎么样啊？你这可该答应我了吧。"

"克莱先生，我刚起来，你就找我的碴儿，说我撒娇，未免有些不应该吧！"她把嘴噘着说，"你不要再管我叫撒娇的小姐啦，不是那么个说法，我听着怪难受的。你再多少等一等好啦，我只求你多少等一等！我这回一定把这件事前前后后地仔细想一想。你先让我下楼吧！"

她当时一面把蜡烛擎在一边，一面勉强做出笑容，来掩饰自己的话里所含的郑重意味，看着果然有一点儿撒娇的样子。

"那么你别叫我克莱先生啦，叫我安玑好啦！"

"安玑！"

"叫我最亲爱的安玑——为什么不那么叫哪？"

"我那么一叫，不就等于答应你了吗？"

"不是，那不过等于说，纵然你不能嫁我，你也很爱我。你不是早就承认过，你爱我了吗？"

"你既是非让我那么叫不可，那么好吧，我就叫啦，'最亲爱的安玑'。"她一面嘴里这样嘟囔着，一面把眼睛看着蜡烛，显然心里疑虑不安，却也不觉把嘴一撇，做出调皮的样子来。

克莱原先打定主意，不到她亲口答应他那一天，绝不去吻她。但是，当时苔丝站在那儿，挤奶的长衫袖子很好看地卷着，头发随便拢在头上，预备撇完奶油，挤完牛奶，再从从容容地重新梳拢，在这样的情况下，克莱不知怎么，忘了以前的主意，一时就把嘴唇往她脸上一贴。她没再回头看他，也没再说别的话，就急急忙忙地下了楼。那时别的女工也都在楼下了，因此他们两个，谁也没再提这件事。女工们除了玛琳以外，别人都拿欲有所悟、如有所疑的态度，看他们两个，那时屋里，凄凉淡黄的烛光，正和屋外清冷灰白的晓色相陪衬。

秋天来了，牛奶出得少了，撇浮油的活儿也一天比一天轻省了。那天撇完了浮油的时候，莱蒂一班人都出去了。一对情人也跟在她们后面。

"咱们俩这种提心吊胆、战战兢兢的生活，和她们的多不一样啊！是不是？"他一面沉思默想的样子对她说，一面看着那三个姑娘，在灰暗清冷的晨光中，脚步轻快地往前走去。

"我想不很两样吧！"她说。

"你怎么会觉得不很两样哪？"

"女人的生活，很少有不——提心吊胆、战战兢兢的，"苔丝回答说，说到这几个新字眼，稍稍停了一响，好像这几个字眼很叫她感动似的，"她们三个，比你想的可就好得多啦。"

"她们有什么了不得的好处？"

"她们三个，"她开始说，"差不多无论谁，做起太太来，都比我强——也许都比我强。她们爱你的程度，也许和我一样——差不多一样。"

"哦，苔绥呀！"

虽然她勇敢坚决，要再一次慷慨对人，牺牲自己，但是，她听了克莱不耐烦地叫这一声，却不由得露出了心里非常舒畅的表示。她已经慷慨过了，做第二次的牺牲，可办不到了。一个从小房里来的男工，跟他们站到一块儿了，因此，他们两个最关心的事，就没能再提。但是苔丝心里明白，那件事是当天就非有定局不可的了。

下午的时候，有几个牛奶厂里的长工和助手，都像平素一样，跑到离牛奶厂老远的草场上去了，因为有好些牛，就在那儿挤奶，不用赶回家里。那时牸牛肚子里的牛犊越长越大，牛奶就出得越来越少，牧草苗壮肥美的时季里，临时雇的短工，也都下了工了。

工作闲闲散散地进行。草场上赶来了一辆带弹簧轮子的大马车，上面装了许多高大的铁桶，牛奶桶里盛满了的牛奶，全都倒在这些大铁桶里。那些挤完了奶的牛，就都自己随随便便地往别处去了。

克里克老板也同大家一块儿在那儿挤奶，他那挤奶的围裙，衬着铅灰色的沉沉暮色，显出洁白得都到了神奇的程度。他挤着挤着，忽然掏出一个大表来看了一看。

"没想到，晚啦，"他说，"可了不得！要是不加紧点儿，这些牛奶就赶不到车站啦。今儿来不及把这些奶送回家去和早上挤的那些掺和啦。得从这儿一直送到车站才行。你们哪一位送了去？"

这本不关克莱的事，不过他却自告奋勇，要走一趟，还要苔丝伴他同去。那天傍晚，虽然看不见太阳，但是在那个时季里，天气总得算是很暖和，空气总得算是很湿润，所以苔丝出来挤奶的时候，只头上包着挤奶的头巾，露着胳膊，没穿夹克，这身装束，当然不是预备坐车出远门的了。所以她只把身上单薄的衣服瞟了一眼，算是回话，不过克莱却轻柔地怂恿她。她就把牛奶桶和小凳子都交给老板，托他带回厂里，她这样表示了同意之后，就上了带弹簧轮子的大车，坐在克莱身旁。

30

他们两个坐着车，在渐渐微弱的阳光里，顺着平坦的道路，穿过一片一片的草场，往前走去。那些草场伸展到灰色的远处，一直到爱敦荒原上郁苍峻峭的山坡，才算到了尽头。山顶上就是一丛一丛和一片一片的杉树，它们尖尖的树梢并排耸起，老远看来，仿佛是有城垛口的箭楼，横压在前脸昏暗的魔堡[1] 上面。

他们那时，只感觉到两个坐在一块儿，彼此非常亲近，所以走了许久，都没顾得说话。一片寂静里，只有背后那些铅铁高

---

[1] 魔堡，中古传奇故事里或童话里，往往说到魔术师的城堡。

桶里的牛奶，时时发出晃荡的声音。他们走的那条篱路，非常僻静，路旁的榛子，全留在枝头，等着自己脱壳；黑莓也都累累成丛，向下低垂，克莱时时把鞭梢一抖，缠住一丛黑莓，把它勒下来，送给他的同伴。

天色沉闷的空中，不久落下了几个打头阵的雨点，表示真有雨意。白天停滞不动的空气，也变成了一阵微风，在他们脸上轻拂微掠。河流和池塘的水面上水银一般的光泽，现在都完全消失了；原先清澈晶莹的浩荡明镜，都变成晦暗无光的铅皮，水面上起了像锉齿的皱纹。但是苔丝那时候，正满怀心思，这种景象，她并没注意。她的脸本来是淡淡的玫瑰色，这一季里的阳光，却给它渲染了一层淡淡的褐色，现在叫雨点打得湿淋淋的，颜色更深了；她的头发，因为老靠在牛腰上，很难拢得紧，老是松散着垂在白布软帽帽檐下面，现在让雨打得又黏又湿，到后来，简直比海草强不了多少。

她看着天色，嘟囔着说："我不该出这一趟门。"

"下起雨来啦，真对不起，"他说，"不过，有你跟我在一块儿，就不用提我多快活啦！"

远方的爱敦荒原，在雨丝密织的罗縠里慢慢消失了，天色更昏沉了，路上又常有栅栏门横阻去路，为了安全，只能赶着马一步一步地走。那时候有点儿凉森森的。

"你这么光着肩膀，露着胳膊，我很替你担心，怕你着凉，"他说，"你靠我再靠得紧一点儿，也许雨丝就不大淋得着你了。我现在正在这儿想，天下雨，也许正是帮我的忙。要不然，我就更要不好受了。"

她听了这话，就轻轻悄悄地往他那面凑过去，他就用平常有时盖在铁桶上遮太阳的一大块帆布，把他们两个裹了起来。苔丝用手把帆布揪着，免得帆布从他身上连她身上，同样溜下去，因为克莱的手，已经都占着了。

"现在好啦。啊——还是不好！有几个雨点滚到我的脖子上来啦，你的脖子一定淋得更厉害。这样好一点儿啦。苔丝，你的胳膊成了湿淋淋的大理石了，快在帆布上擦一擦吧。好啦，只要你老老实实地坐着，一滴雨也淋不着你啦。啊——亲爱的，我对你提的那个问题——那个迁延不决的问题，怎么样啊？"

有一会儿的工夫，回答他的只有马蹄子踏到湿地上面的声音和牛奶在身后的铁桶里晃荡的声音。

"你说的话你没忘吧？"

"没忘。"她回答说。

"咱们回家以前，你可得答复我，你记着点儿吧。"

"好吧。"

他没接着再说别的。他们又驱车往前走去，只见远处查理王朝一座宅第的残垣断壁，顶着天空耸起，又走了些时候，就经过这座宅第，把它撂在后面了。

"你瞧，"他为了给她解闷儿，所以说，"那是一个很有意思的老地方。诺曼时代有一个姓德伯的世家，从前在这一郡里很有势力，他们有好几处宅第园囿，这就是其中之一。我几时看见他们的旧第，就几时想起他们来。一个有名声的人家，哪怕它行为凶狠，欺压人民一派封建，可一下绝灭了，也总有叫人感叹的地方。"

"不错。"苔丝说。

现在，在他们面前那一大片暮色之中，刚刚能看出来，露出一点微弱的亮光，他们就朝着有那一点亮光的地方慢慢走去。原来就在这块地方上，白天有时有一道白色的蒸汽，衬着深绿色的背景出现，表示这块幽静偏僻的世界，和现代的人生之间，时断时续互相接触的一瞬。现代的人生，每天有三次或者四次，把它的蒸汽触角伸到这块地方上来，刚触到本地人的生活以后，就又急忙把触角缩回，仿佛它触到的东西，和它的脾胃不合似的。

他们走到那微弱的亮光跟前了，那是一个小火车站里一盏冒烟的油灯发出来的。这点灯光和天上的星光比起来，自然是小得可怜，但是对于塔布篱牛奶厂和一般人类，这个地上的星星，却可以说比天上的星星重要得多。装着鲜牛奶的大桶，都在雨地里卸下来了，苔丝在附近一棵冬青树下找到了一个避雨的地方。

于是先听见了火车咝咝的声音，跟着火车就几乎没声没响地在湿淋淋的轨道上站住了。一桶一桶的牛奶急急忙忙地装到货车上了。火车头上的灯光，在苔丝身上一闪，照见她一动不动，站在冬青下面。天真未凿的苔丝，露着圆圆的胳膊，脸和头发都叫雨打得湿淋淋的，像老老实实的豹趴着的样子，她身上穿的印花布长衫，说不上是什么时代的，什么样式的，头上戴的白布软帽低垂在额上：那时的她，跟那闪闪发光的火车轮子和汽机曲轴一对衬，天地间再也找不出更格格不入的情况来了。

牛奶卸完了，她又上了车，坐在她的情人身旁，默默无言，伏伏帖帖，像天生情感热烈的人有时特有的那样。他们又蒙头盖脸地用帆布把自己裹了起来，投入了那时沉沉一片的夜色里去了。苔丝本是非常善于感受的，所以刚才她和物质文明漩涡接触了几分钟那番光景，仍旧在她心里流连。

"伦敦人明儿吃早饭的时候，就能喝得着这些牛奶了，是不是？"她问，"他们都是咱们从来没见过面的人，是不是？"

"不错，我想他们可以喝得着。不过不能就喝咱们送去的这一种。总得先把牛奶弄得劲头小一点儿，才能喝，免得喝了上头。[1]"

"她们都是贵人、贵妇、外国大使、千夫长[2]、太太、小姐、女商人和从来没见过乳牛的小娃娃，是不是？"

"呃，不错，也许是，尤其是千夫长。"

"他们一点儿也不认识咱们，也不知道牛奶是从哪儿来的，也想不到，咱们俩今儿晚上受这样的风吹雨打，穿过这样远的荒野，赶着车把牛奶给他们送到车站，好别耽误了他们明天喝。这种情况，他们一概都不知道，是不是？"

"咱们今儿出来，倒并不是完全为的伦敦那些宝贝儿；咱们出来，也有点儿为咱们自己——为那个叫我焦心的问题。我管保你这回一定能让我把这颗心放下了吧，亲爱的苔丝？我怎么跟你说好哪？好吧，我这么问你一句话好啦。你知道，你已经算是我的了，我这是说，你的心已经是我的了，不是吗？"

---

[1] 指把牛奶兑在茶里而言。哈培在《哈代的维塞司》第十三章里说："他们把牛奶送到芜勒车站，装上火车，送到伦敦，给伦敦广大居民掺兑他们喝的茶，使茶的劲头小一些。"

[2] 千夫长，原文 centurion，本为罗马军官名，近代英国并没有这种人。这个字一定是苔丝跟克莱学来的，在此处用得不恰当。所以克莱的回答有"尤其是千夫长"之语。那也是一种笑谈。

"这还用问吗？你还不是和我一样地知道吗？一点儿也不错，是。"

"你的心既然是我的了，那么你的身子为什么就不能也是我的哪？"

"我只是为你打算——只是为了一个问题。我有点儿心事，要对你说一说——"

"不过假定我问你这个话，完全是为我的幸福起见，也完全是为我的世事方便起见，那你答应我不答应我哪？"

"哦，要是你真是为你自己的幸福和世事的方便起见，那我就答应你。不过我要把我还没到这儿来以前的——"

"得啦，我跟你说，我本来就为的是我自己的方便，为的是我自己的幸福，才向你求婚。如果我将来能在英国或者殖民地上，经营一处大农庄，那我娶你做太太，就别提有多大的好处啦，一定比娶这一国里门第最高的小姐都好。所以，亲爱的苔绥，你心里不要再存你是我的绊脚石那种虚妄的想法啦。"

"不过我从前的事——我要你知道知道我从前的事——你一定得让我告诉告诉你——你要是知道了那些事，你就不会像现在这样喜欢我了。"

"你既是非说不可，最亲爱的，那你就说吧。一定是一篇很珍贵的历史喽。一定是说，我于纪元后某年某月某日生在——"

"我生在马勒村，"她借着他说那几个字的机会说，虽然他那几个字，本是随随便便当作玩笑说的，"就在马勒村长大的。我离开学校的时候，是第六级的学生，他们都说我很机灵，将来能当一个好教员，所以我也就打算好了，要当教员。不过我家里出了些麻烦事，我父亲不大爱劳动，又爱喝两杯酒。”

“啊，啊。可怜的孩子！这都没有什么新奇的呀。”他把她往他身旁搂得更紧。

“后来我家里——我身上——发生了一件出乎寻常的事件。我——我——”

苔丝的呼吸急促起来。

“是啊，最亲爱的。那不算什么啊。”

“我——我——本来不姓德北，我本来姓德伯，就和咱们刚才看见的那座古老宅第从前的主人是一家。现在我们家可一个有起色的都没有了。”

“姓德伯，真的吗？糟心的事就是这个吗，亲爱的苔丝？”

“是。”她有气无力地说。

“我知道了这件事，怎么就会不像以前一样地爱你哪？”

“我听见老板说过，你厌恶旧门户。”

他大笑起来。

“不错，有一点儿，我厌恶的是‘血统高于一切’那种贵族阶级的主张。我觉得，我们敬重的，应该是精神方面的，应该是那些有知识、有道德的人，不必管他们的先代血统方面怎么样。我觉得这样才合理。但是我听了你这个新闻，我觉得太有意思啦，你想不到我觉得多有意思！你自己本身就是有名的世族，你不觉得有意思吗？”

“不觉得有意思。我倒觉得很凄惨——尤其是来到这儿，听人说，眼前这些田地、山林，从前有许多，都是我们家的，那怎么能叫人不觉得凄惨哪？不过还有些田地、山林，从前是莱蒂家的，也许还有些是玛琳家的哪，这么看来，我就不把这件事特别放在心上了。"

"不错，子孙如今在这儿当佃户，祖宗从前却在这儿当地主的，可就多着哪，都多到令人惊异的程度。我有时很纳闷，不明白为什么，某一派政治家，没把这种情况利用一下，他们好像并不知道有这种情况似的……我先前怎么就会没看出来，你的姓和德伯那个姓相类似，会没考察出来，德北这个姓，显然是由德伯讹误变来的呢？叫你昼夜不安的秘密，就是这个吗？"

她还没把真情说出来呢。到了最后一刻，她的勇气消失了；她害起怕来，怕他埋怨她不早说；同时她要自卫的本能，比她想坦白的决心，力量更大。

"我自然，"一无所知的克莱继续说，"很愿意你的祖宗纯粹是英国人里面那些长久受苦无声无息不见经传的老百姓，而不是那般自私自利，牺牲别人，来取得权势的少数贵族。但是因为爱你的缘故，苔丝（他一面说，一面大笑），我也学坏了，也自私自利起来了。我为你起见，也喜欢起你这种家世来了。世界上的人没有不势利眼的。我按照我的打算，把你先教成一个博学的人，然后你再做我的太太，那时候，你是德伯家的后人这种身份，一定要让他们看待你和以前大不一样。我母亲，可怜，也要因为这一点，更看得起你了。苔丝，从今天起，你应该把你的姓改过来，改成德伯。"

"我想我还是用我现在这个姓好。"

"不过你非改过来不可，最亲爱的！哎呀，有好些家财百万的暴发户，要是能够姓这个姓，还要乐得跳起来哪！我记得，在围场附近，就有那么一家，冒姓德伯——我这是在哪儿听来的哪？哦，是啦，我对你提过的那个侮辱我父亲的小伙子，就是他。这真巧啦！"

"安玑，我想我还是不改姓德伯好！我恐怕那个姓不吉祥！"

她当时心神错乱起来。

"好啦，苔莉莎·德伯 [1] 小姐，我在这儿等着你哪。你嫁给我，跟着我姓，岂不就不用姓你自己的姓了吗？你那桩怕人的事已经说出来了，那你为什么还要再拒绝我哪？"

"要是你娶了我，准能够快活，并且你自己觉得非要娶我不可，一定非要娶我不可——"

"自然我觉得非要娶你不可，最亲爱的呀！"

"我只是说，只有你觉得，你非娶我不可，只有你觉得，你离了我就活不下去，不管我有什么毛病，有什么罪过，只有那样，我才觉得我可以答应你。"

"你答应了——我知道你这就是答应我了！你是我的人了，永远永远是我的人了。"

他把她紧紧搂在怀里，用嘴吻她。

"是！"

她刚说完这个字，跟着就沉痛地干哭起来，哭得呜呜咽咽，悲悲切切，仿佛肝肠都断折了似的。苔丝绝不是一个爱犯歇斯底里的姑娘啊，这是怎么回事呢？他莫名其妙了。

"最亲爱的，你怎么哭起来了哪？"

---

[1] 苔莉莎是苔丝的正式叫法。

"我也说不上来——真格的！——我想到做了你的人，能叫你快活——不由觉得喜欢！"

"不过你现在这种情况，不大像是喜欢的样子啊，我的苔绥啊！"

"我的意思是——我哭是因为我没守得住我从前起的誓！我本来说过，我要至死也不嫁人！"

"不过，你这阵儿可爱我，愿意我做你的丈夫了，是不是？"

"是，是，是！不过，哦——我有的时候，恨不得当初没生我这个人才好！"

"我这亲爱的苔丝，我知道你这阵很兴奋，又年轻没经验，不然的话，你这种说法，怎么能叫我不见怪哪？你要是真舍不得我，你怎么会不想活着哪？我现在要问你一问，你真舍不得我吗？我愿意你能用什么方法表示一下才好。"

"我已经对你表示过了，还有什么方法能比我已经表示过的还明显哪？"她叫一阵柔情鼓动得疯了一般说，"也许这个可以表示得更明显一点儿吧。"

她把克莱的脖子紧紧搂住，克莱这才头一次尝到，一个真正热烈的女人，吻她真正爱的情人，像苔丝爱他那样，到底是怎么一种滋味。

"现在，你信我了吧？"她满脸通红，擦着眼泪问。

"信了。我从来就没有不信的时候，从来也没有！"

于是他们两个，在帆布底下挤成一团，穿过一片昏沉的夜色，坐着车走去，马也没人管，只自己随便前进，雨也没人管，只自己任意打来。她已经答应他了。其实她一起初的时候就答应了他，也是一样。一切有生之物，都有一种"寻求快乐的本性"[1]，那是一种伟大的力量，凡是血肉之躯都要受它的支配，好像毫无办法的海草，都要跟着潮水的涨落而摆动一般，这种力量，不是焚膏继晷写成的那种议论社会道德的空洞文章所能管得了的。

"我写信告诉告诉我母亲，你不反对吧？"

"当然不反对，亲爱的孩子。你在我跟前，苔丝，真像一个小孩子了，你写信给你母亲是应当的，我要是反对，我就不对了，这个你都不知道，岂不就是小孩子了吗？她住在什么地方？"

"也住在我刚才告诉过你那个地方——马勒村，在布蕾谷顶远的那一头上。"

"啊，那么我在今年夏天以前碰见过你了——"

"不错，在草地上跳舞那一次碰见过，不过你可没跟我跳舞。哦，我希望那对咱们，不是什么不吉祥的先兆才好！"

31

紧在第二天，苔丝就写了一封最急迫、最动人的信，寄给了她母亲。那个礼拜的末尾，昭安·德北的亲笔回信就寄到了，信上写的字，还是前一个世纪里那种长腿长脚的体式[2]。

---

[1] "寻求快乐的本性"，原文见英诗人勃朗宁的诗剧《帕拉赛勒塞斯》第一幕第九十二行。

[2] 指原文 I 字而言，I 字原亦写作 J，十七世纪以后，始分为两种写法。

亲爱的苔丝，——我写这几行字给你的时候，托上帝的福，身体很好，我希望你接到这封信的时候，你也很好。亲爱的苔丝，我们听说你这回真要不久就结婚了，大家没有不喜欢的。不过关于你那个问题，苔丝，我嘱咐你一句话：千万不要把你从前的苦恼，对他露出一丁点儿来。这个话只好咱们两个人知道，不能对外人说，不过我却一定非要你这么办不可。我从前并没把所有的情况，全都告诉你父亲，因为他那个人，老觉得门第高贵，自命不凡，你的未婚夫也许跟他一样。受过苦恼的女人，世界上可就多着啦，有些还是顶高贵的女人呢。人家有了都不声不响，你有了为什么就该大吹大擂呢？没有那么傻的人，特别是事情已经过去了这么些年，又完全不是你自己的错，这会子又去翻尸倒骨干什么。你即便问我一百遍，我也是这样回答你。我本来就知道你那种脾气，和小孩子一样，心里存不住话，所以你临走的时候，我为你的幸福打算，特为逼着你，要你答应我，不许你在言语里或举动上，露出你从前的苦恼来。你离开这个家门口的时候，不是已经郑重地答应我了吗？你现在千万不要把你答应我那番话忘记了。你的婚事和你的问题，我都没对你父亲提起，他的头脑那样简单，要一告诉他，他又该到处嚷嚷了。

亲爱的苔丝，你鼓起勇气来好啦。我们知道你们那一带出的酒不多，而且不好，所以打算在你结婚的时候，送你们一大桶苹果酒。现在不多写了。你的未婚夫跟前替我问好吧。

你这慈爱的母亲，昭安·德北

"唉，妈呀，我的妈呀！"她嘟囔着说。

苔丝从这封信上，可以看出她母亲那种万事达观的精神来：一件事，对于别人，沉重地压在心头，对于她母亲，却一点儿分量都没有。她母亲对于人生的看法，不像苔丝那样。所以那件日夜盘踞在她心头的往事，对于她母亲，却不过是一件像过眼云烟的偶然事件罢了。但是不管她母亲的理由怎么样，反正她出的主意倒许不错。只从表面上看，想要顾到她所崇拜那个人的幸福，一字不提好像是最好的办法，那么当然要一字不提了。

全世界上，有一丁点儿权力能左右她的行动的，可以说只有她母亲一个人，现在她母亲这样来一打气，她就安定了许多。她好像是卸掉了责任，所以她比起前几个礼拜来，心里觉得轻松了不少。她答应了他以后，跟着就到了十月晚秋的日子了，在这些日子里，她的心境可以说是非常快乐，差不多快乐到魂灵飞去半天的程度，比起她一生里无论哪个时期都快乐。

她对安玑·克莱的爱，几乎连一丁点儿尘俗的成分都不掺杂。她五体投地地崇拜他，认为他只有优点，没有缺点，觉得凡是导师、哲人和朋友 [1] 所应有的学问知识，他没有一样不完备的。她看他的全身，到处都是十全的男性美。他的灵魂就是圣徒

---

[1] 引自蒲伯《人论》第四札第三九〇行。

的灵魂，他的智慧就是先知的智慧。她既是爱他，而她这种爱本身就是一种智慧，所以她觉得自己也高贵起来，好像头戴冕旒一样。而他爱她，在她看来，则是一种怜悯，因此她就倾心相委，披肝沥胆。他有时看见她那双满含崇拜之情的大眼睛，深得好像没有底似的，从它们的深处看着他自己，仿佛她面前看见的，是不朽不灭的什么一般。

她把往事一概收起——拿脚把它践踏，把它扑灭，好像一个人，把一块冒烟、危险的煤块，践踏扑灭一样。

她从来不知道，男人爱起女人来，会像他那样纯正无私，像他那样勇敢侠义，像他那样轻怜痛惜。其实在这几点上，克莱并不像她想的那样，不像她荒诞不经地想的那样，但是他的爱情里，精神的爱的确多于肉欲的爱。他很有克己的功夫，没有粗鄙的念头，虽然他的天性并不冷落淡漠，但是他只能算是神采光明，不能算是心情热烈，只能说他仿佛雪莱，不能说他赛过拜伦。他爱起人来，能拼命地爱，但是他的爱，却偏于想象，倾向空灵，是一种细腻温柔的情绪，宁可压伏自己，不肯唐突情人。苔丝过去，从男人那方面所得的那点经验，本来叫她非常寒心，没想到现在遇到这种情况，所以就惊讶不止，乐不可支，把她从前恨男人的心，完全反了过来，变成了一副过分景仰的心，一齐加到克莱一个人身上。

他们两个，一点儿也不做作，不是你来找我，就是我去找你，因为她对他的信仰，完全忠诚坦白，毫不装腔作势，所以她想要跟他在一块儿，就跟他在一块儿。一般男人，总是喜欢女人那种闪闪躲躲的态度，但是她觉得，像克莱这样一个完美的人，在她已经正式承认了爱他之后，也许要讨厌这种态度，因为这种态度，根本就有矫揉造作的嫌疑嘛：要是把苔丝当时那种自己不知不觉的心情明明白白地描写出来，大概就是这种样子。

乡下的风气，在定婚期中，男女二人可以在田间野外毫不拘束，互相陪伴。苔丝只晓得这种风气，所以她看着没有什么奇怪，但是在克莱那方面，却觉得这好像有点儿急不能待似的，不过后来他看苔丝和别的工人们，都处之坦然，也就觉得没有什么了。因此他们一对儿，老在下午的时候，顺着淙淙的水沟，踏着蜿蜒的小径，在牧场上溜达，跳过沟上的木桥，走到水沟那面，又从桥上再跳回来。那时候正是十月，下午的光景足以供人游赏。水堰潺潺的声音，老不离他们的耳边，渠水哗哗的声音，也和他们喁喁的情话互相应答；同时夕阳的光线，差不多和牧场平行，在一片大地上，散出一层像花粉似的光辉。虽然到处都是阳光辉煌，但是在树荫和篱影下面，却能看见小小片儿、小小团儿的蓝色浓雾。太阳既是和大地非常接近，一片草原又非常平坦，因此克莱和苔丝的影子，就在他们面前伸出去有四分之一英里那么远，看来好像两个很长的手指头，遥遥指点前面一片跟谷边坡陀相连的平芜尽处。

做活儿的工人，东也是，西也是，因为那时正是"清理"牧场的时候，所谓"清理"，就是把冬天浇地的沟挖净，把沟旁叫牛踩塌了的坡岸修好。一铲一铲的黑土，都像玄玉一样地润泽，本是古代河流跟整个山谷同样广阔的时候，就冲到这地方来的，它是各种土壤的精华，是过去的原野捣成了细末，又受了河水的浸渍，经过年月的提炼，所以才变得异常肥沃，异常膏腴，因此长出丰茂的牧草，喂出肥壮的牛羊。

克莱在这些修沟的工人面前，毅然用手搂着苔丝的腰，硬装出惯于公然示爱、毫不怕人的样子，其实他也正和苔丝一样地腼腆。苔丝那时张着嘴，斜着眼看着那些工人，很像一个胆怯心虚的动物。

"你在他们跟前，公然承认我是你的人，并不觉得丢脸，是不是！"她满心欢乐地说。

"是啊，正是！"

"不过这种情况，要是传到爱姆寺你家里那些人的耳朵里，说你那位形影不离的情人，原来是一个挤牛奶的——"

"自从有挤牛奶的以来，顶迷人的一个。"

"他们也许会觉得，这有伤他们的体面吧？"

"我这亲爱的好姑娘，没听说过，德伯家的小姐，会有伤克莱家的体面！你不知道，苔丝，这种出身，正是我对他们耀武扬威的把柄。我现在先不声张，等到结了婚，从崇干牧师那儿找出证据来，我再告诉他们，叫他们来一个又惊又喜！即使没有这一节，你也寒碜不了他们，因为，我将来的生活，和我家里的人要完全隔绝——连他们在外面上，都受不到我的影响，咱们将来要离开这一带地方，也许还要离开英国哪！那样的话，他们这儿这些人，随便说咱们什么话，于咱们又有什么关系？你愿意跟着我去吧，苔丝？"

她听了这番话，想到将来他身行万里的时候，只有她自己是他的亲人，跟在他身边，她心里的感情就激动起来，嘴里说不出别的话来，只有答应一个是字的份儿。她心里一激动，就几乎觉得耳朵里好像波涛汹涌，眼睛里就要淌出泪来。她把自己的手放在克莱手里，两个一齐往前走去，就走到一座桥的跟前，只见桥下面的河水里反射的日光，仿佛熔化了的金属似的，看着晃眼，太阳自己，却叫桥遮住了而看不见。他们在那儿站定，跟着就有些长毛和长翎的小脑袋[1]，从平滑的水面下探出来，但是看见搅扰它们的东西，在那儿站住不动，并没走过去，就又缩回水里去了。他们在河边上流连，一直流连到雾气四合，在他们身旁缭绕——在这个时季里，雾来得很早——像小小的水晶，粘到她的眼毛上，粘到他的眉毛和头发上。

礼拜天，他们在外面流连的时候还要更久，天都十分黑了还不回去。他们定婚以后第一个礼拜天，别的工人也有些在外面游逛的，就听见苔丝说话的声音续续断断的，乐得字句都连不到一气，不过隔得太远，听不见她说的是什么。看见她，一面靠在克莱的臂上往前走着，一面因为心里直跳，说的话都一字一顿，有时候，竟连一个字都说不出来；又看见她有时心满意足，一言不发，偶然又低声发笑，好像她的灵魂就浮在这种笑声上面——一个女人和她的情人，并且还是从别人手里抢过来的情人，在一块儿的时候，就这样笑法——天地间一切别的东西，都没有能跟它比的。他们看见她走起来，脚步轻快，仿佛将落未落的小鸟疾飞轻掠的样子。

---

[1] 长毛的小脑袋，指河狸而言，多见于英国南部河流中。长翎的小脑袋，则指水鸟而言。

苔丝现在爱克莱爱到极点，克莱就是她的性命、她的心肝。这股爱力，仿佛日晕，光辉四射，把她包围起来，叫她把过去的苦恼一概忘却，叫她把日夜缠绕她的那些幽灵——疑虑、恐惧、郁闷、烦恼、羞耻——完全排除，完全摈弃。她自己分明知道，这些幽灵，全在那一圈光辉外面，如同饿狼一般，等待时机，往里进攻，但是她有持久的力量，制服它们，叫它们不能为所欲为。

深厚的爱力叫她把往事忘记，清醒的理智却又叫她把往事记起：这两种情况同时并存。她虽然身在光明之中，但是她知道，暗中老有一些黑魆魆的东西，在那儿蠢蠢思动，它们每天也许前进一点儿，也许后退一点儿，不是前进，就是后退，反正总在那儿，不能消灭。

有一天晚上，住厂的人，除了苔丝和克莱，全都往别的地方去了。因此他们两个，只得坐在屋里看家。他们谈天的时候，苔丝满腹心事地抬起头来，去看克莱，同时克莱那双表示爱惜敬重的眼睛，也正看着她，恰好两个人，四目相射。

"我配不上你——配不上！"她忽然说，同时从矮凳子上跳了起来，好像是因为他崇拜她，又因为自己受了他的崇拜，满心欢喜，觉得惊惶。

克莱把她兴奋的全部原因，认作只是其中的一小部分原因，所以他就说：

"我不许你再说这种话，亲爱的苔丝！你以为，一个人会不费什么事，运用一套没有价值的习俗礼仪，就算有身份吗？那不算。真正有身份的，得是那些真实、诚恳、公义、清洁、可爱、有美名的人里头的，[1] 就像你这样才成啊，我这亲爱的苔丝。"

她极力忍住了喉头的哽咽。近几年，她在教堂听道的时候，这一连串美德，不知让她那颗年轻人的心疼过多少次了，他却偏在这会儿引用这句话，可真怪啦！

"我十六岁那年，你怎么不在马勒村待下，跟我求爱哪？那时候，我正和我弟弟妹妹们在一块儿住着，你不是在青草地上，还跳过一回舞吗？哦，你怎么不哇，你怎么不哇！"她说，同时很激动地直搓手。

安玑只得安慰她，劝导她，一面心里想（他这么想倒也很对），她这个人，真是天真烂漫，喜怒任意，将来她要是嫁给了自己，她的幸福全得靠他的时候，他真得把她小心爱护，对她时刻尽心。

"啊——我怎么不待下哪？"他说，"我也不明白呀。谁知道我怎么不哪！不过，这也用不着这么难过呀，这值得这么难过吗？"

托词掩饰，原是妇女的本能，所以她又急忙改嘴说：

"要是你从那时候起就爱我，我就可以多得你四年的爱了！我从前的光阴，就不会白白地瞎过了！我就可以格外多有四年的快乐了！"

受这样折磨、这样痛苦的，并不是一个有阅历，有经验，做过许多风流事，见不得人的妇人，却是一个生活单纯的女孩

---

[1]《新约·腓利比书》第四章第八节："弟兄们，我还有未尽的话：凡是真实的、诚实的、公义的、清洁的、可爱的、有美名的，若有什么德行，若有什么称赞，这些事你们都要思念。"

子，年纪还不到二十一岁，在年幼无知的时候，就如同一只小鸟，陷入了网罗。她当时要好好把心情稳定一下，所以就从小凳子上站起来，往屋外走去，走的时候，裙角都把小凳子带倒了。

壁炉的薪架上，烧着一捆青绿的桦树枝，发出一片熊熊的火光，树枝发出一片悦耳的噼啪之声，树枝的头上直冒白沫，克莱就在这片火光旁边继续坐着。等到她从外面回来的时候，她已恢复了原状。

"你说你是不是有一丁点儿喜怒无常，忧乐没准儿，苔丝？"他给她在小凳子上放了一个垫子，叫她坐好了，自己靠着她在一把长椅子上坐下，打趣她说，"我刚才正要问你一句话，你可拿起腿来就走了。"

"不错，也许我有点儿喜怒无常，"她嘟囔着说，忽然又走到他跟前，双手把住了他的两只膀子说，"并不，安玑，我并不是真正喜怒无常——我是说，我的生性并不是喜怒无常。"她要证明她不是那样，就在长椅子上靠着克莱坐下，同时还把头靠着他的肩膀，"你要问我什么话来着？你问吧。我管保我可以好好地回答你。"她很虚心地接着说。

"我要问的就是一句话——你承认你爱我了，也答应跟我结婚了，因此生出第三个问题来——哪一天结婚哪？"[1]

"我愿意老像这样过下去。"

"不过我可得打算到新年——或者再晚一点儿——就开始我独自经营的事业啊。我想在我还没让新事业里种种杂务缠住了身

---

[1] 英国人习惯，定结婚的日期，是未来新娘的特权。

子的时候，就把我的伴侣先弄到手。"

"不过，"她怯生生地问，"实事求是地讲，你把事业先创办起来，然后再结婚，不更好吗？——不过这话也难说，想到你走了，把我撂在这儿，我可受不了！"

"当然受不了。并且那也并不是什么顶好的办法。因为，我将来创办事业的时候，有许多地方，还要你帮我的忙哪！到底什么时候哪？两个礼拜以后好不好？"

"不好，"她说，她的态度严肃起来，"因为我有许多许多事，得预先想一想。"

"不过——"

他把她轻轻拉得离他更近一些。

婚姻的实现，就这样近在眼前赫然出现，使她一惊。他们正要把这件事再讨论下去的时候，椅子后面转出四个人来，走到了屋子里火光最亮的地方，一个是克里克老板，一个是克里克太太，还有两个是女工。

苔丝像一个有弹力的球似的，一下子就从克莱身旁跳开了，满脸通红，眼睛在炉火光中发亮。

"我早就知道了么，我跟他坐得那么近，就必然有这一着儿！"她不耐烦地嚷着说，"我早就对自己说过，一定会有人撞来，看见！不过还好，我并没真正坐在他的膝盖上啊，尽管别人看着，也许觉得差不多那样！"

"像屋里这点亮，你要是不告诉俺，俺敢说，俺们绝看不出来你们在这儿坐着，不管坐在哪儿，都看不出来。"老板回答说。跟着他又用丝毫不懂有男女情感那种人的冷落态度，对他太太说："俺说，克锐蒂，这可以看出来，别人并没估摸的事，咱们顶好别以为人家估摸出来了，别那样。她要是不说，俺一点儿也想不到她到底坐在哪儿———一点儿也想不到。"

"我们不久就要结婚了。"克莱临时装出一副冷静的样子来说。

"啊，真的吗！俺听见这个话，别提有多高兴啦，先生。俺心里早就觉出来，你要这么办了。她太好了，当挤牛奶的，真有些屈才。俺头一天看见她，俺就那么说来着。不管是谁，把她得到手，都要跟得到了宝贝一样。再说，她做一个上等庄稼人的太太，更不用提有多好啦。她丈夫有了她，绝不会再受伙计头儿的气。"

苔丝却不知怎么早就溜了。本来她听见老板那种鲁莽直率的称赞，觉得不好意思，就已经有些待不住了，但是她瞧见跟在老板后面那两个女孩子的样子，心里一难过，就更待不住了。

晚饭以后，她回到寝室里的时候，她那三个伙伴，已经全在屋里了。只见在烛光荧荧下，那三个女孩子，都坐在各自的床上，等候苔丝，她们都穿着白色的睡衣，仿佛一行报仇的鬼魂。[1]

但是她马上就看出来，她们的神气，并不含什么恶意。她们根本就没希望得到手的东西，现在得不着，当然不会觉得是一桩损失。她们那时完全是旁观的神气，完全是琢磨的态度。

"他要娶她了！"莱蒂眼睛不离苔丝，嘴里嘟囔着说，"看她脸上的神气，都看得出来！"

"你是要嫁他吗？"玛琳问。

---

[1] 英国人的迷信观念，鬼是白色的。

"不错。"苔丝回答说。

"哪天的好日子？"

"还没定哪一天。"

她们觉得，这句话只是遁词罢了。

"是啦——要嫁他啦——嫁一位公子啦！"伊茨·秀特说。

她们三个女孩子，仿佛受了一种魔力的支使，都一个跟着一个，从自己的床上爬下来，跑到苔丝身旁，光着脚，围着她站着。莱蒂把双手放在苔丝的肩上，好像是觉得她做出这样的奇迹，现在要摸一摸，她究竟是不是肉体凡胎。玛琳和伊茨，就用双手搂着她的腰。三个都把眼睛一直瞅着她的脸。

"她真像是要嫁他的样子！比俺想的都更像！"伊茨·秀特说。

玛琳吻了苔丝一下。"不错。"她把嘴拿下来的时候，嘟囔着说。

"你吻她，是因为你爱她呀，还是因为另有一个人，已经在那儿吻过了哪？"伊茨对玛琳只有冷讽而无热嘲地说。

"俺并没往那方面想，"玛琳老实简单地说，"俺只觉到，这件事稀罕——要给他当太太的，偏偏不是别人，偏偏是她。俺一点儿也没说这不应该，俺们连一个说这不应该的都没有。因为俺们本来都不过是爱爱他就完了，谁都没想要嫁他。可是话又说回来了，嫁他的偏偏不是别人，不是千金小姐，不是穿绫罗绸缎的阔人，偏偏是和俺们一样的她！"

"你们敢保，你们没因为我要嫁他而恨我吗？"苔丝低声说。

她们回答之前，都穿着白睡衣，紧挨在她身旁，仿佛是觉得这个问题的答案，可以在她脸上找出来似的。

"俺说不上来——俺说不上来，"莱蒂嘟囔着说，"俺倒是想恨你来着，可是俺又舍不得恨你！"

"俺也觉得是那样啊，"玛琳和伊茨同声齐应说，"俺不能恨她。不知道怎么，就是舍不得恨她！"

"他应该在你们几位里面选一位来着。"苔丝嘟囔着说。

"为什么？"

"因为你们都比我好！"

"俺们比你好？"那三个女孩子低声把这句话慢慢地念叨，"没有的话，没有的话，亲爱的苔丝！"

"你们都比我好。"她很激奋地辩驳说。说完了，她忽然把她们的手都推开，伏在一个抽屉柜上，犯了歇斯底里一般，呜呜咽咽地哭起来，嘴里不住地念叨，"比我好，比我好，比我好！"

她既是一下忍不住了，就放量地哭起来了。

"他应该在你们里面选一位！"她大声说，"我想，就是到了现在这一步，我还是应该想法叫他娶你们！你们嫁给他，一定比我——哦，我这满嘴里都说了些什么呀！哦！哦！"

她们都走到她跟前，把她抱住了，但是她的哽咽，仍旧还是好像要把她撕裂似的。

"拿点儿水来，"玛琳说，"她叫咱们几个说得神经错乱起来了！可怜！可怜！"

她们把她轻轻送到床前，在那儿热烈地吻她。

"你嫁他顶好啦，"玛琳说，"你比俺们都大方体面，比俺们都有学问，特别是他又教给了你那么些知识。不过就是你嫁了他，也应该很得意呀。俺敢说，你心里很得意！"

"不错，是得意，"她说，"我怎么会忍不住哭起来了哪？真怪难为情的！"

她们都上床躺下了，蜡烛也灭了，玛琳隔着床铺，低声对她说：

"苔丝，你当了他的太太以后，可别忘了俺们，也别忘了俺们怎么对你说来着，说俺们都爱他，说俺们怎么因为你是他挑中了的人，俺们压根儿就没盼望他挑俺们，所以俺们都想不恨你，也都真不恨你，也都不能恨你。"

她们却不知道，苔丝听了这番话，辛酸悲痛、灼肤炙肌的眼泪，又止不住地往枕头上直流。她五内沸腾，肝肠断折，狠命咬牙，决定把自己的历史，对克莱和盘托出。她母亲的警告也不顾了，那位她愿为之而生、为之而死的人，要看不起她，就看不起吧，她母亲要说她傻就说吧。她宁愿这样，也不肯再守缄默，因为再守缄默，就可以说是对克莱不忠不信，也似乎是使那三个人蒙冤受屈了。

32

苔丝老是悔恨往事，所以不肯指定结婚的日期。十一月来到了，虽然克莱曾在最难令人自持的时候，屡次问过她，但是婚礼的举行，还是遥遥无期。苔丝的心意，仿佛愿意永远保持定婚期间的状态，仿佛愿意一切一切都永远和现在一样。

草场上的风光正在改变中，不过下午前半挤奶以前，天气仍旧够暖和的，可以在草场上闲逛一会儿，而且在这个时季里牛奶厂里的活儿不忙，尽有余暇，可以闲逛。朝着太阳所在的那一面往潮湿的草地上看去，能看见网状的游丝，在阳光之下荡漾闪烁，好像海上的月华，随着波纹颤抖。渺小的蚊蠓，飞进了这道闪闪的亮光，也四处放出光辉，仿佛身内含有火焰，跟着穿过这一道亮光，就一下完全消失了。这种为时不久的光荣，它们自己毫不觉得。在这些景物面前，克莱常用婚期没定的话提醒苔丝。

有的时候，他就在晚上问她结婚的日子，因为近来克里克太太常常捏造一些差事，叫她晚上出去办，好给他机会，陪她一块儿去。这些差事，大半是上谷外山坡上的农舍里，去探问送到干草院里那些快要生产的母牛，是什么情况。因为那正是一年之中，母牛的生活大起变化的时候。天天都有一批一批的母牛，送到这个产科医院里，吃干草过日子，让它们在那儿下小牛。小牛生出来以后，一能够走动，就把它们母子一齐赶回牛奶厂。小牛没卖出去以前，当然没有许多的奶可挤，但是只要小牛一卖掉，女工们就又得照常工作了。

有一天，他们晚上又出去了一趟，回来的时候，路上经过一个高耸的沙石峭壁，俯临一片平野，他们走到那儿就站住了脚细听。现在沟里的水都正在旺盛之时，有的在水堰上哗哗地穿过，有的在暗沟里淙淙地流去。就是顶小的沟也都是满槽的水，无论哪儿，都没法走抄近的路，步行的人，非走铁道基路不可。一片繁声复响，从下面整个昏暗的平谷里发出，叫他们听来，觉得好像下面有一座大城，那种嗡嗡的声音，正像城里的人在那儿吵闹喧嚷。

"你听，好像有千千万万的人，"苔丝说，"正在市场里开市民大会哪。你听，争辩的、劝导的、吵闹的、哭泣的、呻吟的、祷告的、咒骂的，闹成了一片。"

克莱并没怎么特别地留神听。

"亲爱的，厂里冬天用不着许多人手了，克里克今儿对你提过了没有？"

"没有。"

"那些母牛眼看着就都要不出奶了。"

"不错，昨天往干草院里送走了六七头，前天送走了三头，连以前的凑到一块儿，坐月子的牛差不多有二十头了。哦，想必是老板不用我替他照料下小牛的活儿了吧？唉，这儿不要我了！可怜我费了那么大的心，想要——"

"克里克并没说一定不要你。不过他知道咱们两个的关系，所以他曾非常和气、非常客气地对我说过，说他想，圣诞节我离开这儿的时候，要把你带走吧。我问他，你走了，厂子里成吗？他说，说实话，一年里头，这会儿厂子里只要有一个半个女工就成。他这样一来，你不想走也得走了。所以我听了他这个话，很有些高兴。不过，听了这种话会觉得高兴，未免有点儿罪过吧。"

"我想这没有什么可以高兴的吧，安玑。叫人家不要了，总是叫人觉得很不好受。就是叫人家不要了，正碰上于咱们方便，也总是叫人觉得不好受。"

"不错，正方便——那么你也承认方便了，"他把手指头放到她脸上说，"啊！"

"怎么啦？"

"你的心思让我猜着了，你的脸都热起来了，我摸出来了。不过我不应该这样说笑话，咱们不应该开玩笑——人生太严肃了。"

"不错。我见到这一节，也许比你还早哪。"

那时候，她心里也正觉到人生的严肃。她心里盘算，如果她听从她昨天晚上的感情，不顾一切，拒绝和他结婚，离开这个牛奶厂，那她就得往一个人地两生的地方去，而那个地方，绝不会再是一个牛奶厂，因为那正是母牛下崽的时候，没人雇挤奶的女工。所以她去的地方，就得是一处种庄稼的农田，再见不到克莱这样天神一般的人物了。她想到这儿，万分地不愿意，至于回老家，她更不愿意了。

"所以，最亲爱的苔丝，"他接着说，"你既是到了圣诞节，就大概不能再在这儿待下去了，那么，咱们要是把这个问题严肃地考虑一下，除了我把你当作我所独有，把你带走了以外，还有其他更可心、更方便的办法吗？再说，你又不是一个一点心眼儿都没有的女孩子，难道你还不知道，咱们两个，不能永远像现在这样过下去吗？"

"我倒愿意咱们永远这样过下去，但愿永远是夏天和秋天，你永远觉得我很可爱，永远向我求婚，永远像今年一夏天的情况！"

"我永远要那样！"

"哦，我知道你要那样！"她忽然一阵对他热烈地信赖起来，嚷着说，"安玑，我把我做你终身伴侣的日子定了吧！"

他们两个，就这样，在夜晚归来的路上，在前后左右万道水渠淙淙的声音里，到底把那件重大的事安排好了。

他们一到了厂子里，就立刻把这件事告诉了克里克夫妇，不过同时却嘱咐他们，叫他们保守秘密，因为他们这一对情人，谁都不愿意铺张声扬。老板本来打算不久就下她的工，现在却又假装着非常舍不得让她走了。谁再给他撇浮油呢？谁再给他做带花儿的黄油团，卖给安格堡和沙埠的小姐太太们呢？老板娘就给苔丝道喜，说再不用踌躇不定、犹豫不决了，可以把一颗心放下了。又说，她头一天看见苔丝，就知道苔丝绝不会嫁一个平常卖气力的乡下人，苔丝刚来的那天下午，她看着苔丝走过场院的时候，那样优越超逸，她就敢起誓，说苔丝是大户人家的女儿。实在的情况是：那天老板娘看见苔丝走来，倒真觉得她优雅、漂亮来着，至于说她觉到苔丝优越超逸，那也许是她后来知道了苔丝的情况以后，想象出来的吧。

苔丝现在悠悠荡荡，恍恍惚惚，自己也不知道自己究竟是怎么个主意。话已经说出口来了，婚期已经定了。她生来头脑清楚，心明眼亮，现在却也变得跟农田上的工人以及那些习于自然现象，少与世人往来的男女一样，信起命运来了：她的情人说什么，她也老老实实地答应什么，一点儿不加考虑。这就是苔丝现在的心情。

但是她又写了一封信给她母亲，外面上是通知她结婚的日子，骨子里却是又跟她要主意。原来这回选她做太太的，是一位有身份的上等人，关于这一点，她母亲也许没充分考虑吧，所以要提醒她。等到结过了婚，再把往事解释，那在一个比较粗鲁的人看来，也许不觉得怎么难堪，但是克莱却不见得也能那样吧。不过信倒是写了去，德北太太却没有回信。

克莱虽然对自己、对苔丝，都说实际上必须立时结婚，说得似乎很有理，但是这种办法，实在未免有点儿鲁莽，这是后来可以看出来的。他很爱她，那是不错的，不过他的爱也许有些偏于理想，耽于空幻，不像她对他那样热烈、那样彻底吧。他本来只觉得他命中注定，该做粗鲁不文的庄稼人就是了。他没想到，在这种生活的背后会遇到这么一个迷人的田园妙人儿。天真朴素的人，本来只是说说就是了，他到了这儿，才知道天真朴素，怎样真正迷人。但是他自己的前途，他现在还没看得很清楚，也许还得再过一年或者两年，他才能算得是真正创立起事业来。原来他总觉得，他家里的人那种褊狭的见解，使他自己真正的前途受到了阻挠，因此他在事业方面、品格方面，都带了一些不计利害的色彩。这就是症结所在。

"你说，等到你在英国中部的农田上，完全安置好了以后，再办这件事，是不是更好？"她有一次怯生生地问。（那时他正想在英国中部种庄稼。）

"我老实对你说吧，我的苔丝，你离开了我，你没有我保护你、同情你，我就不放心。"

这个话，就话的本身而论，倒也有理。她的一切，没有不受他的影响的，他的态度和习惯、他的言谈和话语、他的爱好和厌恶，一样一样都叫她学了去了。要是把她撂在一块农田上，她一定要慢慢退化，变得跟他不能协调了。并且他所以一定要把她放在自己身边，还有另一种原因。他把她带到远方安家立业（不论是在英国，也不论是在殖民地上）以前，他父母自然想要至少见她一面的。既是他绝不许他们老两口子的意见影响他自己，绝不能因为他们的意见而改变自己的意图，因此他想，要是他利用他寻找好机会来开创事业的时间，先带着她在寓所里住几个月，把她训练训练，再带着她到牧师公馆去见她婆婆，那就一定可以把她训练得大方、文雅，她一定不会再觉得"丑媳妇怕见公婆面"了。

还有一层，他想多少见习见习面粉厂的情况，因为他打算，将来也许自己种麦子，自己磨面粉。井桥村里有一座古老的大水磨磨坊，从前是一个寺院的产业，磨坊的主人答应过他，说他如果愿意的话，可以去参观参观那儿那种年深日久的办法，并且可以参加他们的工作，做几天活儿，无论他想几时去都可以。这个磨坊，离他们只几英里，有一天，克莱上那儿去了一趟，调查那儿的详细情况，晚上才回到塔布篱。回来就告诉苔丝，说他决定在井桥村这座水磨磨坊里待些时候。他为什么打这番主意呢？他并不是真正要去考察什么磨面筛面的办法，却是因为他无意中发现了一件事。原来那地方有一家农舍，从前还没斩头去尾、断臂截腿的时候，本是德伯家一个支派的宅第，他可以在那儿赁到寓所。克莱解决实际问题的时候，老是采取这种态度，老是随着与实际无关的一时兴会为转移。他们当时决定，结婚以后，不到城里去住旅馆，立刻就到那儿去，在那儿住两个礼拜。

"以后咱们再往伦敦那一面去，因为我听说那儿有几处农田，咱们到那儿看看去，"他说，"三四月里，我再带着你去看我父亲和我母亲。"

这一类的问题，发生了又过去了，叫人不敢相信的那一天——她要成为他的人那一天——庞然在望，越来越近了。十二月三十一日——新年前夕——就是那一天了。她就要是他的妻子了，她自言自语地说。真会有这样的事吗？他们两个要结合了，无论什么都不能把他们拆散了，一切大大小小的事，都要两个人共同有份儿了。为什么不能那样呢？然而又为什么能那样呢？

有一天，礼拜早晨，伊茨·秀特做完了礼拜，从教堂里回来，背地里悄悄问苔丝：

"今儿早晨，怎么没有你们的通告啊？"[1]

"什么？"

"今儿该是第一次啊，"她安安静静地看着苔丝回答说，"你们不是定好了，新年前夕那天结婚吗，亲爱的？"

苔丝急忙回答说："是啊。"

"不是一共要宣布三次吗？这阵儿到新年，中间可只剩了两个礼拜了。"

苔丝自己都觉得脸上灰白起来，伊茨说得很对呀，当然要宣布三次啊。他也许忘了吧！如果真那样，就得迟延一个礼拜了，那多不吉祥！她怎么可以提醒他呢？苔丝本来羞羞答答，退缩不前，现在却又忽然满心焦灼，急不能待，一心只怕失去那个无价的珍宝了。

幸而出了一件在理必有的事，解除了她的焦灼。原来伊茨把没宣布结婚通告的话，对克里克太太说了，克里克太太就以年

---

[1] 英国从前的法律，结婚办法的一种，就是用结婚通告。用这种办法的，必须把男女双方的姓名、住址和居住在那个住址的时间，都报告牧师。牧师在礼拜日那天晨祷读完第二遍《圣经》经文的时候，向众宣布，每礼拜宣布一次，共宣布三次，宣布时，问有反对的人没有。如有人反对，可以提出。另一种是用许可证，那就不必经过当众宣布的手续。原文用方言"call home"，且有哈代自注，说明其意。兹均略去。

长经事的老大妈自居，把这件事告诉了克莱。

"你忘了吗，克莱先生？怎么没宣布结婚通告哇？"

"没忘，并不是忘了。"克莱说。

他刚背地里见了苔丝，就安慰她说：

"你别因为听见他们说没宣布结婚通告，就着起急来。我觉得，咱们用许可证更严密一些，所以我没跟你商量，就自己拿了主意，一定用许可证了。这么一来，你礼拜天早上在教堂里想要听见宣布你的名字，可就办不到了。"

"我本来并不想听人宣布我的名字啊，最亲爱的呀。"她骄傲地说。

苔丝现在知道了一切都妥当齐备，心里就不知轻松了多少。她本来还几乎害过怕，唯恐有人在教堂里站起来，根据她已往的历史，反对她的结婚通告。现在不用怕这一层了。真是事情样样都顺利！

"我自己老不十分放心，"她自言自语地说，"现在倒是事事顺利，但是也许来一阵厄运，把好运都给我驱逐而去呀。老天爷就是惯于这样捉弄人的。我反倒后悔，不该不用通常的结婚通告来着！"

但是一切都非常顺利。她想，不知道结婚的时候，他愿意她穿现在那件顶好的白色连衣裙呢，还是得另买一件新的呢？对于这个问题，他早就想到了，所以没用她踌躇许久。因为有一天，邮局给她送来了一些大包裹。打开一看，里面是全套的服装，从头上戴的到脚上穿的，件件俱全，里面还有一套无一不备的晨间服装，像他们筹备的这种不事铺张的婚礼，这套服装穿着顶合适了。包裹送来不久，克莱就进了屋里，听见她正在楼上解包裹。

待了一分钟的工夫，她满脸通红，两眼含泪，走下楼来。

"你有多么细心哪！"她把脸靠在他的肩头上，嘴里嘟嘟囔囔地说，"连手套、手绢，都想得周周全全的，我最亲爱的啊，你太细心、太周到了！"

"没有的话，苔丝，没有的话。这不过是写一封信给一个伦敦的女商人就完了，这有什么哪？"

他不愿意叫苔丝一心一意，净把他往高里抬，所以就告诉苔丝，叫她上楼，从从容容地把衣服试一试，要不合适，好找村子里做衣服的女人修改修改。

她果然回到楼上，把长袍穿上，自己一个人在镜子前面站了片刻，端详自己穿着绸子衣服的仪容。她一时忽然想起来，她小时候母亲常对她唱的一个民歌，歌里提到一件神秘的长袍说：

> 做过了一回错事的妻子，
>
> 永远也穿不了这件衣服。[1]

她母亲当时唱的声音非常欢畅，态度非常调皮，把脚踩着摇篮当作节拍。自从苔丝来到这座牛奶厂，从来连一次也没想起这个民歌来，现在忽然想起来了：要是她身上这件长袍，也像昆

---

[1] 英国一个古民歌，叫作《幼童和斗篷》。歌词见于培随的《英国古诗歌钩沉》第三辑第一卷第一首。内言一童献袍于阿绥王，袍可以试女人是否忠于丈夫。王后昆尼夫，因不忠，着袍后，袍变色。

尼夫王后穿的那件一样，改变了颜色，泄露了自己的秘密，那可怎么好呢？

33

安玑很想在结婚以前，和苔丝到别处去玩一天，作为他和苔丝还是甜蜜的情人时，他最末一次陪伴她的游玩。这样的一天，一定是柔情蜜意，沁人心脾，这样的情况都是永远不能再得到的；同时一个更重大的日子，就近在眼前，含笑相招。因此在结婚以前那一个礼拜里，他对苔丝提议，要和她一块儿到最近的市镇上去买些东西。他这样提议了以后，跟着两个就一块儿起身前去了。

克莱住在牛奶厂里的时候，跟与他同一阶级的人没有往来，简直是一个隐士。好几个月他也不进一趟城，他用不着车马，所以从来也不预备车马，遇到要骑马的时候，就雇老板的牸马，遇到要坐车的时候，就雇老板的双轮小马车。那天他们就是坐着双轮小马车去的。

他们两个有生以来，一块儿置办共用的东西，这是第一次。那天正是圣诞节前夕，铺子里堆的净是冬青树和寄生草，满街上走的净是东西南北的乡下人，都因为过节，跑到这儿来。苔丝挽着安玑的胳膊，在人群里走着的时候，一方面美丽的脸上平添了快活的神气，另一方面却又叫人们直眉瞪眼地瞧得怪不受用的。

傍晚的时候，他们回到了歇脚的客店，苔丝站在门道那儿，等克莱去照料车、马，把车、马赶到门前。大客厅里满是客人，你来我去，老没有安静的时候。他们进进出出，每开一次门，屋里的灯光就正把苔丝的脸照一下。在这些人之中，后来又出来了两个人，从苔丝身旁走过。有一个见了她，好像觉得很奇怪，就直眉瞪眼地把她浑身上下打量。她觉得，仿佛从前在纯瑞脊见过那个人，不过那个村庄离这儿那么些英里，这儿很少看到纯瑞脊的人。

"一个漂亮姑娘。"那一个就说。

"不错，漂亮倒是漂亮，不过，俺要是没认错了人——"跟着马上就把前面那句话的后半否定了。

克莱刚好从马棚里回来，和那个人在门槛那儿碰了个对面，就听见了他嘴里不三不四的话，同时看见了苔丝畏避退缩的神气。她叫人家这么欺负，他像刀扎在心尖上一样，哪儿受得了？所以他连想一想都没顾得，就用尽了全力，照着那个人的下巴打了一拳，把那个人打得往后一踉跄，倒退到穿堂里。

那个人稳住了脚，好像想要上前动手，克莱也走到门外，摆出自卫的架式。但是他的对手，把念头一转，又从苔丝身旁走过，把她重新打量了一番，对克莱说：

"对不起，先生，俺认错了人啦。俺只当她就是隔这儿四十英里那个女人啦。"

克莱于是觉得自己太急躁了，并且本来他就不该把苔丝一个人撂在客店的门道里，于是给了那个人五先令，算是赔这一拳的不是（他遇到这种情况，老是这么办），因此两个人和平无事地说了一声夜安便分开了。克莱从马夫手里接过缰绳，和苔丝一同赶着车起了身，那两个人的路却和他们的相反。

"真认错人了吗？"第二个人问。

"一点儿也没认错。不过俺不愿意叫那位先生听着不受用就是了。"

同时那对情人，正赶着车往前走去。

"咱们能不能把日子再稍微往后推一推哪？"苔丝问，问的时候，声音干哑沉闷，"我这是问一问，要是咱们想这么办，事实上办得到办不到？"

"办不到，我最亲爱的。你别沉不住气。你这是因为我把那小子揍了，想给他点儿工夫，好叫他以斗殴的罪名，叫法庭来传我，是不是？"他用逗笑的样子问。

"不是——我的意思，只是问一问——要是得往后推一推，办得到办不到？"

她究竟是什么意思，并不十分清楚。他告诉她，叫她把这种胡乱的思想一概丢开，她也顺顺从从地尽力做出镇定的样子来，但是，一路之上，她仍旧沉闷不语。等到后来，她才想道："我们要离开这块地方了，要离开这儿，到上千上万英里的新地方去了，在那个地方，这种事永远也不会再发生，从前的事，连影子都到不了那儿。"

他们两个那天晚上，在楼梯口那儿甜甜蜜蜜地分了手，克莱就回到自己的阁楼去了。苔丝恐怕剩的日子不多，时间匆忙，所以没立刻就睡，在屋子里收拾随身应用的东西。她收拾着的时候，忽然听见楼上克莱的屋子里，扑通扑通地响，好像打架的声音。满厂里的人那时候全都睡下了，她心里焦急，恐怕克莱闹灾闹病，就急忙跑到楼上敲他的门，问他怎么回事。

"哦，没有什么，亲爱的，"他从屋里说，"对不起，把你搅醒了。不过这件事说起来倒也好笑。我刚才睡着了，梦见了欺负你那个人，又跟他打起来。你听见的声音，就是我把今儿拿出来要装东西的那个皮包，用拳头打的。我睡梦中，有时要犯这种毛病。你睡觉去吧，没有什么，别再理会啦。"

这就是左右全局的最后一个砝码，她那游移不决的态度，这么一来，一下就决定了。把过去的事，亲口对他说出来，自然是办不到的，可是还有别的办法呀。她在桌旁坐下，取过笔来，在一张叠成四页的信纸上，把三四年前的事，简单明了地写了出来，写完了，装在一个信封里，上写克莱先生收启。恐怕再过一会儿，勇气就退了，[1] 所以立刻光着脚，上了阁楼，把那封信由门底下塞到屋子里。

她那天夜里，时睡时醒，这本是在情理之中的，她注意听楼上头一声微弱的声音。后来这种声音，和平常一样发出来了，他也和平常一样下了楼。她也下了楼。他在楼梯下面迎着她，吻她。一点儿不差，他还是和从前一样地热烈啊！

苔丝只觉得，克莱有点儿心烦神疲的样子。但是他一直没提起她泄露出来的事情，就是只有他们两个在一块儿的时候，他也没提起。他究竟看见了那封信没有呢？她觉得，除非他先提这件事，她自己是不便提的。一天过去了，不管克莱心里想的是什么，

---

[1] 意译。原文暗用《圣经》，"你们心灵固然愿意，肉体却软弱了"。见《马太福音》第二十六章第四十一节，《马可福音》第十四章第三十八节等处。

反正他是不想对别人说的。但是他和从前一样地开心见诚，一样地轻怜痛惜。莫不是她的忧惧，都是小孩子的见识吧？莫不是他饶恕她了吧？莫不是他爱的就是这个她，就是像她这样的她，他看到她这样心神不宁，好像看到一场离奇荒诞的噩梦一样，还觉得可笑吧？他真看见她那封信了吗？她往他屋里瞧了一瞧，看不见那封信的踪影，也许他饶恕她了。不过就是他没看见她那封信，她也对他起了一阵热烈的信赖，认为他一定会饶恕她。

每天早早晚晚，他都跟从前一模一样，于是新年前夕那天——结婚的好日子——来到了。

那一对情人，现在不用在挤奶的时候起来了，他们两个住在厂里最后这一个礼拜，所受的有些像是客人的待遇，苔丝受一人独占一室之荣。那天他们下楼吃早饭的时候，没想到大厨房里，为了庆祝他们两个的喜事，摆布得跟从前大不一样。原来天还没亮，老板就吩咐人把那大张口的壁炉暖位刷得雪白，砖炉床也刷得通红，从前壁炉顶上灰暗的黑色花枝蓝布风帘也不见了，却换了一个闪闪发光的黄色花缎风帘了。在冬日阴沉的早晨，壁炉本是一个屋子的中心，现在它那儿焕然一新，全屋里也都跟着放出光辉来。

"俺是拿定了主意，要弄点儿什么，庆祝庆祝你们这件事的，"老板说，"俺本来打算照着老规矩，叫一班音乐队，带着提琴和低音提琴全套家伙，吱吱扭扭地热闹热闹，可是因为你不喜欢那个调调，俺就改了章程，想了这么一种顶静便的办法。"

苔丝的亲人住得那么远，就是请他们来参加婚礼，他们也不是轻易就能来的，实在说起来，压根儿也就没请马勒村任何人。至于安玑家里的人呢，他倒是写信把日期告诉了他们，并且还表示过，说他很希望，到那一天如果有人愿意来的话，至少能来一个人。他哥哥连信都没回，仿佛很生他的气。父母倒是有信，不过信上写的，未免叫人听着不受用，只埋怨他，说他不该这样急不能待地就结婚；但是事情既是没法儿更改了，他们又说，虽然万没想到，会娶一个挤奶妇做儿媳妇，但是儿子已经大了，也许自己明白是非好歹了，当爹妈的也就用不着跟着瞎操心了，用此自遣。

他家里的人虽然都这样冷淡，他倒没觉得怎么难过，因为他知道自己胜算在手，不久就要出其不意，对他们炫耀一番。要是现在把刚出牛奶厂的苔丝带给他们看，说她是德伯家的后人，名门闺秀，他觉得可有些鲁莽，不一定有把握。因此他一直把她的家世隐瞒起来，预备结了婚以后，花几个月的工夫，带着她走几个地方，教她念些书，对世路人情熟悉熟悉，然后再带着她去见他父母，表白一番她的家世，这样苔丝就不至于有辱德伯家的门楣，他就可以凯旋而归，得意扬扬了。这种心思，即便不能算是什么了不起的事情，至少也得算是一个情人甜蜜的梦想。也许苔丝的门楣，对世界上无论谁，都没有像对他那样大的价值。

她看安玑待她，仍旧和从前一模一样，无所改变，因此就怀着鬼胎，疑惑起来，不知道究竟他看见了自己的信没有。她趁着安玑还没吃完早饭的工夫，离开饭桌，急急忙忙上了楼。原来她忽然想起来，得把克莱住了许久、好比兽窟（或者不如说是鸟巢）那个清冷、古怪的屋子，再考察一下。她上楼梯的时候，那个屋子的门正开着，她就站在门口观察沉吟。她俯下身子，往门槛那儿看去，因为两三天以前，她就是从那儿把信慌慌张张地塞到屋子里去的。屋里的地毯，一直铺到了门槛跟前，就在地毯底下，她看见她那封信的白信封，露着一点边儿。这样看来，显而易见，他是没看见那封信的了。她那回急急忙忙地塞信，信倒是塞进门缝里面去了，可也塞到地毯底下去了。

她一阵迷糊，仿佛要晕，急忙把信揪出来。一看，信还是封得好好的，和原先她把它送到那儿去的时候，完全一样。这样看来，那个山岳一般的障碍，还是没有清除哪。既是厂里都忙忙碌碌地给他们两个预备婚礼，那么她现在是不能再叫他看这封信的了。她把信拿回自己的屋子里，把它毁了。

她又和他见面的时候，脸上很灰白，所以他很不放心。她这回把信放错了，她急忙抓住了这一点，好像就是天意不让她自白，但是她良心上，却分明知道，并不一定这样，因为还有的是时间哪。但是一切都乱哄哄的，满屋里人来人去，都要梳妆打扮，因为老板和老板娘都应邀做证婚人。因此想要沉思默想从容谈话，差不多就办不到。只有在楼梯口上碰见克莱的片刻，是他们俩能够单独在一块儿的时候。

"我急于跟你谈一谈——我想把我所有的过失、所有的错误，都对你说明白了。"她假装着轻松的样子说。

"不成，不成，咱们这会儿，不能谈什么过失——至少，你今天一天，得算是十全十美，我这甜蜜的人儿！"他嚷着说，"我想，过了今天，以后有的是工夫，来讲咱们的过错，那时候，我也要把我的说一说。"

"不过我想我还是现在就说一说好，我现在说了，你就不会再说——"

"好吧，我这位不切实际的小姐！只要咱们在新房里安置好了，你什么话都可以说，现在可别这样。那时候，我也把我犯的过错对你说一说。不过咱们可别让过错把咱们今儿这个好日子带累坏了。等到以后无聊的时候再说，倒是很好的解闷材料。"

"那么，你不愿意我现在说了，最亲爱的？"

"我不愿意，苔绥，实在不愿意。"

他们急忙就要换衣服，急忙就要起身了，所以没有工夫再谈这个。她仿佛是听了他那句话以后，又想了一想，觉得放了心似的。还有两点钟的工夫，但是她对克莱的忠心，就像激流一样，猛冲急旋，使她前进，让她不顾得再思前想后，所以这个紧要关头，不知不觉地就过去了。她唯一的愿望是：让自己做他的人，管他叫自己的丈夫，自己的亲人——然后，假如必要的话，死去 [1]——这种愿望，她自己抵抗了这么些日子，现在到底叫她从她使筋拔力、一味回顾往事的狭径死路上，轩輊高举了。她梳妆打扮的时候，心里只是一片五光十色的迷离景象，它的辉煌把一切可能发生的不幸，都完全压伏下去了。

教堂离得很远，又正是冬天，所以非坐车去不可。他们在一家道旁客店，定了一辆轿式马车。这辆车还是从前有驿车 [2] 的时候，店里的老家当，一直放在店里，轮瓦厚、轮辐重，大个的

---

[1] 她唯一的愿望……，比较《罗密欧与朱丽叶》第二幕第六场第六行以下："你只要宣布神圣之言把我们结合，再让那吞食爱情的死亡任意胡作，只要我能叫她是我的，就无可再说。"

[2] 驿车，没发明火车以前的交通工具之一。多塞特郡通火车，在一八四五年以后。

车架子弯着，绷簧、缰绳都特别粗大，车辕就像攻城的大木桩。赶车的是一个齿尊容庄，整六十岁的老"僮"——因为年轻的时候，老在露天底下，叫风吹、雨打、太阳晒，再加上好喝酒，所以老害风湿性的痛风。自从不用他赶车以来，已经有二十五年了，他老站在店门前，什么也不做，仿佛专等旧日的光景重新回来似的。从前他在凯特桥的王徽店里，当了多年的正式车夫，叫那时候那种时髦华贵的车辕，把他左边那条大腿的外部，磨得永远血淋淋的，成了一个永远不能收口的创伤。

当时他们一行四人——新郎、新娘、克里克先生、克里克太太——就在这辆又笨重又吱吱响的车里坐好了，那位老朽不堪的车夫，就坐在他们前面。克莱很盼望他那两位哥哥，至少能来一位给他做伴郎，他写给他们的信里，曾经微微露过这个意思，不过他们都没有回信，这就表明，他们是不肯来的了。他们本来就不赞成这门亲事，自然更不能指望他们帮忙的了。也许他们不能来倒也好。他们并不是世路中人，且不必说他们对于这门亲事的意见，即便在牛奶厂里，和厂里的人平起平坐，称兄道弟，像他们那样又酸又臭，也一定要觉得不舒服。

当时的情势，推动苔丝前进，把她驾在云端，使她对于这种事情，一概不知道，对于一切东西，一概看不见，对于往教堂去的道路，也不知道是哪一条。她只知道，克莱紧靠在她身旁，除此而外，别的情况一概是一片迷雾，含有光辉，往外映射。她现在真成了只有在诗歌里才存在的那种天上人物了，真成了从前克莱和她一同散步的时候常对她说的那种古代天神了。

婚礼既然是采取许可证那种办法，所以教堂里只有十二三个人，不过，就是有千儿八百人在那儿，于她也不会发生更大的影响。他们离她现在的世界，简直和天上的星辰一样地遥远。她宣誓 [1] 说要做他忠心的妻子那时候那样郑重严肃，真使人觉得如登九天，平常男女的爱慕，让那种情况一比，可就显得轻薄而不庄重了。在仪式停顿的中间，他们两个一齐跪在那儿，她不知不觉地歪到他那面，肩膀碰着了他的胳膊。因为她那一刹那间，起了一个惊心的念头，所以出于机械，做出那种动作，为的是要知道一下，他一点儿不错，的确是在那儿，好把一颗心放下，她把自己认为他对她的忠诚能抵抗一切的信心，巩固一下。

克莱知道，苔丝很爱他——因为在她全身之上，没有一点地方不表示她爱他的——但是那时候，他还不知道，她对他的爱，究竟有多深，有多专，有多柔顺；不知道，她都怎样能为他忍痛受苦，为他赴汤蹈火，她都怎样矢志靡它，至死不渝 [2]。

他们从教堂里出来的时候，撞钟人正把钟从钟架子上动荡 [3] 起来，于是三种音调和鸣的钟声，铮铮发出，因为教区很小，所以建造教堂的人觉得，有三架钟 [4]，尽可以够区上教民们受用的了。她同她丈夫，经过钟楼，往栅栏门那儿走去，那时候，她可以感觉出来，钟声嗡嗡，从安着透气窗的钟楼上发出，把钟楼周

---

[1] 宣誓，欧美婚礼的一部分。牧师问新郎，你愿意娶这女子为妻，遵天主的圣命，与她度日等语，新郎答愿意。问新妇亦然。

[2] 比较《新约·哥林多前书》第十三章第四至第七节、《歌罗西书》第三章第十二节、《加拉太书》第五章第二十二至第二十三节。

[3] 钟从架子上动荡，欧美撞钟时，使钟本身来回动荡，碰到钟舌以发声。

[4] 三架钟，英国教堂，丧钟只一个，喜钟则一套。欧洲大陆教堂中钟极多，英国较少，每套八个的已为少数，每套十二个以上的则最少。

围的空气震荡，绕着他们身外萦回，那种情况，就和她当时那种满腔情绪的心境，正是一样。

她在这种心境之中，觉得身外射来一片光辉，把自己映照，好像圣约翰在太阳里看见的天使一般[1]。等到教堂的钟声响过了，婚礼所引起的情绪也安静下来了，这种心境才跟着消失了。那时候，她的眼睛才能看出一切东西的细情来。克里克夫妇吩咐把自己的小马车套来，把那辆大马车腾出来，给他们一对新人坐，那时她才第一次看见那辆车的构造和形状。她静悄悄地坐在那儿，把车端量了好久。

"我觉得，你仿佛打不起精神来似的，苔绥。"克莱说。

"不错，"苔丝回答说，一面用手去按她的前额，"有许多事，都叫我心惊胆战。一切都太严肃了，安玑。别的不提，这辆车仿佛我从前见过，仿佛跟它很熟。真怪啦——一定是我梦见过它。"

"哦，你听说过德伯家大马车的故事了吧。那是从前他们在这一郡里正红的时候，他们家出的一件迷信事，这一郡都传遍了，没有人不知道。这一定是你从前听人说过那个故事，所以现在看见这辆笨车，就又想起那个故事来了。"

"我不记得我听人说过那个故事，"她说，"怎么回事哪——你能不能说给我听一听？"

"呃——我现在顶好不要把详细的情况都说出来，只说个大概吧。在十六世纪或者十七世纪的时候，你们德伯家有一位老祖

---

[1] 太阳里的天使，《新约·启示录》第十九章第十七节："我又看见一位天使站在日头中，向天空所飞的鸟大声喊着说……"《启示录》相传为圣约翰所作。

宗，在自家用的大马车里，犯了一件吓死人的罪。从那时以后，你们家里的人，总是看见那辆车的样子，再不就听见那辆车的声音，不管什么时候，只要——不过我还是改天再讲吧。怪阴森的，一定是你先知道了那件事的一点影子，所以现在看见这辆老笨车，就又想起那件事来了。"

"我不记得我从前听人说过，"她嘟囔着说，"你才说，什么时候我们家的人看见那辆车哪？是他们要死的时候，还是他们犯了罪的时候哪？"

"别说啦，苔丝！"

他吻了她一下，不让她说。

他们到家的时候，她心里一个劲儿地后悔难过，老打不起精神来。在名义上，她倒是安玑·克莱的太太了，但是在道德上，她有要求这种名分的权利吗？说她是亚雷·德伯的太太，岂不更对吗？她保守缄默，正直人也许要认为该受责备。难道浓烈的爱就能使该受责备的变成不该受责备的了吗？她不知道，一个女人，遇到这种情况，应该怎么办，也没有人能给她拿个主意。

不过，有那么几分钟，只她一个人在屋里待着，——这是她最后一天，最后一次，到那个屋子里的——她跪下祷告。她本想祷告上帝，但是她真正哀恳的，却是她丈夫。她对那个人那样崇拜，使她几乎害怕，那不是什么吉兆。她意识到，行乞僧劳伦所表示的那种观念："穷欢极乐，必有凶终恶果。"[1] 她对那个人崇

---

[1] 行乞僧劳伦，《罗密欧与朱丽叶》里的一个人物。他给罗密欧和朱丽叶两个人秘密行了结婚仪式。现在引的这句话，见于那本戏剧第二幕第六场第九行。

拜得也许太凶了，太厉害了，太不要命了，太不顾一切了，不是人受得了的。

"唉，我的亲亲哪，我的亲亲哪，我怎么爱你爱到这种分寸了哪！"她自己低声说，"因为你爱的那个她，并不真是我，只是一个和我形影一样的人，只是一个我本来可以是而现在可不是的人哪！"

到了下午了，该是他们走的时候了。他们在井桥村水磨磨坊附近那个古老的农舍里赁好了几个房间，他想在那儿住几天，同时研究研究磨面的情况，他们早就决定要实行这个计划了。两点钟的时候，一切都齐备了，除了起身没有别的事了。厂里所有的工人，都站在红砖房门那儿，等着看他们出来。老板夫妇跟着他们走到门口，苔丝看见她从前那三位同屋的伙伴，都靠墙并排站着，满腹心事地低着头。她原先很怀疑过，不知道她们会不会出来送他们，但是现在她们都出来了，都尽力自持，尽力克制，坚持到底。她知道，娇柔的莱蒂，为什么那样软弱无力，伊茨为什么那样愁眉苦脸，玛琳为什么那样怔怔愣愣。她只顾琢磨她们的伤心事，就一时把时时刻刻萦回在自己心头的伤心事忘了。

她在一阵冲动下，对她丈夫低声说："你把她们那三个可怜的姑娘，每人吻一下，算是头一次，也算是末一次，好不好？"

克莱对这种告别的形式（对于他，这不过是一种形式罢了，毫无别的意味），并没有什么反对，所以他走到她们跟前的时候，就把她们一个一个都吻了一下，一面嘴里说再见。他们走到门口的时候，她带着女性特有的细腻，回头看去，要看一看这一个慈善的吻有什么影响。她本来可以趾高气扬，自鸣得意，但是她一点儿那种神气都没有，并且即使她有那种神气，而一看那几个姑娘都那样不能自持，那种神气也要立时就消失了的。那一吻分明是害了她们了，因为她们原先努力压制下去的感情，又让这一吻鼓动起来了。

关于这些情况，克莱一概不觉。他往小栅栏门那儿走去，和老板夫妇一一握手，向他们告别，并且感谢他们的关照，跟着有那么一会儿的工夫，都静悄悄地，看他们起身。忽然一声鸡鸣，打破了寂静。原来有一只红冠子、白翎毛的公鸡，飞到房前的木篱上，离他们不到几码远，朝着他们叫了一声，起初声音很高，一直钻到他们的耳鼓里，后来慢慢低微，像岩石山谷里的回声一般。

"哦？"老板娘说，"过晌还有鸡叫！"[1]

场院的栅栏门旁，站着两个工人，给他们把门开着。

"这可不吉祥。"这一个悄悄地对那一个说，却没想到，这句话，小栅栏门前那群人也能听见。

公鸡一直朝着克莱，又叫了一声。

"呃！"老板说。

"这个公鸡真讨厌，"苔丝对她丈夫说，"快叫车夫赶着车走吧。再见，再见！"

公鸡又叫了一声。

"咄，快滚开！你不滚开，俺就把你的脑袋给你拧下来！"老板有点儿怒恼，一面把公鸡赶走了，一面嘴里这样说。他回到

---

[1] 过晌儿鸡叫，这是英国乡下人迷信为不吉利的事情。

屋里的时候对他太太说："正赶着今天这个日子出这样的事！俺一年到头，从来没听见过晌鸡叫！"

"那不过是说要变天就是了，"她说，"不会是你想的那样，绝不会！"

34

他们两个坐着车，顺着谷里的平道，往前走了不到几英里，就到了井桥村，到了井桥村以后，又往左一拐，离开了村子，跨过了一座伊丽莎白时代的古桥。就是因为有这座桥，村名才带了一个桥字。紧靠古桥的后面，就是他们租作寓所的房子。它的外观，凡是到芙仑谷去过的人，全都很熟识。原先那是一座壮丽大宅第的一部分，本是德伯家的产业和庄园府第，但是自从这所宅子拆掉了一部分以后，就成了一座农舍。

"来到你们家祖上的一座宅第了，欢迎，欢迎！"克莱一面把苔丝扶下车来，一面嘴里这样说。后来一想，这句笑话太像当面挖苦了，又后悔起来。

他们进了屋子以后，问起来才知道，房东利用他们住在这儿这几天的机会，给亲戚朋友拜年去了，只留了一个从邻近的小房来的女街坊，照料他们那几桩必需的事项。因此虽然他们只赁了两个屋子，却可以享用房子的全部。他们觉得这是一件很痛快的事，同时领略到，这是他们两个第一次享受独自居室的经验。

但是他觉得，他这位新娘子，见了这所又老又旧的住宅，仿佛有点儿心情抑郁。马车走了以后，那个做零活儿的女仆，就带领他们，到楼上去洗手。走到楼梯口上，苔丝站住了脚，唬了一跳。

"怎么啦？"克莱问。

"你瞧这两个女人多唬人！"她笑着说，"我刚才让她们吓了一大跳。"

他抬头看去，只见嵌在墙里头的木板上，有两个活人一般大的画像。到过这所宅第的人全都知道，那是两个中年妇人的画像，论年份大概是二百年以前，画像上的面貌很特别，只要见过一次，就永远不会再忘。一个是又长又尖的嘴脸，眯缝眼，把嘴咧着强作笑容，一股奸险无情的神气；那一个是鹰鼻子，大牙齿，瞪着两只大眼睛，气焰万丈，差不多要吃人的样子。看见过这两副脸的人，做梦也非梦见它们不可。

"这都是谁的画像？"克莱问女仆。

"据老一辈的人说，这两个画像是这所宅子的老宅主德伯家两位夫人，"女仆说，"它们都镶在墙里头，没法儿搬掉。"

这两个画像，不但吓了苔丝一跳，并且还有一种情况，更叫人不痛快，因为苔丝秀丽的眉目，分明能在这两副特点过分显著的容貌上，看出一点影子来。但是他嘴里并没提这一层，只心里后悔不该自找麻烦，选了这么一个地方做新房，就走到隔壁的屋子里去了。这个地方，原是急忙中给他们收拾出来做新房的，所以只有一个脸盆。他们两个一同把手放到水里，克莱的手和苔丝的手，在水里互相接触。

"哪是我的手指头，哪是你的呀？"克莱抬起头来问，"都掺和到一块儿啦，分不清哪是谁的来了。"

"都是你的呀。"她令人可爱地说，同时努力装出比先前更快活的神气来。在这种时候，她那样细心周到，并没惹克莱不快，凡是通情达理的女人，都要像她那样做的。不过苔丝却知道，自己的细心周到，未免太过，所以竭力要避免那样。

新年前夕那天，白天很短，下午太阳快要落下的时候，阳光从一个窟窿射进屋里，像一条金棒，投到苔丝的下摆上，把下摆像颜料那样染了一块。他们走进那个古老的客厅，去用茶点，他们就在那儿第一次夫妇同案而食。他们非常地孩子气，或者不如说，他非常地孩子气。因为他偏要和她用一个黄油面包盘子，觉得这很有趣，并且还用自己的嘴去把她嘴上的面包渣擦掉。他觉得她对于这个调调儿，不像他那么起劲，未免有点纳闷。

他一言不发，瞅她瞅了老半天，仿佛遇到一段难读的文章，找不出正确的解释来似的。瞅到后来，他才好像得了主意，就自己想道，"她真是叫人疼、招人爱的苔丝！她这个小小女人中的尤物，完全要和我有福同享，有罪同遭了。她终身的一切，全看我对她忠心不忠心了，我对于这一点，是否充分严肃地领会过哪？我恐怕没有吧。我想，除非我自己也是个女人，我就永远也不能真正领会吧。我现在享福，她也得跟着享福了，我现在受罪，她也得跟着受罪了；我将来怎么样，她也得跟着怎么样了，我不能怎么样，她也不能怎么样了。我会有一天不理她，不疼她，不把她放在心坎儿上吗？上帝可别容我犯那样的罪！"

他们在茶几旁边坐着，等他们的行李，因为厂里老板答应过他们，说要在天黑以前，把行李给他们送到。但是眼看就到晚上了，行李还没来。他们除了身上穿的衣服，别的东西又一概没带。太阳落下以后，冬天白昼那种沉静样子，可就改了面目了。只听门外发出一种沙沙的声音，好像绸子受了有力的摩擦似的。原先静静地躺在地上的树叶子，现在也都骚动起来，不由自主地打旋儿，往百叶窗上直扑打，待了不大的一会儿，下起雨来。

"那个公鸡早就知道要变天了。"克莱说。

伺候他们那个女人，已经回家过夜去了，不过走的时候，却把蜡烛给他们放在桌子上。现在他们就把那些蜡烛点了起来，只见每一支蜡的火焰，都朝着壁炉那面倒。

"这种老房子，真容易透风，"克莱看着歪向一边的火焰和蜡烛上往下流的蜡泪说，"行李怎么还不来哪？怪啦！咱们连一把刷子、一把梳子都没带来。"

"我也纳闷。"苔丝心不在焉地回答说。

"苔丝，我看你今儿晚上，一点儿也不高兴——一点儿也不像你往常那样。墙上那两个恶婆子把你吓坏了吧！我很对不起你，把你带到这么一个地方来。我不知道，你到底是不是真爱我？"

他明明知道她真爱他，他说这些话，本来没有什么郑重的意义；但是她正满腔的情绪，所以听了这话，就好像一个受了伤的动物似的，辗转不安起来。虽然她极力忍住眼泪，也不由得掉下一两颗来。

"我说的话本是出于无心，你别见怪，"他很后悔的样子说，"我知道，你是因为用的东西还没来，不高兴。不知道怎么回事，老扬纳还不把行李送来。你瞧，已经七点了。啊，来啦！"

有人敲门，因为没有别的人出去开门，克莱就自己出去了，他回到屋里的时候，手里拿着一个小包裹。

"谁知道并不是老扬纳。"他说。

"真让人烦心哪！"苔丝说。

这个包裹是专人送来的，本来是从爱姆寺送到塔布篱的，送到那儿的时候，他们新婚夫妻刚刚起身走了，所以送包裹的又从塔布篱赶到井桥村，因为物主吩咐过，这个包裹一定得当面交给收包裹的本人。克莱把它拿到亮地里一看，只见它还不到一英尺长，用帆布裹着，用线缝着，缝的口儿上封着红火漆，打着他父亲的印，包裹面上是他父亲的亲笔字，写着"面交安玑·克莱太太"。

"原来是一件小小的结婚礼物，苔丝，"他把包裹递给苔丝，说，"他们想得真周到！"

苔丝接过包裹去的时候，神色有点儿错乱。

"我想还是你替我打开好，最亲爱的。"她把包裹又递给他说，"我不敢拆那火漆印，那看着太严肃了。请你替我打开吧！"

他把包裹打开了。里面是一个摩洛哥皮匣子，匣子上面放着一封短信和一把钥匙。

短信是写给克莱的，上面写道：

> 我的爱儿——你的教母辟尼太太（一个虚荣心很重的好人），临终的时候，曾把她的一部分珠宝，交到我手里，预备你将来成家，赠给你的妻子（无论你娶的是谁），以表示她的情好。那时你还很小，也许不大记得了。我当时不负所托，就把这副珠宝，存在银行里。固然在现在这种情况里，把这些东西送给你的太太，我觉得未免有点儿不

相称，但是你要明白，这副珠宝，现在既然按理应该归你太太终身使用，那么，把它们送给她，原是我的责任，所以我现在立刻叫人给她送到。我想，按照你教母的遗嘱，这些东西，严格说起来，成了传家之宝了。遗嘱上关于这件事那一条的原文，抄录附寄。

"我现在想起来了，"克莱说，"不过原先可完全忘了。"

打开匣子一看，里面是一副带着鸡心的项链，一副镯子，一副耳坠，还有些别的小装饰品。

苔丝起初好像不敢动它们，但是克莱把这一套东西摆列起来的时候，她那两只眼睛，却有一阵闪出亮光来，赛过了那些钻石。

"这都是给我的吗？"她似信不信地问。

"都是给你的，一点儿不错。"他说。

他往壁炉的火那儿看去，心里想起来，他还是一个十五岁的小伙子那时候，他的教母，一位乡绅的太太——他生平接触过的唯一阔人——怎么老相信，他以后一定有出息，说他以后一定要超群出众。既是她认定他将来会阔起来，那么，把这些华丽的宝物，留给他太太，再传给她那些子孙的太太，本来没有什么矛盾的地方。但是，现在它们在那儿光辉闪耀，却好像有点儿讽刺讥笑他似的。不过他又自己问自己道，"又何必这样想呢？"这自始至终只是一个虚荣的问题就是了。如果他教母可以有虚荣心，那他太太也可以有虚荣心啊。他太太是德伯家的后人，还有比她更配戴这些东西的吗？

他忽然热烈地说：

"苔丝，快把它们戴起来吧，快把它们戴起来吧。"一面说，一面转身帮着她往身上戴。

但是她好像受了魔力的支使似的，早已戴起来了——把项圈、耳坠、手镯、一切的东西，全戴起来了。

"这件长袍不大对劲儿，苔丝，"克莱说，"应该穿一件露着前胸的，才配得上这一套钻石装饰品。"

"是吗？"苔丝说。

"是。"他说。

他告诉她，说把上身的上边掖一掖，就可以仿佛晚礼服的式样了。她照着他的话办了以后，那个挂在项圈上的锁片，就单独地垂在她那光洁的白脖子前面了，那本来就是预备那样戴的。他退回几步去，仔细打量她。

"我的老天爷，你真漂亮！"

人人都知道，人是衣裳马是鞍。[1] 要是一个乡村女子，衣饰朴素，就能看得过去，那么，她要是穿着时髦的服装，加上人工的修饰，她就一定会非常地漂亮了；同时，半夜三更，男女杂沓的集会里那些美人儿，如果穿起女工的外罩，碰着阴沉的天色，站在一片单调的萝卜地里，就往往不高明了。[2] 一直顶到现在，苔丝在面貌腰肢方面种种合于艺术的美点，克莱还没估计过。

---

[1] 意译。原为英国谚语：羽毛华丽鸟华丽。

[2] 比较哈代一八九〇年三月十五日的日记："赴一个男女杂沓的盛会……这些女人，要是叫她们穿上女工的粗外罩，站在一片萝卜地里，那他们的美哪儿还有呢？"

"你要是能到跳舞会上去一去么！"他说，"不过，亲爱的，没有什么关系。我想，你戴着遮阳软帽，穿着粗布衣衫，更觉可爱——不错，比戴这些东西还可爱，固然这些东西，一到你身上，很能显示出它们的高贵华美来。"

苔丝觉出自己的美丽，就不觉兴奋得双颊发红，不过却还是没觉得快乐。

"我把它们卸下去吧，"她说，"回头叫扬纳看见了，多没意思啊。我不配戴这些东西，配吗？我想咱们得把它们变卖了吧？"

"你再戴几分钟好啦。把它们变卖了？不能。那岂不是对送咱们东西的人，行为有失忠信吗？"

她又想了一想，就立刻听了他的话。她正有事要告诉他呢，也许戴着这些东西，可以帮自己一点儿忙。她就戴着珠宝坐下去，两个又东猜西猜，琢磨扬纳还不送行李的缘故。他们给他预备了些麦酒，等他来好给他喝，现在因为搁得太久了，酒里的沫子都散了。

晚饭已经在一张靠墙放着的桌子上摆好了，待了不大一会儿，他们两个就开始吃起来。他们还没吃完，壁炉里冒的烟，忽然一抖动，有一股本来要往上冒，现在却冒到屋子里了，好像一个巨人，把手放在烟筒的上口，堵了一下似的。原来是外头的门开开了。只听穿堂里有笨重的脚步声。跟着安玑就出去了。

"俺敲了半天门，也没人出来，"扬纳·凯勒带着抱歉的意思说，这回到底是他来了，"外面又下雨，所以俺就自己把门开开了。俺把你的东西都给你送来啦，先生。"

"你来啦，很好！你怎么来得这么晚哪？"

"是来晚啦，先生。"

扬纳说话的时候，精神萎靡不振，不像白天那样高兴，同时他的前额上，除了老年的皱纹，又添了几条愁烦的皱纹。他接着说：

"过晌你和你太太——这阵儿得称呼她太太了——你和你太太走了，厂子里出了一件真得算是叫人顶难受的事，把俺大家伙儿都吓坏啦。今儿后晌公鸡叫，大约你还没忘记吧？"

"哎哟，出了什么——"

"有人说鸡叫主着这个的，有人说主着那个的，谁知道，实在可主在可怜的小莱蒂身上哪！因为小莱蒂要投水自尽来着。"

"呃？真的吗？她还跟大家一块儿送我们来着哪——"

"是啊。唉，你是不知道哇，先生。你和你太太——这是按规矩该这样称呼她——俺是说，你和你太太坐着车走了以后，莱蒂和玛琳就戴上帽子，出了门啦。今天正赶着个新年底下，没有多少事，大家伙儿又都喝得胡天八倒地，谁也没大留她们俩的神。她们先上溜爱飞得喝了点儿什么，从那儿又上了三臂十字路，仿佛就在那儿分了手。分了手以后，莱蒂穿过水草场，好像要回家的样子，玛琳就上了前面另一个村庄里去啦。那儿也有一家酒馆。从那时起，可就再没见莱蒂的踪影，后来有个艄公回家，走到大塘旁边，看见塘边上放着些东西，正是莱蒂的围巾和帽子，叠在一块儿。他一看她本人可在水里。他把她弄到岸上，又招呼了一个人，两个把她抬回去啦，只当是她死啦。可是后来她又慢慢地缓醒过来啦。"

安玑忽然想起来，苔丝一定正在小客厅里偷偷听这个不幸的故事，所以就去关穿堂和内厅之间那个外屋的门。谁知道，苔丝早已把围巾披在身上，跑到外屋，正在那儿偷偷听这个故事呢，同时两只眼瞅着行李和行李上的水珠出神。

"这还不算，玛琳也出了岔子啦。有人看见她躺在柳树林子边儿上，醉得像死人一样。那孩子固然不错，食量很大，这看她脸上就可以知道，可是她一向在喝的上头，除了一先令的麦酒[1]，没沾过别的东西。今儿那些姑娘，仿佛都有点儿疯疯癫癫的。"

"伊茨哪？"苔丝问。

"伊茨还是照旧在家里待着，没往别处去。可是她说，这些事的根由，她全知道。她也好像很丧气，可怜的孩子。这也难怪她。先生，你看，出这些事的时候，正赶着俺大家伙儿往车上装你那些大包小卷，和你太太的睡衣和梳洗用的家伙，所以俺就来晚了。"

"是啦。好吧，扬纳，你把行李送到楼上，喝杯麦酒，就收拾收拾快回去吧，恐怕他们厂里还有用你的地方。"

苔丝已经回到内起坐间里去了，正带着急有所欲的样子，坐在火旁，看着炉火。她听见扬纳笨重的脚步，来回上楼下楼搬东西，搬完了，又听见他谢她丈夫给他麦酒和赏钱。跟着他的脚步声就在门前消失了，轱辘轱辘的车声也越去越远了。

安玑把又重又大的橡木门闩闩好了，然后走到壁炉前面她坐着的地方，把两只手从她后面伸过去，捂着她那脸的两面。他满心想，她一定要轻快活泼地跳起来，去把她早就渴想的梳妆用具

---

[1] 一先令的麦酒，即一加仑卖一先令者，酒力极薄。

急忙打开。但是她坐在那儿，一动没动。因此他也和她并排，坐在一片火光之中，饭桌上的烛光太小太暗，争不过熊熊的炉火。

"我很难过，那几个姑娘不幸的事，都让你听见了，"他说，"不过你不必觉得不好受。莱蒂本来就有点儿疯疯癫癫的，那你还不知道吗？"

"她是一点儿也不应该那样的，"苔丝说，"倒是有人应该那样，可是那个人又自己掩饰，假装着没有什么。"

出了这件事，才让她把主意拿定，她们都是简单天真的姑娘而尝了单相思的苦味，命运待她们不应该这样无情。她本来不配让命运这样优待——然而她又竟是中选的人。她要是净占便宜，一点儿代价都不出，那真是罪恶深重了。她要把最后一文钱的账都还清了 [1]，她要把过去的事说出来，并且还就在那地方，就在那时候。她的眼睛正瞧着火光，克莱的手正握着她的手，她就这样下了最后的决心。

现在残火没有火焰了，但是它所发出来的稳定光辉，却把壁炉的两侧、亮晶晶的火架和那两股合不到一块儿的旧铜火钳，都一齐染了一层通红的颜色。壁炉搁板的下面和最靠近壁炉放的一张桌子的腿儿，也叫它映得火红。苔丝的脸和脖子，也一样地又红又暖，她戴的珠宝钻石，也好像爱儿代巴伦或者西锐厄 [2]，在火光里闪烁辉煌，成了一座时红、时绿、时白的星座，她的脉

---

[1] 比较《新约·马太福音》第五章第二十六节。

[2] 爱儿代巴伦是金牛星座里最亮的星，即二十八宿里的毕宿五。西锐厄为大犬座里最亮的，即天狼星，也是恒星中最亮者。恒星因年龄不同而显不同的颜色，通常为蓝、白、黄、红各种。前二者表示壮盛，后二者表示衰老。

搏一跳动，它们的颜色就一变换。

"今儿早上，咱们都说要把各人的过错说一说，你还记得吧？"他看她在那儿还是一动不动，突然问道，"那个话好像都是随便说的，这在你，倒也许是很自然的。在我这方面，那可不是一句戏言。我要对你把我从前的罪恶，都供一供了，亲爱的！"

这句话，会从他嘴里说出来，还那样令人想不到地正和她想说的一样，因此她觉得，真是天公有意替她排解了。

"你说你要把你的罪恶供一供？"她连忙说，说的时候，甚至于还带着喜悦和觉得轻松的口气。

"你没想得到吧？唉，你把我看得太高了。你现在听着好啦。我也许早就该对你说来着。你把头放在这儿 [1]，因为我要你饶恕我，还求你别怪我拖延到这会儿才说。"

这真奇怪啦！看他这种情况，好像和她正是一对儿。她没开口，只听克莱接着说：

"我以先没对你说，因为我恐怕对你说了，你就不肯嫁我了，亲爱的呀！你就是我一生所得到的一等奖品，我就叫你是我的研究员荣职，我哥哥的研究员职位是在大学里得的，我的是在塔布篱牛奶厂得的。这个奖品我可不肯轻易就冒险丢掉。一个月

---

[1] 把头放在这儿，比较布朗宁的诗《苞琳》第一及第二行："苞琳，紧伏在我的胸间，我的亲亲，息息相应，你的心要紧贴我的心。"这也是自白者对听自白者说的。又托马斯·穆尔的诗《来，在这儿稳稳隐形骸》："来，在我的心窝稳稳隐住形骸，你这小鹿，虽然受到深创重害，你那群同伴，虽然都已经逃开，你要安身，仍须在我怀中深埋。……我也不知，我也不问，你那颗心藏着什么幽怨，含着什么痴嗔。我只知，不管你是怎样的一个人，我爱的就是你这个人，你这个人。"

以前你答应我的时候，我本来想告诉你来着，可是我没敢那么做。我恐怕你一听见我这些话，就要让我吓跑了。所以我就把这件事暂时搁起。昨天我又想要告诉你来着，好让你可以有一个最后摆脱我的机会。可是那我也没做到。今儿早上你在楼梯口上说要大家互相自白罪恶的时候，我也没办——唉，我这个罪人！但是现在我瞧着你坐在这儿这么尊严，我一定不能再往下耗着了。我很想知道你能饶恕我不能。”

“哦，一定能饶恕！我敢保——”

“好吧，我希望你能那样。你听我把话说完了，再说好啦。你还不知道哪。我现在打头说起好啦，虽然说，我父亲老害怕，我信的那种主义，要把我带累得永远不能上天堂，但是，苔丝，我却当然相信，人要有道德。我在这一方面也跟你一样。我从前老想做一个教化人的导师。以后我看出来，我不能进教会，还觉得非常失望哪。我虽然没有说我自己纯洁的资格，我可很敬仰纯洁的人，我对于污浊非常痛恨，我希望我现在还是那样。不论咱们把‘完全灵感论’[1] 这种说法怎么看待，反正保罗说的，‘在言语、行为、爱心、信心、清洁上，都作信徒的榜样’这句话，咱们都得诚心诚意地承认。这是咱们所有这些可怜的人唯一的保障。罗马有一个诗人[2] 曾说过‘正直的生活’，很让人想不到，

---

[1] “完全灵感论”，《圣经》里的话全部受上帝的灵感而来，所以是完全不能错误的。这里引用的是《新约·提摩太前书》第四章第十二节的一段文字。

[2] 罗马诗人，指贺拉斯（公元前六十五——公元前八），这里所引的这两行，是他的《歌咏诗集》第一卷第二十二首第一行。穆尔人是罗马时代居非洲北部西端冒锐塔尼亚之民族，其人勇悍善战，故以他们的弓和枪为喻。“正直的生活”一语，也见引于莎士比亚的《泰特斯·安德洛尼克斯》第四幕第二场第二十二行。

正和保罗的意见一样。他说：

> 一个人生平正直，丝毫无瑕可指，
>
> 无须穆尔人的枪或弓，保护自己。

"唉，某一个地方是用善念铺成的。[1] 我对于这种情况，既然有深切的感悟，那么你想，像我这样，本来想要让大家都好，可自己先堕落了，那我令人可怕地后悔难过，还用说吗？"

于是他对她讲，他从前在伦敦的时候，因为前途渺茫，事不顺手，所以自己也不知道怎么才好（这是先前已经略略提过一点儿的），很像一个软木塞，随着波浪漂荡。那时候，他曾跟一个素不相识的女人，过了四十八点钟的放荡生活。

"幸而我回头回得快，跟着我就立刻觉悟过来，我那都是胡作非为，"他接着说，"所以我就跟她一刀两断，回到家里，以后再也没犯那种过错。不过我觉得，我跟你应该完全坦率直爽，正大光明。我不把这件事说出来，我就觉得对不住你。你饶恕我不饶恕哪？"

她只能把他的手紧紧握住，算是回答。

"咱们这阵谈这个话，太让人难过了，所以咱们现在不要再谈这个啦！永远也不要再谈这个啦！咱们说说闲话吧。"

"哦，安玑呀——我听了你这个话，差不多还喜欢哪，因为

---

[1] 某一个地方用善念铺成的，英国有句成语："地狱是用善念铺成的。"原文是 Hell is paved with good intentions，言空有善念而不实行，死后亦须下地狱。这儿的"某一个地方"，就是替代地狱，因地狱字样太坏，在结婚之夕不好直说。

这么一来，你也可以饶恕我了！我还没供出我的罪状来哪。我不是告诉过你，说我也有一桩罪恶吗？你忘了吗？"

"啊，不错，你说过。现在讲吧，你这个小坏东西！"

"你先别笑，因为我的罪恶，也许和你的一样地严重，说不定还更严重哪！"

"不会比我的更严重吧，最亲爱的。"

"不会——哦，不会更严重，不会！"她觉出有希望，乐得跳起来说，"不会，当然不会更严重，"她喊着说，"因为我的正跟你的一样啊！我现在就对你说。"

她又落座。

他们的手还是互相紧握。炉栅底下的灰，叫炉火从上往下映照，显得好像一片毒热的荒野。煤火的红焰，照到他们两个的脸和手上，透进她额上松散的头发，把她发下的细皮嫩肉映得通红。这种红焰，让人想起来，觉得仿佛末日审判的时候那样阴森吓人。[1]她的身子，映成一个大黑影，射到墙上和天花板上。她向前弯腰的时候，脖子上的钻石都跟着闪烁了一下，好像毒蛤蟆[2]的眼睛那样不怀好意。她把头靠着他的太阳穴，开始把她和亚雷·德伯的事情，前因后果地说了一遍，说的时候，把眼皮下垂，一点儿也不畏缩，低声一个字一个字地说。

---

[1] 比较《旧约·西番雅书》第一章第十四至第十八节及《新约·约翰福音》第十二章第四十八节。

[2] 蛤蟆有毒，为欧洲中古以来迷信的说法。莎士比亚在《皆大欢喜》第二幕第一场第十三行，有"蛤蟆丑恶而有毒"之语，亦见他别的剧中及《鲁克丽绥受辱记》第八五〇行。

第五期

痴心女子

35

　　苔丝的叙述完结了，连反复的申明和详细的解释，也都做完了。她的声调，自始至终，都差不多跟她刚一开口那时候一样高低。她没说为自己开脱罪名的话，也没掉眼泪。

　　但是身外各种东西，在听她表明身世的过程中，连在外貌上，都好像经历了一番变化。壁炉里的残火，张牙怒目，鬼头鬼脑，仿佛表示对于苔丝的窘迫，丝毫都不关心。炉栏懒洋洋地把嘴咧着，也仿佛表示满不在乎。盛水的瓶子放出亮光来，好像只是在那儿一心一意研究颜色问题。身外一切东西，全都令人可怕地反复申明，自脱干系。然而无论哪样东西，实际上却和克莱吻苔丝那时候，并没有任何改变。或者不如说，无论哪样东西，本质上都没有任何改变，但是神情上却前后大不相同了。

　　她把故事说完了以后，他们从前耳边絮语的余韵，就好像一齐挤到他们脑子里面的角落上，在那儿反复重念，仿佛提示，他们从前的行动，全是盲目而愚昧的。

　　克莱做了一种不合时宜的举动：他拨弄起炉子里面的火来。

他对于这段新闻，还没完全领会到它的意义呢。他拨完了火，站了起来，那时候，她一番话的力量才完全发作：他脸上憔悴苍老了。他努力要把心思集中，就在地上一阵一阵地乱踩。他用尽了方法，都不能把杂念驱逐，所以才做出这种茫无目的的举动。他开口的时候，他的声音是她所听见过他那富于变化的种种音调里最平常、最不切当的那一种。

"苔丝！"

"啊，最亲爱的。"

"难道我得当真相信你这些话吗？看你的态度，我得相信你这些话是真的。唉！你不像是疯了的样子！你说的话应该是一派疯话才对呀！但是实在你又并没疯……我的太太，我的苔丝——你没有什么可以证明你疯了吗？"

"我并没丧失神志。"她说。

"可是——"他恍恍惚惚地看着她，又头晕眼花地说，"你为什么不早告诉我哪？哦，不错，我想起来啦，你本来想要告诉我来着——可是我那时候没让你说！"

克莱说这些话和别的话，只是外面上虚应故事罢了，他心里还是照旧像瘫痪了的一般。他转身走去，俯在一把椅子背上。苔丝跟着他走到屋子中间他所在的地方，站在那儿，拿两只没有眼泪的眼睛瞅着他。跟着她就在他脚旁跪下，跪下以后，又趴在地上，缩成一团。

"你看着咱们俩爱的分上，饶恕我吧！"她口干唇焦地低声说，"我已经饶恕你了！"

他没回答，她又说：

"你也像我饶恕你那样，饶恕我吧！我饶恕你了，安玑。"

"你吗，不错，你饶恕我了。"

"但是你可不能饶恕我，是不是？"

"唉，苔丝，这不是什么饶恕不饶恕的问题！你从前是一个人，现在又是另一个人了。哎呀，老天爷——饶恕两个字，怎么能应用到这样一桩离奇古怪、障目隐形的魔法幻术上哪！"

他说到这儿，就住了口，琢磨着这几个字眼；忽然又狞笑起来，笑得迥异自然，阴森可怕，赛过地狱里的笑声。

"真别这样，别这样！这要我的命！"她尖声喊着说，"唉，你慈悲慈悲吧，慈悲慈悲吧！"

他没回答，她满脸煞白，跳了起来。

"安玑，安玑！你这一笑，是什么意思？"她喊着问，"你知道我听了你这一笑，心里是什么滋味？"

他摇了摇头。

"我自始至终，老成天这样提心吊胆、战战兢兢，一时一刻都怕你不痛快、不遂心。我老心里想，我要是能让你遂心，能让你如意，那我该多高兴；我要是不能让你遂心如意，那我该多么不配做你的太太！我白天晚上，没有一时一刻不是那么想的，安玑。"

"这个我知道。"

"我还只当是，安玑，你真爱我——你爱的是我自己，是我本人哪！要是你真爱我，你爱的真是这个我，那你现在怎么能做出这种样子来，怎么能说出这种话来哪？这真叫我大吃一惊！我只要已经爱上了你，那我就要爱你爱到底——不管你变了什么样子，不管你栽了多少跟头，我都要一样地爱你，因为你还是你

377

呀！我不问别的。那么，唉，我的亲丈夫哇，你怎么居然就能不爱我了哪？"

"我再说一遍，我原来爱的那个女人并不是你！"

"那么是谁？"

"是另一个模样跟你一样的女人。"

她听了这些话，就觉得她从前害怕的事，现在果然实现了。他把她看成一个骗子了！看成一个外面纯洁、心里淫荡的女人了。她见到这一点，灰白的脸上一片恐怖，两颊的肌肉都松松地下垂，一张嘴差不多都看着好像只是一个小圆孔的样子。真没想到，他居然会这样看待她，她吓得魂飞魄散，身软肢弱，站都站不稳了。他以为她要摔倒，就走上前去，温柔地说：

"坐下好啦，坐下好啦。你要晕了，本来也该晕。"

她倒是坐下了，却不知道自己到底是在哪儿。她脸上仍旧是那种绷得很紧的神气，她的眼神，让克莱看着，浑身都起鸡皮疙瘩。

"那么，安玑，我已经不是你的人了，我还是你的人吗？"她毫无办法，问，"他说过，他爱的不是我嘛，是另一个模样像我的女人嘛。"

她想到这儿，就可怜起自己来，因为自己受委屈了。她把自己的情况又想了一想，便不觉满眼含泪。她背过脸去，跟着自伤自怜的眼泪，就像泉水一样，涌了出来。

克莱见了她这一哭，觉得轻松了一些。因为苔丝对于这件事表面上仿佛不痛不痒的情况，开始使他苦恼起来，这份苦恼，比起这件事揭露了以后他那份苦恼，也并差不了许多。他不动感情安安静静地在一旁看着，一直等到后来，苔丝悲伤的劲头自消自灭，泪如泉涌的痛哭，也变成了抽抽搭搭的余哀。

"安玑，"她忽然说，这回说的时候，音调很自然，完全是她本来的样子，不是刚才那种口干舌燥、近于疯狂的恐怖声音了，"安玑，我太坏了，你跟我不能再同居了，是不是？"

"我还没能盘算到咱们两个该怎么办哪。"

"我一定不要求你让我跟你同居，安玑，因为我没有这种权利！我原先说要写信给我母亲跟我妹妹们，告诉她们我已经结婚了，现在那封信我也不写啦；我本来铰好了一个盛针线的袋儿，想要在咱们寄寓的时候把它缝起来，现在我也不缝啦。"

"你不缝了吗？"

"我不缝啦，除非你吩咐我，我无论什么都不做。要是你把我甩下，自己走了，我也绝不跟着你。就是从此以后，你永远不再理我，我也不问你为什么，除非你告诉我，说我可以问，我才问。"

"比方我不管什么事情，都吩咐你做，你怎么样哪？"

"那我一定像你一个卑微可怜的奴隶一样，绝对地服从你，就是你叫我倒地不起，舍身送命，我也不违背你。"

"你这样很好。不过这可让我想起来，你现在这种自我牺牲的精神，和你已往那种自我护卫的态度，未免有些前后矛盾吧。"

这是他们两个初次冲突的话。不过，他现在对苔丝加以精心细意的讥刺诮让，就好像用那种态度对待猫狗一样。话里的微妙刻薄意味，她一概不能领会，她只听着那是些含有敌意的声音，表示他正控制不住自己的愤怒就是了。她一言不发，静静地待着，却不知道，他在那儿正极力抑制他对她的爱情。她几乎没看见，一颗眼泪，慢慢地从他脸上流下来——一颗很大的眼泪，把它流过去那块地方上的毛孔都放大了，好像那颗眼泪就是显微镜上的物镜一样。同时新的启示，使他明白过来，她这番自白，都怎样把他的生命、他的宇宙，全都令人可怕地给他改变了。他拼命挣扎，想要在他所处的现状之中前进。总得有点承前继后的动作才成啊，可是做什么呢？

"苔丝，"他极力做出温柔的样子来说，"现在——我在屋里——待不住啦。我要到外面去走一走。"

他轻轻悄悄地离开了屋子，他倒出来的两杯葡萄酒，本来预备吃晚饭的时候喝——一杯给自己，一杯给苔丝——都还放在桌子上，一动没动。这就是他们两个"合卺"杯的下场。两三点钟以前，用茶点的时候，他们还那样异想天开，相亲相爱，硬要用一个杯子来着哪。

他随手关门的声音，虽然极其轻柔，却也把苔丝从昏迷中惊醒。他已经走了，她也不能待着。她急急忙忙，披上大衣，开开门，跟在后面，出去的时候，把蜡烛熄灭了，仿佛要一去永也不再回来似的。雨已经下过了，夜景很清爽。

克莱走得很慢，又没一定的方向，所以待了不大的一会儿，她就差不多追上了他。他的形体和她那轻淡灰白的形体一比，显得黑漆漆、阴沉沉的，令人望而生畏。她脖子上戴的珠宝，先前还有一阵儿使她觉得那么骄傲，现在却好像是在那儿讥刺诮笑她了。克莱听见了她的脚步声，回头看了一看。不过虽然他认出来是她，却没改变什么态度，只仍旧往前走去，从房前那座长桥那五个张得很大的桥孔上面跨了过去。

路上牛和马的蹄印里，满是积水，因为雨下得还不很大，只能把蹄印注满，却没能把蹄印冲没了。她从那儿走过去，星星的影子，也在这些微小的水坑上面一闪而过。她要是没看见这些水坑里的星光——宇宙间最伟大的物体反映在这么卑微的东西里面——她简直就不会知道，它们就在头上闪烁。

他们今天到的那块地方，本来和塔布篱坐落在同一平谷里，不过又往下游去了几英里就是了，那儿四外都平旷显敞，所以她能很容易一直看见克莱。从房子往外去，有一条路，蜿蜒曲折，穿过草场，她就顺着这条路，跟在克莱后面，不过却总不想追到他跟前，也没设法去引他注意，只是不言不语，无情无绪，而忠心耿耿，跟在后面。

走了些时候，她那种无精打采的脚步，到底把她带到克莱身旁了，但是他还是一言不发。一个人，忠诚老实，却受到愚弄，那他一旦觉悟过来，就常常觉得，那种愚弄非常残酷，现在克莱心里这种感觉尤其强烈。野外的清爽天气，显然让他头脑镇静，行动稳定了。她知道，现在他眼睛里的她，只是茕茕赤裸，毫无光彩的了。现在时光之神，正在那儿吟咏讥讪苔丝的颂歌了：

> 你的真面目一旦显露，从前的恩爱反成冤仇；
> 时衰远败的时候，原先的姣好也要变得丑陋。
> 你的生命要像秋雨一样淋沥，秋叶一般飘零；
> 你的面纱是痛苦的源泉，花冠是恨悔的象征。[1]

---

[1] 引自史文朋的《艾特兰塔在凯利顿》中的一个合唱曲。

克莱还是在那儿聚精会神地思索，苔丝在他身旁，并不能分他的心，并不能转变他的思路。她在克莱眼里，真是丝毫无足轻重了！她不得不向克莱开口了。

"我怎么了，我到底怎么了哪？我说的话，并没有一句表示我爱你是假的，没有一个字表示我爱你是装的呀！你不会认为我骗你吧，会吗？安玑，惹你生气的，都是你自己编造出来的情况，我并不像你琢磨的那样，我并不是那样。哦，我一点儿也不是那样，我不是你想象出来那个骗人的女人！"

"哼！我的太太倒是并没骗人，可是前后不是一个人了。话又说回来啦，你别再惹我生气，招我责备你啦。我已经起过誓了，绝不责备你，我一定要想尽一切办法不责备你。"

但是她在心痴意迷的情况下，仍旧替自己直辩护，并且还说了一些也许不如不说的话。

"安玑呀！——安玑呀！我那时还是个小孩子哪——发生那件事的时候，我还是个小孩子哪！男人的事，我还一点儿都不懂得哪。"

"我倒承认，与其说是你把别人害了，不如说是别人把你害了。"[1]

"这么说来，你还不能饶恕我吗？"

"我饶恕是饶恕你了，不过饶恕了并不能算是一切都没有问题呀。"

"还不能仍旧爱我吗？"

---

[1] 与其说你把别人害了……，见《李尔王》第三幕第二场第五十六行。

对于这个问题，他没回答。

"哦，安玑呀——我母亲说过，这是世界上有时候有的事情！——她就知道有好几个女人，比我的情况还糟，可是她们的丈夫，都没怎么在意——至少都把这件事慢慢看开了。可是那些女人爱她们的丈夫，都没有我爱你这样厉害！"

"不要说啦，苔丝，不要辩啦。身份不一样，道德的观念就不同，哪能一概而论？我听你说了这些话，我就只好说你是个不懂事的乡下女人，对世事人情的轻重缓急，从来就没入过门。你自己并不知道你都说了些什么。"

"由地位看，我自然是一个乡下人，但是由根本上看，我并不是乡下人哪！"

她说这句话的时候，不觉发了一阵火，但是它怎么来就怎么去了。

"所以才更糟啦。我想，把你们的祖宗翻腾出来的那个牧师，要是闭口不言，反倒好些。我总觉得，你的意志这样不坚定，和你们家由盛而衰的情况有关联。家庭衰落，就等于说，那家的人意气消沉，思想腐朽。天哪，你为什么必得把你的家世都告诉我，叫我多得一个看不起你的把柄哪？我本来还以为你是大自然的新生儿女哪，谁知道竟是奄奄绝息的贵族留下来的一枝日暮途穷的孽子耳孙呢。"

"还有许多人家，也跟我一样地糟哪！莱蒂家原先不也是大地主吗？还有开牛奶厂的毕雷，不也是一样吗？你看现在他们怎么样？戴贝鹤家从前本是德巴夜贵族[1]，现在都成赶大车的了。

---

[1] 德巴夜，巴夜，法国诺曼底地名，德巴夜应即那个地方的贵族是随威廉第一来英国的。

你到处都能找到跟我一样的人家，这本是咱们这一郡里特别的情况，你让我有什么法子哪？"

"所以这一郡才更糟。"

她把所有这些责难，全都一体看待，不去追求细情。她只知道，他现在不像从前那样爱她了，除此而外，别的情况对于她一概没有关系。

他们又一声不响地往前瞎走。事后都说，那天晚上，井桥村有一个乡下人半夜去请医生，在草地上遇见了一对情人，一前一后，慢慢地走，一声也不言语，好像送殡似的。他瞅了他们一眼，觉得仿佛他们脸上，非常焦灼，非常愁闷。后来他回来的时候，又在那块地里碰见了他们，还是跟先前一样，慢慢地走，跟先前一样，不顾夜深露冷。他因为自己家里有病人，没心思去管闲事，所以当时就把这件稀奇的事忘了，后来过了许久，才又想起来的。

在那个乡下人去而复返的中间，她曾对她丈夫说：

"我看，我活着，就没法不让你因为我而受一辈子的苦恼。那边就是河，我在那儿寻个自尽吧。我并不怕死。"

"我已经做了不少的蠢事了，再在我手里弄出一条人命来，那就更蠢了。"

"我死的时候，留下点儿东西，让人知道，我是因为羞愧，自己寻死的。那么一来，别人就不能把罪名加到你身上了。"

"别再说这种糊涂话啦，我不愿意听这种话，这件事用不着那么着想，那净是胡闹。因为咱们不能把现在这件事看成一场悲剧，咱们只能把它看成一场有讽刺性的噱头。我看你一点儿也不明白这场不幸的意义。要是别人知道了，十个人里头得有九个把这件事看作是一桩笑谈。请你听我一句话，快回去睡觉吧。"

"好吧。"她奉命唯谨地说。

他们绕的那条路，通过了磨坊后面一座人所共知的古代寺院遗迹，这座古代寺院是西斯特派的僧侣[1]修建的。古代的时候，那个磨坊，就属于那个寺院的僧众，到了现在，磨坊还是工作不停，寺院却早已残破消灭了，因为食物不能一日间断，信仰却只是过眼的烟云罢了。我们老看到，暂时需要的东西，永远有人供应，永久需要的东西，却供应一会儿就完了。那天晚上，他们两个本来只在一块地方上绕来绕去，因此走了半夜，离那所房子还是并不很远。她当时服从了他的指示，要回去睡觉，只要顺着大石桥，跨过大河，再顺着路往前走几码，就是自己的寓所了。她回到屋里的时候，一切情况都跟她离开那个屋子的时候一样。壁炉的火也还没灭。她在楼下待了不过一分钟，就上了楼，进了自己的卧室，他们的行李，起先已经搬到那个屋子里了。她在床沿上坐下，茫然地四外看了一眼，跟着就动手脱衣服。她把蜡烛挪近床前的时候，烛光射到白布帐子的顶上，只见有些东西挂在帐子顶下面，她举着蜡烛仔细一看，原来是一丛寄生草。她立刻就明白了，这一定是安玑干的。因为原先收拾行李的时候，有一个包裹，也不知道里面是什么东西，打包和携带的时候，都顶麻烦。克莱没告诉她是什么，只说到时候就知道了，那个包裹的秘密现在才揭穿了。那原是先前克莱心里快活、感情热烈的时候，把它挂在那儿的。现在这一丛寄生草，看

---

[1] 西斯特派的僧侣，僧侣之一派，一〇九八年洛贝特创始于西斯特斜姆，为本笃会之分支。

着有多呆傻，有多讨厌，有多不顺眼呢！

　　苔丝现在觉得，想让克莱回心转意，好像万难办到，因此再没有什么可怕的，也差不多再没有什么可盼的了，所以就无情无绪地躺下了。愁人绝望的时候，就是睡神来临的机会。一个人心情比较快活的时候，往往不容易睡得着，而在现在这种心情中，却反倒容易入睡。所以过了不到几分钟，孤独的苔丝，就在那个微香细生、寂静无声的屋子里，忘记一切了。这个屋子，也许就是她的祖先曾经用作新房的呢。

　　那天夜里，到了后来，克莱也转身顺着原路，回到了寓所。他轻轻地走进起坐间，找到了一个亮儿。他带着考虑好了办法的态度，在那个旧马鬃沙发[1]上，放开他那几床炉前地毯，铺成了一个临时小床铺。还没躺下以前，他先光着脚，跑到楼上，在她的卧房门口静静地听了一会儿。他听她喘的气非常匀和，就知道她已经睡熟了。

　　"谢谢上帝！"他嘟囔着说，但是他一想，不觉一阵辛酸，心疼如刺，因为他觉得，她如今是把一身重负，都移到他的肩头上了，她自己倒毫无牵挂，安然睡去。这种想法，差不多是对的，不过不完全是对的。

　　他转身要下楼了，却又游移不定，重新向她的屋门那儿回过头去。他这一转身，就看见了德伯家那两位夫人里的一位，这位夫人的画像，正镶在苔丝卧室的门口上面。在烛光下看来，这

---

[1] 马鬃沙发，沙发之上罩以马鬃编的网子，叫作马鬃沙发，这种网子，也有罩在椅子上的。

个画像不止让人看着不痛快而已。他当时看着，好像这个女人脸上，隐含着一股报仇雪恨的凶气，好像她心里憋着一肚子仇恨男子的心思。画像上那种查理时代的长袍，低颈露胸，正和苔丝那件叫他把上部掖起，好露出项圈来的衣服同一式样。因此他又重新感觉到，苔丝和这个女人，有相似之处，这使他非常难过。

这一种挫折就已经够了。他又回过身来，下楼去了。

克莱的态度，仍旧安静、冷淡。他那副小嘴紧紧地闭着，表示他这个人有主意，能自制；脸上仍旧冷漠无情得令人可怕，和他刚一听到苔丝的身世那时候的神气一样。这副面孔表示出来，他虽然已经不再做热情的奴隶 [1] 了，却还没得到由热情解脱出来的好处。他只在那儿琢磨，人生无常，世事难料。白云苍狗，是生苦恼。在他崇拜苔丝那个很长的时期里，一直顶到一个钟头以前，他都认为，天地之间，没有什么像苔丝那样纯正、那样甜美、那样贞洁的了，但是——

只少了一点点，就何啻天样远！[2]

他对自己说，从苔丝那个天真诚实的脸上，看不透她的心。他这种想法，当然是不对的，不过当时苔丝没有辩护人，来矫正克莱。他又接着说，一个人，眼里的神气和嘴里的话语，完全一致，但是心里头却又琢磨别的事情，和她外面所表现的完全龃

---

[1] 热情的奴隶，见《哈姆莱特》第三幕第二场第七十七行。
[2] 引自布朗宁的诗《炉边》第四十节。

齚，完全相反：这种情况，想不到居然可能。

克莱在起坐间里他那张小床铺上斜着躺下去，把蜡烛熄灭了。夜色充满了室内，冷落无情，宰治一切。那片夜色，已经把他的幸福吞食了，现在正懒洋洋地在那儿慢慢消化，并且还正要把另外千千万万人的幸福，也丝毫不动声色地照样吞食。

36

克莱第二天早晨起来的时候，一片晨光，颜色灰暗惨淡，神气鬼鬼祟祟，仿佛做了什么见不得人的事似的。壁炉里只剩了一堆残灰；摆好了的饭桌上面，还放着满满两杯当时并没沾唇的葡萄酒，现在沫子也没了，颜色也浑了；她和他坐的椅子都空着；其余的家具，也都带着它们那种老是无可奈何的神气，不管人烦不烦，执意地追问怎么个办法。楼上一点儿声音也没有，但是待了不到几分钟，却有人敲门。克莱想，来的人大概是住在小房里伺候他们那个女街坊。

那时候，克莱已经穿好衣服了。他听见女仆来了，就心里琢磨，在现在的情况之下，家里有外人，一定很不方便，因此就开开窗户，对那个女人说，他们那天早晨自己就可以安排一切，不用她在这儿伺候。她手里拿的那一罐牛奶，就放在门外头好啦。他把那个女人打发走了以后，就在房子后面，找到了些木柴，很快就把火生起来了。伙食房里有的是鸡蛋、黄油、面包和别的食物，他在牛奶厂里，又学得很会做些家务事，所以一会儿就把早饭做好了。壁炉里的木柴哗剥地响，烟囱上的烟气滚滚地冒，老远看来，好像柱头上雕着莲花的柱子。本地人打那儿过的，见了这种情况，都不由想到这一对新婚夫妇，都不觉羡慕他们新婚的快乐。

安玑把屋里的一切，最后又看了一眼，跟着走到楼梯下口那儿，用一种合于常例的声音说：

"早饭做好啦！"

他开开前门，在晨间清新的空气里闲走了几步。待了不大会儿，他就回了屋里，那时候，苔丝已经在起坐间里了，正死板板地把杯盘等等重新安排。既是她那时已经穿得整整齐齐的了，而他叫她的时候，离那时又不过两三分钟，那么，他叫她的时候，她一定是早就穿戴好了的了，或者差不多穿戴好了的了。她把头发在脑后挽了一个大圆髻，身上穿了一件新连衣裙———一件浅蓝色的毛料衣裳，领子上镶着白绉边。她的脸和手仿佛冰凉，也许是她起来，穿着衣服，在冷屋子里坐了许久了。克莱刚才叫她的口气，显然非常温文有礼，她当时听了，心里不由得一时重新生出一线希望来。但是现在她一看他的神气，那点儿希望就又消逝了。

说句实话，从前他们两个好像一盆烈火，现在他们却只是一堆残灰了。昨天晚上是热辣辣的一片愁绪，今天早晨却是闷沉沉的满怀抑郁了。仿佛没有东西，能把他们的情感再鼓动起来，能使他们的感觉再跟从前一样地热烈。

他对她说话的态度老是温和的，她回答他也老是同样地喜怒不形于色。等到后来，她才走到他面前，往他那副眉目清晰的脸面上瞅着，仿佛并不觉得，自己也是一个有形可见的活东西似的。

"安玑！"她说，说了这一声，又停住了，用手轻轻去触他，轻得好像微风一样，仿佛她不大能够相信，这就是她那位旧日情人的肉体。她的眼睛仍旧水汪汪的；她那灰白的两颊仍旧像旧日那样丰润饱满，不过半干的眼泪却在那儿留下了痕迹；她那鲜润红艳的嘴唇，也变得跟她的两颊差不多一样地灰白了。固然不错，她的心房仍旧跳动，她仍旧还活着，但是她心里的悲痛，却重重地压在她身上，把她的生气压得时断时续，如果稍微再增加一点儿压力，她就一定要真病倒了，一定要两眼无神，一定要嘴唇变薄了。

她的样子是绝对纯洁的。这是老天成心要离奇古怪的把戏，才在她的容貌上给她印了一副女儿无瑕的标志，让他傻了一般地瞧着她。

"苔丝！你得说你说的都是瞎话！一定是，一定是瞎话！"

"不是瞎话！"

"字字是实？"

"字字是实。"

他带着哀求的神气瞧着她，仿佛他情愿听她亲口说一句谎话，纵然明明知道是谎话，也情愿用诡辩的方法欺骗自己，把谎话当作真话。但是她只回答说：

"不是瞎话。"

"他还活着吗？"于是安玑问。

"孩子死啦。"

"那个男人哪？"

“还活着。”

克莱脸上显出一种最后绝望的神气来。

“他在英国吗？”

“是。”

他来回瞎走了几步。

“我的地位——是这么一种情况，”他突然说，“我总想——无论谁都要这么想——我不娶有身份、有财产、通达世务的女人，我把那种野心一概放弃了，那我就不但可以得到一个天然美丽的女人，也一定可以得到一个质朴纯洁的女人了。谁知道——唉，也罢，我不配说你的不是，我也不愿意说你的不是。”

苔丝对于他的地位完全了解，所以那句话的下文用不着说出来。这件事叫人最感痛苦的地方，就在这儿了。她可以看出来，他是面面都吃了亏的了。

“安玑——我当初所以答应你跟我结婚，因为我知道，闹到究竟，有最后让你脱身的办法。固然我倒是希望，你永远也不——”

她的嗓音都哑了。

“最后的办法？”

“我是说，最后跟我脱离关系的办法。你可以跟我脱离关系呀。”

“什么办法哪？”

“跟我离婚哪。”

“哎呀天哪，你怎么就这样简单！我怎么能跟你离婚哪？”

“不能吗——我把话都告诉你了，还不能吗？我原先认为，我的自白，很够构成离婚的理由的了。"

"唉，苔丝——你太——太——幼稚了——太没有知识了——太粗鲁浅薄了，我想！我简直不知道说你什么好。你不懂得法律——你不懂得！"

"那么——你不能跟我离婚了？"

"实在不能嘛。"

苔丝满脸的惭愧，立时和她原来满脸的苦恼混合。

"我本来想——我本来想，"她低声说，"哎呀，现在我才明白，在你看来，我多么坏了！不过请你相信我——请你相信我，我对天起誓，我压根儿就没想到，你会不能跟我离婚！我倒是希望，你别那么办来着。不过我可实实在在地相信，只要你一拿定了主意，只要你一不——不——爱我，你就可以把我甩开！"

"那你是想错了。"他说。

"哦，这么说起来，我应该把那件事办了，昨天晚上，就应该把那件事办了！可是我又没有那样的胆量。唉，我这个人就是这样！"

"干什么的胆量？"

因为她没回答，所以他就拉住了她的手问她：

"你想要干什么来着？"

"想要自尽来着。"

"什么时候？"

他这么一追问，她畏缩起来。"昨天晚上。"她回答说。

"在哪儿？"

"在你挂的那一串寄生草下面。"

"哎呀！用什么法子？"他严厉地问。

"你要是不生我的气，我就告诉你！"她一面畏缩，一面回答说，"我本来想用捆箱子的绳子来着。可是到了最后一步，我又没有胆量了！我恐怕我真那么一来，别人就都要说你的坏话，于你的名誉就有了妨害了。"

这段供词，原是逼出来的，并不是她自动地说出来的。供词里让人想不到的情况，显然使克莱震惊。但是他仍旧拉着她的手，同时把眼光从她脸上移开，低垂下去，说：

"你现在听着，我绝不许你再想那种可怕的事！你怎么能那么想哪！我是你的丈夫，你得答应我不再想那种事。"

"我愿意答应你。我早就看出来，那种办法非常地坏了。"

"坏！你那种想法没出息到家了。"

"不过，安玑，"她辩护说，同时一点儿也不在乎地把眼睛睁大了，安安静静地看着他，"我想那种办法的时候，完全是为了你起见，完全是想要让你跟我脱离，可又不落离婚的骂名。要是为我自己，我做梦也想不到那个呀。话又说回来啦，我死在我自己手里，究竟还是太便宜了。我应该死在你手里才对，因为我把你毁了。既然你没有其他脱身的办法，那么，你要是能把我置之死地，我想，我一定要爱你爱得更厉害，这是说，如果我爱你还能更厉害的话。我觉得，我一点儿价值都没有！我觉得，我是你一个大大的绊脚石！"

"别说啦！"

"好吧，你不让我那样，我就不那样好啦。我绝不跟你反着。"

他知道这是实话。昨天晚上，她不顾一切闹了一阵之后，现在一丁点儿劲头也没有了，不用再怕她有什么孤注一掷的举动了。

苔丝又去安排早饭，好占着身子。她这样做，多少有些成功。安排了一会儿，他们两个就都在桌子的一面坐下，免得彼此的眼光相碰。起初两个人互相听见彼此吃喝的声音，觉得有点儿别扭，不过这是没法子的事，好在他们两个吃的东西不多。吃完了早饭，克莱站起来，告诉苔丝什么时候回来吃午饭，就往水磨厂，呆呆板板地去实行他那研究水磨的计划去了，因为那是他到这儿来唯一的实际原因。

他走了以后，苔丝站在窗前，顷刻之间，就看见他跨过那座通到水磨磨坊的大石桥。他下了桥，又往前走去，穿过一道铁路，就再看不见了。于是，苔丝连气都没叹，就把注意力集中到房子里，动手清理饭桌，归置屋子里的东西。

打杂的女仆一会儿就来了。苔丝起初觉得有她在面前，很不自在，不过后来又觉得有她在面前，可以减少烦闷。到了十二点半钟的时候，她就离了厨房，叫女仆一个人在那儿预备一切，自己回到起坐间里，坐在窗前面，老远看着，等克莱再在石桥后面出现。

靠近一点钟的时候，果然看见克莱来了。虽然还隔四分之一英里，而苔丝远远看见了他，却不觉脸上又红又热。她跑到厨房里，吩咐他一进门就开饭。他回来的时候，先到昨天他们一块儿洗手那个屋子里去了一趟，他刚一进起坐间，桌子上的盘子也同时揭开了盖，仿佛盘子盖是由于他的动作才揭开似的。

"真准！"他说。

"不错，我瞧见你过桥来着。"她说。

他们吃饭的时候，他只谈了些极平常的闲话，说他一早晨在水磨磨坊里做的事情，说磨坊里分离麦糠的方法和老式的机器。他说，恐怕这种机器，不大能在近代改良的新方法方面对他有什么启发，有的机器，好像还是当年这个水磨给隔壁寺院里那些僧侣磨面的时候用的哪，现在那座寺院早已成了一片瓦砾。中饭吃完了，不到一个钟头，他又出门去了，到了黄昏的时候，才回到家里，一晚上净忙于文件。她恐怕她在面前碍手碍脚，所以那个老婆子走了以后，她就上了厨房，在那儿尽力地忙了足足有一个多钟头的工夫。

克莱来到厨房的门口那儿说：

"你别这么死乞白赖地做活儿啦，你是我的太太，并不是我的仆人哪。"

她抬头看去，神色开朗了一点儿。"我可以把自己当你的太太看待吗？"她用可怜的口气自嘲自讽地嘟囔着说，"你说的是名义上的太太吧！好吧，那也够了，我也不希望别的。"

"你可以把自己当我的太太看待，苔丝！你本来就是我的太太么。你刚才说这些话是什么意思？"

"我也不清楚，"她急忙说，说的时候，字音里都含着泪，"我只觉得我——我的意思是，因为我不体面。我从前早就告诉过你了，说我不够体面的——因为那样，所以我不愿嫁你，可是——可是你偏来逼我！"

她一下呜呜地哭了起来，跟着就把脸背了过去。别的人，无论谁，看见这种样子，大概都要回心转意的，只有克莱不成。他平时虽然温柔多情，但是在他内心的深处，却有一种冷酷坚定的主见，仿佛一片柔软的土壤，里面却藏着一道金属的矿脉，无论什么东西，想要在那儿穿过去，都非把锋刃摧折了不可。他不赞成教会，就是由于这种障碍；他不能优容苔丝，也是由于这种障碍。并且，他的情爱里真火少，虚光多，他对于女性，一旦不再信仰，就马上不再追求。在这一点上，他和那些容易受感动的人，完全相反，因为那种人，理智方面，纵然觉得一个女人可鄙，情感方面，却还是迷恋不舍。当时克莱在一旁等候，一直等到苔丝哭够了的时候。

"我倒愿意，英国的女人，有一半能像你这么体面哪，"他对于一般女人，忽然发了一阵牢骚，说，"这不是什么体面不体面的问题。这是有关原则性的问题！"

他对苔丝说了这些话，还说了些性质相近的话，因为，他当时的心情，仍旧在反感浪头的冲荡之下。本来一个直率人，一旦发现自己因为只看外表而上了当，那他就必然要起反感，就必然要反爱为憎。固然，在他这种心情之中，还潜伏着一种同情心，一个通达人情世故的女人，很可以利用这一点，使他回心转意。但是苔丝却没想到这一点。她觉得，一切加到她身上的，都是她应当受的，所以她几乎连口都不开。她对他的忠心那样坚定，真几乎可以说令人可怜。她虽然天生脾气急躁，但是她绝没有因为他说的话（不论说的什么），而露出不应当有的态度。她完全不顾自己，他招她，她不恼 [1]，他无论怎么样待她，她都一点儿也不往坏的方面想。现在很可以说；她就是耶稣的门徒所教

---

[1] 暗用《新约·哥林多前书》第十三章第五节。

的那种爱 [1] 的化身，又回到这种自私自利的现代世界里来了。

他们两个这一天，由黄昏到黑夜，由黑夜到天明，都过得跟头一天一点儿不差。有一次，只有一次，她——也就是从前那个自由、独立的苔丝——曾冒昧地对他做过表示。那正是他第三次吃完了饭要起身到水磨磨坊里去那一回。他从桌子旁边站起来要走的时候，对她说了一声"再见"；她也回答了一声"再见"，同时把嘴微微掉到他那一面。但是他却没接受她的好意，只急忙转过身去，嘴里说：

"我一准按时回来。"

苔丝仿佛挨了打似的，立时缩成了一团。从前的时候，他老扭着苔丝的意思，强要跟她的嘴接触，他老欢欢喜喜地说，她的嘴唇、她的气息，跟她吃的黄油、蜂蜜、牛奶、鸡蛋一样的味道，他亲了她的嘴唇，就可以从那儿得到滋养。他以前老说这一类疯疯癫癫的话。但是现在呢，他对于她的嘴唇、气息，却完全不理会了。他看见了她忽然退缩的样子，就温和地对她说：

"你要晓得，我一定得想个办法。咱们现在自然非在一块儿住几天不可，免得立刻分开了，让人家说你许多坏话。不过你要明白，这不过是顾全面子的办法就是了。"

"是。"苔丝出着神说。

他出了门，往水磨磨坊去了，在路上曾站住了一下，有一会儿的工夫，后悔刚才没对她温柔一些，没至少吻她一次。

他们就在这种情况之下，过了这一两天的愁闷日子。倒是

---

[1] 耶稣的门徒圣保罗等宣扬爱，见《哥林多前书》第十三章第一至第八节等处。

不错，他们住在一所房子里，然而可比他们还不是情人那时候更疏远了。她看得很清楚，他真像他自己说的那样，正在瘫痪了的活动之中生活，在没有办法之中硬要想办法。她真没想到，他外面那么温柔，骨子里会那么坚定，所以她看到这一层，就吓得不知所以了。他这种一贯到底的决心，真太残酷了。她现在不再希望他会饶恕她了。他在水磨磨坊的时候，她曾有过一两次，想要悄悄地自己离开这儿，但是又一想，这种办法，要是传到外面，不但对他没有好处，反倒会是他的障碍，会使他丢尽脸面，因此也就罢了。

同时，克莱正在那儿琢磨，一点儿不错，正在那儿琢磨。他就没有一时一刻不琢磨的。他琢磨得什么都不顾了，琢磨得人都瘦了，琢磨得他从前喜欢家庭生活的天机生趣也完全折磨干净了。他走来走去，嘴里念叨着："怎么办哪？怎么办哪？"他念叨的话，偶然让她听见了。于是她就把以前那种不谈将来的缄默打破了，开口说：

"我想——你大概不预备跟我——长久同居了，安玑，是不是？"她问，问的时候，脸上很安静，但是她那两个嘴角使劲往下耷拉的情况，却可以使人看出来，她脸上忍疼自励的安静，完全是机械地做出来的。

"我不能跟你同居，因为我要是跟你同居，我就不免要瞧不起我自己，也许还要瞧不起你哪，那就更糟了。我这自然是说，我不能像普通的情况那样，跟你同居。现在，不管我觉得怎么样，反正我并没瞧不起你。我打开窗子说亮话好啦，不然的话，我恐怕你不明白我所有的困难。既然那个人还活着，那咱们怎么能同居哪？你的丈夫本来应该是他，并不是我。要是他死了，这个问题也许就不一样了……而且，困难的地方还不止这一层，还有一方面，也得加以考虑——那就是说，这件事还关系到别人的前途，不止关系到咱们俩。你得想一想，过了几年以后，咱们生下了儿女，这件事传了出去的情况，——因为这种事，没有不传出去的。就是天涯海角，也免不了有人来，有人去。到了那时候，你想，咱们的儿女，老让人家耻笑，他们一天大似一天，心里也一天明白似一天，那他们该多苦恼！他们明白了以后，该多难堪！他们的前途该多黑暗！你要是琢磨琢磨这种情况，那你凭良心说，还能再要求我跟你同居吗？你想咱们受眼前的罪，不强似找别的罪受吗？" [1]

苔丝的眼皮本来就愁得往下耷拉着，现在仍旧往下耷拉着。

"我不能要求跟你同居，"她回答说，"当然不能，我先前还没想得这么远哪。"

我们老实说，苔丝到底是个女人，她希望重圆的心非常地强烈，所以竟暗自琢磨，和他亲密地一室同居，日久天长，也许能使他那冷酷的理性，化为温暖的柔情。她虽然像平常说的那样，率真纯朴，却并不是智力发育不全。要是她不曾本能地知道耳鬓厮磨的力量 [2]，那我们只好说，她没有做女人的资格了。她看得清清楚楚，要是这种办法再没有效果，那么，别的办法就更没有用处了。她固然对自己说过，用计谋，使手段，希望使情况好转，

[1] 引用《哈姆莱特》第三幕第一场第八十行。
[2] 比较哈代一八八九年七月九日的日记："爱情依耳鬓厮磨而生，但是贴实接触则死。"

是不应该的，但是前面说的那种希望，她却没法消灭。现在克莱已经表示了他最后的意见，这种意见，她已经说过，是她从前没想得到的。她实在没顾虑得那么远，也没打算得那么周密。他描绘的那幅清晰画图，说她可能有儿女，将来会瞧不起她，那一番话，让她那样一个心地忠厚的人听来，真觉得入情入理，因为她那颗心，自来就是慈爱的。做一个好人固然不错，但是她以往的经验使她明白，在某些情况之下，如果能够免得做人，比做一个好人还好。她跟一切受过折磨而有先见的人一样，听了"你要下世为人"这句命令（像庶利·蒲吕东[1]说的），就像听了宣读判决书一样，尤其是，如果这句命令，是对她未来的儿女发出来的。

然而"自然夫人"总是阴险狡狯，难以捉摸，竟使苔丝顶到现在，因为爱克莱的缘故，一时糊涂，忘了他们同居，可以产生新生命，可以把她自己叹为不幸的痛苦，强加到别人身上。

因此她就觉得，他那番道理，无法驳辩。但是克莱自己心中，却想起了一种驳辩之辞，因为神经过敏的人，天生都有一种跟自己争论的脾气，他几乎害怕，苔丝会真拿那种话来和他驳辩。克莱这种想法，原是根据了苔丝与人不同的体质，苔丝如果利用这一点，也许很有达到目的的可能。并且她还可以说："咱们到了澳洲的高原上，或者得克萨斯州[2]的平原上，谁还知道我有什么不幸，谁还来管我有什么不幸，谁还来责备我，谁还来责备你哪？"然而苔丝跟大多数的妇女一样，把一时心里所想到的

---

[1] 庶利·蒲吕东（一八三九——一九〇七），法国诗人兼批评家，著有《孤寂》《命运》《幸运》等。此处所说待考。

[2] 美国之一州，在美国南部。

看法，认为是永远不能变更的事实。她也许不错。因为，一个女人的直觉，不但使她感到自己的辛酸，并且使她感到她丈夫的辛酸 [1]，责备她丈夫或者他的子女那种话，即便不会由生人的嘴里说出来，而丈夫自己那种吹毛求疵的脑子，责备自己的话，他自己的耳朵总是听得见的呀。

他们两个，同室异心，已经三天了。也许有人可以冒昧地说这样一句似非而是的怪话：他的兽性如果更强烈，那他的人格就会更高尚。我们并不这样说。不过，克莱的爱，却的确可以说轻灵得太过分了，空想得到了不切实际的程度。对于这种人，在他们跟前，有时反倒不如不在他们跟前，能更感动他们。因为所爱的人，不在他们跟前，他们可以把他们所爱的人想象一番，在这种想象里，反倒能把所爱的人实在的缺点消灭。她看出来，她的形体不像她所预料的那么有力量，那么能感动他。先前那个比喻的说法是对的了：她是另外一个女人了，不是原先激起他的爱欲那一个了。

"我把你说的话，都琢磨过了，"苔丝说，同时把一只手的食指在桌布上划着，用戴着戒指的那一只支着前额，戒指仿佛嘲笑他们两个似的，"你说的那些话，没有一句不对的，是不能那么办，你是得离开我。"

"不过你哪，你怎么办哪？"

"我可以回娘家呀。"

克莱却还没想到这步办法。

---

[1] 原文由《旧约·箴言》第十四章第十节，"心中的苦楚，自己知道"而来。

"一定可以吗？"他追问说。

"一定可以。咱们既是非分离不可，那咱们早早分离完事，不更好吗？你从前说过，男人在我面前，极容易把持不住。要是我老跟你在一块儿，也许你会把持不住，忘了你的理性，忘了你的愿望。如果真有那一步，那以后你的后悔，我的烦恼，还能让人受得了吗？"

"你可愿意回娘家？"他问。

"我要跟你分离，所以我要回娘家。"

"那么，就那么办吧。"

苔丝听了这句话，虽然没抬头去看克莱，却不觉失惊一动。因为提出办法是一回事，允诺实行又是一回事，这一层只怕她明白得太快了。

"我早就害怕要有这一步了，"她嘟囔着说，脸上驯驯伏伏地不动声色，"我并不抱怨，安玑。我——我觉得，这是顶好的办法。你对我说的那些话，我听着真是至情至理。因为，比方咱们两个同居，虽然不会有外人来揭我的短处，但是以后日子久了，可保不住你不为一点小事闹脾气，保不住你不把我从前的事顺口说出来，也就保不住别人听不见，也许还让咱们的儿女听见哪。现在这种样子，不过让我伤心罢了，到了那个时候，那可就要叫我受大罪，就要要了我的命了。所以我现在离开你，是顶对的。我——明天就走。"

"我也不在这儿住啦。我不过不肯先开口就是了，其实我早就觉得咱们应该分居了——至少得分居一些日子，等到我能把事情的真相看得再清楚一些，可以给你写信的时候。"

苔丝偷偷地看了她丈夫一眼。只见他满脸灰白，甚至于还全身颤抖。但是苔丝看到，她嫁的这个丈夫，外面上那样温柔，心里头却那样坚定；看到他有那种意志，一定要把粗鄙的感情，化为精妙的感情，把有形的实体，化为无形的想象，把肉欲化为性灵——她仍旧跟从前一样心惊胆寒。他那种支配一切的想象，仿佛是狂暴的风，一切本性、倾向、习惯，遇到了它，都要像枯萎的树叶一样。[1]

他大概看见她偷偷地瞧他，因为他接着解释说：

"凡是跟我不在一块儿的人，我想起他们来，都觉得比在一块儿的时候可爱。"于是又带着玩世不恭的态度，加了一句说，"谁知道哪，保不定咱们两个，将来有那么一天，都过腻了，就又凑到一块儿，和好起来了。这样的人可就太多啦。"

克莱当天就动手捆扎行装，苔丝也上了楼，去收拾东西。他们这两个人，对于任何像是后会难再的离别，都觉得非常痛苦，所以他们如今预备分手，却假装后会有期，做种种猜想，宽慰自己。但是两个人心里，却分明觉到，明天这番别离，也许就是永远的别离。他知道，她也知道，刚一分手的头几天，他们互相牵引的力量——在她那方面，这种力量是不凭借才艺的——大概要比以前任何时期都更强烈，但是日久天长，这种力量自然要淡下去的。既是现在，克莱根据实际上的情况，认为不能跟她同居，那么，分离了以后，头脑更清楚，眼光更冷静，不能同居的理由，也许该更明显了。并且，两个人一旦分离，不再在共同的

---

[1] 比较雪莱《西风曲》。

居室和共同的环境里，那就要有新的事物，不知不觉地生长出来，把空下来的地方填补起来，意外的事故，就要阻碍了旧有的打算，往日的计划，也就要让人忘记了。

37

半夜静悄悄地来了，又静悄悄地去了，因为芙仑谷里，并没有什么东西，来报告它的来去。[1]

德伯家从前那座旧宅第，现在只是一座夜色笼罩着的农舍了。半夜以后，打了一点钟不久，这所农舍里，忽然微微地发出一种咯吱咯吱的声音来。苔丝在楼上的房间里，让这种声音聒醒了。那是从楼梯拐弯那几磴发出来的，因为那几磴，像通常那样，钉得很松。苔丝醒来以后，看见自己那个寝室的门开了，她丈夫的形体，穿过了一道明亮的月光，脚步异常小心轻悄。他身上只穿着一条裤子，一件衬衫。她刚一看见他进来，心里不觉一阵欢喜，但是她再看，他的眼神怔怔傻傻，茫然直视，于是一阵欢喜，就又消逝了。他走到屋子的中间就站住了，嘴里带着没法形容的凄惨伤感，嘟囔着说：

"死啦！死啦！死啦！"

原来克莱只要一受重大的刺激，就有时在睡梦中行走，有

---

[1] 英国普通乡村市镇，差不多都有教堂，教堂差不多都有一架大钟，按时报告钟点。芙仑谷这一带，没有教堂，所以没有东西报告时刻。

时还在睡梦中做出惊人的事情。他们紧在结婚以前，从市镇上回来那一天，他夜间在自己的屋子里，又和欺负苔丝那个人打起架来，就是一个例子。苔丝现在明白了，心里继续不断的痛苦，把他弄得睡梦中行走起来了。

她对于他，极端忠心，非常信任，所以不管他是醒着，还是睡着，她对于他，都不会生出戒心来。就是他手里拿着手枪，走进屋里，她也还是要相信他是爱护她的。

克莱走到她跟前，把身子俯在她上面，嘴里念叨着："死啦，死啦，死啦！"

他满脸含着无限的愁苦，拿眼瞅了她一些时候，于是又把身子俯得更低，把她抱在怀里，用床单像用殓单一样，把她裹了起来。于是又像对于死者的尸体那样，恭恭敬敬地把她从床上举了起来，抱着她走过屋子，嘴里嘟囔着说：

"我这可怜、可怜的苔丝——我这最亲最爱、心肝一般的苔丝！那么甜美，那么忠诚，那么真实！"

这类亲昵的字眼，本是他醒着的时候，绝对不肯出口的，现在让她那颗凄凉孤寂如饥似渴的心听来，真有说不出来的甜美滋味。她宁可豁出自己那条令人厌恶的性命，也绝不肯活动一下，挣扎一下，破坏她现在所处的境地。所以她就老老实实、敛声屏息，躺在他怀里，一面心里想，不知道他到底要把自己怎么样。她就这样让他把自己抱到了楼梯的上口。

"我的太太——死啦，死啦！"他说。

他抱着她，有一会儿的工夫站住了脚，往楼梯栏杆上靠去。他是不是要把她摔到楼下去呢？为自己担心的念头，如今在苔丝心里，可以说几乎完全不存在了。再加上她知道，他已经打算好了，明天早起就要和她分离，也许永远分离，所以现在她躺在他怀里，虽然有摔下去的危险，她却不但不害怕，反倒觉得是难得的造化。要是他们两个，能一齐滚下楼去，能一齐摔得粉碎，那有多好，那有多趁人的愿呢！

　　然而，他并没把她摔到楼下去，反倒趁着有栏杆可倚，在她的嘴唇上——他白天不屑接触的嘴唇上——吻了一下。然后又重新把她紧紧抱住，下了楼梯。松了的楼梯咯吱咯吱的响声，并没把他毶醒。他抱着她平平安安地来到了楼下。于是他有一会儿，松开一只手，把门闩拉开，走出了屋子。他脚上只穿着袜子，脚指头在门框上轻轻地碰了一下，不过他好像并没理会。现在到了门外，可以有伸展周转的余地了，所以他就把她放在肩头上，为的是好更容易一些就能搬动她，本来他身上没穿日常的衣服，就给他省了许多事。就在这种情况下，他抱着她，离开了房子，朝着几码以外的河边走去。

　　他心里究竟有什么目的没有呢？她还没猜出来呢。她发现，她自己在那儿冷冷静静地猜想，跟一个局外人一般。她已经把自己的身心完全交给他了，所以她看克莱，如今把她看作绝对是他个人所有的家当，在那里自由处置，反觉得很快活。明天早晨的离别，本来让她一想起来，就黯然销魂，这种恐惧，一直在她心头盘旋。现在她感觉到，克莱到底真正承认她是他的妻子苔丝了，并没把她甩开，这种感觉，给了她很大的安慰，哪怕他敢认为他有权利任意伤害她，也没关系。

　　啊！她现在知道他做的是什么梦了——他现在的动作，正是那个礼拜早晨，他把她和她那三个伙伴抱过泥塘的情况。她那三个伙伴爱克莱，也许差不多和她一样地厉害，不过她却难以承认那是可能的事罢了。克莱如今并没把她抱过桥去，却抱着她在河的这一边，朝着那座离得不远的水磨磨坊，一直走了好几步，走到后来，才在河边上站住了。

这一带的草场，平衍广远，河水从这儿经过，往往泛滥流溢，不循轨道，曲曲折折，时分时合，分的时候，环抱无名的小洲，分而复合的时候，就又成了一道宽广的河流。现在克莱面前，就是那样一片众流汇合的地方，河水比别处更宽更深。河上只有一座很窄的人行木桥，桥栏杆都叫秋雨冲走了，只剩下了一块独木的桥板，和底下流得很急的水面，只隔几英寸，即便脚步稳的人，打那上面过，都不免要头晕眼花。白天苔丝在窗前往外闲看的时候，曾看见有些小伙子，在桥板上面走，比赛谁的脚步稳，能不掉下去。她丈夫或许也看见过那些小伙子的比赛，不过看见也罢，没看见也罢，他现在却正走上了这座独板的木桥，把头一脚不知怎样踩到桥上，跟着沿桥往前踏去。

他是不是要把她淹死呢？大概是吧。那个地方很偏僻，那片河水又深又广阔，在那儿把一个人扔到水里淹死，是很容易的。他想把她淹死吗？好吧。那不强似明天早晨生生拆开，黯然离别，从此一个天涯，一个地角吗？

激流在他们下面又奔腾，又打漩涡，把月亮照在水里的圆影子，弄得一会儿长，一会儿扁，一会儿上翻下搅，一会儿四分五裂。团团的泡沫顺流漂过，截住了的水草就在木桩后面摇摆。要是他们两个，现在能一齐掉在河里，那他们两个的胳膊，一定要互相搂抱得非常地紧，绝没法子能把他们救起来。那么一来，他们就可以差不多毫无痛苦地与世长辞，再不会有人说她不好，也不会有人说他不该娶她了。要真那样，那他最后和她在一起那半点钟，一定是爱她疼她的；要不那样，等他醒过来，他就要恢复了他白日间厌恶她那种心理，现在这时候的情况，就要成为一刹那的梦幻了。

她忽然想起来，何不转动一下，使自己和克莱，一齐滚到深水里去呢？但是她又不敢真那么做。她把自己的性命看得是轻是重，前面已经有过证明了；但是克莱的性命——她却没有权利胡乱干扰。于是她就让他抱着，平平安安地走过了河。

他们现在到了寺院的旧址上，进入一片人造林里面了。克莱把苔丝换了一种抱法，往前走了几步，走到寺院教堂圣坛所在的废址那儿。靠着北墙，放着一个石头棺材，原先本是一个修道院长的，现在却空了，到这儿来旅行的人，凡是喜欢在凄惨的滋味里寻开心的，都要在棺材里躺一躺。克莱小心谨慎地把苔丝放在这个石头棺材里头，在她的嘴唇上，又吻了一下，跟着喘了一口粗气，仿佛完成了一件重大的心愿似的。于是他也顺着石头棺材躺在地上，立刻睡着了。因为他累得很，所以睡得很沉，躺在那儿一动也不动，好像一块大木头。原先他心里一阵兴奋，使他生出了这一股劲头，现在那种兴奋已经过去了。

苔丝在石头棺材里面欠身坐起来。那天夜里的天气，虽说在那个时节里得算是干爽温和，却也凉森森、冷飕飕的，凭克莱穿的那身半遮半露的衣裳，长久睡在地上，不冻死也得大病一场，要是不去惊动他，他大概要一觉睡到天亮，因而受寒致死。

她从前曾听说过，睡梦行走之后，睡在外面，因而受寒致死的，大有人在。但她要是把他唤醒了，叫他知道了他睡梦中对她做的种种痴情傻事，那他一定要羞愧，一定要难过，这样说来，她怎么敢把他叫醒了呢？不过想来想去，没有别的法子，所以苔丝只得走出石头棺材，轻轻把他摇撼，但是这样轻轻摇撼，还是不能叫他醒过来。刚才那几分钟，她因为心里兴奋，所以身上也不觉寒冷，但是现在那种幸福的光景已经过去了。她身上围的那个床单，本来挡不了多少寒气，她自己都觉得冷起来了。一定非把他弄到屋子里不可，可是用什么办法呢？

她忽然想起来了，何不用诱导的方法呢？于是她就尽力把主意拿定，把口气稳住，在他的耳边低语着说：

"亲爱的人儿，咱们再往前走吧。"一面说，一面试着拉他的胳膊，怂恿他起身。他毫不拒绝，顺从了她，她才松了一口气。他听了她的话，分明又重新入了梦境，生出另外一番情致，仿佛他觉得，她是一个死而复活的灵魂，正带着他往天堂上去。就在这种情况下，她挽着他的胳膊，走到寓所前面那座石桥，过了桥就到了宅第的门口。

苔丝本是光着脚的，所以脚下的石头，伤了她的皮肤，把她冰得凉到骨髓。克莱却穿的是毛袜子，仿佛不觉得有什么不舒服。

进屋子并没有什么困难。她引导他在那沙发床上睡下，给他盖得暖暖和和的，又用木柴给他生了一点火，好把他身上的潮气烘干。这些动作的声音，她本来觉得，可以把他聒醒了的，她也暗中盼望着他能醒来。但是他心身两方面，都已经疲乏万分了，所以睡在那儿，一点儿也不动。

第二天早晨，他们一见面，苔丝就猜出来，克莱虽然也许觉到，夜里自己睡得并不踏实，可是他一定不大知道，也许一点儿都不知道，在他那番梦中行走里，她是一个怎样重要的角色。实在说起来，他那天早晨还没醒的时候，本来睡得很熟，像"寂灭"[1] 了的一般。在他刚一醒过来那几分钟里面（那时候，脑子就好像活动身体的参孙[2]，在那儿试自己的力气），他倒模模糊糊地觉到，夜里大概发生了点儿不同寻常的事故。但是不久，他就只顾去注意现实的问题，不再去猜测昨夜的事情了。

　　他以期待的心情等候，看自己的心会有什么变化。他知道，昨天晚上打好了的主意，要是在今天的晨光里头脑冷静的时候，还不动摇，那么，即便当初打主意的时候，是由于感情的冲动，而主意本身，还是差不多根据于纯粹的理性，因此，那个主意，就本身而论，当然是可靠的。他就以这样的态度，在灰色的晨光中，看自己和苔丝分离的决心：这种决心，如今并不含有愤怒暴躁的意味，先前那种使他如灼如焚的情感，现在已经消失了，那只是赤裸裸的一件实事，只是一架骨骼，但是却又分明存在。克莱不再犹疑了。

　　他们吃早饭的时候，跟收拾剩下的那几件零碎东西的时候，克莱都显得非常疲乏。这显然是昨天晚上劳累的结果，因此苔丝几乎要把昨天晚上的事，一概都对他说出来。但是她再一想，如

---

[1] "寂灭"原文 annihilation，为神学名词，身体与灵魂完全消灭之意。

[2] 活动身体的参孙，《旧约·士师记》第十六章里说，参孙力大无穷，喜爱妇人大利拉，妇人诓哄参孙，克制他，他的力气就离开他了。参孙从睡中醒来，心里说，我要像前几次那样，出去活动身体。他却不知道耶和华已经离开他了。

果他知道了，他头脑清醒的时候所靳惜的爱，却在迷离的梦境里表现了，他理性强大的时候所维持的尊严，却让惝恍的梦魂损害了，那他一定要生气，要难过，要自怨自恨。既是这样，那她怎么还好对他讲呢？那岂不是跟对一个醒过酒来的人，笑他喝醉了的情况一样吗？

同时苔丝忽然想起来，也许克莱对于那番爱的表示，微微有点儿记得，却怕她会利用这个招惹柔情的机会，重新要求他不要和她分离，所以他才不提这件事吧。

他已经写了一封信，在顶近的那个市镇上，定了一辆车，所以吃过早饭不久，车就来了。她见了车，就知道这回是非分离不可的了——即便不是永远分离，至少也是暂时分离，因为昨夜他所表现的柔情，又叫她生出将来还有希望的梦想。行李装到车顶上以后，车夫就扬鞭打马，把他们载走了，水磨磨坊的老板和伺候他们的那个村妇，都没想到，他们两个会突然离去，所以都觉得奇怪。据克莱说，因为他发现水磨磨坊太老，不是他想考察的那种现代的水磨厂，所以他要离去，这种说法，就本身而论，当然也对。除了这一点而外，他们走的时候，一点儿也没露出破绽来，不会让人家瞧出来，他们遭了什么不幸，或者感觉到，他们并不是一同去看亲友。

他们的路程，离几天以前他们俩含着庄严的喜气离开的那座牛奶厂非常地近。既是克莱想借着这个方便，和克里克老板把没完的事都结束一下，那么，苔丝当然也不能不借着这个机会，看望看望克里克太太了，因为不那么办，一定要引起别人的疑心。

他们想，这番拜访，越不惊动人越好，所以，他们走到大路旁边通到牛奶厂的小栅栏门，就把车停住了，两人沿着由高而低的小径，并排徒步往厂里走去。那一片柳树丛里的柳树，都已经把枝条斫下来，只剩下矮矮的秃干了，隔着这片秃干望过去，可以看见当日克莱追苔丝，逼她答应终身大事那个地点；可以看见它左面，她让他的琴声迷住了的那个院落；可以看见牛圈后面远处，他头一次搂抱她那片草场。夏日灿烂的金黄色，现在变成昏沉的灰色了，天地暗淡了，肥沃的土壤也泥泞了，河水也清冷了。

老板隔着场院的栅栏门，看见了他们两个，立刻摆出一种嬉皮笑脸的神气，迎上前去，因为塔布篱这一带的人，见了一对新婚夫妻重新驾临，总以为得用这种态度对待他们，才算应时对景。跟着克里克太太和几位别的旧伙伴，也都从屋子里跑出来迎接他们，不过玛琳和莱蒂，却好像不在厂里。

苔丝对于他们那些委婉含蓄的打趣，亲热友爱的戏耍，一概硬着头皮忍受，其实他们哪儿知道，这种笑话，让她听来，真是感触无限，啼笑皆非аль。他们夫妻之间，本来有一种默契，要把彼此疏远的情况严密地掩盖起来，所以他们的举动言谈，一概装作和平常的夫妻一样。那时大家又把玛琳和莱蒂的故事，详详细细地对苔丝说了一遍，其实她很不愿意别人再提那些事。莱蒂回了她父亲家里，玛琳到别的地方找事去了。他们只怕她不会得到好结果。

苔丝听了这些故事，自然很伤感，她想把悲哀排遣，就去到外面，对她从前喜欢的那些牸牛告别，用手一个一个地抚摸它们。他们和厂里的人告辞的时候，并排站在一块儿，好像是一对恩爱夫妻，灵肉都合为一体，其实要是有人能够看透他们的真情，他一定要觉得，这种光景特别可怜。他们两个胳膊互相接触，衣裙互相摩擦，并列站在一面，和厂里那一大群人相对，说再会的时候，总是"我们"两个字连在一起，在外表上看来，真像一体的两肢。然而谁知道，实际上却隔得像南北极那么远呢？也许他们的态度，显得有点儿异常死板，异常拘束吧；也许他们假装同心一体，显得有点儿笨拙，不像新婚夫妻那种天然的羞态吧。因为他们走了以后，克里克太太对她丈夫说：

"俺看苔丝的眼神那么亮、那么不自然，他们说起话来那么悠悠忽忽，一举一动也那么木雕泥塑一般！这些情况你没看出来吗？苔丝那孩子，本来就有些跟别人两样，这阵儿一点也不像是个嫁给有钱人那种得意的新娘子。"

他们两个又上了车，朝着天气堡和丝台夫路往前走去，走到篱路店，克莱叫车夫把车停住，然后把马车和车夫都打发开了，在店里休息了一会儿，又雇了一辆生车，坐着进了谷里，往她家里前进。这个赶车的是个生人，不知道他们两个的关系。走到半路上，经过纳特堡，到了一个十字路口，克莱叫把车停住，对苔丝说，这就是她回老家和他分手的地方。因为在车夫面前，两个不能随便谈话，所以他要求她，沿着一条小岔道，和他往前走几步。她答应了，他就吩咐车夫略等几分钟，跟着两个就走开了。

"现在，咱们不要有什么误会，"他温柔地说，"咱们之间并不是谁生谁的气，不过有一种情况，我现在还不能忍受。我以后要慢慢想法忍受。我现在还不知道我要到哪儿去，我什么时候知道了，就什么时候写信通知你。如果我觉得我能忍受了——我的意思是，如果这犯得上、办得到的话——那我就一定到你那儿去。不过我还没去找你的时候，顶好你不要先来找我。"

这种命令里的严厉意味，叫苔丝听来，真是万箭攒心，她现在明白他怎么看待她了。他一定是把她看成一个对他彰明较著地玩弄骗局的女人了。但是一个女人，即便做了她做的这种事，难道就应该受这样的惩罚吗？不过她不能再跟他辩驳。她只把他的话重复了一遍。

"你不来找我，我千万不要去找你？"

"正是。"

"我写信给你成不成哪？"

"哦，那倒可以——如果你有灾有病，或者你需要什么，你就不妨写信给我。不过我希望不会有那种事，所以也许将来还是我先写信给你。"

"你的条件，安玑，我都同意。因为我该受什么惩罚，只有你知道得最清楚。不过——不过——可别严厉到叫我受不了的程度！"

关于这件事，她就说了这几句话。要是苔丝是个有心机的女人，要是她在那条偏僻的篱路上，吵闹一场，晕倒一次，歇斯底里地大哭一阵——要是那样的话，别瞧他那股子吹毛求疵、难以取悦的脾气，正在那儿兴风作浪，那他大概也不至于眼看着不理她的。但是她长久忍受的态度，反倒帮了他的忙，让事情好办了，她自己倒成了他最好的辩护人了。并且她的忍受之中，还含着一股骄傲——这大概也是德伯全家明显所有的那种不计利害、听天由命的态度里一种特征——因此本来她可以哀恳他而使他回心转意，那一方面有许多根弦可能发生效果，她却一根也没拨动。[1]

他们又谈了一些话，都只是关于实际的事项。他现在递给她一个包裹，里面有相当多的钱，那是他从银行里特别提出来给她的。苔丝使用那些钻石装饰品的权利，大概只限于她的一生（要是他把遗嘱上的话看清楚了），他劝她为安全起见，让他把那些东西替她存在银行里。她对这个提议，马上听从了。

他们两个把这些事全都安排好了，他就把苔丝送回车旁，把她扶到车上。他把车钱先付了，告诉车夫往前去的地点，就拿起雨伞和行囊——他带到这儿来的东西，就是这两件——向苔丝告别。于是他们两个，就在那个地方，那个时候，分离了。

马车慢慢地往山上爬动，克莱一面看着它往前走，一面心里却不期然而然地希望，苔丝会从车窗里探出头来，往后看他一下。但是她躺在车里，差不多晕过去了，绝想不到那样的事，也绝不会冒昧地做那样的事。于是他眼看着她慢慢越去越远，心里不由得一阵难过至极，就把一句旧诗，按着自己的意思特地改了一下，在嘴里念道：

上帝**不在**九重天，世间**无一事完善**！[2]

---

[1] 这是以弦乐（如竖琴）之弦为喻。

[2] 这是把布朗宁的诗剧《琵帕走过去》里一首歌最后两行改成。布朗宁原诗意译如下：这正是一年的春天；这正是一日的晨间；这正是晨间的七点；山坡上露珠还未干；天空里云雀鸣婉转，棘枝上蜗牛步安闲；上帝身居九重天，世间万事尽完善！

苔丝的车爬过了山顶，他才转身上了自己的路，那时候，他差不多自己也不知道，他仍旧还爱她。

38

苔丝坐着车，在布蕾谷中前进，她孩童时代耳濡目染的景物，开始在她周围展开，那时候，她才从昏迷中醒来。她头一样想起来的问题是：她有什么脸去见她父母呢？

她走到一个收路税的卡子门了，门横栏在通到马勒村的大路上。给她开门的并不是和她认识的那个多年看门的老头，却是另一个她不认识的生人。那个老看门的，大概是新年那一天离开这儿的，因为上工下工的人，总是在新年那天办理交代。苔丝近来老没得到家里的音信，所以就跟那个看门的打听消息。

"哦，大姑娘，没有什么事儿，"他回答说，"马勒村照样还是马勒村。左不过是有添丁、死人那一类的事儿。约翰·德北在这个礼拜里，打发了一个闺女，女婿是种庄稼的体面人，不过可不是在约翰家里打发的，他们在别的地方办的事。新女婿很有身份，觉得他丈人家又穷又土，上不得台盘。他好像不知道，新近发现，约翰自己一家骨肉，一脉相传，就是一个又古又老的世家子弟，直顶到这阵，他们老祖宗的骨殖，还埋在他们自己的大坟穴里，只是从罗马人那时候就衰败了就是了。不过约翰爵士——俺大家伙儿这阵都叫他约翰爵士了——不过约翰爵士，可自己尽着力量办喜事来着，把阖区的人都请到啦；约翰太太还在清沥店里唱歌来着，一直唱到十一点多钟。"

苔丝听了这番话，心里不觉一阵难受，就不好意思大张旗鼓地坐着车，带着那些行李和什物往家里去了。她问那个看门的，她可以不可以把她的东西先在他家里存一存。那个看门的并没说不成，于是她就把马车打发开了，自己一个人拣着一条背静的篱路，徒步往村里走去。

她看见她父亲家里那个烟囱的时候，就心里想，那一个家，她怎么能进去呢？她的父母弟妹，都正在那所草房里，坦然平静地琢磨她现在怎样快活美满哪——琢磨她怎样正和一个比较有钱的丈夫，到远处去做蜜月旅行，她丈夫将来要跟她怎样过荣华兴盛的日子哪。谁想得到，她却在这儿，举目无亲，孑然一身，世界之大，再也没有其他较好的地方可以去得，只能仍旧蹭回到自己旧日的家呢！

她往家里去的时候，偏偏又有人碰见。她正走到园篱那儿，一个认识她的姑娘，和她撞了个对面——这就是她在学校里顶亲密的那两三个姑娘里面的一个。她问了苔丝几句话，问她怎么回来的，问完了以后，也没注意到苔丝脸上的愁容，就又插嘴问：

"你那一口子哪，苔丝？"

苔丝急忙说，他因为有事，到别处去了，说完就撇了那个问话的人，攀过园篱，往家里走去。

她走上园径，听见她母亲在后门那儿唱小曲，她走上前去一看，只见德北太太正在台阶上拧床单。她并没看见苔丝，所以拧完床单，就进屋子里面去了。她女儿跟在她后面。

洗衣盆仍旧放在旧酒桶上那个老地方。她母亲把床单放在一边，正要把胳膊再伸到盆子里。

"哟——苔丝吗！——我的孩子——俺想你结了婚了吧！这回可是千真万确地结了婚了吧——俺们把苹果酒——"

"不错，妈，是千真万确地。"

"千真万确地要结婚？"

"不是，我已经结过婚了。"

"结过婚啦！那么你丈夫哪？"

"哦，他走啦，暂时走啦。"

"走啦！那么你们是哪一天结的婚哪？是你告诉俺们那一天吗？"

"是，就是礼拜二那一天，妈。"

"今儿刚礼拜六，他就走啦？"

"不错，他走啦。"

"这是怎么回事啊？俺说，你怎么嫁了个这样该死的丈夫哪！"

"妈！"苔丝走到昭安·德北跟前，把头伏在这位主妇怀里，呜咽起来，"妈！我真不知道怎么告诉你才好！你亲口也告诉过我，写信也告诉过我，都叫我不要对他说。可是我到底对他说了——我忍不住就说了——说了他可就走了！"

"哦，你这个小傻子——你这个小傻子！"德北太太大声喊着说，同时在那一阵激动错乱中，把自己和苔丝溅得满身都是水，"哎哟俺的老天爷呀，为什么偏叫俺活着的时候说这种话呀！但是俺还是要说，你这个小傻子！"

苔丝直哭得声咽气结，肝肠断绝，因为她憋了这些天了，到今天才一齐都发泄出来。

"我知道要这样，——我知道——我知道！"她一面呜咽，一面从呜咽中一抖一抖地说，"可是，唉，我的妈呀，我又不忍得不说！他那个人太好了，我觉得，我要是对他隐瞒，不让他知道我从前的事，那就是害了他了！如果——如果——这件事二番再做一遍——我还是要这么办的。我不能——我不敢——那么坑害——他！"

"可是你先嫁他后告诉他，那不也就够坑害他的了吗？"

"不错，不错，这正是叫我难过的地方！不过我本来可觉得，他要是一定不肯通融，他可以用法律解决，和我离婚。哎呀妈呀，你是不知道哇，我那样爱他呀——那样想嫁他呀——又想对得起他，又想不放他，我心里那样为难，你是不知道哇！"

苔丝悲伤至极，不能再说下去了，就像瘫了一样，倒在一把椅子上。

"得，得，已经做过的，不能变成并没做过的呀！[1] 俺真不明白，怎么俺养的儿女，比别人的都傻——连这样的事该咧咧不该咧咧都不知道！你要是不说，不到太晚了的时候，他自己会发觉出来吗？"

说到这儿，德北太太就因为自己这个做母亲的真正可怜，流起泪来。于是又接着说："你爹知道了，还不定说什么哪。自从你结婚那一天起，他在清沥店和露力芬店里，就没有一天不对人说，你怎么嫁了一个阔人，咱们家怎么因为你，就又可以恢复原来的地位——可怜的傻东西——他哪儿知道你弄得这么一团糟

---

[1] 英国古谚。

哪！哎呀，俺的老天爷呀！"

仿佛事事都来凑热闹似的，就在那时候，她们正听见苔丝的父亲越来越近。不过他却没直接就进屋里，所以德北太太就叫苔丝先躲一躲，好让她对老头子报告这个坏消息。刚才猛一听见这个消息，德北太太觉得有一阵失望，但是那一阵过去了，她就把这件事看得好像和苔丝头一次的灾难一样了——仿佛这件事，只是过节碰上下雨，或者马铃薯不收成似的，只是一种和功罪智愚无关的事，一种偶然外来、无法避免的打击，并不是一种教训。

苔丝躲到楼上，随便一看就看出来，床铺都挪动了地方，另有布置了。她原来睡觉的那张床，已经改成两个小孩睡觉的床了，这儿已经没有她的地方了。

楼下那个屋子没有天花板，所以那儿的动静，她在楼上大半都能听见。她听见她父亲跟着就进了屋里，并且分明还带着一只活母鸡。他现在是一个步行的小贩子了，他已经因为没有办法，把第二匹马也卖了，现在都是自己把篮子挎在胳膊上做买卖了。这只母鸡，今天早上，也和已往常有的时候一样，他来来去去都拿在手里，表示他并没闲待着，其实那只鸡，已经把腿绑着，在露力芬店里的桌子底下，放了一个多钟头了。

"我们刚才正谈起一件事——"德北开口说，接着把他们在店里讨论关于牧师的详情，对他太太仔细解说了一番。他们因为他女儿嫁给了一个做牧师的人家，所以才谈起这个题目来。他说："人家从前也都称呼牧师'老爷'，和称呼俺的祖宗们一样，不过这阵他们真正的称呼，严格说起来，可只是'牧师'两个字了。"他又说，因为苔丝不愿意声扬，所以他没把她结婚的详细情况对大家说，他只希望她不久就把这道禁令解除了才好。他提议他们新婚夫妻俩都姓苔丝的姓，都姓德伯，照着原先没变的样子姓。因为这个姓，比她丈夫的强。他又问，那天苔丝有信来没有。

于是他太太对他说，苔丝倒是没有信来，但是不幸，苔丝自己却来了。

她把这番塌台的情况完全对他说明了以后，他觉得栽了跟头，好不窝憋，连刚才喝的那点使人高兴的酒，也都无济于事，都鼓不起他的兴致来，这种情况，却是德北不常有的。但是使他那易受触动的脾气感到难过的，与其说是事情本身的性质，还不如说，他想到了别人听见这件事以后对他可想而知的看法。

"真没想得到，闹了这样一个下场！"约翰爵士说，"凭俺这样一个人，在王陴的教堂里，俺家的大坟穴，都和乡绅赵腊家的酒窖一样大，俺那些横三竖四地埋在那里面的祖宗，都登载在史鉴上，是一郡里真本实料朝廷的臂膀。凭俺这样一个人，可闹了这一场！不用说，他们清沥店和露力芬里那些人，一定都要瞧不起俺啦。他们一定都要斜着眼看俺啦，都要拿鼻子嗤俺啦。他们都该说啦，'这就是你高攀的好亲戚，这就是你要恢复诺曼王时代你们祖先的好门庭！'昭安哪，俺这个跟头栽得太大了。俺寻个自尽吧，命也不要啦，爵位也不要啦，俺可受不下去了！……不过，他既然和她结了婚了，难道她不能硬叫他留下她吗？"

"啊，能是能，不过她可不肯那么办。"

"你想她这回真结了婚了吗？——还是和头一回——"

可怜的苔丝，只听到这儿就再也听不下去了。真没想到，连在自己父母家里，她说的话，都会有人不信。她看到这种情况，就对这个地方非常讨厌起来，任何别的情况都不会让她这么讨厌自己的家。命运的打击真是突如其来！比方她父亲，都有点儿不信她，那么，邻居和朋友，岂不就更得疑惑她了吗？唉，她是绝不能在家里久待的了！

因此她就不肯在家里多住了，她只住了几天，恰巧她接到了克莱一封短信，报告她，说他到英国北部看一处农田去了。她急于显一显她真是他的太太，又想把他们两个疏远的程度掩饰起来，所以就利用这封信，做离家的借口，叫他们觉得，好像她是找她丈夫去了似的。她恐怕别人会说她丈夫待她不好，想要再掩盖一下，于是就从他给她那五十镑钱里，拿出二十五镑来，装着有钱的样子，交给她母亲，好像做了安玑·克莱那样人的太太，应该给得起这么些钱似的，并且说，这不过是稍稍补报两位老人家前几年跟着她受的麻烦和寒碜就是了。她这么大模大样地说了以后，就对她父母告辞了。她走了以后，德北一家人拿苔丝那笔优厚的赆仪，很搞了一阵热闹的名堂。她母亲还说，其实她也真信，他们小两口，一时一刻都离不开，所以虽然暂时分离，到底又和好了。

39

克莱结婚以后过了三个礼拜，才有一天，下了山道，向他父亲那个面目依旧的牧师公馆走去。他在山坡上往下走着的时候，只见教堂的高阁在黄昏的天空里耸起，它的神气好像是追问他，为什么这时候回来。暮色苍茫的市镇上，好像没有什么人看见他，更没有什么人期待他。他这次回到这儿，像一个鬼魂一样，连自己的脚步声听来都觉得有些刺耳惊心，他总想销声匿迹才好。

人生的景象，在他看来，和以前不一样了。从前他所了解的人生，只是理论方面的空想；现在他觉得，他所了解的人生，完全是实际方面的经验了。但是虽然他觉得那样，其实就是到了现在，他也许还不能算真正了解。不过如今他心目中的人生，却不再像意大利的艺术里那种铺眉蒙眼的幽静甜美 [1] 了，只是韦尔博物馆 [2] 里那种瞪目直视、阴惨可怕的态度，只是范·毕尔 [3] 画的那些睥睨而视的险诈面目了。

在这两三个礼拜以内，他的行动可以说是散漫得没法形容。他本想按照古往今来那些伟人智士所教训的那样，只当并没发生什么不同寻常的事件，去机械地进行他的农业计划。但是他试了又试，终究不成。因此他下了一句断语，认为那些伟人智士里面，曾经设身处地试验过他们的教训是否适用的，大概不会很多。异

---

[1] 意大利的艺术那样幽静甜美，意大利的画家，像拉斐尔、安坠厄·戴勒·沙陶、鲁以尼等，多画《圣经》人物故事，如《圣母》《神圣家庭》《施洗礼的约翰》等，都极幽静甜美。

[2] 韦尔博物馆，昂杜洼·约瑟·韦尔（一八〇六——一八六五），比利时画家，死后，他在布鲁塞尔的房子改为韦尔博物馆。他晚年的作品，一般评者认为惨澹、不健全，没有美的本质。他的作品之中最有名的为《基督之胜利》《拿破仑在地狱里》《自杀者》等。

[3] 范·毕尔，比利时画家，生于十九世纪。所画有《漂流者万岁》《巫术审理案》《浮士德与摩菲斯陶芬》等。

教徒的伦理家 [1] 说："最要紧的一样事就是要沉住了气。"克莱自己也是那么想的。然而他却没法子沉得住气。拿撒勒人说："不要忧愁，不要胆怯。"[2] 克莱对于这种意见热烈地同声相应，但是他不由得照旧地要忧愁。他倒是真想能跟那两位圣人对面交谈一下，以和他们是同胞的资格，诚恳地求他们把办法告诉他。

他的心境，变得对于一切满不在乎了，到了后来，他竟觉得，他简直成了一个对自己的身世冷眼旁观的局外人了。

他深深地相信，都是因为苔丝是德伯家的后人，才生出这一切的烦恼，这种信心叫他非常难过。当日他既是知道了苔丝并非像他所痴心梦想的那样，生在富于朝气的小户人家，却是出于气衰势杀的古老门户，那时候，他为什么不守定了旧日的主义，咬牙横心，把她放弃了呢？现在他所受的，正是他背叛主义的结果，正是他应该得到的惩罚。

于是他意懒心灰，焦灼熬煎，后来焦灼的心越来越大。他心里纳闷，不知道这样对待她是否应该。他吃东西也不知道吃的是什么，喝东西也喝不出味道来。时光一天一天地过去，过去那些日子里每一样行动的动机，也都在他心里出现，于是他看了出来，他想要把苔丝珍惜贵重地据为己有的心思，和他一切的计划、行为和语言，有多么紧密地联系在一起。

---

[1] 异教徒的伦理家，指罗马皇帝奥理略·安托奈那（一六一一—一八〇）。他见称为异教徒中之最高尚者，属于斯多噶学派。他的著作是《沉思集》，十二卷，用希腊文写的。此处所引，见《沉思集》第八卷第五节，根据的是乔治·朗的英译。这句话也见于罗马斯多噶派哲学家艾皮克提特斯的《谈话集》。

[2] 拿撒勒人，指耶稣，因他住在那里。此处所引，见《新约·约翰福音》第十四章第二十七节。

他往来各地的时候，在一个小市镇郊外，看见一个红红蓝蓝的广告牌，上面写着移往巴西帝国 [1] 去种庄稼的好处，说那儿的地，以异常有利的条件，就可以得到。他一看这个广告，就想，这倒是从前没想到的主意。苔丝将来跟着他到巴西去，也许不成问题。那个地方的风气、习惯、人情、礼俗，和这儿都不一样，在这儿好像没法和苔丝同居，到那儿，也许这类事物就会不起作用。总而言之，他很想到巴西去，尤其那时候正是往巴西去的时节。

有了这番主意，他就回到了爱姆寺，要去对他父母，把这番计划讲明，同时想法子编了一套托词，解释苔丝不能同来的原因，只是把他们两个真正分离的情况，一字不露。他走到门前的时候，新月正照在他脸上，他婚后第二天，半夜以后，抱着新娘子，跨过了河，走到寺院的坟地，那时候，月亮也照在他脸上，但是现在他的脸，却比那时候瘦多了。

克莱这番来家，并没通知他父母，因此他一来到，安静的家庭，就立刻骚动起来，仿佛一个平静的池塘里，忽然扎进去一只鱼狗似的。他父亲和他母亲都坐在客厅里，他两个哥哥却一个都没在家。安玑走进客厅，随手把门轻轻关上。

"新娘子哪，亲爱的安玑？"他母亲喊着问，"你怎么也不给个信儿，不声不响地就来了哪！"

"她回她娘家去了——暂时先住一时。我这次回来，本来有点儿匆忙，因为我决定要往巴西去。"

---

[1] 巴西于一八二二年成立帝国，于一八八九年帝国告终。

"巴西！巴西不都是信天主教[1]的吗！"

"是吗？我没想到这一节。"

虽然儿子要到信奉教皇的地方去，叫他们老两口子听来，觉得新奇，觉得难过，但是这种心思转眼就忘了。因为他们老两口子一心一意所关切的，只是他儿子的婚事。

"你报告我们要结婚那封短信，是三个礼拜以前寄到我们这儿来的，"克莱太太说，"接到了信，你父亲就把你教母的礼物打发人送去了，你们不是已经收到了吗！我们自然觉得，我们都不到场顶好，尤其是你愿意在牛奶厂里办事，不在她自己家里——且不管她的家在哪儿——所以我们都没去。我们要是去了，我们也不一定会觉得痛快，而且你一定还得受到拘束。你两个哥哥尤其会觉得这样。现在事情既然已经办完了，我们绝不埋怨你，尤其是你既然不想传播福音，只一心打算种庄稼，她对于你选择的这种事业又最合适，我们更不能反对了……不过我却很想先见见她，安玑，先跟她多少熟悉熟悉。我们自己还没送她礼物哪。不过你别当我们就不送啦，我们不过是等几天就是了，因为我们不知道她喜欢什么。安玑，你要知道，我和你父亲，都没有因为这门亲事和你闹别扭的意思。不过我们都愿意先见了她，再对她表示亲热。你怎么没把她带来哪？这岂不有点儿奇怪么？怎么回事哪？"

他说，他们原先商量来着，觉得一个回到这儿，一个回到娘家，是顶好的办法。

---

[1] 英国人一般都信国教，属于新教，反对天主教及教皇。

"亲爱的母亲，我可以明明白白地对您说，"他说，"我老觉得，总得等到她能够不辱没了您这个当婆婆的，我才能把她带到咱们家里来。不过我这次要到巴西去，原是新近才打的主意。要是我去得成，我想，我头一次出门就带着她，很不方便。她大概得住在她娘家，住到我回来的时候。"

"那么你临走以前，我见不着她了？"

他说恐怕见不着。他刚才已经说过，他本来就没打算把她带到牧师公馆里来，怕的是有什么叫他们看不惯、不好受的地方，又因为另一些原因，他就更固守原来的打算了。他要是马上就出国，一年以内，他总必回来一趟，等到第二次出国的时候，他大概可以带着她先见他们，再一块儿出去。

急忙中预备好了的晚饭送了进来，克莱把他的计划又讲了一讲。他母亲还是因为没看见新娘子，觉得失望。克莱上一次把苔丝夸得那样天花乱坠，把她做母亲的同情心都激动起来了，所以她差不多觉得拿撒勒[1]真能出好的，——塔布篱牛奶厂也真能出美人儿了。因此她儿子吃着饭的时候，她老拿眼盯着他。

"你能不能把她形容形容哪？我敢说她一定很漂亮，是不是，安玑？"

"那是没有问题的！"他说，说的时候，态度很热烈，因此看不出话里有什么激愤辛酸的意味。

"她的贞洁、她的品行，当然也是没有问题的了？"

---

[1] 拿撒勒，地名，耶稣所居。《新约·约翰福音》第一章第四十六节说，拿但业先不信耶稣，曾对腓力说，拿撒勒还能出什么好的吗？

"不错，贞洁品行，都没问题。"

"我现在一闭眼仿佛她就在我跟前了。你上一次说，她的身段很苗条，肌肉很丰润；两片深红色的嘴唇弯着，像丘比特的弓似的；黑眉毛、黑眼毛；黑油油的一头头发，像一盘大锚缆；两只大眼睛，有点儿紫，有点儿蓝，又有点儿黑，不是吗？"

"不错，妈，我是那么说来着。"

"那么，她的样子，简直就出现在我眼前了。她既是住在那种偏僻地方，那她遇见你以前，一定很少会见过其他从外面世界来的青年了。"

"不错。"

"你是她头一个情人吗？"

"自然。"

"天下的女人，不如这位又天真、又漂亮、又健壮的女人的，可就多着啦。我原来自然想——不过，我儿子既是一心一意要种庄稼，那么，娶一个在庄稼地里做惯了活的女人做太太，本是应该的。"

他父亲倒不像他母亲那样"打破砂锅问到底"。不过到了晚祷的时候，要按照规矩先从《圣经》里选出一章来诵读，牧师却对他太太说：

"我想，既是安玑回来了，咱们应该读《箴言》第三十一章才合适，咱们把平常日子本来该读的那一章换了吧？"

"很好，应该，"克莱太太说，"应该念利慕伊勒王的言语，那一章 [1] 顶好（她也和她丈夫一样，能背出《圣经》哪一章哪一

---

[1] 指《旧约·箴言》第三十一章第十节至第二十九节。

节来）。我这亲爱的孩子，你父亲已经决定把《箴言》里赞美贤妻那一章念给咱们听啦。咱们不用说就知道，那一章话是可以应用到不在这儿那位人身上的。但愿上帝保护她一切一切。"

克莱听了这些话，觉得如鲠在喉。轻便的读案从墙角搬了出来，摆在壁炉前的正中间，两个年老的仆人走了进来，安玑的父亲就开始念起《箴言》第三十一章第十节来：

才德的妇人谁能得着呢？她的价值远胜过珍珠。未到黎明她就起来，把食物分给家中的人。她以能力束腰，使膀臂有力。她觉得所经营的有利，她的灯终夜不灭。她观察事务，并不吃闲饭。她的儿女起来称她有福，她的丈夫也称赞她，说："才德的女子很多，唯独你超过一切！"

晚祷做完了，他母亲说：

"我觉得你那亲爱的父亲刚才念的那一章，有些地方，应用到你娶的这个女人身上，真是合适极了。你从这一章书里，可以看出来，完善的女人，是操劳勤苦的女人，并不是好吃懒做的女人，并不是阔绰优游的贵妇人；只是一个用自己的两只手，用自己的脑力，用自己的热心，给别人做好事的女人。'她的儿女起来称她有福，她的丈夫也称赞她，说：'才德的女子很多，唯独你超过一切！'唉，我很想能见见她。安玑。她既然贞洁纯正，那我也不会嫌她不文雅、不大方了。"

克莱听了这些话，再也忍不住了。一颗一颗的泪珠，好像熔化了的铅液，把两只眼睛都装得满满的了。于是他就急急忙忙对那两位老人说了一声夜安，到自己的屋子里去了。这一对老人，本是他所爱的，性情又淳厚，感情又真挚，他们心里没有世事、人欲、魔鬼，这一切，对于他们只是渺渺茫茫，身外之物罢了。

他母亲跟在他身后，敲他的门。克莱把门开开了的时候，只见她满脸焦虑，站在门外。

"安玑，"她问，"你为什么这样急急忙忙地就要出国哪？是不是出了什么岔子哪？我总觉得你改了样儿了。"

"并没出什么岔子，母亲，真没出什么岔子。"他说。

"是因为她吗？哟，安玑呀，我知道是因为她，我知道！你们两个在这三个礼拜以内吵架来着吧？"

"并不能算是吵架，"他说，"不过有点儿不同的——"

"安玑——她做姑娘的时候，她的行为是不是经得起追问？"

克莱太太，本着一个当母亲的本能，一下就把惹她儿子现在这样心烦意乱的根源猜出来了。

"她一点儿毛病也没有！"他回答说，同时自己觉得，即便马上就在那儿把他下到万劫不复的地狱里，他也得撒那句谎。

"只要这一层没问题，那么别的方面就都不必管了。说到究竟，世界上的事事物物，很少有比没沾染习气的乡下女人更纯洁的。她对于礼节规矩，也许不大懂得。叫你起初看着讨厌，不过她跟着你过些日子，经过你的训练陶冶，我敢保一定可以变得文雅大方。"

他母亲由于不知内情，所以才这样盲目枉屈，宽大为怀，发出这番议论来，但是叫他听来，简直就是尖刻的笑骂。因此他就连带想起，他这一结婚，把一生的事业全都毁了，这一层，本是事情刚一发生的时候，他没顾虑到的。实在说起来，他一生的事业怎么样，为他自己，他本不在乎，但是为他父母和兄长，他却很想要把它至少做到体面的地步。现在呢，全都完了。他看着面前的烛焰，都觉得它好像正在那儿默默地对他表示：烛火蜡焰，本是照耀到明智之士身上才甘心情愿，和傻头愣脑、事事失败的人形影相对，就起厌恶之感。

他那一阵兴奋错乱的劲头慢慢地冷静下去了以后，有时候不由觉得，他对他父母撒谎，全是叫苔丝所逼，就对他那位可怜的太太生起气来。他几乎生着气对她谈起话来，好像她就在屋子里似的。于是他又觉得，她那柔和的话音，微微含怨，在黑暗中分辩，她那温软的嘴唇，触到了他的前额，他还能在空气中辨别出她喘的气是温暖的。

那天夜里，他所轻视责问的那位女人，却正在那儿琢磨，觉得她这位丈夫，非常地伟大，非常地完美。但是他们两个人上面，都笼罩着一团黑影，比克莱所看出来的还要深，那不是别的，那就是他自己的局限性。这位青年，本来有先进的思想、善良的用意，是最近二十五年以来这个时代里出产的典型人物。但是虽然他极力想要以独立的见解判断事物，而一旦事出非常，他不知不觉地还是信从小的时候所受的训教，还是成见习俗的奴隶。其实，根本上利慕伊勒王那番赞扬的话，他那位年轻的太太，正和任何其他好善恶恶的女人一样地可以当之无愧，因为判断她的道德价值，应该看她所有的倾向，不应该看她所做的事

情 [1]。不过当时没有先知，把这种情况告诉克莱，克莱自己又不够先知先觉的，自己不能知道。而且还有一层，遇到这种时候，近在眼前的人，总是处于不利的地位，因为他们的缺点都明显地呈露，好像一幅图画，有明无暗；处在远方的人，却受到重视，因为距离把他们的污点，变成了艺术上的美点。由于克莱只看苔丝所缺乏的那一方面，他就看不见她所具备的那一方面，也就忘记，有缺陷的，能够胜过完美的了。

40

第二天吃早饭的时候，大家都把巴西当作了谈话的题目。虽然有些到那儿去的农田工人，不到一年就又都回来了，带回来令人扫兴的消息，但是大家都一心一意，只盼望克莱提议在那儿种地的计划能够成功。吃完早饭，克莱去到这个小镇上，把他在那儿一些没完结的琐碎事项，都清理了一下，又去到当地的银行，把所有的存款都提了出来。他回来的时候，在教堂旁边遇见了梅绥·翔特小姐，这位小姐好像是一种和教堂一体、从教堂产生出来的什么。她正给她的学生们抱了一抱《圣经》走来。她的人生观，跟别人的不同，如果有一样事，别人觉得伤心，在她看来，却是一种天赐之福，含笑接受。这种态度，当然令人欣羡，不过克莱的意见，总以为这是极不自然地牺牲人生、信依神力的结果。

---

[1] 参看本书第 545 页注 [1]。

她已经听说他要到外国去了，所以对他说，到外国去好像是一个很好、很有希望的计划。

"不错，为了赚钱起见，得说那个计划有希望，那是没有疑问的，"他回答说，"不过，亲爱的梅绥，那可要把生命的延续嘎巴一下弄折了。也许还不如到一个寺院里去哪。"

"寺院？哎哟，安玑·克莱！"

"怎么啦？"

"你想，你这个坏人，上寺院里去就是去做僧侣，做僧侣就是信罗马天主教了。"

"还有信罗马天主教就是犯了罪恶，犯了罪恶就得下地狱了。这么说来，安玑·克莱呀，你的地位可危险啦！"[1]

"我总觉得我信新教有光彩！"她正言厉色地说。

一个人，苦恼到了极点，就有时做起狂乱不经的事来，和自己真心信奉的主义作对。克莱当时就以这种态度，把梅绥叫到跟前，像魔鬼一般，把他想得出来最离经叛教的话，在她耳边低声说了出来。她一听这种话，白脸蛋上就露出惊恐厌恶的神气，他见了先还一笑，后来看她脸上又变得为他的幸福而感到痛苦、焦虑，又抑住了那一时的笑。

"亲爱的梅绥，"他说，"你千万别见怪。我恐怕要疯了！"

她也觉得他是要疯的样子，两个人于是就分了手，克莱又进了

---

[1]《皆大欢喜》第三幕第二场第四十至第四十六行："哟，你要是从来没到过宫廷，那你就永远不会懂得礼貌，你要是不懂得礼貌，那你的礼貌就永远不会周到，礼貌不周到就是犯了罪恶，犯了罪恶就得下地狱。你的地位可危险啦！"这儿克莱是套用，以为戏谑。

牧师公馆。他已经把珠宝存在本地的银行里了，等到以后光景好起来的时候，再取出来。他又把三十镑钱交给银行——叫银行过几个月寄给苔丝，接济她的用度；又写了一封信，寄到布蕾谷她娘家，报告他一切情况。他想，苔丝有了这笔钱，再加上他上一次交到她手里那一笔——大约有五十镑——大概眼下就很够用了，特别是他告诉过她，说如果遇到紧急的意外，她可以去求他父亲。

他觉得，顶好不让他父母跟她通信，所以就没把她的通信处告诉他们；他父母也不知道他们两个究竟为什么闹别扭，所以谁也就没问到这一层。还有些他要办的事，他想早一点都办完了，所以那一天他就离开了牧师公馆。

因为他和苔丝新婚以后，在井桥村农舍里住了头三天，那区区的房租得给人家，他们住的那两个房间的钥匙得还人家，他们没带走的那两三件零碎东西，也得拿走，所以他离开英国这一带以前，非办不可的一件事，就是到井桥村去一趟。原来就是在这所房子里，他一生中一向所遇，最为深暗的阴影，把他笼罩包围。然而在他开开起坐间的门，往里面看的时候，头一个触上心头的，却是他们两个新婚之后，在同样的下午，欢天喜地刚到那儿的光景，却是他们两个第一次同室而居的新鲜滋味，第一次同案而食和握手围炉、促膝闲话的情况。

他到那儿的时候，房东夫妇正在地里，所以克莱一个人在屋里等了些时候。他心中旧感，不期重涌，于是他走上楼去，进了原先她住的那个屋子——那个他永远也没用过的屋子。床上的被褥毯子仍旧熨熨帖帖，还是她离开那天早晨亲手叠的样子。寄生草也仍旧挂在帐子顶下面，跟他把它挂在那儿的时候一样，不过它挂在那儿已经三四个礼拜了，所以青翠的颜色都褪了，红果和叶子也都焦枯萎缩了。克莱把它揪下来，塞到壁炉里。他站在那儿的时候，第一次怀疑，不知道在当时那种情势下，那样办是不是明智，更谈不上宽大了。不过他自己不是也很残酷地受了蒙蔽吗？他心里各种混杂凌乱的情感，一齐都来了，他满眼含泪，在床旁跪下，沉痛地说："哦，苔丝啊！你要是早一点儿对我说了，我也许就饶恕你了！"

正在那时，楼下来了一阵脚步声。他听见了，就站起来，走到楼梯的上口那儿。只见楼梯底下，站着一个女人，她一抬头，他认出来，原来是乌黑眼珠、灰白脸蛋的伊茨·秀特。

"克莱先生，"她说，"俺特为来看看你和克莱太太，来给你们问好。俺本来就想到了，你们还会回到这儿来的。"

这个女孩子的隐情，克莱猜着了，但是克莱的隐情，她却没猜着。她就是爱他的那个诚实的姑娘，和苔丝一样或者说差不多一样，能做一个庶事练达的好主妇。

"这回就我自己来啦，"他说，"我们现在不在这儿住啦。"于是他又接着说他到这儿来的缘故，说完了他问，"伊茨，你回家走哪一条路？"

"塔布篱这阵没有俺住的地方了，先生。"她说。

"怎么哪？"

伊茨只把眼睛往地上瞧。

"因为那儿太没有生趣了，所以俺没在那儿待下去！俺眼下住在那边。"她一面说，一面用手往相反的、他要去的那一面一指。

"是吗？你这阵走不走？我可以送你一程。"

她那副灰中带黄的脸上，添了一层红晕。

"谢谢你，克莱先生。"她说。

他不久就找着了那个农人，因为他没住到约定的日子就突然走了，所以房租和别项账目，都要另算。他把所有这些账目都跟那个农人算清了，回到车上，伊茨也跳上了车，坐在他身旁。

"我要离开英国了，伊茨，"他们坐在车上往前走的时候，他说，"要上巴西去了。"

"克莱太太喜欢往那个地方去吗？"她问。

"她眼下先不出去，一年左右大概不出去。我自己先到那儿去看看，看看那儿的生活怎么样。"

他们又打着马往东走了老远，伊茨并没说话。

"她们几位怎么样啊？"他问，"莱蒂怎么样啊？"

"俺上一次见她的时候，她有点儿像害怔忡病似的，瘦得脸腮都塌下去了，身体好像要垮的样子。再不会有人爱她了。"伊茨心不在焉地说。

"玛琳哪？"

伊茨把声音放低[1]了说：

"玛琳喝上酒啦。"

"真的？"

"可不是。牛奶厂的老板下了她的工啦。"

"你哪！"

"俺也没喝上酒，身体也没垮。可是——俺这阵早饭以前，

---

[1] 声音放低，因女人喝酒不体面。

不像从前那样爱唱了。"

"为什么哪？我记得，你从前挤早班牛奶，老是唱《在爱神的园里》和《裁缝的裤子》[1]，唱得那么好听！"

"啊，不错！你刚到牛奶厂那几天，先生，俺是高兴唱来着。过了几天，俺可就不啦。"

"为什么不了哪？"

她那双又黑又大的眼睛，往他脸上看了一下，算是答复。

"伊茨！——你太没出息了——不就为的是我吗！"他说，说完了就出神，"那么——如果我当时向你求婚，你怎么样哪？"

"如果你向俺求婚，俺自然要答应你，你自然要娶到一个爱你的女人了！"

"真的！"

"千真万确！"她使劲低声说，"哎哟天哪！难道你压根儿就不知道吗？"

走了不久，就走到一股通到一个村庄的岔道。

"俺得下车啦。俺就住在那边。"伊茨突然说。自从她刚才承认她爱他那句话以后，她没再开口。

克莱把马放慢，他对于自己的命运，一时非常地愤怒起来，对于社会的礼法，一时非常地痛恨起来。因为就是这些东西，把他挤对到犄角上，让他找不到合法的出路。为什么不对社会采取报复的态度呢？为什么不把自己将来的家庭生活，过得放荡恣肆呢？何必再受习俗的拘束，受现在这种惩罚呢？

---

[1] 参见第 549 页注 [2]。

"伊茨，我这次就一个人到巴西去，"他说，"我太太这回不去，因为我们两个犯了点儿别扭，并不是因为她不愿意走远路。也许我们两个永远也不能再同居了。我对于你，能爱不能爱还难说——不过——你能不能替她，和我一块儿到巴西去哪？"

"你当真愿意俺和你一块儿去吗？"

"当真。我已经受够了罪，我想痛快痛快。你至少可以说是毫无私心地爱我。"

"不错——俺愿意去。"伊茨待了一会儿说。

"你愿意吗？你明白那是怎么回事吧，伊茨？"

"那不是说，你在那儿的时候，俺和你在一块儿住吗？——那俺觉得也很好哇。"

"你要知道，你现在不能再把我看成一个正人君子了。同时你还要明白，那样一办，叫文明人看来，咱们可就犯了罪了，我这是说，西方的文明人。"

"俺不管文明不文明。一个女人，遇到了难过的事，又没有法子躲避，就不管什么文明不文明的。"

"那么你就别下车啦，你就在那儿坐住好啦。"

他又赶着车往前，越过了十字路口，一英里、二英里走去，始终也没有什么爱的表示。

"你很——很爱我，是不是，伊茨？"他忽然问道。

"是啊——俺不是已经说过了吗？咱们俩都在牛奶厂里那会儿，俺就没有一时一刻不爱你的。"

"比苔丝爱得还厉害？"

她把头摇晃。

"没有的话，"她嘟囔着说，"不能比她还厉害。"

"怎么哪？"

"因为没有人爱你能比苔丝爱得还厉害的……她为你能把命都豁出去。[1] 俺也没法比她再厉害呀。"

伊茨当时像毗珥山顶上的预言家[2]似的，本想任意反说一阵，但是苔丝的为人，对于她那简单淳朴的天性，有一种魔力，叫她不能不说苔丝的好话。

克莱没说话，他没想到，会从一个无瑕可指的人那方面，听到这番公正直爽的话，心里立时感动了。他喉头有一样东西咽住了，仿佛是一种呜咽，在那儿结成了固体。"她为你能把命都豁出去。俺也没法比她再厉害呀。"这两句话，又在他耳边上嗡嗡地响。

"伊茨，咱们刚才说的都是瞎话，你可别拿着当了真的，"他忽然把马头勒转过来说，"连我自己都不知道我说了些什么！我现在把你再送到你回家的岔道那儿去吧。"

"这就是俺把真心掏给你的下场了！哦——这可叫俺怎么受——叫俺怎么——怎么受哇！"

伊茨·秀特明白了自己刚才做的事，放声大哭起来，用手往脑袋上直打。

---

[1] 她为你能把命都豁出去，原文 She would have laid down her life for'ee。比较《新约·约翰福音》第十三章第三十七节：I will lay down my life for thy sake。

[2] 毗珥山顶上的预言家，指巴兰而言。见《旧约·民数记》第二十二章以下。摩押人的王去召巴兰，叫巴兰咒诅以色列人。上帝不叫他咒诅，而为以色列人祝福。因巴兰不能越过耶和华的命。耶和华说什么，他就要说什么。

"你这是对那位不在眼前的人做了点儿可怜的好事，你后悔吗？哦，伊茨啊，你别后悔，一后悔就不能算作好事了！"

她慢慢地镇静下来。

"好吧，先生。也许俺——俺答应你，说要和你一块儿去，那时候，俺自己也不知道俺都说了些什么！那本来就是妄想么。"

"因为我已经有了一个爱我的太太了。"

"不错，不错。你有了一个爱你的太太了。"

他们又回到半点钟以前他们走过的那股岔道，伊茨跳下车去了。

"伊茨——请你千万别把我刚才那一阵的轻薄记在心里！"他喊着说，"那只是一阵的胡闹，一时的鲁莽！"

"不记在心里？不能不记在心里！绝不能！哦，在俺看来，那可并不只是轻薄呀！"

他觉得，这种责问，从一个上了当的人嘴里说出来，他完全应该忍受，同时感到一阵无法形容的难过。他跳下车去，拉着她的手说：

"不过，伊茨，无论怎么样，咱们还是好离好散的好。唉，你是不知道我近来都受了什么样的罪呀！"

她是一个真正宽宏大量的女孩子，所以在他们两个告别的时候，没再露出悲愤辛酸来，使告别煞尽风景。

"俺不怪你了，先生！"她说。

"现在，伊茨，"她站在他旁边，他就强以晓事人的态度自居（其实他当时完全不是那么回事），说，"你见了玛琳，替我对她说，叫她做一个好人，叫她别再由着性子胡闹啦。你得答应我这句话。你还要告诉莱蒂，就说，世界上比我好的人多着哪，你叫她看在我的分上，一切往好里做，往正道上走。——你记住了这句话没有？——要看在我的分上，一切都往好里做，往正道上走。我这几句忠告，就是一个要死的人，对另两个要死的人说的，因为我这一辈子，再也没有见得着她们的机会了。你哪，伊茨，你算是把我救了，我刚才简直是令人想不到，在一阵冲动之下，要胡行乱走，要背信弃义。你谈到我太太，说了实话，才把我救了。女人里面也有坏的，不过说到这一类事，女人绝坏不过男人！就冲着这一件事，我这一辈子都忘不了你。你以后务必要永远跟你一向一样地忠厚，跟你一向一样地诚实。你要把我看作是一个没有价值的情人，但却是一个忠实的朋友。你得答应我。"

她答应了。

"但愿上帝保护你，加福给你，先生，再见！"

于是克莱赶着车往前走了。但是克莱刚刚离开了她跟前，她刚刚转到篱路上，她就在一阵像要把她的肢体支解了的痛苦下，猛然在土坡上面把身子投到地上。等到深夜，她回到她母亲家里的时候，她的脸紧紧地绷着，非常地不自然，至于她和克莱分手以后回家以前中间那几点钟，她究竟在昏暗的夜色里做了些什么，谁也没知道过。

克莱和那位女孩子告了别以后，也是满心痛苦，两唇发抖。不过他伤心，并不是因为伊茨。那天晚上，他只差一丝一毫之微，就要撇开往顶近的那个车站上去的路，只差一丝一毫之微，就要勒转马头，穿过南维塞司那一道像脊骨一样的山冈，往他那个苔丝的家里去。他为什么没那么办呢？他没那样办，并不是因为他看不起苔丝的天性，也不是因为他断不透苔丝的感情。

不是，都不是。他没那样办，却是因为，他总觉得，固然不错，苔丝很爱他，像伊茨所承认而证明的那样，但是事实本身，依然没有改变。如果他起初没错，那他现在也不会错。既是原先使他采取办法的动力，现在仍旧倾向于使他继续那种办法，那么，除非有别的动力，比他今天下午所碰到的那一种更强大，更能持久，才能使他改弦更张。他不久也许能够回到她那儿。他那个晚上，坐火车到了伦敦，五天以后，就在泊船的地方，和他两个哥哥握手道别了。

41

前面说过冬季里那些事了，现在让我们加紧叙述，说一说克莱和苔丝分手八个多月以后十月的一天。我们只见，这时候的苔丝，情况完全改变了：本来该是一个新娘子，有别人给她搬运许多大箱小笼，现在反倒孤零零的，自己携带一篮一囊，和还没做新娘子以前一样了；本来她丈夫，在这个过渡时期里，为她的舒适起见，曾给她筹备了富裕的生活费用，现在她却只剩下一个瘪了的钱袋了。

上一次她又离了故乡马勒村以后，她大部分的光阴都是在布蕾谷西面离故乡和塔布篱一样远的布蕾港附近度过的。她在那儿的牛奶厂里，做了些轻省的零活儿，没费许多气力就混过了一春和一夏的时光。她宁愿这样自食其力，不肯靠克莱给她的那些钱过活。在心理上，她仍旧停留在一种完全停滞的状态之中，她做的那种机械活儿，不但不能使那种状态消灭，反倒使那种状态滋长。她所意识到的，只是从前那一个牛奶厂，只是从前那一种时光，只是从前她在那儿遇见的那个温柔的情人，但是那个情人，在她刚一把他捉到了手，要使他成为自己所独有的时候，却像镜花水月一样，消失不见了。

自从苔丝离开塔布篱以后，再没找到雇长工的地方，只是给人家做些零活儿，当个短工，所以一到牛奶出得稀少起来的时候，牛奶厂里就没有她的事了。不过现在秋收来到，从有牧场的地方转到有庄稼的地方，依然可以找到许多工作，这种工作，一直使她继续到秋收过去。

克莱原先给她那五十镑钱里面，她提出二十五镑给了她父母，算是报答他们为她所受的辛劳，所费的赡养，剩下的那二十五镑，她还没怎么动用。不过现在来了一期不幸的雨季，因此她只得去动用她的老本儿——那些金煌煌的金镑了。

她真舍不得把那些金镑花掉。因为那些金镑，又新又亮，是安玑亲手交到她手里的，是安玑亲手在银行里给她取出来的，它们沾有他的手印，因此它们就成了神圣的纪念品了——这些金镑，仿佛只经过克莱和苔丝的传递，仿佛还没有别的历史——要是把它们花掉了，那岂不就等于把纪念品扔掉了一样吗！不过，她没有法子，非花它们不可，因此它们一个一个地都从她手里溜走了。

她虽然对她父母，不得不时时报告她的地址，但是她从来没把她的境遇对他们透露过。所以正在她快要把钱都花完了的时候，她母亲给了她一封信。信上说，他们家的情况怎样特别艰难，房上的草顶怎样都叫秋雨淋透了，非完全重新修理不可，上一次修理的旧账怎样永远也没还清，怎么连累得连这次也不能动工。又说，楼上的椽子和天花板怎么都应该更换新的。要是把这些事全都做了，再加上上一次的欠账，通共得用二十镑钱。她丈夫现在一定从别处回来了，他既然是个有钱的人，那她能不能帮他们这笔钱呢？

这封信差不多刚寄到，克莱存钱那个银行，就给她寄了三十镑钱来。她看她父母的境况那样窘迫，所以她收到那三十镑钱以后，马上就如数寄了二十镑去。在剩下的那十镑里，她又用几镑置了几件冬天的衣服，这么一来，虽然严寒就在眼前，而她预备过冬的款项，却只剩了账上的空名儿了。从前克莱告诉过她，说如果她有什么困难，叫她去求他父亲，等到她花得一个钱都没有了的时候，她就得考虑这句话了。

但是苔丝越琢磨那个办法，越觉得不愿意采取那个办法。本来为顾全克莱起见，她言行谨慎，自尊自重，老怕寒碜（反正不管怎么说），所以连自己的父母，她都没肯把他们夫妻长久分离的情况透露过。现在也就是同样的心情，使她不好意思觍颜去跟克莱的父亲要钱，因为克莱已经给了她好些钱了。他的父母大概早就看不起她了，现在再和要饭的一样，伸手向人，更要招人家看不起了！这样考虑过了以后，这位牧师的儿媳妇可就决定，不论怎么都不肯让她的公公知道她的困难。

她心里想，将来日久天长，她不愿意和她翁姑通音信的心情，也许会渐渐消灭，不过对于她父母，情况却恰好相反。她结了婚，在他们家里住了几天，以后又离开了他们，那时候，他们还以为，她到底是去找她丈夫，又和她丈夫和好了。从那时到现在，苔丝老任其自然，一直就让他们相信，她是在那儿过着舒服日子，等她丈夫回来的。因为她自己就从无望中找希望，一心只盼望丈夫到巴西去，不会待得很久，一定会很快就回来，回来以后，不是自己来接她，就是写信给她叫她去找他。总而言之，她只盼望，他们不久就可以二人协力，对于家人，对于外人，都做出一种和好如初的表现。她到现在，仍旧还是抱着这种希望。她家里的人，本想她这回结了一门能光耀门楣的好亲，能把头一次的家丑遮掩过去，现在要是再对他们说，她是一个弃妇，把自己的钱接济了他们的急难之后，现在全靠自己的一双手谋生，那岂不太令人难堪了吗？

她现在又想起那一套钻石装饰品来了。克莱把它们存在什么地方，她是不知道的；并且，如果这些钻石，她当真只有使用权，没有变卖权，那么，知道不知道，也没有什么关系。即便那些东西完全属她所有，那也只不过是因为她在法律上是安玑的太太就是了，但是实际上，她却并不是他的太太。她如果利用这种法律上是而实际上却不是的名义，把那些东西变卖以自富，也实在太卑鄙了。

同时，她丈夫过的日子，也绝不是没灾没难。在那个时候，他正因为让雷雨淋了几次，又受了许多别的苦难，在巴西库里蒂巴 [1] 附近的黏土质陆地上得了热病，卧床不起。同时还不止他一个人，还有许多别的英国农人和农田工人，那时节也都在巴西受罪。他们上巴西去，一来是因为他们听了巴西政府的甜言蜜语，

---

[1] 库里蒂巴，在巴西南部。

上了大当，二来是因为，他们觉得，他们在英国高原上耕田种地的时候，他们的身体既是能够抵抗一切天气时令，那么，在巴西平原，也同样可以抵抗一切天气时令了，却不知道，英国的天气，是他们生来受惯了的，巴西的天气，是他们突然遭遇的，所以这种想法，可以说毫无根据。

我们且不提克莱卧病，接着再讲苔丝的情况好啦。她既是像前面说的那样，那么，她把她最后一个金镑花了以后，可就没有别的钱来补充它们空下来的地位了，同时，又由于季节的关系，找事越来越难。她老不去找户内的工作，因为她不知道，有智力、有体力，又干得了、又愿意干的人，无论在哪一界里，都是非常缺少的。她只知道害怕市镇和大户，害怕富于财产、深于世故的人家，以及礼貌和乡下人不同的人家。因为她那种种忧郁烦恼 [1]，就是由那方面那种文明优雅而来。其实社会实在的情况，也许比只凭她那点经验所能想象出来的，还要好些。不过关于这一层，她没有证据，所以在现在这种情况之中，她就自然而然连对这种社会的四围边鄙，也要避而远之的了。

布蕾港西面那些她在春天和夏天做挤奶短工的小牛奶厂，现在不再雇她了。要是她再回塔布篱，固然那儿不一定就用人手，但是老板就是仅仅为可怜她起见，也绝不会不给她一个栖身之地的。不过她从前在那儿的生活，虽然舒服，现在可不能回去了。她现在这种一落千丈的情况，是叫人受不了的，并且也难免

---

[1] 忧郁烦恼，原文 Black Care，出拉丁文 astra cura，见贺拉斯《歌咏诗》第三卷第一首第四十行。

会连累她所崇拜的那位丈夫，让他受人指摘。她不愿意受他们的怜悯，更不愿意看他们互相耳语，议论自己的稀奇身世。要是知道她的情况那些人，都把各人所知道的藏在心里不说出来，那么就是那儿的人个个都知道，她倒也差不多可以忍受；但要是他们互相交换起意见来，那她这样一个感觉灵敏的人，可就要退避畏缩了。苔丝对于这两层之间的分别，说不出是怎么一种道理来，她只知道她感觉到这一点。

现在，她正往本郡中部一个高原上的农庄走去。原来玛琳给了她一封信，介绍她到那儿去，这封信，绕了好些弯才寄到的。玛琳不知怎么知道苔丝和她丈夫分离了——大概是听伊茨·秀特说的——这个好心眼而现在喝上了酒的姑娘，以为苔丝受了窘，就急忙给这位老朋友写了一封信，说她自己离开牛奶厂以后，就来到这片高原农田上，现在那儿还可以再用几个人手，要是苔丝现在当真又跟从前一样，到外面来做工了，那她倒很愿意在那儿跟她见面。

冬日来临，白昼变短，那时候，苔丝开始放弃了她丈夫饶恕她的一切希望。同时，她一路走去的时候，她的心情跟一只野兽的差不多一样，因为她只听本能支配，一切不假思索：只顾把她那多事的往日，每走一步，撂得更远一些，使它跟自己斩断联系，只顾把自己的姓名完全隐埋，免得有人认出来。其实在某些意想不到的情况下，会有人需要很快地发现她的所在，[1] 这种发现，虽然对于找她那个人的幸福，不一定有重要性，而对于她自己的幸福，却很可能有重要性，但是她对于这些情况却绝不假思索。

---

[1] 像后来她丈夫找她那样。

苔丝这样孤身一人，自然有许多困难，而这些困难之中顶讨厌的，是她的模样所引起的殷勤。她现在受了克莱的陶冶，在原来天生的吸引力之上，又添了举止的文雅。起初她穿的衣服还是结婚那时候的，那时候，偶然对她垂青的人，还不敢有什么放肆的情况。但是后来这些衣服都穿坏了，她不得不穿上地里女工的服装了，因此就有好几次，有人当面对她说粗野的话。不过顶到十一月里某一个下午，还没发生什么于她实际有害的事情。

她本来愿意到布蕾河西面那块地方上去，不愿意到她现在投奔的这片高原上去，因为，别的且不说，布蕾河西面那块地方，比这片高原离她公婆的家近。而且在那块地方上，往来徘徊，别人不认识自己，自己却能有一天，打定了主意，到牧师公馆去，这种想法使她感到快乐。不过一旦决定了要往比较高爽干燥的地方去，她就转身东来，一直朝着粉新屯村徒步走去，打算在那儿过夜。

那条篱路，长而没有变化。冬天黑得很快，不知不觉地就是黄昏时候了。她正走到一个山顶，再往前去，就看见下山的篱路，蜿蜒曲折，时隐时现。正在那时候，她听见身后有脚步声，不到几分钟，就有一个人来到跟前。他走到苔丝身旁，开口问：

"你这位漂亮的大姑娘，你好哇？"对于这句话，苔丝客客气气地回答了。

那时候，大地上的景物，差不多已经昏暗了，但是天上的余光，还仍旧能照出她的面貌来。所以那个人转过身来，瞪着眼直瞧她。

"哟，一点儿不差，你就是从前在纯瑞脊住过的那个大妞儿——跟年轻的德伯少爷有过交情，是不是？那时俺也在纯瑞脊，不过眼下不在那儿了。"

苔丝认得，这不是别人，正是在客店里对她说粗蛮的话，叫克莱打了的那个有点儿钱的村夫。她只觉一阵揪心的难过，嘴里没说什么。

"你不要撒谎，承认了好啦；还有那回，俺在那个镇里说的话，你也承认了好啦。怎么啦，俺的机灵妞儿？你那位情人还发脾气哪。他打俺那一下，照理说，你该替他认错才对。"

苔丝仍旧一言不发。她怎么这么倒霉，到处都是紧追不放的对头呢！想要逃避这种窘迫，仿佛只有一条道路。她冷不防地抬起腿来，就一阵风似的往前跑去，连头都没回，一直顺着大路，跑到了一个一直通到一片人植林的大栅栏门。她投到那片树林子里，一点儿也没停，一直到她来到树林子的深处，没有让人找到的可能，才住了脚。

她脚底下是一片干枯的落叶，还有一些冬青树，生长在落叶树中间，叶子很密，可以挡风。她把枯叶敛到一块儿，聚成一大堆，在它中间做了一个窝的样子。苔丝就爬到那个窝里面。

她那天晚上，就是睡得着，当然也绝睡不稳，她老觉得，耳边上有奇异的声音，却又自己劝自己，说那只是微风刮的。她想起她丈夫来：她在这儿的冷风里，他大概正在地球那一面上不定哪儿一个天气暖和的地方吧。苔丝自己问自己，天地间还有像她那么可怜的人吗？她想到自己白白荒废了的生命，就说："凡事都是虚空。"[1] 她把这句话机械地来回重念，念到后来，她又想，这种思想，如今极不适用。所罗门想到这一点的时候，已经是两千多年以前了；她自己呢，虽然不是思想先进的人，却比所罗门进步得多了。如果凡事只是虚空，那谁还介意呢？唉，一切比虚空还坏——诸如不平、惩罚、苛刻、死亡。[2] 安玑·克莱的太太想到这儿，就把手放到前额，摸索额角鬓边和眼角眉梢，都是在柔嫩的皮肤下可得而触到的，她一面摸索，一面想，将来总有一天，这些地方的骨头都要露出来。

"我倒愿意现在就那样。"她说。

她正在那儿胡思乱想的时候，忽然听到，好像又有一种怪异的声音，从树叶子中间发出。这也许是风声，但是当时又几乎并没有任何风。这种声音，听来有时好像扑打扑打地乱动，有时好像哆哆嗦嗦地乱颤，有时好像一顿一顿地捯气儿，或者咕噜咕噜地冒泡。听了一会儿，她就断定了，这种声音，是不知什么野生动物发出来的。后来她听出来，声音来的地方，是她头上那些树枝的中间，并且声音发出来以后，跟着就有一件沉重的东西掉到地上，她更相信那是野生动物了。如果她当时处的不是那样的境遇，处的是较好的境遇，那她听了这种声音，

---

[1] "凡事都是虚空"，见《旧约·传道书》第一章第二节："传道者说：虚空的虚空，虚空的虚空，凡事都是虚空。"又见第十二章第八节。《传道书》相传为大卫的儿子所罗门所作。

[2] 哈代在他一八七六年七月的日记里说："传道者说，一切都是虚空，不过要是一切只是虚空而已，那谁还介意呢？唉，世上一切，往往比虚空还糟。往往是痛苦、黑暗和死亡。"

一定要大吃一惊；但是，在现在这个时候，除了人类以外，她不怕别的东西。

后来天上到底露出曙色来了。不过天空里亮了一会儿以后，树林子里白昼才出现。

一会儿那叫人放心而平常无奇的亮光已经强烈了，万物也都活动起来了，那时候，苔丝就立刻从那一堆像小丘的树叶子里面爬了出来，大胆无畏地往四面查看了一下，然后才明白了晚上搅扰她的是什么东西。原来她栖身的这片树林子，绵延到这个地方，成了突出的一角，本是树林子的尽头，因为林子边上的树篱外面，就是庄稼地了。在那些树底下，躺着好几只山鸡，它们华丽的羽毛上，都沾满了血迹，有几只已经死了，那些还喘气的，就有的微弱无力地直抖翅膀，有的看着天上直翻白眼，有的肉皮轻颤，有的身子乱扭，也有的直身长卧——所有这些鸟儿，没有一只不是扭捩抽搐、痛苦万状的，只有几只早就无力支持、夜里死去了的，还算运气好。

苔丝立刻就猜出这是怎么回事来了。原来这些鸟儿，都是昨天让一群打猎的追到这个角落上来的。那些中了铁砂子立刻就死了的，或者在天黑以前就断了气的，都叫打猎的找着拿走了，有好些受了重伤的，都逃走了躲藏起来，或者飞到上面枝叶稠密的地方，在树上勉强挣扎了一些时候，后来因为夜间流的血越来越多，就支持不住了，所以才一个一个掉到地上，像她听到的那样。

她小时候，也曾偶然瞥睹过这种打猎的人，隔着树篱端量，或者往灌木丛里窥探，把鸟枪比画，身上穿戴着怪模怪样的装

束 [1]，满眼含着杀生害命的凶气。她曾听人说过，这种人，虽然当时看着粗野、凶狠，却不是一年到头老是那样，他们平常本是极有礼貌的，不过一到了秋天和冬天的某几个星期里 [2]，就像马来半岛上的土人一样，要发起疯来，非杀生害命不可 [3]——这回他们所杀害的，全是与人无害的羽毛动物，而且是专为满足他们这种天性，预先用人工繁殖出来的——那时候，他们对于跟他们同生天地之间而比他们弱小的动物，就丝毫不顾礼貌，不讲侠义了。[4]

苔丝本是个慈悲为性的人，当时一见这种情况，不由得发了恻隐之心，觉得这些鸟儿的痛苦，就是自己的痛苦，她头一样想到的，就是给那些还没死的鸟儿解除痛苦。为了达到这种目的，她就把所有那些她找得到的鸟儿，都一个一个把它们的脖子亲手弄断了，她这样把它们弄死了以后，就把它们扔在原处，好让围守来找它们，因为他们大概还要再来搜寻一番的。

"可怜可疼的小东西——看到你们受了这样的罪，我还能说自己是天地间顶痛苦的人吗！"她一面轻轻地把它们弄死，一面泪流满面，大声说道，"我在身体方面，并没受一针一刺的痛苦

---

[1] 猎人穿着猎褂、猎靴，背着袋子、水壶、火药之类，与平常装束不同。

[2] 英国有狩猎法，各种野味，猎获有定时，山鸡禁猎期为二月一日至九月三十日。

[3] 从前据说，马来人有一种风俗，有的人为了报复起见，吸药物（如鸦片之类）至疯狂之程度，则出门见人即杀，至被杀而后已。

[4] 英国习惯，山林河湖，可划出专区，繁养禽鱼，平时禁渔猎，以供解禁期间猎人玩乐猎取之用。哈代此处，只根据他所居之邻近一带、他熟悉的野雉蓄养林而写。此书出后，曾引起地主们的愤怒。哈代爱及禽兽，极反对对禽兽残酷。其诗中以之为题者甚多，如《惶惑不解的供猎之鸟》等皆是。

哇！我的四肢，并没受伤损残害啊，我也没血流不止啊，并且我还有两只手来挣饭吃，挣衣服穿哪。"她想起夜间自己的颓丧，很觉得自羞自愧，她那种颓丧，其实并没有什么真实的根据，不过是因为她觉得自己触犯了一条纯系人为毫无自然基础的社会法律，是一个礼法的罪人就是了。

42

现在天已经大亮了，苔丝又起身从树林子里出来，很小心地上了大路。其实她用不着小心，因为眼前连一个人影都没有。于是苔丝就毅然地往前走去，因为，她想起那些鸟儿，昨天一夜都默默忍受痛苦，她就觉得，天地间的痛苦，原来有大有小，自己的痛苦，只要她能不把别人的意见放在心上，也并非不能忍受。但是现在既然克莱也是这样的意见，那她怎么能不把它放在心上呢？

她走到粉新屯，在一个客栈里用早饭，那儿有几个小伙子，讨厌得很，都奉承她长得好看。这种情况，倒有些叫她生出了一种希望，因为她丈夫也许还能也有对她说这种话的日子呀。既有这种可能，那她一定得小心谨慎，躲开这些路上偶然碰到而对她垂青的人了。想要达到这种目的，苔丝就决定不要再因为容貌的关系惹麻烦。所以她刚一走到村子外面，就进了一丛杂树中间，把一件顶旧的女工衣服——一件自从在马勒村收拾庄稼以后连在牛奶厂里都永远没再穿过的衣服，从篮子里取了出来。又灵机一动，想了一个妙法，从行李捆子里取出一条手绢，用它把露在帽子底下的脸四围兜起，把整个的下巴、半个脸蛋、两个太阳穴，全都遮盖，好像害牙疼一样。于是又照着小镜子，用一把小剪子，毫不顾惜，把眉毛一齐都镊掉。这么一来，管保没人再和她硬起腻了，她才又往崎岖不平的路上走去。

"这个大妞儿，怎么弄得这么怪模怪样的！"她往前走，头一个遇见她的人跟他的同伴说。

她听见了这句话，就止不住满眼含泪，自己可怜起自己来。

"不过，我不在乎！"她说，"哦，我不在乎！从此以后，我永远要往丑里装扮，因为安玑不在我跟前，没人保护我。他从前本是我的丈夫，但是现在离开我走了，再也不会爱我了，不过我还是一样地只爱他一个人，恨所有别的男人，我愿意别的男人，都拿白眼看我！"

苔丝就在这种情况下，往前走去，只是一片大地上跟大地一体的一个人形，纯粹是一个地里的女工，穿着冬日的服装：上身是一件灰色的哔叽半身斗篷，脖子上是一条红色毛领巾，下身是一件毛料子做的裙子，外面罩着一件棕中带白的粗布外罩，手上是一双黄皮手套。那一身旧衣裳，经过风吹，经过雨打，经过太阳晒，一丝一线全都褪了色，全都磨薄了。现在看她的外表，一点儿也看不出青年人的热情来了：

> 姑娘的嘴已经冰冷，
> ……
> 朴素地一层又一层，

在她的前额上紧拢。[1]

看她的外面，简直是毫无生气，差不多就是一个无机体，但是她的内心，却是一本活动跳跃的生命的记录，以她那样年纪而论，很得算是饱经了人世的悔恨耻辱，受尽了残酷色欲的摧残，尝遍了脆弱爱情的欺骗。

第二天虽然天气很坏，她还是照旧往前跋涉，因为大自然这种与人为敌的情况，是毫无虚伪、直截了当、一视同仁的，所以并不能使她感到烦忧。她既是想要找到一冬的糊口之资，一冬的栖身之地，当然一时一刻都不能耽搁。她从前做短工的经验，叫她决定不再找短工的活儿了。

她朝着玛琳写信叫她去的那个地方走去，在路上过了一处农田，又过一处农田。她拿定主意，打算在真正没有其他办法的时候，才到玛琳叫她去的那地方干活，因为她听说那个地方非常艰苦，令人望而生畏。她起初要做点儿轻省的活儿，所以就找挤牛奶、养鸡鸭的地方，因为这是她顶喜欢的；这一类活儿找不到，就又找比较繁重的活儿；后来找来找去，都找不到，她只得去找她最不喜欢的粗重活儿了——只得去找农田上的活儿了，这种活儿，真是又粗又苦，要不是没有办法，她绝不会诚心乐意自动找着做的。

第二天靠近黄昏的时候，她走到一片高下起伏的白垩质台

---

[1] 引自史文朋的《米拉勾莱塔》第九段，在他的《诗与民歌》第一辑中，删节的两句为"只有酥胸如花微红，头发也只或金或棕"。

地或者高原了，只见它在她出生那个山谷和她恋爱那个山谷之间展开。无数形如乳房的半圆形古冢[1]，点缀在高原上面，老远看来，好像奶头累累的随布利[2]，在那儿长身仰卧一般。

这儿的空气，又寒冷、又干燥，那些绵绵的车路，下过雨以后过不了几点钟，就叫风吹得白茫茫的一片尘土了。树木非常地稀少，或者可以说没有，就是本来可以在树篱中间生长起来的那几棵树，也都让那些佃户们，把它们和做树篱的活树狠狠地盘结在一块儿了，因为佃户这种人，本是乔木、灌木和丛林天生的对头。在她前面不远不近的地方上，她可以看见野牛冢和奈岗堵的山顶，都仿佛和蔼可亲。从这片高原上看，它们有一种低矮卑小、毫不傲慢的样子，不过她小时候从故乡布蕾谷里看，它们却都好像直入云霄的高城峻堵。顺山摩岭往南海岸看去，只见许多英里之外，有一片水面，好像擦亮了的钢铁：那就是远远通到法国的那一部分英伦海峡。

在她面前，坐落在一块稍稍低洼的地方上的，是一个残破零落的村庄。原来她已经走到棱窟槐，已经到了玛琳佣工的地方。她到这儿来，仿佛是前生注定，非来不可似的。她一看四围的土质那么硗瘠，就知道这儿的活儿，一定是最艰苦的。不过她已经尝够了寻找活儿的滋味，不想再飘荡了，她决定在这儿待下

[1] 古冢，略分两类，一类为圆形，即此处所写，为铜器时代人之葬地，多在山顶。另一类为长形，为新石器人葬地，较少见。多塞特郡所已知之古冢有一千多。

[2] 随布利，古代希腊罗马神话里的大地女神，她的像，平常总是一个妇人，大腹便便，象征大地孕育一切，胸部奶头甚多，象征大地滋养万物。这个比喻也见于哈代的诗《古冢旁》和《卡斯特桥市长》第二十二章。

去，尤其是那时正下起雨来。村口有一所小房，它的山墙往大路上突出，她先不去找寓所，先在那堵山墙下面站住了避雨，同时看着暮色四面拢来。

"谁会想得到，我就是安玑·克莱太太哪！"她说。

她把肩膀和背脊靠在山墙上，觉得山墙很暖和，她再一看，原来那所小房的壁炉，就修在山墙那一面，现在炉里的暖气，隔着砖墙，透到外面来了。她于是就把手放在墙上取暖，同时把脸也靠在令人舒服的墙上面，因为她的脸叫雨丝淋得又红又湿了。这堵墙仿佛是她唯一的朋友，她真不想离开那儿，让她在那儿待一整夜都成。

苔丝能听见屋里的人——干完了一天活儿，晚上才相聚——互相谈话的声音，他们吃晚饭杯盘相碰的声音也能听见。但是在那个村庄的路上，她却还没看到一个人影。到了后来，那种寂静才让越来越近的一个女子模样的人打破了。那天黄昏虽然很冷，而来的那个人，身上穿的还是夏季的印花布长衫，头上戴的还是夏季的遮檐软帽。苔丝出于本能，总觉得这个人会是玛琳，等到那个人走近了，能在暮色里辨出面目来了，她一看果然不错，正是玛琳。玛琳的身体反倒比以前更胖了，脸上也比以前更红了，可是身上的衣服，毫无疑问，却比以前更褴褛了。要是在从前的时候，无论哪会儿，苔丝也不见得肯在这种情况下和玛琳重叙旧交，但是现在她太感寂寞了，所以听了玛琳的招呼，马上就和她应答起来。

玛琳问苔丝的话，很含着恭敬的意思，她固然模模糊糊地听说过苔丝和她丈夫分离的情况，但是她一看苔丝现在并不见得比从前更好，好像不由得替她大大地难过起来。

"苔丝啊——克莱太太啊——亲爱的那个他亲爱的太太啊！怎么，真到了这步田地了吗，俺的乖乖？你把你那好看的脸蛋裹起来干什么？有人打你了吗？不会是他吧？"

"不是，不是，不是！我把脸裹起来，只是不愿意让别人跟我缠磨起腻就是啦，玛琳。"

她于是把那一块裹脸的手绢，厌恶憎恨地从脸上揪了下来，免得叫别人猜想那种荒诞难堪的情况。

"你怎么没戴领子啊？"（苔丝在牛奶厂里的时候，老戴着个小白领子。）

"不错，没戴，玛琳。"

"你在路上丢了吧？"

"并不是丢啦。我实对你说吧，我对于我的外貌，一点儿都不在乎了，所以我没戴。"

"你结婚的戒指也没戴吗？"

"戒指我可戴着，不过没戴在外面，不让人看见就是啦。我把它拴在一根带子上，戴在脖子上，我不愿意别人知道我是什么人的太太。干脆说，我就不愿意别人知道我结过婚。现在我过这样的生活，要是叫人知道了我结过婚，那有多难为情。"

玛琳停了一停。

"可是你地地道道是一位上等人的太太呀！叫你过这种日子，不大应该吧！"

"应该，很应该。虽然我很苦恼，实在可很应该。"

"啊，啊。你嫁了他，还会苦恼！"

"做太太的有时就得苦恼。这并不是她们那些丈夫的错处，完全是她们自己的错处。"

"俺很知道，亲爱的，你是没有错处的呀。他也没有错处呀。那么，这种错处，也不是你的，也不是他的，一定是外来的了。"

"玛琳，亲爱的玛琳，你帮我点儿忙，别盘问人，成不成？我丈夫到外国去了，他给我的钱叫我花完了，所以我又得暂时像从前一样，自己挣饭吃了。你别叫我克莱太太，你还是跟从前一样，叫我苔丝好啦。他们这儿要不要新手？"

"哦，要，什么时候有新手，他们都要，因为谁肯上这个地方来！这个地方，真是一片穷山，只种点儿麦子和瑞典萝卜。俺在这儿不要紧，可是像你这样的人，也跑到这儿来，俺可真有点儿替你难受。"

"不过你从前不也和我一样，是挤牛奶的好手吗？"

"不错，是啊。可是自从俺喝上了酒以后，俺就不能再干那种活儿了。天哪，酒这阵成了俺的开心丸了！他们要是雇了你的话，你就得刨萝卜。俺这阵就是干那个，可是你恐怕不喜欢干那种活儿吧。"

"哦，什么活儿都成！你替我荐一下吧！"

"你自己荐更好些。"

"好吧，就是这样吧。不过，玛琳，要是我上了工，你可不要再提起他来，可别忘了。我不愿意让他的名声受到尘沾垢污。"

玛琳虽然不及苔丝细心，但很可靠，苔丝对她的要求她全都答应了。

"今儿晚上发工资，"她说，"你要是跟着俺去，你马上就可以知道他们用你不用你。俺听说你苦恼，俺真替你难过。俺明白了，你是因为他不在这儿，所以才苦恼，是不是？要是他在这儿，就是他不给你钱花，就是他把你当苦力一样地使唤，你也不会苦恼吧。"

"对，对。不错，我不会觉得苦恼。"

她们两个，一同往前走去，不久就走到农舍前面了。只见那所农舍，非常荒凉，荒凉得几乎到了超绝的程度。目力所及的地方上，连一棵树都瞧不见，在那个时节里，更连一点儿青绿的草都没有。到处只是休作地和萝卜地，都叫树篱界断成一大片一大片的，树篱都盘结得高低一律，丝毫没有变化。

苔丝站在农舍的门外面，等到工人们都把工资领走了，玛琳才把她带到里面，给她介绍了一下。那天晚上，好像农人自己并没在家，一切都由他太太代办。她问了问苔丝，知道苔丝肯工作到旧历圣母节[1]，就把她雇下了。那时候既是很少有女工肯来做活，并且女工比较便宜，所以男女一样都做得来的活儿，雇女工自然更有利了。

苔丝在合同上签了字以后，除了找寓所之外，当下就没有别的事了。就在有山墙给她暖手那个人家，她找到了一个寄寓的地方。这种生活自然得算是非常简陋，但是无论怎么样，一冬的栖身之地，却不用发愁了。

---

[1] 旧历圣母节，英国采取新历，始于一七五二年，但是直到现在，乡间还有些地方，用旧历计算日子。圣母节为英国一年四个结账节之一，为纪念圣母玛利亚受天使该卜锐勒通知圣灵感孕耶稣将降世，按新历是三月二十五日，按旧历是四月六日。

那天晚上，她写了一封信，把她的新住址报告了她父母，为的是如果她丈夫有信寄到马勒村，好再转寄给她。不过她却没把她现在的困苦告诉他们，因为那样一来，他们也许要说她丈夫的不是了。

43

玛琳说棱窟槐这个地方，只是一片穷山，这种形容，一点儿也不过分。在这块土地上，除了玛琳以外，就找不出其他胖胖大大的东西来，玛琳却又是外面来的人。英国的乡村，本来分三种，一种是地主自己经营的，一种是村人自己经营的，一种是地主和村人都不经营的（换句话说，第一种乡村，地主住在乡下，督促着他的佃户们耕种；第二种乡村，自由保产人[1]或者邸册保产人自己耕种；第三种乡村，地主不住在乡下，由着他的佃户们耕种，他只收地租）。在这三种乡村里面，棱窟槐属于最后那一种。

虽然如此，苔丝还是动手干起活儿来。苔丝现在很有耐性。所谓耐性，就是道德上的勇敢与身体上的怯懦混合而成。[2]她所以能够挣扎支持的，也就是这种忍耐的力量。

苔丝和她的同伴刨瑞典萝卜的那块地，有一百多英亩那么大，在那一带的农田上，它的地势最高，本是那一片白垩质地层

---

[1] 自由保产人，英法律名词，保有土地继承权或一生使用权的人。

[2] 这句话也见于哈代一八六五年七月的日记。

里一道矽石岩脉，突出到砂石混杂的地面上，上面净是松松的白色棱石，成千累万，像球茎、新月和阳物的样子。每个萝卜露在地上的那半截，都早已经叫牲畜吃得干干净净的了，现在这两个女人所要做的，是把埋在地下的那半截，用一种带钩的铁钯刨出来，好再喂牛羊。萝卜的绿叶已经完全吃光了，所以那一片土地全都是使人感到凄凉的黄褐色，好像一副没有眉目口鼻的脸，从下巴颏到天灵盖，只是一片平铺的皮肤。地上是这种状态，天上也正相同，不过颜色不一样，好像一张没有鼻子没有嘴的白脸。因此，灰白的脸往下看着褐黄的脸，褐黄的脸往上看着灰白的脸，上天下地，成天相对无言。它们中间，除了她们两个女工，像苍蝇一般在那儿爬动，再就没有别的东西了。

没有一个人走近她们身旁，她们的动作像机械一样死板。她们每人身上，有一件粗布工人服，把她们完全围住——这种东西，是一件带袖子的褐色护襟，背后有纽子，一直扣到底下，护着袍子，免得叫风吹动——她们的下身是露得几无的下摆，再底下露着靴子，高高地够到踝骨上面，她们手上是黄色羊皮手套带着护腕。带遮掩的风帽，让她们那种低垂着的头显出一种沉思的样子，叫人看来，就会想起意大利初期画家心目中那两位玛利亚 [1]。

她们在那片大地上那种伶仃孤苦的光景，她们自己并不觉

---

[1] 两位玛利亚，一个是抹大拉的玛利亚，一个是雅各和约西的母亲玛利亚。耶稣死了以后，她们两个到坟上，对着坟墓坐着。耶稣复活后，她们两个也在坟上，见《新约·马太福音》第二十七章第六十一节及第二十八章等处。意大利初期画家，多画这段故事，画她们两个俯首悲哀的样子。比较《马可福音》第十五章第四十至第四十七节。

得，命运待他们公道不公道，她们也不去想，只是一点钟一点钟地干了又干。就是在她们这种处境里，也能够过一种幻想的生活。那天下午，又下起雨来，玛琳曾提议过，说他们不用再干了。但是不干活儿，就得不到工钱，因此她们还是干下去。这片地的地势真高，狂呼怒号的大风，都不容雨点落到地上，在半空里就把它们吹得平飞横走，都像玻璃碴子一般，打到她们身上，一直把她们两个完全淋透了。苔丝到了现在，才真正明白了叫雨淋透的滋味。原来淋湿的程度，有种种的差别，平常说叫雨淋透了，只是稍微让雨湿着一点儿就是了。但是像她们现在这样，在地里有耐性地慢慢工作，先觉到小腿和肩膀叫雨淋湿了，然后觉到大腿和脑袋叫雨淋湿了，然后觉到后背、前胸和腰，也叫雨淋湿了，同时还要继续工作，一直到铅色的亮光渐渐减少，证明太阳已经西下，才停止工作。这种情况，非真有点儿克己的工夫，甚至于非真有点儿勇毅的精神，是绝办不到的。

　　然而她们两个，对于雨淋，却并不像我们所设想的那么觉得难受。因为她们两个，都是年轻的人，又正叙谈从前在塔布篱同居一处、同爱一人的时光，叙谈那片使人快活的绿色平野，在那里，慷慨的夏季，曾经布施了许多礼物，在物质上大家有份，在情感上却对她们独厚，所以就顾不得风雨的吹打了。苔丝本来不愿意和玛琳谈起那个只是法律上，而不是实际上的丈夫，但是这个题目有很大的魔力，所以玛琳只一提起它来，她就不知不觉地和她应对起来。因为这样，所以那一下午，虽然湿淋淋的帽子上那块遮掩，往她们的脸上打得啪啪地响，虽然湿淋淋的粗布外罩，沉重累赘地箍在她们身上，但是她们两个当时看见的，却是她们脑子里那个草色芊绵、阳光普照、情思缱绻的塔布篱牛奶厂。

"好天儿的时候，你从这儿能看见离芙仑谷不到几英里的一溜小山。"玛琳说。

"啊！是吗？"苔丝说，同时立刻觉得这个地方有从前没想得到的好处。

因此，在这个地方，也和在别的地方一样，有两种势力互相冲突，天生的意志[1]想要享乐，环境的意志却不容许享乐。玛琳有一种方法，能增强享乐的意志。下午慢慢地过去了，她就从口袋里掏出一个有白布塞、一品特容量的酒瓶子，请苔丝喝里面装的酒。但是苔丝当时的想象力就已经够让她身入幻境的了，并不需要酒来帮助，所以她只喝了一口，就不再喝了。于是玛琳就自己大喝起来。

"俺这阵已经喝上瘾了，"她说，"离不开它了。只有这桩东西还可以安慰俺——俺不能跟你比，俺是情场失意的人，你是情场得意的人，你还看不出来吗？所以，你不喝酒，也许一样能过下去。"

苔丝觉得，自己的失意，正跟玛琳一样，不过再一想，她在名义上到底还是安玑的太太啊，这也值得自尊自傲的了，所以也就承认了玛琳刚才分析的那种区别。

苔丝就在这种光景里，不管早上上冻，也不管下午下雨，辛辛苦苦地做工。她们除了刨瑞典萝卜，就是修瑞典萝卜。修萝

---

[1] 哈代喜用"意志"，由叔本华而来。"天生要享乐的意志"这种概念，数次出现于本书中。

卜，是用一把小钩刀把萝卜上的泥土和须子削去，然后再把萝卜收藏起来，预备将来用。修萝卜的时候，要是下起雨来，她们可以有一架草幛子遮挡一下，但是遇到天寒地冻的天气，萝卜整个都冻成了冰核，就是她们手上戴着极厚的皮手套，也挡不了刺骨的冷气。不过苔丝仍旧抱着满怀的希望，因为她总觉得，在克莱的性格里，宽厚仁恕是主要的成分，他这种心肠，将来一定会让他重新来俯就她。

玛琳喝足了酒，高兴起来，就把前面说过的那种奇形怪状的棱石拣出来，跟着就忍不住尖声笑起来。苔丝却老是正言厉色，不说不笑。在这儿虽然看不见芙仑谷，但是她们却不时往那方面瞭望，一面瞅着那片把她们的眼光隔断了的迷雾，一面琢磨旧日塔布篱牛奶厂里的光景。

"啊，"玛琳说，"俺真想让咱们的旧伙伴再多来一两个！那样的话，咱们天天在这儿干起活儿来的时候，就能把塔布篱带到地里来了，就能嘴里老讲他了，就能老讲咱们在那儿过的那些好日子，老讲咱们那阵的光景了。这样的话，所有从前的情况就好像又都回来了！"玛琳一想起旧日的光景来，两眼就有点儿潮乎乎的，说话的声音也含混起来，"伊茨·秀特这阵正在家里待着没事，这俺知道。俺写一封信给她，告诉她咱们都在这儿，叫她也上这儿来好啦。莱蒂的病这阵大概也好啦。"

对于这个提议，苔丝无可反对。她第二次听见这个把塔布篱旧日的快乐重新引到这儿来的计划，是两三天以后，那时玛琳告诉她，说伊茨已经有回信，答应她能来就来。

多年以来，都没有像那一年的冬天那样的。它来的时候，一步一步，蹑手蹑脚，仿佛棋手走棋子一样。有一天早晨，那几棵孤零零的大树和篱间的棘树，都好像脱去了一层植物的皮，而换上了一层动物的皮。每一根树枝上，都盖了一层白绒，仿佛一夜的工夫，树皮上都长了一层毛，把原先的粗细，增加了四倍。整丛的灌木或者整棵的大树，都好像是一幅明显触目的素描，用白色的线条，画在灰色惨淡的天空和天边之上。棚子里和墙壁上，从前本来看不见有什么东西，现在在这种结晶的空气里，都露出了蜘蛛的丝网，悬在棚子、柱子和栅栏门突出的犄角那儿，好像白色的绒线结的扣儿。

过了这一阵上冻而潮湿的时期，跟着来的是一个一切都冻得硬邦邦的时期。在那个时期里，奇怪的鸟，都不声不响地从北极后面飞到棱窟槐这块高原上来。它们都是又瘦又秃、形同鬼怪的生物，眼里都含着凄惨的神情。因为它们在人迹所不能到的北极地带，在寒气凝固血液、人类无法忍受的空气里，曾经亲眼见过奇伟可怕、难以想象的景象；曾经在北极光的闪耀下，亲眼见过冰山的崩裂、雪山的滑动；曾经叫狂风暴雪和翻天覆地的洄漩痉挛，把眼睛弄得半明半瞎，它们的面目仍旧还保留了饱尝那种风光的神气。[1] 这些无名的怪鸟，跑到离苔丝和玛琳很近的地方，不过它们对于人类从来不会看见的奇景，却没有报告。旅行家都

[1] 比较《还乡》第一卷第十章第三节："文恩面前，有一只野鸭，刚从朔风怒号的地方来到。这个鸟儿，脑子里装了无数北极穷荒的景象。冰河引起的凶灾巨变，风雪带来的诡景谲象，极光显出的奇形殊彩，头顶上的北极星，脚底下的富兰克林——这一类它所习见习闻、以为平常的光景，实在都是了不起的。"

有一种报告他们游览所得的野心，这种野心它们是没有的。它们老老实实地不动声色，只顾到这片平淡的高原上眼前的事物，把它们所不宝贵的那些旧日经验，一概撂开。它们所注意的，只是那两个姑娘拿着铁钯刨地那种细微动作，因为那种动作，能够掘出一些使它们吃得津津有味的东西来。

于是有一天，这片空旷高原上的空气里，袭来了一种极其特别的情况，出现了一种不是由雨而来的潮气，不是由冻而来的寒气。这种天气叫她们两个的眼珠发酸，前额发疼，而且一直钻到她们两个的骨头里，它对于她们身体内部的影响，反倒过于身体外部。她们觉到这种情况，就知道要下雪了，果然那天晚上下起雪来。苔丝还是在那个有温暖的山墙，给孤独的行人做安慰的人家里住着的。她晚上醒来，听见草房顶上面发出一种怪声，好像是四面八方来的狂风，把房顶做了它的运动场一般。她早晨点着灯要起来的时候，看见窗户缝里，刮进来许多雪，在窗户里面，堆成了一个由最细的粉末做成的白色圆锥形，烟囱里也刮进来许多雪，都铺在地上，有鞋底那么厚，她在上面走，就留下一道鞋印。屋子外面，一片风雪，狂飞疾走，吹到厨房里，都变成了一片雪雾。不过那时候，屋子外面还很黑，看不见什么东西。

苔丝晓得刨萝卜的工作是不能进行了。她在那盏小小的孤灯旁边吃完早饭的时候，玛琳来了，告诉她，说她们得到仓房里跟别的女工们一块儿理草去，理到天气好了的时候为止。因此，等到外面一片混沌漆黑的夜色开始变成各式各样凌杂混乱的灰色那时候，她们把灯吹灭了，把顶厚的围裙围在身上，把脖子和前胸都用毛围巾紧紧围住，然后才起身往仓房走去。这一场雪，本来像一根白色的大云柱一般，随着那些鸟儿，从北极一直来到这儿，单个的雪片是看不出来的。狂风闻起来，好像带着冰山、北极海、鲸鱼和白熊的气味，它呼呼地把雪吹得扫地横飞，不能落下成堆。她们两个侧着身子，在风雪漫漫的地里，往前挣扎着走去，尽力靠着树篱避风的地方，其实那时的树篱，不但不能把风雪遮住，反倒把风雪筛过。空气叫一片灰色的雪弥漫得一片灰黯，同时却又把雪弄得盘旋回转，杂乱纷纭，那种情况，叫人想起天地混沌，无形无色的状态。但是她们这两个年轻的女人，还是高兴兴兴地往前走去。一片干燥的高原上这样的天气，本身并不足以使她们的情绪低落。

"哈，哈！那些北方的乖鸟儿，早就知道要下雪了，"玛琳说，"俺敢保，它们从北极星那儿，往这儿跑，一路都是刚刚跑在风雪前头的。亲爱的，俺想你丈夫，这阵一定正叫太阳烤着哪。天哪，他这阵看得见他这位漂亮的太太，就好啦！俺并不是说，这种天气把你冻得不好看了，没有那样，实在反倒把你冻得更好看了。"

"你别对我谈他啦，玛琳。"苔丝正言厉色地说。

"呃，不过——难道你心里就没有他吗？真没有他吗？"

苔丝没回答，只满眼含泪，把身子急急转到她想象的那个南美洲所在的方向，噘起小嘴来，在风雪里望空飞了一个热烈的吻。

"唉，唉，俺就知道，你心里无时无刻不惦记着他的。可是，俺说句实话，你们两口子这样过法，可实在古怪！好吧，俺不再说什么啦！至于天气的话，那不要紧，在仓房里不会很难受。不过，理草比刨萝卜，可就吃力得多啦——比刨萝卜，可就重得多啦。那种活儿，俺还做得来，因为俺腰粗背阔，你比俺苗条得多了。东家怎么会叫你也干这个哪？俺真不明白。"

她们到了仓房，就进去了。仓房很长，有一头满盛着麦子。仓房中间就是理草的地方，那儿头一天晚上，就已经把女工们今天足够理一天的麦秆，一捆一捆地搬了来，放在理草的机器上了。

"哟，伊茨也在这儿啦！"玛琳说。

不错，走上前来的，正是伊茨。她是昨天下午从她母亲家里起身往这儿来的，她一路步行走来的时候，没想到路会这么远，所以一直走到天黑以后才到了这儿，不过还好，到了以后才下起雪来。她在酒馆里过了一夜。原来这儿的农夫和她母亲，在集上就商议好了，说要是她能今天来，他就雇她。伊茨正怕来晚了，惹那农夫不高兴。

除了苔丝、玛琳和伊茨以外，还有两个女人，都是从邻村里来的，她们是姊妹俩，都长得虎背熊腰。苔丝刚一看见她们两个，就吃了一惊，原来她们一个是黑桃王后卡尔，一个是她妹妹方块王后——在纯瑞脊半夜三更吵架那一回，要和苔丝打架的，就是这两个女人。她们好像不认识苔丝，也许真不认识，因为吵架那次，她们本来喝得醉眼模糊，并且她们在纯瑞脊，也和在这儿一样，又是暂住。她们都更情愿干一切男人干的活儿，穿井、修篱、挖沟、刨坑，样样都来，一点儿不累。她们也是出名的理草好手，她们瞧她们三个，很有点看不起的神气。

机器是一个架子，两头有两根柱子，中间有一根横梁，横梁底下，放着一捆一捆的麦子，麦穗都朝着外面，横梁用木橛钉在柱子上，麦子慢慢减少，横梁也慢慢往下落。她们五个都戴上手套，排成一行，站在机器前面，动手干起活儿来。

天色更沉闷了，从门口透进来的亮光，不是天上照耀的太阳，却是地上反射的雪色。那几个姑娘，都一把一把地从机器上把麦秆往外抽。不过因为前面那两个生人，正在那儿说东家的丑闻，西家的坏事，所以起初玛琳和伊茨虽然有心要谈叙旧情，也办不到了。不久，她们听见外面雪地上有沉重的马蹄子声，跟着那个农夫就骑着马，一直来到仓房门口。他下了马，一直走到苔丝跟前，默默无言地从旁边往苔丝脸上直瞧。苔丝起初没回头，但是那个农夫老那么盯着她，她就转身看了一眼，只见那个农夫不是别人，正是在大道上说她的历史，惹她飞奔逃避的那个纯瑞脊人。

他在旁边站着，等到苔丝抱着麦穗往外面大堆上送去以后，他才对她说："原来你就是那不知好歹、对俺无礼的小媳妇！俺刚一听说，新雇了一个女工，俺要是没猜出来也许就是你，那就叫俺掉在沟里。哼，你觉得，头一回在客店里，你有情人保镖，占了俺的便宜，第二回你又仗着腿快，又占了俺的便宜，是不是？这回你可逃不出俺的手心儿去了。"他狞笑着说。

一面是那两个虎背熊腰的姊妹，一面是这一个恩怨分明的农夫，苔丝夹在这二者之间，好像一只小鸟，陷在夹网里一样。她当时一声也没敢言语，只默默无言，继续抽麦秆。她不是个不会察言观色的人，现在她已经看出来，她用不着怕那个农夫对她做任何用情意、献殷勤的表示，他只因为让克莱打了，要在她身上出气就是了。实在说起来，她倒是情愿受男人的这种气，并且觉得很有勇气受。

"俺看你那回好像觉得俺是爱上你了，是不是？女人家真有些傻的，老拿着假事当真事。俺叫你在地里给俺做一冬活儿，你这个丫头就一定知道俺是不是爱你。你不是签了字，答应做活儿做到圣母节吗？俺说，你对俺说不说抱歉的话？"

"我觉得你应该对我说抱歉的话才是。"

"好吧——说不说，那随你的便好啦。咱们走着瞧，看这儿到底谁比谁大。这就是你今天理的麦秆吗？"

"是，先生。"

"就这一点儿吗？你看人家，"他指着那两个又粗又壮的女人说，"别的人也都没有不比你强的。"

"她们从前都做过这种活儿，我可并没做过，我怎么能跟她们比哪？再说，这本是计件的活儿，我们多做你多给钱，少做少给钱，做多做少，于你并没有关系呀。"

"你说没有关系就行了吗？俺说有关系。俺要把这个仓早早清理出来。"

"那么两点钟她们走的时候，我不走，我还在这儿做活好啦。"

他满脸怒气，悻悻地看了她一眼，转身走了。苔丝觉得，她不能遇到比这个更坏的地方了；不过无论什么，都比人家对她献殷勤好一些。到了两点钟的时候，那两个专门理草的女工，就把她们那个酒瓶子里剩的半品特酒喝干了，把她们的镰刀放下，每人把最后的一捆麦秸束好，起身走了。玛琳和伊茨本来也想走，但是听说苔丝因为手头慢，要再理些时候，把她少做的补上，她们两个就不肯把她一个人撂在那儿了。外面的雪仍旧下着，玛琳抬头往外看了一看说："好啦，这儿都是咱们自己的人了。"于是她们谈的话到底转到旧日牛奶厂里的生活上去了，并且，当然要说起她们对于安玑·克莱热爱的景况。

"伊茨、玛琳，"安玑·克莱太太威仪严肃地说，但是这种威仪严肃，却极端令人心酸，因为她这位太太不成其为太太了，"我现在不能像从前一样，和你们一块儿谈论克莱先生啦；你们当然看得出来，我不能。因为他虽然现在跟我分离了，他终究还是我的丈夫啊。"

在她们那四个钟情于克莱的姑娘里面，就数伊茨顶莽撞、顶尖刻。她当时说："论起做情人来，他倒极漂亮，可是论起做丈夫来，俺觉得，他刚结婚就离开了你，可不大温存体贴。"

"他那是不能走，他那是没法子，非走不可，他要去考察田地！"苔丝替她丈夫分辩说。

"就是那样的话，他也应该想法子让你度过这个冬天哪。"

"啊——那是因为一件小事——一点儿误会，咱们不必辩论啦，"苔丝带着哽咽的声音回答说，"也许可以替他辩护的话多着哪。他不像别的丈夫那样，没告诉我个话儿就走了；再说，他在什么地方，我也总能知道。"

说完了这番话，待了许久，她们三个没再开口，只是一面默默地沉思，一面把麦穗把住，把麦秸理出，夹在胳膊下面，用镰刀把麦穗削下。那时候，草棚子里，除了麦秸的沙沙声和镰刀的吱吱声而外，听不见别的声音。于是忽然之间，苔丝软成一团，倒在脚下一堆麦穗上。

"俺早就知道你必定受不住嘛！"玛琳说，"总得比你更壮实的，才做得了这种活儿。"

正在那时，农夫走进来了。"哦，俺走了，你就这么个干法吗？"他对苔丝说。

"不过我做不了我吃亏，你并不吃亏。"她分辩说。

"俺要把这些麦子早早弄完了。"他偏强地说，同时穿过仓房，从另一个门那儿出去了。

"我的好人，你听话，不用理他，"玛琳说，"俺从前就在这儿做过活儿。你这阵上那面去躺一会儿吧，俺和伊茨替你把你不够数的活儿补上吧。"

"我不愿意让你们两个为我受累。论个儿，我比你们还都高哪。"

但是她当时实在不能支持了，所以就答应了躺一会儿，往一堆乱草上靠下去了。那堆乱草，本是直麦秆理走以后剩下的，扔在仓房的一头。她这回瘫软了的原因，一半由于工作太累，一半由于又谈起她和她丈夫分离，心里激动。她躺在那儿，只有感觉，毫无意志，草的沙沙声和麦穗的切切声，都好像是触到身上有分量似的。

她躺在那个角落上，除了草声和切声而外，还能听见她们切切的低语。她知道，她们一定在那儿继续谈论刚才那个题目，但是她们的声音太低，她听不出她们说的是什么来。后来苔丝越来越想听一听她们到底说的是什么，就自己以为已经好一点儿了，站起来继续工作。

于是伊茨又受不了啦。因为她头天晚上，走了十二三英里地，半夜才睡的觉，五点钟就起来了。只有玛琳，靠着喝了一瓶子酒，又生得壮，还能受得了这种苦，膀子和脊背还不至于发疼。苔丝逼着伊茨，叫她先走，因为她自己觉得好一点儿了，就同意不要伊茨再做下去，等到都做完了以后，把那天捆的麦穗，按数大家平分。

伊茨很感激地接受了她这种好意，就出了仓房的大门，顺着雪地里的路径，往她的寓所里去了。于是玛琳那种痴情傻意，开始发作起来，这是她每天下午这时候喝了酒以后必有的情况。

"俺真没想到他会办出那种事来，从来没想到！"她带着一种像在梦中的声音说，"俺也很爱他呀！他选中了你，俺一点儿也不吃醋。可是他那样待伊茨，可太不对了！"

苔丝听见这话，吃了一惊，差一点儿没把手指头叫镰刀削掉了。

"你说的是我丈夫吗？"她结结巴巴地问。

"啊，是啊。伊茨嘱咐俺，叫俺千万别告诉你，可是俺憋不住，还是要告诉你。这不是别的，就是有一次，他要伊茨跟他上巴西去来着。"

苔丝的脸色一下褪去，立刻白得和外面的雪色一样，脸上的曲线也都绷直了。

"伊茨答应了他没有哪？"她问。

"俺不知道。反正后来，他又变卦了。"

"呸——那么他那并不是真心了！那只是男人对女人开开玩笑就是了！"

"不是开玩笑，他是真心，因为他还同伊茨一块儿坐着车，走了老远，要往车站上去哪。"

"他还是没把她带走哇！"

她们又默默无言地理了一会儿，于是苔丝忽然放声大哭起来，事前却一点要哭的样子都没有。

"你看！俺要是不告诉你，不就没有这种事了嘛！"

"噢，你告诉我告诉得很对呀。我一直老任着自己的性子，唉声叹气过日子，没看出来，这样下去会有什么结局！我应该常常写信给他才对。他只告诉我，不让我去找他，他可没不让我常常写信给他呀。我不能这么马虎了！不论什么事，我完全不管，都听他一个人的，我太疏忽了，太不对了！"

仓房里的光线，本来就不充足，现在更昏暗了，她们看不清楚东西了，不能再继续干了。那天晚上苔丝回了寓所，走进自己那墙上刷着白灰的小屋子，就热情冲动地拿起笔来，想要写一封信寄给克莱，但是写着的时候，却又疑惑起来，不知道该写不该写，所以就写不下去了。后来，她把贴肉戴的结婚戒指，从带子上解了下来，整夜里把它戴在手指头上，仿佛这么一来，她就可以增强力量，使自己感到她就是那位善于闪躲的情人真正的太太。他这个情人，居然能在刚刚离她不久的时候，就向伊茨提议，要伊茨跟他一块儿到外国去。现在她既然知道了这件事，那她怎么还能再写信恳求他，再对他表示关怀呢？

44

遥遥相隔的爱姆寺牧师公馆，近来苔丝想了不止一次了，她这回在仓房里听见那番话以后，就又想起那个地方来了。本来克莱告诉过她，说她要是写信给他，得从爱姆寺他父母那儿转，她要是有什么困难，就直接写信给他的父母。不过苔丝老觉得，从道德方面来讲，自己没有资格能算克莱的太太，所以她都把她每次想通信的冲动制止了。因此，爱姆寺牧师公馆，也和她婚后自己的娘家一样，简直始终就没觉得有她这么个人存在。她这样把她婆家和娘家一齐都隔绝了，本是很对她的脾气的，因为她本是富于独立性的。她老认为，平心而论，她不应该得到他们的恩惠或者怜恤，所以也不愿意受他们的恩惠或者怜恤。她决定全凭自己的功罪，来决定自己的成败。至于她和克莱家，不过因为那一家里有一个人，由于一时的冲动和她一同把名字签在教堂的结婚簿上，于是她和他们就成了一家人，所以她绝不利用自己这种毫不切实的地位去求他们。

但是她克己自制的工夫，也有一定的限度。她现在听了伊茨这段故事，就像发了热病一般，再不能像从前那样忍耐了。她丈夫为什么老不写信给她呢？他分明透露过这种意思，说至少他将来旅程所到的地方，要随时让她知道，但是他压根儿连一行报告他行踪所在的字都没写给她。他真不把她放在心上了吗？不过话又说回来，他是病了吧？是不是自己得先去就合他一步呢？她想她既是放心不下，一定可以因挂心而鼓起勇气来，到牧师公馆，去打听打听消息，表示表示她对于他没有音信的愁烦。要是克莱的父亲，真是她从前听克莱讲过的那种好人，那么，他听了她现在这样如同饥渴地想念所爱的人，一定会表示同情的。至于她生活上的困苦，她尽可以不让他们知道。

不是礼拜的日子，她自然没有权利离开这个农庄，所以，她要上牧师公馆去，只能趁着礼拜那一天的机会。棱窟槐这块地方，既是坐落在一片白垩质台地的中心，别处还没有铁路通到那儿，那么，她要往爱姆寺去，就自然非步行不可了。一来一去，都是十五英里的路程，她一定得早早起来，要一整天的工夫，才能做得了这番跋涉。

两个礼拜以后，风雪已经过去了，来了一个一切冻得坚硬的时期，她于是就趁着道路是这种情况的机会，去进行她那番尝试。那个礼拜早晨四点钟，她就下了楼，走到外面的星光之下了。天气仍旧很好，她脚底下的路好像铁砧一般，走起来咯噔咯噔地响。

玛琳和伊茨知道，苔丝这回出门，一定和她丈夫有关系，所以对于这件事很感兴趣。她们俩都寄寓在另一所小房里，和苔丝的寓所，虽然在一条篱路上，可是还得再往前走几步才能到那儿。但是，她们却亲身跑来了，帮着苔丝梳妆打扮，并且劝苔丝，叫她把顶漂亮的衣服穿出来，好叫她公婆一见就喜欢她。不过苔丝自己却知道，老克莱先生是朴素的加尔文派，所以在这方面，倒觉得不大在乎，还觉得这样办，不见得妥当。她做了那次令人伤心的结合以后，已经一年了，她新婚那时候衣柜里盛得满满的衣裳，现在只剩了不多的几件了，虽然如此，她用那几件打扮起来，却像一个天真烂漫、不趋时尚的乡下姑娘，很能动人怜爱。她如今穿了一件浅灰色的毛布长袍，镶着白绉纱花边，和她白里透红的脸蛋和脖子互相掩映，外边罩了一件天鹅绒外褂，头上戴了一顶黑色天鹅绒帽子。

"你丈夫这阵看不见你，真万分可惜——你真是个美人儿！"伊茨瞧着苔丝说，那时候苔丝正站在门槛那儿，介于门外钢铁色的星光和门里黄色的烛光之间。伊茨说这句话，完全是当时的实情，不顾自己的利害。苔丝在她面前的时候，她不能把她当作对头，——一个女人，凡是一颗心比榛子大的，都不能当面把她当作对头——苔丝的品格，对于她的同类，有一种非常大的感化力量，说也奇怪，竟能把女人嫉妒、仇视那一类比较卑鄙的情感一概都压伏下去。

她们这儿给她扯一扯，弄一弄，那儿给她轻轻地刷一刷，眼看着她浑身上下都整整齐齐、熨熨帖帖的了，才放手让她走了。于是她就在天还没亮的珠灰色空气里，渐渐消失了。她刚放开脚步走去的时候，她们听见，她在坚硬的路上踩得噔噔地响。就是伊茨都希望她能马到成功，她虽然并不特别重视自己的贞操，但是她一想起上次一时受了克莱的诱惑，幸而没做出对不起朋友的事来，心里总觉得喜欢。

去年今日，只差一天，就是克莱和苔丝成婚的日子，也只差几天，就是他和苔丝分离的日子。不过，在一个晴朗干燥的冬天早晨，吸着这种白垩质山脊上清爽稀薄的空气，轻步疾行，走上含有她这种使命的行程，却也令人高兴。我们敢说，刚一出发的时候，她梦想的一定是要叫她婆婆一见她就疼爱她，要对她婆婆把自己的历史一齐都说出来，叫她成为自己一方面的人，替自己想法把那位逃开了的人弄回来。

走到后来，到了一片广大冈峦的山脊了，冈下就是土壤肥沃的布蕾谷，只见谷里一片雾气，并且仍旧还是曙色朦胧。这片山谷里，空气是深蓝色的，不像高原上那样淡白无色；地都是五六亩就是一处，不像她近来做活儿的土地，都百儿八十亩才是一处，所以这儿围篱错综，纵横交叉，从这片高地上看来，好像网眼一般。山冈上的景物是一片浅褐色，山谷里的景物，和芙仑谷一样，却是冬夏常青。但是那片山谷，不像从前那样叫她喜爱了，因为她有生以来的苦恼，都是在那个山谷里生出来的。对于苔丝，一样东西的美丽，不在东西的本身，却在东西的象征，这种看法，原是一切有过悲哀感的人都有的。

她顺着她右面的山谷，从从容容地一直往西走去，经过那几个叫欣陶[1]的村庄上面，越过谢屯寺和卡斯特桥之间那条和这条路十字交错的大道，又沿着达格堡山、亥司陶山走去，穿过两山之间那条叫"魔鬼厨房"的峡谷。顺着山路再往前走，走到十字手旁边，只见一根石头柱子，孤零零、静悄悄地在地上耸立，大概那个地点，曾经出过神圣的奇迹，或者出过杀人的凶案，或者两样事都出过，所以用它来做标记。往前又走了三英里，有一条直而荒凉的罗马古道，名叫长槐路，横贯在面前，她立刻越过这条古道，拐到一条岔路，从那儿走下山去，就是半村半镇的爱夫亥了。到了那儿，全路差不多算走了一半。她在爱夫亥停了一会儿，又吃了一顿早饭，吃得很够香甜的，不过并没在猪橡客店，却在教堂旁边一个住小房的人家，因为她要避开客店。

苔丝剩下的那一半路程是取道奔飞路的，这段路程，比先前那半段平坦得多。不过她离目的地越近，她觉得把握越小，要她这次的企图成为事实，也显得越不容易。她心头眼底，只看见她的目的明白显著，道旁的景色都一概模模糊糊，因此有时她很

---

[1] 哈代的小说里叫欣陶的村庄有好几个，像大欣陶、小欣陶、王室欣陶等。

有迷路的危险。不过，无论怎么样，靠近正午的时候，她到底走到了一个栅栏门前，在那儿站住了脚，栅栏门下面是一片低地，低地上就是爱姆寺和牧师公馆。

她看见那座教堂高阁，就知道那时候，牧师和会众，都正在高阁下面聚会，在她看来，这座高阁非常地严厉。她很有些后悔，没在平常日子设法往这儿来。像老牧师那样一个好人，既不明白她不得不在礼拜天来的情况，一定会因为她冒犯神明，先不喜欢她。但是事到如今，她只得硬着头皮，往前进行。她一路走了这么远，都穿的是一双厚皮靴子，现在她把那双靴子脱下来，塞在栅栏门柱旁边树篱里面一个回头容易寻找的地方，把一双漂亮的黑漆皮靴子换在脚上，才往山下走去。走近牧师公馆的时候，她刚才脸上叫冷风冻的那片红晕，不自禁地都慢慢褪去了。

苔丝心里想，顶好能遇见一件什么顺利的事，帮一帮自己的忙，但是她并没遇见什么能够帮忙的顺利事。只见牧师公馆的草地上有些灌木，都在寒风里瑟瑟地颤抖。她就是用尽了想象力，也总感觉不出来，这所房子里面的人，就是自己亲近的家属，而且虽然今天打扮得算是顶体面的了，也并无济于事。然而她和他们，无论哪一方面，无论是性，无论是情，根本上都没有什么不同；无论是喜，无论是悲，无论是思想，无论是生，无论是死，无论是死后，都完全一样。

她努力振作，鼓起勇气，走进栅栏门里，拉了一下门铃。现在已经把事情做了，再想躲也躲不开了。不，事情还不算已经做了，没有人出来开门。还得再努一番力，再鼓一番勇气。她又拉了一下门铃。她走了十五英里的路，本来身上很累，现在这么一来，有些支持不住，所以她就用手支着后腰，用胳膊肘靠着门廊下的墙，等着人家出来开门。风力非常锐厉，连墙上那些常春藤的叶子，都叫风吹得枯萎、灰白，它们互相扑打，老不停止，给了她的神经一种不安的刺激。一块带血迹的纸，从一个买肉人家的垃圾堆上，叫风刮了起来，在栅栏门外的路上，前后飘扬，因为太轻，所以老站不住，又因为太重，所以老飞不走，还有几根干草和它做伴。

第二次拉铃，比第一次拉得更响，可是还是没有人出来，于是她就走出门廊，开开了栅栏门，溜到门外面了。她回身往那所房子的前脸看去，脸上虽然犹豫不定，好像想再回去，但是她把栅栏门关上了以后，心里觉得轻松了许多。她心里忽然一动就琢磨起来，莫非是她公婆已经认出来是她（至于怎样认出来的，她却说不出所以然来），特为吩咐人，不许放她进去不成？

苔丝走到拐角的地方，就停住了脚步。所有她做得到的事情，她已经全都做了。不过她决定不叫自己因为现在一时的羞怕，留下后来无穷的悔恨，所以她就回过身来，在房子前面，又完全走了一个过儿，把房子所有的窗户，全都看了一遍。

啊，她明白了，没人出来开门，是因为他们都上教堂了，个个都上教堂了。是啦，她想起来啦，她丈夫不是曾对她说过吗，他父亲的规矩，老是非叫一家上下，都上教堂去做礼拜晨祷不可，连仆人也都得跟着去，因此回来的时候，都老得吃冷饭。那么，没有别的，她只要再等一等，等到礼拜做完了就是了。她恐怕惹人注意，不敢在原来的地方等，就拔起脚来，要走过教堂，躲到篱路里面。但是她正走到教堂坟地的栅栏门前，做礼拜的人也都正从教堂里面一拥而出，把她夹在人群中间。

爱姆寺的会众都拿眼看她，那种看法，只是一个乡间市镇的会众，在从容走回家去的路上遇见一个外来的女人，知道她是一个生人的时候才会有的。苔丝加紧脚步，走上原先的来路，想要在路旁的树篱中间先躲一躲，等到牧师公馆里都吃完了午饭，能够接见她的时候。待了不大的工夫，她就把从教堂里出来的那些人一概撂在后面了，只剩了两个年纪还轻的人，胳膊挽着胳膊，在她后面很快地跟了上来。

　　他们走得离她更近的时候，她能听见他们两个严肃郑重地谈话的声音。一个女人，在她这种情况下，耳朵特别地尖，所以她听出来，他们说话的语音和她丈夫的正一样。这两个步行的人，正是她丈夫的两位哥哥。苔丝把一切的计划全都忘了，心里只害怕，在她自己这样衣帽不整，还没准备好跟他们见面的时候，就叫他们追上了。因为虽然她觉得他们不会认识她，她却出于本能地害怕他们对她端详品评。他们在后面跟得越快，她在前面走得也越急。他们两个，分明是打算在吃午饭以前，先快快地散一回步，把刚才坐在教堂里冻了半天的腿和脚活动活动，叫它们暖和暖和。

　　山上面，在苔丝前面走着的，只有一个人，一个上等女子模样的人，看着有几分令人注意的地方，不过也许有点循规蹈矩，显得束手束脚。到了苔丝差不多追上那个女人的时候，她那两位大伯子，也差不多走到她的背后了，他们离她很近，所以他们谈的话，一个字一个字地她都听得出来。起先他们说的话，都没有什么可以特别使她注意的，后来他们两个之中，有一个瞧见了前面那位小姐，就说："前面是梅绥·翔特，咱们追她去。"苔丝听见了这句话，才特别注意起来。

苔丝从前听说过这个名字。安玑的父母和他们的朋友翔特夫妇，要给安玑选作终身伴侣的那位小姐，不是就叫这个名字吗？要不是苔丝从中作梗，大概现在克莱已经和这位小姐结婚了。不过就是她从前没听说过这种情况，那她要是再待一会儿，她也会知道的，因为他们哥儿两个之中有一个接着说："啊，可怜的安玑，可怜的安玑，我不管什么时候看见那个女孩子，我都不免越来越怨恨，怨恨安玑不该那么轻率，娶了那么一个女人，也不知道是挤牛奶的还是干什么的。那分明是一桩离奇事。她现在已经去找着了他没有，我还不知道。前几个月，我听到安玑的消息那时候，知道她还没去。"

"我也说不上来。他现在什么话也不对我提了。本来自从他有了那些古怪思想以后，他就跟我疏远起来了，这回糊里糊涂地结了婚，更和我疏远了。"

苔丝更放快了脚步，往漫漫的山坡上面走去。但是她要是想把他们撂在后面，就难免要引起他们的注意，所以后来还是他们两个走得比她快，把她撂在后面了。在顶前面那位年轻的女人，听见他们的脚步声，就回过身来。于是他们三个便互相握手寒暄，一同往前走去。

他们不久就走到了山顶上。看他们的本意，分明是以山顶作散步的终点的，所以走到那儿，就都把脚步放慢了，一齐拐到一个栅栏门旁边。一个钟头以前，苔丝还没下山的时候，也就在这个栅栏门旁边，停步打量下面的市镇。现在他们三个在那儿一面谈话，那两位牧师兄弟之中，有一位把伞插到树篱里，仔细搜寻了一回，掏出一件东西来。

"你们瞧，树篱里有一双旧靴子，"他说，"我想那大概是无业游民扔掉了的。"

"也许是骗子，想要光着脚到镇上去，好叫人可怜他，所以才把靴子藏在那儿吧，"翔特小姐说，"不错，一定是那样。因为这是一双很好的走路靴，一点儿也没破。做这种事太坏了！我把靴子带回去，舍给穷人吧。"

原先找到这双靴子的克伯·克莱，就用伞把替翔特把靴子钩了起来。于是苔丝的靴子，就成了别人的东西了。

这些话苔丝全都听见了，因为她脸上蒙着毛织的面纱，所以才和他们交臂走过，而没露出破绽。她走过去以后，马上回过头来看，只见那三位刚做完礼拜的人，已经带着她的靴子，离了栅栏门，下山去了。

于是我们这位女主角，又上了路。眼泪，把眼光都蒙住了的眼泪，从她脸上流下来。她只觉得，这一场意外，好像是宣判她是个罪人似的。她分明知道，这种心情，只是由于自己难过，自己容易受感触，并没有真正的根据，但是，她却又没法把这种心情摆脱。外界的事物，样样都跟她别扭，她这么一个穷苦的女人，毫无力量和这些不吉祥的事物对抗。现在重回牧师公馆，是不用想的了。安玑的太太差不多觉得，自己就是一个人人鄙视的东西，叫那两个在她看来过于文雅的牧师，硬赶到了那个山坡上面。他们对苔丝这场羞辱，本来出于无心，但是苔丝真不幸，遇见的不是父亲，却是儿子。因为那位父亲，虽然心地褊狭，却绝不像他那两个儿子那样拘谨、严厉，并且他还很有恻隐之心。她又想起她那双沾满了尘土的靴子来，她几乎可怜它无故受了那一番揶揄，同时她也觉到，这双靴子的主人，前途毫无希望。

"唉！"她仍旧自怜自叹地说，"他们哪儿知道，我穿那双靴子，为的是我恐怕走那段顶崎岖不平的路，会把他给我买的这双好靴子毁了哪——他们哪儿知道哪？他们也不知道，我这件袍子的颜色，也是他给我挑的哪，唉，他们怎么会知道哪？就是他们知道了，他们也并不会在意，因为他们对于他，根本就不大在意嘛，可怜的人！"

于是她就替她那位心上所爱的人悲伤起来，其实她现在这一切苦恼，都是她那位心上所爱的人出于褊狭的见解给她弄出来的。她当时只顾往前走，没想到，她这一次拿儿子来判断父亲，因而在紧要的关头露出妇女的怯懦，正是她一生中最大的不幸。她现在这种情况，正可以引起克莱老夫妻的同情心。他们两个，一遇到最坏的情况，恻隐之心就一发而不可制，但是未曾陷入绝境的人们微妙的精神苦恼，却难以引起他们的关切或者注意。他们只顾急于为那些税吏和罪人说句好话，却忘了那些文士和法利赛人 [1]，也都应该有人替他们分辩分辩。他们这种褊狭或者局限的毛病，在这种时候，倒正可以让他们两个把他们自己的儿媳妇，看作是百中之一该受他们拯救、应受他们爱怜的人。

---

[1] 税吏是给罗马政府向犹太人收税的人，时向人民勒索。文士为古犹太人的律师。法利赛人是古犹太人里头严守古法、古礼的人。文士和法利赛人，首先反对耶稣，直至耶稣死而后已。所以耶稣对于他们绝不容忍，而反倒是对于税吏和罪人随便交结，见《新约·马太福音》第九章第十一节，《马可福音》第二章第十八节等处。他曾说，税吏和妓女能上天堂，文士和法利赛人却不能，见《马太福音》第二十一章第三十一节。

于是她又顺着原先的来路，拔步前进。她来的时候，本来就没抱很大的希望，她只觉得，她一生中，又遇到了一个紧要的关头就是了。但是实在又并没有什么有关紧要关头的事发生，她没什么别的可做，只得回到那片穷山，过她旧日的生活，一直过到她能再鼓起勇气到牧师公馆去的时候。她在归途上，固然也曾不甘心埋没自己，把面幕揭了起来，仿佛是要叫世界上的人都看一看，至少她有的容貌，梅绥·翔特没有。但是她一面揭面幕，一面却止不住摇头难过。

"这算不了什么，这算不了什么！"她说，"谁还爱这副容貌哪！谁还注意这副容貌哪！像我这样一个叫人遗弃了的人，谁还管她的容貌！"

苔丝在她的归途中，与其说是一直前进，不如说是任意飘荡，毫无生气，毫无目的，不过是糊里糊涂方向不差就是了。她这样顺着又长又累人的奔飞路走来，不由得渐渐觉得疲乏，于是就常常往栅栏门上倚靠，在里程碑旁休息。

她一直没进任何人家，等到走了七八英里以后，下了一座很陡很长的山坡，进了半村半镇的爱夫亥，到了她早晨抱着满怀期望吃早饭那个住小房的人家，才走进去坐下。那个人家紧靠教堂旁边，差不多就是村子那一头上的头一家。那家的主妇上伙食房里给苔丝去拿牛奶的时候，苔丝往街上看去，只见村子里好像一个人都没有。

"村里的人都做晚祷去了吧，是不是？"她说。

"不是，亲爱的，"那个老妇人说，"还不到做晚祷的时候哪，教堂还没打钟哪。他们都到那面一个仓房里听讲道去啦。一个美以美会教徒，趁着早祷和晚祷中间的工夫在那儿讲道。他们都说，他是一个杰出热烈的基督徒。可是俺不去听他讲道！在教堂里讲的那些，也尽够俺听的了。"

待了一会儿，苔丝就起身走进村子里面去了，她的脚步都从两边的房屋那儿发出回声来，好像那是一个死者的国度似的。快要走到村子中间，就有别的声音和她的脚步声掺和。她抬头一看，只见前面离大道不远，是一个仓房，她就知道，那一定是讲道的声音了。

在寂静、清朗的空气里，讲道的声音非常清楚，所以虽然苔丝走的是仓房有墙的那一面，讲道的话苔丝却不久都能一句一句地听得出来。他那篇讲演，本可以想得出来，是一个极端的信心万能论一派的，说信心就是道德，也就是圣保罗的神学那种讲法。这位讲道的人，把他这种成见，完全像背诵的一般，指手画脚，大说大讲，因为他分明不懂得辩证的方法。苔丝虽然没听见他开头的话，却知道他这段演讲的题目是什么，因为他嘴里老把这一段《圣经》重复念叨：

> 无知的加拉太人哪，耶稣基督钉十字架，已经活画在你们眼前，谁又迷惑了你们，叫你们不信真理呢？[1]

苔丝站在人群后面，一听这位讲道的所讲的教义，正是克莱的父亲那一派的，并且比他还更热烈一些，她就发生了兴趣。

---

[1] 见《新约·加拉太书》第三章第一节。

后来再一听，这位讲道的，正详细讲他自己原先怎样会信起这种主义来，她的兴趣就更浓厚了。他说，本来他的罪恶顶深重，他曾毁骂过宗教，他曾和放荡淫秽的人们交游过。但是后来有一天，他忽然醒悟了，他所以能醒悟的原因，从人的角度来看，大半是由于一位牧师的影响。起先他还粗暴地侮辱过这位牧师，不过这位牧师临走的时候，对他说了几句话，那几句话深深地印到他心里，叫他永远不忘。后来，借着上帝的恩惠，他就变成了另一个人，变成了现在他们所看到的这种样子了。

但是还有比这种教义更使苔丝吃惊的，就是那个人的声音，因为他的声音，万想不到，会那么巧，居然和亚雷·德伯的丝毫不差。她脸上表现出一片疑而不决的痛苦之感，身子绕到仓房前部，在那前边走过。在仓房那一边，冬天低低的太阳，一直射到那个有两扇门的大门口。因为有一扇门正开着，所以阳光就射进仓房的深处，射到打粮食的地上，射到听讲的人和讲道的人身上，那时候，他们都稳稳地站在仓房里面，受不到北风的侵袭。听道的全是村里的人，从前她遇见过的那个拿红涂料涂格言的，也在里面。但是她的注意力，却集中在那个中心人物上，他正站在几个麦袋子上面，脸朝着门口和听道的人。午后三点的太阳，正射在他的脸上，把他映得清清楚楚。原先苔丝刚一清楚地听到他的声音，就已经觉得，破坏她的贞操那个人正迎面而立了。她一心那样相信，本是奇怪的，而且是使人意气消沉、精神疲苶的，但是这种深信不疑的想法，却越来越强烈。现在再一看他的脸，更证明了一点不错，他正是那个人。

第六期

冤家路狭

45

自从苔丝离开纯瑞脊以后，一直到现在，她没看过德伯本人，也没听到他的消息。

这一次相遇，正是苔丝满怀愁绪的时候，在所有的时候之中，它这样突然来临，很叫人难以断定，说它能够引起最低限度的张皇惊恐。但是，"一次叫蛇咬，千年怕烂绳"，所以德伯当时站在那儿，虽然分明是一个回头人，痛恨自己过去胡行乱走，胡作非为，而苔丝一看见他，却也不由得一阵惊怕，瘫痪在那里，不能前进，也不能后退。

想一想她最后一次见他的时候，他面上流露出来那种表情，再看一看现在他面上的表情！神气还是和从前一样，漂亮之中，令人不耐。不过原先嘴上的八字黑须已经剃去了，两腮上却留出两绺修理得整整齐齐的旧式连鬓胡子 [1] 来，身上的衣服也穿得半

---

[1] 旧式连鬓胡子，胡子的去留，一时有一时的习尚。英国一八五〇年前兴留连鬓胡子，一八五〇年以后则兴留八字须，故连鬓胡子为旧式。

牧师、半俗人的样子，把他的神情改变了，足以叫人看不出他从前那种花花公子的面目来，所以苔丝刚一看见他那一刹那，不敢相信就是他。

《圣经》上那些庄严的字句，滔滔不绝地从他嘴里讲出来，苔丝刚一听的时候，只觉得那种不伦不类非驴非马的情况，真令人毛骨悚然。他那种她听得太熟了的腔调，不到四年以前，在她的耳边上还净说的是秽言淫语呢，现在却满口仁义道德，这二者比起来那种完全相反的情况，令人心头作呕。

他这时候与其说是洗心革面，不如说是改头换面。从前他那脸上的曲线，表现一团色欲之气，现在貌是神非，却表现一片虔诚之心了；从前他那嘴唇的姿态，表现巧言令色的神气，现在这种姿态，却显出恳求劝导的神情了；从前他脸蛋上的红光，可以说是狂暴放纵的火气，现在那片红光，却成了传道雄辩的光彩了；从前只是兽性，现在变为疯狂了；从前是异教精神，现在变为圣保罗精神了；从前他那两只眼睛滴溜溜转，看她的时候光芒逼人，现在那双眼睛奕奕有光，讲道的时候却狂热可怕了；从前他脸上常有一种阴沉横厉、棱角显露的样子，本是表示事不顺手、事不如愿的愤怒，现在他脸上也有那种样子，却是怨恨甘入下流、不可救药的人了。

他的面目本身，仿佛在那儿抱怨。它向来都不是做现在这样表情的，现在好像叫它扭天别地，丧失本性。说也奇怪，叫它表情高尚，反倒好像把它应用不当；把它提高，反倒好像叫它失真。

不过真是这种样子吗？她不能老拿这种尖酸刻薄的态度看

待他。世界之上，恶人回头离开所行的恶而救活了灵魂，[1] 德伯并不是头一个，为什么他变成好人，她就该觉得不近情理呢？不过是因为她向来心里老觉得他是个坏人，一旦听见这个坏人嘴里说出好人的话来，就不由要生出格格不容的感觉来。其实是坏的程度越大，一旦好了，好的程度也越大。这是极平常的道理，用不着深究基督教史[2]，就可以看出来。

以上种种印象，只是渺渺茫茫地使她有些感觉就是了，并没有十分清晰的轮廓。等到她那一阵因受惊吓而感麻木的光景过去了，又能活动的时候，她就一心只想躲开他，别让他看见。她的身子正背着阳光，他分明还没看出来她是苔丝。

但是她一活动，他就立刻认出是她来了。只见她那个旧情人当时好像过电一样，因为她对于他的影响，比他对于她的可就大得多了。他那番劝善的热心，他那滔滔的讲辞，都一齐停止，一齐消灭了。他嘴里的话，本来想说出来，但是因为她在面前，他的嘴唇却只剩挣扎颤抖的分了，一个字也说不出来。他看见她以后，他的眼睛就四下乱瞧，不知往哪儿放才好，只是不敢往苔丝那儿瞧，却又忍不住，过不几秒钟，就不顾死活地瞧她一眼。他这种瞠目结舌的情况，只延长了不大一会儿的工夫，因为在德伯精神瘫痪的时候，苔丝已经气力恢复，尽力急忙走过仓房，往

---

[1] 见《旧约·以西结书》第十八章第二十七节："恶人若回头离开所行的恶，行正直与合理的事，他必将性命救活了。"

[2] 基督教史里，圣保罗就是一个弃邪归正的人。《新约·使徒行传》第九章。扫罗（即保罗）仍然向主的门徒口吐威吓凶杀的话，要去害门徒，走在途中，遇主显灵，遂变为信徒。

前去了。

她定了一定神，心里一琢磨，觉得他们两个的地位，真是今昔大不相同，不免吓了一大跳。德伯本是害她的人，现在倒皈依了圣灵；自己本是受害的人，现在却还不曾自新向善。而且结果倒仿佛那个传说的故事，她那塞浦路斯一般的像 [1] 忽然在他的祭坛上出现，把僧侣的火都差不多弄灭了。

她连头也没回，一直往前走去。她的脊背——连她脊背上的衣服——都好像有感觉，对于别人的目光感觉得特别灵敏，因为她那时一心只琢磨，他也许已经到了仓房外面，在那儿盯着她了。她原先在路上，满心怀着的是一种沉重的悲痛，现在她的烦恼改变了性质。从前是如饥似渴地想那久不见答的爱，现在却是深深感觉到，无法挽救的已往，依然把她缠绕，这种感觉，差不多和肉体上的痛痒一样地分明。她如今更觉得从前的错误牢牢地存在了，这简直叫她灰心绝望。她原先本来希望，她早年的生命和现在的生命，可以分割隔开，这时候才明白，这种希望到底并没成为事实。除非她自己也成了陈迹，她的往事绝不会完全成为陈迹。

她一面心里这么琢磨，一面往前走去，又横着穿过了长栌路的北部，立刻就看见那条由低而高、一直连到高原的大路，白茫茫地伸展在面前，她剩下的路，就是顺着那片高原的边再往前

---

[1] 塞浦路斯的像，指古希腊神话中爱之女神而言，因据传说，她生自塞浦路斯附近海中之浪沫，又特为塞浦路斯人所奉祀。古希腊军远征特洛伊时须牺牲主帅阿加曼侬之女伊菲阿那萨祭神，但献祭时此女被阿蒂米斯女神救出，其中阿蒂米斯女神出现在神坛上，僧侣之火微弱。此处哈代似以此故事用于爱神身上。

去的。这条越走越高的路，要人费力使劲的样子，在前面伸展，干燥、灰白，路上连一个人、一辆车、一丁点儿什么都没有，只有深黄色的马粪，时时点染在又冷又干的地上。她慢慢往上跻攀的时候，听见身后有脚步声，回头一看，只见走近前来的不是别人，正是那个面目极熟——却怪模怪样，穿着美以美教徒服装的人——那个在所有人里面，她这辈子最不愿意单独相遇的人。

然而当时却又没有工夫琢磨，也没有工夫逃避，因此，苔丝只得极力镇静，听天由命，让他追上了自己。她看他很兴奋，他的兴奋多一半是由于感情的激动，少一半是由于赶路的急促。

"苔丝！"他叫道。

她没回头，只把脚步放慢了。

"苔丝！"他又叫道，"是我呀，是亚雷·德伯呀。"

于是她才回过头来，他也走上前去。

"我看见是你。"她冷冷淡淡地答。

"啊，就是这一句话吗？不错，我不配你跟我再说别的！当然喽，"他又微微一笑，添了一句说，"你看我这样打扮，当然有些可笑喽。不过——你笑我，我也受着……我刚才听说你走啦，不知道上哪儿去啦。苔丝，你不明白我为什么跟着你吧？"

"不明白，不大明白。我倒愿意你不跟着我，打心眼里说，我不愿意！"

"不错。你说这种话也难怪你，"他正言厉色地说，同时两个一同往前走去，苔丝显出很不愿意的样子来，"可你别误会。刚才我忽然看见你，当时曾有一阵，不能自主，我不知道你看出那种情况来没有。我这是怕你已经看出那种情况来，因而误会了我跟着你的意思，所以我才问你这句话。你要明白，我那种不能自主的情况，只是一刹那间的事，按着咱们两个从前的光景看起来，那种不能自主的情况，本是在情理之中的。不过我可把牙一咬，就过去了，这个话也许你听来，又说我撒谎啦，不过实在却真是那种样子。我一下定住了神，马上就觉得，既是我一心发下宏愿，要尽我的责任，救世界上的人，免得他们将来受上帝的愤怒，[1] 那么，头一个该救的，当然是那样残酷地受到我侮辱的那个女人。你听了这句话，也许拿鼻子嗤我，不过我都不在乎。我追你，就是为的这个目的，并没有别的意思。"

她回答的话里，略微含有一点鄙夷的意味："你已经把你自己救出来了吗？人家不是说，行善得由己及人 [2] 吗？"

"我是一无所能的！"他毫不在乎地说，"我对听我讲道的人说过，一切都是上天的力量。我从前那么没出息，那么胡作非为，我想起来真惭愧，你看不起我，还没有我看不起我自己那样厉害哪！所以，我这回能悔悟过来，真得算是一桩奇事，信不信由你，不过我可以对你讲一讲我是怎么悔悟过来的。我希望你至少能耐点性子听一听。你听说过爱姆寺有个克莱牧师吧。你一定听说过。他得算是他那一派里顶心诚的，他是国教里硕果仅存那几个心诚的人里面之一。他比起我现在信的这个极端派来，自然还不能说是顶诚恳的，但是在国教里，他可算得是很难找到的了。现在这些新出来的国教派牧师，都只学得花言巧语，强词夺理，慢慢地

---

[1]　见《新约·马太福音》第三章第七节。

[2]　英国谚语。

把真正的教义都弄模糊了，都弄得只虚有其表。我跟他，只是对于政和教的关系问题，对于解释'上帝说，你们务要从他们中间出来，与他们分别'[1]这句话，有点不同的意见，除此而外，没有什么别的歧异。他虽然是个无声无臭的人，我可很相信，在这一国里，他救的人比谁都多。你听说过这个人吧？"

"听说过。"她说。

"大概是两三年以前的事了。有一回，他替一个传教团体到纯瑞脊去讲道。那时他见了我，就发挥他那种普度众生的精神，想法子劝导我，指引我，我这个荒唐可怜的混蛋，可一味地侮辱他。他对于我的行为并不怀恨，他只说，将来我总有受圣灵初结的果子[2]那一天，有许多本是要来笑骂的人，却留下了祈祷起来[3]。他这句话，说也奇怪，对于我仿佛有一种魔力，深深地印到我的脑子里。后来我母亲一死，我更受了很大的打击，慢慢地我才见了天日。从那时以后，我一心一意，只想把真理传给别人，我今天想干的事，也就是这个。不过，我在这一带讲道，还是近来的事。我头几个月，都是在英格兰北部讲给素不相识的人听，为的是先熟练熟练，长长胆子，然后再讲给熟人听，讲给从前和我在一块儿过昏天黑地的日子那些人听。对他们讲道，是对一个人的真诚与否，最严峻的考验。苔丝，你要是能尝一尝狠狠

---

[1] 见《新约·哥林多后书》第六章第十七节。有些福音教徒，据此为脱离国教的理由。

[2] 圣灵初结的果子，见《新约·罗马书》第八章第二十三节。

[3] 套用英国十八世纪诗人哥尔斯密士的诗《荒村》第一七九行："有些愚人，本要前来笑骂，却留下来祈祷。"

地自己打自己的脸那种乐趣，我敢保——"

"得啦，别说啦！"苔丝怒气勃勃地说，同时扭身走到路旁一个篱阶，把身子靠在上面，"我不信会有这种突如其来的改变，你心里分明——分明知道，你把我毁到哪步田地了，这阵可觍着脸跟我说这种话，真叫我听着压不住火！像你这种人，还有和你一样的人，本来都是拿我这样的人开心作乐，只顾自己乐不够，至于我怎么受罪，你就管不着啦。你作完了乐，开够了心，就又说你悟了道，预备死后再到天堂去享乐，天下的便宜都叫你占去了。真不害羞！我不信你，我见了你就有气！"

"苔丝，"他坚持说，"别这么说，我刚一受到这种感化的时候，仿佛是拨云雾而见青天一般。你不信我？你不信我哪一样？"

"我不信你会真变成好人。我不信你玩的这种宗教把戏。"

"为什么？"

她把声音放低了说："因为有人比你强一百倍的，都不信这种事。"

"这真是女人的见识了！你说的这位比我强一百倍的人是谁？"

"我不能告诉你。"

"也罢，"他说，说的时候，本来一阵忿怒，马上就要发作，却又极力忍住，并没发作出来，"上帝可不容我说我自己是好人，你也知道我也不会说我自己是好人。我本是新近才知道什么是善，什么是恶，不过新来后到的人，有时眼光倒看得更远。"

"这话本来不假，"她抑郁伤感地回答他说，"不过我对你的觉悟可不敢信。你那种昙花一现的感情，亚雷，我看恐怕不会长久！"

她一面这么说，一面从她倚靠的篱阶上转过身来，脸冲着他，于是他的眼光无意地落到他极熟悉的面目和身躯上，就盯在那儿观察她。他的凡心，那时虽然已经安静了，却并没真正铲除，甚至于也并没完全克服。

"你不要这么用眼睛来看我。"他突然说。

苔丝原先那种动作和神气，本是不知不觉地做出来的，现在一听这话，就急忙把她那双又大又黑的眼睛挪开了，脸上一红，吃吃地说了一声"对不起！"，同时她心里头又重新起了一种时常感触到的凄怆悲伤情绪，觉得自己这样一个人，却天生得了这样一副丽质，她寄迹其中，总是有些这样也不是，那样也不对。

"别这样，别这样！别对我说抱歉的话。不过既是你本来戴着一个面纱，遮着你的脸，你为什么不把面纱放下来哪。"

她一面把面纱放下来，一面急忙说："我戴面纱大半为的是挡风。"

"我这样指挥你，好像有些太严厉了，不过，我还是少看你几眼好，多看了危险。"

"别说啦！"苔丝说。

"哼，女人的面貌对于我早就魔力太大了，我见了它怎么能不害怕哪！一个福音教徒和女人的面貌，本来一点儿也不发生关系。它只叫我想起我愿意忘掉的往事！"

说完这句话，他们就一同往前走去，只有时偶然谈一两句话。苔丝不愿意下逐客令，明明白白地撵他走，只心里纳闷，不知道德伯跟她要跟到几时。他们遇到栅栏门或者篱阶的时候，常看见门上和阶上涂着红红蓝蓝的《圣经》摘句，她就问德伯，他知道不知道，这些摘句都是谁这么不怕麻烦，涂在这儿的。他说，涂摘句的那个人，本是他自己和别的同道人雇的，专在这一带地方，涂写这些醒世经义，无非是用尽各种方法，劝化现在这些到处都是的坏人罢了。

走到后来，他们就走到那块名叫十字手的地方了。在这一片荒寒凄凉的高原上，这块地方得算是最萧瑟惨淡。它那上面的风物，完全不是画家和爱好风景的人所追求的那一种，它反倒自成一种美——一种含有悲剧情调的反面之美。因为有一根石头柱子，上面很粗糙地刻了一只人手，竖在那儿，所以这个地方才叫十字手。那根孤桩石柱，古怪、粗糙，不是附近一带采石场里岩层上面的产物。关于它的历史、它的意义，一个人一样说法。有些人说，先前这儿本来有一个表示虔诚的十字架，现在这根柱子不过是那个十字架残余的孤桩就是了；又有一些人说，从前这儿原来就只有这	根桩了竖在那儿，为的是标明地土的界限，或者聚会的地点。不管这个古物的来历如何，它所在的那片地方，却因为看它的人心境不同，有时显得庄严，有时显得凶恶。就是感觉顶迟钝的人，从它旁边走过，都不由要觉得毛骨悚然。从前是这样，现在还是这样。

“我想我该离开你啦，”他们快要走到这块地方的时候，他说，“我今天晚上还得到阿伯绥去讲道，我得往右面拐下去。苔绥，你把我弄得心里七上八下的——我不知道究竟是什么道理，也不愿意说究竟是什么道理。我一定得离开你，好把心定一定。……你现在讲话怎么这么流利？谁教你说得这么好的英语？”

“我遭了这么些苦难，也学会了一些东西。”她故作遁词，说。

"你遭过什么苦难？"

她把她头一次遭的苦难，把跟他唯一有关的那一次苦难，对他说了出来。

德伯一听，瞠目结舌。"我压根儿就不知道有这回事！"于是他又嘟囔着说，"你看见事情来到眼前的时候，怎么没写信给我呀？"

她没回答。他打破了沉寂，接着说："好吧——咱们还得见面。"

"别，"她说，"别再见面啦！"

"我想想看好啦。不过咱们分手以前，你得先到这儿来。"他走到那根石柱前面，"这根柱子，从前本是一个神圣的十字架。我们这一派本来是不信什么神迹圣物的，不过我有的时候很怕你——如今我没有什么可以叫你害怕的地方了，可是我怕你可怕得真厉害。现在我要壮一壮胆子，所以我要求你把手放在这个十字架上，对天起一个誓，说从此以后，不再来诱惑我，不再拿你的姿色、你的一切，来诱惑我。"

"哎哟天哪——你要求这个干什么，一点儿也用不着！我一丁点儿想要诱惑你的意思都没有啊！"

"你这个话倒不错——不过你还是只管起誓好啦。"

苔丝带着一半害怕的心情，顺从了他这种不近情理的请求，把手放在石头柱子上，对天起了一个誓。

"你不信教，我很替你难过，"他继续说，"想不到会有个不信教的人对你有这么大的影响，迷惑了你的心。不过现在不必多说了。至少我在家里可以替你祈祷，我也一定替你祈祷。谁敢说什么事能发生，什么不能哪？我走啦。再见吧！"

他转身走到树篱中间一个猎人栅栏门[1]，没容自己再看她，就跳过树篱，朝着阿伯绥，在山地上一直走去了。走的时候，他的脚步都显出来他心中错乱。他走了一会儿，仿佛想起了一个先前有过的念头，就从口袋里，掏出一本小册子来，小册子里夹着一封信，那仿佛是他从前时常看的，因为信都脏了，破了。德伯把那封信打开来看，信上的日期是好几个月以前，签的名字是克莱牧师。

信上开头先说，牧师对于德伯的觉悟怎样出自衷心地喜欢，跟着又说，德伯为这件事跟他通音问，他怎样地感激，信上表示，克莱牧师真心真意地饶恕德伯以前的行为，他非常关心这位青年前途的计划。他本来很愿意让德伯也进他多年尽力服务的教会，为了达到这个目的，他很愿意帮助德伯，先进一个神学院去学习学习。不过那位青年也许觉得进神学院未免耽误工夫，所以他也不一定主张非进神学院不可。只要各人尽自己应尽的力量，服从圣灵的激励，做自己应做的工作，就算是尽了职分了。

德伯把这封信看了一遍，又看了一遍，看的时候，好像老以喜怒笑骂的态度揶揄自己，一面又把从前的备忘录看了几段，后来脸上就平静起来了，苔丝的形影显然不再扰乱他的心思了。

同时，苔丝也顺着山边的路往前走去，因为在她的归途中，那是最近的。走了不到一英里，她遇见一个孤单的牧人。

"我刚才走到那边，从一根大石头柱子旁边走过，你说那根

---

[1] 猎人栅栏门是骑在马上打猎的人从那儿经过，可以不用下马就能把它开开的一种栅栏门。

石头柱子是怎么一回事？”她问那个牧人，“那从前真是一个神圣的十字架吗？”

“十字架？不是！不是十字架，姑娘！这件东西很不吉祥。老辈子的时候，有一个犯了罪的人，就在那个地方，让人先把手钉在柱子上，受了一顿苦刑，然后又让人绞死了，他家里的人在那儿给他树了那么一块石头。他的尸首就埋在石头底下，他们都说，他把灵魂卖给魔鬼啦。他有时还出来显魂。”

她听了这番没想得到令人毛骨悚然的新文，觉得几乎要晕，就把孤独的牧人撂在身后，自己走去了。快要走到棱窟槐的时候，暮色已经苍茫了。在小村村口的篱路上，她走近一个姑娘跟她的情人面前，不过他们两个却没看见她。他们并没谈什么背人的话，只听得那个年轻的女人，声音清楚而轻松，跟那个男子更热烈的字句应答。那时节，天地苍茫，暝色四合，只有那个女人的声音，散布在料峭的大气之中，并没有别的东西闯入沉沉的暮色，让人听来，觉得那种声音是唯一使人安慰的东西。这种声音使苔丝的心高兴了一阵。但是她再一想，他们两个这次的会晤，正是起源于某一方面的吸引力，而这种吸引力，却正是那引起她自己这种深创剧痛的序幕。她走近他们，女的坦然回头和她相认，男的不好意思，就急忙躲开了。原来那个女的正是伊茨·秀特，她一见苔丝，就想起苔丝出门的事来，顾不得自己的事了。她问苔丝的时候，苔丝并没把结果说出个所以然来。伊茨既是个很机警的女孩子，就不再往下追问，把谈锋转到自己那件小小的事情上去了，刚才苔丝看见的，正是那桩事情的一个方面。

“刚才那个男人叫阿米·西丁，从前常在塔布篱帮忙，”她毫不在乎地解释说，"他打听到俺在这儿，特为来找俺。他跟俺说，他已经爱俺爱了两年了，不过俺还不算完全答应了他。"

46

苔丝徒劳奔波以后，好几天已经过去了，照旧在地里干活儿。干燥的寒风依然吹动，不过有些干草障子支在迎风那面，做成一个屏蔽，给她把风挡住了。障子里面蔽风的地方，放着一架切萝卜的机器，上面刚上过蓝色涂料，它那种新鲜劲儿，和周围的暗淡风光一比，显得不但有色，并且差不多可以说是有声。对着机器前面，有一个长长的土堆（也叫作土丘），那些萝卜，从初冬以来，就窖在那里面了。苔丝那时正站在土堆敞着的一端，手里拿着一把小弯刀，把每个萝卜上的泥土和须子，全都一点一点地削去，削完了，再把萝卜扔到机器里。一个男工摇着机器，新切的萝卜片就从机器的槽子里源源转出。萝卜片颜色发黄，气味新鲜，同时四周风声呼呼，机器上刀声飕飕，苔丝戴着皮套的手里刀声嚓嚓，气味声音，互相混合。

地里的萝卜掘出来以后，一片大地就变成荒寒凄凉的褐色了，现在这片褐色的大地上，又拱起一条一条的深褐色，慢慢展成了带子那样宽。一件有十条腿的东西，不紧不慢，不停不歇，顺着刚拱起的条带，从地的这一头，一直走到地的那一头。原来这件东西是两匹马、一个人、夹着一个耕犁，在作物收拾干净了的土地上耕翻，预备春季播种。

好几点钟以来，那一片大地上的景物，老是这样索然无趣，丝毫没有变化。等到后来，在耕田的人马那一面，才老远看见有一个小黑点儿，从树篱犄角上一个空隙出现，好像朝着坡上那两个修萝卜的工人走动。这件东西，由一个小黑点儿的大小，慢慢变得像九柱戏里的小柱子一样，越来越近，没有多大工夫就看得出来，那是一个身穿黑衣的男子，从棱窟槐那方面到来。摇切萝卜的机器那个工人，眼睛本来没有别的事可做，所以就老瞧着那个往这儿走来的人。但是苔丝却手眼一齐动作，没能看见这番景象，后来还是她的伙伴告诉了她，她才晓得的。

来的那个人并不是她那位刻薄的东家——葛露卑农夫，却是从前那个放荡不羁的亚雷·德伯，现在打扮得有些像牧师。那时他既是没有讲法传道，所以脸上就不带那样热烈的神情了，并且他看见那位摇机器的在他面前，他的举动好像有些不很自在。苔丝一阵难受，脸都变白了，她把带檐的风帽从脸上往下拉了一拉。

德伯走上前来，安安静静地说：

"苔丝，我有几句话要跟你谈一谈。"

"我上回不是告诉过你，不让你再来找我吗？你怎么不听啊？"她说。

"我是没听，不过我不听有我不听的道理呀。"

"什么道理，你说一说。"

"这是一番大道理，恐怕是你想不到的。"

他一面说，一面斜着眼去看那个摇机器的，看他是否在那儿偷听他们。他看他们两个离那个摇机器的并不很近，并且机器的声音嘈杂，他说的话也传不到那个人的耳朵里。于是德伯就站在那个人和苔丝之间，背着那个人，把苔丝挡住。

"我说的道理是这样，"他好像良心上忽然一阵难过，嘴里说，"上回咱们见面的时候，我净顾替你我的灵魂着想，就忘了打听你的境遇怎么样了。我只看见你的衣帽很整齐，所以就没顾到那一节。不过现在我看出来了，你很苦——比从前我——认识你的时候还苦——让你受这样的苦，是不应该的。也许这种情况大半都是我给你闹出来的吧！"

她没回答，只把头低着，把脸完全让帽子挡着，继续修萝卜，她觉得只有不停地干活儿，才能把德伯放在自己的感觉以外。同时德伯在她旁边，带着探问的神气直瞧她。

"苔丝，"他叹了一口气表示牢骚，说——"跟我有过关系的，再也没有像你这么糟的了！你没对我说的时候，我还一点儿也没想到会有这种结果哪。我太混蛋了，把你的清白玷污了！咱们在纯瑞脊那番惹人咒骂的行为，千差万差，都是我一个人的差！你哪，本是真正德伯家的后人，我不过是冒名顶替罢了。然而你这个真德伯，那时可也太年轻了，太不懂得人情的诡诈了！我对你说一句真心话吧，要是当父母的，抚养他们的女孩子，不告诉她们世路的险恶，不给她们指出，坏人都可以给她们设下什么陷阱，撒下什么网罗，那就不管父母是不是出于好心，也不管是不是只是由于漠不关心，反正这种人都不配做父母。"

苔丝仍旧静静地听着，只好像一个自动的机器那样有规律，把一个修好了的萝卜放下去，再把一个还没修的萝卜拿起来，不声不响，不言不语，只能看出她是一个带着愁思的地里女工而已。

"不过我到这儿来，并不是特为来对你说这种话的，"德伯继续说，"我的情况是这样。你离开纯瑞脊以后，我母亲就故去了，现在是我自己当家主事了。我想把我的产业都变卖了，上非洲去，尽我的全力，做传教的事业。当然我不是做这种事的材料，一定做不好。不过，我想要问你这么一句话——你能不能给我一个唯一的机会，让我把从前对你做的坏事补救补救？换一句话说，你能不能答应做我的太太，跟着我一块儿到非洲去？……我连这桩贵重的文件都弄到手了。我母亲临死的时候嘱咐我这么办来着。"

他从口袋里掏出一块羊皮纸来，掏的时候，因为不好意思，手都有点儿乱摸胡掏的样子。

"那是什么？"她问。

"一张结婚许可证。"

"哦，别，先生，别！"她吓得往后倒退，急忙说道。

"你不愿意吗？为什么哪？"

他问这句话的时候，脸上露出失望的神气。但是这种失望，并不是完全由于想赎前愆，不能如愿，却分明表示，他对于她有点儿旧情复发：他那时是赎罪的心和纵欲的心，携手同来。

"一点儿不错。"他比之前的口气稍为暴躁，又开口说，但是刚说了这四个字，就回头去看那个摇机器的。

苔丝也觉出来，他们两个人的话，不能那么就算说完了，所以就对那个摇机器的说，有一位先生前来看她，她要跟他走一走，说完了，就跟德伯一同往前穿过那片有像斑马那样条纹的地。他们走到刚刚犁过的那一部分，德伯伸出手来，要把苔丝扶过去，苔丝却好像没看见他似的，一直在垄上往前走去。

"苔丝，你不肯嫁我，给我改过自新的机会了？"他们刚走过那些垄沟，德伯就问。

"我不能嫁你。"

"为什么哪？"

"你晓得，我对你毫无爱情。"

"不过日久天长，也许你慢慢会对我生出爱情来呀——只要你真能饶恕我以前的罪过，也许就能啊。"

"永远也不能！"

"你怎么说得这么坚决？"

"我爱的是另一个人。"

这句话好像让德伯吃了一惊。

"真的吗？"他喊着说，"另一个人？难道你就一点儿也不顾道德方面的是非了吗？"

"别，别，别——别说那种话！"

"无论怎么样，你对那个人的爱，也许只是一时的激动，你会把这种爱克服了的——"

"不是——不是。"

"我说是，是！为什么不是哪？"

"我不能告诉你。"

"你要不撒谎，就该告诉我。"

"那么我就告诉你吧——我跟他已经结婚了。"

"啊！"他喊了一声，愣在那儿，只把眼睛盯着苔丝。

"这话我本来不愿意说——我本来不打算说！"她分辩说，"这儿并没人知道这件事，就是知道，也只是模模糊糊地。所以你——我请你，不要再往下追问啦。你要明白，现在咱们两个只是路人一般了。"

"咱们两个路人一般？真的吗？路人！"

他脸上一时之间露出他从前那种玩世不恭的神情，不过他用尽力量，把它压制下去了。

"那个人就是你丈夫吗？"他死板板地指了一下那个摇机器的，问道。

"那个人！"她骄傲地说，"我想不是吧！"

"那么是谁哪？"

"这话既是我不愿意说的，那你就不必问啦！"她要求他说，同时仰起脸来，用睫毛拂蔽的眼睛看着他，恳求他。

德伯心神错乱了。

"不过我问你，完全是为你好！"他热烈兴奋，反唇相讥，说，"天使们哪！上帝饶恕我用那种字眼——我跟你起誓，我到这儿来，完全是想到为你好。苔丝——你别这么瞧我——你这么瞧我，我受不了！真的，自古至今，从来就没有人有过你这样的眼睛！唉，唉——我不能迷惑，迷惑就糟啦。我原先还只当我一点儿感情都没有啦，谁想我一见你，可又旧情复发了哪！不过我觉得，要是咱们两个结了婚，那咱们两个就都魂洁灵净，心安理得了。'不信的丈夫就因着妻子成了圣洁，并且不信的妻子就因着丈夫成了圣洁。'[1]这是我自己对自己说的话。不过现在，我这番计划完全成了泡影，我只得忍受失望的痛苦了！"

---

[1] 见《新约·哥林多前书》第七章第十四节。

他把眼睛瞅着地上，闷闷地琢磨。

"结婚了！结婚了！……也罢，既是这样，"他又说，说的时候极其安静，同时把结婚许可证慢慢地撕成了两半，放在口袋里，"我既是不能跟你结婚，我愿意对你自己和你丈夫帮一点儿忙，也不管你丈夫是谁。有许多话，我很想问问你，不过，你既是不愿意让我问你，我当然不便再问了。不过，我要是认识你丈夫，那么，我对他和你帮忙，岂不就更容易了吗？他在这块农田上不在？"

"不在，"她嘟囔着说，"他离这儿远着哪。"

"远着哪？离你远着哪？那么他这个丈夫可真有些古怪啦！"

"哦，你不要说他的坏话啦！都是由于你呀！他知道了——"

"啊，是吗！……那太惨了，苔丝！"

"不错。"

"不过他就能这么狠心，不要你了，让你一个人这么干活儿吗！"

"他并没不要我，让我自己干活儿！"她喊着替那位不在面前的人热烈地辩护说，"他并不知道我现在这种情况。这都是我自己做的安排。"

"那么，他常写信给你吗？"

"我——我不能告诉你。有些事情不能对外人说。"

"你这句话的意思，当然是说他不写信给你了。那么，我这位漂亮的苔丝，你是一个弃妇了！"

他当时由于一阵的冲动，忽然转身去拉她的手。她手上正戴着黄皮手套，他只捉到又粗又厚的皮手套指头，一点儿也没摸着手套里有血有肉的手。

"你不能这样——不能这样！"她带着害怕的样子大声说，一面忙把自己的手从手套里抽了回去，仿佛从口袋里抽出来一样，只把个空手套留在他手里。

"请你走吧！请你看着我跟我丈夫，请你看着你的基督教，快走吧！"

"好吧，好吧，我走，"他突然说，同时把手套扔给她，转身要走，不过又回过脸来说，"苔丝，上帝是我的证人，我拉你的手那时候，并不是假情假意，故意买好！"

地上忽然有马蹄的声音，紧靠着他们身旁停住了，原先他们只顾琢磨心事，并没听见。马停住了，马上的人对苔丝说：

"你他妈怎么这时跑开了，不快快干活儿？"

原来农夫葛露卑，老远看见他们两个，就带着寻根问底的样子，骑着马过来了，要考察考察他们两个在他的地里有什么勾当。

"你别对她这么说话！"德伯说，说的时候面色阴沉，绝不像个基督教徒。

"倒是，先生！不过一个美以美会牧师跟她会有什么交道哪？"

"这个家伙是谁？"德伯转身向苔丝问。

苔丝走到德伯跟前，对他说：

"你走吧，我求你走吧！"

"什么，我走？我走了，好让那个混蛋欺负你？我瞧他那长相，就知道他不是个好东西。"

"不要紧，他害不了我。他并没爱上我。到了圣母节，我就可以离开这儿。"

"也罢，我想我除了听你的话以外，没有别的法子。不过——好吧，再见吧！"

苔丝对于保护她这个人，比对于虐待她那个人，还要怕得厉害。当时要保护她那个人无可奈何地走了以后，那个农夫仍旧把她叱责，不过苔丝对于这种叱责，完全安然忍受，因为这种攻击，是和性别没有关系的。虽然现在这个主人心如铁石，并且要是他敢的话，他早就把她打了，但是她有了从前那番经验，就是遇到这么一个主人，都觉得是一种解脱，一种宽慰。她悄悄地向田地高处原先工作的地方走去，一心一意只琢磨刚才会见德伯的情况，连葛露卑骑的那匹马的鼻子，快要挨着她的肩头了，她都没怎么感觉出来。

"你既然跟俺订了合同，在这儿干活儿干到圣母节，那你一定得照着合同办事才行，"他狺狺而詈，说，"这种女人，忽而东，忽而西，忽而天，忽而地的，真该死！要再这样，俺可不答应！"

农夫对苔丝这样施加压迫，完全因为从前挨了克莱那一拳，安心报复，他对于农田上别的女工，并不像对她这样，这种情况她很知道，所以她想到这一层，就有一时心里想道，如果她是自己的身子，能答应有钱的亚雷，做他的太太，那她应该是怎么样一种情况呢？那她一定能够完全出人头地，不但对于现在欺压他的这个人，就是对于好像看不起她的那整个世界，都可以扬眉吐气了。"不过，不能，不能！"她呼吸急促，说，"我现在不能和他结婚！他多讨人厌。"

就在当天晚上，苔丝拿起笔来，写了一封信，要寄给克莱，信上写得情词恳切，对于自己的苦难一字没提，只说她对于克莱的爱始终不变。不过表面上虽然只提到自己爱情的坚定，但是如果往字里行间琢磨下去，就可以看出来，信上情好不渝的话里，却隐着一种难以预测的深危大惧——差不多是毫无办法的深危大惧。不过她写着写着，又不肯完全吐露自己的心思，因为她想起来，既是安玑曾经要求过伊茨，要她跟他同到巴西去，那么，他把她自己，也许早就置之九霄云外了。她把信放在她的箱子里，心里纳闷，不知道这封信有没有寄到她丈夫手里那一天。

经过这番以后，苔丝每天干着艰苦繁重的活儿，一直干下去，就到了蜡节会 [1] 了，这个会，对于农田的工人们，含有很重大的意义。原来订圣母节以后整年的合同，就在这一天，凡是想要换地方的工人，都按着时候，到郡城里去赶这个会。差不多所有棱窟槐的工人，都想要逃开那个地方，所以一早的时候，大家就都动身往郡城里去了。从那儿到这儿，一路都是山道，有十一二英里。苔丝本来也想在这个结账期离开这儿，不过她却是没去赶会那几个人里面之一，因为她心里有一种渺渺茫茫的希望，盼着到了时候，就会发生一件什么凑巧的事，使她不必再在地里干活儿。

那是二月里的一天，天气清朗，在那个时候，真得算是非常温和，差不多让人觉得仿佛冬天已经过去了。她在寓所里，几乎还没吃完正餐，就看见德伯的影子，把窗户遮黑了，那时那一

---

[1] 蜡节，原文 Candlemas，教会的一个节日，日期是二月二日，为圣母玛利亚清净节。因为一年之中，祭坛上或者别的祭神用的蜡烛，都在这天加以祝福，故名。蜡节会是在蜡节以前多少天赶的集会。

家里，只剩了她这一个寄寓的人。

苔丝急忙跳起来，但是那位客人，已经敲起门来了，她要是起身逃脱，仿佛没有道理。德伯敲门的神气和他走到门前的态度，同苔丝上次见他那时候一比，有一种说不出来的不同。他好像对于这种行动有些羞愧。她本想不给他开门，但是不开门也仿佛没有道理，所以就起身前去，把门闩拉开了，跟着就又急忙扭身回到里面。德伯走进来，见了苔丝以后，先在一把椅子上一屁股坐下去，然后往本来发热，再加上由兴奋而发红的脸上擦，才万分无奈的样子说：

"苔丝——我真没法子！我觉得，至少我得来看看你，来问问你好。我实对你说吧，我礼拜那天看见你以前，老也没想起你来，现在我可无论怎么咬牙，怎么横心，脑子里总也摆脱不掉你的影子了。凭你那么一个好女人，会把我这么一个坏男人害了，好像不会有那样的事，但是实在可又真有那样的事。苔丝，我但愿你能替我祷告祷告！"

他的样子完全是把满腹牢骚抑制压伏，无论让谁看来，差不多都得可怜他，但是苔丝并不可怜他。

"既是我不能相信，宰制天地的神，会因为我的祷告而变更他的安排，[1] 那我怎么能替你祷告哪？"她说。

"你真是那样想法吗？"

"真是那样。我本来人云亦云，另有想法，但是有人把我这

---

[1] 哈代在一八九〇年一月二十九日的日记里写道："我一直寻找上帝，已经寻找了五十年。我认为，如果他真存在，我应该早就发现他了。"

种毛病治好了，我不再那么想了。"

"治好了？谁给你治好了？"

"你非让我说不可吗？就是我丈夫。"

"啊——你丈夫——你丈夫！这仿佛很奇怪！我记得，好像前几天，你也提过这种话。你对于这种事，究竟是怎么一种看法，苔丝？"他问，"你好像不信教似的——那也许是由于我吧？"

"但是我可信。不过我不信任何超自然的事物罢了。"

德伯疑虑不定地看着她。

"那么，你认为我走的这条道路，完全是错的了？"

"多半是错了。"

"哼——我本来还觉得很有把握哪。"他带着心怀不安的样子说。

"我相信登山训众[1]那番大道的精神，我丈夫也那样……不过我不信——"

她说了她不信的事情。

"这么说来，"德伯冷落淡漠地说，"不论什么，凡是你那亲爱的丈夫信的，你就信，他不信的，你也不信，你自己是一点也没有考察，没有推论的了。你们女人家本来都是这样。你的思想是完全听他支配的了。"

"啊，因为他什么都懂！"她得意扬扬地说，说的时候，把

---

[1] 耶稣所讲的道，记在《新约·马太福音》第五至第七章和《路加福音》第六章第二十至第四十九节的，叫作《登山训众》。《马太福音》第五章第一节说"耶稣看见这许多的人，就上了山，既已坐下，门徒到他跟前来。他就开口教训他们……"云云。

克莱信得五体投地，其实这种信心，顶完美的人都不配享受，何况她丈夫呢。

"不错，不过你不要把别人的消极见解，整个儿搬过来，算你自己的。他一定是个妙人儿，会教给你这种怀疑的态度！"

"他从来没强迫我信他说的话！关于这个问题，他绝不跟我辩论！不过我总觉得，他对各种主义是下过一番深入研究的功夫的，我对于各种主义，可一点儿功夫都没下过，所以他认为对的，总比我认为对的，可靠得多。我就是这种看法。"

"他老是怎么个说法哪？他一定对你说过一些什么呀。"

她想了一会儿，想起克莱从前有时在她身旁，一面琢磨，一面自言自语说的话，这些话，苔丝虽然不明白它们的精神，她也很记得它们的说法。现在她把克莱一个毫不通融的三段论法，照样说了出来，连克莱的音调态度，都一心一意，真心诚意学得不差。

"你再说一遍。"德伯用顶聚精会神的样子听完了，说。

她又把那几句辩论重念了一遍，德伯也一面琢磨，一面跟着她重念。

"还说过什么别的话？"他立刻跟着问。

"他又有一次说过像这一类的话。"于是她又说了一段话，在上自《哲学辞典》，下至赫胥黎《论文集》[1] 那一脉相传的许多

---

[1] 《哲学辞典》，法国著名作家伏尔泰（一六九四——一七七八）作，一七六四年出版。他是一个怀疑者，虽信上帝，却排斥一切体系，摈弃一切特别的宗教。赫胥黎（一八二五——一八九五），英国生物学家兼哲学家。他的《论文集》出版于一八九四年。他主张"不可知论"。

书里，我们也许可以找出跟那一段话相吻合的字句来。

"啊！哈！你怎么都记得？"

"虽然他并不愿意我那样，我可要他信什么，我就信什么，所以我就想法哄他，让他把他的思想都告诉我几点。我不敢说，刚才我说的那个，我懂得很透彻，不过我可知道，那绝不会错。"

"哼！你自己都不懂，你还想教训我哪！"

他沉思起来。

"这样我就打定主意，要在精神方面跟他一致，"她又接着说，"我不愿意跟他两样。于他好的东西，当然于我也好。"

"他知道不知道你跟他一样大大地离经叛教？"

"不知道。我即便离经叛教，我也从来没对他说过。"

"苔丝，说到究竟，你现在的光景得算比我好！因为你本来不相信你应该宣传我这种主义，所以你不宣传，你也不觉得良心上过不去。我本来相信我应该宣传，可是我像魔鬼一般，一面相信，一面战惊；[1] 因为我忽然停止了宣传，再也压制不了我对你的痴情了。"

"怎么哪？"

"你瞧，"他直截了当地说，"我今天跑了这么远，一直到这儿来，就是为了来看你！其实我在家动身的时候，本是要到卡斯特桥集上去的，因为我答应了他们，今天两点半钟，到那儿，站在大车上，给他们宣讲圣道神旨，那些教友们这时都正在那儿等

---

[1] 见《新约·雅各书》第二章第十九节："你信神只有一位，你信的不错；鬼魔也信，却是战惊。"

我哪。这就是通告。"

他从胸前的口袋里，掏出一张通告来，上面印着开会的日期、时间和地点，在那个会里，德伯宣讲福音、教义，像前面说过的那样。

"你现在怎么还赶得到那儿哪？"苔丝看了看钟说。

"我不能上那儿去了！因为我上这儿来了。"

"怎么，你当真预备好了要去讲道，可又——"

"不错，当真预备好了要去讲道。不过我去不成啦——因为我一心一意，想来看一个女人，一个我从前看不起的女人。不对，不是看不起的女人，我说实话，我从来就没有看不起你，要是我看不起你，我现在就不会爱你了！我所以没看不起你，因为你能出污泥而不染。你一明白了当时的情况，你就立刻决心离开了我，你不留在我那儿当我的玩物。因此，如果天地间，有一个我一点儿也不鄙视的女人，那就是你。不过你现在可很应该鄙视我了！我本来以为，我是在山上礼拜，现在我却发现，我还是在林中供奉！[1] 哈！哈！"

"哦，亚雷·德伯！你这些话怎么讲？我怎么啦？"

"怎么啦？"他说，说的话里，带着一种乏味无谓的鄙夷之意，"你倒并不是有意。不过你可是使我再入下流的原因，无心造出来的原因。我自己问自己，我真是那种'败坏的奴仆'吗？我真是'脱离世上的污秽，后来又在其中被缠住、制伏，末后的景

---

[1] "山"在《旧约》中，多指上帝所居之地，如《诗篇》第十八篇等处是。"林"是 Asherah 的译文。Asherah 是腓尼基人和迦南人的神。以色列人祀奉 Asherah，是说他们舍自己之正神而祀他人之邪神的意思。

况就比先前更不好了'吗？"[1]他说到这儿，把手放在苔丝的肩膀上，"苔丝，我的姑娘，我这回见到你以前，至少是走上救世的道路了！"他一面说，一面把苔丝任意由情胡乱摇晃，仿佛她是一个小孩子一般，"你为什么又来诱惑我哪？我没看见你以前，我很有一番决心，不过你那两只眼睛和你那两片嘴唇——太厉害了，真的，自从夏娃以来，再没有人有过你那样迷人的嘴唇！"他的声音沉低，同时从他那黑眼睛里射出一股子热烈的无赖神气，"你这个迷人精，苔丝！你这个是亲爱而又是冤孽的巴比伦女巫[2]——我这次一看见你，就不论怎么，也摆脱不开你了！"

"我没法让你不再看见我呀！"苔丝急忙退缩畏避，说。

"我知道——我不是已经说过，这不能怨你吗？不过事实还是事实。那一天，我在地里眼睁睁地看着人家欺负你，可又自己想，在法律上，我没有保护你的权利，那一天，真差一点儿没把我急疯了——我想保护你，可又没法取得保护你的权利；有那种权利的那一位，可又好像完全不理你！"

"你不要说他的坏话——他并没在前面！[3]"她很兴奋的样子嚷着说，"你要好好地对待他——他从来没做过对不起你的事！你快快离开他的女人吧，免得人家说不好听的话，连累了他的好名声！"

---

[1] 以上引文见《新约·彼得后书》第二章第十九节及第二十节。

[2] 巴比伦女巫即"迷人精"之意。《圣经》中，巴比伦代表淫恶，如《启示录》第十七章第五节："大巴比伦，做世上的淫妇和一切可憎之物的母。"

[3] 背人说人坏话，当然是不好的。比较丁尼孙的诗《默林与薇薇恩》："当面的奉承和背后的毁谤一样。"

"好吧，我走，我走，"他仿佛从一个迷人的梦里醒来的样子说，"我本来答应了要到集上去给那些可怜的傻醉鬼们讲道，现在我去不成了。我这还是头一次开这么大的玩笑。要是一个月以前，我看到我会有这种情况，我就该吓死了。我就走——我起誓——永远不来了。"于是忽然又说，"你让我抱一抱吧，苔丝——只抱一抱！看着从前的老交情——"

"亚雷，我可没有人保护！另一个体面人的名誉，可就在我手里攥着哪——你想想吧——你有羞耻没有？"

"呸！也是——也是！"

他把嘴唇紧咬，自己恨自己没骨气。看他的眼光，世界的信仰和宗教的信仰，他同样地缺乏。本来自从他改过自新以后，他从前那种时时发作的热烈情欲，都成了僵冷的尸骸，在他脸上的曲线之间，伏而不动，现在又好像都在死而复活的状态之中，一下醒来，一起聚拢。他走出去的时候，游移不定，恋恋不舍。

虽然德伯声明，他今天失约，只是一个信徒重返下流，但是苔丝从安玑·克莱那儿学来的那些话，却深深地印到他的心里。他离开苔丝以后，仍旧还是那样。他往前走去的时候，不声不响，仿佛是从前并没梦想到，自己的主张，也许没有理由坚强维护，现在一下看到了这一点，就不由得精神麻木。他以前那种一时兴发的省悟、改过、皈依正教，本来跟理智完全没有关系。那也许只是一个心性轻浮的人，见他母亲一死，一时受了感触，忽而异想天开，别谋乐途的结果吧。

苔丝在德伯的热情大海里，投下了这几滴清冷的逻辑以后，原先他那滚滚沸腾的热情，就冷了下去，变成停滞不动的污潴了。他一面把苔丝学来说给他听的那几句结晶一般的话，琢磨了又琢磨，一面自言自语地说："那位聪明人，一点儿也想不到，他告诉她这些话，也许就是给我跟她重温旧梦开辟了道路！"

47

棱窟槐农田上，要打最后一垛麦子了。一早儿起来，三月的黎明，异样地混沌，连东方的天边在哪儿，都看不出来。麦垛梯形的尖顶，在一片朦胧的曙色里耸起，那垛麦子，已经孤零零地饱受雨打，遍尝日晒，在那儿堆了一冬了。

伊茨·秀特和苔丝走到打麦场上的时候，仅仅由于听见一种沙沙的声音，才知道已经有别人先在那儿了。待了一会儿，天色放亮了，她们才在声音以外，马上看见麦垛顶上有两个男人黑乎乎的侧影。那两个男人正在那儿忙着"揭垛顶"，所谓"揭垛顶"，就是把麦垛上面盖的草顶子揭去，再往下扔麦捆。农夫葛露卑想要在一天以内，尽力把麦子都打完了，所以非让她们这么早就来不可，因此麦垛揭着草顶的时候，苔丝、伊茨和别的女工们，戴着棕中带白的围裙，都只好站在那儿，打着哆嗦等候。

紧靠着麦垛草顶的檐子下面放着的，就是那些女工们前来伺候的那件红色的残暴东西——一个木头架子，连着带子和轮子——当时还不大能看得清楚。那就是打麦子的机器，它要一开动起来，女工们的筋肉和神经，就要一齐紧张起来，非坚忍不拔，就不能支持下去。

离得不远的地方上，又有一件形状模糊的东西：颜色漆黑，老嘶嘶作响，表示有雄厚的力量蓄积在它里面。一个烟囱在一棵槐树旁边高高地耸起，同时一片热气从那块地点上四面散射，在这种情况之下，用不着天色很亮，就可以让人看出来，这一定就是那件要当这个小世界里面主要动力的机器。机器旁边站着一个一动不动的黑东西，一个高大的形影，身上满是黑灰、乌煤，神气好像灵魂出窍的样子，身旁放着一大堆黑煤，他就是使机器的工人。他的态度和颜色都是孤立的，让人看来，仿佛是个陀斐特 [1] 里面的人物，偶然走到这片光景清明、毫无烟灰的黄麦白土中间，来惊吓搅扰当地的土著。

他的外表和他的心情正一样。他虽然身在农田，却不属于农田。他所伺候的只是烟灰、煤火，农田上的人伺候的却是稼穑、天气、霜露、太阳。他带着他那架机器，从这一郡走到那一郡，从这片农田走到那片农田，因为那时候，在维塞司郡里这一块地方上，蒸汽打麦机还只是个云游四方的东西。他说起话来是一种古怪的北方口音，他心里想的只是他自己的心事，他眼里瞧的只是他所管理的那个铁机器，他简直就不大看得见周围一切的景物，也满不在乎周围一切的景物。他不到必要的时候，跟当地的人就不多说一句话，仿佛他到这儿伺候这件好像地狱之王 [2] 的

---

[1] 陀斐特，《圣经》地名，在耶路撒冷，其初为犹太人对偶像之神献牺牲之地。见《旧约·列王纪下》第二十三章第十节及《耶利米书》第十九章第四节。后来这地方用作堆垃圾的地方，烧毁的垃圾老冒烟出火，所以它又变成地狱的象征。

[2] 希腊神话，地狱之王为普路托，面目狰狞恶，所居之地，昏暗阴沉。

主人，只是命中早已注定的劫数，并非出于自愿。机器轮子上有根长带子，连着麦垛底下那件红色的打麦机，把他和农业界联合起来的，只有这一件东西。

他们在那儿揭麦垛顶的时候，他只毫无表情地站在他那个可以移动的力量储蓄器旁边，晨间冷冷的空气，也在那个黑色发热的储蓄器四围颤动洄漩。打麦子以前的预备工作，于他毫无关系。他只把煤烧红了，把蒸汽憋足了，在几秒钟以内，他就能让机器上那根长带子以目不及见的速度转动。皮带转动范围以外的东西，也不管是麦子还是干草，都是一团混沌，在他看来，都是一样。要是当地的闲人有问他管自己叫什么的，他就简简捷捷地回答说："司机。"

天色大亮的时候，麦垛顶就完全揭去了。于是男工们各就其位，女工们上了麦垛，大家一齐动起手来。农夫葛露卑——大家提起他来，只说一个"他"字——早就来了，他吩咐苔丝到机器板上去，紧挨着往机器里填麦子的男工，叫伊茨站在麦垛上，挨着苔丝。伊茨把麦捆一个一个地递给苔丝，苔丝再把麦捆一个一个地解开，填麦子的工人再把它抓起来，铺在旋转的圆筒上面，片刻的工夫，圆筒就把每一颗麦粒都喷出来了。

刚一动作的时候，机器停顿了一两下，于是那些仇恨机器的人，心里就都痛快起来。但是经过那一两下的停顿以后，机器就旋转无阻，于是风驰电掣，一直到吃早饭，大家才停了半个钟头。饭后又工作起来的时候，所有农田上其余的人手，都用在堆积麦秆上面，因此在麦垛旁边慢慢地堆起了一个麦秆垛。到了吃点心的时候，大家都各人站在原处，匆匆忙忙地把点心吃了，吃了以后，又工作了两个钟头，就快到吃正餐的时候了。强暴猛烈的轮子旋转不停，打麦机嗡嗡的声音一直震到靠近机器那些人的骨髓里。

在越来越高的麦秆上面那些老年人，都谈起从前在橡木仓房地板上，用梿枷打粮食[1]的情况。那时候，一切的工作，即便扬场，都用人力，在他们看来，那种办法虽然很慢，却效果好。站在麦垛上那些工人也都多少能谈几句话，但是管机器那些汗流浃背的人，连苔丝在内，却不能利用谈话的消遣，减轻他们的劳力。那种永不休止的活儿，把她累得筋疲力尽，使她后悔不该到棱窟槐这儿来。麦垛上那些女工——尤其是其中的玛琳——能够时时停顿一刻，从瓶子里喝点麦酒，或者凉茶，还能一面擦一擦脸或者掸一掸身上的麦糠麦秆，一面说几句闲话。但是苔丝一时一刻都不能休歇，因为圆筒既是永不停止，填麦子的工人当然不能停止，同时，她是把麦捆解开，供给麦子的，也不能停止，除非是玛琳和她更替。葛露卑本来反对玛琳替她，说她的手头慢，供给不了那些麦子，但是她也不顾，有时就替苔丝半点钟。

大概是因为省钱的缘故，所以这种特别职务，通常总是选一个女人来执行。至于葛露卑选苔丝，更振振有词，他说她又有劲儿，又能持久，解麦捆解得又快。这话也许不假。机器上打麦子那一部分，本来就嗡嗡直响，让人不能谈话，要是碰到供给的麦子不足平常的数量，它就像疯了一般大声呼号。苔丝和填麦子那

---

[1] 哈代的另一长篇小说《远离尘嚣》第二十二章里说："那仓房……中心是一片打粮食的木头地板，用厚厚的橡木做成。因为多年叫梿枷拍打，光滑得走起来都滑脚。"

个男工，连要回头转转身都不能，因此虽然在吃正餐以前，悄悄地从栅栏门外走进一个人来，站在地里又一个麦垛旁边，一直看着地里的光景，尤其是看着苔丝，而苔丝却不知道。那个人穿着一身式样时髦的华达呢衣服，手里还把一根漂亮的手杖摆来摆去。

"那是谁呀？"伊茨·秀特先把这句话问苔丝，苔丝没听见，又转问玛琳。

"俺想那不知道是哪一位的男朋友吧。"玛琳简捷明白地回答她说。

"他要不是追苔丝的，俺就输一个几尼[1]给你。"

"哦，不是。新近跟在苔丝的屁股后面转的，是一个美以美会的牧师，不是这样的花花公子。"

"你不知道，那本是一个人。"

"这个人和那个讲道的就是一个人吗？怎么看着一点儿也不一样啊！"

"他把他的黑衣服和白领巾都换下去啦，把他的连鬓胡子也剃啦，可是虽说他的打扮穿戴换了样，人可还是他自己呀！"

"你敢保是他吗？那么俺告诉苔丝啦。"玛琳说。

"先别。待会儿还愁她自己看不见？真是的。"

"苔丝的丈夫固然在外国，苔丝固然好像守寡的一样，可是她终究是有主的人了，这个牧师一面讲道，一面追人家，俺想可不应该吧。"

"哦，俺看碍不了她什么事，"伊茨冷静明白地说，"苔丝是

---

[1] 几尼，英国从前钱币名，值二十一先令，后来只是一种货币价值名。

百折不回的，一门心思到底啦，想要打动她的心，比想要活动掉在泥坑里的大车还难。老天爷，一个女人，本来心眼一活动，也许就好了，她可怎么也不肯活动，不管你怎么对她献殷勤，你怎么对她讲道理，都不能让她心活了，就是七雷[1]都轰不动她。"

后来到了吃正餐的时候，机器的旋转跟着停止了，苔丝也从机器上下来了。她那个膝盖，让机器震得一个劲儿地打哆嗦，差不多连走路都走不来了。

"你该跟俺学，喝一夸脱酒才对，"玛琳说，"那样，你就不至于脸上这么白了。哎呀，你看你的脸，就是你让鬼给魇住了，也不能那么样白法呀。"

好心眼的玛琳忽然想到，苔丝累得这样，要再看见那位情人，她一定就不能再吃得下东西去了，因此正要想法让苔丝从远一点儿的那个梯子下麦垛去，不想这话还没说出口来，那个有身份的男子，就已经走近前来，把头抬起来了。

苔丝只喊出半个"哦"字，就把话顿住了。过了片刻的工夫，她又急忙说："我就在这儿吃吧——就在麦垛上吃吧。"

工人们要是离家像现在这么远，就有时都在麦垛上吃饭，不过那天的风吹得尖利，玛琳和别的工人们，都没有留在麦垛上的，他们都下去，坐在麦秆垛下面。

那位新来的人，正是亚雷·德伯，他虽然衣服更换，面貌改变，却正是新近那个福音教徒。用眼一瞥，就可以明显看出，他原来的色欲之气，又满脸都是了。他又恢复了三四年前，他以

---

[1] 七雷，《新约·启示录》第十章第三及第四节："有七雷发声。"

情人的身份，或者所谓本家的资格，和苔丝见面时那种风流自赏、放荡不羁的神气了，不过究竟年纪已经大了三四岁，不能跟从前一点儿不差罢了。苔丝既是决定不下麦垛，所以就在看不见地的麦捆中间，坐了下去，吃起饭来，吃着吃着，听见梯子上有脚步声，抬头一看，只见亚雷马上站在麦垛上面了——那时那个麦垛只是一些麦捆，平平铺成一个长圆形。他走过这些麦捆，一言没发，在她对面坐下。

苔丝把她带来的一块厚煎饼，继续吃下，就算是正餐。那时别的工人们，都聚在麦秆垛下面，在那儿，轻松散乱的麦秆，做成了舒服的安身之处。

"你瞧，我又来啦。"德伯说。

"你为什么老这么来搅我呀！"苔丝气得好像头发梢上都冒出火来了，大声说。

"我搅你？我想，我倒应该问你为什么来搅我吧！"

"我什么时候搅你来着！"

"你净说你没搅我成吗？你就没有一时一刻不来搅我的！你刚才恶狠狠地瞅我的那双眼睛，白日黑夜，都像刚才那样，老在我眼面前。苔丝，我从前本来净顾仁义道德，一心修道，自从听到你对我一提咱们那个小娃娃，我的感情就好像忽然开了闸一般，往你那面一直冲过去了。从那时以后，传教那条河流，就一下干涸了，这都是叫你闹的。"

苔丝只一言不发，瞅着面前。

"怎么，你现在把讲道的事完全丢开了吗？"她问。

她从安玑那儿既然学会了现代的思想里那种怀疑的态度，

因此对于德伯那种一时的热诚，本来就没看得起，但是她终究是个女人，仍旧不免心里有些惊吓。

德伯装作正言厉色的样子，接着说："完全丢开了。那天下午，我本来该上卡斯特桥集上去对那些醉鬼们讲道，可没去成，从那次以后，对所有讲道的约会，我一概都失约了。那些道友们把我看成什么样子，我知道才怪哪！哈哈！那些道友！他们当然要替我祷告——替我流泪，因为他们本来都得算是有好心眼的。不过我可满不在乎了。我现在既然已经不相信那种事了，再让我照旧往前干，怎么能成哪？那不成了顶卑鄙的假善人了吗！这么一来，我在他们中间，简直就成了那个交给魔鬼，不让他们再渎犯神圣的许米乃和亚历山大[1]了。你这真可以算是'大报仇'了！四年以前，我趁着你天真无邪的时候，把你骗了。四年以后，你看见我变成一个热诚的基督徒了，你就来诱惑我，让我再反教，让我也许万劫不复！不过，苔丝妹妹（我照往常一样，叫你一声妹妹），这不过是我自己这么随便瞎说一阵罢了，你不必往心里去，吓得那样！真正说起来，你不过只是还保留了你从前美丽的容颜和苗条的身材罢了，你并没犯别的罪过。你还没看见我的时候，我早就已经在麦垛上看见你那苗条的身子和美丽的面貌了——你穿着这种紧紧的护襜，戴着这种有耳朵的软帽，把你的容颜身段，衬托得更动人了。你们这些当女工的，想要避免危险，就不应该戴这种帽子。"他说到这儿，静静地瞅了她一会儿，

---

[1] 许米乃和亚历山大，《新约·提摩太前书》第一章第十九及第二十节："有人丢弃良心，就在真道上如同船破坏了一般。其中有许米乃和亚历山大，我已经把他们交给撒旦，使他们受责罚，就不再谤讟了。"

又发出了一声短促的冷笑，说，"我本来以为我就是那位独身大弟子 [1] 的代表了，我敢说，要是那位大弟子受过这样一副美丽面貌的诱惑，他也准得跟我一样，为了她放弃耕犁 [2]。"

苔丝想要驳他，但是在这个紧关节要的时候，她却一句流利话也说不出来了。他不理她，只接着说——

"好啦，说到究竟，你所供给的这所乐园，也许赶得上任何别的乐园。不过，苔丝，话要说得郑重一点儿。"说到这儿，德伯站起来，往前凑了凑，把身子斜着倚在麦捆之间，用胳膊肘支着身子，"我上回见了你，听你说了他说的那些话以后，我就一直地琢磨那些话。琢磨了以后，我就觉得，从前一些陈腐的议论，是有些缺乏常识，我怎么就会让克莱牧师的热心鼓动起来，那么疯狂一般从事讲道，比他自己还热诚哪？连我自己都不明白。至于你跟你那位了不起的丈夫学来的那些话，——他的姓名你还没告诉过我哪——你上次说给我听的那些话，说要有不含武断的道德系统，我可觉得我绝对办不到。"

"如果你做不到——你所说的那种——武断的教条，你至少能做到纯洁爱人的宗教啊。"

"哦，不成，我不是那样的人！我这个人，总得有人对我说：'你做这个，你死后就有好处，你做那个，死后就有坏处。'总得有人对我这样说，我的热心才能激动起来。哼，既是没有我对之负责的人，我自然觉得我对于我的情感行为无责可负。我要

---

[1] 独身大弟子，指圣保罗而言。

[2] 耕犁，指宣传天国的道而言。《新约·路加福音》第九章第六十二节："耶稣说：'手扶着犁向后看的，不配进神的国。'"

是你，亲爱的，我也要觉得无责可负！"

她很想驳他的话，很想指点他，说神学和道德，本是两种东西，在人类的原始时期，本来很有分别，现在让他的糊涂脑筋混到一起了。但是一来因为安玑·克莱当日不好多言，二来因为苔丝自己全没训练，三来因为她这个人本是富于情感，不是富于理智的，所以她终究没能说下去。

"好吧，最亲爱的人儿，这本来没有关系，"他又说，"我还是跟从前一样，又跟你在一起了！"

"跟那时不一样——跟那时绝不一样——完全不一样！"她恳求他说，"再说，我从来就没对你有过热情！哦，要是你为了失去信仰，就对我说出这种话来，那么，你为什么不牢牢地把住你的信仰哪？"

"因为你把我的信仰都给我赶走了哇，所以，你这个漂亮人儿，你等着遭报应吧！你的丈夫一点儿也想不到，他会这样作法自毙吧！哈，哈——你虽然让我离经叛道，我还是一样地乐不可支！苔丝，我现在叫你迷得比从前还厉害，我还是真可怜你。虽然你保守秘密，不肯把你的情况都对我说出来，我可看得出来，你的境遇很坏——本来应该珍重爱惜你的那个人，可反倒一点儿也不理你了。"

她嘴里的饭难以下咽了，她的两唇发干，她马上就要噎住了。草垛下面吃饭那些工人说笑的声音，在她听来，好像远在四分之一英里以外。

"你这种话让我听着太难受了！"她说，"你——你如果心里真有我一点儿，你怎么能拿这种话来说给我听哪？"

"实话，实话，"他脸上微微露出内心痛苦而一惊的样子来说，"我到这儿来，并不是因为自己做错了事，来埋怨你。我到这儿来，苔丝，只是要来对你说，我不愿意你这样干活儿，我是特意为你来的。你说你丈夫并不是我，你另有一个丈夫。呃，也许你有，不过我却从来没见过他，你也从来没告诉过我他的姓名，所以他自始至终，只像是一个神话里的人物罢了。不管怎么说，就是你真另外有一个丈夫，我也总觉得，我跟你近，他跟你远。我无论怎么，总是一心设法想要帮你脱离困难，但是你那位爱而不见的妙人儿，他可并没这样做。那位严厉的预言家何西阿[1]说的话，我从前常常念诵，现在我又想起来了。苔丝，你知道不知道那几句话？——'她必追随所爱的，却追不上；她必寻找他们，却寻不见。便说："我要归回前夫，因我那时的光景比如今还好！"'……苔丝，我的车就在山下等着哪！我最亲爱——不是他的爱人——我最亲爱——下文你当然明白了。"

他说这些话的时候，她的脸慢慢变成了一片紫红，不过她却始终没开口。

"我这回堕落，都是你闹的，"他朝着她的腰把手伸过去说，"你应该跟我一同承担这番后果，你把你叫作是丈夫的那头驴，永远撂开好啦。"

原先她吃她那块奶勺饼[2]的时候，把皮手套脱下一只来，搁在大腿上，她当时一点儿也没给他防备，就揪着手套的后部，一直朝着他的脸气愤愤地抢去。手套又沉又厚，跟战士们的手套一

---

[1] 何西阿，犹太的预言家，所作为《何西阿书》，收入《旧约》。这里所引是那本书的第二章第七节。

[2] 奶勺饼，英国一种糕饼，是把做面包剩下的湿面，放在撇奶勺上煮熟的，故名。

样，很着实地一直打到他嘴上。富于幻想的人，也许会以为，这种动作是她那些甲胄满身的祖先们惯于做的把戏，现在又发作了。当时亚雷很凶猛地把斜着的身子一下跳了起来。手套打着了的地方，露出一道见了血的红印子，一会儿血就流下来了，从嘴上滴到麦捆上。不过他却一时间就把怒气压下去了，安安静静地从口袋里掏出手绢来，擦他嘴唇上的血。

她也跳了起来，不过跟着又坐下去了。

"你来吧，你惩治我吧！"她说，同时看着他，她眼里的神气，好像一个让人捉住的麻雀，知道自己就要叫人弄死，却又无可奈何，只能瞪目而视，"你抽死我吧，你打死我吧！底下那些人，没有关系！我绝不出声叫喊。一次被害，永远被害——这是一定的道理！"

"哦，没有的话，苔丝，没有的话，"他温和有礼地说，"这种情况，我满能体谅。不过，有一样事，你可绝不应该不顾公道，径行忘记：要是在婚姻问题上，你没把我弄得丧失了办那件事的权利，我不就娶你了吗！我没直截了当地求你做我的太太吗？你说话呀！"

"不错，有过。"

"都是你没法答应我呀。不过有一句话，你要知道！"他当时想起原先他求她的时候那种诚心诚意，再一看她现在无义无情，就禁不住怒气勃勃，声音严厉，同时走上前去，抓住她的肩膀，把她抓得直哆嗦，"你记住了，我的夫人，你从前没逃出我的手心去！你这回还是逃不出我的手心去。你只要做太太，你就得做我的太太！"

麦垛下面打麦子的工人都活动起来。

"咱们不必再拌嘴啦，"他撒开手说，"现在我先走啦，下午我再来听你的答复。你还不了解我哪！我可了解你。"

苔丝一直地就没再开口，只像傻了一样愣在那儿。麦垛下面的工人们都站起身来，伸一伸胳膊，把喝的啤酒"煞伏"下去。德伯也迈过麦捆，下了梯子。于是打麦子的机器又活动起来，苔丝在麦子二次沙沙的声音里，又站到嗡嗡的圆筒旁边原先的地位上，悠悠荡荡地像在梦中一般，把麦捆一个一个继续不断地解开。

48

下午的时候，地主告诉大家说，明天机器的主人把机器赁给别人了，今天晚上有月亮，看得见干活儿，大家要把这垛麦子，当夜打完了。因为这样，所以机器的铮铮声、麦秸的沙沙声、轮带的嗡嗡声，比先前更连续不断，更老不停顿了。

苔丝只低着头不停地工作，一直到靠近三点钟快吃点心的时候，她才抬起头来，往四周看了一眼。只看见亚雷·德伯又回到地边上，站在栅栏门旁的树篱下面，她见了他，并没觉得怎么惊奇。德伯老远看见她抬头看，就一面朝着她飞了一个吻，一面望着她殷殷勤勤地直摆手。这种动作是对苔丝表示，他们两个先前的争吵，现在已经化为无事了。苔丝只重新把头低下去，小心在意地再也不往他那方面看。

于是下午的时光慢慢地过去。麦垛越来越低，麦秆垛越来越高，一袋一袋的麦子也都装车运走了。到了六点钟的时候，麦垛差不多只剩得和肩膀一样高了。不过原先那一垛麦子，虽然已经让那个贪食无厌的机器吞下去了那么些，但是还没打过的麦捆，还是好像没有数似的。那些打过的麦子，全是由一个男工和苔丝填到机器里去的，并且大部分都是从苔丝的手里经过的。早晨的时候，麦秆垛还没有踪影，现在居然就变成一大堆，好像那架红色嗡嗡的大肚子怪物，一面吞食麦子，一面排泄麦秆。一天之内，天上老不断地有云彩，黄昏将近的时候，却有一阵像愤怒的日光，——那就是狂暴的三月所能有的夕阳——从西天散出来，射到那些筋疲力尽、汗流满面的工人脸上，把他们的面目映成红铜的颜色，同时射到妇女们飘动的衣裙上，使衣裙变成无光的火焰，紧贴在她们身上。

　　所有的工人，没有一个不腰酸背痛、汗流气喘的。往机器里填麦子的工人累得身疲手懒，苔丝只看见他那块红色的后脖子上满粘着尘土和麦糠。苔丝自己仍旧站在她那岗位上，她那发红出汗的脸上满是麦子的碎屑，她那白色的布帽子上也让碎屑弄得变成了棕色。女工里面，在机器上面占据这样一个位置，随着机器的旋转而振动的，只有她一个人。从前玛琳和伊茨，有时还和她替换替换，现在麦垛低了下去，她和玛琳、伊茨就隔开了，不能再替换了。机器老颤动不歇，她全身上没有一条神经不受震动的，把她弄得简直怔了一般，自己两只手的活动，自己都全觉不出来。连她自己在什么地方，她都不大知道。伊茨在下面告诉她，说她的头发散了，她也没听见。

原先脸色顶鲜明的人，现在也都渐渐变得面无人色，两只眼睛也都显得眍䁖了。无论什么时候，苔丝只要抬起头来，就看见那个越堆越高的麦秆垛，顶上站着只穿衬衫的工人，衬着那北方灰色的天空高高耸起。麦秆垛前面就是很长的红色举重机，仿佛雅各看见的梯子[1]一样。举重机上，打过的麦秆源源升起，好像一条滚滚上涌的黄色河流，都喷散在麦秆垛顶上。

苔丝那时知道亚雷·德伯一定还在这儿老远看着她，不过究竟在哪个地点，她说不出来罢了。他在这儿，很有借口，因为等到回头麦垛快拆完了的时候，麦垛底下剩有许多耗子，要把它们都打死，所以那时就有以打猎为戏的各色人等——不是雇来打麦子的，有些文明人，带着小猎狗和奇怪好玩的烟袋，有些是粗鲁人，拿着棍棒和石头——都来帮忙。

但是还得再干一个钟头，才能拆到麦垛底下藏耗子的那一层，那时阿伯绥旁巨人山上的夕照已经消失了，同时三月里的淡白月亮，就在对方米尔寺和沙兹津那面的天边上升起。别的女工有时喝一点酒，助助力气，唯有苔丝自己，因为让小时候家里的光景吓怕了，滴酒不敢沾唇。因此工作到最后一两点钟的时候，玛琳替苔丝担心，但是她又离苔丝太远，不能跟苔丝说话。苔丝呢，仍旧挣扎着工作下去，因为要是她应不起这份差事来，她就得离开这儿，保不住饭碗了。这种失业的可能性，要是在一两个月以前发生，她一定能够处之坦然，也许还会觉得如释重负呢。但是自从德伯又在她身边追随以后，这种情况却成了她唯一的恐惧了。

---

[1] 雅各看见的梯子，见《旧约·创世记》第二十八章第十一节："雅各梦见一个梯子立在地上，梯子的头顶着天，有神的使者在梯子上，上去下来。"

分麦捆和填麦子的人已经把麦垛弄得很低很矮，地上的人都能和麦垛上的人交谈了。正在那时，苔丝没想到，东家葛露卑上了机器，对她说，要是她想去会她的朋友，她就去吧，他可以打发别人来替她。她心里知道，这个"朋友"自然是德伯了，这一定是那位朋友（或者也可以说仇敌）先跟农夫说好了，所以他才有这种退让的举动。但是她摇了摇头，仍旧继续工作。

　　后来到了逮耗子的时候，大家都动起手来。原来麦垛渐渐往下低矮，耗子们也都跟着渐渐往下逃避，等到后来，它们全都挤在麦垛底上了，在它们最后的逃难所叫人发现了的时候，它们就都在平地上四面逃散。只听得喝得半醉的玛琳忽然尖着嗓子大声喊叫起来，大家就知道，那一定是有耗子跑到她身上去了——别的女工，为防止这种可怕的情况起见，都用种种方法防护自己，有的把裙子折起来，有的把身子站高了。那只耗子结果总算弄出来了，那时狗也叫，男人也喊，女人也嚷，有的咒骂，有的跺脚，一片杂乱，好像魔鬼在魔宫 [1] 里一般。就在这种扰乱之中，苔丝把最后的一捆麦子解开，机器的圆筒渐渐停止，机器的声音慢慢停住，苔丝也从机器上走到了地上。

　　她的情人，原先只看着别人捕打耗子，现在立刻就走到她身旁。

　　"你到底要想怎么着——连打耳光羞辱你都打不走你吗！"她只能声微气弱地说。她那时已经疲乏至极，连大声说话的气力

---

[1] 魔鬼在魔宫，密尔顿的《失乐园》第一卷第七五行以下描写魔宫开会：魔队中的重要角色，全赴魔宫而来；只见魔宫各处门户，都全塞满，而魔宫大廷，空中地上，拥挤不堪。仿佛春暖花开，蜜蜂群飞巢外云云。

都没有了。

"要是我会因为你说的话、做的事，生起气来，那我就真太傻了，"他用从前在纯瑞脊那种诱惑的口气对她说，"你瞧你的小胳膊小腿儿，抖得那么厉害！你现在真跟一个流过血的小牛犊一样地软了，你自己也不是不知道你这种情况。本来自从我来到这儿以后，你可以什么都不必干的，你怎么偏要干，偏要这么倔强哪！不过我已经质问过那个农夫了，说他不应该用女工使蒸汽打麦机。女工本来不应该干这种活儿，好一点儿的农田，都没有用女工使蒸汽打麦机的了，他也不是不知道。现在我送你回家去吧。"

"好吧，"她疲乏无力地走着回答说，"你要送我去你就送吧！我倒想过，你来求我嫁你的时候，你还不知道我已经结了婚哪。我本来老认为你是个坏人，其实你也许——也许比我认识的那个你好点儿。凡是你好心好意对我做的事，我都知情，不是好心好意做的，我一概都生气。有的时候我很难捉摸住你的真用意。"

"即便我不能把咱们两个从前的关系变成合法的关系，至少我也可以帮助帮助你。我这回帮你，一定要顾到你的心情，绝不能像从前那样。我那一阵的宗教迷（不管它是什么），现在已经过了劲儿了。不过我还有点儿人性，至少我希望还有点儿人性。现在，苔丝，我拿男女之间一切强烈温柔的感情起誓，你信我好啦。我这点儿家当，准够让你跟你父母弟妹吃穿日用的，只吃穿日用还用不了哪！只要你信得过我，我准能让他们舒舒服服地过日子。"

"你新近见他们来着吗？"苔丝急忙问。

"见来着。那时他们并不知道你在什么地方。我这是碰巧才在这儿找到你的。"

苔丝当时在她寄寓的那所小房外面站住了。德伯也在她身旁停下来。清冷的明月，从园篱的树枝间，斜眼瞅着苔丝疲劳的面目。

"别提我弟弟妹妹啦——别把我弄得一分力气都没有啦！"她说，"你要帮助他们——上帝知道他们需要帮助——你就帮助他们好啦，不必告诉我。不过我还是不要你帮助，还是不要！"她喊着说，"你的东西我一概不要，不管为我自己，也不管为他们，我都不要！"

走到门前，他并没陪她进去，因为她跟那一家人住在一块儿，一进门里，一切都是公开的了。她到了屋里，在一个洗衣盆里洗了澡，跟那一家子一块儿吃了晚饭，这些事刚一办完，她马上就琢磨起来。她走到靠墙放着的桌子旁边，在自己独用的一盏小灯的灯光下，热热烈烈地写道：

> 我自己的丈夫，——你一定得让我这么称呼你——即便这样称呼你，会让你想起我这样一个毫无价值的女人来而惹你生气，我也非这样称呼你不可。我自己的丈夫，我现在一定得哀求你来救救我的苦难[1]，我没有别的人可以哀求！安玑呀，我现在受的诱惑太大了。我不敢说这个人是谁，我也实在不愿意写信告诉你这种事。但是我是老倚靠你的，我倚靠你的情况，简直你都想象不出来！你能不能趁着现在还没发生什么可怕的事以前，立刻到我这儿来呢？哦，我知道你不能，因为你离我那样远。不过要是你不能到我这儿来，

---

[1]《旧约·诗篇》第一〇七篇："他在苦难中哀求耶和华"。

也不让我到你那儿去，那我想我就非死不可了。你给我的这种惩罚，本是我应当受的——这我很知道——是我很应当受的——你对我发怒，很正当，很公正。不过，安玑呀，请你——请你不要净公正——请你多少慈悲一点儿吧。请你不必管我该不该受你的慈悲，快回来吧！要是你回来了，我情愿死在你怀里！只要你能饶恕我，我死了都甘心！

安玑呀，我完全是为你活着的。我太爱你了，因此虽然你离开了我，我也不怨你，并且我知道你当时一定得找到一块农田。你不要以为我会对你说刻薄话或者牢骚话。我只要你回来。我没有你，简直就没有生趣，我这亲爱的人，哦，一点儿生趣也没有！我工作也不要紧，只要你肯写几个字给我，告诉我说"我就来了"，那我就等你，哦，安玑，并且还高高兴兴地等你哪！

咱们两个结婚以后，我的宗教就是：在思想上和外貌上都忠心对你，因此就是有人冷不防对我说句奉承话，我都觉得对不起你。难道你现在就半点儿也没有从前在牛奶场里那种心情了吗？如果有的话，你怎么能老不理我呢？安玑，我现在还是使你发生恋爱的那个女人，不错，还是，一模一样！我并不是你从来没见过的那个使你厌恶的女人。自从我遇见你以后，我的过去又算得了什么呢？我的过去已经完全消灭了。我又变成另一个女人，又从你那里得到一个新生命了。我怎么还会是从前那个女人呢？你怎么会看不出这一点来呢？亲爱的，只要你有一丁点儿自负，只要你能够自信你有一种力量，能让我前后变成两个人，那你也许就肯回来找我，找你这可怜的妻子了。

在我正浸在爱潮里的时候，我曾相信你能永远爱我，那时我有多么傻呀！我早就应该明白，那种情况不会落到我这种可怜的人身上，不过我伤心，不但为的已往，并且还为的眼前。你想一想，你想我老——老看不见你，我心里该怎样难过！唉，我心里成天成夜，就没有一时一刻不难过的。如果我能让你的心，一天之内，像我这样疼上一分一秒，那也许就可以让你对我这样一个孤单无依的人，生出怜悯的心来了。

安玑呀，别人还都说我怪好看的哪（不是好看，他们是说漂亮，因为我要一个字不差地告诉你）。也许我还好看，不过我对于我的容貌却不宝贵。我愿意有这种容貌，只是因为这种容貌是属于你的，只是因为我也许至少还有一样东西，值得为你所有。我对于这种情况感觉得非常地强烈，所以碰到有人因为我好看，跟我起腻，我就用布把我的脸裹起来，好像绷带裹伤一样，只要别人相信我，我就老这样办。哎，安玑呀，我对你说这些话，并不是对你夸张，你一定知道我是不会夸张的。我对你说这些话，只是想要让你到我这儿来就是了！

要是你真不能到我这儿来，你能不能让我到你那儿去呢？我先已经说过，现在正有人麻烦我，逼迫我，要让我做我不肯做的事。当然我是丝毫不肯屈服的。但是我老担心，害怕会有什么意想不到的事故，引起严重的后果。而且我又因为有了头一次的错误，所以现在一点儿也没有保障。关于这一点，我不愿意再多说，一提到这一节，我就非常地苦恼。但是，如果我这一番再掉到可怕的陷阱里而堕落了，那我这一次的情况，比我头一次的，可就要更坏了。哦，天哪，这种情况我简直不敢想！你让我马上到你那儿去吧，再不，你就马上到我这儿来吧！

只要我跟你住在一块儿，就是不能做你的妻子，就是做你的奴仆，我也甘心，不但甘心，而且还快乐。我只要能靠近你，能看到你几眼，能自己觉得你是我的人，就满足了。

因为你不在这儿，所以我觉得，阳光之下，没有一样值得看的东西。地里的白嘴鸦和椋鸟，我现在不喜欢看了，因为我想起那个跟我一同看它们的你，我怎么能不难过呢？我不论在天上，不论在地上，也不论在地下，都不想别的，只想你，只想跟你见面。我自己最亲爱的！你来吧！快来吧！快来把我从威胁我的大难里救出来吧！你这心都碎了而仍旧至死不渝的

苔丝

49

苔丝这封情辞恳切的信，不久就寄到西边那个空气柔和、土壤肥沃的平谷（和棱窟槐完全不同的平谷，因为一来那里的土壤，稍加人力就能长东西，二来那里的人民，虽然和这里并没什么两样，在苔丝眼里却大不相同），投到幽雅恬静的牧师公馆，放在公

馆里的早饭桌子上了。原来安玑·克莱，满怀忧思，远涉异国，时刻把他迁徙往来的行踪向他父亲报告，所以他嘱咐苔丝，叫她把所有的信，都从他父亲手里转寄，无非是为妥当起见。

老克莱先生看完信封上写的字，对他太太说："我看这封信，一定是安玑的媳妇写给他的。安玑不是来信，说下月底要离开里约 [1] 回家一趟吗？要是他真打算那样办，那么，这封信一转给他，我想就能催促他更早动身了。"他想起他儿媳妇，就不觉喘起粗气来，于是他在那封信上，另标上地址，把它立刻转寄给安玑。

"亲爱的人，我只盼望他能平平安安地回来就得啦，"克莱太太嘟哝着说，"我一定要一辈子都觉得你待儿子偏心，一直到我死那天为止。你原先应该不管他信教不信教，把他也送到剑桥，让他跟他那两个哥哥一样地去念书才对。你要是把他送到剑桥，那么，他在那儿，耳濡目染，也许会慢慢变了思想，到后来说不定也能当个牧师了。反正不管他能不能进教会，你要是那么办了，总似乎公平一点儿。"

克莱太太为了儿子们的问题埋怨她丈夫的伤心话，老不过是这几句。就是这几句，她也不常发泄，因为她这个人，不但信教笃诚，并且待人周到，她还很知道老头的心事，很明白他也正因为没把三个儿子一体待遇，觉得难过。到了晚上，老头往往睡不着觉，她常听见他一面为安玑叹息，一面又遏制叹息，向上帝祷告。但是这位斩钉截铁的福音教徒，虽然心疼小儿子，但即便到

---

[1] 里约是巴西旧都里约热内卢的简称。

了现在，也并不认为自己的办法不对。因为他琢磨，要是他把他那个不信教的小儿子，也送到大学里去，跟他那两个大儿子一样地受高等教育，那么，这个不信上帝的小儿子，也许会利用大学里的知识，来批评驳正老头自己一生宣传的教义，来批评驳正他打算让当牧师的儿子们也宣传的教义了。这种情况虽然不一定就有，可也不一定就没有。他想到这儿，就觉得他没把小儿子送到大学，还是对的，因为扶助两个信奉上帝的儿子，让他们成为宣传圣道的人，再同样扶助一个不信上帝的儿子，让他成为一个反对上帝的人，这种办法，对他的教义、他的地位、他的希望，全都矛盾。虽然如此，他却很爱他这个起错了名字的小儿子 [1]，因为自己没把他送进大学，心中暗暗难过，好像亚伯拉罕，一面把命定该死的以撒带到山上 [2]，一面又不能不心疼他，正是一样。他暗中问心自咎的痛悔，比他太太明白说出的抱怨，可就苦得多啦。

关于克莱和苔丝这件不幸的婚事，他们老两口子，也觉得是他们自己的过错。因为他们要是不让安玑去学庄稼，他怎么会跟庄稼地里的女孩子们碰到一块儿呢？安玑和他媳妇分离的原因，他们并不清楚，分离的日期，他们也不知道。起初，他们还以为必定有什么很厉害的厌恶，才闹到这一步。但是安玑后来信上有时还偶然提到要回来领他媳妇的话，从这种话里看

---

[1] 安玑原文 Angel，通译"安琪儿"，本天使之意。天使应宣传上帝之道，而安玑却不信上帝，不愿为牧师，是名不符实，故云。

[2] 《旧约·创世记》第二十二章说，上帝要试验亚伯拉罕，叫他把他的独子以撒带到上帝所指示他的山上，献为燔祭。……亚伯拉罕带以撒到了上帝所指示的地方，筑了坛，绑他儿子在坛的柴上，拿刀要杀他儿子，耶和华的使者从天上呼叫他，不叫他杀。

来，他们希望，这番分离也许还不像他们想的那样，一别永离，不能复和。安玑曾对他们提过，说苔丝住在她娘家，不过他们因为不知道有什么改善这件事的办法，所以他们就决定不过问这件事。

在这个时候，苔丝的丈夫，正骑着一匹骡子，经过一片浩渺无际的大平原，从南美洲大陆的腹地，往有海岸的地方走去。他这番异乡做客的经历，说起来很令人伤心。他到那儿不久，就得了一场重病，重病之后，身体就老没完全复原。等到后来，他把在那儿经营农田的希望，渐渐差不多完全放弃了，不过当时他还没有十二分的决心要离开那儿，所以就没把他放弃南美的计划告诉他父母。

跟着克莱以后来的农田工人，也都因为信了在这儿能够逍遥安逸地独立谋生的话，上了大当，来到这儿受苦遭难，有的得病，有的死去。他有时看见，有些从英国农田上来的女人，怀里抱着小婴孩，在这儿奔波跋涉，在路上走着的时候，小婴孩就有时得了热病，一命呜呼，于是当母亲的就用两只空手，把松松的土地掘成一个小坑，再用空手把小孩掩埋，掩埋完了，掉一两滴眼泪，照旧还得往前奔波。

安玑本来打算到英国北部或者东部去种庄稼，没打算到巴西来。那原是他当时一阵绝望灰心，铤而走险，所以才远涉异国；碰巧，那时英国农人上巴西去的运动，跟他想要逃避已往的愿望，不谋而合。

他在外国待了这些时候，在心境上就像老了十二年似的。他现在觉得，人生里有价值的事，并不是人生的美丽，却是人生的酸辛。他对于前人所讲的宗教，本来早就不信服了，现在对于前人评定的道德，也不信服起来。他觉得那种道德的评定，应该重新改正。谁能算是真有道德的男人呢？或者问得更切题一点，谁能算是真有道德的女人呢？批评一个人人格的好坏，不但得看这个人已经做过的事，还得看他的目的和冲动；好坏的真正依据，不是已成事实的行为，却是未成事实的意向。[1]

这样说来，苔丝得算是好，还是得算是坏呢？

他一旦用这种眼光观察苔丝，就后悔从前对苔丝不该那么鲁莽，心里就难过起来。他是永远把她遗弃了呢，还是暂时把她遗弃了呢？他现在再说不出永远把她遗弃这种话来了。既是说不出这种话来，那就是说，他在精神上现在是袒护苔丝的了。

克莱对苔丝旧情渐渐复萌的时候，正是苔丝在棱窟槐寄居的日子，不过那时，苔丝还没敢冒昧写信，把她的情况和感情，对克莱说出来。克莱那时心里迷惑得不知所措，因为他不知所措，就没顾得去考察她不通信的动机了。因此她那种驯服听话的静默，可就叫他误解了。因为克莱不了解，她所以那样缄默，只是因为，她要严格遵守他的命令——他当时说完了，以后又忘记了的命令；只是因为，她虽然生来就有大无畏的精神，但是对于自己的权利，却不作主张；只是因为，她认为他的判断，完全正

---

[1] 批评一个人的好坏……意向，这一段话，受布朗宁的《拉拜·本·艾滋拉》一诗的影响，参看该诗第二十三至第二十五段。这三段诗的大意，极简括言之，是说：不要依据通常所说的"工作"下判断。所有世人不能衡量的，如尚未发展起来的为善之本能，尚未确立之目的，不能规范到实际行动以内的思想，不能拘束在语言范围以内的幻想，在上帝的心目中，都是有价值的事物。哈代极爱此诗，临终之夜，尚令人为他读此诗。

确；只是因为，她低心俯首，甘愿认错。如果他当时了解了，那她的缄默，就可以抵得过千言万语了。

克莱骑在骡子上从内地往海口去的时候，另有一个人和他做伴。那也是一个英国人，并且和克莱一样，也想到巴西来种庄稼，不过却是从英国别的地方来的。他们两个都心意沮丧，所以两个就谈起故国旧情来了。心腹话换来心腹话。原来男人有一种怪脾气，自己的私事，不肯对亲近的朋友吐露，却爱对陌生的人说，尤其是远在他乡的时候。所以当时克莱一面跟他的同伴骑着骡子往前走，一面就把他愁思萦心的婚事都对他说了。

他那位同伴走过的国土，见过的民族，都比安玑多。他既是识多见广，所以这种越乎社会常轨的事情，据乡曲之见看来，固然有无限的重大性，据他看来，却只像高山和低谷的起伏不平，对于地球整个的浑圆形体那样。他对于这件事的看法，和安玑完全不同。他以为，苔丝既然将来能做一个好太太，那她从前怎么样，就无足轻重，并且明明白白地告诉克莱，说他不应该跟苔丝分离。

他们说完这番话以后，第二天就遇上了一场雷雨，让雷雨一淋，克莱的同伴发烧病倒，到了那个礼拜末，就一命呜呼了。克莱等了几个钟头，把他的伴侣掩埋好了，才又上了路。

克莱对于这位心胸宽豁的伴侣只是邂逅，除了他那平常的姓名而外，别的一概不知。但是他随便说的那几句话，却因为他这一死，而变成了至理名言。那几句话对于克莱的影响，比一切哲学家精思熟虑的伦理学说，还有力量。他把自己的褊狭见解，跟这位的豁达心胸一比，就不觉自羞自愧。于是他那些自相矛盾之处，就如同潮水一般，涌上了他的心头。他从前不是一心贬抑基督文明、提倡希腊文明吗？据希腊人看来，一个人因为受了强暴才屈服，那种屈服能减削那个人的人格吗？他固然觉得，童贞丧失是可憎恨的（他这种心理是他从神秘的信仰一同承袭而来的），但是如果童贞的丧失，是由于受人欺骗，那他就应该承认，这种心理至少有修改的必要。他想到这里，就悔恨交集。伊茨·秀特对他说的那些话，本来他就没完全忘记过，现在又涌上了他的心头。他问伊茨爱不爱他，伊茨回答说爱他。他又问她爱他比苔丝爱得还厉害吗？她回答说，不能，苔丝能为他把命都豁出去，她不能比苔丝更厉害。

他又想起结婚那天苔丝的神情，想起苔丝那天，老把眼睛盯着他的一举一动，老用耳朵听着他说的话，仿佛他就是上帝一般；想起苔丝，在那个可怕的晚上，坐在炉前，自明身世，那时候，她那简单的心灵，想不到他那样爱她，那样疼她，却会那样翻脸无情，那时候，她那脸庞，让炉火的光照着，现在想起来，多么可怜！

因此，克莱本来是苔丝的批评者，现在却一变而成了她的辩护人了。他曾经为苔丝这件事对自己嬉笑怒骂过，但是一个人绝不能永远采取嬉笑怒骂的态度活在世上，所以现在，他把那种态度全都放弃了。他所以采取了那种谬误的态度，只是由于他完全受了一般原则的影响，而看不见特殊的情况。

不过这种说法未免有些陈腐 [1]，做情人的和做丈夫的，从前

---

[1]　未免有些陈腐，原文引自《哈姆莱特》第三幕第三场第三五九行。

遇见过这种境地的可就多了。克莱对待苔丝有些心狠，这是毫无疑问的。男子对于他们心爱的女人，原本就常常心狠；女人对于她们心爱的男子，也是一样。天地之间，有普遍的大狠心，从普遍的大狠心里，又生出种种的小狠心。所谓大狠心，就像地位对于性格，办法对于目的，今天对于昨天，将来对于现在，都是极不通融的情况。克莱对苔丝的狠心，要是跟这些情况比起来，还得算是温柔哪。

苔丝有趣的家世——勇武的德伯一脉相传——从前只让克莱觉得暮气沉沉，令人可厌，现在她的家世，却让他觉得古趣盎然，动人情思了。原来这种家世，在政治上的价值，跟在想象上的价值，完全是两回事。他从前怎么就没能对于这一点分辨清楚呢？说到让人发生思古幽情的时候，她这种年代久远的家世，意义非常重大；这在经济方面，虽然没有什么价值，但是对于富于梦想的人，对于感叹盛衰兴亡的人，却是最可宝贵的东西。这一种事实——可怜的苔丝在血统姓氏方面那点与众不同的情况——不久就要没人记得了。她就是王陴那儿大理石华盖下和铅棺材里那些尸骨的后裔这种情况，不久就永远让人忘记了。时间就是这样残忍地摧残它自己那种富于思古幽情、缅怀往事的历史。克莱如今时时想起苔丝的容貌，他觉得他可以在苔丝的容貌上，看出一点她祖宗奶奶的庄严仪态。他从前在牛奶厂里，有一次老远看着苔丝的时候，忽然有一阵过电的感觉通过自己的神经，那种感觉现在又让他这种想象引了起来，通过他的血脉，使他觉得快要晕倒。

苔丝的清白，虽然在过去受了玷污，但是像她这样的人，就凭她现在有的这点东西，也很能够胜过别的处女。在以法莲拾的残余葡萄，不是胜过在亚比以谢摘的新鲜葡萄吗？[1]

这就是旧情复萌的表示，这种情况刚好是苔丝写那封倾吐情愫的信以前发生的，老克莱先生就在这时候，把那封信转寄给克莱，不过因为克莱远居内地，一时还没能收到。

同时，克莱会不会因为看了那封信，受了感动而回来呢？写信的人对于这种情况，所抱的希望，有时很大，有时很小。她想，当初他们分离，既是由于她那生命里的某种事实，而这种事实现在并没改变，并且也永远不能改变，那他会回来的希望就小了。因为既是原先耳鬓斯磨，都不能使他回心转意，那么，现在天各一方，更不能使他回心转意了。话虽如此，她一心一意温柔地琢磨的仍旧是：他如果一旦回来，她应该做些什么，才能得到他的欢心。她现在唉声叹气，后悔不该当初没更留一点神，没更注意他弹竖琴的时候所弹的调子是什么，没更仔细问一问，在那些乡下女孩子唱的民歌里，他喜欢哪几个。碰巧那时阿米·西丁已经从塔布篱跟伊茨跟到这儿来了，她就拐着弯儿向他探问。碰巧他还记得，当初在牛奶厂里他们引牛奶唱的那些歌儿里，克莱好像顶喜欢《在爱神的花园里》《我有猎苑我有猎犬》和《天色刚破晓》，好像不喜欢《裁缝的裤子》和《我越长越好看》，[2]虽然这两个歌儿本来也很好。

苔丝现在一心一意的奇思怪想，就是要把这几个歌儿唱得

---

[1] 这是引用《旧约·士师记》第八章第二节的故事。

[2] 这些都是十九世纪英国乡间流行的民歌，歌词散见各歌集。

烂熟。她没事的时候，就自己暗中练习，特别练习的是《天色刚破晓》：

> 起来哟起来，起来哟起来，
> 起来园中去，园中百花开，
> 采撷作花球，持以赠所爱。
> 五月时光好，天色刚破晓，
> 小鸟和斑鸠，枝头筑新巢。

在这时这种干冷的天气里，每逢她自己单独干活的时候，她就老唱这些歌儿，听见她的人，就是铁石心肠，也要被她感动。她一面唱，一面还满心忧惧，恐怕她的爱人，也许终究还是不会回来，再听她唱，因此她就悲不自胜，泪流满面；同时歌里那种天真痴迷的词句，余音袅袅，好像是在那儿嘲笑讽刺她那颗辛酸的心，使她觉得无限难堪。

苔丝当时只顾一意做这种痴心的梦，好像忘记了岁月的流转，不知道白天已经越来越长，不知道不久就是圣母节，跟着不久就是旧历圣母节，不久她在这儿的合同就满期了。

但是还没等到那个结账的日子来到，就发生了一件事，让苔丝把心思转到另外一件完全不同的事情上去了。原来有一天晚上，她在寓所的楼下，正跟平常那样，和那一家人一同闲坐，忽然听见外面有人敲门，说是找苔丝的。苔丝往门口看去，只见背着渐渐昏暗的光线，站着一个女孩子模样的人，又高又细，看她那身材的高矮，她是一个妇人，看她那身材的肥瘦，她却是一个小孩子。起先在黄昏的余光里，苔丝没看出来这个人是谁，后来听她叫了一声"姐姐"，才由她的声音里听出她是谁来。

"怎么——丽莎·露吗？"苔丝用吃惊的口气问，因为一年多以前，苔丝离家的时候，她这位妹妹还是一个小孩子，在这些日子里，她的身量忽然高大起来，长成眼前这种样子了，她自己也好像不懂是怎么回事。她穿的那件连衣裙，从前显得长，现在已经显得短了，连衣裙底下露着两条细腿，她那两只胳膊和两只手，她也不知道往哪儿放才好，这都表示她年轻，没经过事。

"是俺，姐姐，俺奔腾了一整天了，"她用不动情感的严重口气说，"特为来找你，这阵累极了。"

"家里出什么事了吗？"

"妈病得很厉害，大夫说恐怕要不中用啦，爹也不大好，还老说，像他这样大户人家的后人，不该死乞白赖地干平常的苦力营生，所以俺们都不知道怎么办好。"

苔丝一听这话，站着出了半天神，才想起来让丽莎·露进屋里坐。丽莎·露进屋坐下以后，用了一点儿茶，这时候苔丝就打好主意了。看当时的情况，她是非回去不可了。她的合同，虽然得等到四月六号旧历圣母节才能满期，但是从现在到那时，却只剩几天了，所以她就不计利害，决定立刻起身回去。

当天晚上就动身，可以早十二个钟头到家。不过她妹妹太累了，不到明天，就没有力气再走那么远的路。苔丝先到玛琳和伊茨的寓所，告诉她们一切的情况，托付她们好好地替她对东家说。托付完了，就回来给露弄了一顿晚饭，让她吃完，在自己的床上睡下了，她就把随身的东西尽量装了一个柳条篮子，然后起身上了路，同时告诉丽莎·露，叫她第二天早晨走。

50

钟声十下，苔丝就投到春分时节春寒料峭的夜色里了，要在清冷闪烁的星光下，走完她那十五英里路。在僻静的地方上，对于不出声的步行人，夜色不是一种危险，反是一种保护。苔丝知道这种情况，所以净顺着小径，走顶近的路；要在白天，她就不大敢那样办了。不过那年头，路上是没有抢劫犯的，她又一心只惦记着她母亲，也就不害怕妖魔鬼怪了。所以她就这样上山下坡，一英里一英里走去，快到半夜，就走到野牛冢了。从野牛冢上望去，只见她故乡所在的山谷里，一样东西也分辨不出来，只是一片混沌，窈冥的深渊，她已经走了五英里的高地，现在再走上约莫十英里或者十一英里的低地，就到她那旅程的终点了。她往山坡下面走去的时候，蜿蜒的路径，在黯淡的星光下，刚能微茫地分辨出来，走了不久，就走到一片跟山上完全相反的土地了，不但脚步走着触觉不同，就是鼻子闻着气味也两样。这就是走着很费劲、土壤是黏土质的布蕾谷，也就是谷里没经卡子路穿行的那一部分。迷信的风气，在这种黏重的土壤上流行得最久。这块地方，从前本是一座猎苑，在现在这种夜色昏沉的时光里，这块地方，好像有点旧态复现，只见远近混沌，树木和高篱都显得格外巍峨苍郁。从前在这儿，有让人逐猎的麋鹿，有让人刺扎淹没的巫觋[1]，有绿斑点点、嘲弄行人的精怪[2]，现在这块地方上的人仍旧相信这些东西，因此这时候，这群幽灵，正把这块地方弄成了一个山精水怪的世界。

到了纳特堡，苔丝从村中旅店的外面走过。村店的招牌吱吱地响，跟她的脚步声相应，除了她，没有任何人听见。苔丝一面走着，一面想到草房里头那些人，好像就在眼前，只见他们筋松肉弛，在黑暗中仰卧，盖着用小紫方块缀成的被，正在借着睡眠苏息疲劳，预备明天一早东方汉敦山顶上一片蒙蒙中刚一露出轻微的红色，就重新从事劳动。

到了三点钟，她走完了那些曲里拐弯的篱路，进了马勒村。进村的时候，走到那片她以游行会会员的资格第一次跟克莱见面却没在一块儿跳舞的草场，她想到这件事，心头还有余恨。在她母亲住的那所房子那面，她看见有一线灯光。这线灯光是从寝室的窗里射出来的，有一个树枝，在前面来回摇摆，把灯光弄得忽明忽暗，仿佛冲着她挤眉弄眼似的。她刚能清清楚楚地看到这所房子的轮廓——草房顶，现在已经用她的钱，修葺得焕然一新了了——所有这所房子在苔丝想象里的旧影响，都一齐重新发生。这所房子总仿佛是她那生命和身体的一部分，天窗上的斜坡、山墙上的灰石、烟囱顶上的破裂砖层，都跟她这个人息息相关。在她看来，这些东西现在都带着一种昏迷痴

---

[1] 巫觋，英人从前相信巫觋害人，犯者处死罪。试巫觋时，有刺扎法，用针刺入身体突起各部，不出血即为巫。又有淹没法，将巫投入水中，浮则为巫。

[2] 精怪，亦迷信之一。欧美人以为精怪皆绿色。哈代的诗《莺》里说："我飞向布蕾谷，那儿有精怪，穿着绿衣服。"

呆的样子，表示她母亲得了病。

她轻轻地把门推开，连一个人都没惊动。楼下那个屋子里并没有人，但是夜间看守她母亲那位街坊，却走到楼梯口，悄悄地对她说，她母亲还是不见好，不过那时却正睡着了。于是苔丝先做了早饭吃了，然后代替那个街坊，在她母亲的卧室里执行起护士的职务来。

早晨她估量那几个孩子的时候，只见他们的身量都很稀奇地抻长了好多，她离家虽然才一年多不了几天，而他们的发育却真惊人。她如今必须全心全意把精神都用在他们的需要上面，所以就顾不得自己的忧怀愁绪了。

她父亲还是害的那种叫不上名儿来的病，正跟平常一样，坐在椅子上。但是她回来第二天，他却迥异寻常地精神焕发。原来他想出一种合理的生活计划来了。苔丝问他的计划是怎么回事。

"俺正在这儿琢磨，要给英国这一带的老博古家，都寄一份通告，"他说，"叫他们捐一笔钱来养活俺。俺敢保他们一定会觉得这是一件该办的事，是一件富于发古情思，很有艺术风味的事。他们花了大量的钱，去保存古迹，去搜集这个那个的骨头；他们对于死东西都那样重视，那么他们要是知道有俺这么一个活古董，他们就更应该觉得有意思了。顶好能有一个人，挨门逐户地去告诉他们，说现在就有一个活古董，他们却不把他当回事！这件事本是由崇干牧师先发现的，要是他还活着，俺敢保他一定能办这件事。"

她父亲家里虽然得过她补助的钱，但是当时家里的情况，却并不见得比原先有什么改善，所以当时她顾不得跟她父亲辩论这件伟大的计划，只聚精会神地先处理眼前紧急的家务去了。屋里急迫的事松通下来，她才注意到外面的事。那时正是栽种跟播种的时候，村人的园子和分派地[1]，有许多都已经经过春耕，但是德北家的园子和分派地还没动手。她仔细一考察，不觉一惊，原来他们家里把当秧子用的土豆也都吃了——这真是毫无打算的人山穷水尽的末路了。她先赶紧弄了些别的她能够弄得来的东西。过了几天，她父亲经过苔丝的努力劝诱，能出来照管那园子了，同时，她自己担任起他们那块分派地里的活儿，这是他们在离村子二百码的一大片地里，分租来的。

她母亲已经见好，不用她时刻在病床前伺候了，她在病房里和病人缠了这么些天，一旦跑到外面地里，当然很高兴。剧烈的动作可以让人忘了自己的心思。那块分派地，在一个高爽、显敞的篱围里，那儿像那样的地一共有四五十块，那儿的活儿总是在白天雇工活儿完了的时候才顶活跃。刨地平常总是六点钟开始，无定时地继续到黄昏，或者月亮上来以后。现在许多分派地里，都正烧一堆一堆的野草和废物，因为那时天气干燥，正适于烧毁东西。

有一天天气很好，苔丝和丽莎·露同着别的街坊们，在那儿一直干活儿干到最后的光线平射到界断分派地的那些白色木橛子上。太阳刚一落下，暮色刚一苍茫，长命草和卷心菜梗那种倏忽不定的火光就把分派地照得一阵一阵地忽明忽暗，因此大地

---

[1] 地主把土地分成若干小块，租给劳苦人民耕种，自己收小额地租。也见于《多塞特郡劳工》。

的轮廓，都随着浓烟让风或吹或否的聚散而忽隐忽现。火光亮起来的时候，就把一片一片贴地横飞的烟也映成半透明的发光体，把干活儿的人互相隔绝。看到这种光景，就可以明白白天是一堵墙、晚上是一片光的"云柱"[1] 是什么意思。

　　暮色越来越暗的时候，就有些种园子的男人和女人因为天晚而回去了，但是多数的人都继续干活儿，想把种的东西弄完，苔丝也是这些人里面的一个，不过她却把她妹妹先打发回去了。她正在一块烧着长命草的分派地里，手里拿着杈子工作，杈子有四根发亮的齿儿，碰在石头和干土块上叮叮地响。有的时候，烟气把她完全笼罩；有的时候烟气散开，她的身影就露出来，于是草堆上的铜色火光就辐射到她身上。她今天晚上的穿戴很奇怪，看起来未免有些扎眼：在一件洗过无数次、没颜没色的长袍上罩着一件黑色的夹克，整个看来，仿佛是贺喜的客人和送殡的客人两种人合而为一。她身后那些女人都戴着白围裙，在那一片昏暗的暮色里，只能看见她们灰白的面目和白色的围裙，只有火光发亮射到她们身上的时候，才能看见她们全部的形体。

　　往西看去，只见由棘树做成、把那一块大片地界断开的树篱上面，树叶都脱光了，树枝像铁丝，跟西方低下灰暗的天色参差掩映。往上看去，木星像一朵盛开的水仙似的悬在天上，它亮得差不多都能照出影子来。散布在四外的还有几颗叫不出名字来的小星星。远处有一只狗在那儿叫。车轮有时在干燥的道上轱辘

───────────

[1] 见《旧约·出埃及记》第十三章第二十一节以下："日间，耶和华在云柱中领他们的路；夜间，在火柱中光照他们，使他们日夜都可以行走。日间云柱，夜间火柱，总不离开百姓的面前。"

轱辘地走过。

天色既然还不很晚，所以工人的杈子仍旧一息不停地铮铮直响，那时的空气虽然清凉、料峭，却已经微微有点春意了，鼓舞了工人的兴致，叫他们干下去。那种地方、那种时光、那片哔哔剥剥的火、那种闪烁明暗的奇幻神秘，都含着一种意味，使大家和苔丝，喜欢在那儿待着。在冬日严寒的时候，夜色来临，好像魔鬼；在夏天闷热的时候，夜色来临，好像爱人；现在在三月的时候，夜色来临，却使人心神平静。

没有一个人看他的伙伴。所有的人，都把眼睛盯在那片土壤上面，看着它那翻过来而有火光照亮了的表面。因为这样，所以苔丝痴心傻意唱她那些短歌（她现在差不多已经不再存克莱会回来听她这些歌儿的念头了）翻弄那些土块的时候，虽然有一个人，一个穿粗布衣衫的人，在离她顶近的地方干活儿，她却待了很大的工夫，才感觉到他在那儿。不过她还只感觉到他也在她那块分派地里刨土就是了，同时还只当他是她父亲打发来帮着她快把活儿干完了的。后来他刨地的方向把他带到离她更近的地方了，她对他的感觉才比先前更多了一些。那时烟气有些把他们两个隔断，跟着烟气转到旁边，他们就又可以彼此看见，不过跟所有其他的人还是隔开了的。

她没跟她那个干活的同伴说话，他也没跟她说话。她对于他也没有做更多的琢磨，只觉到他白天并没在地里，并且他不像马勒村的工人。不过近年以来，她既然时常离家，又长久离家，那么她不认识这个工人，当然毫不足怪。后来他刨的那块地离她更近了，他那个杈子的头上反映出来的火光跟她的杈子反映出来的火光看着都同样地清楚了。她用杈子挑着枯草走到火旁把它往火里扔的时候，看见他也在火的对面做同样的动作。火光一亮，于是她看出来，那个人正是德伯。

万没想到德伯会在这儿，同时他又穿着现在只有顶古板的农人才穿的那种打褶的粗布长衫，样子非常古怪。这种情况一面使她觉得骇然，一面又使她觉得可笑，因此这种情况本身有什么意义，于她有什么关联，她可就麻痹而觉不出来了。德伯发了一声低低的长笑。

"要是我爱说笑话，我就该说，咱们两个真跟在乐园里一样了！"他歪着头，看着苔丝说。

"你说什么？"她有气无力地问。

"一个好说笑话的人，一定会说，咱们两个这种情况，正跟在乐园里一样。你就是夏娃，我就是那个变作下等动物的老坏东西，跑到园里来诱惑你。我从前从事神学的时候，我老是对密尔顿描写的那一个场面非常熟悉，那里头有几句说：

> '皇后，路早已停当而且不长，
> 就紧傍一行桃金娘的近旁。
> 如果您让我给您指引方向，
> 我一晌就能把您领往那厢。'
> 夏娃说：'这样，快带路，莫延宕。'[1]

---

[1] 引自密尔顿的《失乐园》第九卷第二六二行以下。前面说的"装作下等动物的老坏东西"，指撒旦借蛇身而诱惑夏娃而言，见《失乐园》第九卷第一八八行以下。

等等。我这亲爱、亲爱的苔丝呀，我因为你老把我看得万恶，所以才对你提这些话，把你想要说我的话，替你说出来，其实我并不是那样。"

"我从来也没说你是撒旦，也没想你是撒旦呀！我一点儿也没那样看待你呀！除了你惹我生气的时候，我就想不起你来。怎么，你到这儿来刨地，完全是为的我么？"

"完全为你。我只是来看看你，没有别的，这件粗布衫，是我在路上看见挂着出卖的，我才想起来买来穿上，免得让别人认出来。我到这儿特为来阻止你，不许你这样干活。"

"不过我可愿意这样干——我这是替我父亲干活呀。"

"你干活那个地方的合同，已经满期了吗？"

"满期了。"

"你以后打算要到什么地方去？去找你那亲爱的丈夫吗？"

她听了这种令人难堪的话，简直受不了。

"哦——我哪儿知道！"她辛酸激愤地说，"我还有丈夫吗？"

"实在不错，没有丈夫——照你那种意思，一点儿不错，没有丈夫。不过你虽然没有丈夫，你可有个朋友。我已经打定了主意，非让你过个舒服日子不可，不管你自己的意思怎么样。你待会儿回到家里，就能看见我给你送去的那些东西了。"

"哎哟，亚雷，我的的确确不愿意你送我东西。我不能要你的东西！我不愿意要你的东西！那是不应该的！"

"很应该！"他把她的话有些不以为然地喊着说，"我对一个就像我对你这样怜惜的女人正在受罪，不能袖手旁观！"

"可是我的境遇很好！我的困难，只是因为——因为——不是因为生活问题！"

她转过脸去，不顾一切，拼命地刨起土来，眼泪一滴一滴地往杈子把儿和土块上直洒。

"因为那些孩子——因为你的弟弟妹妹，是不是？我已经在这儿替他们打算好了。"

苔丝一听这话，心里扑通扑通地跳起来，因为德伯这句话正说到她的痛处。他已经猜到她焦心的主要原因了。因为这次苔丝回到家里以后，她的心思，就完全热烈地贯注在她的弟弟妹妹身上。

"比方你母亲要是真有个好歹，你父亲是不中用的，当然得另外有人照料他们了，不是这样吗？"

"我帮着我父亲，我父亲就可以做点儿事。我要逼着他做！"

"再有我帮点儿忙，不更好吗？"

"不要你帮忙，先生！"

"你这不是太糊涂了吗？"德伯发作起来说，"你父亲本来把我当作他的本家了，我帮他的忙，他当然认为很应该。"

"他不是那样的看法了，我已经把真情都告诉他了。"

"这你更糊涂了！"

德伯一怒之下，从她身旁退到树篱旁边，把他穿起来装工人的粗布衫扯下来，卷成一团，扔到火里，起身走开了。

经过这番情节，苔丝就不能继续再刨地了。她只觉得心神不定，她心里纳闷，不知道德伯是不是又到她父亲家里去了，于是她就手拿杈子，往家里走去。

走到离家二十码左右的地方，苔丝看见她一个妹妹对面走来。

"哎哟，姐姐，你快回去看看是怎么一回事吧！丽莎·露正哭哪，家里还挤了一大堆人。妈的病大大地见好了，他们可都说爹已经死了！"

这孩子只知道这件消息里的重大意义，却还不知道这件消息里的悲惨情景。她只站在一旁，把两只眼睛圆睁着直看苔丝，表示事情的重大，看到后来，看见了苔丝听见这个消息以后的神情，才说——

"怎么啦，姐姐，咱们不能再跟爹说话了吗？"

"可是原先爹只有一点儿小病啊！"苔丝语无伦次地喊着说。

正在那时，丽莎·露走来了，嘴里说——

"爹刚才过去啦，给妈看病的大夫说，他的心都箍满啦，没法子救啦。"

不错，德北夫妻换了位置：病得要死的那一位脱去了危险，微微生病的那一位却一命呜呼了。这个消息，刚一听起来，已经够重大的了，但是仔细想起来，它的意义却还不止于此。原来她们的父亲，虽然活着的时候，无所事事，于家无补，但是他的用处，却在他所能做的事情以外。因为他们住的那所房子，典约只限三辈，轮到德北身上，恰好满期。一来那时房子正缺，本村的佃户早就想把这所房子腾给长工们住；二来一个终身典房人，一切都不合群，简直和小自由保产人一样地讨厌，惹得村里的人都不喜欢，所以一到房子满期，租约就绝不继续。

当初德北家是郡中望族的时候，一定有过许多次，曾把无地可耕的人毫不客气地驱逐。不想这种情况，现在轮到他们自家的后人身上了。本来天地之间，盛衰兴替，时起时落，一切全都一样。

51

　　旧历圣母节前夕到底来到了，农业界的人，都像疯了一样，迁移挪动，那种忙碌情况，一年之中，只有在这个特别的日子里才能看到。因为那一天是履行契约的日期，农田上的工人，在蜡节那天订下了一年在地里干活的合同，现在要付之实行。凡是不愿意再留在老地方上的劳工——劳工这种字眼，本是外处传来的，从远古以来，本地庄稼地里的工人都称呼自己是"伙计"——都正往新农田上搬家。

　　农田工人们这种年年迁移的情况[1]，在这块地方上正继续增长。苔丝的母亲还是一个小孩子的时候，马勒村这一带的农田工人，大多数都是在他们的爷爷和爸爸干活的那家农田上，继续干一辈子。但是近年以来，年年迁移地方的愿望，却达到了高潮。青年人都觉得一年一换地方不但新鲜别致，并且也许还会得到什么好处。这些农田工人，总觉得自己住的地方是埃及，总老远看着别的地方是福地，[2] 等到他们搬到那个福地住下以后，那个福地自己就又依次变成埃及了。因此他们年年搬动，老没有安停的时候。

　　然而近年以来，乡村生活里越来越显著的变动，并不完全由于农田工人见异思迁。人口减少的情况，也正一天一天地增长。从前在乡村里，和农田工人并户而居的，还有另一班人，像

----

[1]　此处及下章数处，哈代引用了他《多塞特郡劳工》一文里的话。

[2]　以色列人在埃及受虐待，上帝示摩西以福地迦南。见《出埃及记》第一至第十六章。

木匠、铁匠、鞋匠、小贩和一些其他不属农田、难以分类的工人之类（苔丝的父母，就属于这一班人），他们都是有意思的人，见闻也比较广，比起农田工人来，显然高出一级。他们这一般人，有的像苔丝的父亲似的，是终身保产人，有的是邸册保产人，有时还有小自由保产人，所以他们的目的和职业，都比较稳定。但是他们久住的房子，一经到期，就很少再租给他们的。要是地主要这些房子给他的工人住，那当然不成问题，要是不要这些房子住，他们就收回去，拆了完事。原来住在农村里却不事农业的人，别人都不喜欢，并且如果他们之中有的人搬走了，别人的生意就受了影响，也只得跟着搬走。这种人家，本来是旧日乡村生活的骨干，是从前乡村传说的贮藏所，现在却都只得迁移到人烟稠密的大地方，去做逋逃之客了。这种情形，据统计家的滑稽说法，是"乡村人口聚会都市的趋向"，实在说起来，这种趋势，却和本性往下流的水，受机械激动，而往山上倒流起来，正是一样。

马勒村里的房子，经过拆毁，感到缺乏，所以只要有没拆的房子，全都让地主们收了回去，给他们的工人住，因此房子大有供不应求的趋势。马勒村的人，本来就不信德北家的门楣，并且自从那一件事发生了以后，在苔丝的生命上罩了那样一种阴影，大家更暗中计算，只要德北一死，典约一满，他家的人，就都得滚蛋。不用说别的，只为村中的风化起见，也非这么办不可。不错，德北这一家人，无论在贞操方面，无论在节制方面，无论在嗜好方面，都不能算是好榜样。德北自己，还有他太太，时常喝醉了，他们家那几个孩子，很少有上教堂去做礼拜的时候，他们的大女儿，还有过离奇的结合。村中的风化总得想法子维持。因此，刚一到了可以驱逐德北家的圣母节那天，德北家就得把那所宽敞的房子让给一家人口众多的赶大车的了。寡妇昭安同她女儿苔丝、丽莎·露，她儿子亚伯拉罕，还有那几个小的，都只得上别处去了。

他们搬家头天傍晚的时候，蒙蒙的细雨把天遮暗了，所以不到平常的时间，天就黑上来了。那天夜里，既然是德北一家老少在他们这个出生长大的地方上最后的一夜，因此德北太太自己、她二姑娘丽莎·露和她大儿子亚伯拉罕，都出门到几个朋友那儿告别去了，只把苔丝留在家里看家，等他们回来。

那时苔丝正把腿跪在窗前一条凳子上，把脸挨着窗户，只见窗户的玻璃，由两层东西做成，里面一层玻璃之外，外面还罩着一层雨水，顺着玻璃直流。她的眼光正落到一个蜘蛛网上面，网主蜘蛛大概早已饿死了，因为那个蜘蛛网结得不是地方，并没有苍蝇往那儿飞，并且窗缝稍稍透进一点儿风来，蜘蛛网就颤抖不已。苔丝的眼睛虽然看着蜘蛛网，心里却正琢磨家里的情况，觉得自己对于家庭真是祸水。要是她这次不回家来，人家也许会让她母亲和她弟妹做星期租户。但是差不多她刚一回来，就让村里几个讲体面、有势力的人看见了：因为有一次她曾到教堂坟地，用一个小小抹子，把她那小婴孩快要塌平了的坟墓尽力重整旧观，正在那时候，她就让他们看见了。这么一来，他们就知道她又在村里居住了，于是就责问她母亲，说她不应该"窝藏"她女儿，昭安当然很生气，口出不逊，就自己先说出不屑住在这儿，立刻搬往别处的话来，人家一听这话，当然以实为实了。因此才闹到现在这种结果。

"我永远不回来才好哪。"苔丝只觉一味辛酸，自言自语地说。

苔丝当时只顾琢磨这种情况，所以她虽然看见一个穿白雨衣的人骑着马从街上走来，她却没顾得理会。但是也许是因为苔丝的脸离窗户的玻璃很近，所以马上的人却一下就看见了她，并且打着马走到草房的前脸儿，一直走到房檐底下，差不多把房檐下面靠墙根的一窄溜花池子都让马踏着了。但是苔丝还是没看见他，等到他用长杆马鞭在窗户上敲了一下，才把苔丝惊醒了。那时细雨差不多已经停止了，她一看他的手势，就把窗户开开了。

"没看见我吧？"德伯问。

"我没留神，"她说，"我觉得仿佛我听见你走来，不过我只觉得好像是几匹马拉着一辆马车似的。我仿佛是在那儿做梦。"

"哦！你那大概是听见德伯家的马车了吧！我想你许是听说过那个故事了吧？"

"没听说过。我的——有一个人有一次正要对我讲来着，可没讲出来。"

"你要是地地道道地是德伯家的后人，我想我也不应该对你讲。我自己没有关系，因为我本来是冒牌的。那个故事，让人听起来未免阴森森的。他们都说，这种闻声不见物的马车只有真正德伯家的后人才能听得见，并且听见这种声音的人，主着有不吉祥的事情。本是一件杀人的案子，凶手是一个姓德伯的，那是好几百年以前的事了。"

"现在你既是说出故事的头儿来，你索性就说完好啦。"

"好吧。德伯家从前有一个人，抢了人家一个美貌的女人，装在马车里，那个女人想要逃跑，他们两个在马车里就打起来了，后来也不知道是那个女人把德伯杀了，还是德伯把那女人杀了，我记不清楚啦。这是这个故事的一种说法……我瞧你们的洗衣盆和水桶都收拾起来啦。我想你们要搬家了吧，是不是？"

"不错，明天——明天是旧历圣母节。"

"我倒听说过你们要搬，不过我没怎么相信，好像太突兀了似的。究竟是怎么回事哪？"

"我父亲本是这所房子最后的典户，我父亲一死，我们就没有再在这儿住下去的权利了。不过，要不是为了我，我们家里的人也许还可以算作星期租户住下去。"

"于你又有什么关系哪？"

"因为我不是个——正经女人。"

德伯脸上红起来。

"这些人真他妈不害臊！这些可怜的势利小人！他们死后，他们那肮脏的魂都烧成了灰才好！"德伯用讥讽的厌恶腔调喊着说，"那么就是因为这个，你们才得搬家了，是不是？这算是让人撵出去了？"

"这也不能完全算是让人撵出去了。不过人家要我们快走的话，既然已经说出口来了，那我们顶好趁着现在大家都活动的时候，也跟着活动活动，因为这个时候机会比较好。"

"你们要到哪儿去哪？"

"到王陴去。我们已经在那儿定下房子了。我母亲一心只想回到我父亲的老祖宗那儿去，所以我们要上王陴。"

"不过你母亲那一大家人，在王陴那么个窟窿眼儿一般的小地方赁房住，有多不合适。你们上纯瑞脊，到我家的园子里去住好不好？我母亲故去以后，鸡鹅是没有多少的了，但是园里的房子还是跟你在那儿的时候一样，园子也没改变。只用一天的工夫就可以把墙壁刷一刷，你母亲去住着，再舒服没有了。你们要是去的话，我还要把你弟弟妹妹们送进一个好学校哪。我本来很应该帮你点儿忙！"

"不过我们已经在王陴找好房子了！"苔丝说，"我们在王陴先住着，等——"

"等——等什么？哦，是啦，自然是等你那位好丈夫喽。不过，你听我说，苔丝，我是知道男人的脾气的，我记得你们两个分离的原因，我很敢说，他绝不会再跟你和好的。我从前虽然是你的冤家，现在可是你的朋友了，你信也罢，不信也罢。你上我那所小房里去住好啦。咱们再办置一些鸡鹅，叫你母亲好好地看着，你弟弟妹妹们，也可以有念书的地方。"

苔丝的呼吸越来越急促，等到后来，她说：

"我不敢保你能完全这么办。你也许中途变了卦——那——我们就该——我母亲就该——又无家可归了。"

"哦，不会——不会。要是你信不过我，我写个字据给你拿着都成。你想一想好啦。"

苔丝摇了摇头，德伯却一意怂恿。她从前很少见过他这样坚决，反对他他绝不答应。

"请你对你母亲说好啦，"他用加重的口气说，"这件事本来该由她决定——本来不干你的事。我明天一早就吩咐人把屋子打扫干净了，把墙用大白另刷一刷，屋里再生上火，到晚上屋子就干了，你们就可以马上搬进去。你别忘了，我一准等你们。"

苔丝又摇了摇头，她只觉得，一阵苦辣酸甜，一齐都来了，要脱喉而出。她连抬头看德伯都不能了。

"你晓得，因为从前的事，我欠你一笔情，"他又接着说，"并且你把我那一阵宗教迷给我治过来了，所以我很高兴——"

"我倒愿意你还像从前那样，是个宗教迷，因此老办宗教的正事才好！"

"我现在能有机会稍微补报你一下，我很高兴。我明天一准等着，听你母亲的家具行李从车上往下卸的声音……咱们两个击掌吧——亲爱、美丽的苔丝！"

他说到最后一句话的时候，就把声音低到喃喃的程度，把手伸到半开着的玻璃窗里。苔丝眼里带着好像狂风暴雨的神气，急忙把窗上的闩一拉，因此就把德伯的胳膊挤在窗门和石头竖窗棂之间。

"该死——你怎么这样狠！"他急忙把胳膊抽出来，嘴里说，"不是，不是，我知道你不是成心的。好吧，我等着你啦，就是你自己不来，我盼望至少你母亲跟你弟弟妹妹们能来。"

"我不去——我有的是钱！"她喊着说。

"你的钱在哪儿哪？"

"在我公公手里，只要我跟他要，他就可以给我。"

"还得你跟他要哇。不过我是知道你的脾气的，苔丝，你不会伸手跟他要的，你永远也不会伸手向人的，我知道你宁肯饿死，也不肯伸手向人！"

他说完这些话，就骑着马走了。刚走到街上拐弯的地方，他遇见了从前提涂料罐那个人，那个人就问，他是不是背叛他的同志们了。

"你他妈滚开！"德伯说。

德伯走后，苔丝坐在原来的地方，出了半天神，后来心里忽然一阵悲愤，觉得自己所受的待遇太残酷了，就不由得热泪齐涌，涨满了她的眼睛。她丈夫安玑·克莱也同别人一样，待她太严厉了，一点儿不错，待她太严厉了！她从前向来没容自己这么想过，但是他待她严厉，的确是毫无疑问！她活了这么大，从来就不曾有意去犯罪恶，这是她敢起誓赌咒的事实，然而残忍的惩罚却落到了她身上。无论她的罪恶有多大，反正她绝不能算是有心为恶，只能算是无心为恶罢了，既是无心，那么为什么她就该这么无尽无休地老受惩罚呢？

她一阵愤激之下，就随手抓过一张纸来，潦潦草草地写道：

> 唉，安玑呀，你待我怎么这么狠心呢！我不应该受这样的待遇。我已经把这件事前前后后仔细琢磨了一番，我永远——永远也不能饶恕你！你分明知道我无心害你，但是你为什么老这样害我呢？你太狠心了，真太狠心了！我只有慢慢把你忘了好啦。我在你手里，一丁点儿公道也没得到！
>
> 　　　　　　　　　　　　　　　　　苔

她坐在窗前，等到邮差走来的时候，跑出去把信交给了他，交完了又回到屋里，漠然、木然地坐在窗前。

写这样的信和写情词哀恳的信，原没有什么两样。哀恳怎么能够打动他的心呢？事实还是从前的事实，并没发生什么新情况，使他把意见变更。

天色越来越暗了，炉火的光映照室内。那两个年岁较大的孩子和他们的母亲一同出去了；家里还有四个小的，年龄从三岁半到十一岁，都穿着黑色的连衣裙，正围在炉旁，喋喋不休地讲他们的孩子话。后来苔丝也跟他们凑到一起，那时她并没点蜡。

"宝贝们，咱们只能在这儿再睡一晚上了，只能在咱们出生的屋子里再睡一晚上了，"她很快地说，"咱们应该把这一层想一想，是不是？"

大家一时都默然无语。他们本是小孩子，很容易受激动，一听苔丝说这种永别故土的伤心话，差不多都要咧嘴哭出来。但是白天一天，他们却还都老琢磨搬到新地方去的快乐哪。苔丝于是换了话头说：

"宝贝们，你们唱个歌儿给我听吧。"

"唱什么哪？"

"你们会什么就唱什么好啦，什么都成。"

大家先停了一晌的工夫。于是一个细小的嗓音，试着唱起来，第二个声音一帮腔，接着第三个、第四个声音，就一齐随着唱起来。歌词是他们在主日学校里学的，里面说的是：

在世上，我们净受苦受难，

在世上，我们有离合悲欢；

在天堂，我们永远不离散。[1]

他们一直唱下去，他们唱的时候，神气非常冷漠沉着。一个人对于问题早已解决了，并且觉得解决得没错，绝不须再加考虑，他们那时的神气，就像这种人那样冷漠沉着。他们的面目紧紧地绷着，尽力把字眼一个一个咬出来，一面眼睛还盯着闪烁的炉火，顶小的那一个还把歌声拖延到别人唱完了以后。

苔丝离开他们，又到窗前去了。外面已经是一片夜色，但是她把脸贴在窗玻璃上，仿佛要仔细窥探昏暗的夜色似的。实在她是要掩饰自己的眼泪。只要她能相信他们唱的歌里那些话，只要她敢保真是那样，那么，一切情况，岂不要和现在大不相同！她岂不是可以放心就把他们交给他们信赖的天公，把他们付与他们将来的天国！但是，她既然不能信那些话是真的，那她当然就得替他们设法，她当然就得做他们的天公了。因为对于苔丝，也和对于其他千千万万的人一样，那位诗人歌咏的：

我们下世为人，并非完全裸体赤身，

却带来了一片荣耀光辉，缭绕如云！[2]

---

[1] 引自英国赞美诗作者托马斯·毕勒毕（生于一八〇九年）的赞美诗《天堂预现》。该诗于一八三二年首次发表于《婴校教师参考手册》，发表后，以其乐谱极易上口，故立即在幼童中间流行，且在哈代童年，广泛为主日学校所采用。后收入《公祷书附颂诗》第五〇九首。

[2] 引用英国诗人渥兹渥斯的诗《咏童年回忆中所得永生之启示》第五节。

这句话，含有令人可怕的讽刺在内。据苔丝以及跟苔丝一样的人看，下世为人，只是一种使人降志辱身的威迫势逼，它那样不召而自至，从结局看，好像一无是处可言，充其量也不过可以少减人生的痛苦而已，绝无根治之效。

待了不久，苔丝就看见她母亲、高个儿的丽莎·露和亚伯拉罕，在夜色苍茫、雨水淋漓的路上，一同走来。德北太太穿着木鞋的脚步，咯噔咯噔地响到门前，苔丝把门开开。

"窗户外头怎么有马蹄印啊？有人到咱们家来过吗？"昭安问。

"没有。"苔丝说。

炉旁那几个孩子都带着严肃的神气直看苔丝，有一个还嘟嚷着说——

"怎么，姐姐，你忘了吗，不是来过一个骑马的人吗？"

"他并不是特为上咱们这儿来的，他只是打这儿路过，顺便跟我说几句话就是了。"苔丝说。

"谁呀？"她母亲问，"是你丈夫吗？"

"不是他。他永远也不会来的，他这一辈子也不会来的。"苔丝带着顽石无灵的绝望神气说。

"那么是谁？"

"哦，你不要尽着追问啦。反正你从前见过这个人，我从前也见过。"

"哦！他都对你说什么来着？"昭安带着好奇的神气问。

"等到明天，咱们在王陴的新房子里都安置好了，我再告诉你，他都说过什么话，一个字一个字全都告诉你。"

苔丝刚才说过，那个人并不是她丈夫。然而苔丝心里却越来越沉重地感觉到，从肉体的意义上讲，只有那个人才真正能算她的丈夫。

52

第二天，三更以后一两点钟，天仍旧还黑的时候，住在大道旁边的人，睡梦之中总觉得有一种隆隆的声音，时断时续，一直把他们搅到天亮。这种声音的出现，有一定的时候，准在每年本月的头一个礼拜里听见，仿佛杜鹃的啼声，年年准在本月的第三个礼拜里听见一样。原来本地的风俗，都是雇工人的农夫，打发车、马去接他们雇的工人，现在这种声音，就是工人搬家的初步，就是农夫打发搬运工人的行李那种空车，在路上叽里咕噜的响声。为的是要一天之内，就把家搬完，所以半夜三更就车声隆隆，车夫们都急急忙忙，起早带黑，要在六点钟就赶到迁居的人家门前，赶到那儿，跟着就把行李家具，动手往车上装。

但是苔丝自己和她母亲那一家大小，却没有人盼望，也没有车、马来接。她们不过是女人家罢了，她们并不是正式的工人。无论哪个地方，都没有急于需用她们的。因此，她们只得自己花钱，自己雇车，白白运行李那种便宜，落不到她们身上。

那天早晨天色阴沉，风声呼呼，但是苔丝往窗外一看，只见却并没下雨，并且大敞车已经来了，所以她才把一颗心放下。搬家的人，怕圣母节下雨，像怕鬼一般。因为要一下雨，那么，家具也湿了，被褥也湿了，衣服也湿了，就非接二连三地闹灾生病不可。

那个时候，德北太太、丽莎·露和亚伯拉罕也都醒了，不过那几个小孩子却没人去惊动。他们母女四个在淡薄的光亮里把早饭吃了，跟着就动手搬东西，往车上装。

装车的时候，都还高高兴兴的，还有一两位跟他们处得不错的街坊，前来帮忙。大件家具都放好了，又把床和铺盖，摆在中间，围成一团，预备昭安和小孩子们在路上好有坐的地方。东西装完了以后，等了许久，才把马鞴好了拉过来，因为装东西的时候，马具全部都卸下去了。但是靠近两点钟的时候，人马全都动身了，只见饭锅挂在车轴上来回摇摆，德北太太和孩子们高踞在车上，德北太太怕车上的机器震坏了，就在膝上抱着钟壳的上部，大敞车欹侧得特别厉害的时候，钟就带着破了的声音打一下，再不就打一下半。苔丝和她大妹妹，先跟在车旁步行，走出村子外面再上车。

昨天晚上和今天早上，他们曾到几家街坊那儿去告别辞行，那几个街坊，今天还有来送他们的，他们嘴里虽然都祷祝他们前途顺利，但是他们心里总暗中觉得，像德北这家人，前途不大会怎样有出息。其实德北这一家人，不过懒惰松懈，自己吃亏罢了，对于别人并没有什么害处。他们走了一会儿，大敞车就朝着较高的山道往上走去了，同时风势也随着变了样的地势和土壤，更寒峭起来。

因为那天正是四月六号，所以德北的大敞车在路上遇见了许多别的大敞车，都是车上装着家具，家具上坐着一家大小。他们装载家具的方法，差不多都有一定的规矩，大概这种规矩对于乡民，就仿佛六角蜂窝对于蜜蜂一样。安置在重要地方的家具，总是那个碗架橱，那件家具总是带着发亮的拉手、斑驳的手指印和很厚的油垢，按着平常的摆法，高高地紧靠着辕马的尾巴那儿，竖在车前面，它仿佛是一个神圣庄严的约柜[1]，非恭恭敬敬地搬运不可。

这些搬家的人家，有的轻松活泼，有的垂头丧气，还有些人家，都正停在路旁客店的门前。德北一家老小，到了相当的时候，也在旅店门前，把车停住了，给马上料，让人吃点东西。

大敞车停在店前的时候，苔丝的眼光忽然碰见一个盛三品特酒的蓝色大酒盂子，正在一家的车旁，让车上的女人和车下的人在空中上下互相传递着。原来那一辆车，和苔丝的车停在同一客店的门前，不过稍稍远一点儿。有一次酒盂子往上传递的时候，她顺势往上看去，只见伸手去接酒盂子的人原来是她的老朋友。于是苔丝就朝那辆车走去。

"玛琳！伊茨！"她对车上的姑娘喊，因为车上正是她们两个，跟着她们寄寓的那家工人，一同迁移，"你们今天也跟大家一块儿搬家吗？"

她们回答说正是。棱窟槐那地方的生活太苦了，所以她们简直差不多没通知葛露卑，就开步走了。她们说葛露卑要是不答应，让他告她们去好啦。她们把她们的目的地告诉了苔丝，苔丝也把她的目的地告诉了她们。

---

[1] 约柜是一种木头柜子，犹太人把他们的法律藏在里面，屡见《圣经》，如《旧约·民数记》第十章第三十三节及其他等处。

玛琳靠着家具俯下身子，低声对苔丝说："老跟着你的那位先生——俺说的是谁你猜得出来吧——你走了以后，上棱窟槐去打听你来着，你知道不知道？俺们知道你不愿意见他，所以没告诉他你在哪儿。"

"啊——不过我还是没脱得过去，"苔丝嘟囔着说，"他找着我了。"

"他知道你要搬到哪儿去吗？"

"我想知道吧。"

"你丈夫回来了吗？"

"没有。"

说到这儿，那辆车的车夫都从店里出来了，因此苔丝就跟她的朋友告了别，回到自己的车上了，那两辆车也一东一西，各自上了路。玛琳、伊茨和她们决定跟随的那个工人一家所坐的车，涂饰得很亮，三匹身壮力大的马拉着，马具上的铜饰，都辉煌耀眼；德北一家大小所坐的车，却只是一个咯吱咯吱乱响的架子，它上面装着那么些重东西，仿佛都有倒塌的危险，大概自从它出厂以来，永远没再见过涂饰，并且只有两匹马拉着。这两种敞车相形之下，很可以表示出来，家道兴旺的农人来接，和自己搬到没人雇的地方，显然不同。

路很远，一天走完真够受的，把两匹马累得筋疲力尽。他们虽然起身很早，但是等到他们转过属于绿山高地的一个丘阜侧面，却已经是下午很晚的时候了。苔丝趁着马站住撒尿喘气的工夫，往四外看去。只见她们的目的地王陴，就在她们面前山下——一个毫无生气的小市镇，那儿埋着他父亲夸耀歌唱得让人听起来极不受用的祖宗。全世界如果有一个地方可以算是德伯家的故土，那就是那个地方了，因为他们在那儿，曾整整住过五百年。

老远看去，有一个人，正从镇外朝着他们走来，那个人看出来他们是一簇车辆人马，就加快脚步，走近前来。

"俺估摸着，你就是德北太太吧。"他对苔丝的母亲说，那时苔丝的母亲已经下了车，要步行把剩下的路走完。

她点了点头，"不过俺要是别放弃了俺的权利，俺应该是新故去那位没落贵族约翰·德伯爵士的夫人，俺们这阵正要回俺们祖宗的老家去。"

"哦？这一层俺可一点儿也不知道。不过你要是就是德北太太的话，俺可以对你说，他们打发俺来，叫俺告诉你，说你要的房子已经租出去啦，俺们不知道你要来，今儿早起接到你的信才知道的——到俺们知道了的时候已经晚了。不过你当然能在别的地方租到房子。"

那个人曾注意到苔丝的脸，只见她听见这个消息，脸上白得死灰一般。她母亲也露出毫无办法的神气来。"苔丝，咱们这可怎么办哪？"她很辛酸凄楚地说，"这就是重新回到你们家老祖宗的故土，所受到的欢迎了。不过，咱们再另找找房子看吧。"

他们到了镇上，德北太太跟她二女儿丽莎·露一块儿去尽力打听有没有房子去了，苔丝就留在车旁边，照管那些小孩子。一个钟头以后，昭安最后一次回到车旁，房子还是毫无结果。那时赶敞车的车夫说，东西不能再占着车了，因为那两匹马已经累得半死了，他当天晚上又至少得把回去的路走完一段。

"好吧，你就把它们卸在这儿吧，"昭安豁出去的样子说，

"反正俺总能找到遮蔽身体的地方。"

那辆大敞车，本是赶到教堂坟地的墙下的，停在一个非常僻静、人家看不见的地方，那个车夫听说叫他把东西卸在那儿，正对他的心怀，所以就动手把那一堆破烂家具往下卸，一会儿的工夫就全都卸完了。卸完了东西，昭安给了人家车钱，这么一来，她身上差不多只剩下最后的一个先令了。那个车夫赶着车，离开了他们，上了路，只觉得用不着再跟这样一家人打交道了，心里很高兴。那天晚上天气干爽，他想，他们不会受冻受潮。

苔丝束手无策，只万般无奈地看着那一大堆家具。初春薄暮的斜阳，冷清清地好像怀有恶意一般，射到那一堆锅盆壶罐上，射到那一束一束迎风颤抖的香料草[1]上，射到那个碗架橱的铜拉手上，射到那个他们全都躺过的藤摇篮上，射到那个磨得发亮的钟壳上。所有这些家具，仿佛全都露出不悦的颜色，好像责问她们，本来应该只摆在屋里的东西，现在却摆在露天之下，受风吹日晒种种挫折，这是它们向未受过的。四围看来，只见从前用作园围的岗峦坡陀，现在全都界断成一块一块的小牧场了，从前德伯家盛时的府第，现在只剩了绿色的地基，从前爱敦荒原边界上的一部分，向来是德伯家的产业的，现在却只是荒寒苍茫的爱敦荒原罢了。紧靠跟前有一条教堂走廊，叫作德伯氏走廊，在那儿静静地旁观，毫不关心。

"咱们自己家的坟地能不能算是咱们家的产业哪？"苔丝的

---

[1] 指调味用的植物而言，为日常烹饪不可缺之物，其香在叶者如茵陈蒿、百日香、香叶等。

母亲把教堂跟坟地都四围看了一回，回来说，"自然能，孩子们，咱们就住在这儿啦，住到咱们祖宗的故土，给咱们找到房子为止！现在，苔丝、丽莎·露和亚伯拉罕，你们帮一帮忙。咱们先给这些孩子们铺好了窝，再出去看一看。"

苔丝无精打采地帮着弄了一刻钟的工夫，才从那一大堆家具里，把那张四柱床搬了出来，支在教堂的南墙下面，那就是德伯氏大坟穴上面叫作德伯氏走廊的那块地方。床帐上面是一个有美丽花纹窗顶的玻璃窗，那是用好几橛玻璃做成的，是十五世纪的东西，叫作德伯氏窗。窗户上层能看出家徽的花样来，跟德北藏的那个古印和古匙上的家徽一样。

昭安把帐子围在床铺四周，做成一个严严密密的帐篷的样子，把那几个小孩子都放在帐子里面。"要是真没有办法，咱们就在这儿睡啦，至少今天睡一晚上不成问题，"她说，"不过咱们再去打听打听看，捎带着买点儿东西，给这些小乖乖们吃！唉，苔丝啊，咱们这阵要是落到这步田地，你净玩那套嫁体面人的把戏有什么用处啊！"

于是她又同着丽莎·露跟亚伯拉罕，一块儿上了那条把村镇和教堂隔断了的小篱路。他们刚走到街上，就看见一个人，骑在马上左右瞭望。"啊——我正在这儿找你们哪！"他见了他们，就骑着马过来对他们说，"这真是一家人在故土上团圆了！"

那个人正是亚雷·德伯，"苔丝在哪儿？"他问。

昭安本人本来不喜欢德伯。她只随随便便地往教堂那面指了一指，就又照旧往前走去。德伯却赶上前去，对昭安说，他刚才已经听说，他们没找得着房子，要是待一会儿还找不着的话，他再来看他们。他们母子三个走了以后，德伯骑着马回了客店，待了不久，又步行着出了客店。

这时候，只剩下苔丝自己陪着那几个在床上的孩子。她跟他们说了一会儿话，觉得眼下是没有什么可以使他们安适的办法的了，就起身在教堂坟地里闲走。那时暮色已经昏沉，教堂坟地也正渐渐地苍茫起来。她一看教堂的门并没闩着，就进了教堂里面。这是她有生以来第一次进这个教堂。

他们放床铺的那个窗户里面就是德伯家几百年间窀穸所在的地方。坟上都有华盖，是祭坛式的，样子很朴素，坟上的雕刻都已经残缺漫漶，铜纪念牌也都从框子上掉下去了，只剩了一些钉眼在上面露着，好像沙石峭崖上的沙燕窝一般。所有天地之间使苔丝感到她们家已经没落了的东西，没有比这种残破的光景再厉害的了。

苔丝往前走到一块黑黝黝的石头跟前，只见上面刻着拉丁文：

古德伯氏之墓门 [1]

苔丝当然不像一个红衣教主那样精通教会拉丁文，但是她知道，这一个门是她那些祖坟的墓门，墓门里面埋的，就是她父亲酒酣歌咏的那些高贵武士。

她默默沉思，转身退出去的时候，从一个顶古的祭坛式墓穴旁边经过，只见一个墓上面躺着一个人形。在暮色昏沉之中，

---

[1] 原文为拉丁文。

苔丝先前并没看见，并且要不是苔丝起了一种古怪的幻想，觉得那个人好像在那儿活动，她现在也不会留神看他。苔丝刚一走到那个人形跟前，她立刻就看出来，原来那是一个活人。她原先并没想到，除了她以外，会有别人在这儿，所以当时就一阵惊吓，不能自持，倒在地上了，差一点儿没晕过去。不过在她还没倒在地上以前，她就已经认出那个人是德伯来了。

德伯急忙从坟上跳下来去扶她。

"我看见你进来啦，"德伯微微笑着说，"我看你在这儿琢磨，怕搅你，所以才跑到坟上面，我们这是跟地下那些老祖宗团圆了，是不是？你听一听。"

他把脚往地上使劲踹去，只听得从地底下响起一阵咚咚的回声。

"这么一来，我敢保他们都多少得受点儿惊动！"他接着说，"原先你以为我只是他们里面的一个石像，是不是？不过不对。一朝天子一朝臣。[1] 现在我这个冒牌的德伯伸出一个小拇指来，比地下所有的那些正牌大武士们都更有力量。……现在你有什么用我的地方，你只管吩咐我好啦。"

"我吩咐你叫你走开！"她嘟囔着说。

"好吧，你叫我走开我就走开——我找你母亲去好啦，"他温文有礼地说，但是他从她身旁走过的时候，却低声对她说，"你记住好了，你总归得有对我客气的那一天！"

德伯走后，苔丝就伏在墓门口说：

---

[1] 一朝天子一朝臣：原文是引用英国诗人丁尼孙的诗《亚瑟王之死》里的一句。

"我怎么偏在墓门外面，不也躺在墓门里面哪！"

同时，玛琳和伊茨正跟着那家农田工人，带着他们的动产，往他们的福地迦南进发，其实他们这个福地，却正是那天早上别一个人家刚刚离开的埃及。不过她们两个，并没有把她们所要去的地方永远放在心上。她们所谈的，却是安玑和苔丝的情况，却是近来永远追随苔丝的那个情人。她们现在一面由于听人说，一面由于自己揣测，已经知道苔丝和那个人以前的关系了。

"现在的情况，比不得苔丝认识那个人以前的情况了，"玛琳说，"苔丝从前既然上过他一次当，那么，现在这件事就异常地严重了。要是这回苔丝再上他一次当，那更万分可怜了。俺说，伊茨呀，咱们这一辈子，对于克莱先生是永远也没有什么想头的了，那么，咱们何必还舍不得他，不把他让给苔丝，给他们两口子撮合撮合哪？我想，只要她丈夫一知道她这阵受的这种罪，知道她这阵受的这种诱惑，那他也许就会回来保护他自己的亲人了。"

"咱们好不好把这种情况告诉他哪？"

她们一路之上，老琢磨这件事，但是到了目的地以后，她们只顾忙忙碌碌地安置新家，可就没有工夫再想这件事了。不过一个月以后，她们都安置好了的时候，虽然她们并没听到苔丝的下文，却听说克莱快要回来了的消息。这个消息，一方面勾起了她们对克莱的旧情，另一方面使她们用光明磊落的态度对待苔丝，所以玛琳就把她们二人共用、值一便士的墨水瓶揭开，两个人编了一封短信：

我们所敬爱的先生啊——如果你爱你太太，像她爱你那样，那你就快快来保护她好啦，因为正有一个恶人，外面装作友善，尽量诱惑她，逼迫她。先生啊，那个恶人本来应该离她远远的，现在却老在她身边。一个女人家，能有多大的劲儿？她受不了过分的压力。雨点不断地滴，连石头都能打坏了，[1] 不但石头，连钻石都保不住呀。

两个好心人

她们在信封上写了寄往爱姆寺牧师公馆的字样，因为和克莱有关联的地方，她们只知道这一个。她们把信寄走了以后，觉得自己这种行动侠义勇敢，所以就在得意的心情中续续断断、哽哽咽咽地一面歌唱，一面哭泣。

---

[1] 见《旧约·约伯记》第十四章第十九节，"水流消磨石头"。

第七期

功成愿满

53

爱姆寺牧师公馆里，已经是傍晚的时候了。牧师的书房里，照规矩必有的那两支蜡烛，正在绿色的蜡烛罩下面点着，但是牧师本人，却始终没在书房里落座。他仅仅有时进来，把壁炉里生的一点儿火——春日渐暖的时候够用的一点儿火，拨弄一下，拨弄完，就又出去了。他有时到前门那儿站一会儿，再往客厅里走一趟，然后又回到前门那儿。

前门是朝西开着的，那时候虽然屋子里面已经暗了，但是外面还亮着，可以清清楚楚地看得见东西。克莱太太本来是在客厅里坐着的，现在也跟她丈夫，来到前门了。

"还得老大一会儿的工夫哪，"牧师说，"就是火车能不误点，他也总得六点钟才到得了粉新屯，到了粉新屯，还有十英里的乡下道，其中有五英里是克利末克路。咱们那匹老马走那样的路，你想快得了吗？"

"但是，亲爱的，那匹马拉咱们的时候，可一个钟头就走过那么些路来着呀。"

"那是多年以前了。"

他们老两口子分明知道，最要紧的就是耐心等候，像他们现在这种争辩，全是白费气力，但又只能这样，把时光一分钟一分钟地挨过去。

等到后来，篱路上到底微微听得见声音了，栅栏外面，也一点儿不错，停下那辆老旧的矮马马车了。他们只看见，从车上下来了一个人，他们就硬以为他们跟他认识，其实这种认识，只是因为在这个时候他们正等一个人，而那个人又是从他们的马车上下来的，所以他们才认识他罢了，要是他们在路上和他遇见，他们一定会和他交臂错过。

克莱太太从黑暗的过道里，一直冲到门口，她丈夫却稍慢一些，跟在后面。

新到的那个人正要进门，在门口看见了他们两个焦灼的面孔，看见了他们两个的眼镜反映出来的亮光，因为他们正和夕阳的余晖相对，但是他们两个却只能看见他背着阳光的形体。

"哦，我的孩子，我的孩子，你到底回来了！"克莱太太喊着说，那时候，她对于她这个儿子离经叛教的污点（这就是他们这番分离的原因），也跟对于他身上的尘土一样，一点儿也顾不得了。实在说起来，世界上的女人，就是顶忠实于真理的信徒，哪有信经典上福祸利害的话，像信她自己的子女那样的呢？把神学的道理跟子女的幸福权衡起来，哪有不把神学当作东风马耳的呢？当时父子三个刚一进了点着蜡的屋子里，克莱太太就往她儿子的脸上看去。

"哦，这哪儿是安玑——这哪儿是我儿子！ 这哪儿是离家那时候的安玑！"她心里一阵难过，不知不觉用反话喊着说，同时把身子转到旁边。

他父亲见了他，也吃了一惊，因为当日克莱受了家庭事变的嘲弄之后，在一阵厌恶之下，贸然去到外国，在那儿受了烦恼，经了恶劣的气候，瘦得跟从前一比，完全是两个人了。我们这时候看见的他，与其说是整个的人，还不如说是一副骨头架子，与其说是一副骨头架子，还不如说是一个鬼魂。他很可以跟克锐维利画的《归天基督》[1]比赛一下。他那深深下陷的眼眶，都带着有病的气色，他的眼睛也没有神气，他那些年高的祖先们瘦削苍劲的面貌，还早二十年的工夫，就在他脸上出现了。

"您知道，我在巴西病了一场，"他说，"现在完全好了。"

他说这句话的时候，他那两条腿就有些站不稳，好像要证明他撒谎似的，他急忙坐下，才没跌倒。其实他只是由于那天路上很劳顿，又刚到家，有些兴奋，所以微微有一点儿要晕就是了。

"近来有我的信没有？"他问，"您最后转给我那封，我差一点儿没接到，又因为我在内地，耽搁了许久才转到我手里，不然的话，我也许还能早回来几天。"

"我们当时想，那是你媳妇给你的吧？"

"是。"

最近寄来的信，只有一封。不过因为他们知道他不久就要起身回来，他们并没转给他。

那封信拿出来以后，他急忙把它拆开了看，看到信里苔丝

---

[1] 克锐维利，意大利画家，约一四三〇年与一四四〇年之间生于威尼斯，卒年无考。《归天基督》藏伦敦国立美术馆。

用潦草的字迹急促中表示的那番心情，心里非常激动而骚乱。

  唉，安玑呀，你待我怎么这么狠心呢！我不应该受这样的待遇。我已经把这件事前前后后仔细琢磨了一番，我永远——永远也不能饶恕你！你分明知道我无心害你，但是你为什么老这样害我呢？你太狠心了，真太狠心了！我只有慢慢把你忘了好啦。我在你手里，一丁点儿公道也没得到！

苔

  "信上写的一点儿也不错，"他把信放下说，"也许她永远也不会再跟我和好了！"

  "你不必为一个乡下土孩子难过啦，安玑！"他母亲说。

  "乡下土孩子！呃，咱们都是乡下土孩子呀。我倒愿意她真是您说的那种乡下土孩子才好！不过，现在我把从前向来没对您露过的话说一说吧，她父亲本是一个最古的诺曼世家一脉相传的后人，像他这样的名门之后，如今在咱们这一带的村庄里，当默默无闻的农人，让人叫作'乡下土孩子'的，可就多着哪。"

  待了一会儿，克莱就上床安歇去了。第二天早晨起来的时候，他觉得非常不舒服，就没出门，只待在屋里，琢磨心事。过去，他还在赤道的南面，并且刚接到苔丝那封情真意挚的书信，所以那时候他觉得，他什么时候想要饶恕她，什么时候就可以跑回来倒在她怀里，那时候他以为，天地间没有比那个再容易的了。但是现在他回来了，事情却并不像他原先想的那么容易。前后的难易为什么这样不同呢？这我们想一想克莱把苔丝撂了以后，苔丝都受到了什么样的遭遇，就可以明白。她本来感情热烈，现在她这封信又表明，她因为他迟迟不来，对他的看法已经改变了——他很难地承认，这种改变，本是应该的——那么，不先给她个信儿，就冒昧地在她父母面前去跟她见面，是不是好办法呢？如果她从前对他的爱，在这番分离最后这几个星期里，真变成了憎恨，那么，忽然相见之下，她也许会对他说出难堪的话来吧。

因此克莱觉得，顶好先写一封信到马勒村，报告他已经回来了，并且说他很希望苔丝现在还是按照他出国以前的安排，在她娘家住着。有了这封信以后，他再去见她，那她跟她娘家的人，就都不至于觉得毫无准备了。这样打算好，他当天就把信寄走了。一个礼拜快过完了，他接到德北太太一封短短的回信，他看完了那封信以后，仍旧跟从前一样，还是不知道该怎么办，因为信上并没标明地址。同时还有使他觉得惊异的情况，原来那封信并不是从马勒村寄来的。信上只写道：

先生——我写这几行字来告诉你，我女儿现在并没在我家里，她什么时候准回来，我也不知道。不过，只要她回来，我马上就通知你。至于她现时在什么地方暂住，我觉得不能随便对你说。我只能说，我和我的孩子们，已经有些日子，不在马勒村住了。

昭安·德北

从这封信上看来，显然苔丝至少是平安无恙的，这也足以使克莱放心了。所以德北太太虽然没把她的住址告诉他，他也并没因而长久难过。他们一家人，毫无疑问，都在那儿生他的气。他只等候好啦，等候德北太太把她女儿回来的消息告诉他好啦，因为从那封信上看来，好像她女儿回来的日期不会很远。像他这样的人，不配受人家比这个更好的待遇。因为他这个情人，曾因"光景变迁，爱情也随着变迁"[1]。他这趟出国，得了不少特别的经验。他曾经在名义上是考尼丽的人身上，看见过实际上的芳蒂纳，在肉体上是芙露尼的人身上，看见过精神上的露柯蕾莎。[2]他曾想到叫人捉住，放在众人当中，说该用石头打死的那个女人[3]，和做了王后的那个乌利亚的老婆[4]。他曾自己问过自己，他评判苔丝，为什么不用推断，而只看历史，为什么不考察意向，

[1] 引自莎士比亚的《十四行诗集》第一一六首第三行。

[2] 考尼丽，古罗马执政官格拉苦之妻，富有才能，极贤德，集古罗马妇德于一身，人民几敬之若神明。芳蒂纳，有二，一母一女，母为罗马皇帝安东尼纳·派厄之妻，以放荡著称。其女为罗马皇帝奥锐利厄之妻，放浪之名，较其母尤甚。芙露尼，古希腊歌女，以美名。据说希腊名画家阿排利斯所绘之维纳斯，及名雕刻家蒲拉遂提所雕之维纳丝像，都以她为模特。露柯蕾莎，为罗马传说故事中卡来提额之妻，极贤德，为塔昆尼厄所强污，告其父与夫，嘱为报仇，遂自杀。

[3] 该用石头打死的女人，《新约·约翰福音》第八章第三节至第十一节，耶稣坐下教训百姓。文士和法利赛人带着一个行淫时被拿的妇人来，对耶稣说，摩西在律法上吩咐我们，把这样的妇人用石头打死。耶稣就对他们说，你们中间谁是没有罪的，谁就可以先拿石头打她。他们听见这话，就从老到少一个一个地都出去了。耶稣对她说，没有人定你的罪吗？她说，没有。耶稣说，我也不定你的罪。去吧！从此不要再犯罪了。

[4] 做了王后的乌利亚的老婆，《旧约·撒母耳记下》第十一章第二节以下，大卫看见一个妇人沐浴，容貌甚美，打听那妇人是谁，知道是乌利亚的妻拔示巴。大卫差人将妇人接来，与她同房，有孕。大卫叫乌利亚到战争最烈的战场上去，欲假敌人之手把他害死。乌利亚果然死在阵上，大卫就把他的妻拔示巴接到宫里为妻。

却只顾行为？

又过了一两天，他只在他父亲家里待着，一心专等德北太太回答他的第二封信，同时间接地恢复了一点儿体力。他的体力倒是有些恢复了，德北太太的回信，却老没有来的踪影。于是他把从前他在巴西的时候，他家里转给他那封苔丝在棱窟槐写的信又找了出来，重新看了一遍。他现在看到信上的字句，还跟他头一次看到它们的时候，一样地感动。

……我现在一定得哀求你来救救我的苦难，我没有别的人可以哀求……要是你不能到我这儿来，也不让我到你那儿去，那么我想我就非死不可了……请你——请你不要净公正——请你多少慈悲一点儿吧……要是你回来了，我情愿死在你怀里！只要你能饶恕我，我死了都甘心！……只要你肯写几个字给我，告诉我说"我就来了"，那我就等你，哦，安玑，并且还高高兴兴地等你哪！……你想一想，你想我老——老看不见你，我心里该怎么难过！唉，我心里成天成夜，就没有一时一刻不难过的。如果我能让你的心，一天之内，像我这样疼上一分一秒，那也许就可以让你对我这样一个孤单无依的人，生出怜悯的心来了。……只要我跟你住在一块儿，就是不能做你的妻子，就是做你的奴仆，我也甘心，不但甘心，而且还快乐。我只要能靠近你，能看到你几眼，能自己觉得你是我的人，就满足了。……我不论在天上，不论在地上，也不论在地下，都不想别的，只想你，只想跟你见面。我自己最亲爱的！你来吧！快来吧！快来把我从威胁我的大难里救出来吧！

克莱看了这封信，就决定不信她最近对他那种比较严厉的态度了，决定立刻去找她。他问他父亲，他本人不在家的时候，他媳妇是否跟他老人家要过钱。他父亲说没有。安玑听了这个话，才猛然想起来，像苔丝那样爱面子的人，绝不肯觍颜向人，她一定因为没有钱用而受罪了。他们老两口子现在听了他们的儿子说的话，才明白了他们小两口所以分离的真正原因。他们的基督教，既是专以拯救人所共弃的罪人为特殊的目的的，因此先前他们儿媳妇的门第、单纯，甚至于贫穷，都没能把他们的慈心激动，现在她的罪恶却立刻把它激动了。

安玑匆匆忙忙拾掇他那几件旅行用具的时候，他看到一封简单的信，那也是新近才寄到的——那就是玛琳和伊茨写的那封，信上开头说：

"我们所敬爱的先生啊——如果你爱你太太，像她爱你那样，那你就快快来保护她好啦。"信尾签的名是——"两个好心人"。

54

不到一刻钟的工夫，克莱就出了他父亲那个公馆的门了。他母亲把他送到门外，一直到他那瘦削的身子在街上看不见了的时候，才回到屋里。他很知道，他家里离不得他父亲养的那匹老骒马，所以他不肯用它，他在一家客店里雇了一辆小马马车，心里急得差不多连辖马的工夫都等不得。不到几分钟，他就坐着车，走上镇外那条山道了。今年三四个月以前，也就在这条山道上，苔丝先怀着那样的希望下了山，后来希望粉碎了，又怀着那样的绝望上了山。

奔飞路不久就在他前面展开了，路旁的树篱和树木都正含着苞芽，发出红色，但是克莱心里想的却是别的，他无意于风景，仅仅有时看看到了什么地方，免得迷路而已。不到一个半钟头的工夫，他就经过王室欣陶庄田的南端，往上走到荒寒苍凉的十字手了，就在这个凶神恶煞一般的孤石旁边，从前亚雷·德伯，由于一阵想要改过自新而生的乖僻，曾逼着苔丝起誓永远不再成心蛊惑他。山坡上面去年残余的荨麻，仍旧挺着灰白的秃茎，今年春天的嫩枝，都从枯老的根上重新发芽。

他从十字手顺着俯视其他欣陶庄田那片高原的边崖，往前走了一会儿，再往右一拐，就到了空气寒劲、石灰地质的棱窟槐了，苔丝给他的那些信里面，有一封就是从这个地方发的，克莱以为那就是苔丝的母亲所说苔丝暂住的地方呢。但是他在那儿，当然见不着苔丝，并且他一打听，还有一样事，使他更沮丧。原来在这块地方上，虽然有很多的人，都知道苔丝这个名字，但是那些乡下人和那个农夫本人，却都不知道有个克莱太太。那么，他们两个分手以后，显而易见，她永远也没用过他的姓了。苔丝觉得，他们那一次的分离，就等于完全脱离了关系，所以她的自尊心使她一方面不再姓克莱的姓，一方面宁可自己备尝艰苦（克莱现在才头一次知道她受艰苦），而不去找他父亲。

那个地方上的人告诉他，说苔丝·德北并没正式辞工，就回到布蕾谷那面她父母的家里去了。既是这样，当然得去找德北太太一趟了。德北太太信上曾说过，她已经不在马勒村住了，但是又奇怪，她不肯说出她的真实住址来。现在唯一的办法，只有先上马勒村去打听打听再说了。棱窟槐那个农夫，虽然原先对苔丝很凶恶，现在对克莱却很客气，并且还借给了克莱车马、人夫，送他到马勒村去，因为克莱雇的那辆车，已经走够一天的路程，转回爱姆寺去了。

克莱让那辆车把他送到布蕾谷外面，就把车马、人夫打发回去了，他自己找了个客店住了一夜。第二天起来，他步行着走上了他那位亲爱的苔丝的那块故土，当时节气还早，园中和树上还没有多少青绿的颜色，因为虽然那时说是春天，却实在不过是冬天罩着一层薄绿罢了。这种情况跟他所预期的正一致。

苔丝幼年居住的房子，现在是另外一个从来没见过她的人家住着了，那家新住户，正在园子里，专心一意地做自己的活儿，仿佛这所房子，从前并没住过别的人家，从前并没跟别人的历史发生过关系。其实他们的历史跟已往那些人家的历史比起来，只像一个痴人说的故事 [1] 一般。他们在园径上走动，不顾别的，一心只琢磨自己的事，其实他们每一种动作，都跟他们以前那些人模糊的影子龃龉冲突。他们谈起话来，也好像苔丝住在这儿的时光，比起现在来，一点儿也不紧张。就是他们头上的春鸟，也都自鸣得意，仿佛并不觉得有什么旧人离去似的。

这些无识无知的活宝贝，连他们以前的住户姓甚名谁都记

---

[1] 痴人说的故事，见《麦克白》第五幕第五场第二十五行。原文大意说，它（人生）只是一个白痴说的故事，只听得叫嚣唧呱，却毫无意义。

不大清楚。克莱跟他们一打听，才知道约翰·德北已经死去，他的遗孀和遗孤，都搬出马勒村了，先说要到王陴去住，后来却又没到王陴，到另一个地方去了。这个地方的名字，他们也告诉了克莱。既然那所房子里面没有苔丝了，克莱就憎恨起那个地方来，于是他连头都没回，就急忙走开了。

他所取的路，正是他头一次看见苔丝跳舞的那一块青草地。现在那块地，也和那所房子一样地令人憎恨了，可以说更令人憎恨。他一直穿过教堂坟地，只见许多新立的碑碣中间，有一个花样比较精细，上面刻着：

纪念约翰·德北，其家实即显赫一时之德伯，由征服者威廉王之武士之一裴根·德伯爵士起，历数显世而直传至约翰。卒于一八——年三月十日。

一世之雄，而今安在。

有一个人，看样子大概是教堂的管事，瞧见克莱站在那儿，就走近前来和他说：“啊，先生，这个人本不愿意埋在这个地方，本想埋在王陴，因为他的祖坟在王陴。”

“为什么他家里的人不照着他的意思办哪？”

“呃——因为没有钱哪！唉，先生，这个话我就是对您说，在别处我是不能说的。您不知道，先生，就是这一统刻得这么精致的碑，还都没给人钱哪。”

“啊，这个碑是谁刻的？”

那个人就把村里一个石匠的姓名告诉了克莱，克莱离了教堂坟地，就到那个石匠家里去了。一打听，那个人的话果然不错，他就把碑钱给了那个石匠。他把这件事办了，就转身朝着苔丝母女新搬的地方走去。

想从这个地方步行去到那儿，本来不成，但是当时克莱心里不愿意和别人在一块儿，所以起初也不雇车，也不到火车站，只自己一个人走。那个地方，要是坐火车拐着弯儿走，本来也可以到的。走到沙氏屯，他却觉得走不动了，就雇了一辆马车。不过路不好走，一直快到晚上七点钟的时候，他才走到昭安住的地方。那儿离马勒村差不多有二十多英里。

那个村庄本来不大，克莱没费什么事就找到了德北太太的住处：只见一所房子，坐落在一个围着垣墙的园子里，离大道很远，德北太太那些笨重的家具，刚刚勉强能在里面摆下。克莱知道德北太太分明是为了某种原因，不愿意他来拜访，因此他觉得自己来这一趟，未免有点儿鲁莽。德北太太亲自到门前见他，夕阳的余晖，正射到她脸上。

这是克莱头一次见她。不过当时克莱正满腹心事，除了看见她还是一个相貌齐整的女人，穿着很体面的孀妇服装而外，不顾得留神别的。他只得自己介绍，说他是苔丝的丈夫，并且说明他到这儿来的目的，不过说得很笨拙。"我想要立刻就见见她，"他又说，"你信上本来说要再写信给我，可是你压根儿就没再写。"

"因为她压根儿就没回来呀。"昭安说。

"你知道她现在怎么样吗？"

"俺不知道。可是，先生，你可应该知道哇。"她说。

"这个我承认。她现时在什么地方哪？"

刚一出来见面的时候，昭安就露出为难的神气来，老把手捂着脸腮。

"她——一准在什么地方，俺说不上来，"她回答说，"她从前——不过——"

"她从前在哪儿哪？"

"呃，她不在她从前待的那个地方了。"

她吞吞吐吐地说到这儿又不说了。那些小孩子们那时候都跑到门口，顶小的那一个把他母亲的衣襟一扯，低声问：

"这就是要和大姐结婚的那个人吗？"

"他已经和她结过婚了，"昭安低声说，"你们都回家去。"

克莱看出她咬定牙关不肯吐露消息，就问：

"您想苔丝愿意我去找她吗？要是她不愿意的话，当然——"

"俺想她不愿意吧。"

"你敢保吗？"

"俺敢保她不会愿意。"

他听了这话，正要转身走去，忽然又想起苔丝那封缠绵婉转的信来。

"我敢保她愿意，"他热烈地反答，"我比你知道她知道得清楚。"

"这话也许是，先生，因为俺从来就没摸得着她的准脾气。"

"请你可怜可怜我这样一个孤单受苦的人，把她住的地方告诉我吧，德北太太。"

苔丝的母亲又心神不定地用手直上直下摸自己的脸。她一看他真正难过的样子，到底低声说：

"她在沙埠。"

"啊，在沙埠什么地方？我听说，沙埠已经变成一个大地方了。"

"俺只知道她在沙埠，细情俺就不晓得了。俺从来没到过那儿。"

看昭安说话的神气，她大概是真不知道。所以克莱也就没再追问她。

"你要什么东西不要？"他很温柔地问。

"不要什么，先生，"她说，"俺们一切还算过得去。"

克莱也没进屋里，就转身走了，前面三英里有一个车站，克莱把马车钱付了，就步行往那儿走去。那天往沙埠去的末班车不久就开了，车上的乘客就有克莱在内。

55

那一天，克莱到了沙埠，匆匆地找了一家旅馆，立刻打电报把他的地址告诉他父亲，已经是夜里十一点钟了，但他还是往沙埠的街上走去。不过时间已经太晚了，拜访打听，都不是时候了，所以他无可奈何，只得挨到天亮再说。但是那个时候，他还是毫无心情回屋安歇。

这一个时髦的海滨胜地，同它那东车站和西车站，它那几个小码头，它那些松树林，它那些散步场和它那些蔽覆的花园 [1]，在克莱看来，好像一个神仙世界，在神杖一指之下忽然出

---

[1] 蔽覆的花园是有屋顶的花园，雨天也可以在那儿散步。

现，出现之后稍稍蒙上了一层尘土。那片广大的爱敦荒原东端突出的一部分，就紧在跟前，然而就在那片古老苍茫的荒原边上，这么一个辉煌新异的游乐胜地，却偏偏会发达起来。城市外面，走出去不到一英里，那些凹凸高低的地形，就全是洪荒以来的残迹，那些低沟浅槽，就全是不列颠人留下而没受过干扰的旧路。那块地方，自从恺撒[1]以后，一土一石都没人翻动过。然而外来的风物，却好像预言家的蓖麻一般[2]，在这儿忽然生长起来，并且把苔丝也引到了这儿。

克莱在半夜街灯的亮光下，在旧世界上这个新世界曲里拐弯的道路上来往溜达，看见那些新奇宅第的屋顶、烟囱、望阁、塔楼，巍然高峙，掩映在树木中间和星光之下，因为这个地方全是由这种新奇的建筑物组成的。它是一个各占一方的巨宅所构成的城市，是英伦海峡上一个供人游乐的地中海胜地[3]，并且现在在夜里看来，显得比它真实的样子还更巍峨伟大。

大海就近在眼前，但是并没有不调和的意味。海浪滔滔，克莱以为是松涛瑟瑟；松涛瑟瑟，克莱却又以为是海浪滔滔。二者的声音不可分辨。

在这么一个富丽繁华的城市里，哪儿是他那位年轻的太太，一个乡下女孩子，安身的地方呢？他越把这件事琢磨，越琢磨不

---

[1] 恺撒，指罗马大将恺撒而言，他曾于公元前五五及五四两年，两度侵入不列颠（即今英格兰）。

[2] 见《旧约·约拿书》第四章第六节以下："耶和华神安排一棵蓖麻，使其发生高过约拿，影儿遮盖他的头……这棵蓖麻……一夜发生，一夜干死……"

[3] 地中海胜地，像法国的尼斯，意大利的那不勒斯、热内亚等处都是。

出道理来。这个地方当然无地可耕，但是是不是有奶可挤呢？也许她在一个宅门里，雇给人做事吧。他往前走的时候，就朝着那些宅子的窗户看去，只见窗户里的灯光一个一个全都灭了，他心里就纳闷，不知道哪一家是苔丝待的地方。

　　猜想是毫无用处的，因此刚刚打过十二点钟，他就进了旅馆，上床躺下了。他灭灯以前，把苔丝那封情词热烈的信又看了一遍。不过要睡觉却办不到，因为那时他和她那样近，却又那样远。因此他就不断地老把百叶窗打开，老把对面那些房子的背后打量，心里老纳闷，不知道苔丝正在哪一个窗户里面安息。

　　他本来很可以不必上床去躺着，坐一整夜也差不多跟躺着一样。早晨七点钟他就从床上起来了，待了片刻就出了旅馆，朝着邮政总局走去。走到邮局门口，只见对面一个样子很伶俐的邮差，拿着早班信件，从邮局里出来要去分送。

　　"有一位克莱太太，住在什么地方，你知道不知道？"安玑问。

　　邮差把头一摇。

　　克莱忽然想起来，苔丝也许还用她自己的本姓吧，因此就又问：

　　"她也叫德北小姐？"

　　"德北？"

　　这个姓那个邮差还是不知道。

　　"先生，你知道，"他说，"这地方天天有人来，天天有人走，要是不知道他们的住址，就没法儿找他们。"

　　正在那时，又有一个邮差从邮局里忙忙碌碌地往外走，克莱就把这个问题，又对他问了一遍。

"我没看见过姓德北的，不过可有姓德伯的，住在群鹤。"第二个邮差说。

克莱一听这个话，还以为苔丝已经采用了她祖上的真姓，心里一喜，就喊着说："不错，正是正是！群鹤是个什么地方？"

"是一家时髦的公寓。唉，你不知道，我们这儿，遍地都是公寓。"

于是他们告诉了克莱往那个公寓去的路，克莱跟着就急急忙忙地找去了。他到了那儿的时候，正好送牛奶的也到了那儿。这个群鹤，虽然不过是一个普通的别墅，房子四围却自己单有园子，并且从外面上看来，非常像私人住宅，谁也想不到它会是一个公寓。克莱心里琢磨，恐怕苔丝是在这儿当女仆吧，要是真那样的话，那她一定会从后门出来接牛奶，他也往后门那儿去好啦。但是他终究不敢确定，所以他还是转到前门，去拉门铃。

那时时光太早，所以女老板亲自出来把门开了。克莱跟她打听，有没有一个苔莉莎·德伯，或者苔莉莎·德北，住在这儿。

"你问的是德伯太太吗？"

"是。"

那么苔丝是以结过婚的身份对人了，他心里不由一喜，虽然她并没用他的姓。

"请你告诉她，就说有一个亲戚，很想要见她。"

"这个时候未免早了点儿。你贵姓，先生？"

"安玑。"

"安玑先生吗？"

"不是，就是安玑。那是我的名。你这样说她就明白。"

"好吧，我看看她醒了没有。"

克莱让那个女老板带到一个用作饭厅的前屋，里面都挂着带有弹簧的窗帘。他隔着帘缝往外看去，只见外面有一片小小的草地，草地上有石楠树和别的灌木。这么看来，显而易见，苔丝的境况绝不像他猜想的那样坏了。他忽然想起来，她一定是不知道用什么法子，把那些珠宝要出来变卖了，才弄到这种地位。他觉得苔丝这么办很对，他连一分钟，一秒钟觉得她不对的时候都没有。待了不久，他那两个时时留神的耳朵，就听见楼梯上有脚步声音，于是他的心就扑通扑通地乱跳起来，跳得使他觉得非常地难受，使他差不多都站不稳。"哎呀，我现在变成这种样子，她看着该有什么感想哪！"他正这样自言自语，屋门开开了。

苔丝站在门口，不但一点儿也不是他预先料想的那种光景——并且还和他料想的完全相反，这真使人如坠五里雾中了。她那天生的美丽，让她现在穿的衣服一衬托，就是不能说更增加了美丽，却也得说更显得美丽。她身上轻松地披着一件浅灰色的卡细米羊毛晨间便服，都绣着轻丧服素净颜色的花样，她脚上的拖鞋也和便衣是一样的花色。她的脖子让一片细绒花边围了个四面不透风，她那条我们记得很清楚的深棕色粗发辫，一半挽在头后，一半披在肩上——这显然是匆忙的结果了。

克莱刚一见她，本来把两只胳膊伸出，但是以后却又自然垂下，因为苔丝老站在门口，并没走上前来。他现在只是一个黄瘦的骷髅了，他很感到他们两个形貌的差异，并且觉得，苔丝看到他这种样子，一定恶心得慌。

"苔丝！"他哑着嗓子说，"我撇下了你，那是我的错，你能饶恕我那个错吗？你还能——再跟我和好吗？你怎么弄到——现在这样？"

"现在太晚了。"她说。她的声音传到满屋里，冷酷坚忍，她眼里射出的眼光，也极不自然。

"我从前都错怪你了——我从前没按着真正的你来看你！"他接着申辩说，"我这最亲爱的苔绥，我现在都改了！"

"太晚啦，太晚啦！"她说，一面把手摇摆，她那种难受的样子，跟一个身受重刑的人，疼得每过一分钟就像过一点钟一样，"你别靠近我，安玑！千万别靠近我。你离我远点儿。"

"那么，我这亲爱的太太，你是不是因为我病成这种样子，不爱我了呢？我想你绝不是那样轻薄的人——我今天是一心一意为你来的——我母亲和我父亲现在都欢迎你了！"

"好哇，啊，好哇，很好哇！可是我——我说，太晚了。"

苔丝看着，好像跟梦里的逃亡者一样，只想逃开，却又逃不开。"难道你不知道一切的情况吗？难道你不知道吗？要是你不知道，你怎么又找到这儿来了呢？"

"我到处打听，才打听到这儿来的。"

"我等你，等了又等，"她接着说，她的声音忽然变得跟从前一样地凄婉清脆，"可是你老不回来！我写信叫你，你还是不回来！他老是对我说，你永远不会再回来了，老是说，我是一个傻女人。他待我很好，并且我父亲死后，他待我母亲，待我家里的人都好。他——"[1]

---

[1] 后出之版本，这儿的空白写全了，为"他把我买下了"。

"你这都说的是什么呀？"

"他又把我弄回去了。"

克莱先使劲地看苔丝，跟着明白过来她的意思，就像中了痧气一般，立刻四体发软，眼光低垂。低的时候，恰巧落到她的手上，只见原来发红的手，现在变白了，也比先前更娇嫩了。

她接着说：

"他在楼上。我现在恨死他啦，因为他对我撒谎——说你不会再回来，但是你可回来了！你瞧这身衣服，都是他给我弄的，我简直什么都由着他摆布！不过——安玑，你走吧，永远不要再来啦，成不成哪？"

他们两个都死挺挺地站在那儿，都把心里的挫折委屈，在眼神里表示出来，眼神里则凄怆悲伤，让人看着都可怜。他们两个都好像想要藏到一个地方，逃开现实。

"唉，这都怨我！"克莱说。

但是他不能接着说下去。在那个时候，说与不说，一样地无用。不过他恍恍惚惚地却觉出一样情况来——他觉得他原来那个苔丝，好像在精神方面，现在不再承认他面前那个肉体是她自己的了——好像把她的肉体看作是水上的浮尸一般，让它任意漂荡，和她那有生命的意志各走西东。这种情况当时并不清楚，过后才觉得显然。

过了一会儿的工夫，克莱一看，苔丝已经走了。他站在那儿，让那一瞬的情景把精神完全吸住了的时候，他脸上变得更冷漠，更瘦削。又过了一两分钟，他自己已经到了街上，悠悠忽忽地信步走去。

56

群鹤公寓的女老板和公寓里那些华美家具的女主人卜露太太，不能算是一个特别好管闲事的女人。因为她这个人，说起来也可怜，成天老算计赔赚，老琢磨怎么能够得到寓客们口袋里的钱，她只顾物质方面的事，就没有闲心去理会别的事了。但是现在，安玑·克莱对于她那两位阔绰客人——她以为的德伯先生和太太——的拜访，在时间上和情况上，都有些出乎寻常，所以她那种妇女本来有的好奇心，虽然一向抑制下去了（因为她认为，那种好奇心，除了对于租房这种营业发生作用以外，是不应该有的），但是又叫这番拜访重新激发起来了。

苔丝和她丈夫说话的时候，并没进饭厅，只站在门口。卜露太太那时站在过道后面自己的起坐间里，门一半开着，对于他们一对伤心人的谈话——不知是否能算谈话——能听见一句半句。以后她听见苔丝又回到楼上，听见克莱起身离去，听见他随手把前门带上。于是她又听见楼上关门，她就知道，那是苔丝已经又进了她自己的房间了。卜露太太琢磨着，既是那位年轻的太太并没穿戴整齐，那么她再出来，总得待一会儿的。

于是卜露太太轻轻悄悄地上了楼，站在前部房间的门外。原来头层楼上是群鹤公寓里顶好的房间，现在归德伯按星期租住。一共两个房间，中间有两扇折门通着，前面是客厅，后面是卧室。那时后屋静悄悄的，前屋却有声音。

她刚一听的时候，只能辨出一个字音来，连续不断地低声呻吟发出，跟一个绑在伊赛昂轮[1]上的鬼魂喊的一样。只听得：

"哦——哦——哦！"

于是沉默了一下，跟着长叹了一声，跟着又是：

"哦——哦——哦！"

那位女老板巴着门上的钥匙孔，往屋里看去。屋里能够看得见的地方，只有很小的一部分。但是早餐桌子的一个角，还有桌子旁边一把椅子，却正伸到那一小部分上。那时候，桌子上已经把饭都开好了。苔丝跪在椅子前面，把脸趴在椅子座上，两只手紧紧握在头上，她那晨间便服的长下摆，和她那睡衣的绣花边，全拖在她身后的地上，她那两只脚伸在地毯上，脚上没穿袜子，便鞋也掉下来了。那种没法形容、表示绝望的呻吟，就是从她嘴里嘟囔着发出来的。

于是隔壁卧室里一个男子的声音问：

"你怎么啦？"

苔丝并没回答，只自己继续念叨，这种念叨的腔调，说是呼痛，还不如说是自语，说是自语，还不如说是哀鸣。卜露太太只能听见一部分：

"可是我那亲爱、亲爱的丈夫又回来找我来啦……我还一点儿都不知道！……都是你毫无心肝，花言巧语，把我愚弄的……你老不肯罢休，老来愚弄我！老来愚弄我！你老口口声声，说我妈要什么，我妹妹要什么，我弟弟要什么，老用这些话来打动我

---

[1] 伊赛昂轮，见希腊神话。赖皮狄人国王伊赛昂，觊觎天后西拉之色，并称获天后眷宠，因遂被放达达罗司，缚于大轮，永转不息。

的心！……你又说，我丈夫不会回来了，一辈子也不会回来了；你又嘲笑我，说我不该那么傻，不该还盼望他来！……后来你到底把我弄得没主意啦，信了你的话啦，由着你的意啦！……但是他可又回来啦！回来又走啦。第二次又走啦，这回真是一去不回啦！……他永远也不会再爱我啦，连一丁点儿，一丁点儿都不会再爱我啦，他只有恨我啦……哎，是啊，这一次他又把我撇下啦，又为的是——你！”她的头本来伏在椅子上，在她辗转痛诉的时候，她的脸就转到房门那面，就让卜露太太看见了，只见她脸上痛苦万状，嘴唇都让牙咬得流了血，她闭着眼睛，细长的眼毛都湿成一绺一绺，贴在脸上。只听见她继续说：“他又病得那个样子，要活不长了，看样子我恐怕他要活不长了！……我这番罪孽非要了他的命不可，我自己可死不了！……哦，我这一辈子算是让你毁了，……我本来哀告过你，求你千万别再毁我，可是你到底还是又把我毁啦！……我自己的亲丈夫永远也不——也不能——哎哟，老天哪——我受不了啦！我受不了啦！”

卧室里那个男人又说了几句更难听的话，于是忽然一阵衣裳窸窣的声音，原来苔丝已经一跳而起了。卜露太太以为她就要开门冲出来，就急忙退到楼下去了。

不过她这一举动却是多余的，因为客厅的门并没开。不过卜露太太觉得再上楼去偷看，究竟不大妥当，所以就到楼下她自己的起坐间里去了。

她在楼下虽然侧耳细听，但是却始终听不见楼上有什么动静，于是她就去到厨房，把没吃完的早饭赶快吃完，又立刻回到楼下的前屋，手里拿起活计来，等候她的房客拉铃呼唤，她好亲自去收拾桌子，借着探一探究竟是怎么一回事。她坐在那儿的时候，她能听见上面的楼板现在微微地吱吱作响，好像有人走动似的。过了一会儿，这种动作便明白了，因为楼梯栏杆上一阵衣裳窸窣之后，就听见前门有开关的声音，跟着看见苔丝往栅栏院门走去，要上大街。她现在的穿戴，跟她刚来的时候一样，是整整齐齐的富家少妇旅行的服装，不过有一样比来的时候不同，她的帽子和黑羽上，多了一个面纱。

卜露太太并没听见那两位房客在楼上门口说过什么暂别或者久别的分手话。这也许是因为他们两个刚才拌过嘴，所以谁也不理谁，也许是因为德伯先生还在睡乡，因为德伯先生向来没早起过。

于是卜露太太又回到楼下那个后屋，在那儿继续做活，因为她总是在后屋待的时候多。那位女房客总也没回来，那位男房客总也没拉铃叫人。卜露太太觉得有点蹊跷，就琢磨这种情况的缘故，同时不知道今天那么早来拜访的那个人，对于楼上这一男一女，会有什么关系。她正琢磨的时候，不知不觉地把身子往椅子后面靠去。

这样一来，她的眼光就无意中落到天花板上。只见一个小点儿，从前永远没看见过的，在白色的天花板中间出现。她刚一看见那个小点儿的时候，它的大小跟一个小蜂窝饼干差不多。但是待了一会儿，它就变成手掌那么大，同时还可以看出来，它的颜色是红的。这个长方形的白色天花板，中间添上了这样一个红点儿，看来好像一张硕大无朋的幺点红桃牌。

卜露太太当时不知怎么，往坏里疑虑起来。她上了桌子，用手去摸那块地方，一摸是湿的，还好像是血迹。

她从桌子上下来，出了起坐间，上了楼，本想一直走进用作寝室的后屋。但是卜露太太虽说现在已经成了一个神经麻木的人了，当时她却怎么也不敢去动那个门钮。她只站在外面留神细听。屋里非常地静，什么动静也没有，只有一种滴答声，快慢一样，送到她的耳朵里。

滴答，滴答，滴答。

卜露太太急忙下了楼，开开前门，跑到街上。她刚好遇着邻近别墅里她认识的一个工人打街上过，她就求他进去，跟她一块儿上楼，因为她对他说，恐怕她的房客有一位遭到了不幸。那个工人答应了她，跟着她上了楼梯口。

卜露太太把客厅的门开开，往后一退，让那个工人先进去了，她自己才跟着进去。只见屋里并没有人，桌子上的早餐——很丰富的早餐，有咖啡、有鸡蛋、有冷火腿——也跟她先前把它摆在那儿的时候一样，一动没动，只是有一件，切肉的刀子不见了。于是她叫那个工人，穿过折门，到隔壁屋里去看一看。

那个工人把门开开，往里刚走了一两步，就差不多立时沉着脸拔步缩回，嘴里说："哎哟，了不得，床上那位先生死啦！大概是叫刀子扎死的——满地流的都是血！"

当时一喧嚷起来，于是原先那所极安静的房子里，就来了许多的脚步杂沓之声，其中之一是一个外科医生的。伤口虽然很小，可是刀尖已经扎到死人的心房了，只见死人仰卧床上，颜面灰白，死挺挺的，好像原先他受伤之后就没怎么动似的。过了一刻钟之后，旅客在床上被杀的新闻，就传遍了那个时髦胜地上所有的街道和别墅了。

57

那时候，安玑·克莱已经丢魂失魄地顺着原先的来路走回去了。他进了旅馆，在摆着早餐的桌子旁边坐下，两眼发直，只往面前傻看，先还毫无知觉地又吃又喝，后来忽然又马上就要账单。账单拿来，付过了钱，他就提起他那件唯一的行囊——盛梳妆用具的小提包，走出了旅馆。

当他正要离开的时候，一封电报送到他面前，原来是他母亲打来的，上头只寥寥几句话，一面说他们知道了他的行踪，很觉欣慰，一面告诉他，说他哥哥克伯，已经跟梅绥·翔特求婚成功了。

克莱把电报搓成一团，一直朝着车站走去，到了车站一问，才知道，得待上一点多钟才能有车。他在车站坐下想要等候，但是等了有一刻钟，又觉得不能在这个地方再等了。他那时已经心神摧伤，知觉麻木，本来没有什么匆匆的必要，不过这样一个地方，叫他受过这样一番经历，他总想快快躲开才好，因此他就起身朝着前面一个车站走去，想要在那儿坐火车。

他所走的那条大道，空旷显敞，往前不远，就通到一个山谷里，老远就能清清楚楚地看见它从山谷这一边穿到山谷那一边。他走了一会儿，把这段谷道走了有一大半，就在山谷西边弯着腰上了山坡，正在那时，他站住了脚喘气，不知不觉地回头看去。至于他为什么回头，他也说不出来，不过好像有什么东西逼着他这样做似的。那条好像带子的大道，在他身后越来越细，一直到他目力望不到的地方。他回头看去的时候，只见有一个小斑点，闯上了空旷灰白的大路，往前移动。

那个小点，原是一个正跑来的人。克莱忽忽悠悠地觉得，这个人仿佛追他似的，就站住等候。

那个人现在跑下山谷的斜坡了，是一个女人的模样，但是克莱既是一点儿也没想到，他自己的太太会跟着追来，因此虽然后来苔丝走得更近，克莱还是没认出来是她，因为她穿的衣服，完全跟从前不同。等到她离他十分相近，他才敢信那是苔丝。

"我刚到车站——你就走啦——我看见你走啦——我跟着就一直追你追到这儿！"

他只见她脸上非常惨白，呼吸非常急促，全身的筋肉都颤抖，因此他就一句话都没问她，只把她的手握住，掖到自己的胳膊底下，领着她往前走去。他想躲开任何可能遇到的其他旅人，就离开了大路，取道几株杉树下面一条僻静的小路。他们深入了枝叶呜咽的杉树林子以后，他才站住了脚，带着探问的神气，往苔丝脸上看去。

"安玑，"苔丝好像早就等待他这一看，所以就开口说，"你知道我一路这样追你，为的是什么？为的是来报告你，我已经把他杀了！"她说这句话的时候，脸上浮起一种动人痛怜的惨笑。

"什么？"安玑看她那种怪样子，以为她有些精神错乱，所以问。

"真的，我真那么办啦——我也不知道我怎么办的，"她接着说，"不过，安玑，对你，对我，全都该这么办。我从前有一次，曾拿皮手套打过他的嘴，那时候，我已经就恐怕，以后总有一天，我非把他在我年少无知的时候用奸计坑害我的仇，把他由于我也间接地把你害了的仇，一齐都报一报不可。他把咱们两个人离间了，把咱们两个人毁了，现在我看他还能再离间别人不能啦，还能再毁别人不能啦。安玑，我从来就没像爱你那样爱过他，你知道不知道？你相信不相信？我跟着他去，都是因为你老不回来，我没有法子才去的。我当日那样爱你，你为什么可把我撂了哪？你怎么把我撂了哪？我真想不出你撂我的道理来。不过我一点儿也不怪你，我只求你，看着我现在已经把他杀了的情分上，原谅我对不起你的地方。你能不能原谅我哪？我跑来追你的时候，我一心相信，你一定会因为我已经把他打发了而原谅我的。我原先想，我要你再回心转意，就非采取那种办法不可，我想到那种办法的时候，心里就豁亮起来。我是因为你把我撂了，没法再忍受了——你不知道我得不到你的爱那种痛苦吧？现在你可得说你知道了吧，亲爱、亲爱的丈夫啊，现在我已经把他打发了，你可得说你知道了吧！"

"苔丝，我实在爱你——一点儿不错，我爱你——从前的爱全都回来了！"他说，一面热热烈烈地用胳膊紧紧搂着她，"不过你说你把他杀了那句话——究竟怎么讲？"

"我是说我真把他杀啦。"她像在梦中一般，嘟囔着说。

"怎么，真杀啦？那么他已经死了吗？"

"不错，死啦。他听见我因为你哭，就拿话来挖苦我，来呵叱我，并且还用脏话骂你。我受不住啦，就把他杀啦。我心里真忍不下去了。他从前已经拿你挖苦过我多少回了。我把他杀了，就穿戴好了，跑出来找你。"

克莱慢慢地才肯相信，即便苔丝没真办这件事，她至少曾动过杀机。他想到这里，不觉一面对于她的冲动大大地害怕，一面对于她对他这样浓烈的爱情，她这样奇特的爱情，显然能够让她完全消灭了道德意识的爱情，大大地惊异。但是苔丝自己，因为没能看出这件事的严重性，却好像觉得到底称了心愿似的。因此她伏在他的肩头上，乐得哭起来的时候，他就打量她，同时心里纳闷，不知道德伯氏的血统里，究竟有什么令人不懂的特征，才会让苔丝做出这种离经反常的事来——如果那真能说是一件离经反常的事。他心里有一瞬的工夫，曾经想到，德伯氏马车跟杀人的传说，所以会发生，也许就是因为人家都知道德伯家常干这种事吧。在他当时心思混乱、精神兴奋的情况下，他便假定，一定是苔丝在她刚才所说的那一阵悲伤如狂的时间里，她的思想错乱失常，才使她陷入了这样的深渊。

这件事情，如果实有其事，那太令人可怕了；如果只是暂时的幻觉，那太令人凄惨了。不过无论如何，他从前遗弃了的那位太太，那个感情热烈的女人，现在却在他面前，紧紧靠着他，毫无疑心，认为他是她的保护者。他看出来，她一定认为，他绝不会不做她的保护者的。于是克莱终究让柔情克服了。他用他那惨白的嘴唇，没完没结地去吻她，同时握着她的手说：

"我永远也不能把你摞了！不论你做了什么，也不论你没做什么，反正我都要老用我的全力来保护你！最亲爱的爱人！"

于是他们又在树下往前走去，苔丝往前走一走，就转过脸来把克莱看一看。他现在虽然憔悴难看，但是苔丝分明一点儿也看不出他形貌上的毛病来。在她看来，他仍旧和往日一样，不论形体方面还是心灵方面，全都完美无疵。他现在还是她的安提诺，甚至于是她的阿波罗，[1] 他那副病容，在她那副爱的眼光里看来，跟她头一次见他那时候，一样地像晨光。因为天地之间，只有这一个脸的主人，才是纯洁爱她的人，才是信她纯洁的人。

他不知不觉地要躲避什么不幸，于是就改变了原先往镇外头一个车站上去的打算，一直更深地钻到杉树林子里，因为这儿好些英里以内，全是杉树。两个人互相搂着腰，在干爽的杉树针叶上走去，心里就忽忽悠悠，如痴如醉一般，只觉两个人到底又在一块儿了，没有任何人来离间他们了，同时硬把那个死尸置之脑后。他们这样走了好几英里，后来苔丝忽然醒来，往四周一看，怯生生地说：

"咱们这是不是要上哪一个地方去哪？"

"我也不知道，最亲爱的，怎么啦？"

"我也不知道。"

"呃——咱们再往前走上几英里，等到晚上，不论在哪儿找一个地方待一宿——也许能在一个偏僻的小房里找一个地方。你还能走吗，苔绥？"

"能！只要你的胳膊搂着我，我就能一直走，一直走！"

大体上看来，这倒似乎是个不错的办法。于是他们就加快

---

[1] 安提诺，古美男子，为罗马皇帝哈德伦之嬖幸。阿波罗，希腊神话中之日神，以年轻、富男子美著。

脚步，躲开大路，拣着大致向北的偏僻小路走去。但是那一整天里，他们的行动，都是悠悠忽忽、不切实际的，实际逃脱，乔装改扮，长久隐藏，这种种问题，他们两个好像都没打算过。连他们的想法，全都是想起什么来就是什么，全不是未雨绸缪的计算，全都跟两个小孩子的打算一样。

正午的时候，他们看见前面不远的路旁有一个客店，苔丝本想和克莱一同进去，弄点东西吃，但是克莱不让她去，只让她在这块半林半秃的地方上那些大树和丛灌之间待着，等他回来。苔丝穿的衣服都是顶时新的样式，即使她那把象牙把儿阳伞，在他们现在信步所到的这块偏僻的地方上，都是从来没人见过的东西，这种时兴的衣物，不免要惹起店里长椅子上那些人的注意。克莱去了不久，就拿着一些食物和两瓶葡萄酒回来了，那些食物足够五六个人吃的，那两瓶酒，如果有什么意外之变，可以够他们支持一天或者一天以上。

他们坐在几个枯树枝上，一同吃起饭来。在一点钟和两点钟之间，他们把剩下的东西包好，又往前走去。

"我自己觉得，我无论走多远，都走得动。"苔丝说。

"我想咱们还是大概朝着内地走去，在内地，咱们能躲些日子。他们大概到内地去缉捕咱们的时候少，到沿海一带去的时候多，"克莱说，"咱们在内地躲些日子，等到事情搁下去了，再上海口去往外走。"

她对于这个话，除了把他搂得更紧而外，没有别的回答，于是他们一直朝着内地走去。那时候虽然是英国的五月，天气却清朗恬静，下午的时候更十分暖和。走到后来，他们走的那条小径一直把他们引到新苑的深处。靠近黄昏的时候，他们拐过一条篱路，看见一条小溪，溪桥后面，有一个大牌子，上面写着几个大字："可意巨宅，带有家具，出租"，底下写着详细的情况，说到伦敦代理人那里去接洽的办法。他们进了大栅栏门，就看见那所房子，那是一所旧砖房，式样整齐，屋舍广阔。

"我知道这所房子，"克莱说，"这就是布兰和宫。你可以看出来，里面没人住，车道上都长着草哪。"

"有几个窗户还开着。"苔丝说。

"我想那只是通通空气罢了。"

"你瞧，这儿有这么些空房子，咱们两个却没有一个栖身的地方！"

"我的苔丝，你大概是累了吧！"他说，"咱们再走一会儿就歇啦。"他在她那凄楚的嘴上吻了一下，又领着她往前走去。

克莱自己也一样地渐渐累了。因为他们已经走了十四五英里的路了。现在他们一定得想一个休歇的办法了。他们老远看着那些孤零的小房和僻静的小客店，很想往一个客店里去，但是他们心里发怯，就不由自己又躲开了。走到后来，脚底下越走越沉，于是他们两个就站住了。

"咱们在树底下睡觉成不成？"苔丝问。

克莱觉得节气还太早。

"我正在琢磨刚才咱们路过的那所空宅子，"他说，"咱们再回到那儿去吧。"

于是他们原路走回，但是走了半个钟头，才回到他们原先到过的大栅栏门外。克莱让苔丝先在门外等候，他自己进去看一看有什么人在里面。

苔丝在栅栏门里的丛灌中间坐下，克莱就蹑手蹑脚地朝着房子走去。他去的工夫未免很大，等到他回来的时候，已经把苔丝急坏了，不是为她自己，却是因为恐怕他有什么闪失。原来克莱碰到一个小孩儿，打听出来，只有一个老太太住在附近的小村子里，照料这所房子，她平常不来，只有天气好的时候，才来开关窗户。她总是在太阳落的时候前来关窗。"现在，咱们可以从楼下的一个窗户进去，到里面休息休息。"他说。

苔丝在克莱的护送之下，迟迟延延地走到房子的正面，只见那儿的窗户，仿佛失明的眼珠，全叫窗板挡住，里面绝不会有人往外面瞧。再往前走几步，就走到正门前面，门旁有一个窗户正开着。克莱先爬到里面，然后把苔丝也拽了进去。

除了门厅而外，所有的屋子全都黑洞洞的。他们上了楼以后，只见楼上的窗板也都紧紧地关着，大概流通空气的工作，至少那一天，得算是敷衍了事的，只有前面门厅的窗户开了一个，后面楼上的窗户开了一个就完了。克莱把一个大寝室的门闩拉开，摸索着走进去，把窗板开开了两三英寸。于是一道耀眼的阳光，就射进屋里，照出屋里有笨重的老式家具，深红色的花缎帷幔，还有一张宽大的四柱床，床头上刻着奔驰的人物，显然是爱兰特赛跑的故事 [1]。

"到底能歇一歇了！"克莱把提包和食物放下说。

---

[1] 爱兰特，希腊神话里的女英雄。有跟她求婚的，必须跟她赛跑，求婚的得胜就嫁他，求婚的败了就得死。

他们非常安静地待在屋里，等着照管房子的来关窗户，同时为预防起见，把窗板像先前一样全都关上，把自己完全藏在暗中，为的是恐怕那个女人也许会因为什么偶然的缘故，去开他们待的那个屋子的门。在六七点钟之间，那个女人来了，不过没到他们待的那一边。他们听见她把窗户关上闩好，听见她把门锁上，听见她走去。于是克莱又把窗板微微开开，透进一线之光，两个一同又吃了一顿饭，就渐渐叫苍茫的夜色笼罩起来了，因为他们没有蜡烛把昏暗驱散。

58

那天的夜，奇异地庄严，奇异地静悄。半夜以后，苔丝唧唧切切，把克莱梦游的故事，全都告诉了他，说他怎样不顾他们两个的性命，抱着她走过了芙仑河的危桥，把她放到残寺里面的石头棺材里。克莱以前一点儿也不知道这件事，那天夜里才头一次听说。

"你怎么第二天不告诉我哪？"他说，"要是你告诉了我，也许多少误会，多少苦恼，都可以避免了。"

"已经过去的事，不必琢磨啦！"苔丝说，"我现在就只顾眼前，这种有今儿没明儿的日子，前前后后地虑算个什么劲儿哪？谁知道明天怎么样？"

明天别的情况，虽然不能预知，但是痛苦烦恼，却显然没有。那天早晨，潮湿，有雾。克莱昨天已经听人说过，那个照管房子的，只有晴天，才来开窗户，所以他就让苔丝睡在屋里，自己冒险出去，把整个宅子都搜探了一番。这所宅子里面，虽然没有食物，却并不缺水。于是克莱就趁着雾气四塞的机会，离了那所宅子，去到二英里以外一个小地方，在铺子里买了一些茶叶、面包和黄油，还买了一把小锡壶和一个酒精灯，这样他们就可以有火而不冒烟了。他进屋子的时候，把苔丝惊醒了，于是他们两个便把他刚才买来的东西，一同吃起来。

他们一点儿也不想到外面去，只在屋里待着；待过白天，又待过晚上，待过一天又待过一天；后来忽忽悠悠，差不多不知不觉就在这深藏静处的日子里过了五天；没有一个人影、一个人声，来搅扰他们的安静。天气的变化，就是他们唯一的大事，新苑里的鸟儿就是他们唯一的伴侣。他们两个好像都互相心照，对于他们婚后的事，差不多连一次都没提起。那一段分居悲伤的时光，好像沉入了天地开辟以前的混沌之中，现时的恩爱和婚前的甜蜜，好像原是一气，中间并没间断。只要他提起，说他们应该离开这所宅子到扫色屯去，或者到伦敦去，她就很奇怪地老不愿意动。

"咱们为什么要把现在这种甜美恩爱打断，消灭了呢？"她表示反对，说，"应该遇上的事情，没有法子避免。"于是一面从窗板缝往外看，一面接着说，"你瞧，外面满是荆棘，屋里却是美满。"

克莱也往外看去。这话一点儿不错，屋里是恩爱缠绵，是鱼水融洽，是前嫌冰释；屋外却满是丝毫不通融的严酷，苛刻。

"再说——再说，"她把自己的脸紧贴在克莱脸上，嘴里说，

"我只怕你现在对我这份情意不能长久。我不愿意活着眼睁睁地看到你又变心。我不愿意那样。到了你要看不起我的时候，我情愿先死了，躺在土里，这样我就永远也不会知道你曾看不起我了。"

"我永远也不会看不起你呀。"

"我也那么希望。不过，我自己觉得，我这一辈子所作所为，早晚都得让人看不起……我想起来，我真是一个万恶的疯子。可是我从来连一个苍蝇，一个小虫，都不忍得伤害，连一个小鸟关在笼子里，都时常让我落泪！"

他们又在那儿待了一天。多日阴沉的天气，那天晚上，忽然放晴，因此照看房子的老妇人，在她那小房里，很早很早就醒来了。光亮辉煌的朝阳，使她觉得异常地轻松，她决定趁着这样的好天气，立刻把附近那所大宅子的窗户全开开，让屋子彻底通通空气。因此她六点以前就往那所宅子来了。她把楼下那些屋子的门窗都开开了以后，又上了楼，去到那些寝室，想要开他们两个占据的那一个屋子的门。正在那个时候，她忽然觉得，屋里仿佛有喘气的声音。一来是她的年纪大了，二来是她穿的是便鞋，所以她走起路来，一点儿声音都没有。她当时一听这种情况，就立刻要抽身退回，但是又一想，恐怕是自己的耳朵听错了，所以又回到门外，轻轻去试那个门钮。门上的锁已经坏了，但是门里面却有一件家具，把门顶住了，所以她只把门开了一两英寸的缝，就再开不动了。只见晨光一道，从窗板缝一直射到那一对沉沉酣睡之人的脸上，苔丝的嘴张着，紧靠着克莱的脸，看来好像一朵半开的鲜花。那个照管房子的老太婆刚一看见他们两个的时候，还认为他们是无业的游民，心里不觉生出一阵愤怒之气。但是再一看，他们的样子那样天真，苔丝挂在椅子上的长袍那样华美，长袍旁的长筒袜子和漂亮的小阳伞那样精致，苔丝穿着来的那几件别的衣服（因为她只有这一套）那样幽雅，于是她又认为，他们好像是一对携手私逃的体面恋人，所以心里就又生出一阵怜爱之情。因此她就把门关上，轻轻悄悄像她来的时候一样跑了回去，把这种稀罕的发现，去跟她的街坊们商量。

她走了不到一分钟，苔丝就醒来了，跟着克莱也醒来。他们两个都觉得仿佛有什么把他们搅扰了似的，至于究竟是什么，却说不清楚。于是他们因此而生的不安情绪，就越来越厉害起来。克莱刚一穿好衣服，就从窗板那两三英寸的小缝里往外面的草地上仔细看去。

"我想咱们立刻就走好啦，"他说，"今天天气很好。我觉得这所宅子好像有人来过。无论如何，那个老女人今天是非来不可的。"

苔丝听了这话，无言顺从。于是他们两个，把屋子给人家整理了一下，就提起他们那几件小小的行李，不声不响地离开了那所房子。他们走到树林子里面，苔丝回头把那所房子最后看了一看。

"哎，让咱们快活的房子啊——再见吧！"她说，"我顶多还能再活几个礼拜。咱们为什么不在那里待下去哪？"

"苔丝，别说这种话！咱们不久就要完全离开这一块地方了，咱们还照着原先的打算，一直往北走。没有人会想起来上哪儿去缉捕咱们的。他们要是缉捕咱们，一定是在维塞司有海口的地方。等到咱们到了北边以后，再上一个海口去，就可以逃开了。"

克莱把苔丝这样一劝，他们就照着原定的计划，笔直地往北走去。他们在那所大宅子里，休息了这些日子，很有走路的力量了。走到靠近正午的时候，只见挡住去路的梅勒塞城，高阁参天，快到跟前。克莱决定让苔丝在一丛树里休息一下午，等到晚上，趁着夜色，再往前走。到了黄昏的时候，克莱照旧买了些食物，于是他们就动身开始他们的夜行，走到靠近八点钟的时候，他们穿过了上维塞司和中维塞司的边界。

在村野的地方，走荒凉的小路，本是苔丝的旧技，所以现在走来，苔丝又把往日步履轻捷的情况露出。那个横拦去路的古城梅勒塞，是他们必须穿过的地方，因为前面有一道大河，非从城里的桥上过去不成。到了半夜的时候，他们才走到城里的街市，那时候街上已经没有人了，只有几点灯光，影影绰绰地照着他们。他们一路走来，老是躲着便道，免得脚步出声。一座宏壮富丽的大教堂，黑乌乌地耸在他们左边，但是他们没心去看它。出了城以后，他们就顺着有税卡子的大道往前走去，走了几英里，前面就是一片空旷显敞的平野，得一直穿过。

起先，天上虽然阴云密布，却有残缺的月亮，射出散光来，给了他们一些帮助。但是后来月亮落了，云彩仿佛就盖在他们头上，夜色昏沉得像黑洞一般。虽然这样，他们还是勉强前进，走的时候，为避免脚步出声起见，净拣草地下脚，因为这一带地方，并没有树篱围墙之类，所以这种走法，不费什么周折。周围一切，只是一片空旷的荒寒，一团漆黑的僻静，一股劲风，在上面吹动。

他们这样暗中摸索，又往前走了二三英里，于是忽然之间，克莱觉得紧靠面前，好像有一个庞然的大建筑，从草地上面顶着天空耸起。他们两个差一点儿没碰到那上面。

"这是个什么怪地方？"安玑说。

"还响哪，"苔丝说，"你听！"

克莱侧耳听去，只觉在那个庞大的建筑中间，有风吹动，发出一种嗡嗡的音调，好像一个硕大无朋的单弦竖琴。除此而外，听不见别的声音。克莱伸着手往前走了一两步，就摸到了那个建筑竖立的平面。它好像是一块整的石头，没有接榫，也没有边缘。他把手又往上摸去，才觉出来，原来他所触到的这件东西，是一个硕大无朋的长方石头柱子；他把左手往左伸去，只觉得左边也有一根，跟右边一样。抬头看去，好像一样东西，非常高远，把本来就黑的天空遮得更一团漆黑，仿佛是一根广大的石梁，横在空里，把两根柱子连起。他们小心仔细地从那两根柱子中间和那一条横梁底下，进到里面，他们脚步沙沙的声音，都从石头的面上发出回响，但是他们头上，却好像仍旧没有东西遮蔽。原来这个地方并没有房顶。苔丝只吓得喘气都两样起来，克莱也莫名其妙，只嘴里说：

"这是什么东西？"

他们往旁摸去的时候，又碰到另一个高阁一般的柱子，和头一个一样地又方又硬；再往外摸，又摸着一个，又摸着一个。原来这个地方满是门框，满是柱子，有的柱子上头还架着横梁。

"这真是个风神庙了。"克莱说。

有的柱子，孤零零地竖立；有的两根并列，上头架着横梁；还有几个，躺在地上，石头宽得都能走开车马，仿佛低湿地上高起的埂道。待了不久，他们就明白了，原来这是一群林立的石头柱子，竖在浅草平铺的旷野上。他们两个又往前去，一直走到那个暮夜亭台的中间。

"哦，是了，原来是悬石坛[1]。"克莱说。

"你是说，这就是那个异教神坛吗？"

"正是。这才是古物啦，比什么都古，比德伯家都古！呃，最亲爱的，咱们怎么办呢？再往前走，咱们就可以找到歇脚的地方了。"

但是那个时候的苔丝，实在疲乏极了，就在眼前一块长方形石板上面躺下，那儿恰好有一根柱子把风遮住。那个石板，因为白天让太阳晒了一天，又干又暖，跟周围那些野草一比，显然舒服，野草是又粗又凉，把苔丝衣服上的下摆和脚上的鞋都弄湿了。

"安玑，我不想再往前走啦。"她说，一面伸出自己的手来，握着克莱的手，"咱们在这儿待一下成不成哪？"

"我恐怕不成。这个地方太敞啦，好些英里以外都看得见，不过现在是夜里，觉不出来就是了。"

"你从前在塔布篱的时候，不是老说我是一个异教徒吗？对啦，我母亲的娘家有一个人就在这一带放羊。这么一说，我可以

---

[1] 悬石坛，在沙勒堡北十英里，原文 Stonehenge，为"悬石"的意思，现在残缺。当初完整时，必为两层石柱圆坛做成。向无人能确定其年月，最近的说法是，该石分三个时期，在公元前一九〇〇，一七五〇及一六五〇年左右分别建成。现在英国天文学家郝钦斯借计算机之助，推算出来，悬石坛是英国古代居民用来确定二十四个节气的石头天文历。

算是回了我的老家了。"

克莱跪在苔丝横卧的身旁，把嘴唇放在她的嘴唇上。

"你困了吧，亲爱的？我觉得你正躺在一个祭坛上面。"

"我很愿意在这个地方待着，"她嘟囔着说，"我享过最近这样大的福以后，现在来到这个地方，只有苍天在我头上，真是庄严，真是肃静。我只觉得，世界之上，仿佛只有你我，没有别人。我的心意，除了丽莎·露以外，也不愿意再有别人。"

克莱觉得，苔丝在这儿躺着休息到天色微明的时候，也没有什么不可以的，所以他就把他的外衣给她盖在身上，自己坐在她的身边。

"安玑，要是我有什么不测，你愿意不愿意看在我的面上，看顾看顾丽莎·露哪？"他们两个把柱子中间的风声听了半天以后，苔丝开口说。

"愿意。"

"她太好啦，又天真，又纯洁。哎，安玑呀，你不久就要看不见我啦，我只盼望，你没有我那一天，你能娶她。哎，你要是能娶她，可就称了我的心了。"

"我要是真没有了你，那我就什么都没有了！再说，她又是我的小姨子啊。[1]"

"最亲爱的，那一层毫无关系。马勒村一带的人，时常有跟他们的小姨子结婚的。再说，丽莎·露又那么温柔，那么甜美，

---

[1] 英国教会及法律，禁止与故去之妻的姊妹结婚，但有的地方，执行得并不严格。该法律于一九〇六年取消。

越长越那么漂亮。哦，我们大家死后，做了鬼魂，我很甘心乐意跟她一块儿陪伴你。你要是能训练她，教导她，把她调理成你自己的人，那是再好也没有的了……凡是我的长处，她一样也不短，可是我的坏处，她可一点儿都没有。如果她真能是你的人，那么，就是我死了，也跟我活着一样。……好啦，我已经把话说明白啦，我可不说第二遍啦。"

苔丝说到这儿，就把话打住，克莱听了，止不住低头沉思。那时候，东北远处的天边上，已经有一道白光，在双柱之间可以看见。原来弥漫天空的乌云，正像一个大锅盖，整个地往上揭起，把天边让开，把曙色放进，把独立的石柱和并峙的牌坊，都乌压压地映出轮廓来。

"他们是在这个地方给上帝供牺牲吗？"苔丝问。

"不是给上帝。"克莱回答说。

"那么给谁哪？"

"我想是给太阳吧。你瞧，那边不是有一个孤零零的大石头，正冲着太阳放着吗？不信你看，太阳一会儿就从石头后面出来了。"

"这种情况，亲爱的，让我想起一桩事来，"她说，"咱们两个结婚以前，你不是永远也不肯干涉我的信仰吗？其实你的心思，我满知道，你所想的，也满是我所想的——我对于一件事，自己并没有主意，只是你怎么想，我也怎么想。安玑，现在你告诉我，你觉得，咱们死后，还能不能见面？我很想知道知道。"

他只用嘴去吻她，借此避免在这种时候，答复这样的问题。

"哦，安玑呀，我恐怕，你这就是说不能的意思吧！"她说，同时极力把哽咽忍住，"我很想再跟你见面——想得厉害——实在想得厉害！怎么，安玑，像咱们两个这样的爱情，死后都不能见面吗？"

安玑也像一个比他更伟大的人物[1]一样，在紧关节要的时候，对于紧关节要的问题，不加回答，因此他们两个又都默默无言起来。待了一两分钟以后，苔丝喘的气渐渐地匀和了，她握着克莱的那只手也软软地松开了，原来她睡着了。那时候，东方天边上一道银灰的白光，使得大平原离得远的那些部分，都显得昏沉黑暗，好像就在跟前；而广大景物的全体，却露出一种嗫嚅不言、趑趄不前的神情，这是曙光就要来临的光景。东面的竖柱和横梁，它们外面的焰形太阳石和正在中央的牺牲石，全都黑沉沉地背着亮光顶天矗立。夜里刮的风一会儿就住了，石上杯形的石窝里颤抖的小水潭也都静止了。同时，东方斜坡的边上，好像有一件东西——一个小点儿，慢慢蠕动起来。原来太阳石外的低地上，有一个人，只露着头，正朝着他们越走越近。克莱见了这样，心里后悔原先不该停在这儿，但是已经事到跟前，只得硬着头皮静坐不动。那个人朝着他们所待的那一圈石柱，一直走来。

同时，克莱听得自己身后也有声音，也有沙沙的脚步。他回头一见，只见横卧地上的石头柱子外面，也有一个人走来；转眼之间，还没来得及留神，就又看见右边牌坊底下有一个人，左边也有

---

[1] 一个更伟大的人物，指耶稣而言。耶稣被带到彼拉多跟前时，彼拉多曾问耶稣："你是哪里来的？"耶稣不答。见《新约·约翰福音》第十九章第九节。又《马太福音》第二十七章第十一节，耶稣被祭司长和长老控告时，什么都不回答。又《马可福音》第十四章第六十节及第六十一节，亦有同样记叙。

一个人，都来到跟前。曙光一直射到西边那个人身上，只见他身材高大，步伐整齐。看他们那样子，显然是从四面拢来，向中央包围。那么苔丝说的话，果然应验了。克莱一跳而起，四外看去，想要找到一样武器，找一块石头，看一看逃走的道路，看一看应急的办法。那时候，离他最近的那一个人，已经到了他跟前了。

"先生，你不必动啦，没有用处，"那个人说，"我们在这块平原上，一共有十六个人，并且全国都发动起来啦。"

"你们让她睡完了觉成不成？"他低声对那些四外拢来的人恳求说。

顶到那个时候，他们一直没看见她在什么地方，现在看见她躺在那儿，可就对克莱的请求没表示反对，只站住了守候，一动不动，跟四围那些石头柱子一样。他走到石板旁边，把身子在她上面弯着，把手握着她一只可怜的小手。那时她喘的气，短促，微弱，仿佛她只是一个比女人还弱小的动物。所有的人都在越来越亮的曙色里等候，他们的手和脸都好像是涂了一层银色，他们形体上别的部分，却是黑乌乌的。石头柱子闪出绿灰色，大平原却仍旧是一片昏沉。待了不大的一会儿，亮光强烈起来，一道光线射到苔丝没有知觉的身上，透过她的眼皮，使她醒来。

"这是怎么回事，安玑？"苔丝一下坐起来说，"他们已经都来了吗？"

"正是，我的最亲爱的，"克莱说，"他们已经都来啦。"

"这本是必有的事，"她嘟囔着说，"安玑，我总得算称心——不错，得算很称心！咱们这种幸福不会长久。这种幸福太过分了。我已经享够了，现在我不会亲眼看见你看不起我了！"

她站起来，把身上抖了一抖，往前走去，那时候其余的人却都还没有动弹的。

"我停当啦，走吧！"她安安静静地说。

59

那个优美的古城温屯寨——从前维塞司王国的首都——居于一片凸凹起伏的丘陵地带的正中间，正伸展在七月清晨的温暖和光明中。那些有山墙的砖、瓦和砂石房子，由于季节的关系，差不多把它们那一层藓苔外皮都晒干脱净了，草场里的沟渠，都变得水浅流低。在那条顺坡斜下的大街上，从西门口洞到中古十字架，从中古十字架到大桥，正悠悠闲闲地进行那种通常迎接旧式集日的扫除工作。

从前面说过的那个西门起，大道就爬上了一个长而整齐的斜坡，不多不少恰好一英里，把城里的房舍渐渐地擳在后面，这是温屯寨人都熟悉的。就在这条大道上，有两个由城市外围出来的人，正很快地往上走来，好像不觉得上坡费力似的。他们这种不觉得费力，并不是由于他们步履轻松，却是由于他们心里有事。他们来的地方，是下面不远一个开在高墙中间窄而有栅栏的小门，他们从那个小门出来而走上了这条路。他们的神气，仿佛要急忙躲开那些房子和他们的同类，而这一条路，又仿佛是躲开那些东西最直截的途径。他们虽然都年轻，但是走起路来，却都把头低着，让太阳的光线毫不怜惜地含着笑容，看着他们那种悲伤的姿态。

这一对人里面，一个是安玑·克莱，另一个是克莱的小姨子丽莎·露，只见她身材颀长，像正要开放的花蕾——一半少女，一半少妇——活活是苔丝的化身，只比苔丝瘦一些，却有跟苔丝同样美丽的眼睛。他们两个的灰白面孔，仿佛瘦得只剩下了原来的一半。他们一言不发，手拉着手往前走，[1] 他们那样低头俯首的神气，跟昭托画的《二门徒》一样。[2]

他们快要来到西山顶上的时候，城里的钟正打八下。他们两个听了这种声音，全都一惊。他们往前又走了几步，就走到了头一个里程碑，只见它在一片绿色草地的边上发出白色，碑后面就是空旷的丘陵地带，在这块地方上，这片丘陵和大道并没有围篱垣墙，阻拦分隔。他们走到青草地上，好像有一种不能制止的力量逼迫他们，使他们忽然止住脚步，转过身来，在里程碑旁瘫痪了似的静静等候。

从这个山顶上看去，四周的景物差不多一望无际。下面的谷里，就是他们刚才离开的那座城市，城里宏壮一些的楼阁，都仿佛一张等度图那样，显然在望，其中有广阔的大教堂高阁，附

---

[1] 比较弥尔顿《失乐园》第十二卷最后两行，亦即全诗最后两行："他们手握着手，步履迟缓而散漫，穿过伊甸，只二人孤独地把路趱。"

[2] 昭托（一二六六——一三三七），意大利画家。《二门徒》藏伦敦国立美术馆。但此画经鉴定，现在认为是阿锐提娄所绘。阿锐提娄（一三三〇？——一四一〇？），亦意大利画家，所绘有西恩纳及皮萨公墓之水彩壁画等。此处以昭托之绘画比拟二人之俯首无言，但更有含蓄之意在。温屯寨及其尖阁等倚圣凯特林山为背景，颇使人联想到文艺复兴时期诸画家所绘《耶稣受难图》中之背景，于是温屯寨变而为近代之耶路撒冷，而监狱则成耶稣受难处之骷髅地矣。

带着诺曼式的窗户和极长的廊子，有圣塔姆的尖阁，有学院尖顶的高阁，再往右一点儿，有古老庵堂的高阁和山墙，一直顶到现在，谒圣的人，还能在那儿得到面包和麦酒的施舍。城市后面，圣卡随山凸起的形体，一直往东奔去，再往远看，一片景物跟着一片景物，层层相连，一直到日光辉煌、不可逼视的天边。

在城里别的楼阁前面，背着这一大片绵延辽远的景物，立着一所红砖盖的大楼，有灰色的平房顶和一溜一溜带着栅栏的小窗户，表示那是囚禁的地方。它那规矩拘板的样式，跟那些参差错落的哥特式楼阁，恰恰相反。打路上从它前面经过，水松和常青橡多少把它遮住了一些，但是现在从这个山坡上看，它却很够清楚的。刚才那两个人走出来的那个小栅栏门，就开在这所楼的墙上。楼的正中间，有一个丑恶难看的八角高阁，背着东方的天边耸起，从山上看，正背着亮光，只能看到它的阴面，所以它就好像是全城的美景里唯一的污点。然而他们两个所注意的，却正是这个污点，而不是美丽的景物。

高阁的飞檐上，竖着一个高杆。他们的眼睛就盯在那上面。钟声打过之后，又待了几分钟，高杆上慢慢地升起来一样东西，在风里展开。原来是一面黑旗[1]。

"典刑"明正了，埃斯库罗斯所说的那个众神的主宰，[2] 对于

---

[1] 黑旗是执行死刑之标志，死刑在监狱执行之后，黑旗立即在监狱上方升起。

[2] 埃斯库罗斯（公元前五二五—公元前四五六），古希腊大悲剧家。众神的主宰一语，见于他的悲剧《被囚的普罗米修斯》第一六九行。众神的主宰指宙斯而言，他压迫众神，强奸了爱娥等。普罗米修斯在那一行的前后文里，大呼反对宙斯的残暴。这儿原书所引，为英国古典文学翻译者波克利（一八二五—一八五六）之译文，于一八四九年出版。

苔丝的戏弄也完结了。德伯家那些武士和夫人，却长眠地下，一无所知。那两位无言注视的人，好像祈祷似的，把身子低俯到地上，一动不动地停了许久，同时黑旗仍旧默默地招展。他们刚一有了气力，就站了起来，又手拉着手往前走去。

文景

社科新知 文艺新潮

Horizon

德伯家的苔丝

[英]托马斯·哈代 著

张谷若 译

出 品 人：姚映然
责任编辑：杨 沁
营销编辑：杨 朗
装帧设计：蔡佳豪
美术编辑：安克晨

出 品：北京世纪文景文化传播有限责任公司
　　　　（北京朝阳区东土城路8号林达大厦A座4A 100013）
出版发行：上海人民出版社
印 刷：山东临沂新华印刷物流集团有限责任公司
制 版：北京金舵手世纪图文设计有限公司

开 本：850mm×1168mm 1/32
印 张：20　字 数：390,000　插页：2
2022年1月第1版　2022年1月第1次印刷
定 价：78.00 元
ISBN：978-7-208-17277-7/I · 1985

图书在版编目（CIP）数据

德伯家的苔丝 /（英）托马斯·哈代
（Thomas Hardy）著；张谷若译. —上海：上海人民出
版社，2021
（文景·恒星系）
ISBN 978-7-208-17277-7

Ⅰ.①德… Ⅱ.①托…②张… Ⅲ.①长篇小说–英
国–近代 Ⅳ.①I561.44

中国版本图书馆CIP数据核字（2021）第158645号

本书如有印装错误，请致电本社更换 010-52187586

中文版译自

TESS OF THE D'URBERVILLES by THOMAS HARDY

(James R. Osgood, McIlvaine & Co., London, 1891)

本版根据人民文学出版社 1984 年版整理修订

Chinese simplified translation copyright © 2022 by Horizon Media Co., Ltd.,

A division of Shanghai Century Publishing Co., Ltd.

All rights reserved.